W0216335

UNE MÉLODIE DE CENDRE ET DE LUNE

CLAIRE LEGRAND

UNE MÉLODIE DE CENDRE ET DE LUNE

MIDDLEMIST

II

Traduit de l'anglais (États-Unis)
par Agathe Passant

OLYMPE

OLYMPE® est une marque déposée,
propriété des Éditions Denoël.

Couverture © Nekro
Graphisme d'après Stephanie Gafron/Sourcebooks

Titre original :
A SONG OF ASH AND MOONLIGHT

Copyright © 2024 par Claire Legrand.
Carte par Travis Hasenour.

© Éditions Denoël & Gallimard, 2025, pour la traduction française.

À toutes les femmes
qui protègent leur cœur par des épines

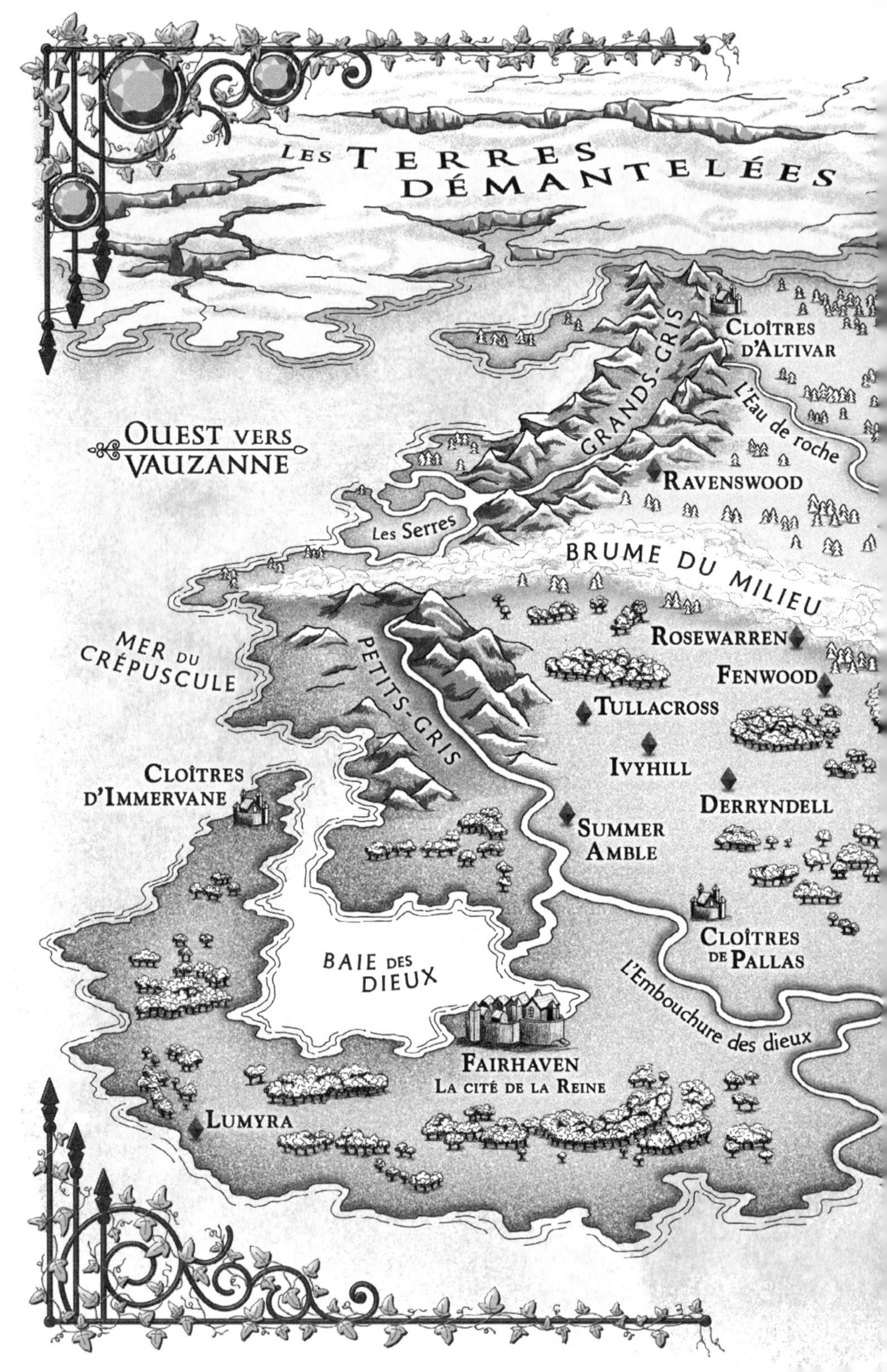

Les Terres Démantelées
Cloîtres d'Altivar
Grands-Gris
L'Eau de roche
Ouest vers Vauzanne
Ravenswood
Les Serres
Brume du Milieu
Rosewarren
Mer du Crépuscule
Petits-Gris
Fenwood
Tullacross
Ivyhill
Cloîtres d'Immervane
Derryndell
Summer Amble
Cloîtres de Pallas
Baie des Dieux
L'Embouchure des dieux
Fairhaven
La cité de la Reine
Lumyra

Le continent de
Gallinor
Îles septentrionales
Cloîtres de Falkeron
L'Échine de
Caiathos
Cawder
Marrowgate
Big Deep
Blighdon
Bathyn
Cloîtres de Tordell
Mer de l'Aube
Est vers Aidurra
La Brillante
Beroges
N
O
E
S

PROLOGUE

Lorsque Farrin a ouvert les yeux, un univers étrange, envahi de fumée, l'entourait.

Elle ne comprenait pas l'endroit où elle se trouvait, ni pourquoi l'air était si étouffant et si âcre. Alors elle est restée immobile, blottie dans son nid de couvertures – *oui*, s'est-elle dit, *c'est bien des couvertures autour de moi, celles de mon lit*; l'une était toute blanche, ornée de minuscules feuilles vertes, l'autre d'un gris aussi doux qu'un matin d'hiver, toutes deux brodées par sa mère –, et elle s'est répété les mots qu'elle récitait en secret chaque fois qu'elle s'éveillait d'un cauchemar. *Je m'appelle Farrin Ashbourne. J'ai onze ans. Je suis en sécurité chez moi, à Ivyhill. Mes sœurs s'appellent Mara et Gemma. Mes parents Gideon et Philippa. Je m'appelle Farrin Ashbourne.*

Elle a égrené chaque prénom en appuyant ses doigts, l'un après l'autre, contre sa cuisse: Farrin, Mara, Gemma, Gideon, Philippa. Cinq prénoms, cinq doigts. Cette récitation familière lui a éclairci les idées. De nouveau ancrée dans la réalité, elle a fini par comprendre qu'elle n'était pas dans sa chambre, mais dans son salon de musique au premier étage, allongée sous le piano, dans un cocon d'oreillers.

Cette pièce était la sienne depuis aussi longtemps qu'elle s'en souvenait et elle l'aimait de tout son cœur. Son plafond haut, ses petits oiseaux de pierre perchés sur les corniches couvertes de lierre, ses immenses fenêtres au vitrage légèrement ondulé. Elle aimait les ouvrir lorsque le temps était clément et imaginer sa musique se répandre à l'extérieur, s'en aller saluer la terre, les fleurs, les métayers dans leurs champs bien entretenus. De longs rideaux encadraient chaque fenêtre – couleur crème, délicats, soulevés par la brise – et, sur le mur du fond, soigneusement classées sur des étagères d'acajou brillant, ses collections de partitions, de biographies de compositeurs et de traités de technique musicale. Sans oublier, près d'une fenêtre, posé sur un joli petit piédestal, le panier de velours à pampilles pour son chaton, Osmund.

Farrin quittait souvent sa chambre au milieu de la nuit pour se glisser dans son salon de musique et se créer un nid sous le piano. Cet endroit lui paraissait secret et merveilleux, comme si sous l'instrument se trouvait un univers à part, douillet et accueillant, dont elle seule aurait la clef. Au cœur de sa belle et rassurante maison, à l'abri dans une pièce qui n'appartenait qu'à elle, ce monde dissimulé sous le piano était l'endroit qu'elle préférait au monde.

Et il était en feu.

C'était à cause de ça qu'il y avait de la fumée, un halo de lumière orange à l'extérieur et la sensation, partout, d'une chaleur atroce et menaçante.

Ivyhill était en feu.

La panique a chassé ce qui restait de son sommeil, une panique comme Farrin n'en avait jamais connu. Le cœur battant, les poumons déchirés par la toux, elle a ramassé Osmund, tapi à côté d'elle dans les coussins, le poil dressé, feulant contre quelque chose – peut-être la fumée, ou bien le feu lui-même. Puis, son chaton bien serré sur sa poitrine, sa natte voltigeant dans son dos, elle a couru pieds nus vers la porte et l'a ouverte d'un coup.

Le couloir était plongé dans l'obscurité, tourbillonnant de fumée, et l'odeur était horrible – rien à voir avec celle, douce et parfumée, du bois craquant dans la cheminée, ou avec celle, chaude et alléchante, des fours de Mme Rathmont au rez-de-chaussée. Elle piquait, lacérait la gorge et les narines de Farrin à chaque inspiration. Un bras sur la bouche, les yeux plissés et larmoyants, Osmund griffant frénétiquement sa chemise de nuit, elle respirait à peine. La fumée était atroce, incoercible et saturée de quelque chose d'étrange, quelque chose de sec et de cassant, comme juste avant l'explosion de la foudre.

Un frisson glacial l'a parcourue alors qu'elle se trouvait au cœur de la fournaise. Elle connaissait cette odeur. C'était une odeur de magie, corrosive et furieuse. *Un sort*, a-t-elle songé, *un sort conçu dans une mauvaise intention.*

Ivyhill n'avait pas pris feu par accident. Non, quelqu'un l'avait provoqué. Et Farrin ne connaissait qu'une seule famille capable d'un tel geste, une famille dont la puissance et la richesse rivalisaient avec les leurs, une famille qui haïssait les Ashbourne autant que les Ashbourne les haïssaient.

La Maison des Bask.

Le craquement de quelque chose d'immense et de rugissant a fait trembler le sol sous ses pieds. Elle a reculé en titubant vers son salon de musique, tremblant de peur, toussant douloureusement, et a scruté le couloir d'un côté puis de l'autre, tandis que les larmes ruisselaient sur son visage. Le côté gauche lui semblait un peu plus sombre que le droit, ce qui, espérait-elle, signifiait moins de flammes. Elle a adressé une prière à Caiathos, dieu de la terre et de tous ses éléments, bien qu'elle soupçonnât que ce fût inutile.

Si les Bask étaient bien à l'origine du feu – s'ils avaient trouvé des Sorceleurs assez malins pour briser les sorts défensifs d'Ivyhill –, alors les dieux depuis longtemps défunts ne pouvaient pas l'aider. Ils allaient tous mourir brûlés. Tous. Maman et papa. Mara. Gemma. Gilroy. Mme Rathmont. Mme Baines. Chaque femme de chambre, tous les cuisiniers.

Parce que les Bask ne désiraient qu'une seule chose. Farrin l'avait appris sur les genoux de son père.

Les Bask voulaient détruire sa famille.

Elle a glissé Osmund sous sa chemise de nuit, calé sa petite tête contre son sternum, dans l'espoir que le fin tissu le protégerait un peu de la fumée, puis elle s'est élancée à gauche dans le couloir, réagissant à peine lorsque les griffes du chaton se sont plantées dans sa chair. Le couloir débouchait sur deux escaliers. D'un côté, on montait, de l'autre on descendait au rez-de-chaussée.

Elle s'est arrêtée, a essuyé les larmes devant ses yeux. Sa main est revenue humide et noire de fumée. Le feu avait-il démarré en haut ou en bas ? De quel côté devait-elle aller ?

Elle a pris une courte inspiration et tenté d'appeler ses parents, ses sœurs, mais elle n'a pu émettre qu'un bruit rauque, désespéré et effrayant. La fumée lui avait-elle volé sa voix ? La retrouverait-elle jamais ? Et si elle choisissait la mauvaise direction ? Dans ce cas, ne plus avoir de voix risquait bien d'être le cadet de ses soucis.

Un sanglot s'est échappé de sa gorge. Un désespoir écrasant l'étranglait. Allait-elle mourir ? Oui. Sa maison allait la tuer.

Osmund ne bougeait plus sous sa chemise, mais elle sentait les battements frénétiques de son petit cœur contre sa paume. Elle l'a serré tendrement – *ça va aller, mon trésor* – puis a décidé que non, elle n'allait pas mourir. Elle devait sauver Osmund. Il était petit, sans défense, une minuscule boule de poils grincheuse et innocente, et elle était sa seule chance de survie.

Elle a plissé les yeux vers l'étage. L'air était étrange, frémissant de chaleur. *Oui. De ce côté-là, en haut.* Ça devait être par là. Les marches qui descendaient au rez-de-chaussée semblaient plus brillantes à ses yeux larmoyants, et l'air lui paraissait plus chaud. Le feu avait dû commencer en bas.

Elle s'est élancée vers le deuxième étage, portée par un sursaut d'espoir. Si le feu était en bas, cela signifiait qu'elle pouvait encore être à l'abri en haut. Les flammes n'avaient peut-être pas atteint cette partie de la maison. Elle pouvait se faufiler par une des fenêtres du long couloir qui conduisait à la galerie d'art, grimper sur le toit et s'accrocher à l'épais tapis de lierre créé par sa mère pour descendre sans encombre.

Mais arrivée en haut de l'escalier, Farrin s'est arrêtée net.

Le couloir qui s'étirait devant elle se terminait dans les

flammes. Et derrière cette gueule de feu rugissante se trouvait la galerie d'art. Toutes les sculptures et les peintures de ses parents, toutes les alcôves faiblement éclairées où Mara s'asseyait avec ses carnets de dessin, ou ses toiles et ses pinceaux, pour reproduire les jeux de lumière sur les visages de pierre, tout cela, toute cette beauté, partie en fumée.

Hébétée, titubante, elle a fait demi-tour pour se réfugier en bas. Au même instant, la cage d'escalier s'est déformée avant de céder et de s'effondrer dans un horrible craquement, comme si la maison elle-même capitulait. Elle a reculé en criant, évitant de justesse d'être avalée par ce gouffre de tapis brûlé et de bois déchiqueté. En dessous, au-delà de la volée de marches qu'elle avait failli emprunter, de nouvelles flammes léchaient les murs de leur langues voraces.

Elle n'avait plus le choix. Alors elle a tourné à gauche, loin de la galerie d'art et de l'escalier disparu, pour s'engouffrer dans un autre couloir envahi d'une fumée si épaisse qu'elle distinguait à peine ses pieds. Ce couloir donnait sur une enfilade de petits salons et de bureaux destinés aux invités. Chacun avait des fenêtres, et ces fenêtres signifiaient de l'air pur. Elle ne pensait plus qu'à ça en courant dans cette direction : de l'air, des fenêtres, l'extérieur. Ces pièces s'ouvraient toutes sur une cour intérieure, ce qui n'était pas idéal, mais si elle pouvait passer la tête dehors, par n'importe quelle fenêtre, et respirer quelques secondes, elle serait capable de réfléchir plus clairement et de trouver un meilleur plan.

Farrin adorait les plans. La musique en était pleine et, dès lors qu'on avait compris celui du compositeur – de quelle façon les notes s'agençaient et dans quel but –, l'ensemble devenait limpide, une succession de lignes précises et de phrases bien ordonnées, comme des briques ajoutées les unes aux autres jusqu'à ce qu'une maison apparaisse. Après, c'était l'affaire du musicien. C'était à lui de découvrir ce plan, de se l'approprier et de l'enrichir. Ajouter les meubles, en quelque sorte, apporter des couleurs.

Les notes de la *Sonate pour un matin d'automne* de Merrida Jan-Tokka lui vinrent en tête : le troisième mouvement, vif et joyeux. Des feuilles soulevées par le vent, des tourbillons orange, des torrents d'or.

Farrin s'est accrochée aux notes de toute la force de son esprit et de son cœur. Elle avait appris ce morceau à cinq ans et l'avait joué devant le personnel de la maison – sa première représentation, euphorique, terriblement angoissante. Une fête, une soirée parfaite. Les souvenirs ont défilé : la maison décorée dans les tons ambre, tangerine, or et écarlate, les fenêtres ouvertes sur un ciel noir et frais, les étoiles comme des flocons de neige. Mara, âgée de trois ans, submergée par la musique, son visage impressionné enfoui dans la manche de maman. Gemma bébé gazouillant de bonheur – boucles d'or et yeux bleus, déjà une beauté –, agitant ses petits pieds dans les bras de papa. Papa rayonnant de fierté, si beau avec son grand sourire, sa mâchoire carrée, ses cheveux châtain doré semblables à ceux de Farrin.

Et maman – les yeux bleus de Gemma, les cheveux noirs de Mara, la peau aussi pâle que la lune. Elle avait serré Farrin dans ses bras après, sous les clameurs insensées de toute la maison ; Gilroy essuyait ses larmes sur sa manche, Mme Rathmont – en pleurs et les joues rouges – distribuait des petits-fours glacés, de minuscules dômes de sucre parfaits. Tout le monde, la tête pleine de la musique de Farrin, était sur un nuage.

Maman avait posé sa joue fraîche contre celle brûlante de Farrin et lui avait gentiment murmuré, de sa voix claire et pure : *Ta musique, petit oiseau, redonnera vie aux dieux.*

Titubant dans le couloir enfumé, tâtant le mur à la recherche d'une poignée de porte, la sonate de Jan-Tokka résonnant dans sa mémoire, Farrin a fini par trouver l'un des petits salons et a poussé de toutes ses forces la porte gonflée et suintante de chaleur. Elle s'est ouverte à peine, dans un crépitement de magie, et lorsque Farrin a trébuché à l'intérieur, elle est tombée sur les genoux et ne s'est pas relevée.

Elle ne pouvait pas se relever. Elle était seulement capable de marcher à quatre pattes sur le tapis, alors c'est ce qu'elle a fait, s'appuyant sur une seule main, l'autre serrée sur le pauvre Osmund contre son cœur. Il était atrocement calme, son pouls très faible. Était-elle sûre de vraiment le sentir ? *Oui, il est vivant*, s'est-elle dit, les yeux fixés devant elle, progressant obstinément. *Il est vivant, nous sommes vivants, je suis vivante.*

Sa tête a heurté quelque chose de dur. Le mur. Elle avait réussi à traverser la pièce. Il y avait trois fenêtres, et la plus proche se trouvait à moins d'un mètre au-dessus d'elle. Haletante, clignant des yeux, elle a réussi à l'atteindre. Elle allait l'ouvrir. Elle était prête à la démolir s'il le fallait.

Mais sa main tremblait, son bras s'est dérobé. Elle s'est écroulée, les yeux sur les fleurs rouges et bleues du papier peint. Il se décollait du mur, des lambeaux se détachaient en poussant de petits cris, comme la voix d'une minuscule bûche crépitant dans la cheminée. L'esprit engourdi, toussant si fort qu'elle avait l'impression qu'on lui arrachait les poumons, prise de vertiges, elle a laissé sa tête se poser sur le tapis et elle s'est mise à pleurer. Ses sanglots étaient faibles, sa vision obscurcie, son souffle de plus en plus pénible.

Une feuille de lierre, détachée de la corniche, est tombée juste devant son nez. Elle l'a prise et portée à ses lèvres. C'était un morceau de sa mère et la dernière chose qu'elle verrait jamais. Elle a tenté d'inspirer, dans l'espoir insensé de capter un reste du parfum de sa mère ou l'odeur boisée de sa magie végétale, mais cela n'a fait qu'assombrir davantage sa vision. Elle a fermé les yeux.

Soudain, une lumière blanche et vacillante est apparue. Elle était si brillante qu'elle perçait même la barrière de ses paupières fermées, et elle était si étrange, si pure et si éblouissante, que Farrin, en équilibre instable au bord de sa jeune existence, a trouvé la force d'ouvrir les yeux.

Une silhouette était accroupie à côté d'elle, juste à côté, incroyablement, devant le papier peint gémissant. Dégingandée, disgracieuse, tout en coudes et longues jambes maladroites. Un garçon. Plus tout à fait un enfant, pas encore un homme.

Et il brillait. Un halo de lumière émanait de lui, comme si un artisan élu avait trouvé le moyen de peindre un être vivant avec de la lumière d'étoile. Un phare éclatant. Un garçon lumineux.

Plus étrange que la lumière qu'il dégageait était son masque – *en tissu*, songea Farrin. Il couvrait son nez, sa bouche, et les seules ouvertures pratiquées, deux trous noirs, ne permettaient pas de voir ses yeux. Il était effrayant, sommaire, dissimulait tout son visage et une grande partie de ses cheveux, même si Farrin apercevait quelques mèches humides et noires sur le côté.

Le garçon lui tendait la main. Une main pâle, couverte de sueur et noire de suie.

— N'aie pas peur, a-t-il dit.

Sa voix n'était ni grave ni aiguë, quelque part entre les deux. Elle était râpeuse, mais gentille, et sa main sale ne tremblait pas.

— Je sais par où sortir.

Farrin a hésité. Le garçon lumineux était rayonnant et bien intentionné, mais tout le reste, autour de lui, était brûlant, frémissant, horrible. La maison était furieuse ; elle tremblait. Une explosion de verre a retenti, beaucoup trop proche, et soudain un effroyable bruit de succion, comme si tout l'air de la pièce était aspiré d'un seul coup, s'est fait entendre. Au même instant, le garçon s'est précipité sur elle, pour la plaquer de nouveau sur le sol, la couvrir de son corps, et la maintenir comme ça, soigneusement protégée. Ils tremblaient tous les deux, respiraient tous les deux péniblement.

Lorsque Farrin a ouvert les yeux, le sol était jonché d'éclats de verre. Un désespoir immense l'a saisie. La maison s'écroulait autour d'eux ; ils ne trouveraient jamais d'issue. Le garçon mentait ; il n'était même pas réel. Elle allait mourir ; elle était morte.

C'est alors qu'Osmund a sorti la tête de sa chemise de nuit, jeté un regard furieux au garçon lumineux – deux fentes jaunes menaçantes à la place des yeux –, avant d'émettre le miaulement plaintif qu'il employait pour informer la terre entière qu'il avait faim. Ce bruit étranglé et indigné a donné de la force à Farrin.

Elle a pris la main du garçon lumineux et opiné contre son torse.

Il a resserré fermement les doigts autour des siens et plaqué quelque chose contre sa bouche – un tissu épais, froid et humide, la chose la plus inouïe qu'elle ait jamais connue.

— Ça va te permettre de respirer plus facilement, lui a-t-il crié.

Mais Farrin avalait déjà tout l'air qu'elle pouvait, s'appuyant sur le garçon, tandis qu'il l'entourait de son bras pour l'entraîner hors du petit salon, dans le couloir. Quel couloir? Quel escalier? Elle n'en savait strictement rien, ne comprenait pas le chemin qu'ils empruntaient. La maison n'était plus qu'un labyrinthe mouvant, la gueule d'un monstre, et le chiffon salvateur contre sa bouche était en train de sécher. Ses poumons – deux poings noirs, qui ne cessaient de rétrécir dans sa poitrine – lui faisaient mal. D'une main, elle protégeait Osmund, de l'autre elle s'accrochait à celle du garçon lumineux.

Quelque chose a craqué au-dessus d'eux. Le garçon a lâché un affreux juron, et fait un écart en l'entraînant avec lui – sa main serrait tellement la sienne qu'elle en souffrait –, juste au moment où une ombre gigantesque tombait du ciel. Un morceau de plafond carbonisé, noir et rougeoyant, entouré de lierre brûlé.

— Par ici! a-t-il crié comme si Farrin avait le choix.

La poigne du garçon était de fer, sa force inépuisable. Les flammes rugissaient autour d'eux, crachaient des étincelles et de la fumée. Les murs des couloirs qui semblaient interminables s'effondraient sur leur passage.

Et le garçon ne flanchait pas. Il était comme un aigle formidable, pensait vaguement Farrin étourdie par les couleurs qui tournoyaient autour d'elle. Orange et or, rouge palpitant, noir. Un aigle formidable qui la maintenait en sécurité sous son aile tandis qu'ils traversaient la tempête. Aucun vent ne pouvait l'arrêter, aucun orage, aucune ombre. Ses yeux étaient clairs et brillants, et il savait exactement où aller.

— Farrin ! l'a-t-elle soudain entendu crier de très, très loin. Farrin, allez ! Ne t'arrête pas !

Mais elle ne pouvait plus marcher. Ses pieds étaient de plomb, et, de toute façon, ils avaient besoin de ses poumons pour fonctionner, lesquels avaient besoin d'air, or il n'y en avait plus.

Le monde, d'un seul coup, a vacillé, elle s'est sentie soulevée. Non, elle courait. Ou bien, c'était seulement la fin.

Non. C'était le garçon lumineux qui courait, et elle, elle était dans ses bras.

Ses yeux papillonnaient, elle voyait maintenant un ciel nuageux, troué d'une balafre de lumière blanche, froide et soyeuse : la lune montante. Puis un éclair orange, frémissant, rageur, une explosion de chaleur dans l'obscurité.

Soudain, elle était allongée dans l'herbe, les yeux, le nez, la gorge envahis de fumée. Le garçon lumineux, penché sur elle, écartait délicatement les mèches de cheveux humides plaquées sur son visage. Puis il s'est arrêté, laissant sa main flotter un instant au-dessus de sa bouche, et il a lâché un profond soupir de soulagement.

— Tu respires, a-t-il soufflé. Tu vas t'en sortir.

Il a reculé en émettant un bruit étrange. Un rire ?

— Tu vas t'en sortir, a-t-il répété de sa voix râpeuse, pas encore celle d'un homme, déchirée par la fumée.

Farrin, désorientée, ne percevant de lui qu'un faible éclat, les deux ombres de ses yeux étrangement dissimulés, a tendu la main vers lui.

Il l'a prise dans la sienne et l'a serrée. Sa silhouette, avec les flammes pour toile de fond, était déroutante : mi-ombre, mi-lumière.

— Étoile de ma vie, a-t-il murmuré en déposant un court baiser sur ses doigts.

Ce geste et ces mots l'ont frappée comme la flèche d'un archer. *Étoile de ma vie*, s'est-elle dit. C'était beau, et gentil, mais bizarre, puisque c'était lui qui brillait.

Puis il s'est raidi, a lâché sa main et s'est levé.

— Je dois partir.

Il semblait tout à coup très en colère.

Farrin a tenté de le retenir, de protester. Il s'en allait ? Il la laissait ? C'était impossible ! Où se trouvait-elle ? Où était sa famille ? Sa maison ? Et son piano, sa musique, tout ce qu'elle aimait ? S'il la laissait, le feu l'engloutirait. S'il disparaissait, elle aussi disparaîtrait.

— Je suis tellement désolé, a-t-il ajouté d'un ton plus doux en effleurant sa joue, sa main brûlante contre sa peau brûlante. Ils arrivent à présent. Tu vas t'en sortir.

Puis il a disparu. Farrin a cherché sa main, le réconfort de sa présence et de sa force, mais n'a trouvé que l'herbe humide, la terre froide. Elle est parvenue à soulever tout à fait les paupières et, à travers un voile de suie et de larmes, elle a distingué la silhouette d'Ivyhill au loin. Sa maison, en feu. Noire, distordue, comme dessinée grossièrement par une main malfaisante.

Elle a pris Osmund et l'a serré contre son cou. Elle sanglotait lorsque son père a surgi, en larmes, fou de panique. Il l'a soulevée si brutalement de terre qu'Osmund lui a échappé. Gemma, en pleurs, était accrochée à la jambe de leur père, ses boucles d'or pendouillant au bout de rubans défaits. Mara aussi était là, couverte de cendres mais les yeux secs, accroupie pour attraper un Osmund désorienté et franchement vexé avant qu'il ne disparaisse dans la nuit.

Et maman ?

Farrin s'est tournée dans les bras de son père, la gorge nouée, et l'a enfin aperçue – Philippa Ashbourne, sa mère chérie, à genoux dans l'herbe non loin d'eux, les yeux posés sur Ivyhill en feu, le visage ruisselant de larmes silencieuses, les bras le long du corps.

Mara, tout en retenant Osmund qui miaulait sans répit, faisait de son mieux pour réconforter Gemma, agrippée à leur père. Quelques domestiques les avaient rejoints et accaparaient leur père dans une discussion frénétique avec le gardien en chef, M. Carbreigh, un Élémentaire élu. Ils s'agitaient, tous tournés vers le feu et, ainsi distraits, personne n'a vu le changement s'opérer sur Philippa Ashbourne.

Personne hormis Farrin. Elle a vu l'instant où sa mère est devenue quelqu'un, quelque chose d'autre. Elle a vu le moment où Philippa s'est relevée pour essuyer ses joues, une expression nouvelle, dure et méchante, inconnue, sur le visage. Le feu illuminait ses traits, transformant ses yeux en deux soleils incandescents. Elle irradiait de fureur. Farrin le sentait, même à demi morte comme elle l'était. Elle connaissait la silhouette de sa mère mieux que la sienne et, tandis que le feu rugissait, elle a vu le corps de Philippa Ashbourne se transformer sous ses yeux.

Elle a vu sa douceur s'envoler, chacun de ses traits, chacune de ses courbes durcir comme de la pierre, s'aiguiser, devenir une arme. Même l'air qui l'entourait s'est figé, comme s'il était brusquement chargé de magie meurtrière. Et, alors même que l'événement qu'ils subissaient était une catastrophe – une catastrophe d'une telle ampleur et si affreuse que Farrin était incapable d'en saisir la portée –, un grand sourire s'est dessiné lentement sur les lèvres de Philippa Ashbourne. Comme si, au lieu des flammes, elle contemplait un merveilleux secret.

En cet instant – si désorientée et intoxiquée par la fumée qu'elle l'oublierait par la suite – Farrin, pour la première fois de sa vie, eut sincèrement, indiciblement, peur de sa mère.

Chapitre 1

Chaque matin, réveillée et prête avant tout le monde, je faisais le tour d'Ivyhill pour m'assurer que tout allait bien.

C'était mon heure de la journée préférée. Je ne dormais jamais très bien, alors renoncer au repos et quitter mon lit après quatre heures d'un sommeil léger était toujours un soulagement. Personne n'était debout pour m'interroger ou me demander quoi que ce soit. La lumière était douce, les ombres encore épaisses. Les seuls bruits étaient le tic-tac régulier des horloges, le remue-ménage lointain des cuisines, le martèlement de velours des pattes d'Osmund trottant à mon côté.

Ivyhill était splendide juste avant l'aube, aussi paisible que mes pensées.

Lors de mes déambulations matinales dans la maison, j'oubliais la liste interminable de mes obligations, le carnet de notes glissé dans la poche de mon manteau, alourdie de lettres et de factures. Je pensais à des choses sur lesquelles je n'aurais plus le temps de m'attarder une fois le soleil levé. Je pensais à nos cavalcades dans les couloirs avec Gemma et Mara lorsque nous étions petites, aux innombrables et merveilleuses cachettes créées par les agencements de lierre de Mère. Parfois – rarement – il m'arrivait de penser précisément à elle, à la façon dont elle nous avait quittés, au dégoût que son souvenir m'inspirait, à mon désir de m'en défaire comme on arrache une mauvaise herbe.

Et parfois, plus souvent que je ne l'aurais admis, je pensais à la nuit de l'incendie, lorsque j'avais onze ans, que Mère était toujours là et que Père souriait encore. Je pensais au feu et je pensais à lui : le garçon lumineux. Le garçon qui m'avait sauvée. Cela me faisait souffrir de remuer le passé – mes sœurs, ma mère, le feu. C'était comme gratter une croûte, sentir la piqûre, regarder le sang se remettre à couler.

Mais, pour une raison mystérieuse, penser au garçon lumineux était parfois le plus douloureux.

Je n'avais jamais oublié la sensation de sa main forte tenant la mienne, la sécurité de ses bras autour de moi, la caresse de sa main sur mon front.

Je dois partir, avait-il dit. *Je suis tellement désolé.* Et je savais qu'il l'était. Cette voix, dont je me souvenais si clairement : lourde de regrets, déchirée par la fumée qui m'avait presque tuée. J'ai fermé les yeux en traversant le couloir qui menait aux chambres des invités, et laissé son écho m'envahir, les poings serrés pour mieux le retenir.

Où était ce garçon à présent ? À quoi ressemblerait cette voix aujourd'hui ? Qu'éprouverais-je entre ses bras maintenant que nous étions adultes ?

Si, toutefois, il existait vraiment.

J'ai ouvert les yeux et foudroyé le tapis du regard en continuant de marcher, me maudissant de perdre mon temps en rêvasseries et furieuse de voir les premières lueurs de l'aube percer l'obscurité. Beaucoup de gens priaient le matin pour saluer le jour nouveau ; et bien, j'allais en faire autant.

— Je vous hais, ai-je murmuré dans l'ombre aux dieux morts.

Telle était ma prière. Car soit ce qui restait d'eux après le Démantèlement avait planté l'illusion de ce garçon dans mon esprit, me laissant y croire pendant treize ans – la théorie soutenue par ma famille sceptique –, soit ces mêmes restes divins avaient conduit ce garçon jusqu'à moi, l'avaient aidé à sauver la fillette maigrichonne de onze ans que j'étais, avant de me l'arracher sans me laisser le temps de lui demander son nom.

Fustiger les dieux morts à propos du mystérieux sauveur de mon enfance était bien moins risqué que les fustiger pour une autre raison, pour l'innommable chose apparue sous les traits de ma mère.

Ma splendide mère aux yeux bleu vif, aux mains rêches à force de jardiner, au sourire niché en permanence au coin des lèvres, son rire prêt à jaillir pour un rien.

Ma mère qui avait orné notre maison de lierre, non pas à une mais deux reprises – la première fois, juste après son mariage avec mon père, la seconde après l'incendie qui avait failli tous nous tuer. Le parfum de sa magie végétale, un mélange de terre humide, de lys, de miel et d'une fragrance lumineuse et chaude que je n'arrivais jamais à définir.

Ma mère qui avait disparu une nuit, sans aucune explication ni la moindre excuse, me laissant ramasser les morceaux de notre famille brisée. Elle savait que j'étais la seule capable de mettre le chagrin de côté pour faire ce qui était nécessaire, diriger le domaine, empêcher Père de se détruire. Elle le savait parfaitement, et cela ne l'avait pas empêchée de partir.

C'était une rage que je gardais profondément enfouie, même lors de mes tranquilles promenades matinales. Si je la laissais s'exprimer, elle m'anéantirait, et ma famille ne pouvait pas se permettre ma destruction.

Je me suis arrêtée devant l'escalier à l'angle du couloir ; il conduisait au rez-de-chaussée et au début de ma journée. J'ai de nouveau fermé les yeux, attachée au souvenir du garçon lumineux penché sur moi dans l'herbe humide – le bouclier de son corps contre la fureur de l'incendie, le courage avec lequel il m'avait guidée à travers les flammes. Je refusais de donner un nom à la souffrance que j'éprouvais. Je me suis immobilisée complètement pour me rappeler sa voix râpeuse.

La boule dans ma gorge, le nœud dans ma poitrine, le désir me picotait le bout des doigts, comme si je pouvais tendre la main à travers le temps et toucher encore la sienne. Ce sentiment de perte et de déchirure, ce souvenir brûlant éternellement dans mon cœur, finirait-il par faiblir et me laisser un jour en paix ?

Secrètement, honteusement, j'espérais que non.

J'ai ouvert les yeux. Les premiers rayons de soleil me léchaient les pieds. Il était temps de se mettre au travail.

Je suis passée devant les gardes postés près de la porte d'entrée, prêts à passer le relais à l'équipe suivante. Tomas, Treska – je leur ai souhaité une bonne journée et me suis forcée à sourire. Un grand miroir dans un cadre doré ornait le mur à côté ; je l'ai ignoré. Les miroirs n'étaient pas mes amis. Si je regardais dans celui-ci, je savais ce que je verrais : une femme maigre et pâle, aux cheveux châtain clair retenus dans une natte sévère, des cernes sous ses yeux marron au regard dur, la peau terne, parce que cela faisait longtemps que Gemma ne m'avait pas obligée à voir son Artificière de beauté, les lèvres gercées, parce que je les mordillais quand j'étais occupée ou soucieuse – et j'étais toujours occupée ou soucieuse. Chaque fois que je regardais dans un miroir, ou que je surprenais mon reflet dans une vitre, j'avais l'air fatiguée et irritée, parce que c'était ce que j'étais. Fatiguée et irritée, en permanence, désirant éperdument dormir et incapable de le faire.

Il n'y avait donc aucune nécessité de regarder dans le miroir.

Des pas précipités derrière moi, pressés de franchir le hall d'entrée, m'ont avertie de la présence d'Emry, notre nouvelle femme de chambre. J'ai tourné la tête et compris, à son allure – un seau de cuivre rempli de bois dans les mains, un torchon propre sur l'épaule –, qu'elle n'était pas encore montée dans ma chambre préparer le premier feu de la journée. Elle a croisé mon regard par-dessus mon épaule et s'est figée, les yeux ronds de panique.

— Bonjour, madame, m'a-t-elle dit, essoufflée, en esquissant une courte révérence. Avec mes excuses, je me suis réveillée un tout petit peu plus tard et…

— Ne t'inquiète pas, Emry, lui ai-je répondu, surprise moi-même par la chaleur et la gentillesse de mon intonation alors que j'éprouvais tout le contraire. Se réveiller trop tard arrive à tout le monde.

Sauf que cela ne m'arrivait jamais.

— Je ne remonterai pas avant des heures. Inutile de t'occuper de ma chambre aujourd'hui.

Elle s'est inclinée dans une nouvelle révérence, a murmuré un remerciement les yeux brillants de reconnaissance, et je me suis arrangée pour lui sourire de nouveau. Même si mon sourire s'est effacé à l'instant où j'ai franchi la porte. Je me fichais complètement du feu et n'avais aucun grief contre elle. J'étais au contraire heureuse pour elle, et envieuse. J'aurais bien voulu que mon esprit inquiet me laisse le loisir de me réveiller en retard.

Cette réflexion, tandis que je descendais l'allée pavée, saluant aimablement chaque jardinier déjà à pied d'œuvre dans le parc, m'a conduite à songer à une autre personne qui n'avait aucun mal à dormir: ma plus jeune sœur, Gemma. Elle ne serait pas levée avant des heures et, quand ce serait le cas, le soleil déverserait ses rayons par sa fenêtre, et sa femme de chambre, Lilianne, lui apporterait joyeusement un petit déjeuner tout chaud. À ce moment-là, j'aurais terminé mon entretien quotidien avec Byrn, notre palefrenier en chef, validé le menu du dîner avec Mme Rathmont, et je serais à la moitié de mes visites aux fermiers en bordure du domaine.

Je savais que je ne devais pas lui en vouloir autant de se réveiller si tard. Son amant, Talan, qui vivait dans la clandestinité pour sa sécurité et pour la nôtre, était venu et reparti avant-hier. Une visite dont je savais parfaitement que la brièveté était une torture pour eux deux. J'avais eu le cœur brisé d'entendre ma sœur pleurer après son départ, refusant le moindre réconfort, préférant s'enfermer dans sa chambre avec sa chienne, Una, pour seule compagnie. Gemma était celle qui, quelques semaines plus tôt, avait brisé le sort de l'*ytheliad* et arraché la Couronne aux Trois Yeux enchâssée dans le crâne de Talan, et cela en repoussant l'assaut violent de Kilraith. Nous l'avions tous aidée – Mara, les Bask et moi – mais Gemma avait été en première ligne, et les stigmates scintillants qu'elle portait sur la main en étaient la preuve. Elle méritait le repos. Je savais que je ne devais pas le lui reprocher.

Je ne pouvais pourtant pas m'empêcher de fulminer. L'amertume m'étouffait. Je voulais démolir quelque chose, mais je ne savais pas me servir de mes poings, et la perspective de me briser les os ne m'enchantait pas spécialement. Encore que l'idée soit tentante. Si je me brisais la main, je pourrais m'aliter. Quelqu'un d'autre serait bien obligé d'endosser mes responsabilités.

Une idée absurde. Gemma ne pouvait pas passer la journée à arpenter notre domaine imbibé de magie sans avoir au minimum la nausée – une autre chose qu'il était injuste de ma part de lui reprocher, d'autant qu'elle ne s'en plaignait jamais. Quant à Père… Bon. Père était un tout autre problème.

J'ai bifurqué en direction des écuries et me suis arrêtée au prétexte de resserrer les lacets de mes bottes. Je devais discipliner mes réflexions et me calmer. Si je commençais à penser à Père, aux Bask, à me défouler sur quelque chose, à la Couronne aux Trois Yeux et à Kilraith – quoi qu'il soit, où qu'il se trouve –, je n'arriverais à rien. Je ne pouvais pas me permettre de céder à la peur, à la colère, ou à la jalousie. J'ai éprouvé un brusque élan d'amour pour ma sœur Mara, qui vivait loin, dans le Nord, en bordure de la Brume du Milieu. Membre de l'Ordre de la Rose, elle nous protégeait tous de l'Ancien Pays et de sa magie primordiale. Mara comprendrait, si je me confiais à elle ; Mara savait ce que signifiait sacrifier ses sentiments au devoir.

Lorsque je me suis redressée, j'étais plus sereine. L'air matinal charriait une fraîcheur agréable et vivifiante. Nous étions au début de l'automne ; le soleil n'allait pas tarder à se faire plus rare. Je sentais déjà ce fardeau, celui de l'obscurité, peser sur mes épaules. Je n'aimais pas les mois d'automne et d'hiver ; tout devenait gris, morne, drapé dans l'ombre. Chaque jour plus difficile à accueillir que le précédent.

Osmund m'avait suivie dehors. Une rareté – il était résolument un animal d'intérieur. Mais il était là, assis tranquillement dans la poussière à mes pieds, dardant sur moi la lueur perspicace de ses yeux jaunes, comme s'il m'entendait et jugeait mes réflexions pathétiques. Il a émis un miaulement ronchon. *Pourquoi s'est-elle donc arrêtée ?* semblait-il se demander. *Elle a du travail.*

Il avait raison.

J'avais toujours du travail.

❁

À midi, mes obligations matinales terminées, je suis rentrée à la maison pour me reposer quelques instants et déjeuner – en compagnie de Père, je l'espérais, même si, depuis quelque temps, je prenais le plus souvent mes repas toute seule dans notre salle à manger privée. Cette solitude, en temps normal m'aurait convenu. Mes moments de tranquillité étaient rares, et je les appréciais.

Mais Père se comportait bizarrement ces temps-ci. Il était fuyant, taciturne. Et même désagréable avec moi, ce qui n'était pas courant. J'étais sa fille préférée, un privilège dont je me réjouissais secrètement.

Il est resté, tout l'après-midi, introuvable. Les salons étaient déserts ; la porte de son bureau personnel à l'étage grande ouverte. J'avais pourtant aperçu des chevaux qui n'étaient pas les nôtres dans les écuries, ce matin, en discutant avec Byrn, et j'aurais juré avoir entendu les roues d'une calèche sur l'allée pavée quand j'étais aux cuisines avec Mme Rathmont.

En fin de journée, tandis que je m'installais, contrariée, à la table de la salle à manger pour ouvrir mon calepin et vérifier le reste des tâches quotidiennes à accomplir, Gilroy, notre majordome, est arrivé avec des sandwiches sur un plateau d'argent.

— Bonsoir, madame, m'a-t-il dit en s'inclinant légèrement. Quelques sandwiches aux crudités et le courrier du matin, qui est arrivé un peu tard, aujourd'hui. Préférez-vous de la limonade ou du thé à la menthe ?

Ma contrariété s'est aussitôt envolée.

Le courrier !

— De la limonade, Gilroy, merci, ai-je répondu en me

retenant de lui arracher des mains le paquet de lettres qu'il me tendait.

Je les ai rapidement triées. Une enveloppe anormalement épaisse venant de notre cousine Delia, une Langue d'argent élue qui habitait sur la côte sud et ne se lassait jamais du son de sa voix. Des brochures publicitaires pour différents magasins de Derryndell, Tullacross, et Summer Amble, les localités dignes d'intérêt les plus proches. Les demandes de règlements dus à l'épicier préféré de Mme Rathmont, au tailleur de Père, au menuisier, à l'Élémentaire qui avait réparé notre carrosse…

Et enfin, deux autres lettres. L'une, arborant l'écriture hâtive et penchée qui m'était malheureusement devenue familière au cours de ces dernières semaines. Celle de Ryder Bask, un Animalier élu talentueux et détestable crétin, fils de Lord Alaster Bask. Les Bask avaient été, pendant des décennies, les pires ennemis de ma famille. Qu'en était-il à présent ? Après ce que nous avions accompli dans l'Ancien Pays. Après avoir libéré Talan de la malédiction qui le liait à Kilraith et, du même coup, éliminé la force maléfique à l'origine de la haine tenace entre nos deux familles.

J'ai fourré cette lettre dans la poche de mon manteau. Je n'étais pas en état de supporter un courrier de Ryder Bask. Son contenu allait certainement engendrer une violente migraine : un énième rapport sur les incursions incessantes des créatures de l'Ancien Pays dans les territoires du Nord, ou la requête manifestement agacée de les autoriser enfin, lui et son affreuse sœur, à nous rendre visite, ou encore une remarque tatillonne concernant le discours que nous étions censés prononcer ensemble lors du prochain bal de la reine. Un discours pour célébrer la nouvelle ère de paix entre les deux familles les plus puissantes du continent.

Paix. Ce terme avait du mal à passer. Gilroy s'était approché du buffet et me tournait le dos ; j'en ai profité pour tirer la langue à mon assiette.

Puis j'ai pris la dernière lettre, celle dont le cachet de cire rouge était frappé d'une rose. Lorsque je l'ai rompu, une languette de magie chaude s'est brisée comme une fine couche de verre sous mes doigts, les piquant avant que je puisse sortir le pli. Un sortilège d'identification, certainement posé par l'une des Sorceleuses de l'Ordre afin d'empêcher toute indiscrétion.

Chères sœurs, disait la lettre de l'écriture nette et régulière de Mara, *vous me manquez toutes les deux affreusement et j'aimerais vous donner de meilleures nouvelles...*

J'ai repoussé ma chaise et me suis levée d'un bond, au moment où Gilroy revenait vers la table avec mon verre de limonade. Je l'ai heurté, et le liquide a giclé sur sa poitrine. Il a poussé un grognement, ses sourcils noirs et broussailleux dressés par la consternation, mais je me tenais devant lui, la précieuse lettre serrée sur mon cœur.

— C'est de Mara, ai-je lâché dans un souffle.

Son visage s'est aussitôt illuminé.

— Allez-y, madame, a-t-il dit, la limonade oubliée, en me poussant d'une main gantée éclaboussée vers la porte. Je crois que Lady Gemma est dans la bibliothèque.

Je lui ai souri et me suis précipitée hors de la pièce, mais, avant d'avoir parcouru la moitié du parquet brillant de l'entrée, des murmures m'ont forcée à me retourner.

Père sortait du couloir opposé, accompagné de deux personnes que je ne connaissais pas : une femme mince à la peau sombre, vêtue d'une élégante robe blanche et d'une veste assortie, et un homme au visage rougeaud, rasé de près, dont les boucles auburn retombaient sur son col. Il se tenait maladroitement dans un costume marron et un gilet bleu nuit, comme s'il n'était pas habitué à ce genre de vêtements. Ils ont émergé du couloir en morceaux : une main gantée, une bottine vernie, un ourlet impeccable. Les ombres se brisaient autour d'eux, et l'air frémissait. L'âcreté de la magie inondait la pièce. Mon cœur s'est soulevé.

Je ne m'étonnais plus de ne pas avoir pu localiser mon père en revenant à la maison. Il s'était assuré que ni moi ni personne ne le puisse, en se dissimulant, lui et ses compagnons, derrière un sortilège couvrant leurs voix, leur présence même.

Père n'était pas Sorceleur, il n'avait pas la capacité de lancer des sorts ; il était une Sentinelle, élu et doté par les dieux d'une force et d'une vélocité exceptionnelles, d'une adresse inégalable au combat. L'un de ses invités devait donc être Sorceleur, bien qu'il soit impossible de savoir lequel en les regardant. Je les ai dévisagés en essayant de comprendre. Je ne les connaissais pas ; comment pouvais-je ne pas les connaître ? Je connaissais tous les invités de Père, tous ses amis et ses ennemis, tous les marchands dont il appréciait les produits et pourquoi.

Que manigançait-il en compagnie d'un Sorceleur qui m'était inconnu ?

J'ai caché la lettre de Mara dans ma poche, redressé le menton et traversé l'entrée d'un pas résolu pour les rejoindre, avec ce que j'espérais être un sourire aux lèvres.

— Ah, te voilà, Père, ai-je dit gaiement. Je n'avais pas compris que nous avions de la visite, aujourd'hui. Je vais en informer Mme Rathmont immédiatement afin qu'elle puisse adapter le dîner.

Père m'a rendu un sourire affectueux, comme s'il était absurde d'aborder des sujets aussi futiles.

— Inutile, ma chérie, a-t-il répondu en déposant un baiser sur ma joue. Mes amis sont sur le point de partir.

J'ai jeté un coup d'œil, par-dessus son épaule, à ses « amis », ces étrangers dont la froideur pleine de dédain était glaçante. Mais leur culot m'a donné du courage ; cette maison était la mienne, pas la leur.

— Je suis navrée de vous interrompre, ai-je déclaré, mais je dois absolument m'entretenir un instant avec mon père.

J'ai posé une main ferme sur son bras et je l'ai entraîné vers l'une des antichambres aux murs tapissés de velours bleu clair et au plafond couvert des lierres de Mère.

— Qui sont ces gens ? ai-je demandé en chuchotant.

Père m'a dévisagée durement et n'a rien dit. Son regard froid et posé m'a inspiré une sensation de malaise, mais il n'allait pas se débarrasser de moi si facilement.

— Je ne les connais pas, ai-je repris. Qui sont-ils ?

— Suis-je tenu de te présenter tous ceux qui franchissent le seuil de ma maison ? a-t-il répliqué d'une voix douce.

Cette intonation était destinée à me rabaisser, me ramener au niveau d'une enfant puérile et ridicule. C'était le genre de ton qu'il employait avec Gemma afin de la dissuader de se mêler de ce qu'il faisait, mais jamais avec moi. J'avais toujours été celle au courant de tout, à ses côtés. Je connaissais la vérité bien avant que Gemma ne la découvre : le démon qui tenait notre famille sous son emprise existait bel et bien, le chemin qui conduisait à son antre se trouvait à l'intérieur du vieux chêne près de la fontaine, et il restait dix-huit Trous-de-Vert, dispersés dans le domaine, dont elle ignorait encore l'existence.

Et à présent, mon père me regardait comme si rien de tout ça n'était vrai, comme si tous les secrets que nous avions partagés, toutes les inquiétudes qu'il m'avait confiées, n'étaient que le fruit de l'imagination d'une fillette en manque d'affection.

— Oui, tu es tenu de le faire, ai-je répliqué sans broncher, parce que c'est aussi ma maison, que je supervise son fonctionnement et que je n'ai pas l'habitude de voir des étrangers fouiner.

— Ils ne fouinent pas, ils sont avec moi.

— Pour parler de quoi ?

Il a plissé le front.

— Franchement, Farrin, c'est pénible. Si j'avais voulu te mettre au courant, je l'aurais fait. Laisse-moi tranquille maintenant.

Il s'est écarté, mais je me suis dépêchée de lui barrer le passage. Je l'ai attrapé par la manche et j'ai baissé le ton, tâchant de ne pas me laisser impressionner par son regard furieux. Mon père ne m'avait regardée que deux fois de cette manière. La première, plusieurs semaines auparavant, de l'autre côté du Trou-de-Vert dissimulé dans le vieux chêne, juste avant qu'il n'aille à la rencontre du démon. La seconde, à notre retour de Rosewarren, encore sous le choc de notre incursion dans l'Ancien Pays, lorsque nous lui avions tout raconté : le démon qui nous poussait à détruire les Bask avait pris possession de Talan, celui-ci était désormais libéré de l'immonde tutelle de son maître, Kilraith, Talan et Gemma étaient passionnément épris l'un de l'autre, et la guerre n'avait plus lieu d'être. Kilraith, blessé, se terrait quelque part. Nous pouvions faire une trêve avec les Bask. Nous pouvions vivre en paix.

Et mon père, pour la troisième fois de mon existence, me dévisageait avec une rage bouillonnante. Un portrait du père de son père trônait fièrement derrière lui. Il me foudroyait lui aussi d'un œil noir, et ces deux regards, intransigeants et flamboyants, étaient ceux de Sentinelles.

Cette fois, j'ai flanché. J'ai failli m'éloigner de lui, car j'ai craint qu'il ne me frappe, ce qu'il n'avait jamais fait auparavant. Il n'avait même jamais eu la tentation de le faire. Mais je sentais la violence de Sentinelle bouillir dans ses veines. Mon instinct me criait de partir.

À la place, j'ai tenu bon, en dépit des scénarios affreux qui s'enchaînaient dans ma tête.

— Dis-moi que tu ne mijotes rien pour le bal de la reine, ai-je demandé à voix basse. Promets-moi que tu ne feras rien.

— Ne rien faire ?

Les coins de sa bouche se sont relevés. Il a lâché un rire.

— Non, Farrin, c'est ta spécialité. Tu ne fais rien. Gemma ne fait rien. Moi, j'agis.

— La guerre est terminé, Père. Les Bask…

— Les Bask n'ont pas changé, a-t-il craché en libérant son bras. Rien n'a changé et rien ne changera jamais.

Puis son regard est tombé sur la poche de mon manteau. J'ai baissé les yeux, vu le coin de la lettre de Ryder dépasser. Ma gorge s'est nouée.

Un sourire fin s'est étiré sur les lèvres de Père.

— En parlant du loup, a-t-il dit d'un ton sifflant, ça vient de lui ? Le rejeton des Bask ?

J'avais de nombreuses raisons de détester cette discussion, et la pire était de prendre la défense d'un homme que je méprisais. Peu importait qu'il se soit battu dans l'Ancien Pays aussi férocement que si nous étions de la même famille. Il restait un Bask, et je n'étais pas obligée de l'apprécier. Je devais simplement me contenter de ne pas le tuer.

— Il s'appelle Ryder, ai-je répliqué, et à vingt-huit ans, il est loin d'être un gamin.

Père a dressé un sourcil.

— Il veut venir ici, n'est-ce pas ? Pour une visite ? Il en parle encore ?

— Je ne sais pas, je n'ai pas ouvert sa lettre.

— Tu ferais mieux de la brûler. Elle est peut-être ensorcelée. L'encre pourrait être empoisonnée.

— La guerre est terminée, Père. La situation a changé, et tu le sais. Le bal de la reine…

— Le bal, a-t-il pouffé d'un ton mordant avant d'abattre la main sur mon poignet, d'un geste plus vif que l'éclair.

Il me serrait si fort que j'en ai eu le souffle coupé. La fureur de Sentinelle, cette puissance magique donnée par les dieux qui le rendait capable de creuser un gouffre au milieu d'un champ de bataille et de semer la destruction derrière lui, s'était réveillée.

— Aucun bal, aucune invitation, aucun présent offert en gage de paix, ni aucun séduisant démon libéré, a-t-il déclaré avec un calme assassin, ne changera le fait que ces gens sont nos ennemis et qu'ils saisiront la moindre occasion de nous détruire.

J'ai secoué la tête, voulu protester, mais il s'est penché vers moi et m'a coupé la parole. Ses yeux étincelaient comme le soleil sur le tranchant d'une épée.

— Je ne vais pas laisser ma famille se faire déchirer par des gens comme eux. Tu crois vraiment que les stratagèmes inoffensifs qu'ils ont manigancés ces derniers mois ont assouvi leur soif de vengeance ?

D'un seul coup, la scène atroce qui s'était déroulée au bal de la reine l'été précédent m'est revenue en mémoire. Ma mère depuis longtemps disparue était enfin de retour, courant vers mon père au milieu de la salle bondée, nous appelant ma sœur et moi, pleurant d'émotion sous les yeux d'une foule ébahie. Leurs retrouvailles impensables m'avaient fracassée, laissée sans voix, figée non de bonheur ou de soulagement, mais de fureur. C'était maintenant qu'elle revenait. Après avoir causé tant de souffrances.

Mais le sortilège s'était effacé, révélant progressivement sous les traits de ma mère ceux d'Alastrina Bask – exultant de triomphe –, puis son frère Ryder Bask avait fait irruption, fendant la foule scandalisée pour se jeter sur mon père abasourdi et le frapper à coups de pied et à coups de poing, encore et encore.

— Des stratagèmes inoffensifs ? ai-je rétorqué en essayant vainement de libérer mon poignet. Tu mens. J'ai vu ton visage ce soir-là. On aurait dit qu'on t'avait tiré dessus. Et je crois que tu aurais préféré ça.

Il m'a ignorée pour continuer.

— Depuis que le sort conçu par ta mère et moi a pris fin et que la forêt qui emprisonnait les Bask à Ravenswood s'est retirée, j'attends qu'ils reviennent s'en prendre à nous – s'en prendre réellement à nous, comme ils l'ont fait il y a des années. L'incendie, Farrin.

Il a secoué la tête, et je me suis aperçue que le scintillement éblouissant de ses yeux était des larmes de colère, prêtes à rouler.

— Deux de nos filles étaient sauves, la troisième était piégée dans la maison en flammes. Personne n'avait pu te trouver. Et l'odeur du sortilège qu'ils ont employé pour mettre le feu... âcre, horrible, la puanteur du poison mêlée à celle de la pourriture. Je la sens encore, chaque nuit, dans mon sommeil. Fouiller le domaine à ta recherche tandis que le feu faisait rage, te découvrir enfin, étendue dans l'herbe, inerte et couverte de suie... Non, je ne subirai pas d'autre épreuve comme celle-ci. Jamais.

Je ne supportais plus la douleur. Mon poignet semblait sur le point de se briser, broyé par mon père.

— Pour l'instant, le plus grand danger pour nous tous, c'est toi, ai-je dit dans un sanglot étouffé. Tu me fais mal.

Il s'est figé avant de baisser les yeux sur mon poignet. Il a poussé un faible cri et m'a aussitôt relâchée pour reculer en titubant. Son pied s'est pris dans les franges du tapis, il est tombé en arrière, a heurté l'assise d'une banquette rembourrée, et s'est écroulé.

Sans réfléchir, je me suis précipitée vers lui, ma main valide tendue à sa rescousse.

Il m'a repoussée, s'est recroquevillé sur lui-même. Voir mon père, grand et vigoureux, ainsi tassé par terre était atroce. Il a levé les yeux, le visage mouillé de larmes, l'air subitement hagard. Je ne pouvais pas bouger ; j'étais mortifiée.

— Farrin, a-t-il murmuré, je suis désolé. Par tous les dieux. Mon enfant chérie, je suis vraiment, vraiment désolé… Je ne sais pas ce qui…

Il s'est tu, a passé une main dans ses cheveux et a fermé les yeux.

— Maudite soit cette magie, a-t-il repris d'une voix rauque et frémissante. Parfois, j'ai l'impression qu'elle me punit. Qu'elle se venge de ne pas être sollicitée, pas assez à son goût en tout cas. Elle tourne en rond puis se déchaîne d'un seul coup, comme un animal en cage. Si seulement je pouvais servir la Brume, comme Mara. Combattre quelques douzaines de créatures primordiales par mois. Je serais alors aussi docile qu'un chaton.

Il a lâché un rire, s'est frotté la barbe et a relevé les yeux sur moi avant de les baisser sur mon poignet.

— Farrin, Farrin.

Il a de nouveau fermé les yeux, comme si ma vue le faisait souffrir.

— Je suis tellement navré, pour ça et tant d'autres choses.

Ce petit discours appelait de nombreux commentaires, si furieux que les mots se bousculaient d'indignation dans ma tête, mais ce n'était pas le moment. Au lieu d'y céder, je me suis agenouillée près de lui et j'ai posé la main sur son bras. Il a tressailli, mais je n'ai pas bougé.

— C'est positif, Père, ai-je dit. La paix est une bonne chose.

Je sais qu'on dirait le contraire, mais seulement parce que c'est récent. Sans cette haine dans nos existences, nous pourrions redevenir nous-mêmes. Être une famille comme les autres. Cesser de cacher des choses à Gemma, arrêter de comploter, de redouter des malédictions ou de craindre une attaque des alliés de nos ennemis. Quant au bon usage de ta magie de Sentinelle, ai-je ajouté en tâchant d'infuser de la gaieté dans mon intonation, je suis sûre que la Gardienne serait ravie de t'accueillir au prieuré. Pourquoi pas pour former de nouvelles recrues ?

Il m'a adressé un sourire maussade.

— De nouvelles recrues ? Tu veux dire des morveuses dégingandées sans aucune conscience de leur corps ?

C'était une remarque désagréable. Je me souvenais parfaitement du jour où la Gardienne nous avait pris Mara.

Je me suis redressée.

— Je te rappelle que Mara était l'une de ces morveuses dégingandées. Et elle était déjà capable de te botter le cul à l'époque.

Son visage s'est de nouveau décomposé – de honte, je l'espérais, devant la grossièreté de sa réflexion. J'avais l'habitude, bien sûr, de son manque de considération, et cela depuis des années. Lorsque j'étais petite, je pensais que Mère, en partant, avait réellement arraché et emporté avec elle les meilleurs côtés de Père.

Aujourd'hui, à vingt-quatre ans, je me disais que ma théorie farfelue n'était pas entièrement fausse.

— Bien sûr, a-t-il dit doucement. Mais Mara est particulière.

Elle l'était, et plus encore qu'il ne le savait. J'ai pensé à la puissance dont elle avait fait preuve dans l'Ancien Pays, chacun de ses muscles telle une arme, sa force stupéfiante. Sans elle pour consolider notre résistance dans la salle de jeu du grenier de cette maison maléfique, je n'étais pas sûre que nous aurions sauvé Talan. Je n'étais pas sûre que nous nous serions sauvés nous-mêmes.

Un frisson m'a parcourue au souvenir de la mélodie que j'avais chantée cette nuit-là, de ses notes qui m'écorchaient la gorge tandis que je luttais pour être audible malgré les hurlements d'agonie de Talan. L'affreux bruit du corps de Gemma quand elle avait été projetée contre le mur après avoir arraché la couronne du crâne de Talan. Ryder, la soulevant entre ses bras, me hurlant de continuer de chanter tandis que nous fuyions tous.

J'ai repoussé tous ces souvenirs pour dire sèchement :

— Chaque nouvelle Rose est la petite Mara de quelqu'un. Alors penses-y, la prochaine fois, avant de juger les enfants des autres.

— Bien sûr, a-t-il admis d'un air franchement contrit cette fois, qui m'a satisfaite.

Je l'ai aidé à se relever, en tâchant de ne pas trop m'attarder sur le vieillard qu'il semblait être devenu à cet instant. Une éruption de magie sentinelle, surtout lorsqu'elle était spontanée, pouvait provoquer un brusque accès de faiblesse, comme si on vieillissait d'un coup. C'était un effet secondaire de la magie assez courant lorsqu'elle était mal employée, mais passager. Père en était toutefois rarement victime. Il était élu. Ses ancêtres avaient été spécifiquement choisis par les dieux pour recevoir une partie de leur magie.

Il s'appuyait cependant sur moi, comme si ses jambes ne le soutenaient pas, alors que mon poignet douloureux gardait le souvenir de son emprise.

Je l'installais sur la banquette lorsqu'un horrible élan de tendresse, en le voyant si vulnérable, m'a submergée. Je continuais d'être pourtant furieuse contre lui, d'avoir peur de lui, et d'avoir peur pour lui, comme pour nous tous. Qui étaient ces gens qui attendaient dans l'entrée ? De quoi avaient-ils discuté ? Qu'est-ce que nous réservaient les jours à venir, et contre quoi allais-je devoir nous protéger ?

Deux familles élevées dans une haine mutuelle pouvaient-elles réellement faire la paix ?

— Je t'aime, Père, ai-je murmuré.

C'était sincère. Et déchirant. Mais trop de questions sans réponse m'assaillaient. La tristesse me nouait la gorge, j'étais en colère, plus épuisée que jamais et, subitement, je n'ai plus supporté d'être près de lui. Je devais espérer que notre échange l'avait ébranlé, que le souvenir de la souffrance qu'il m'avait infligée nous protégerait un moment.

Quel espoir pathétique.

Je l'ai laissé là pour aller retrouver ma sœur. Nous allions lire la lettre de Mara ensemble, et j'allais m'efforcer d'oublier le regard furieux que Père m'avait lancé lorsque j'avais parlé favorablement de paix. J'essaierais d'oublier aussi l'éclat que j'avais surpris dans ses prunelles, pire encore que la fureur.

Celui de la déception.

Chapitre 2

Gemma n'était pas dans la bibliothèque, mais dans ses appartements, entourée d'une multitude de tissus : tulle aérien couleur pêche, soie argentée ornée de perles délicates, châles de velours à franges, un truc doré, affreusement scintillant, parsemé de minuscules fleurs de satin rose. Ma petite sœur, vêtue de vert pâle, un ruban blanc retenant ses boucles d'or, trônait au milieu de tout cela, les bras chargés de robes, le front soucieux. Du bout d'un pied nu, elle repoussait un coupon de satin étalé par terre.

Je me suis figée sur le seuil, brutalement consciente de la pire tâche inscrite sur ma liste de la journée.

Trouver une robe de bal.

L'étalage devant mes yeux m'était destiné. Je reconnaissais quelques-unes de mes tenues dans ce capharnaüm, aux couleurs bien plus sobres que celles de Gemma – tons gris et bruns, nuances de bleu ardoise et de vieux rose. Ma sœur avait vidé nos deux armoires, bien décidée à m'habiller comme elle l'entendait pour le bal imminent.

J'ai failli faire demi-tour devant ce spectacle, mais j'avais déjà sorti la lettre de Mara, et Gemma était rapide. Elle m'a vue, a poussé un glapissement de joie, jeté les robes par terre, pris l'enveloppe de mes mains et sorti la lettre avant que je ne puisse faire un geste.

Je me suis laissée tomber, vaincue, dans le fauteuil près de la porte et j'ai écouté ma sœur en faire la lecture.

Mes chères sœurs,

Vous me manquez toutes les deux affreusement, et j'aimerais vous donner de meilleures nouvelles. J'irai droit au but : je suis convaincue que la Brume est en train de mourir.

Gemma a levé les yeux sur moi, des yeux bleus élargis d'inquiétude, toute excitation envolée. Nous nous sommes dévisagées un instant, puis elle s'est assise au bord de son lit pour poursuivre la lecture.

La Gardienne prétend que la Brume traverse un cycle naturel. Qu'elle s'est déjà affaiblie dans le passé, mais qu'elle a toujours retrouvé sa force. La Brume – qui est une entité magique – connaît, comme n'importe qui, affirme-t-elle, des périodes de fatigue, de mélancolie, de bonne santé et de joie. Le déclin que nous constatons actuellement est malheureux, mais attendu, et il n'est que temporaire. Voilà ce qu'elle dit.

Je pense pour ma part qu'il s'agit de quelque chose de différent. De quelque chose… d'autre. Les Feux de Brume qui étaient déjà, comme vous le savez, de plus en plus fréquents et de plus en plus sévères, sont aujourd'hui bien pires qu'il y a quelques semaines. Des tempêtes ont commencé à s'abattre au nord-est de la Brume du Milieu, des tempêtes terribles, violentes, qui ne faiblissent pas. Quant au mal dont je vous ai déjà parlé, il ne cesse de se propager – de plus en plus d'habitants sont victimes d'hallucinations étranges, d'horribles cauchemars, d'une démence insidieuse. Je tiens le registre des personnes atteintes. Je note leurs symptômes, leurs changements physiques, les créations artistiques qu'ils produisent et qui reflètent leurs visions. Je consigne soigneusement toutes mes découvertes ; peut-être serai-je bientôt en mesure de distinguer un motif, des mots ou des images récurrentes, susceptibles de donner un sens à cette folie.

Entre-temps, mes lettres risquent de s'espacer. Une autre des conséquences inquiétantes de ce que je pense pouvoir appeler la maladie de la Brume est son affaiblissement général ; je vous en ai déjà parlé. Cet affaiblissement, à l'instar des Feux de Brume, s'aggrave de jour en jour. Le passage entre les deux royaumes n'est plus réservé aux créatures les plus puissantes – émissaires, arpenteurs de rêves, fées, etc. –, il devient possible au commun des mortels et aux créatures plus faibles des deux univers. Nos alliés dans l'Ancien Pays nous tiennent informées du mieux qu'ils le peuvent, et nous nous battons farouchement pour limiter les intrusions volontaires ou accidentelles, mais elles ne cessent de croître, comme les enlèvements et la contrebande.

Vous vous doutez que l'Ordre, compte tenu des circonstances, est mis à rude épreuve. Mon unité est épuisée, et nos plus jeunes recrues, en dépit de tous mes efforts pour les rassurer, sont plus terrifiées que jamais.

Que ces perturbations croissantes soient dues à nos propres agissements dans l'Ancien Pays, à Kilraith ou au hasard, est impossible à prouver. Mais il serait absurde de les mettre sur le compte d'une simple coïncidence. Si Kilraith n'est pas mort – et je ne peux pas imaginer qu'il le soit –, que va-t-il se passer lorsqu'il aura retrouvé ses forces ? Quand va-t-il réattaquer ? Où ? Comment ?

Qu'arrivera-t-il alors à la Brume ?

Je suis, comme vous le voyez, assaillie d'inquiétude et d'interrogations. J'ignore ce que j'attends de vous. Je ne suis même pas certaine que vous deviez, pour l'instant, entreprendre quoi que ce soit, hormis rester vigilantes et parler à ceux en qui vous avez toute confiance, même si cela paraît difficile.

Je pense souvent à votre prochaine visite mensuelle. Le souvenir de la maison illumine mes journées. Vous me manquez. Je vous aime. Soyez prudentes et transmettez mes amitiés à la reine, lors du bal.

Votre Mara

Una, qui était venue me rejoindre pendant la lecture de Gemma, pressait son corps svelte contre mes jambes. Elle me regardait, le souffle légèrement haletant, de ses grands yeux bruns et tristes. Ce qui était, de sa part, le signe d'une intense affection. Je grattais distraitement les creux soyeux derrière ses oreilles blanches et touffues en attendant que Gemma prenne la parole. J'étais trop épuisée pour réagir. Les mots de Mara pesaient sur moi comme du plomb.

— Elle veut que nous parlions aux Bask, a dit lentement ma sœur en levant les yeux sur moi. Et à la reine. Elle ne l'a pas formulé explicitement, mais c'est très clair. « Même si cela paraît difficile », « transmettez mes amitiés à la reine ».

Elle a poussé un soupir, rangé la lettre dans son enveloppe, et s'est laissée tomber en arrière sur son lit dans un froufrou de coton vert pâle et de boucles d'or.

— Elle est en colère contre nous.

— Pas du tout, ai-je répliqué sans conviction. Elle est très occupée.

— Elle veut que tu demandes à la reine d'envoyer de l'aide à Rosewarren, davantage de provisions et d'armes. De dresser aussi d'autres forteresses le long de la frontière, j'imagine.

— Je ne vais pas mettre Yvaine dans cette situation, ai-je répondu, comme chaque fois qu'il était question de mon amitié avec la reine.

— Et quand elle dit parler aux Bask, elle veut dire parler vraiment avec eux – les inviter enfin à Ivyhill, faire quelque chose de concret, au lieu de se contenter d'échanger des lettres.

Cette seule perspective m'épuisait.

— Faire quoi, par exemple ?

Gemma s'est levée, la bouche pincée d'irritation.

— Je ne sais pas, mais nous étions tous ensemble dans l'Ancien Pays, et nous avons accompli l'impossible ! Nous pourrions peut-être faire davantage si nous nous réunissions à nouveau. Trouver le moyen d'aider Mara et toutes les Roses. Elles sont seules là-bas...

— Je sais parfaitement où se trouve l'Ordre, à quoi il sert et à quel point ces missions sont dangereuses pour Mara, l'ai-je interrompue avec lassitude.

— Père ne pourra pas te servir d'excuse éternellement.

J'ai réprimé l'envie de masser mon poignet douloureux.

— Où veux-tu en venir ?

— Ne fais pas l'idiote, tu es mauvaise comédienne. Je parle du fait que, depuis notre retour de Rosewarren, il y a des semaines, nous n'avons pas revu une seule fois les Bask. Alors qu'on avait prévu de le faire ! Mais ça ne s'est jamais produit. Et chaque fois que j'évoque le sujet, chaque fois que nous recevons un courrier de leur part, tu esquives au prétexte de l'humeur de Père, de son caractère, de son bonheur ou n'importe quelle ânerie du même genre.

— Ce n'est pas une ânerie, ai-je protesté d'un ton peu convaincant même à mes propres oreilles. La vie est nettement plus simple lorsqu'il est heureux. Je sais que tu ne te soucies guère de son bonheur, mais ce n'est pas le cas de tout le monde, et moi je suis obligée d'en tenir compte.

— Ce n'est pas juste.

— En effet. Tu as dû lui adresser trois fois la parole en un mois.

Elle a légèrement dressé le menton.

— Je n'ai pas grand-chose à lui dire.

J'ai surpris l'éclat douloureux dans son regard, même si elle était devenue bien plus adroite pour le cacher. Adoucie, alors que je n'avais pas envie de l'être, je suis allée m'asseoir à côté d'elle. J'ai tendu la main vers la sienne, et hésité.

Parfois, lorsque la sensibilité de Gemma à la magie était particulièrement exacerbée, j'avais peur ne serait-ce que de me trouver dans la même pièce qu'elle, de crainte qu'un filet de magie ne m'échappe et la blesse. J'avais espéré, autant qu'elle, je le savais, que notre voyage dans l'Ancien Pays et ses effets sur nos pouvoirs à toutes les trois, auraient, d'une manière ou d'une autre, allégé le fardeau qu'elle portait. Mais ma petite sœur continuait de souffrir, de manière imprévisible, lorsqu'elle était exposée à la magie. Et cela, apparemment, ne changerait jamais.

— Je peux ? lui ai-je demandé en la regardant.

Elle a, en guise de réponse, pris ma main entre les siennes, un sourire adorable et radieux aux lèvres, la paume de sa main gauche marquée d'une cicatrice scintillante – la cicatrice que lui avait laissée la Couronne aux Trois Yeux lorsqu'elle l'avait arrachée du front de Talan – aussi douce et tiède que celle de sa main droite. Si elle souffrait, elle n'en montrait strictement rien.

— Je t'en prie, m'a-t-elle dit, et merci.

La voir si avide de ma tendresse me brisait le cœur. Nous sommes restées silencieuses un moment et enfin, parce que je ne pouvais pas m'en empêcher, parce que de ma position privilégiée je voyais combien ils souffraient tous les deux, je lui ai dit :

— Père est désolé, tu sais. Ça semble peut-être pitoyable et déplacé, mais c'est vrai.

— Désolé d'avoir conspiré avec Mère pour engager un Artificier dans le but de m'estropier ? a-t-elle répliqué avec un détachement effrayant. Désolé de m'avoir mutilée avant que j'aie l'âge de comprendre ce qui m'arrivait, de m'avoir condamnée à souffrir éternellement, puis de m'avoir menti pendant des années ? C'est de ça qu'il est désolé ?

— Il pensait agir au mieux, tu le sais.

— Je sais très bien ce qu'il pensait et à quel point mon pouvoir le terrorisait, lui, un homme adulte – une Sentinelle, pour l'amour des dieux ! En ce qui me concerne, il peut rester désolé pour le restant de ses jours.

Elle a baissé les yeux sur nos mains et a dit, d'une voix plus dure :

— Il t'a fait mal.

J'ai dissimulé mon poignet rougi et, comme si je ne m'étais pas trahie, j'ai lâché :

— Non.

— Si.

— Il n'en avait pas l'intention.

— C'est un monstre, a dit Gemma d'une voix frémissante. Je pourrais le tuer.

Puis elle a éclaté d'un rire affreusement triste.

— Comment peut-on vouloir tuer quelqu'un qu'on aime, qu'on déteste et qu'on plaint tout à la fois ?

Elle s'est tue puis m'a donné un coup de genou.

— Toi qui es née déjà vieille et chargée d'expérience, tu as certainement la réponse.

— Hélas, ai-je soupiré, reconnaissante de cette plaisanterie familière, je n'ai rien de la sagesse qui vient avec les ans, mais tout de l'épuisement.

— Et le goût pour le porridge. Et l'humeur perpétuellement ronchonne.

Avant que je puisse grommeler une réplique, elle s'est levée et m'a tirée par la manche.

— Allez, viens, ma sœur, au lieu de nous perdre dans ces considérations sinistres, occupons-nous plutôt de te trouver une jolie robe – oh ! Tu as fait tomber quelque chose…

Elle s'est penchée pour ramasser la lettre qui avait glissé de ma poche et, lorsqu'elle s'est relevée, une moue parfaite ornait ses lèvres roses.

— Farrin !

Elle tendait l'enveloppe sous mon nez.

— Ça vient de Ryder.

— Vraiment ? ai-je constaté platement. C'est gentil de me le dire, vu que je ne sais plus lire.

— Tu ne l'as pas ouverte.

— Tu débordes de perspicacité aujourd'hui.

Elle a posé les mains sur ses hanches.

— Pourquoi ne l'as-tu pas ouverte ? Elle contient peut-être quelque chose d'important, un détail sur la Brume, une nouvelle que leurs corbeaux leur ont apportée ?

— J'allais l'ouvrir. Je n'ai pas trouvé la volonté de le faire, c'est tout.

— Avais-tu seulement l'intention de m'en parler ?

— Bien sûr, ai-je menti.

Ma sœur ne s'est pas laissé tromper. Elle a plissé les yeux.

— Combien de lettres de Ryder Bask as-tu reçues et jetées sans les ouvrir ? Sans m'en parler, en plus ?

— Tu sais, ai-je répliqué en ignorant sa question, depuis que les Vilia t'ont enlevée, que tu as échappé à leur captivité, brisé une antique malédiction et tout le reste, tu n'es plus si facile à berner. Et je ne suis pas certaine d'apprécier l'évolution.

Elle m'a regardée, un sourire radieux et satisfait aux lèvres.

— Le sexe m'a bien aidée aussi.

Je l'ai dévisagée en clignant des yeux stupéfaits.

— Le quoi ?

— Le sexe, Farrin ! Les dieux m'en sont témoins, chaque fois que je couche avec Talan, je me sens davantage… moi-même. Plus lucide, plus vive et plus vivante. C'est comme s'il m'insufflait de la force. Comme si, entre ses bras, j'atteignais un degré d'existence supérieur.

Une ombre de tristesse a traversé son visage.

— Ce n'est pas qu'une question physique, a-t-elle repris, la seule jouissance de nos corps réunis. Ils sont des instruments, vois-tu. Un cadeau l'un pour l'autre. Une sorte d'offrande, en fait. Je suis plus forte avec lui. Pas seulement grâce à lui, mais parce qu'à travers lui, j'en apprends plus sur moi-même.

Elle m'a regardée, pensive.

— Et il est incroyablement doué avec sa langue. Ce qui ne gâche rien.

— Que les dieux me viennent en aide, me suis-je exclamée, les mains plaquées sur les oreilles en tâchant d'ignorer l'embrasement qui me saisissait. Je ne veux pas entendre parler de… tes activités avec Talan.

Elle a plissé le nez.

— Le sexe, Farrin.

D'un bond, elle s'est retrouvée juste à côté de mon oreille.

— Du sexe vraiment, suprêmement bon, a-t-elle ajouté avant de s'écarter pour ouvrir l'enveloppe, en souriant tranquillement.

Son air était rêveur, espiègle, et surtout empreint d'une sérénité qui m'était non seulement étrangère, mais me paraissait inaccessible.

J'ai posé les mains sur mes genoux et regardé mes doigts. Tout ce qui s'était détendu en moi pendant notre discussion s'était brutalement crispé. Un mal de tête naissant me martelait les tempes, et un nœud se formait dans ma poitrine. J'aurais dû me réjouir de voir Gemma évoquer Talan sans fondre en larmes ; cela signifiait que sa clandestinité forcée ne serait peut-être pas toujours une torture pour elle.

Mais j'étais plongée dans un bourbier d'émotions et incapable, ne plaise aux dieux, de les identifier. Était-ce de la colère ? De la peur ? De la honte ? De la jalousie ? Du désir ?

— Eh bien, il n'y va pas par quatre chemins, ai-je entendu Gemma constater. Ryder souhaite venir à Ivyhill, en compagnie d'Alastrina, bien sûr, et il se demande pourquoi – Farrin ! – tu n'as répondu à aucune de ses cinq précédentes lettres. Oh, il y a aussi un mot d'Alastrina.

Elle a eu un petit hoquet de perplexité.

— Elle veut savoir si Illaria vend encore ses parfums d'hiver et si je peux lui glisser un mot en sa faveur, la convaincre de lui envoyer des échantillons en avance. Intéressant, a-t-elle murmuré. Alastrina peut se montrer franchement cordiale quand elle veut quelque chose. Elle dégouline de compliments sur Illaria.

Un sourire amusé s'est étiré sur ses lèvres.

— On dirait bien que je vais être amenée à jouer les entremetteuses. Quel joli couple elles feraient, tu ne crois pas, Farrin ?

Mais ses paroles précédentes se bousculaient dans ma tête, tournant comme des crécelles et déclenchant un mécanisme que rien ne semblait pouvoir arrêter. Je voyais défiler des images de Talan et de ma sœur – nus, extatiques, tendres, amoureux l'un de l'autre – et j'étais incapable de les chasser. Je n'étais même pas sûre de le vouloir, tout en souhaitant désespérément le contraire.

— On verra assez de Bask bien assez tôt au bal, suis-je parvenue à répliquer, humiliée, en me détestant moi-même. Ryder devra s'en contenter pour l'instant. Et s'il mettait un peu plus d'effort à rédiger ses courriers, je serais peut-être davantage encline à lui répondre.

— Il est succinct.

— Il est grossier.

— Pragmatique, plutôt. Et tu n'es pas un exemple de loquacité toi-même, ma chère sœur.

— Je suis tout de même capable d'écrire une lettre qui ne ressemble pas à un ordre jeté à un subalterne.

J'ai senti une légère pression sur mon coude et découvert, en soulevant les paupières, Gemma, de nouveau assise à côté de moi, la lettre abandonnée et le front soucieux. Je ne m'étais pas rendu compte que j'avais fermé les yeux, ni que c'était pour retenir mes larmes – des larmes inattendues, désagréables et brûlantes.

— Que se passe-t-il ? m'a-t-elle demandé d'une voix douce. J'ai dit quelque chose qui t'a contrariée, vraiment contrariée.

J'ai tâché de prendre un ton ironique et détaché.

— Non, c'est seulement Ryder. Un souci de plus à régler.

— Franchement, Farrin. Il n'y a pas que ça. Je le vois sur ton visage.

Je me suis levée sans lui répondre pour me diriger rapidement vers la porte. Je ne me suis pas retournée, même lorsqu'elle m'a appelée. Si je l'avais fait, j'aurais été cassante ou agressive, une méchanceté qu'elle ne méritait pas. Elle n'avait rien fait de mal – pas volontairement en tout cas, et certainement rien qui puisse justifier mon départ, en proie à la colère. Je lui donnerais une excuse plus tard, une tâche négligée, un rendez-vous oublié.

Pour l'instant, j'avais besoin de la seule chose capable d'apaiser la colère qui bouillonnait en moi et de me changer les idées.

J'avais besoin de mon piano.

✲

Il m'attendait, mon indéfectible amour, dans le Salon vert. À l'exception de notre bibliothèque et ses archives – protégées par tant d'épaisseurs de sortilèges qu'il faudrait l'intervention des dieux pour les briser –, peu de choses avaient survécu à l'incendie des Bask. Mais mon piano avait, miraculeusement, traversé la catastrophe sans dommages. Quel choc de voir cet instrument magnifique – en bois de cerisier sculpté, orné de vignes entrelacées – trôner intact au milieu des décombres, des braises, des cendres et des volutes de fumée. Il m'avait fallu des jours pour le réaccorder, mais j'y étais parvenue, et il jouait à présent aussi merveilleusement que toujours.

Sa survie était le seul élément qui m'avait permis de continuer à croire aux dieux après le déchirement subi par ma famille ; même si cette foi était, de temps à autre, fragile. Mon piano avait été épargné cette nuit-là, et aucun d'entre nous n'avait jamais été capable d'expliquer pourquoi. Ma mère, d'une curiosité insatiable, avait engagé des Sorceleurs, des Élémentaires et des Alchimistes pour l'inspecter. Portait-il la moindre trace de magie protectrice ? Le bois contenait-il un élément qui repoussait le feu ? S'agissait-il réellement d'un piano ou d'autre chose qui n'en avait que l'apparence ? Personne n'a jamais su par quel mystère il avait survécu ; Père avait fini par décréter qu'il s'agissait d'un miracle. Un don accordé par les dieux.

Plus tard, j'ai eu le sentiment que cette réponse n'avait jamais satisfait ma mère. Cela m'avait irritée ; ne pouvait-elle simplement se réjouir pour moi, s'émerveiller d'un tel prodige ? Cette réticence était un autre des griefs que je nourrissais contre elle, un des nombreux que je ressassais sans fin sans jamais les exprimer.

J'ai fermé la porte du salon derrière moi et, sans perdre davantage de temps, je me suis précipitée vers mon ami qui se tenait fièrement, solitaire au milieu de la pièce, entouré de hauts murs verts et de tentures ivoire. Seul, mais pas délaissé. Il aimait sa solitude.

J'ai soulevé le couvercle, dévoilant les touches noires et blanches, éclatantes de propreté et de perfection. Je me suis glissée sur le banc et aussitôt lancée dans le premier morceau qui m'est venu à l'esprit. Je ne lui avais pas donné de nom ; il m'était beaucoup trop cher, comme un objet si précieux qu'on craint de le regarder trop longtemps, dont on ne parle qu'en chuchotant.

C'était le morceau que j'avais composé sur le garçon lumineux, pour le garçon lumineux, sur cette horrible nuit, tout ce qui la précédait et tout ce qui la suivait. Il évoquait ce que j'avais ressenti lorsqu'il m'avait trouvée, à demi morte, recroquevillée à côté d'un mur en décomposition, imprégné de magie malveillante, et qu'il m'avait prise dans ses bras, en me répétant de ne pas avoir peur. Ce que serait son visage si je le voyais aujourd'hui, devenu adulte. Ce que j'éprouverais si ses mains – ces mains qui m'avaient sauvée – se posaient de nouveau sur moi.

Mais l'apaisement qui d'habitude m'emportait lorsque je plongeais dans la musique ne venait pas. Au contraire, chaque arpège, chaque crescendo – ici, la mélodie de mes sœurs et moi, luttant inutilement contre l'assaut de la guerre de nos parents, là, l'ouverture du thème du garçon lumineux, plein d'espoir et d'héroïsme, insaisissable – ne faisait qu'accroître la tension qui m'étouffait.

J'étais distraite, mes pensées éparpillées. « Du sexe vraiment, suprêmement bon », avait dit Gemma d'un air merveilleusement rêveur, merveilleusement béat, heureuse comme je ne le serais jamais… Mon piano, solitaire, difficilement compris, un objet singulier à préserver, à chérir, rarement touché par d'autres mains que les miennes… La tristesse du garçon lumineux me disant adieu… La poigne de fer douloureuse de Père sur mon poignet… Talan, plaqué par nous toutes dans cette immonde maison empoisonnée, hurlant des atrocités d'une voix qui n'était pas la sienne… Mara, seule, attaquée, épuisée, combattant des monstres tapis dans l'ombre de la Brume.

Je n'en pouvais plus d'être déchirée par ce chaos de souvenirs, ce tumulte de souffrances trop mystérieuses, trop effrayantes pour les nommer. Pourquoi Gemma avait-elle ouvert la bouche ? Pourquoi la lettre de Ryder avait-elle glissé de ma poche ? Mais elle avait parlé, la lettre était tombée, et l'irritation que cela m'avait inspirée s'était fichée en moi, pour une raison que je ne m'expliquais pas, réveillant mes réflexions les plus sombres, les plus douloureuses, me laissant laminée et misérable.

Une fausse note ici, un enchaînement raté. Mes doigts refusaient de fonctionner, malgré toute la magie divine qui coulait dans mes veines. Étais-je une Érudite élue ou une enfant maladroite ?

Une violente bouffée de colère m'a traversée, impétueuse et brûlante comme la lave.

J'ai abattu les poings sur le clavier avec un cri étranglé, presque étouffée par ma propre exaspération. D'une main rageuse, j'ai essuyé mon visage inondé de larmes.

C'est alors que j'ai entendu, derrière moi, quelqu'un applaudir.

Je me suis levée en pivotant pour découvrir dans un coin de la pièce, à côté d'une fougère volumineuse, un petit arrosoir de fer-blanc à ses pieds, Emry, la femme de chambre.

Elle pleurait.

— Oh, madame, s'est-elle écriée en applaudissant avec ferveur, c'était merveilleux. Je ne vous ai jamais entendue jouer, madame, enfin jusqu'à maintenant, mais j'avais bien sûr entendu des histoires, et… oh, je n'ai jamais entendu une telle musique, pas une seule fois, de toute ma vie !

Elle s'est approchée de moi en trébuchant, bredouillant des compliments ridicules – à quel point ma musique était « glorieuse », « divine » – et je ne pouvais que la regarder, furieuse sans tout à fait comprendre pourquoi, sachant néanmoins que je ne supportais pas de la voir. Elle semblait avoir retrouvé un amour perdu et sanglotait d'une joie éperdue.

Lorsqu'elle s'est trouvée assez proche, elle est tombée à genoux et a saisi l'ourlet de ma robe.

— Bénie soit Kerezen de nous avoir accordé, ici à Edyn, un don tel que le vôtre, madame. Une telle musique…

— C'était affreux, l'ai-je interrompue platement. J'ai très mal joué.

Mais elle a continué de chanter mes louanges. « Nourriture des dieux », « délectation de l'âme », « femme admirable », « créature parfaite », et ainsi de suite. C'était le genre d'absurdités que j'avais entendu hurler chaque fois que je m'étais produite en public.

Ma bouche s'est tordue de dégoût, de peur. J'avais envie de fuir ; j'avais envie que ce soit elle qui déguerpisse.

— Éloigne-toi, lui ai-je dit.

Je sentais l'acidité de ma voix et je m'en moquais ; elle m'apportait, en fait, un réconfort pervers. J'ai perçu, dans le brouillard de ma colère, un léger bruit que j'ai aussitôt ignoré. C'était peut-être la maison qui, par solidarité, poussait un soupir accablé.

Emry a levé les yeux vers moi en reniflant.

— Madame ?

— Tu m'as vue entrer, tu m'as vue m'asseoir au piano, et tu n'as pas bougé ni proféré le moindre son. Tu aurais dû manifester ta présence.

La fille a pâli.

— Je suis désolée, madame, je ne savais pas… C'est-à-dire que vous m'avez surprise quand vous êtes arrivée, et puis vous avez aussitôt commencé à jouer, et je ne pouvais pas vous interrompre, je ne pouvais pas…

— Je ne joue pas en public, pas sans des consignes strictes et établies bien à l'avance.

— Oui, madame, c'est seulement que…

— C'est mon espace privé, l'ai-je coupée sèchement.

Elle a eu un mouvement de recul. Un élan de pitié m'a traversée ; elle était nouvelle, elle était jeune, j'aurais pu jeter un coup d'œil pour m'assurer que la pièce était déserte. Mais il semblait que j'étais incapable de me taire.

— Si j'entre dans cette pièce alors que tu t'y trouves, tu dois immédiatement sortir, aussi vite et aussi discrètement que possible. Et tu ne parleras à personne de ce que tu as entendu ou vu aujourd'hui. Est-ce clair ?

— Oui, madame.

— Bien, maintenant, disparais.

Elle s'est figée, les yeux écarquillés, la bouche ouverte. Son regard a glissé sur mes mains puis sur le piano. Je lisais sur son visage la question qui lui brûlait les lèvres : « Pouvez-vous continuer ? Continuer de jouer et ne jamais vous arrêter. »

Le peu de contrôle qui me restait a volé en éclats.

— Va-t'en ! ai-je hurlé en nous effrayant toutes les deux.

Elle a crapahuté sur les talons, s'est relevée en hâte et enfuie en trébuchant deux fois. Dans un sanglot, elle a ouvert la porte et s'est élancée, en évitant de justesse Gareth qui se tenait là, dans un manteau de voyage poussiéreux, une cravate or, bleu et noir défaite pendant mollement autour de son cou, un air triste et grave sur le visage.

Mon plus cher ami Gareth Fontaine. Depuis combien de temps était-il là ? Qu'avait-il entendu ?

Je me suis laissée tomber sur le banc du piano.

— Gareth, ai-je dit faiblement.

Il a fermé la porte et m'a rejointe. La lumière dorée de l'après-midi jouait sur ses lunettes et dans la blondeur de ses cheveux ébouriffés. Sa présence, d'habitude, m'emplissait de joie. Mais je ne pouvais que regarder mes pieds et retenir mes larmes. Je me sentais lourde, pitoyable, écrasée par une substance poisseuse qui m'empêchait de respirer librement.

Gareth s'est agenouillé devant moi et m'a soulevé le menton d'un doigt.

— Farrin, a-t-il dit, quand nos regards se sont croisés. Veux-tu me dire, au nom des dieux, ce que signifie ce bazar ?

Quelque chose dans son intonation m'a hérissée.

— Je ne suis pas une enfant, Gareth. Alors ne me parle pas de cette façon.

— Je ne sais pas. Tu as crié sur cette pauvre fille comme une gosse pourrait le faire. Une gamine au caractère particulièrement mauvais.

Au lieu d'une repartie mordante – que je n'ai pas trouvée –, j'ai préféré changer de sujet.

— Qu'est-ce que tu fais là ?

— Je suis venu passer quelques jours ici avant le bal et mener des recherches dans les archives de ta famille.

Un de ses sourcils blonds s'est arqué.

— À propos de la malédiction de l'*ytheliad*. Tu ne te rappelles pas ?

Je m'en suis souvenue en même temps que de la note

griffonnée dans mon calepin des semaines plus tôt et désormais enfouie sous des pages et des pages de tâches, de listes, de comptes, de demandes.

— Oh, ai-je lâché en m'adossant au piano.

Je me suis sentie ridicule et parfaitement honteuse en songeant au travail de Gareth et à ce qu'il devait penser de moi à cet instant.

— C'est vrai. J'avais oublié.

Mais un mauvais génie à la langue tranchante et l'esprit acéré s'est alors réveillé pour parler à ma place.

— Je suppose que tu étais trop occupé à coucher avec des serveuses et à débattre de qui a le plus gros cerveau avec tes collègues pour penser à m'envoyer un petit mot de rappel ? Mais je suis naïve d'attendre cette courtoisie élémentaire de la part de quelqu'un qui n'est pas même fichu d'écrire une lettre à sa pauvre mère.

Le silence s'est abattu comme un couperet entre nous. Après un long moment, trop horrifiée pour m'excuser, j'ai osé lever les yeux, et le cœur m'a manqué. Il souriait, mais son regard, habituellement pétillant, était glacial.

— Tu sais, Farrin, a-t-il dit tranquillement, coucher avec des serveuses peut se révéler un moment très agréable pour chacun des participants. Si tu tentais l'expérience pour une fois, tu serais peut-être plus sympathique.

Nous nous sommes dévisagés. J'ai lu le regret et la souffrance sur son visage. Il n'avait pas voulu me dire ça, pas vraiment, mais je ne lui en voulais pas. Nous savions, mieux que quiconque, comment nous blesser mutuellement, et c'était ce que nous venions de faire – avec la précision et la cruauté d'une lame maniée d'une main experte.

Il a, d'un faible soupir, rompu le silence en premier.

— Farrin.

Il s'est passé une main sur le front.

— Je suis désolé. C'était méchant. Raconte-moi ce qui s'est passé. Tu n'es clairement pas dans ton état normal.

Au contraire. J'étais dans mon état normal. J'étais cette femme confuse, triste, coléreuse, et qui ne supportait pas de rester une seconde de plus dans la même pièce que Gareth.

J'ai ramassé mon calepin tombé à terre, me suis levée en tremblant et j'ai posé une main sur son épaule. J'étais désolée. Je n'étais pas encore capable de le dire, mais j'espérais qu'il comprenait. Puis je me suis enfuie, mon carnet serré sur ma poitrine.

❁

J'ai essayé, cette nuit-là. J'ai essayé comme je ne l'avais pas fait depuis longtemps.

Si tu tentais l'expérience pour une fois.

J'étais allongée dans mon lit, nue, en sueur – pas de plaisir, mais de crispation et de fatigue. Je me caressais depuis près d'une heure et tout ce que j'avais gagné, c'était des courbatures. Mes doigts étaient moites et fripés, ma chatte sèche et épuisée. *Chatte.* Je me suis forcée à prononcer ce mot dans mon oreiller, dans l'espoir que sa vulgarité provoque un choc, brise un sortilège enfoui au fond de moi. Je me suis imaginée couchant avec une serveuse, avec Gareth, Talan, la pauvre gentille Emry, mon imperturbable femme de chambre, Hetty. Même avec Byrn, notre palefrenier moustachu. J'avais la tête pleine de corps, de bouches, de mains et de murmures aussi fugaces que frénétiques.

Mais alors que tous mes muscles étaient tendus de désespoir, la sensation de libération dont tout le monde parlait – la sensation sur laquelle j'avais lu tout ce qu'il était possible de lire, la sensation que j'appelais de tous mes vœux, de toutes les fibres de mon corps – restait, comme toujours, inaccessible.

J'ai fini par renoncer et retomber, misérable, dans mes draps humides. Je me suis recroquevillée et, les braises de ma colère frémissant doucement dans ma poitrine, les yeux sur le feu mourant dans la cheminée, j'ai écouté le ronronnement d'Osmund à mes pieds.

Demain, je me réveillerais avant l'aube, et tout allait recommencer.

L'épuisement, à l'idée d'endurer une telle répétition, m'a apporté l'oubli que mes caresses ne m'avaient jamais procuré. Je me suis endormie en espérant rêver d'extase, tout en sachant pertinemment que ce ne serait pas le cas.

Chapitre 3

D'habitude, la perspective d'un séjour à Fairhaven, la capitale, me réjouissait, parce que cela signifiait que j'allais voir Yvaine Ballantere, la reine de notre monde d'Edyn et ma plus chère amie. Entre elle et Gareth, j'étais plus que comblée en amitié. Ils étaient bons, aimables, beaux, dotés d'un solide sens de l'humour et d'un goût indiscutable en matière culinaire. Mais ce jour-là, à Fairhaven, à l'intérieur de la Citadelle au cœur de la cité, où tout était magnifiquement paré de bleu, anthracite et argent, de vert, ivoire et or, je suis entrée dans la salle de bal – la Perle de la Mer – la peur au ventre.

Gareth et moi nous étions à peine parlé depuis notre entrevue dans mon salon de musique à Ivyhill, une semaine plus tôt. Il était resté la plupart du temps cloîtré dans la bibliothèque, à compulser nos archives à la recherche d'informations sur l'*ytheliad* – la malédiction qui avait lié Talan à Kilraith. Gemma lui avait tenu compagnie, aussi curieuse que lui sur le sujet – du moins je l'imaginais, parce que j'avais été trop occupée pour l'interroger, ou j'avais prétendu l'être afin de les éviter tous les deux.

Mais surtout, en dehors de Gareth, il y avait le problème de Père.

Rien de particulier ne s'était passé depuis notre dispute ; à croire que les deux inconnus qu'il avait invités n'avaient jamais existé. En fait, et contrairement à ses dernières habitudes, il avait consacré la semaine précédant le bal à s'occuper du domaine. Il avait rendu visite aux métayers, travaillé avec M. Carbreigh dans les jardins, et même sorti chacun de nos chevaux pour de longues excursions dans la campagne.

Je ne pouvais toutefois pas me débarrasser de l'idée qu'une catastrophe imminente nous menaçait. Un soupçon d'inquiétude ne cessait de me hanter – pas grand-chose, mais suffisant pour me donner des frissons.

— Qu'est-ce que tu as? a chuchoté Gemma à côté de moi. On dirait qu'on va te jeter du haut d'une falaise.

J'ai regardé ma sœur. Elle, bien sûr, était resplendissante, vêtue d'une robe diaphane couleur pétale de rose, entièrement couverte d'une dentelle délicate parsemée de diamants. Ses boucles dorées étaient relevées en chignon. Une poudre scintillante, à peine teintée de pêche, illuminait ses joues, ses lèvres, ses clavicules. Et elle portait évidemment des gants – une dentelle fine au motif subtil, maintenue par des rubans légers qui s'enroulaient coquettement autour de ses avant-bras. Elle n'était pas encore disposée à montrer le fin réseau de cicatrices brillantes qui s'étendait sur sa main.

Je ne pouvais pas le lui reprocher. Aussi belles soient-elles, et aussi fière que je sois de ce qu'elle avait enduré pour les obtenir, il me semblait imprudent de les exposer à d'autres regards que les nôtres.

Tout me paraissait risqué en ce moment.

— Je me sens déstabilisée, lui ai-je répondu à voix basse. Père s'est comporté bizarrement toute la journée. Trop enjoué, et même optimiste. Il y a tellement de monde, ce soir. Et je déteste cette robe.

— N'importe quoi. Tu es magnifique.

— Une affirmation subjective qui ne change rien à ma détestation.

Gemma a poussé un soupir et, une main ferme au creux de mes reins, m'a entraînée vers l'une des petites alcôves protégées par des rideaux qui longeaient la salle de bal. J'étais tellement soulagée d'être soustraite à la foule qui se pressait sur la piste de danse, autour des tables chargées de victuailles et sur la vaste terrasse dont les portes étaient grandes ouvertes sur la nuit, que je n'ai même pas protesté contre sa brusquerie ou son absence d'explication. Dans l'alcôve se trouvaient deux bancs moelleux et, accroché au mur, un grand miroir dans un cadre doré.

J'ai aussitôt tenté de m'en éloigner, mais Gemma m'a retenue, les mains étonnamment fermes sur mes épaules.

— On va rester devant, a-t-elle décrété, jusqu'à ce que tu me dises à quel point tu es belle.

J'ai jeté un coup d'œil à mon reflet et détourné le regard.

— Gracieuse, ai-je dit platement, et très belle. Je peux aller voir Yvaine, à présent ?

Gemma a pincé les lèvres.

— Non, d'abord parce que tu fais partie des invités d'honneur et que tu es obligée, tout comme elle, de te montrer plus longtemps que deux minutes. Ensuite, ce que tu viens de dire ne compte certainement pas. Quand je te demande de me dire à quel point tu es belle, je te demande de le dire vraiment et de le croire. Je n'en attends pas moins.

Elle a tendu la main vers le miroir.

— Même toi, tu ne peux pas contester *ça*.

J'ai regardé mes pieds jusqu'à ce que Gemma reprenne d'un ton enjoué :

— On peut rester ici toute la nuit, tu sais. Ce sera juste un peu gênant quand tout le monde viendra nous rejoindre et s'entasser ici pour écouter le discours qu'on a préparé. Je suppose que toi, Ryder, Alastrina et moi devrons grimper sur ces banquettes, et nous serrer les uns contre les autres, puisque…

— Oh, d'accord, l'ai-je coupée brutalement avant de lever, à contrecœur, les yeux sur le miroir.

Je savais que Gemma avait raison. Je pouvais me regarder avec irritation, il n'en restait pas moins que le résultat de ses efforts était impressionnant, et qu'en dépit de toutes ces fanfreluches, j'étais agréable à regarder.

La robe que nous avions choisie était un compromis. Elle provenait de ma garde-robe, certes, mais de la partie que j'ignorais et que Gemma préférait. Cette partie était essentiellement composée de cadeaux – de Père, d'admirateurs, de Gemma elle-même – et ces tenues étaient si belles que je n'arrivais pas, malgré ma propre indifférence, à m'en débarrasser. Celle que je portais était d'un gris pâle et bleuté. Elle semblait toute simple de prime abord, mais la finesse de son tissu, sa qualité, ses reflets chatoyant à la lumière retenaient immanquablement le regard. Le décolleté était beaucoup trop plongeant à mon goût. Je devais pourtant admettre que son drapé sur ma poitrine, souligné par les rubans du col montant noués autour de mon cou, était flatteur. *Séduisante, mais discrète*, avait décrété Gemma lors de mon premier essayage, les yeux pétillants de satisfaction. Les manches amples se refermaient en fronces sur des poignets garnis de petits boutons dorés en forme d'hirondelles, et, pour finir, j'étais chaussée d'une paire de souliers de velours de couleur assortie. Plus tôt dans l'après-midi, tandis que nous nous préparions dans la Maison Verte – un cottage spacieux situé en bordure de la cité qu'Yvaine avait offert à notre famille –, Gemma m'avait jetée dans les bras de son Artificière de beauté, Kerrish, et je n'arrivais toujours pas à comprendre ce qu'elle avait fait à mes cheveux. Ils brillaient comme du satin en une masse artistiquement tissée de minuscules tresses enchevêtrées. Ma peau rayonnait. J'avais l'air reposée, radieuse, heureuse même, malgré ma mine renfrognée.

— N'est-ce pas les plus jolies boucles d'oreilles ? m'a demandé Gemma en effleurant les perles nacrées pendues à mes oreilles. Elles vont si bien avec la robe.

Je ne pouvais pas lui répondre. J'avais les joues en feu. Je détestais ce qu'elle m'obligeait à faire.

J'étais pourtant obligée de céder.

— Je suis belle, ai-je admis d'une voix épaisse.

Le visage de Gemma s'est illuminé.

— C'est mieux. Eh oui, ma chère Farrin, tu es belle.

Le rire tonitruant de Père s'est élevé dans la salle de bal. Le cœur m'a manqué. Je l'avais laissé trop longtemps sans surveillance.

Je me suis précipitée vers le rideau pour voir de quoi il s'agissait, mais Père se tenait seulement près d'une table, en compagnie d'un groupe de courtisans – des seigneurs et des dames élus, vêtus aux couleurs bleues des Bask et vertes des Ashbourne. Quelqu'un venait de faire une plaisanterie ; Père levait son verre en signe d'approbation.

J'ai laissé retomber le rideau, immensément soulagée.

Gemma a plissé le front.

— Père t'inquiète vraiment.

J'ai hésité, la vérité au bout de la langue, mais j'ai préféré ne rien dire. Gemma n'avait besoin d'être informée ni des invités mystérieux de Père ni de sa fureur déclenchée contre moi. Quelqu'un de la famille devait garder la tête froide, ce soir.

— Farrin ?

Elle avait l'air grave.

— Que se passe-t-il ?

— Rien du tout, ai-je répliqué en hâte. Je m'inquiète beaucoup, tout le temps mais, neuf fois sur dix, c'est sans raison concrète, à cause d'absurdités qui me traversent l'esprit.

Elle ne semblait pas convaincue, mais le rideau s'est subitement soulevé et Illaria Farrow est apparue. C'était la meilleure amie de Gemma, une parfumeuse de basse magie – l'une des plus talentueuses du pays, surpassant même ses parents. Sa peau mate brillait de sueur, la cascade de ses cheveux noirs retombait en boucles scintillantes dans son dos, et elle portait une robe de satin vert émeraude en soutien à notre famille. Sa seule concession aux Bask était une petite bague ornée d'une pierre bleu nuit passée à son majeur.

— Je viens de demander à l'orchestre de jouer *Fair sword, fair lady*, a-t-elle dit, essoufflée, alors si tu ne viens pas danser avec moi tout de suite, je ne te parle plus !

Puis elle s'est tue pour nous dévisager.

— Que se passe-t-il ? Ce sont les Bask ? Ils se sont déjà montrés grossiers ? Ils vous ont insultées ?

Elle s'est redressée, les épaules droites.

— Je ne suis pas encore assez éméchée pour frapper ceux qui vous auraient manqué de respect, mais je peux le devenir d'ici dix minutes.

J'ai profité de l'occasion et poussé Gemma vers elle.

— Va danser. Il n'y a aucune raison de nous inquiéter toutes les deux pour des broutilles.

Gemma a hésité, puis l'orchestre a entamé un nouveau morceau, un quadrille endiablé qui a aussitôt soulevé un rugissement d'enthousiasme dans le public.

— Puisque tout va bien, allons-y ! s'est exclamée Illaria en attrapant la main de Gemma qui, sans plus se soucier de moi, s'est envolée avec elle.

J'ai reculé, ignorant le miroir dans mon dos, et me suis accordé quelques instants d'une relative tranquillité avant de me résigner à replonger dans la salle de bal illuminée. Gemma avait raison ; nous étions les invités d'honneur et nous devions nous montrer. Si je restais terrée ici, je ne verrais pas Yvaine et ne pourrais pas davantage garder un œil sur Père.

J'ai parcouru la salle pendant ce qui m'a paru des heures, sans rester trop longtemps au même endroit, de crainte qu'on ne m'adresse la parole. Ils me verraient, moi et ma robe – dont le tissu bleu, en hommage discret aux Bask, était un signe de paix –, et cela leur suffirait jusqu'à ce que notre discours, prévu à onze heures, m'oblige à me présenter officiellement devant ces centaines d'horripilantes personnes.

Je me demandais combien d'entre elles se trouvaient dans cette même pièce lorsque Alastrina Bask avait trompé Père en lui faisant croire que Mère était revenue. Je me demandais combien d'entre elles avaient ri de voir le puissant Gideon Ashbourne ridiculisé de la sorte. Ces réflexions n'arrangeaient pas mon humeur.

J'ai repéré Père, au milieu de la foule, dans son élégant costume gris sombre, assorti d'un gilet vert orné de broderies ivoire.

J'ai commencé à le suivre, d'aussi près que possible sans éveiller ses soupçons. Il est d'abord resté près du buffet, en pleine discussion avec Willem Boyde, Ava Gettering et Janeth Kass – trois officiers supérieurs de la Haute Armée. Élémentaire, Alchimiste et Perceptif; l'un pouvait manipuler les éléments naturels, la deuxième transformer la matière, et la troisième percer un camouflage magique. Tous trois étaient élus – ils tenaient leur magie de celle transmise à leurs ancêtres par les dieux –, et tous trois avaient été des invités de mon père l'été dernier. Je ne pensais pas qu'ils tenteraient quoi que ce soit lors d'une soirée comme celle-ci, au milieu d'une telle foule.

J'espérais de toutes mes forces avoir raison.

Père et ses compagnons se sont éloignés. Je leur ai emboîté le pas au milieu des tables, picorant ici et là un champignon farci au poivron, une croquette de pomme de terre épicée, une datte fourrée au fromage de chèvre et au jambon agrémentée d'un filet de miel. Tout cela, pour moi, avait le goût de carton. Je ne quittais pas des yeux la chevelure châtain doré de mon père, ses ondulations huilées créées par Kerrish. Nous avons navigué dans le dédale d'antichambres et de salons qui jouxtaient la salle de bal, chaque pièce envahie de fêtards, de bavards, de buveurs et de joueurs, chaque table chargée de chandeliers aux bougies dégoulinantes de cire. Au bout d'un moment, les officiers ont disparu, avalés par le brouhaha et les ombres joyeuses, et mon père s'est retrouvé seul. Il a pris un petit-four glacé sur le plateau d'un serveur qui passait et l'a englouti. Ses gestes étaient plus vifs à présent.

Les cloches des cinq tours de la Citadelle se sont mises à sonner. Des coups puissants et réguliers dont les vibrations profondes traversaient l'air comme une brise douce et légère, aux antipodes de ma panique naissante. J'ai compté, troublée : dix, onze.

— Merde, ai-je murmuré, un goût acide dans la gorge.

Nous étions censés commencer notre discours maintenant – Gemma, Ryder, Alastrina et moi. Nous devions, à la demande d'Yvaine, nous adresser à la foule, dire notre joie de voir la haine entre nos deux familles enfin éteinte, afficher notre enthousiasme devant cette nouvelle ère de paix qui s'ouvrait devant nous. Ryder avait envoyé une lettre succincte sur ce que lui et Alastrina avaient l'intention de dire – une lettre que j'avais daigné lire –, et Gemma et moi avions conçu notre propos en écho au leur. Les puissants démons du malentendu, des préjugés et de la méfiance, réduits à néant par une nouvelle génération d'Ashbourne et de Bask. Non plus ennemis, mais alliés. L'espoir et la paix.

C'était parfaitement ridicule, le genre de choses qui ferait plaisir à Yvaine, satisferait la curiosité d'au moins quelques-uns et piquerait celle des autres. Le puissant démon du malentendu ? J'entendais les badauds murmurer entre eux, derrière leurs mains gantées ou par-dessus le bord de leurs verres. *Ils ont fini par tuer ce démon, hein ? De quelle façon s'y sont-ils pris, d'après vous ?* Les légendes qui couraient déjà sur nos familles allaient prendre des ailes. Tout le monde allait nous regarder avec un regain d'intérêt, un respect renforcé.

Personne ne se souciait de savoir que nous avions agi sans l'aide d'aucun de nos parents et que nous avions tous failli mourir, Talan compris, dans l'aventure. Personne ne se souciait de savoir que mon père, à la seule idée de me voir sur une estrade à côté des Bask, avait failli me briser le poignet.

J'ai entendu au loin un héraut royal demander à la foule de se rassembler au pied du grand escalier.

— À présent, clamait sa voix retentissante, je vous demande d'accueillir Lord Alaster et Lady Enid de la Maison des Bask et leurs enfants, Lord Ciaran et Lady Alastrina…

Ciaran, bien sûr. Le véritable prénom de Ryder, qu'il haïssait pour une raison que j'ignorais et dont je me fichais éperdument.

Troublée, au comble de l'inquiétude, incapable de chasser le pressentiment d'une catastrophe imminente, j'ai suivi Père vers l'une des terrasses où les invités pouvaient dîner et boire en plein air. Des tentures légères, soutenues par des piliers de bois poli et ornées de pampilles vertes et bleues, abritaient des tables décorées d'une profusion de plumes noires et de brins de lierre. De minuscules lumières créées par les Sorceleurs royaux flottaient dans l'air comme des lucioles.

Ryder était là, dos à nous, le bras tendu. Il caressait délicatement le poitrail rebondi d'un moineau grassouillet perché sur une branche basse. Il avait l'air absurde, franchement, son immense silhouette massive serrée dans son costume élégant, à côté du frêle petit oiseau, à peine une boule de plume au bout de ses doigts. Alastrina se tenait près de lui, le teint aussi pâle et les cheveux aussi noirs que ceux de son frère, son attitude exprimant le plus profond ennui. Ils étaient tous deux vêtus de noir et bleu, la ceinture de leurs vêtements et les ourlets brodés de fils d'argent. Les plumes cousues sur leurs épaulettes leur donnaient l'air de vautours maussades. À l'intérieur, le héraut les a de nouveau annoncés. Aucun des deux n'a fait le moindre geste.

J'ai vu mon père fondre sur eux, les bras levés.

— Nous voilà donc tous réunis, a-t-il clamé d'une voix forte, pour recevoir des honneurs que toute famille convoite, et vous semblez pourtant aussi enchantés que moi.

Son intonation était légère, joviale même. J'étais stupéfaite. Il me semblait voir la scène derrière un voile. Ryder s'est retourné pour saluer Père, le regard sombre, le sourire crispé. Alastrina quant à elle s'est redressée, subitement sur le qui-vive. La foule autour de nous a gloussé, bavant quasiment d'impatience, leurs boissons oubliées. *Les Ashbourne et les Bask à peine réunis et déjà prêts à s'entre-tuer !*

Du coin de l'œil, j'ai aperçu une ombre filer à travers les lumières flottantes et les tintements cristallins. La silhouette floue d'un homme, un éclair d'argent.

Ma vision, sous le coup de la peur, s'est aiguisée. L'éclat était celui d'une lame, et l'ombre qui la tenait fonçait droit sur Ryder.

J'ai couru vers lui, sans penser à rien d'autre, renversé une chaise, repoussé un homme bafouillant au plastron scintillant de diamants.

L'ombre s'est élancée, lame en avant – mais j'ai été plus rapide. Je me suis jetée, avec un cri d'effroi, devant Ryder.

Quelque chose de dur m'a frappé l'estomac, me projetant contre un mur. Mon esprit enfiévré a imaginé la lame du couteau s'enfoncer dans mon ventre, le sang couler. Sous le choc, je n'ai plus entendu que des échos de voix lointaines, senti des mains se fermer sur mes épaules, me soutenir. Mon père qui poussait des hurlements furieux, le bruit d'une bagarre, des coups de poing, un corps qui s'affaisse.

— Farrin, a dit une voix grave et chaude à mon oreille. Farrin, respire. Tu vas bien.

J'ai baissé les yeux en frissonnant. La voix avait raison : il n'y avait pas de poignard fiché en moi, pas de sang. Rien qu'une petite déchirure sur ma robe, révélant ma peau nue et une légère éraflure sous mon nombril, à l'endroit où la lame m'avait touchée. Alastrina s'est penchée pour ramasser le couteau tombé, l'examiner, puis appuyer doucement sur la pointe. La lame s'est rétractée avec un bruit de ressort. L'arme était fausse. Inoffensive.

Par terre, non loin de moi, un homme au teint pâle, aux cheveux blonds, tout de noir vêtu, gloussait comme un fou. Son nez était cassé, du sang coulait sur ses lèvres.

— Vous devriez voir vos têtes ! braillait-il, les yeux exorbités. C'était une blague ! Une blague !

— Lâchez-moi, hurlait Père de son côté. Je vais le tuer ! Je vais le tuer !

Il voulait se jeter sur l'homme, ses poings meurtriers brandis vers lui, le visage congestionné de fureur, mais dix hommes le retenaient, s'efforçant de le contenir. La garde royale a déboulé de la salle de bal pour appréhender le coupable, suivie d'un tourbillon de blanc et de couleurs splendides. C'était Yvaine, la Haute Reine d'Edyn.

J'en ai eu le souffle coupé. J'avais beau la voir souvent, j'étais, chaque fois que je levais les yeux sur elle, éblouie. Elle était petite, et sa silhouette menue était délicate, mais la force de sa présence, redoutable et éternelle, en imposait. Lorsque les dieux l'avaient choisie pour devenir notre reine le jour de leur Démantèlement, des siècles auparavant, elle n'était qu'une humaine ordinaire – bergère peut-être, comptable, ou tisserande. Personne ne le savait, pas même moi. Yvaine refusait d'en parler et, chaque fois que le sujet était évoqué, son regard s'assombrissait et un voile de solitude l'enveloppait.

Alors je ne posais pas de question. Quoi qu'elle ait été dans le passé, elle était autre chose à présent, quelque chose de plus. Les dieux l'avaient transformée : sa peau et ses cheveux étaient d'un blanc éclatant, à l'exception d'une petite cicatrice rose en forme d'étoile sur son front, et ils avaient figé son corps dans une jeunesse éternelle. Ses yeux toutefois la trahissaient. L'un d'un violet profond, l'autre or pâle, ils contenaient la puissance et la sagesse accumulées au cours des ans.

Ce soir, elle portait une longue robe turquoise aux reflets chatoyants. Parfois céruléens, parfois émeraude, ils offraient un mélange parfait des couleurs de nos deux familles. Des manches courtes flottaient sur ses épaules. Ses cheveux détachés, dépourvus d'ornements, déferlaient dans son dos comme l'écume de l'océan.

Sans prêter la moindre attention aux gardes royaux qui s'emparaient du déséquilibré hilare, elle est venue directement vers moi, d'un pas aussi leste que la pluie sur une vitre.

— Farrin, a-t-elle lâché dans un souffle en me prenant les mains.

La peur sur son visage s'est progressivement effacée.

— Tu n'as rien, les dieux soient loués.

Puis elle a jeté un coup d'œil derrière moi, vers le haut. Je me suis retournée pour m'apercevoir, en suivant son regard, que le mur solide contre lequel je croyais m'appuyer n'était autre que le corps de Ryder Bask. La voix à mon oreille, les mains qui me tenaient, le torse pressé dans mon dos, rassurant, étaient les siens.

Je me suis arrachée à lui.

— Je t'interdis de…

Je me suis interrompue. J'avais envie de le rabrouer vertement, de lui dire qu'il n'avait aucun droit de me toucher, mais ne plus sentir sa présence me laissait un vide étrange. Trop de gens nous regardaient, des centaines de visages autour de nous, pressés aux fenêtres, dans l'embrasure des portes. J'ai ravalé mon indignation, le cœur encore battant de la peur que j'avais éprouvée.

Les yeux de Ryder, d'un bleu éblouissant, ont rencontré les miens. Un petit sourire s'est dessiné sur ses lèvres.

— Et moi qui croyais que nous étions amis, Ashbourne, a-t-il déclaré tranquillement. Combattre des monstres en ma compagnie ne t'a pas donné une meilleure opinion de moi ?

Au lieu de lui répondre, parce que j'étais trop secouée pour parler, je me suis retournée. Gemma courait vers nous, Illaria sur les talons.

— Au nom des dieux ! s'est-elle exclamée en contemplant la scène : Ryder, Alastrina, moi, le couteau factice par terre, Père hurlant toujours de fureur, l'homme ricanant emporté par les gardes.

Yvaine, un peu à l'écart à présent, regardait distraitement les jardins éclairés. Son expression confuse m'a interloquée. À quoi pensait-elle ?

Gemma m'a serrée dans ses bras.

— Une blague ? a-t-elle lâché rageusement. C'est de très mauvais goût.

— La première d'une longue série que nous allons devoir essuyer, dorénavant, j'en suis sûre, a commenté Alastrina en jetant autour d'elle un regard de mépris à peine voilé.

Le chignon sévère de ses cheveux noirs tirés sur sa nuque lui donnait l'air encore plus redoutable que d'habitude.

— Regardez-les, a-t-elle marmonné en pointant du menton la foule qui murmurait. Peu importe qui est ce débris humain, il va être célèbre pour le restant de ses jours. Et nous, on nous dévisage comme des bêtes de foire.

— Il faut dire que vous êtes très belle, a lâché Illaria, clairement éméchée.

Alastrina n'a pas semblé irritée. Au contraire, son expression s'est illuminée, et c'est avec un évident plaisir qu'elle a contemplé Illaria dans sa somptueuse robe verte.

— La fameuse Illaria Farrow, a-t-elle dit sans aucune trace d'ironie.

Elle a semblé vouloir s'élancer vers elle, mais elle a hésité, l'air brusquement timide – ce qui n'était pas du tout un qualificatif que j'aurais cru possible de lui attribuer.

Tout à coup, comme un diable surgi de sa boîte, Père était devant moi, plus grand que tous ceux qui nous regardaient, plus grand que nous tous.

— Ma chérie, il ne t'a pas fait mal ?

Il m'a pris le visage à deux mains pour me scruter anxieusement. Ses paumes étaient brûlantes ; son corps frémissait de magie sentinelle contenue.

Je me suis écartée sans un mot. Mon poignet n'avait pas oublié la souffrance, et le sol semblait osciller sous mes pieds.

— Nous avons un discours à prononcer, ai-je dit.

Les yeux me piquaient de le voir là, perplexe et dérouté, son regard passant de moi à Ryder puis au couteau abandonné. Qu'aurait-il fait si ces hommes ne l'avaient pas retenu ? Aurait-il pulvérisé le coupable sous mes yeux ?

J'ai quitté la terrasse pour retourner dans la salle de bal, priant pour garder bonne contenance et soulagée d'entendre Gemma, Ryder et Alastrina m'emboîter le pas. La foule bruissante s'écartait devant nous. Un souffle d'air froid sur mon ventre m'a rappelé ma robe déchirée. Si je partais pour aller me changer, je ne reviendrais jamais. Alors j'ai continué, les poings serrés, bien décidée à ne pas tripoter le tissu abîmé.

Sur l'estrade se tenaient un homme et une femme, grands et sévères, au teint aussi pâle et aux cheveux aussi noirs que ceux de leurs enfants. Ils me regardaient d'un air tellement désarçonné que j'ai failli, encore déstabilisée, leur rire au nez.

— Que s'est-il passé ? a demandé d'un ton sifflant Lord Alaster Bask, patriarche de sa maison, à sa fille.

— Plus tard, lui a-t-elle répondu en balayant la salle d'un regard aiguisé de méfiance.

Je n'étais pas plus rassurée. Et si le prochain poignard était un vrai ?

— Lord Bask, ai-je dit aimablement en m'inclinant devant Alaster, puis devant sa femme, Enid, qui me regardait d'un air aussi froid et distant que les étoiles. Lady Bask.

Je suis passée devant eux pour m'approcher de l'amplificateur de son suspendu au plafond – une petite boule ensorcelée, faite de mailles d'or étroitement serrées, qui aurait pu tenir dans le creux de ma main. Il émettait un bourdonnement de magie qui me chatouillait les lèvres.

Ryder s'est interposé pour enfouir le récepteur dans sa main. Son regard a plongé dans le mien. J'ai remarqué, avec irritation, les longs cils noirs qui encadraient ses yeux.

— On peut faire ça plus tard, ou un autre jour, a-t-il proposé tranquillement. Tu viens de te faire poignarder, Ashbourne.

Je l'ai écarté aussi poliment que possible.

— Je ne savais pas qu'une blague aussi stupide que celle-ci pouvait effrayer le redoutable Ryder Bask.

Il m'a lancé un regard noir – je le sentais brûler sur mon épaule –, mais je l'ai ignoré pour commencer à parler.

— Amis proches et lointains, citoyens de tous les continents, nous – les enfants des Maisons Ashbourne et Bask – vous remercions d'être ici ce soir. Au nom de ma sœur, Lady Imogen, de Lord Ryder et de Lady Alastrina, de mon père, Lord Gideon – je l'ai désigné de la main ; il se tenait, mal à l'aise, sur les marches de l'estrade, l'air aussi distrait que la reine, tout à l'heure –, et au nom de Lord Alaster Bask et de Lady Enid Bask, je tiens à vous dire combien nous sommes tous honorés que la Haute Reine Yvaine, l'élue des dieux, nous ait ouvert son palais ce soir pour commémorer le passé et célébrer l'avenir.

Les mots me venaient avec une aisance remarquable. J'ai pensé, avec une légère exaltation, que je devrais peut-être me faire poignarder avec une arme factice avant chaque apparition en public. Apparemment, cela faisait des merveilles pour le trac.

Alastrina s'est avancée pour la suite de notre intervention.

— Comme vous le savez tous, nos deux familles – élues il y a longtemps par les dieux – ont été en guerre durant de trop nombreuses années. Une guerre inutile, dont les causes se sont perdues, enfouies sous la poussière du temps.

Elle s'est tue, solennelle, une expression si révérencieuse sur le visage qu'elle en était comique. J'avais parfaitement conscience que personne sur cette estrade ne souhaitait être ici.

— Lorsque les dieux ont élu nos ancêtres, a-t-elle repris, ils comptaient que leurs descendants restent à jamais fidèles au royaume d'Edyn, en le protégeant, le cultivant, en servant ses habitants et sa reine…

— Ce en quoi, a enchaîné Ryder en avançant pour prendre la parole à son tour, nous avons failli.

Et ils ont continué comme ça, Gemma comprise. Je n'avais pas besoin de parler à nouveau avant la fin, alors j'ai attendu, légèrement vacillante, jusqu'au moment où mon vacillement n'a plus rien eu de léger. Les mots se mélangeaient ; la mer de visages tournés vers nous tanguait dans une multitude de couleurs.

J'ai cligné des yeux, dans l'espoir d'éclaircir ma vision, mais cela n'a rien arrangé. Au contraire. Une douleur violente m'a soudain transpercée – fulgurante, rouge, brûlante –, irradiant de mon ventre à chacun de mes membres.

J'ai basculé. Une main forte s'est posée sur mes reins ; elle m'a empêchée de tomber, mais n'avait aucun effet sur la nausée qui me soulevait l'estomac. J'avais besoin d'air. J'ai aspiré une bouffée, puis une autre, péniblement, et une troisième encore plus difficile, avant de comprendre que je ne pouvais plus aspirer, pas plus qu'un mince filet d'air. Ma gorge semblait se fermer, et la douleur dans mon ventre ne cessait pas, elle déferlait en vagues brûlantes comme une mer démontée.

Un bruit faible, un coup de tonnerre lointain, est parvenu à mes oreilles. Je continuais de percevoir des bribes de ce qui m'entourait, des bribes acérées comme des diamants et tournoyant. La foule qui nous applaudissait, des cris de joie. Quelqu'un m'aidait à marcher. Puis le sol s'est dérobé, la lumière s'est assombrie, et je suis tombée en avant, me cognant le tibia contre un rebord de marbre.

— Qu'est-ce qu'elle a ? a demandé une voix lointaine, familière et effrayée.

Celle de Gemma.

D'autres voix coléreuses bourdonnaient derrière elle, un chœur de fureur au milieu duquel je reconnaissais la tonalité de mon père.

Quelque chose, quelqu'un déchirait ma robe, exposant mon ventre à l'air libre qui était horriblement glacial. J'allais geler, ma peau allait se fissurer et tomber en morceaux comme de la glace.

J'ai tenté de me recroqueviller sur moi-même, pour me protéger, puis je me suis débattue instinctivement. J'allais combattre de toutes mes forces ce froid qui m'attaquait, j'allais m'en débarrasser puis m'embraser, engloutie par les flammes, ou bien mon ventre allait s'entortiller sur lui-même, m'entortiller avec lui et me réduire en poussière.

J'ai hurlé. La douleur atroce pulsait dans mes orbites, au bout de mes doigts, puis elle retournait s'abreuver à la moelle de mes os avant de jaillir de nouveau.

— Par les dieux, a murmuré quelqu'un.

Des doigts se sont posés sur mon ventre, doux mais épouvantables, comme si des lames me transperçaient. J'ai baissé les yeux pour découvrir mon ventre nu, ma robe en lambeaux – et, à l'endroit précis où le poignard factice m'avait touchée, là où la légère abrasion causée par l'homme qui m'avait percutée avait laissé une trace rose sur ma peau, une affreuse ecchymose noire s'était formée, et des ramifications s'étiraient dans toutes les directions. Elles couraient sur ma peau, disparaissaient sous ma robe, comme autant de minuscules rivières sombres et maléfiques. Ce spectacle m'a horrifiée, je me suis griffée. Mes ongles ont lacéré l'écorchure, fait couler mon sang. Un liquide pâle et fumant s'est échappé de la plaie pour dégouliner sur ma robe. En le voyant, j'ai été prise d'une violente nausée.

Des cris se sont élevés.

— On l'a empoisonnée ! s'est exclamé quelqu'un.

Puis une autre voix, grave et furieuse, a parlé.

— Cette maudite lame devait être imprégnée. Allez chercher tous les guérisseurs que vous trouverez ! Et si cet homme s'échappe avant que je puisse l'attraper, je jure devant les dieux que vous le regretterez tous jusqu'à la fin de vos jours !

La même voix, adoucie et plus proche maintenant, a continué :

— Farrin. Farrin, accroche-toi à moi.

J'ai tenté d'obéir. La dernière chose que j'ai vue, c'est une lumière chaude et blanche qui venait à ma rencontre.

— Aucun guérisseur ne peut arrêter ça, a constaté quelqu'un d'un ton neutre. C'est un poison primordial.

Puis un gouffre brûlant s'est ouvert en moi, libérant un feu noir, dévastateur et furieux, qui m'a engloutie.

Chapitre 4

Lorsque j'ai repris connaissance, Gemma, Gareth, Alastrina et Illaria étaient penchés sur moi. J'étais allongée par terre. Le dôme de la Citadelle s'élevait au-dessus de moi ; mon dos et ma tête étaient appuyés contre quelque chose de tiède, solide et rassurant.

J'ai voulu me tourner pour voir de quoi il s'agissait, mais une violente douleur m'a transpercé les entrailles et, avec elle, tout m'est revenu en mémoire.

Je me suis redressée, pantelante, et j'ai baissé les yeux sur mon ventre. Quelqu'un m'avait couverte d'un joli châle violet, mais en dessous, j'étais à moitié nue – vraiment. Les larmes me sont montées aux yeux. D'une main, j'ai resserré le tissu sur ma gorge, en faisant de mon mieux pour me couvrir, de l'autre je me suis tâtée prudemment. Je n'ai rien senti d'autre que ma peau indemne, légèrement sensible, et ma pauvre robe déchirée.

— Que s'est-il passé ? ai-je réussi à demander d'une voix rauque.

J'ai tourné la tête en grimaçant et découvert que le support chaleureux sur lequel je reposais jusque-là était les genoux de Ryder. À côté de lui, appuyée sur son épaule comme si elle risquait autrement de s'effondrer, se tenait Yvaine. Son teint, habituellement d'un blanc crémeux, semblait blafard, maladif, mais ses yeux étaient toujours aussi brillants et sa bouche était pincée de colère.

Ryder a posé sur moi un regard empreint de gravité, vibrant de fureur contenue.

— Tu as été empoisonnée, a-t-il dit, et la reine t'a guérie.

Désemparée, j'ai resserré maladroitement le châle autour de moi – grâce aux dieux, il était d'une taille généreuse – et je me suis détournée dans l'espoir d'échapper à leur attention. Mais je ne croisais que d'autres regards, d'innombrables visages. Quelques soldats de la garde royale nous entouraient. La poitrine de leur capitaine, Vara, était barrée d'une large écharpe dorée.

Puis Gareth s'est agenouillé près de moi et m'a ouvert ses bras. Il semblait si dévasté que j'ai compris à quel point j'avais été proche de mourir. Je me suis enfouie avec reconnaissance dans son étreinte et je m'y suis cachée un instant ; après tout, il m'avait déjà vue nue – une première fois aux bains de l'université, et une seconde, lors d'un épisode humiliant pour nous deux, dont nous ne parlions jamais sauf pour en plaisanter, ce qui ne manquait jamais de nous réjouir. Gareth adorait rire.

À cette évocation, j'ai éclaté en sanglots. Quelque part derrière nous, l'orchestre jouait un air entraînant ; le bal avait repris. Je me suis aperçue que nous étions dans une antichambre proche de l'estrade. Deux soldats montaient la garde à l'entrée, bloquant les curieux.

— Le couteau factice ? ai-je demandé d'une voix éraillée.

— Empoisonné, a répondu Gareth. Il faudra que je vérifie mais, vu les effets, je dirais que c'était…

— Un élixir fée, est intervenue doucement Yvaine. Extrait des racines d'un arbre qui pousse dans une forêt isolée, peuplée d'ombres agitées et où les fleurs se nourrissent de chair.

Nous l'avons tous dévisagée. Alastrina, mal à l'aise, a croisé les bras sur sa poitrine.

Lentement, l'évidence s'est imposée à mon esprit embrumé. Yvaine m'avait guérie, avait dit Ryder. Un frisson d'admiration mêlée d'effroi m'a traversée.

— Vous avez employé votre magie sur moi, ai-je lâché dans un souffle émerveillé avant qu'un élan de panique me fasse sursauter. Vous allez bien ? Vous semblez souffrante. Le poison vous a-t-il atteinte ?

Yvaine, toujours appuyée sur Ryder, m'a adressé un sourire si doux que deux des gardes se sont détournés, visiblement bouleversés.

— Ce n'est pas aussi terrible que ça en a l'air, a-t-elle répondu. J'ai pris le poison en toi et, à présent, il vit en moi. Mais il ne va pas tarder à mourir. Un tel maléfice ne peut survivre très longtemps dans mon corps. En fait… ah.

Elle a fermé les yeux, incliné la tête comme si elle écoutait quelque chose qu'aucun de nous ne pouvait entendre, puis la roseur est revenue sur ses joues. Un soupir a glissé sur ses lèvres, et elle a rouvert les yeux. Elle a tapoté l'épaule de Ryder et s'est redressée, d'un geste rapide et fluide, la cascade de ses cheveux ondoyant jusqu'à ses genoux. Une puissance immense dans un corps si petit.

— Merci, Lord Ryder, a-t-elle dit vivement. Votre épaule est remarquablement solide.

Il a cligné des yeux, l'air brusquement beaucoup plus jeune sous sa redoutable barbe noire, puis il les a baissés sur ses mains, un sourire humble flottant sur ses lèvres.

Je connaissais ce sourire ; je savais ce que cela faisait de recevoir l'affection de la reine.

— Je ne comprends pas, a déclaré Alastrina d'une voix tendue d'irritation. Un fou s'est procuré un couteau factice imprégné d'élixir fée et a décidé d'assassiner une Ashbourne devant des centaines de gens ?

— Le coup m'était destiné, l'a corrigée Ryder.

Il s'est tourné vers moi. Nos regards se sont croisés ; une chaleur a envahi mes joues. Je ne parvenais pas à déchiffrer son expression, mais j'étais certaine qu'il pensait la même chose que moi. Quelles allaient être nos relations, à présent ? Lui, la cible ; moi, son sauveur.

Je me suis détournée, embarrassée.

— Un geste tout aussi impensable, a émis la voix basse et

rocailleuse de Lord Alaster Bask, figé dans son costume noir, les mains serrées, plaquées derrière son dos. Quelqu'un a voulu assassiner mon fils ici même, au cœur de la Citadelle.

Son regard s'est posé sur Yvaine.

— Je croyais, Votre Majesté, que des mesures de protection suffisamment sérieuses étaient prises pour empêcher de tels événements.

— Une déclaration des plus pertinentes, mon cher, a ajouté posément Lady Enid.

Elle fulminait à côté de lui, superbe et froide, taillée dans la porcelaine et trempée dans l'encre.

La capitaine Vara s'est avancée.

— Il ne vous appartient pas de critiquer la reine, monseigneur, surtout dans sa propre demeure.

Lord Alaster a dressé un sourcil.

— Voyez-vous ça ? Je suis d'avis, en tant que sujet de la reine et élu des dieux, qu'il est au contraire de mon devoir de critiquer et de remettre en question. Les dieux ont aussi distingué mes ancêtres. Nous avons été choisis pour protéger le royaume. Et si la magie à laquelle la reine a eu recours pour défendre le cœur de notre cité est défaillante, il est de ma responsabilité de découvrir pourquoi.

Il s'est interrompu un instant.

— Dois-je vous rappeler, a-t-il repris, l'incident de l'été dernier, lorsque des chimères ont envahi le château, usant de moyens que le Conclave royal n'a toujours pas expliqués ? Une situation qui, me semble-t-il, devient récurrente.

À l'évocation de ce jour, mon sang s'est glacé. Cinq chimères monstrueuses s'étaient déchaînées dans les couloirs du palais. Gareth, Gemma, Talan et moi avions tenté de fuir et été acculés dans cette même salle de bal par une des créatures – une bête féroce, puissante, aux allures de reptile, aux griffes acérées, dotée d'une queue meurtrière. Elle avait failli me tuer, et elle l'aurait fait si Ryder ne s'était pas interposé avant de l'abattre.

Ce souvenir m'a rassurée. Une vie pour une autre. Nous

étions quittes. Je ne lui devais plus rien. Cette réflexion m'a donné le courage d'intervenir.

— Vous oubliez de mentionner la nuit du bal, Lord Alaster, ai-je dit en dépit de ma gorge douloureuse. Lorsque votre fille, Alastrina, a usé d'un sortilège pour modifier son apparence et tromper mon père en se faisant passer pour ma mère, lorsque votre fils s'est jeté sur mon père pour le rouer de coups devant tout le monde. S'il y a une défaillance dans les protections magiques de la Citadelle, alors vos enfants sont coupables d'en avoir tiré profit, exactement comme l'agresseur de ce soir.

Un silence inconfortable s'est abattu ; je sentais les yeux de Ryder peser sur moi, mais je refusais de le regarder. À la place, je me suis tournée vers mon père, certaine qu'il serait heureux de me voir prendre sa défense. Mais il était assis dans un fauteuil, penché lourdement en avant, les coudes sur ses genoux, et lorsque son regard a croisé le mien, j'y ai surpris, avant qu'il ne puisse se ressaisir, un mélange pitoyable de culpabilité, de honte et de peur. Il était complètement ébranlé.

La vérité m'a transpercée comme une flèche.

Je ne savais rien du fou hilare, mais il avait été facilement maîtrisé par les soldats de la garde royale et il n'avait opposé aucune résistance. Sa façon d'attaquer avait été maladroite, un peu ridicule même. Il l'avait dit lui-même : « C'était une blague ! » Ce n'était pas le genre de personnage capable de déjouer les défenses de la reine.

Mais un seigneur élu, doté d'appuis dans la Haute Armée et assoiffé de vengeance ? Celui-là en avait très certainement les moyens.

Père a dû lire la prise de conscience sur mon visage, parce que le sien a pâli. Puis il a redressé le menton, avec une infime pointe d'arrogance, comme s'il me mettait au défi de parler.

Je me suis sentie malade. Je n'allais évidemment rien dire, pas ici. Et le nouvel éclat dans son regard m'avertissait que, si je m'y risquais, il était en mesure de rejeter mes accusations. Quelles que soient ses manigances, il n'aurait jamais rien tenté sans assurer ses arrières.

Les gardes devant l'entrée se sont écartés pour laisser passer un homme vêtu d'une longue chasuble noire ourlée d'or et coiffé d'un chapeau de velours à gland. Sa peau mate était lumineuse et sa barbe blanche parfaitement taillée. Il s'appelait Thirsk, c'était l'un des plus proches conseillers de la reine et un membre du Conclave royal. Il s'est dirigé vers Yvaine et incliné devant elle avant de lui murmurer quelque chose à l'oreille.

Yvaine a opiné, lui a touché le bras, puis s'est tournée solennellement vers Alaster Bask.

— Vous avez raison d'exprimer vos inquiétudes, Lord Alaster, a-t-elle déclaré. Les dieux vous en seraient reconnaissants. Ils comptaient sur cette rigueur. Je vous recevrai demain matin en audience, j'entendrai tous vos griefs et serai en mesure, je l'espère, de vous rassurer. Pour l'heure, Thirsk a fait préparer des chambres pour vous et les vôtres – pour vous également, Lord Gideon – afin que vous puissiez vous reposer et vous remettre de cet incident alarmant.

Lady Enid a dressé les sourcils et entrouvert la bouche, sans aucun doute pour protester, mais Yvaine s'est avancée, et j'ai senti une légère onde de magie, une brise intentionnelle, nous envelopper. Lady Enid s'est crispée, la bouche néanmoins fermée.

— Mon personnel, a repris la reine, se tient à votre disposition pour vous accompagner dans vos chambres lorsque vous le souhaiterez et répondre à tous vos besoins. Dans l'intervalle, je suppose que vous ne verrez pas d'inconvénient à ce que je retienne vos enfants afin de les remercier personnellement du discours pour lequel ils se sont donné tant de mal. Ils ont agi à ma demande, après tout.

Personne n'aurait pu s'y opposer ; l'air bruissait de magie. Rien de désagréable ni de trop contraignant, juste une pression, suffisamment appuyée pour pousser Lord Alaster, Lady Enid et mon père à se confier docilement aux soins de leur escorte. Lord Alaster ne s'est retourné qu'une seule fois, les lèvres pincées, le regard furieux. Il savait que c'était la magie de la reine qui l'éloignait, mais que pouvait-il y faire ? Rien, s'il ne voulait pas perdre son fragile privilège.

Père, quant à lui, nous a laissés sans un regard en arrière ni un mot de réconfort. Il était soulagé, je le savais, de s'échapper, de ne pas être confronté à l'énormité de ce qu'il avait entrepris et qui avait été à deux doigts de me coûter la vie.

Gareth a gentiment desserré son étreinte, et je me suis levée. Il était sur le point de partir, en compagnie d'Illaria, mais la reine est intervenue.

— Professeur Fontaine, si vous voulez bien rester.

Il s'est arrêté net. Illaria lui a jeté un regard perplexe avant que les gardes stoïques ne la conduisent hors de la pièce. Rapidement, nous nous sommes retrouvés seuls, Gareth, les enfants Bask, ma sœur et moi, en compagnie de la reine et de son conseiller.

C'est alors que j'ai remarqué la sueur qui perlait sur le front de Thirsk, juste à la racine de ses cheveux.

Yvaine s'est tournée vers nous, le visage brusquement grave et fermé.

— Suivez-moi, a-t-elle dit. Vite. J'ai quelque chose à vous montrer.

❂

Un amoncellement de nuages noirs tourbillonnait furieusement. Sauf qu'au lieu de se trouver à l'extérieur, dans le ciel, ou ne serait-ce qu'au-dessus de nos têtes, il tournoyait à l'intérieur d'un gouffre au pourtour circulaire déchiqueté, creusé à même le sol.

Comme si un poing gigantesque s'était abattu là, brisant les dalles ivoire et rose du troisième sous-sol de la Citadelle, l'endroit où étaient conservées, sous un vaste plafond soutenu par une forêt de colonnes de marbre, des œuvres et des reliques antiques, certaines rangées dans des caisses étiquetées, d'autres exposées sur des piédestaux de jade ou de granite rose. Et que ce poing démesuré avait ouvert en s'abattant un passage vers un autre univers, un monde tumultueux constitué d'une masse nuageuse plus noire que l'encre et dont les profondeurs obscures étaient zébrées d'éclairs lointains. Un grondement constant secouait le sol.

Autour du gouffre frémissait un anneau de magie, invisible mais au grésillement perceptible. Une odeur amère flottait dans l'air, et une sensation étrange, acide et métallique, me picotait la langue. Autour de cet anneau magique, une douzaine de personnes, l'air épuisé, formaient un second cercle. Elles étaient toutes vêtues de longues robes de couleur pâle brodées de motifs complexes. *Une langue*, me suis-je dit, *mais qui m'est inconnue.* Tout autour d'elles traînaient des livres épars, des parchemins et des assiettes contenant des restes de nourriture. La plupart se tenaient face au gouffre, mains levées, murmurant ce qui devait être des incantations magiques. Deux étaient assises sur des matelas de velours.

Elles se sont toutes agitées en nous voyant arriver, lissant leur tunique, sautant sur leurs pieds, tâchant de dissimuler les assiettes. L'une de ces personnes est venue vers nous, un homme petit et pâle qui a souri à la reine avec un soulagement évident.

— Voici Brogan, a dit Thirsk en se tapotant le front avec un mouchoir de soie. Le Conclave royal l'a chargé de superviser les efforts de consolidation.

— Votre Majesté, s'est empressé Brogan avec une courte révérence, merci d'être venue si vite. Comme vous le voyez, il y a eu plusieurs... perturbations, aujourd'hui et... heu, nous avons perdu plusieurs centimètres de terrain par rapport à notre précédente position.

Il a désigné une couronne de particules bleues lumineuses qui tournoyait lentement au-dessus du gouffre. Elle était exactement du même diamètre, et les points minuscules scintillaient comme des grains de poussière dans le soleil. À l'intérieur de ce cercle flottait un autre, celui-ci rouge et plus petit.

Yvaine est restée un long moment sans bouger. J'ai observé la scène, le cœur battant à mes tempes. Une barrière d'air chatoyant, tout autour du gouffre, l'isolait du reste de la pièce. Les dalles brisées avaient été balayées et les morceaux soigneusement empilés.

— Un gouffre d'ombres et de lumières, a murmuré Ryder, une expression féroce sur le visage. Les mots précis des gardes lorsqu'ils nous ont libérés de prison cette nuit-là. « Un gouffre s'est ouvert », nous ont-ils dit, « duquel les chimères sont sorties en rampant ».

Il s'est tourné vers Yvaine.

— Et vous ne l'avez pas refermé.

Yvaine semblait ailleurs.

— Je n'ai pas pu, a-t-elle dit. J'ai essayé.

Ses mots ont résonné dans la pièce comme si elle les avait criés. Ma bouche s'est asséchée ; j'ai accueilli avec joie le bras fort de ma sœur sur le mien.

— Je ne comprends pas, a soufflé cette dernière, accrochée à moi. Vous êtes la reine d'Edyn. Si vous ne pouvez pas refermer cette chose, alors…

— Qui l'a créé ? l'a coupée Alastrina en se détournant du gouffre d'un air dégoûté.

— Je l'ignore, a répondu Yvaine avec ce même regard étrange, lointain et détaché. Voici ce que je sais. La nuit du bal d'été, j'ai fait mettre Lord Ryder et Lady Alastrina en prison pour leur agression contre Lord Gideon. Quelques semaines plus tard, un gouffre s'est ouvert sans crier gare et des chimères en sont sorties. Pris de panique, mes gardes ont relâché Ryder et Alastrina dans l'espoir que leur magie animalière serait efficace contre ces créatures.

— Ce qui s'est révélé le cas, a souligné Alastrina en m'adressant un regard acéré. Inutile de nous remercier.

— Sauf que vous n'avez pas employé votre magie contre toutes ces créatures, n'est-ce pas, Lady Alastrina ? est intervenu Brogan, d'un ton frémissant, le visage rouge. Vous vous êtes sauvés vous-mêmes et vous avez déguerpi. Vingt-deux personnes ont péri ce jour-là avant que nous parvenions à maîtriser ces bêtes. Vingt-deux. Connaissez-vous un seul de leurs noms ?

Confuse, Alastrina est restée silencieuse. La main de Gemma s'est fermée sur la mienne. Heureusement, car je me sentais défaillir. Vingt-deux personnes étaient mortes. Et nous, nous avions fui, tous, exactement comme Brogan venait de le dire. Nous avions fui dans l'Ancien Pays et utilisé nos pouvoirs pour sauver Talan. Si nous étions restés au palais, ne serait-ce qu'un tout petit peu plus longtemps, aurions-nous pu empêcher ce carnage ?

— Votre blâme est injuste, Sorceleur, a répliqué Ryder, les poings serrés. Il a fallu à ma sœur et à moi toute notre force pour abattre une seule de ces chimères. Et les Ashbourne étaient incapables de se défendre, jusqu'au moment…

Il s'est interrompu. Je savais ce qu'il avait failli dire : *jusqu'au moment où elles sont arrivées dans l'Ancien Pays et que quelque chose en elles s'est réveillé.*

Gemma déracinant des arbres et arrachant la couronne maudite du crâne de Talan.

Mara, dotée d'une force inimaginable, combattant les nécromanciens et les démons comme une armée à elle seule.

Et moi, détournant l'attention de Kilraith, donnant à Gemma le temps de le vaincre, uniquement grâce à ma voix.

J'ai dégluti péniblement. Depuis un mois, depuis notre retour à Ivyhill, je m'interdisais d'évoquer ces souvenirs. Le faire, c'était regarder dans un miroir obscur, voir un étrange reflet de moi-même, une version inquiétante qui m'était inconnue.

Yvaine a repris le fil de son récit, d'un ton léger et déroutant, comme si aucun de nous n'avait rien dit.

— Mes conseillers ont tout fait pour me tenir enfermée dans mes appartements. Ils voulaient me protéger ; c'est leur devoir. Ils se sont épuisés, usant toute leur magie, mais je suis sortie et j'ai tué les créatures qui restaient. J'ai serré les poings, adressé une prière à Kerezen – maîtresse des sens, créatrice de tout être vivant – et j'ai arrêté leurs cœurs de bêtes.

Elle s'est tournée vers moi.

— Mais je ne sais pas qui les a envoyées, pourquoi, ni d'où ni comment. Je ne sais pas ce qu'est cette chose devant nous, ni où elle mène.

Je suis restée muette. Yvaine m'effrayait. Elle me regardait d'un air presque implorant. Elle semblait tellement perdue, si jeune. Les lumières flottantes des anneaux rouge et bleu au-dessus du gouffre éclairaient ses cheveux blancs de lueurs étranges. Elle ressemblait moins à mon amie de longue date qu'à ce qu'elle était en réalité : la Haute Reine d'Edyn, choisie par les dieux, inconnue, mystérieuse et intouchable. Je me suis accrochée au bras de Gemma.

Gareth, agenouillé à une distance prudente du gouffre, se tenait le menton, absorbé dans ses réflexions.

— Vous alternez quotidiennement des variantes de magie défensive ?

Brogan s'est dépêché de le rejoindre.

— Oui, professeur. La reine vient chaque matin et crée un nouveau modèle. Elle nous montre de quelle manière le tenir en place. Ce que nous faisons jusqu'au lendemain.

Il a regardé Yvaine avec admiration et baissé la voix.

— Nous notons chacune des variations qu'elle conçoit. Le langage est entièrement nouveau. Il ne correspond à aucune formule des sortilèges répertoriés.

— D'autres créatures sont-elles sorties ? a demandé Gemma.

— Non, a répondu Yvaine.

— Non, a répété Brogan. Mais le périmètre de cette aberration augmente presque chaque jour, malgré tous nos efforts.

Il a tourné un visage angoissé vers la reine.

— À ce rythme, nous estimons que la Citadelle sera engloutie avant la fin de l'année. Peut-être plus tôt, si les phases d'expansion s'accroissent.

Gareth s'est levé.

— Avez-vous consulté le Comité des magies nouvelles et émergentes ?

— Non, professeur. Nous avons reçu l'ordre de ne…

— Personne ne doit savoir, a murmuré Yvaine, les yeux posés sur le gouffre. Ils auraient tellement peur.

Brogan nous a regardés d'un air désespéré.

— La reine nous interdit de travailler avec une quelconque institution. Nous opérons donc seuls avec elle. Dans le but, dit-elle, d'éviter la panique.

Thirsk a desserré son col et toussoté.

— Justement, Votre Majesté, et comme je vous l'ai déjà dit, plusieurs membres du Conclave exercent d'importantes pressions pour faire exactement ce que suggère le professeur Fontaine. Le Comité des magies nouvelles et émergentes est un joyau de notre université, et il est dirigé, ainsi que vous le savez, par le professeur lui-même. Leurs conseils nous seraient certainement très utiles dans cette crise.

Yvaine a secoué lentement la tête.

— Gareth joue un rôle important dans la suite des événements. Je le vois clairement. Mais pas ses collègues. Lui seul.

Elle s'est alors tournée vers moi, et son visage s'est adouci.

— Ainsi que vous quatre, et votre sœur dans l'Ordre. Tout comme Talan, bien sûr. Oh, Gemma, s'est-elle exclamée, la voix soudain lourde de tristesse, il doit vous manquer terriblement.

Gemma a flanché. C'était à moi de lui serrer très fort la main à présent.

Ryder s'est avancé vers la reine.

— Votre Majesté, pourquoi nous avoir conduits ici ? Dans quoi jouons-nous un rôle exactement ?

Yvaine l'a couvé d'un regard aimant, celui d'une mère pour un enfant chéri. Sa main droite jouait distraitement dans l'air proche de la magie défensive ; des étincelles jaillissaient du bout de ses doigts.

— J'ai besoin de votre aide, a-t-elle répondu. À vous tous. Je dois mobiliser toutes mes forces, toutes les ressources à ma disposition pour protéger cet endroit, découvrir l'origine de ce gouffre, et – son regard s'est tourné vers Brogan – m'assurer que ce secret ne franchisse pas ces murs. Je dois rester ici. Je suis plus puissante à l'intérieur de la Citadelle, un endroit que les dieux ont créé pour moi, qu'ils ont édifié de leurs propres mains. Mais vous…

Elle nous a dévisagés tour à tour. Un frisson m'a parcourue.

— Vous pouvez aller partout, a-t-elle murmuré, et vous devez le faire. J'ai besoin que vous soyez mes yeux, mes oreilles et mes mains à l'extérieur. Découvrez qui a créé cette « aberration », ainsi que mes conseillers se plaisent à l'appeler. Cette brèche, cette porte – à qui ou à quoi est-elle due ? Qu'y a-t-il d'autre, dans notre monde, ainsi ouvert sur l'inconnu ?

J'ai aussitôt pensé à la Brume et à la dernière lettre de Mara. *La Brume est en train de mourir.* Ce gouffre était-il la preuve que le mal se propageait ? Toutes sortes de possibilités affreuses m'ont traversé l'esprit. Mais surtout, je voulais rejoindre Mara le plus vite possible, la serrer furieusement dans mes bras avec Gemma et ne plus jamais les lâcher. Nous pourrions nous cacher à Ivyhill ; je jouerais du piano nuit et jour si cela me permettait de les garder.

— Farrin, a dit la reine dans un souffle. Farrin.

Sa voix m'a ramenée au présent. Tout le monde me regardait ; je me suis aperçue que je tremblais, les épaules raides de fureur.

— Vous devez agir ensemble, tous les six, quoi qu'il en coûte, a repris Yvaine au bout d'un moment, l'air grave et désolée pour moi. Certains voudront vous en empêcher. Vous devez les ignorez, quelle que soit l'affection que vous leur portez. Même si…

Elle s'est tue et figée brutalement. Son expression solennelle s'est envolée, et elle est redevenue elle-même, mon amie Yvaine, puissante mais humaine, capable de ressentir des sensations mortelles telles que l'humour, le chagrin, la peur. Puis, une expression horrifiée sur le visage, elle s'est élancée vers le gouffre et, avant qu'aucun de nous ne puisse l'arrêter, elle a tenté de se jeter dedans.

L'anneau défensif des Sorceleurs a tangué ; une onde de magie s'est dispersée dans la pièce avec un claquement sec qui m'a assourdie. J'ai entendu, étouffés, les cris de panique, de souffrance des magiciens.

Gemma m'a lâchée.

— Continuez ! leur a-t-elle hurlé. Brogan, faites-les tenir !

Brogan, les yeux écarquillés, marmonnant lui-même une

incantation, passait en courant d'un Sorceleur à l'autre. Il posait les mains sur leurs épaules, penchait leur tête et les embrassait sur le front, sans cesser de murmurer.

L'air, tout autour de l'invisible mur qui ceignait le gouffre, chatoyait, s'assombrissait. Des claquements de magie, plus effroyables que des coups de fouet, résonnaient dans la pièce. Yvaine se jetait encore et encore contre le rempart magique. Elle le frappait des deux poings, le corps secoué d'affreux sanglots, puis elle s'est mise à hurler dans une langue que je ne connaissais pas, mais dont les intonations me donnaient la chair de poule, me renvoyaient à la maison sinistre au bord de la mer Lointaine – l'avatar illusoire et maléfique de la maison familiale de Talan, dans laquelle Kilraith avait failli nous tuer tous.

Quoi que hurle la reine, c'était en langue primordiale.

Ryder et Alastrina se sont précipités pour l'attraper. Ils tentaient de la tirer loin du gouffre, mais elle était puissante, déchaînée, et se débattait comme un animal sauvage entre leurs bras. La magie de l'anneau défensif, elle-même enragée, faisait écho à sa fureur rugissante. Une langue s'en est détachée pour fouetter Ryder, laissant une affreuse plaie incandescente sur sa joue.

— Que dit-elle ? a crié Gemma. Farrin, fais quelque chose !

J'étais clouée au sol, sidérée par une terreur absolue, mais j'ai fini par me ressaisir et courir vers Yvaine. Elle était à genoux, Ryder et Alastrina lui tenaient les bras. Je me suis agenouillée près d'elle, me sentant lourde, inutile, à peine capable de trouver ma propre voix.

— Yvaine, je suis là, suis-je parvenue à dire. C'est moi, Farrin. Regardez-moi.

Elle a secoué la tête, fermé les yeux très fort, sans cesser de hurler dans cette langue inconnue. La pièce tremblait. Du coin de l'œil, j'ai vu Thirsk s'enfoncer dans l'ombre en courant, vers le couloir que nous avions emprunté pour venir.

Gareth s'est accroupi à côté de moi.

— Elle dit, a-t-il crié pour se faire entendre, « ils arrivent. Ils se réveillent ». C'est en zelophar, un langage divin. On a trouvé des inscriptions à certains endroits, les jours qui ont suivi le Démantèlement, là où se dressent aujourd'hui les Cloîtres. Comme à Aidurra, ainsi qu'à Vauzanne, sur des flancs de montagnes, des parois de grottes. La plupart des Érudits estiment que les dieux ont voulu désigner ces emplacements comme des lieux sacrés, des lieux chargés de pouvoir et qui jouent un rôle important dans le système de protection d'Edyn…

— Ce n'est pas le moment de nous faire un cours d'histoire, prof! a rugi Alastrina, le visage ruisselant de sueur sous l'effort que lui demandait la contention de la reine.

— « Ils se réveillent, ils se réveillent. » Elle le répète sans cesse.

— Vous devez faire cesser ce chaos, ai-je crié à Yvaine.

J'ai trouvé le courage de lui saisir la main, qui était si brûlante que j'ai failli la lâcher. J'ai néanmoins tenu bon et tâché d'ignorer la souffrance qui m'arrachait des larmes.

— Yvaine, écoutez-moi. Vous allez vous blesser. Regardez-moi, s'il vous plaît ! Respirez avec moi. Revenez.

Gareth continuait de traduire, le visage illuminé par les éclairs du gouffre.

— « Endormez-les ! » criait-il en écho aux cris de la reine. « S'ils arrivent ici, ils mourront. Endormez-les ! »

Yvaine était hystérique, et ses sanglots si violents qu'elle s'étouffait. Elle griffait le flot de magie qui passait à sa portée ; du sang coulait au bout de ses doigts. En désespoir de cause, je l'ai prise contre moi et serrée dans mes bras. Par-dessus son épaule, j'ai croisé le regard de Ryder. Il a opiné fermement, l'entaille sanglante sur sa joue d'un rouge inquiétant. Lui et sa sœur continuaient de maintenir la reine par les épaules, les jambes.

— Yvaine, Yvaine, ai-je murmuré. Tout va bien. Je vous tiens. Je suis là.

J'ai posé la joue sur ses cheveux. Elle était brûlante et si petite entre mes bras. J'ai glissé la main sur sa nuque ; j'étais fouettée de tous côtés par le déchaînement de la magie. J'ai pensé à Gemma, qui devait être à l'agonie ; j'avais envie de la rejoindre, mais je suis restée auprès de la reine, la serrant de toutes mes maigres forces, et j'ai commencé à chanter dans ses cheveux, sans paroles, une simple mélodie. La plus douce possible, ne me servant que des notes rondes, pleines et chaleureuses – toutes les jolies notes, comme je les appelais quand j'étais petite, celles qui emplissent l'auditoire d'une lumière rayonnante.

Enfin, lentement, Yvaine a commencé à s'apaiser. Ses cris sont devenus des murmures ; son corps s'est détendu contre le mien. Elle s'est accrochée à moi, a niché son visage au creux de mon cou, poussé un long soupir profond et s'est tue.

Alastrina l'a lâchée et s'est laissée tomber par terre en jurant vigoureusement, les vêtements trempés de sueur. Ryder a légèrement vacillé sur ses talons, accroupi, puis il s'est approché de moi. Sa main forte dans mon dos était bienvenue ; je n'étais pas sûre que mes jambes tremblantes parviennent à soutenir à la fois Yvaine et moi. J'avais très envie de m'asseoir, mais je craignais que le moindre mouvement ne perturbe la reine et ne ranime ses cris.

Le silence soudain, assourdissant, n'était troublé que par le faible bruit d'un Sorceleur qui sanglotait et celui d'un autre qui respirait difficilement.

— Au nom de tous les dieux, que vient-il de se passer ? a chuchoté Gemma quelque part derrière moi.

— Rien de bon, a répliqué Ryder sombrement.

Avant qu'aucun de nous ne puisse dire ou faire quoi que ce soit, une immense clameur a éclaté. Des cloches, certaines lointaines, d'autres très proches, tintaient à l'unisson, renvoyant l'écho de leur carillon pressant résonner jusqu'au cœur de ce sous-sol immense et froid, en ruine.

Brogan s'est relevé en tremblant et a jeté un regard las vers le couloir que nous avions emprunté pour venir – celui par lequel Thirsk avait fui.

— Si vous voulez bien partir immédiatement et conduire la reine dans ses appartements, nous a-t-il dit d'une voix éteinte.

Son visage était émacié, comme si maintenir la barrière de magie défensive intacte pendant la crise d'Yvaine lui avait coûté des années.

— Il semble que le conseiller Thirsk a décidé de déclencher une procédure de confinement. Les soldats de la garde royale ne vont pas tarder à affluer et ils ne doivent surtout pas voir la reine dans cet état.

Puis il s'est adressé directement à moi.

— Je suis certain que vous savez de quelle manière rejoindre discrètement les appartements de la reine, n'est-ce pas ?

J'ai opiné, légèrement agacée par le sous-entendu contenu dans son intonation.

— Alors partez, et ne vous inquiétez pas si vous entendez des crépitements derrière vous. Nous devons déployer des sorts de diversion afin de tromper les gardes, et c'est un travail délicat.

Il s'est tourné vers le gouffre avec un rire aussi faible que son regard. Il me semblait impossible qu'ils puissent garder ce secret encore longtemps. Combien de gardes, de conseillers et de serviteurs du palais étaient déjà au courant ? Combien gardaient le silence uniquement parce qu'ils étaient soumis au pouvoir de la reine qui le leur imposait ? Et combien de temps avant que ces Sorceleurs épuisés ne se lassent de leur mission sans fin et ne décident de se mutiner ? Pouvaient-ils seulement le faire ou bien Yvaine les tenait-elle fermement sous sa coupe ?

Je ne voulais pas connaître la réponse à ces questions. Alors j'ai confié Yvaine aux bras de Ryder, soulagée de le voir la porter si facilement, et j'ai conduit tout le monde vers l'escalier.

Chapitre 5

Ma famille, et cela depuis ma plus tendre enfance, se rendait chaque mois ou presque à la Citadelle, sur invitation de la reine. Ce n'est toutefois qu'à l'âge de douze ans que j'ai compris la raison de ces visites : elles comblaient la solitude d'Yvaine.

Nous n'étions naturellement pas la seule famille à être reçue de façon régulière. Les Bask étaient aussi invités, au même titre que toutes les familles élues du monde, mais d'autres, qu'elles soient de basse magie ou qu'elles ne possèdent aucune magie du tout, étaient également conviées. Si bien qu'il ne se passait pas un jour sans qu'une demi-douzaine de familles au moins ne soient accueillies dans la Citadelle, chacune disposant de ses appartements attitrés somptueusement aménagés, dînant chaque soir avec la reine et profitant de tout le luxe que le palais avait à leur offrir : les bains royaux, les écuries pleines de chevaux magnifiques, des hectares et des hectares de sublimes jardins. On pouvait passer une journée entière à s'y promener et ne voir qu'une infime partie de leur splendeur. Le soir, on s'écroulait sur son lit, grisé et délicieusement fatigué, les yeux éblouis par toutes les beautés qu'on avait admirées.

En revanche, toutes les familles ne disposaient pas de leur propre maison – un cadeau offert par la reine à mes ancêtres. Nous l'appelions la Maison Verte. C'était un joli cottage en bordure de la cité, assez vaste pour recevoir notre famille et tous ceux qui nous accompagnaient. Il disposait d'un magnifique jardin d'hiver, que la reine avait fait aménager pour ma mère lorsque j'étais toute petite. Elles étaient amies et passaient leur temps à déambuler dans les jardins, plongées en conciliabules secrets, tandis que mes sœurs et moi gambadions autour d'elles. Personne ne le comprenait. Qu'est-ce que la reine d'Edyn, la créature la plus puissante au monde, choisie par les dieux, trouvait de si fascinant dans la compagnie de Philippa Ashbourne? Ma mère n'était qu'une Élémentaire issue d'une famille de basse magie; elle avait certes un don particulier pour la magie végétale, mais c'était là toute l'étendue de son pouvoir.

Yvaine l'aimait pourtant. Petite, je ne savais pas pourquoi; j'acceptais cette affection comme un des éléments qui constituaient mon univers. Mais en grandissant, tandis que je commençais à interroger ce qui m'entourait, j'ai remarqué que la reine était plus détendue en présence de ma mère. Elle était plus légère, plus ouverte et plus drôle, moins royale ou intimidante. Elle s'asseyait dans la terre avec nous, lorsque Mère apprenait les graines à Gemma, et elle jouait à nos jeux de cartes enfantins, tels que la bataille ou le menteur, criant et riant autant que nous. J'ai commencé à avoir des doutes et à observer la reine attentivement. Séduisait-elle ma mère? Avaient-elles une liaison sous le nez de mon père? Je les espionnais sans relâche. J'écoutais leurs conversations quand j'étais censée surveiller mes sœurs; je me faufilais dans l'escalier, après qu'on nous avait bordées, pour les écouter bavarder tranquillement au coin du feu, autour d'un thé et d'une assiette de biscuits. Parfois, Père discutait avec elles tard dans la nuit; parfois, il s'endormait en ronflant sur le canapé à côté d'elles; parfois, il sortait, et elles restaient seules toutes les deux.

Mais Mère et Yvaine n'abordaient jamais de sujets gênants, et je ne les ai jamais surprises dans une situation compromettante. Au bout d'un certain temps, j'ai conclu qu'il ne s'agissait pas de ça. J'avais douze ans lorsque j'ai enfin compris pourquoi Yvaine nous était si attachée.

C'était l'année où Mère nous avait quittés au beau milieu de la nuit. Je me suis réveillée ce matin-là dans une ambiance étrange, tendue, l'écho d'un grondement de tonnerre résonnant à mes oreilles. J'ai d'abord cru qu'il s'agissait d'un reste de cauchemar ; j'avais peut-être une nouvelle fois rêvé du garçon lumineux, du feu, de la fumée qui m'avait presque asphyxiée. J'ai pris un Osmund endormi et, après l'avoir coincé dans ma robe de chambre, je me suis précipitée dans le couloir pour courir jusqu'à la chambre de mes parents. Elle était vide. Le lit était défait, des morceaux de verre brillaient sur le tapis.

Je suis restée figée, l'estomac noué, les yeux sur les débris, terrifiée par ce qu'ils pouvaient signifier, jusqu'à ce qu'Osmund sorte la tête de sa cachette et pousse un miaulement contrarié.

Au même instant, j'ai entendu les rugissements de mon père en bas, un fracas de verre brisé, des claquements de portes. J'ai dévalé l'escalier pour comprendre ce qui se passait, d'où venait ce vacarme, sûre que quelqu'un ou quelque chose avait envahi la maison et que mon père était en train de se battre. Les Bask, peut-être, même si je savais qu'ils étaient piégés par une forêt ; mes parents nous en avaient parlé dans l'espoir de nous rassurer après l'incendie. Ils n'avaient pas avoué avoir engagé des Élémentaires et des Sorceleurs pour créer la forêt maudite, mais je l'avais lu sur leurs visages, et la vérité pesait sur moi comme de la poix. J'étais heureuse que les Bask ne puissent pas nous faire de mal, et bien contente de les imaginer tentant de pourfendre en vain des arbres qui ne céderaient pas. Mais en même temps, savoir mes parents capables d'une telle cruauté était effrayant. Je haïssais les Bask aussi pour ça ; car mes parents n'auraient pas eu besoin d'être cruels si les Bask ne leur avaient pas forcé la main.

Mais ce matin-là, ce qui poussait mon père à ravager la maison n'était pas les Bask ou une quelconque invasion ; c'était le chagrin. Je l'ai regardé, cachée dans l'ombre sous l'escalier de l'entrée, fouiller chaque pièce à la recherche de ma mère, crier son prénom, encore et encore, d'une voix retentissante : « Philippa ! Philippa ! » Tremblant de tous mes membres, Osmund serré sous mon menton, j'ai compris que l'écho du tonnerre dans mes oreilles n'était pas le vestige d'un mauvais rêve. J'avais perçu, dans mon sommeil, les rugissements déchirants de mon père appelant ma mère, et ce bruit m'avait réveillée pour me jeter dans un véritable cauchemar, un cauchemar bien réel duquel je ne sortirais jamais. Quelques semaines plus tôt, la Gardienne nous avait pris Mara, et à présent, ma mère était partie elle aussi.

La première fois que nous sommes retournés à la Citadelle, après ce jour terrible, Père a refusé de s'installer dans la Maison Verte. Elle contenait trop de souvenirs de Mère ; le jardin d'hiver luxuriant regorgeait de la végétation qu'elle avait créée. Alors, il nous a déposées au palais, Gemma et moi, nous laissant nous débrouiller toutes seules, pour aller de taverne en taverne. Il rentrerait par la suite chaque matin, empestant la fumée et l'alcool, ne se réveillant jamais avant le début de la soirée.

J'étais dans une telle colère, et pour tellement de raisons, que j'ai, dès le lendemain et pour la première fois de ma vie, enfreint les règles de mon père. Je me suis enfuie pour la Maison Verte, emportant Gemma avec moi. Elle ne voulait pas y aller, la pauvre – je devais lui faire peur, mutique et furieuse comme je l'étais –, mais je l'ai tout de même traînée avec moi, et je suis restée des heures, les yeux secs, assise dans le petit salon, Osmund endormi sur mes genoux, tandis que Gemma errait dans le jardin, pleurant et misérable, la jeune Una trottant anxieusement à côté d'elle. Gemma n'avait que huit ans ; c'était affreux de ma part de l'abandonner de la sorte à son désespoir. Mais j'étais trop écrasée par le mien pour m'en soucier.

La reine est alors arrivée, juste au moment où l'horloge du salon sonnait le premier coup de neuf heures du soir. Gemma avait fini par s'endormir dans l'herbe. Elle et Una formaient un tas de boucles blondes, de jupe sale et froissée et de fourrure blanche lumineuse, de l'autre côté de la fenêtre. Je n'avais pas bougé de la journée, comme si faire le guet dans le petit salon que ma mère adorait avait pu la ramener.

Yvaine m'a rejointe en silence. Ses longs cheveux blancs

étaient ternes et emmêlés, ses yeux rouges d'avoir pleuré. Elle portait une robe grise et elle était pieds nus. Elle s'est assise sur le canapé face à moi, les mains serrées sur ses genoux, et elle a regardé le feu. Je l'ai dévisagée longtemps en refusant de parler. Je la haïssais, à cet instant ; c'était notre souffrance, pas la sienne. N'était-elle pas, de toute façon, la Haute Reine du royaume d'Edyn ? Capable, si elle le désirait, de trouver l'endroit où était partie notre mère et de la ramener ?

Mais elle a pris la parole et dit, très calmement :

— J'ai essayé de la trouver, Farrin, et je n'ai pas réussi. Que penses-tu que cela veuille dire ?

Je ne pouvais que la regarder en clignant des yeux stupéfaits. Avait-elle lu dans mes pensées ? Des créatures dotées de tels pouvoirs existaient dans l'Ancien Pays – on les appelait « liseurs » –, les dieux lui avaient peut-être aussi donné ce pouvoir-là, en plus de tous les autres.

— Je sais que me place n'est pas ici, a-t-elle repris. C'est votre mère, pas la mienne. Je ne devrais pas m'immiscer dans votre intimité. Mais je suis, vois-tu, terriblement égoïste.

Elle a levé les yeux sur moi, et son visage s'est transformé comme il le faisait si souvent, de façon spectaculaire, lorsque le vernis accumulé par son étrange longévité se fissurait pour ne laisser qu'une enfant, à peine plus âgée que moi, l'air effrayé et perdu.

— Si j'ai eu une famille un jour, m'a-t-elle dit, je n'en garde aucun souvenir. J'en ai peut-être eu une, ou bien j'étais orpheline. Je ne sais pas l'âge que j'avais lorsque les dieux m'ont choisie. Je ne me souviens de rien avant cela, sinon que j'étais très jeune.

Elle parlait d'une voix basse et précipitée, comme si elle n'avait pas le droit de me divulguer ces choses-là, mais qu'elle ne pouvait s'en empêcher.

— Ta famille est la seule vraie famille que j'aie jamais connue. J'ai toujours pensé que je devais en faire partie, ce qui est ridicule, je le sais bien. Mais quand je suis avec toi et tes sœurs, et surtout avec ta mère, je n'ai pas l'impression d'être une reine ni un genre de créature divine. Un artifice.

Elle a craché le mot, les yeux brillants de larmes. Je ne l'avais jamais vue dans cet état. J'avais du mal à respirer.

— Au milieu de vous tous, je me sens simplement… une fille comme toutes les autres. Quelqu'un de banal. C'est un tel soulagement. Près de vous, j'ai l'impression que mes pouvoirs sont suspendus, moins lourds à porter. Et maintenant, elle est partie. Et je ne peux pas la trouver. Si je m'en donne la peine, je suis capable de localiser n'importe qui, n'importe où, dans le monde entier. Tu le savais ? Grâce à l'immense sagesse de nos dieux – ses mots semblaient amers –, je peux réaliser de nombreuses choses si je m'y attelle, même si parfois cela me demande tellement d'énergie que je tombe d'épuisement avant d'avoir fini correctement. Mais je ne peux pas la trouver. Et je ne savais pas que vous étiez là, ce soir. Je pensais que la maison était déserte. Je suis entrée et quelle surprise de vous voir, Gemma et toi. Que penses-tu que cela veuille dire ?

— Alors… Vous ne pouvez pas lire dans mes pensées ?

C'était la seule chose que j'avais trouvée à dire.

Yvaine a secoué la tête et fermé les yeux.

— Non, et c'est merveilleux. Tout est si reposant ici. Vous êtes tous si reposants.

Je voulais protester ; elle avait passé assez de temps en notre compagnie pour savoir que nous étions, tous ensemble, tout sauf reposants. Mais nous n'étions pas tous ensemble – nous ne l'étions plus et ne le serions peut-être plus jamais.

Alors je n'ai rien dit ; l'écouter m'avait épuisée. La colère qui m'avait étouffée toute la journée s'était éloignée sans même que je m'en aperçoive. J'ai regardé Yvaine remonter les genoux sous son menton et pleurer, puis j'ai sombré dans un sommeil agité. À mon réveil, un petit déjeuner nous attendait, Gemma et moi : des gaufres croustillantes surmontées de fruits saupoudrés de sucre glace, du chocolat chaud et mousseux. Le ciel était dégagé, le soleil brillait, et la reine était partie.

✲

Des années plus tard, je me remémorais cette nuit lointaine, en pénétrant dans la chambre d'Yvaine pour m'asseoir à côté d'elle et veiller sur son sommeil, les yeux brûlants d'épuisement. Ma présence l'aidait à s'endormir. Durant chacune de nos visites à la Citadelle, j'essayais de lui apporter au moins une fois ce type de réconfort: une soirée paisible dans ses appartements, rien qu'elle et moi. Elle n'avait pas d'autres amis, m'avait-elle un jour confié – personne d'autre qu'elle aurait accueilli dans sa chambre pour simplement bavarder. Ces soirs-là, nous nous asseyions près du feu et discutions de choses et d'autres, autour d'une tisane et d'une assiette de biscuits, exactement comme elle et ma mère avaient eu plaisir à le faire. Pas de fonction officielle, de conseillers pressants, de documents entassés sur son bureau. Parfois, je lui jouais de la musique, mais le plus souvent, elle était endormie avant que je ne puisse lui proposer.

Et ce soir, malgré le retentissement des cloches du palais signifiant le confinement, en dépit du vacarme des gardes qui nous accompagnaient, Yvaine s'était endormie dans les bras de Ryder avant même que nous ayons atteint sa chambre.

Je l'ai regardé avec méfiance la déposer au milieu des oreillers sur son lit. Allait-il, troublé par sa proximité, chercher à profiter, d'une manière ou d'une autre, de son inconscience ? Mais ses gestes étaient respectueux, révérencieux même, comme s'il bordait sa bien-aimée, et lorsqu'il s'est redressé, qu'il m'a demandé à voix basse « Y a-t-il autre chose que je puisse faire ? », je n'ai pu que secouer la tête et éviter son regard en resserrant le châle autour de moi. Il en avait bien assez vu pour la soirée – je ne pouvais pas me défaire de l'impression désagréable que c'était lui qui avait déchiré ma robe et exposé mon ventre empoisonné.

Je suis allée rejoindre ma sœur qui était restée anxieusement à l'extérieur de la chambre, en compagnie de Gareth. Je l'ai serrée contre moi un moment.

— Tu vas bien ? lui ai-je demandé. Toute cette magie a dû te faire mal.

— Un peu, a-t-elle menti avec un sourire courageux.

Je voyais, à la pâleur de son visage, aux cernes sous ses yeux, la souffrance qu'elle avait endurée.

— Mais Gareth va me trouver un peu de pain et de fromage, et peut-être davantage qu'un peu de vin. Je serai sur pied demain matin, en tout cas suffisamment remise.

J'ai jeté un coup d'œil à Gareth. Il me dévisageait d'un air hagard, comme si un démon risquait à tout instant de surgir de l'ombre pour me jeter dans les bras de la mort.

— Farrin, j'ai bien cru que tu étais…

Sa gorge s'est nouée, il a toussoté et repris.

— J'ai bien cru que j'allais te perdre sans que nous ayons eu le temps de…

— S'il te plaît, non, l'ai-je coupé d'un ton las. Je vais bien maintenant. Tout va bien.

— Allais-tu dire « sans que nous ayons eu le temps de nous déclarer notre amour éternel » ? a demandé Gemma en esquissant un sourire.

Nous l'avons, Gareth et moi, regardée en grimaçant, mais nous étions tous les deux soulagés de cette diversion. Je les ai renvoyés et, des heures plus tard, après avoir enfilé une chemise de nuit toute simple empruntée à Yvaine, alors que j'étais enfin sur le point de m'endormir, j'ai entendu Yvaine remuer dans son lit à côté de moi et murmurer :

— Merci, mon amie. Je me sens plus en sécurité quand tu es là.

Je lui ai caressé les cheveux jusqu'à ce qu'elle se rendorme. Le minuscule médaillon d'argent qu'elle portait sous sa chemise de nuit avait glissé sur l'oreiller. Je l'ai délicatement remis dans son corsage en veillant à ne pas la réveiller. Je n'ai pas posé la question que j'avais sur les lèvres. Que signifiait se sentir en sécurité ? Par les dieux, j'aurais dû le savoir, confortablement installée comme je l'étais dans la chambre de la reine. Mais je n'éprouvais qu'une agitation confuse, de la fatigue, des doutes. J'ai essayé de me rappeler la dernière fois que je m'étais sentie vraiment en sécurité, l'esprit libre, débarrassée de toutes les inquiétudes sournoisement tapies dans mes pensées. Je n'ai pas trouvé de réponse.

Ne trouvant pas davantage le sommeil, j'ai laissé Yvaine dans sa chambre, ignoré les gardes devant la porte, pour déambuler dans les appartements royaux. Il y avait des soldats partout, devant chaque porte, patrouillant dans les couloirs, mais ils me laissaient tranquille, ne m'arrêtaient pas pour me demander où j'allais. Ils étaient habitués à ma présence comme je l'étais à la leur. Il était presque cinq heures du matin, et les appartements royaux baignaient dans une lumière étrange et grise ; les miroirs me semblaient ternis, les belles étoffes cassantes sous mes doigts. Comme si les lieux eux-mêmes retenaient leur souffle, attendant anxieusement qu'Yvaine ouvre les yeux et que tout redevienne comme avant.

Cette réflexion m'a effrayée. Que savaient ces murs que j'ignorais ?

Subitement, je n'ai plus supporté d'être ici. J'ai griffonné un mot que j'ai donné à l'un des gardes afin qu'Yvaine le lise dès son réveil. « Je suis dans ma salle de musique, disait-il. Faites-moi appeler aussitôt que vous le souhaitez. »

Puis je me suis engouffrée dans l'escalier pour descendre dans l'immense tour de la reine jusqu'à l'étage où, des années auparavant, une suite avait été réservée à mon usage personnel. Elle se composait d'une salle de bal, petite mais charmante, ornée de grands miroirs, de magnifiques frises dorées, de canapés de velours et de tapis à glands. Une petite pièce adjacente, où l'on pouvait dormir, contenait un divan et deux bibliothèques chargées de livres. La salle de bal s'ouvrait sur une véranda abondamment fleurie.

Tout cela était pour moi. Un refuge privé que la reine m'avait offert après le concert désastreux que j'avais donné à l'âge de quatorze ans. Tous ces gens déchaînés se ruant sur mon piano en hurlant pour m'atteindre, se jetant sur moi au comble de l'extase.

Dix ans plus tard, j'en frémissais encore d'effroi. Mais ici, je pouvais jouer sans public et sans crainte.

Je me suis assise au piano, au centre de la salle de bal – un bel instrument blanc laqué, couvert de lianes de lierre peintes à l'or fin. J'ai soulevé le couvercle en tâchant d'ignorer la sensation nauséeuse tapie au creux de mon estomac, le calme effroyable maintenant que les cloches s'étaient tues, et j'ai commencé à jouer. J'ai enchaîné tous les morceaux joyeux qui me venaient à l'esprit – une sonate délicate du compositeur aidurrien Dakesh Viliaris qui me faisait toujours penser à un gracieux défilé de chevaux; un concerto d'une complexité diabolique créé par la musicienne de cour Alessande Bardata en hommage à ses enfants, qui m'inspirait toujours un sentiment de triomphe exalté et laissait mes doigts crépitants de magie; tous les quadrilles entraînants du bal de la veille. Mais je ne pouvais jouer que quelques mesures de chaque morceau avant de passer au suivant, insatisfaite.

Une heure s'est écoulée ainsi, jusqu'à ce que je m'écarte brutalement du clavier, les épaules raides et l'estomac noué, pour attraper le violon à l'autre bout de la pièce. Mais les cordes semblaient rétives, l'archet pesant entre mes doigts. Je l'ai abandonné, et lorsque j'ai tenté de chanter, les notes elles-mêmes semblaient réfractaires, comme si elles refusaient de quitter ma gorge. Un flot d'images horribles se succédaient confusément dans mon esprit: Yvaine attaquant sa propre magie dans l'intention de la détruire, la trace du poison sur mon ventre, le fou hilare au nez ensanglanté, mon père odieux et lâche.

Plus je m'efforçais de les repousser, plus elles m'envahissaient. Ma voix s'est brisée au milieu de *La Berceuse de Willa*, l'une des plus belles chansons populaires jamais écrites. Je la connaissais par cœur, depuis toujours, et pourtant, subitement, j'étais si en colère et si confuse que j'étais incapable de me rappeler la mélodie. J'ai fermé la bouche, serré des poings excédés, et regardé autour de moi. Les miroirs, partout, me renvoyaient mon reflet; je ne pouvais pas lui échapper.

Le commentaire de Gareth, bien plus acerbe que le jour

affreux où il l'avait prononcé, m'est revenu en tête – « Tu sais, Farrin, coucher avec des serveuses peut se révéler un moment très agréable pour chacun des participants. Si tu tentais l'expérience... »

Avec un cri de fureur, exaspérée, me retenant de jeter le violon à travers la pièce, j'ai claqué le couvercle du piano pour me précipiter sur la véranda. Mais le parfum mièvre de toutes ces fleurs me donnait envie de les arracher. Je suis retournée à l'intérieur et j'ai couru vers la porte, dévalé l'escalier, franchi le voile de magie protectrice qui ceignait la tour de la reine et me suis jetée vers le labyrinthe des allées du jardin. Un garde stupéfait à l'entrée m'a demandé :

— Madame ? Tout va bien ?

— Insomnie, ai-je répondu d'un ton désagréable et strident qui n'avait rien de convaincant.

Je devais avoir l'air d'une folle.

— J'ai seulement besoin de marcher.

J'ai franchi des croisements, bifurqué plusieurs fois, me suis faufilée sous des branches d'arbre, sans cesser de croiser d'autres maudites fleurs épanouies et radieuses. Je ne savais pas où j'allais, seulement que si je m'arrêtais, j'allais hurler. Après un virage particulièrement serré à l'angle d'un buisson débordant d'asters roses, j'ai heurté de plein fouet le torse de Ryder Bask.

J'ai failli tomber à la renverse – il était aussi grand et solide qu'une montagne – mais il m'a rattrapée de justesse par les bras. Je me suis dégagée vivement en trébuchant.

— Ne me touche pas, lui ai-je lancé d'un ton hargneux.

Il a reculé en levant les mains.

— C'est toi qui m'es tombée dessus, Ashbourne.

Je lui ai décoché un regard noir.

— Qu'est-ce que tu fais là d'abord, à rôder comme un voleur ?

Un de ses sourcils noirs s'est dressé.

— Je suis un invité de la reine, tout comme toi. Je ne pouvais pas dormir, alors je suis allé à l'écurie, j'ai pris mon cheval – mon propre cheval – et je suis parti faire un tour. Et qu'est-ce que je pourrais bien voler ici ? Un tas de brindilles ?

Il sentait en effet le cheval, me suis-je aperçue. Il portait aussi des vêtements d'équitation – légèrement maculés –, et ses cheveux noirs, retenus dans un chignon défait, étaient ébouriffés par le vent. Je ne savais pas quoi dire. M'excuser de l'avoir bousculé semblait opportun, mais rien que l'idée décuplait ma fureur. Je pouvais le planter là, il s'en irait de son côté, peut-être légèrement perplexe, mais à part ça, parfaitement serein. Ce qui ne serait définitivement pas mon cas.

Une injustice que je ne pouvais pas tolérer.

— La reine a un problème ? s'est-il inquiété.

Je l'ai coupé net.

— Tu ne t'es jamais excusé.

Il a cligné des yeux, agacé. Il me faisait penser à un faucon dans l'ombre violet-mauve du jardin. Les premières lueurs de l'aube apparaissaient doucement dans le ciel.

— M'excuser de quoi ? a-t-il demandé.

Le culot de cet homme !

— De nous avoir trompés, au bal, l'été dernier. De nous avoir fait croire que ma mère était revenue. D'avoir frappé mon père devant tout le monde.

— Et toi, t'es-tu jamais excusée des coups acharnés que ton père m'a donnés au tournoi de Bathyn ? a-t-il répliqué calmement. Ou de nous avoir emprisonnés, ma famille et moi, pendant des années, dans une forêt ensorcelée ?

— Et toi, d'avoir brûlé ma maison ? D'avoir failli me tuer ?

Je me suis détournée, luttant de toutes mes forces pour retenir un sanglot.

— J'en rêve toutes les nuits, ai-je repris. Toutes les nuits, je rêve de celle où j'ai failli mourir. Puis je me réveille, j'affronte la journée, je me rendors et ça recommence, encore et encore. Et pas une fois, pas une seule fois, quelqu'un de ta famille ne s'est excusé.

Il est resté silencieux un instant.

— C'était un tournant, n'est-ce pas, Ashbourne ? L'incendie n'a fait qu'aggraver les choses pour tout le monde.

J'ai pivoté vers lui.

— Arrête de m'appeler comme ça, comme si j'étais une bestiole qui ne méritait que le nom de son espèce ! Je m'appelle Farrin.

Il avait l'air affreusement mécontent. Il serrait la mâchoire, le regard brûlant.

— Farrin, a-t-il dit. D'accord, Farrin.

Le simple fait de prononcer mon prénom le mettait, de toute évidence, à la torture. J'ai lâché un rire amer.

— Merci. C'était pénible, mais tu t'en es très bien tiré. Bravo.

J'ai tendu la main vers le palais.

— Voilà où on en est, censés être amis, après tout ce qui s'est passé, et toi, tu es là à faire comme si mon prénom était la pire chose que tes lèvres aient jamais effleurée. C'est ridicule.

— Cette situation ne m'enchante pas spécialement non plus, Farrin, a-t-il riposté. Mais la reine elle-même nous a demandé de nous unir. Je suis prêt à le faire, même si tout en moi se hérisse à cette idée. Et toi, y es-tu prête ? Réellement prête ? Ou vas-tu passer ton temps à me crier dessus ?

— Je te crierai dessus autant que je voudrai ! ai-je répliqué, habitée d'une telle colère que j'en avais le tournis. Je n'ai pas entendu la reine l'interdire.

Ryder est de nouveau resté silencieux.

— Elle va bien ? a-t-il repris avant de détourner rapidement le regard en se passant une main sur la bouche. Elle ne pesait rien dans mes bras. J'avais l'affreuse impression qu'elle allait se désintégrer d'une seconde à l'autre. Que nous allions arriver dans sa chambre et que je serais couvert de cendres.

Le voir si effrayé m'a complètement déstabilisée.

— Elle ne va clairement pas bien, mais au moins, pour l'instant, elle dort.

— Et toi, pourquoi ne dors-tu pas ?

— Qu'est-ce que ça peut te faire et pourquoi devrais-je te le dire ?

Il a haussé les épaules.

— Je suis curieux de nature. Et comme tu aurais pu partir depuis longtemps, mais que tu ne l'as pas fait… je suppose qu'il y a quelque chose dont tu as grand besoin de parler. Même à moi.

Il s'est interrompu pour me dévisager avec insistance.

— Tu pleures.

— Pas de tristesse en tout cas, ai-je répliqué sèchement.

J'étais en train de m'effondrer et, entre tous les témoins possibles, il fallait que ce soit devant lui.

— Je n'ai pas dit que tu étais triste.

— Je suis en colère.

— C'est évident.

— Et fatiguée, ai-je ajouté dans un souffle. Tellement fatiguée, et je ne vois pas ce qui pourrait s'arranger. Si je me tourne vers l'avenir, je ne vois que la même chose : une maison que j'arrive à peine à gérer, des phénomènes magiques auxquels personne ne comprend rien, le monde qui change sous nos yeux. Un monstre tapi quelque part en train de lécher ses blessures, qui attend patiemment le moment de nous attaquer. Et toi !

Je lui ai décoché un regard noir à travers mes larmes.

— Toi, ton affreuse sœur et tes affreux parents, des taches sur mon existence dont je ne peux pas me débarrasser.

— Et la musique, a-t-il ajouté doucement. Ça aussi, non ?

J'ai pouffé en m'essuyant le visage.

— Oui, ça aussi. Je suis incapable de jouer correctement dans cet état. Et ne va pas croire que je serai détendue le jour où Kilraith va se montrer, parce que ce sera tout le contraire. Je serai complètement inutile, une gamine pleurnicharde et colérique qui pique une crise au milieu du jardin, incapable de chanter ne serait-ce qu'une berceuse populaire.

— Tu as pourtant apaisé la reine, tout à l'heure. C'est ta voix qui l'a calmée quand rien d'autre ne parvenait à le faire. Et quand nous étions tous dans l'Ancien Pays, n'est-ce pas ta voix qui a stupéfié les spectres qui nous attaquaient dans la forêt ? N'est-ce pas elle qui a assommé Kilraith puis empêché la maison de s'écrouler sur nous pendant notre fuite ?

J'ai secoué la tête, incapable de parler. Toutes ces choses étaient exactes, mais la perspective d'avoir à recommencer me semblait trop écrasante pour l'envisager. J'étais allée une fois dans l'Ancien Pays, et je ne voulais plus jamais y remettre les pieds. Je ne désirais, en cette seconde, qu'une seule chose : dormir. Rêver de l'incendie m'était au moins familier, et si je n'avais que ça à affronter, je pouvais le faire jusqu'à la fin de mes jours.

Je me suis laissée tomber par terre, assise sur le chemin pavé.

— S'il te plaît, ne parle de ça à personne, suis-je parvenue à articuler. Et, s'il te plaît, tais-toi.

— D'accord, a répondu Ryder avec obligeance.

Il a croisé les mains derrière son dos et regardé le ciel qui s'éclairait.

— Qu'est-ce que tu fabriques ? lui ai-je lancé, au bout d'un moment, d'un ton rogue.

Il a haussé les sourcils, montré sa bouche.

J'aurais pu le gifler, mais il aurait fallu que je sois debout.

— Oui, tu peux parler.

Il a mimé une petite révérence moqueuse.

— Merci, Lady Farrin. Et, pour répondre à votre question, j'étais en train de réfléchir. J'ai une suggestion, si vous me permettez de vous la communiquer.

Comment cela s'était-il produit ? Comment m'étais-je retrouvée assise par terre, sous les sarcasmes de Ryder Bask ? Je l'ai regardé d'un œil noir en regrettant que ma magie ne me permette pas de réduire quelqu'un en miettes rien que par l'usage de mes yeux.

— Dis-la, ai-je répliqué, mordante. Épargne-moi cette intonation condescendante et ensuite va-t'en.

— Frappe-moi.

C'était bien la dernière des choses à laquelle je m'attendais de sa part. Je l'ai dévisagé, éberluée.

— Hein ?

— Je sais que tu en as envie, et je crois que tu te sentiras mieux après. Alors lève-toi et frappe-moi.

Il s'est penché légèrement, un sourire narquois aux lèvres. Une mèche de ses cheveux noirs tombait devant ses yeux bleus qui pétillaient de malice.

— Si tu en es capable, évidemment.

C'était comme s'il m'avait jeté un sort. Ma colère s'est rallumée si vite que j'ai bondi sur mes pieds. Toute ma fatigue s'était envolée. Je ne pensais plus qu'au bal de l'été dernier, à la façon odieuse dont il avait frappé mon père, au plaisir qu'ils avaient pris, lui et ses hommes, à nous narguer avec leur chant nordique. J'ai serré le poing et l'ai lancé vers lui.

Il l'a esquivé facilement, les deux mains toujours derrière son dos. Puis, sur un claquement de langue, il a hoché la tête.

— Je savais exactement où tu avais l'intention de m'atteindre, a-t-il dit. Je l'ai lu dans tes yeux, ta posture. Recommence.

Je l'ai fait, bouillonnant de rage, et il a de nouveau esquivé le coup. J'avais pris un tel élan que j'ai failli tomber par terre. Je me suis redressée, oscillante, rouge de honte.

— Les musiciens ne sont-ils pas censés faire preuve de grâce et de finesse ? a-t-il demandé. C'était tout le contraire. Recommence.

— Non, ai-je dit, de nouvelles larmes au bord des yeux. C'est stupide. Tu ne cherches qu'à me ridiculiser.

Le pire étant que je le laissais faire. J'avais mordu à l'hameçon sans réfléchir.

— Je ne cherche pas à te ridiculiser. Je cherche seulement à illustrer quelque chose.

Il s'est approché de moi. Je n'ai pas bougé. Je m'apprêtais à tenter une nouvelle frappe, mais son air subitement grave m'a arrêtée.

— Tu as raison, Farrin, a-t-il dit posément. Le monde change. Quelque chose se prépare, Kilraith ou pire encore. La reine n'est pas elle-même. Son palais est en danger. Et, dans ce qui s'annonce, elle nous a vus. Tous. Nos sœurs, nos amis. Toi et moi. Que cela nous plaise ou non, nous allons devoir unir nos forces, agir ensemble. Ce que nous avons fait dans l'Ancien Pays n'était que le début – à plus d'un titre, je pense.

Il a planté son regard dans le mien.

— Toi et tes sœurs… J'ignore quel pouvoir vous possédez, mais je suis persuadé qu'il est immense. Je suis persuadé que votre présence là-bas, votre combat contre Kilraith, l'a éveillé, et je suis convaincu que tu le sais aussi bien que moi.

Je ne pouvais que le regarder, médusée. Mon cœur, assourdissant, cognait contre mes tempes.

— Et si tu me laisses faire, je peux t'aider, a-t-il repris. Je sais me battre. Ce que tu ne sais, manifestement, pas faire.

J'ai frémi, ouvert la bouche pour dire quelque chose, n'importe quoi qui pourrait le déstabiliser au moins un peu. Mais avant que je ne trouve, il a posé deux doigts calleux sur mes lèvres, avec une extrême douceur, et je me suis vue réduite au silence.

— Tu crains de perdre ton pouvoir au moment le plus important, a-t-il dit en hochant la tête. Je comprends cette peur. Alors pourquoi ne pas développer ton arsenal ?

— Tu veux m'apprendre à me battre, ai-je soufflé sous le choc.

Mes lèvres effleuraient ses doigts. Il a reculé vivement, comme s'il s'était brûlé, et opiné d'un geste sec.

Troublée par toute cette discussion, j'ai dégluti péniblement et redressé le menton, afin de reprendre le dessus que j'avais manifestement perdu.

— En échange de quoi ?

— De rien.

J'ai pouffé.

— Eh bien je sais maintenant avec certitude que c'est un genre de piège.

— D'accord, en échange de ma tranquillité, alors. Quoi qui nous attende dans les semaines et les mois à venir, je dormirai mieux en sachant que tu seras un peu plus préparée. Tes sœurs peuvent arracher des arbres et décimer des monstres. Je peux t'apprendre à te servir de ton corps pour te protéger et défendre ceux que tu aimes. Tu ne seras jamais une guerrière invincible, si j'en juge par les coups que tu as tenté de me porter, mais tu seras plus forte. Par conséquent, nous tous aussi.

J'ai ignoré, au prix d'un gros effort, l'insulte et son intonation suffisante pour répondre avec autant de dignité possible :

— Ça se tient. Je vais réfléchir à ta proposition.

Il m'a regardée un moment, le visage illuminé par la lumière du jour naissant.

— Bien. D'ici là, nous devons organiser une rencontre, une sorte de conseil entre nos familles et quelques personnes en qui nous avons toute confiance. Oublier nos rancunes pour nous concentrer sur la stratégie. La reine veut que nous soyons ses yeux, ses oreilles, ses mains ? C'est donc ce que nous serons. Et si la perspective de travailler ensemble heurte ta fierté comme la mienne, pense à la reine, à ta sœur dans la Brume, et ravale ton orgueil, comme je le ferai. L'enjeu dépasse largement nos familles, toutes les horreurs que nous nous sommes mutuellement infligées, et tu le sais parfaitement.

Il s'est retourné, dans l'intention de partir, mais il s'est arrêté pour me regarder par-dessus son épaule. Son profil barbu était férocement séduisant. Il n'était pas un canon de beauté, mais la lumière matinale qui peignait d'or son front redoutable adoucissait ses traits.

— Et je suis désolé, Farrin, a-t-il déclaré d'un ton bourru et la voix soudainement rauque. Je suis désolé pour tout ça. J'aimerais pouvoir tout effacer. C'est mon vœu le plus cher.

Il est resté là, les poings serrés, la mine renfrognée, comme s'il hésitait, sans parvenir à se décider, entre se taire et en dire plus. Il a sans doute fini par trancher, parce qu'il s'est raidi et il a annoncé sèchement :

— Je te contacterai dans la semaine. Ne m'ignore pas cette fois.

Puis il a tourné les talons, pour disparaître à grandes enjambées, me laissant là, stupéfaite et décomposée, battue à plates coutures. J'ai distraitement porté la main à mes lèvres, à l'endroit où ses doigts s'étaient posés, avant de me secouer et de rentrer au palais.

Chapitre 6

Nous avons quitté la capitale deux jours plus tard, Père et moi installés dans notre calèche, le personnel voyageant dans une autre et Gemma chevauchant Zephyr, sa jument grise, à côté. Elle refusait de partager le même espace que notre père ; j'enviais sa capacité à le mépriser aussi ouvertement.

Je la regardais tandis que nous traversions l'Embouchure des Dieux, le plus long fleuve du continent. Elle offrait une image splendide, trottant sur le pont dans son costume d'équitation bleu ciel : les bottes cirées, les jambes galbées d'un collant clair, visibles sous les jupons de sa robe relevés, une jolie veste cintrée, un col à jabot, le chignon de ses boucles dorées dépassant d'un petit chapeau à plume. Elle bavardait gaiement avec Lilianne, sa femme de chambre, qui avait tenu à voyager à cheval comme sa dame au lieu de profiter du confort de la calèche des domestiques.

N'importe qui, en voyant passer notre équipage, aurait tout de suite reconnu celui des Ashbourne. Et personne, en voyant Gemma chevaucher joyeusement à l'air libre – superbe et insouciante, bavardant avec tout le monde –, n'aurait douté que les rumeurs qui couraient étaient infondées. La maladie de la reine ? La Citadelle attaquée ? Quoi qu'il se soit passé, ça n'avait pas pu être si grave. Parce que dans ce cas, les Ashbourne se seraient dépêchés de rentrer chez eux par des moyens magiques bien plus rapides. Et Lady Gemma ne se promènerait certainement pas de la sorte, en public et plus belle que jamais.

Je me suis réadossée et j'ai regardé Père, qui faisait semblant d'être absorbé par sa lecture. Il n'avait pas tourné une page depuis une demi-heure.

— Bien, ai-je commencé, en m'efforçant de prendre un ton dur et résolu, les paumes de mes mains moites plaquées sur le siège rembourré. Vas-tu t'excuser, à présent, t'expliquer, ou vas-tu continuer de prétendre qu'il ne s'est rien passé ?

Il m'a surprise en refermant son livre brutalement.

— Bon sang, Farrin, a-t-il grommelé en levant sur moi un regard implorant. Évidemment que je suis désolé. Que crois-tu que j'ai ressenti en te voyant mourir sous mes yeux ?

Il craquait ; il voulait l'absolution. C'était pourtant moi qui avais lancé la discussion. Et c'était moi la victime de ses machinations.

— Je ne sais pas, ai-je répliqué. Qu'as-tu ressenti ?

— Ce que j'ai éprouvé la nuit de l'incendie. Ce que j'ai éprouvé en fouillant le parc pendant que la maison brûlait sans te retrouver, sans parvenir à te retrouver.

— Et pourtant, cette fois-ci, ai-je observé froidement, la menace venait de toi, de ton propre projet stupide. Ou bien est-ce toi qui as mis le feu aussi ?

— Bien sûr que non ! Détruire ma propre maison ? Comment peux-tu suggérer…

— Comment peux-tu t'étonner d'une telle suggestion ?

Je me suis raidie, les poings serrés sur mes cuisses.

— Tu nous as tous manipulés, la reine, les Bask, Gemma, moi. Et tu as transformé en catastrophe ce qui devait être un message d'espoir.

— Ce gouffre, dont la reine s'est bien gardée de nous parler, se serait agrandi exactement de la même manière, même si j'avais été la courtoisie incarnée, a-t-il rétorqué d'un ton rogue.

L'image d'Yvaine, secouée de sanglots frénétiques, se jetant contre sa propre magie tandis que les Sorceleurs luttaient désespérément pour la maintenir, s'est dessinée devant mes yeux.

Yvaine n'avait pas évoqué cet épisode devant mon père et les Bask au cours de leurs longs entretiens. Elle leur avait parlé du gouffre, des mesures prises pour le contenir ; elle s'était excusée d'avoir caché la vérité si longtemps. Elle avait eu l'intention de refermer la brèche elle-même, leur avait-elle expliqué. Compte tenu des troubles qui agitaient la Brume, elle n'avait pas voulu accabler davantage les esprits avec ce nouveau mystère.

Mais la folie qui s'était emparée d'elle, ce qu'elle avait hurlé – « S'ils arrivent ici, ils mourront. Endormez-les ! » –, tout cela, mon père l'ignorait. Et j'espérais qu'il ne le saurait jamais.

— Tu fais exprès de ne pas comprendre, ai-je dit en luttant pour rester calme. Tu te comportes comme un enfant. Pire qu'un enfant, parce que tu es en mesure de comprendre parfaitement les enjeux et à quel point tu agis comme un parfait crétin.

Père s'est penché en avant, portant son visage fatigué, ses yeux injectés de sang, à la lumière du soleil.

— Ce que j'ai fait et ce que je vais continuer de faire, a-t-il déclaré posément, c'est pour protéger ma famille.

— La guerre est terminée, Père.

Il m'a offert un sourire sombre.

— Cette guerre ne se terminera jamais.

— Tu es mauvais, ai-je répliqué, les larmes aux yeux.

Je ne pouvais plus les contenir ; la peur, la colère et – pire que tout – la déception cruelle qui couvait en moi depuis la nuit du bal me submergeaient.

— Tu es mauvais et tu es bête. Parce que cette guerre, pour commencer, n'a jamais été qu'une illusion. La machination d'un monstre manipulant une kyrielle de démons asservis, contraints de nous manipuler à leur tour dans l'unique but de le distraire. Il s'est gavé des violences que nos familles se sont infligées ; notre haine mutuelle l'a nourri, renforcé. Elle l'a même probablement aidé à préparer ce qu'il s'efforce à présent d'obtenir : la destruction du monde, au prix de la sécurité de Mara et de toutes les femmes, jeunes ou pas, qui combattent à ses côtés. C'est ça que tu veux à tout prix perpétuer ? Kilraith se joue de nous depuis des années et des années, et il continuera de le faire, si tu persistes. Il te poussera à te battre aveuglément contre les Bask pendant que le monde s'effondre autour de toi. Et ils seront ravis – lui et toutes les créatures malfaisantes assoiffées de chaos qui rôdent dans les parages – parce que, pendant ce temps-là, pendant que tu regardes ailleurs, eux, ils seront en train de détruire absolument tout ce qui nous est cher.

Je suis retombée contre le dossier, frémissante de colère et atrocement fatiguée, les yeux braqués sur Père. Il me regardait comme s'il ne m'avait jamais vue, comme s'il n'avait jamais pris au sérieux aucune de mes inquiétudes, aucun de mes agacements. Comme si j'étais une fille obtuse, incapable d'entendre raison, mais qui finirait par se rendre à l'évidence, lui obéir et l'aimer ainsi qu'elle l'avait toujours fait.

— Je regrette que le poison ne m'ait pas tuée, ai-je murmuré.

Ce n'est qu'en le formulant que j'ai compris à quel point cet aveu atroce était sincère. Il m'a procuré un apaisement étrange. Plus de carnet rempli d'obligations, plus de nuits blanches et misérables dans mon lit, plus de fatigue.

— J'aurais préféré qu'Yvaine soit incapable de me guérir. Voir mon cadavre à tes pieds t'aurait peut-être ramené à la raison. Ou peut-être pas.

J'ai soupiré, fermé les yeux et serré fort les mâchoires afin d'empêcher mes lèvres de trembler.

— Je pense que tu es malheureusement allé trop loin pour ça. Tu n'es que l'ombre du père que j'ai un jour aimé.

Je l'ai entendu bouger. Je me suis demandé s'il allait venir s'asseoir à côté de moi – pour me réconforter, peut-être ou bien, plus certainement, pour tenter de m'amadouer et, par des flatteries, me faire entendre raison. Mais le silence est retombé jusqu'au moment où j'ai perçu, au-delà des battements de mon cœur, un bruit étouffé qui pouvait être un sanglot.

J'ai serré les pans de ma robe et refusé d'ouvrir les yeux. J'étais bien mieux à l'abri de mes paupières. Il m'était plus facile, dans le noir, de m'imaginer hors de portée de toute souffrance.

☼

Il y avait trois façons d'aller dans le nord du continent : emprunter un Trou-de-Vert, voyager à cheval ou en carriole puis en bateau, ou bien, avec de la chance, traverser la Brume.

On pouvait, théoriquement, passer du sud au nord de Gallinor – ou l'inverse – en passant par la Brume. On pouvait survivre à la nébuleuse argentée et ressortir indemne de l'autre côté. Certains y étaient parvenus. Mais il était extrêmement facile de se perdre et très probable de mourir de faim avant d'avoir retrouvé son chemin. Ou bien des créatures primordiales pouvaient franchir la frontière entre les royaumes et vous attaquer, vous dévorer, ou vous jouer des tours jusqu'à vous rendre fou. Un être humain, lui-même perdu dans la Brume, pouvait aussi tomber sur vous et, désorienté par son étrangeté, l'isolation qui en émanait, ses murmures et ses suggestions, vous prendre pour une chimère, un métamorphe ou une fée et vous assassiner avant que vous n'ayez eu le temps de le tuer en premier.

Ce n'était qu'un échantillon des histoires que ma sœur Mara nous avait racontées dans les premières années qui avaient suivi son entrée dans l'Ordre de la Rose, une confrérie de femmes vouées à patrouiller dans la Brume du Milieu, qui protégeait Edyn, le monde des humains, de l'Ancien Pays, là où les dieux étaient nés et où leur magie circulait librement.

Nous n'avions donc, pas une seule fois, tenté de passer par là. Mon père lui-même n'était pas assez fou pour s'y risquer.

Heureusement, être une famille élue, très puissante, dotée d'un sens aigu des affaires, amie de la reine et enviée par beaucoup, nous avait donné les moyens de faire appel à la magie des Voyageurs élus. Il s'agissait d'humains élémentaires, rares et aux services coûteux, dont le pouvoir se limitait à un usage très précis mais extrêmement utile : permettre le transport instantané d'un endroit à un autre par le biais de l'énergie végétale, utilisée comme conduit. Je connaissais l'existence de trente-six

Trous-de-Vert répartis sur le domaine d'Ivyhill – même si depuis longtemps je soupçonnais Père de m'en cacher d'autres. L'un de ceux-là se trouvait dans une lagune isolée, enfoui sous l'eau, au milieu des fougères et des plantes aquatiques. Un endroit peu commode, mais c'était le but. Ce Trou-de-Vert, qui conduisait à Ravenswood, le domaine de la famille Bask, nous avait permis de les espionner pendant des années.

Mais l'espionnage n'était pas d'actualité cette fois ; nous étions invités à Ravenswood en tant qu'alliés de la famille et attendus pour discuter de la sécurité du royaume. Se faufiler par un Trou-de-Vert était exclu.

Nous avons donc pris la route puis la mer et, par les dieux, c'était un voyage épuisant. Deux semaines de périple ininterrompu, principalement à travers les montagnes – d'abord les Petits-Gris au sud, avant d'attaquer, après deux jours de bateau sur la Mer du Crépuscule, l'ascension des Grands-Gris, plus hauts, plus ardus et balayés par les vents cinglants du nord.

Le temps que nous arrivions à Ravenswood, et que je m'extraie du carrosse, les jambes raides de notre dernière journée, j'étais prête à embrasser le sol, couvert de la terre noire et froide de cette région, aussi laid et rocailleux soit-il.

Mais Ryder et Alastrina avançaient déjà vers nous, leurs parents et tous leurs domestiques alignés en rangs parfaits derrière eux. Ils étaient tous, jusqu'aux commis de cuisine, vêtus de noir, bleu et argent, et de belles nuances de gris, en hommage aux montagnes environnantes.

— Lord Gideon, a dit Ryder, en arrivant la main tendue. Bienvenue à Ravenswood. J'espère que votre voyage s'est déroulé sans encombre.

Père l'a gratifié d'un regard noir, qu'il a ensuite tourné vers moi, furieux de se retrouver dans cette position. J'ai tenu bon, trop fatiguée pour être impressionnée par sa férocité. Nous nous sommes dévisagés sans ciller jusqu'à ce que Père, avec un léger affaissement d'épaules, finisse par céder et serrer la main de Ryder, la mâchoire raide, l'œil assassin brûlant d'insultes muettes.

— Ciaran, a-t-il lâché avec un sourire fin.

Il savait aussi bien que moi que Ryder détestait ce prénom.

— Alastrina.

Il s'est incliné sur sa main. J'ai retenu mon souffle, certaine qu'il allait lui arracher un doigt à coup de dents.

— Notre voyage a été long et sans aucun intérêt, a-t-il repris sèchement, le visage de marbre. Nous apprécierions d'être conduits sans délai à nos appartements.

Ryder a opiné et fait un signe par-dessus son épaule à un homme grand, au visage doux, vêtu d'un costume noir impeccable qui devait être le majordome de la maison. Il a frappé ses mains gantées, et la cour s'est aussitôt animée. Nos domestiques ont déchargé nos chariots, nos palefreniers dételé nos chevaux ; les cuisiniers des Bask, reconnaissables à leurs tabliers, sont rentrés précipitamment à l'intérieur pour terminer les préparatifs du repas, tandis que leurs autres domestiques venaient aider les nôtres. Je suis restée immobile au milieu de l'agitation. Alastrina conduisait avec raideur mon père, qui pinçait les lèvres, vers Lord Alaster et Lady Enid devant la maison. Gemma papillonnait dans sa joyeuse robe à fleurs, se présentant à tous ceux qu'elle croisait, tâchant vaillamment d'apporter de la bonne humeur.

Gareth est venu me rejoindre pour contempler la maison dressée en haut d'une allée rocailleuse. Elle était immense, tentaculaire, faite de tours sombres et pointues, de murs de pierre grise, de toits d'ardoise, et percée de larges fenêtres derrière lesquelles brillait la lumière éblouissante des chandeliers. Elle me faisait penser à un monstre, tapi à flanc de montagne, observant notre arrivée avec toute la sympathie d'un charognard. Deux autres familles se tenaient à proximité, aussi élégamment vêtues que nos hôtes, mais l'air anxieux, comme des enfants craignant à tout moment de voir leurs parents se disputer violemment. Je les connaissais, bien sûr. La famille Nash venait de la côte sud-est, la famille Barthel vivait sur les Îles du Nord. Une famille originaire du Sud, l'autre du Nord, toutes deux élues, les Nash amis de notre famille et les Barthel amis des Bask, ainsi que Ryder et moi en étions convenus dans nos lettres – des lettres que Père avait refusé de lire.

— Je te fais confiance pour me dire ce que j'aurais besoin de savoir, m'avait-il répété – d'un ton faussement chaleureux, sans me regarder – chaque fois que j'avais tenté d'aborder les préparatifs de notre expédition.

Nous nous étions à peine parlé depuis notre dispute en revenant du bal.

J'ai regardé, frémissante d'appréhension, Lord Alaster le conduire à l'intérieur. Gemma les suivait avec entrain, dans le froufrou de ses jupes, en s'extasiant sur l'architecture de la maison. Les Barthel et les Nash fermaient la marche non sans une certaine réticence.

Gareth a émis un petit sifflement.

— Eh bien, en ce qui me concerne, je me prépare à un week-end des plus divertissants.

Il m'a offert son bras, et j'y ai glissé le mien avec une féroce gratitude. Son immense génie allait nous être utile, et je comptais sur sa présence pour m'empêcher de fuir cet endroit et rentrer chez moi en courant.

Ryder nous a rejoints, l'air sombre et pensif.

— Farrin, professeur.

Puis son regard a croisé le mien.

— Je suggère une rencontre préliminaire avant le dîner. En compagnie d'Alastrina et de Gemma. Tu es aussi convié, professeur, si tu veux bien. Un esprit lucide de plus ne sera pas de trop, compte tenu des circonstances.

Il a montré la maison.

— Nos domestiques vont vous montrer vos chambres. Nous nous retrouverons dans le salon ouest dans une heure. Le dîner est à huit heures.

Les questions se bousculaient dans ma tête. Pas une seule fois dans nos échanges depuis le bal nous n'avions évoqué son offre de m'apprendre à me battre. Mais brusquement, dans le sillage de cette effervescence guindée, je ne désirais rien de plus qu'essayer à nouveau de le frapper. Colère contre colère, chair contre chair… je me demandais ce que j'éprouverais.

Son regard est revenu sur moi. Ses yeux bleus semblaient encore plus clairs ici, dans la froideur du vent du nord qui nous fouettait le visage. Il a vu mes poings serrés, ce dont je ne m'étais pas rendu compte, et il a entrouvert les lèvres. Mais au lieu de parler, il a tourné les talons pour partir à grandes enjambées vers la maison, les pans de son manteau noir flottant derrière lui. Un corbeau a quitté son perchoir dans un arbre pour se poser sur son épaule et nous fixer de son œil sombre jusqu'à ce qu'ils disparaissent tous les deux dans la maison.

❄

Ce soir-là, nous étions tous réunis dans la salle à manger des Bask. C'était une pièce grandiose, mais froide et caverneuse, aux murs de pierre noire, au sol carrelé de dalles luisantes et bleues, aux buffets débordants de nourriture et de bougeoirs. De superbes tapisseries, suspendues à de solides barres de fer, étaient accrochées partout. Elles représentaient des scènes nordiques : un lac d'un bleu intense entouré de sapins au milieu d'un paysage enneigé ; des loups blancs et des rennes au poil épais ; la déesse Neave s'élevant dans un ciel hivernal, la neige tombant en flocons des plis de sa robe. L'une d'elles montrait une bande de féroces guerriers s'élançant, l'épée brandie, vers une masse gris argenté, de laquelle émergeaient des têtes monstrueuses, des griffes, des ailes.

La Brume du Milieu et ses créatures primordiales.

Je ne l'ai regardée qu'une seule fois avant de me détourner rapidement. Cette image, qui m'inspirait un sentiment désagréable, me nouait la gorge. Je savais que Ravenswood était bien plus proche de la Brume qu'Ivyhill. D'après Alastrina, on pouvait voir, du haut de leur plus haute tour, ses volutes argentées rouler sur l'horizon. Mais pourquoi, en dépit de cette proximité, des hommes du Nord auraient-ils à combattre les monstres de la

Brume ? C'était le rôle de Mara, celui de toutes les femmes enrôlées dans l'Ordre de la Rose.

Je me suis dit que c'était une allégorie farfelue et j'ai tâché de l'oublier. Il y avait suffisamment de sujets d'inquiétude dans cette pièce pour éviter de se soucier de la signification d'une tapisserie étrange.

Nous – Gemma et moi, Ryder et Alastrina – venions juste d'informer les autres familles de l'existence du gouffre dans le palais de la reine. Cette révélation avait plongé la pièce dans un silence lourd et tendu. J'ai regardé l'assemblée réunie autour de la table en essayant de déchiffrer les expressions, le cœur battant. Parler du gouffre m'avait renvoyée dans cet horrible sous-sol du palais, et les sanglots d'Yvaine résonnaient dans ma mémoire.

— Un instant, a lâché Lady Kaetha Nash d'un ton incrédule qui m'a ramenée au présent.

C'était une femme impressionnante, grande, élégante, à la voix riche et profonde, au teint lisse et brun, et à l'immense talent de perception. Elle était capable de percer tous les mensonges, les artifices et déguisements magiques. Notre famille la connaissait depuis des années, et Gemma et moi avions décidé de l'inviter en raison de sa sagesse, sa lucidité et son sens de l'humour acéré. Mais pour l'instant, elle était froide, méconnaissable. Positivement furieuse.

— Il me faut vous interrompre, Ryder, a-t-elle poursuivi, et m'assurer que je ne rêve pas et que je vous ai bien entendu. Vous êtes en train de nous dire qu'une force inconnue a ouvert un gouffre magique à l'intérieur de la Citadelle, que cela remonte à des semaines, que la reine – qui a gardé le secret – a tenté de le refermer, qu'elle a échoué, et qu'elle vient seulement de vous informer ?

Sa voix retentissait dans la pièce. Je tâchais de ne pas ciller devant la colère qu'elle contenait, laquelle – je devais l'admettre – était justifiée sans pour autant – je devais me le répéter – être un affront pour Yvaine.

Du moins, je l'espérais. J'espérais que cette semaine de discussions n'allait pas finir en longues tirades amères condamnant le silence de la reine.

— C'est exact, Lady Kaetha, a répliqué Ryder sans la moindre hésitation. La Citadelle est menacée, et nous ne savons ni pourquoi, ni par qui, ni comment.

Lady Kaetha nous a tous dévisagés, puis elle a regardé sa femme, Leva, son fils renfrogné, Ewan, sa fille sidérée, Elianor, puis les assiettes encore à demi pleines réparties sur l'immense table de marbre bleu. Lady Leva a haussé des épaules impuissantes et posé son menton dans ses mains.

J'ai serré la serviette sur mes genoux, me préparant à affronter la suite.

Lady Respa Barthel, les doigts joints devant ses lèvres, a pris une longue inspiration et soupiré lentement.

— Et vous nous avez tous réunis ici pour nous en informer. Dans quel but ?

— Parce que, comme les nôtres, vos familles sont élues, a dit Gemma, assise à l'autre bout de la table, entre Lord Alaster et Ewan Nash.

Ma merveilleuse sœur s'exprimait avec une fermeté pleine de douceur, une sérénité dont je me sentais totalement dépourvue.

— Parce que les dieux ont choisi nos ancêtres afin d'aider la reine à protéger le royaume, et que le royaume, à l'heure où nous parlons, a besoin d'être protégé.

— Contre quoi ? a demandé Lady Respa d'un ton plus que légèrement agacé. Comment combattre une chose qu'on n'a pas vue ? La reine devrait nous faire venir à la Citadelle, permettre à chaque famille élue de voir cette aberration elle-même.

En face d'elle, Lady Leva a redressé la tête pour avancer, songeuse :

— Ce gouffre peut-il n'être qu'une simple anomalie ? Un phénomène magique qui se résorbera de lui-même avec le temps ?

— C'est possible, a répondu Gareth. Auquel cas, la question est de savoir en combien de temps il se résorbera et quel sera le résultat.

— Et combien de victimes seront à déplorer d'ici là, a observé Lord Alaster par-dessus le bord de son verre de vin en nous observant tous, de son œil bleu et froid, sans sourciller. Les chimères qui en ont émergé l'été dernier ont tué vingt-deux personnes. Des Sorceleurs du palais et des soldats de la garde royale, tous de fidèles sujets de la reine. Vingt-deux. Sa Majesté n'a pour autant pas jugé nécessaire d'expliquer à son peuple la véritable raison de leur mort. Elle l'a tenue secrète, dissimulée par des tromperies, et nous a ordonné de faire de même. De mentir pour elle.

Son intonation m'a hérissée. Ma détermination à rester impartiale s'est aussitôt évanouie.

— Yvaine souhaitait éviter la panique qui se serait immanquablement produite si l'événement avait été rendu public, ai-je lâché. Sans compter les prétendus héros volant au secours de la capitale, brandissant leur magie sans réfléchir. La puissance qui alimente le gouffre est assez explosive comme ça. Au moins, Lord Alaster, n'avons-nous pas d'autres morts tragiques à déplorer.

— Pour l'instant, a constaté Lady Enid, assise à gauche de son mari.

À cette table massive, sans la splendeur de la Citadelle pour la mettre en valeur, elle paraissait petite et frêle, même un peu triste, l'ombre fragile de ses enfants plus vigoureux.

— « Yvaine », hein ? a repris Lord Alaster avec un sourire méchant qui m'a fait frissonner. Rien d'étonnant à voir le toutou chéri de la reine voler à son secours.

Père, assis face à moi, à deux places d'écart sur ma gauche, a plaqué les mains sur la table et regardé son assiette, luttant de toute évidence pour contenir sa fureur montante.

— Je vous interdis de parler de ma fille en ces termes, a-t-il dit d'un ton très bas et d'une douceur menaçante.

C'était la première fois qu'il s'exprimait depuis le début du repas.

Gemma m'a jeté un regard paniqué. J'aurais pu me gifler d'avoir lâché le prénom de la reine. Mais j'ai contenu ma colère et lancé un regard dur à mon père. *Ne t'avise pas de bouger*, ai-je pensé, comme s'il pouvait m'entendre, voir mon visage et se calmer, aussi insupportable que cela lui paraisse.

— Vous avez raison, Lord Alaster, ai-je dit rapidement, j'ai tendance à défendre la reine. Mais nous ne sommes pas ici pour discuter de mon amitié avec elle ou de la pertinence de sa décision lorsqu'elle a choisi de garder le gouffre secret. Cette décision appartient au passé. Ce qui nous occupe aujourd'hui, c'est l'avenir. Ce que ce gouffre, ou cette brèche, signifie dans un contexte plus large.

Gentar, le fils sympathique et rougeaud de Lady Respa et de Sesar, s'est arrêté un instant de mâcher pensivement ses pommes de terre rôties.

— Pensez-vous que la force qui a créé le gouffre puisse être liée aux troubles qui agitent la Brume du Milieu ?

— On ne peut pas en être certain avant de plus amples recherches, a répondu Gareth, mais c'est une possibilité qu'on ne peut pas écarter. Tout porte à croire qu'il ne s'agit pas d'une simple coïncidence. J'ai l'intention de proposer à la reine qu'une équipe d'Érudits du Comité des magies nouvelles et émergentes rejoigne les Sorceleurs postés autour du gouffre. Ils pourront l'étudier d'un œil neuf et partager leurs informations avec celles des équipes similaires actuellement stationnées dans la Brume.

Lady Respa a dressé les sourcils.

— J'ai cru comprendre que la reine n'était pas favorable à de telles… ingérences.

Gareth lui a décoché un sourire charmant et s'est penché en avant pour s'appuyer sur ses coudes. Ses cheveux blonds ébouriffés dansaient sur son front.

— Je suis fermement décidé à la convaincre.

— Vous avez une telle confiance dans votre sourire, professeur Fontaine ?

Celui-ci s'est encore élargi.

— Il ne m'a jamais trahi.

Elianor, la fille timide des Nash, s'est éclairci la gorge. Ses joues ont rosi avant même qu'elle ne prenne la parole.

— A-t-on eu vent de phénomènes semblables à Vauzanne, dans le Croissant des Tempêtes, ou à Aidurra, dans le Bois des Nœuds ? Des Feux de brume, l'augmentation du nombre d'incursions de créatures primordiales ?

J'ai aussitôt pensé à Talan, qui se trouvait les dieux savaient où, vivant dans la clandestinité, déguisé, enquêtant sur ces mêmes questions et ne restant jamais au même endroit trop longtemps pour échapper – nous l'espérions – à Kilraith. J'ai jeté un rapide coup d'œil à Gemma, souffrant pour elle, tâchant de lui insuffler du courage. Mais elle en avait déjà superbement. Il n'y avait aucune trace de chagrin sur son visage, rien qui trahisse à quel point, à chaque instant, elle était folle d'inquiétude pour lui. Elle a bu une gorgée de vin, ses boucles d'or chatoyant à la lueur des bougies. J'aurais voulu aller vers elle et la serrer dans mes bras.

— La reine, jusqu'à présent, ne nous a communiqué aucune information de ce genre, a répondu Ryder.

— On ne peut pas dire qu'elle se soit montrée, jusqu'à présent, particulièrement bavarde, n'est-ce pas ? a murmuré Lady Enid en effleurant distraitement le bord de son assiette largement intacte. On peut imaginer qu'elle garde ces informations secrètes.

Ce n'était pas une accusation malveillante, mais un simple constat. J'ai tout de même senti un frisson d'irritation me parcourir la nuque et le risque de me ridiculiser une nouvelle fois me frôler. J'ai attrapé un petit pain chaud et mordu dedans avec vigueur.

Ryder a opiné d'un hochement de tête réticent.

— C'est en effet une possibilité qu'on ne peut pas écarter et l'une des raisons pour lesquelles nous sommes ici, ce soir. Nous devons…

— La reine est-elle malade ?

Un affreux silence s'est de nouveau abattu sur nous, et tout le monde s'est tourné vers Lord Sesar Barthel qui, à l'instar de Père, n'avait pratiquement pas parlé depuis le début du repas. C'était un bel homme, à la peau brune, aux cheveux blancs, et au visage sévère d'un professeur exigeant.

J'ai jeté un rapide coup d'œil à Ryder. Nous nous étions mis d'accord pour ne pas mentionner la crise d'Yvaine. Mais à présent que nous étions tous réunis autour de cette table, garder le secret aussi là-dessus me semblait irresponsable. Ryder a froncé les sourcils, sans rien dire. Alastrina, les yeux écarquillés, lui a adressé un infime mouvement de tête.

— Ce silence me dit tout ce que j'ai besoin de savoir, a conclu Lord Sesar d'un air sombre et désabusé. De quoi s'agit-il ? D'une maladie naturelle ? Une infection magique ? Quelqu'un essaie de l'assassiner ?

La jeune Elianor a eu l'air horrifié.

— Quelqu'un peut l'assassiner ? C'est possible ?

— Personne ne peut l'affirmer avec certitude, a répondu Gareth prudemment, mais ce serait, selon toute vraisemblance, extrêmement difficile.

— Difficile, mais pas nécessairement impossible, a rétorqué Lord Sesar.

Gareth m'a regardée avant d'admettre à contrecœur :

— Non, pas nécessairement.

Gentar s'est penché en avant, farouche et convaincu.

— Un assassinat pas nécessairement impossible, a-t-il répété, autrement dit peut-être impossible. Les dieux peuvent très bien l'avoir dotée d'une force invincible lorsqu'ils l'ont choisie pour être reine et, jusqu'à preuve du contraire, c'est ce que j'ai l'intention de croire. Elle a toujours été bonne envers nous, et si elle est malade, ce n'est pas sa faute. Elle ne peut davantage être tenue entièrement responsable des mauvaises décisions qu'elle pourrait prendre en n'étant pas elle-même, n'est-ce pas ? C'est pour cela que nous sommes ici, non ? Pour aider la reine, être sa force quand la sienne lui fait défaut. Et il semble, aujourd'hui, qu'elle ait besoin de notre aide. C'est tout ce que j'ai besoin de savoir.

Sa mère, Lady Respa, a levé son verre.

— Bravo, bravo.

D'autres murmures d'assentiment se sont élevés autour de la table.

Lord Alaster les a interrompus en toussotant.

— Un noble sentiment, jeune Gentar, a-t-il déclaré d'une voix douce. Mais cette affaire ne se résume pas à un gouffre béant et une reine folle. N'est-ce pas, Ciaran?

— Lord Alaster, est intervenue Gemma posément, la reine n'est pas folle, et ce n'est pas charitable de le prétendre.

Il l'a fait taire d'un geste de la main.

— Je crois que les Barthel et les Nash ne disposent pas de toutes les informations nécessaires.

Lady Enid a posé la main sur son bras.

— Alaster…

Il l'a ignorée pour continuer:

— Il y a quelques semaines, mes enfants et leurs nouveaux amis sont allés dans l'Ancien Pays, où ils ont combattu un monstre, à défaut d'autre terme. Un monstre qui avait asservi un démon et l'utilisait pour semer la discorde entre ma famille et celle des Ashbourne.

Alastrina lui a décoché un regard noir.

— Je ne vois pas le rapport. Nous sommes ici pour parler du gouffre et de la Brume, pas…

— Tu ne vois donc pas que tout est lié, ma colombe? a répliqué son père d'une voix suave mais le visage implacable. De toute façon, nos amis ont le droit de savoir avec qui, exactement, ils s'apprêtent à faire alliance.

Gentar, ses pommes de terre enfin oubliées, nous a regardées, Gemma et moi, les yeux brillants.

— C'est donc vrai, cette légende à propos du démon. L'avez-vous tué? Le monstre aussi? Quel genre de créature était-ce?

— Ils n'ont tué ni l'un ni l'autre, a répondu Lord Alaster. En fait, tenez-vous bien, ils ont libéré le démon. Ils ont libéré une créature connue pour sa fourberie et son goût du sang. Et le plus beau, a-t-il ajouté en glissant lentement les yeux vers Gemma, c'est qu'à présent, il baise l'une des leurs.

Le choc nous a tous sidérés. Père a abattu ses deux poings sur la table et s'est levé d'un bond. Une onde de sa puissance de Sentinelle a crépité dans la pièce et tout – la table, les chaises, chacun de nous – a été soulevé de quelques centimètres avant de retomber lourdement sur le sol.

Lord Alaster, en tête de table, l'a regardé d'un air impassible. Il a pris son verre et bu une gorgée.

— Espèce de merde, a craché Père.

Ryder s'est levé, en même temps que Gentar et Lady Kaetha. Je me suis raidie, me préparant à l'inévitable : voir la soirée sombrer dans le chaos. Nous allions être obligés de rentrer immédiatement chez nous, d'annoncer à la reine que nous avions échoué, que nous n'avions pu nous côtoyer plus de cinq minutes, encore moins coopérer, et que nous étions incapables de l'aider.

Mais Gemma s'est levée pour aller près de Père et lui prendre la main. Il s'est figé, a baissé les yeux sur les doigts gantés de ma sœur, complètement abasourdi, et toute sa rage a semblé le quitter. C'était la première fois que Gemma lui prêtait la moindre attention depuis la révélation de ce que lui et notre mère lui avaient fait subir lorsqu'elle était petite, leur décision d'engager un Artificier pour la mutiler afin d'étouffer sa magie imprévisible. Une douceur atroce a remplacé la fureur sur les traits de Père ; je supportais à peine de le regarder.

— Le démon dont vous parlez n'est pas un monstre, a dit Gemma, la tête haute, la voix ferme.

Elle avait tellement mûri, ma petite sœur, au cours des derniers mois. C'était étrange d'observer la femme qu'elle était devenue sans pour autant cesser de voir son sourire d'enfant, son innocence, illuminer ses traits. Quelle merveille de la connaître et de la découvrir chaque fois.

— Il s'appelle Talan, et le monstre était son maître. Talan est une personne comme vous et moi, ou n'importe qui autour de cette table. Vous ne parlerez pas de lui autrement.

Lord Sesar l'a dévisagée d'un air grave.

— Et son maître ? Est-il toujours en vie ?

— Nous ne le savons pas, suis-je intervenue pour épargner Gemma. Nous ignorons encore beaucoup de choses sur lui. Mais nous l'avons combattu et nous croyons l'avoir blessé, peut-être gravement.

Lady Kaetha semblait perplexe.

— Vous croyez l'avoir blessé ?

Gentar s'est assis, les yeux toujours brillants de curiosité.

— Comment avez-vous fait ? À quoi ressemble-t-il ?

— Nous nous sommes servis des pouvoirs que nous ont donnés les dieux, a répondu Ryder, comme nous devrons tous le faire dans les mois qui viennent, au nom d'Edyn et au nom de la reine. Ma magie animalière et celle de ma sœur. Le pouvoir du chant de Farrin et la force sentinelle de Mara Ashbourne.

Il s'est tu et, dans le silence qui a suivi, Lady Respa a observé Gemma avec attention.

— Et Lady Imogen ? a-t-elle demandé. Qu'a-t-elle fait ? Se trouver à proximité d'une telle démonstration de magie a dû être douloureux pour elle.

Lord Alaster a lâché un rire léger.

— Elle a embrassé son amant démonique et lui a chantonné une berceuse pour le rassurer.

C'est Alastrina qui a répliqué cette fois.

— Père, pour l'amour de tous les dieux, a-t-elle lancé d'un ton excédé en le regardant durement, nous ferais-tu la gentillesse de te taire si tu n'as rien d'utile à dire ?

Le silence qui a suivi était peut-être le pire de tous. Lord Alaster a lentement posé son verre et levé sur sa fille un regard acéré et brillant. J'ai vu alors la belle et puissante Alastrina Bask rapetisser sous nos yeux. Elle s'est assise, pâle et muette, les épaules légèrement voûtées, comme pour se protéger d'un coup certain.

Gemma a rompu ce silence effrayant.

— J'ai pu briser la malédiction, Lady Respa. Le monstre du

nom de Kilraith avait tissé un charme diabolique emprisonnant Talan ; j'ai réussi à le percer et à arracher l'objet qui les liait l'un à l'autre.

— Elle a aussi déraciné des arbres entiers, a glissé Lord Alaster sans cesser de toiser sa fille. Elle les a lancés comme des armes, d'après ce que m'ont dit mes enfants.

J'ai décoché un regard furieux à Ryder, même si c'était déplacé. Nous avions raconté les mêmes choses à notre père.

Lady Kaetha était stupéfaite.

— Mais Lady Gemma n'a pas de magie.

— Il semble que ce ne soit plus le cas. Étrange, vous ne trouvez pas ? Qu'une femme qui ne supporte pas la magie puisse se balader dans l'Ancien Pays illégalement – en compagnie tout de même d'une guerrière de l'Ordre, rien de moins – et se révéler brusquement une créature phénoménale détentrice d'un pouvoir multiple ? La magie de Kerezen et celle de Caiathos à la fois ? Je me demande quels autres secrets les Ashbourne nous dissimulent.

Mon père a arraché sa main à celle de Gemma et fait un pas féroce en direction d'Alaster.

— Vous osez accuser ma fille de forfaiture alors qu'elle a combattu un monstre et libéré une créature prisonnière d'une servitude forcée ? Alors que vos propres enfants étaient à côté d'elle, pour l'aider, la défendre ?

Gemma était bouche bée. C'était son expression à présent, stupéfiée et débordante de gratitude, que je ne pouvais pas supporter. Elle a tendu la main vers Père, les larmes aux yeux, et il s'en est saisi sans la regarder, frémissant de colère comme un animal sauvage défendant ses petits, les yeux braqués sur Lord Alaster.

Lequel est resté de marbre.

— Pour ce que j'en sais, elle a parfaitement pu influencer mes enfants, manipuler leurs esprits, les forcer à pénétrer dans l'Ancien Pays avec elle. Son amant démonique lui a peut-être appris de quelle manière s'y prendre.

— Alaster, s'il te plaît, arrête, a dit posément Lady Enid en agrippant le bord de la table. Il est suffisamment difficile pour nous tous d'être ici et d'évoquer, alors que notre amitié est si récente, des sujets aussi incertains. Que cherches-tu à prouver en échauffant les esprits ?

Lord Alaster s'est tourné vers elle, le bras levé, prêt à frapper.

— « Notre amitié » ?

J'ai sursauté sur mon siège, entendu le hoquet effaré de Lady Leva et le cri indigné de Gentar.

Mais avant qu'aucun de nous ne puisse faire un geste, Ryder avait bondi pour saisir le bras de son père. Alaster s'est levé en se débattant, mais Ryder a tenu bon. Ils ont lutté silencieusement jusqu'au moment où Ryder, apparemment satisfait, a relâché son père avec un grognement de dégoût. Lord Alaster a repris sa place et ramassé sa serviette comme si rien ne s'était passé.

La voix de Lord Sesar a rompu le silence sidéré.

— Il est intéressant de noter que ces événements se produisent tous en même temps, a-t-il constaté d'un ton dépourvu d'agressivité.

Il avait le visage sombre et l'air absorbé.

— L'apparition du gouffre dans la Citadelle, l'attaque des chimères, la libération de ce… démon. Le monstre Kilraith privé de son esclave, peut-être blessé. La Brume devenant plus dangereuse, instable, explosive. Le mal étrange qui se répand dans les terres alentour. Lady Gemma se révélant subitement détentrice d'une magie puissante insoupçonnée. Tout cela reste mystérieux, et pourtant, au cœur de tous ces événements, on retrouve une Ashbourne et un Bask.

Des questions non formulées flottaient dans l'air : Pourquoi vous ? Pourquoi vos deux familles ? Qu'est-ce que cela signifie ? Pourquoi la reine vous a-t-elle choisis pour rassembler son peuple ?

J'étais incapable d'y répondre. J'ai pourtant fait de mon mieux, hantée par la nécessité de rattraper le désastre de ce dîner.

— C'est la raison pour laquelle nous vous avons tous réunis

ici, ai-je dit d'une voix étonnamment posée. Parce que nous avons confiance en vous, parce que vous êtes influents et respectés, parce que vous êtes élus des dieux, et parce qu'aucune famille ne peut résoudre à elle seule – ou même à deux – ce mystère.

Je les ai regardés les uns après les autres, même Lord Alaster, dans l'espoir qu'ils perçoivent, dans mes yeux ou mon intonation, ce que j'avais de plus sincère, de plus inattaquable : la force de ma plus intime conviction.

— Ce qui affecte la Brume, ai-je poursuivi, ce qui a créé ce gouffre, est susceptible d'affecter aussi la reine. Nous devons à tout prix la protéger. Si elle tombe malade, vraiment malade, et qu'elle n'est plus capable de contrôler le gouffre, alors la Citadelle pourrait tomber et, après elle, la capitale. Et ce désastre ainsi que les Feux de Brume et toutes les étrangetés qui surviennent dans notre monde ne seront que le début. Nous devons trouver les solutions qu'elle ne peut pas apporter, la soulager afin qu'elle puisse guérir, se protéger elle-même et de la sorte protéger son peuple du mieux qu'elle peut.

J'étais à court de mots. Sans réfléchir, je me suis tournée vers Ryder, une prière silencieuse sur les lèvres.

Il ne m'a pas déçue.

— Et nous n'avons pas le droit de céder à de vieilles querelles et à des ego froissés, a-t-il enchaîné. Ce serait trahir la confiance que les dieux ont accordée à nos ancêtres et, pire encore, trahir la confiance que les habitants de ce pays ont placée en nous pour les protéger de ce qui se trouve au-delà de la Brume.

Je me suis assise, étourdie et brusquement épuisée. Un silence pesant régnait dans la pièce. Alastrina a croisé mon regard et m'a gratifiée d'un bref hochement de tête convaincu. Père s'est assis à son tour. Gemma est restée derrière lui, la main sur son épaule, leurs doigts enlacés. Je me suis accrochée à cette image, en osant espérer que cela au moins était le début de quelque chose de bien.

Au bout d'un moment, Ryder a repris la parole.

— Il me semble que nous avons tous amplement de quoi réfléchir. Je suggère que nous nous retirions pour la nuit, que nous songions à tout ce que nous nous sommes dit et que nous reprenions les discussions au déjeuner demain.

Au lieu de me lever, j'ai regardé la pièce se vider. Une sensation étrange me poussait à attendre le départ de Lady Enid et d'Alastrina. Comme si les voir partir pouvait être un gage de leur sécurité, comme si les ombres de la maison, en se refermant sur elles, allaient les protéger.

Lord Alaster m'a vue les suivre des yeux ; son regard froid pesait sur moi.

J'ai encore attendu, bu tranquillement une gorgée d'eau. S'il espérait me faire peur comme il terrorisait tout le monde, il se trompait.

J'ai quitté la pièce d'un pas lent, m'arrêtant même pour admirer une tapisserie, ne me dépêchant qu'une fois parvenue au pied de l'escalier qui conduisait à l'aile des invités. Arrivée dans ma chambre, j'ai fermé la porte sur moi et me suis adossée au battant, hors d'haleine. Quelle maison détestable, si sombre, froide et silencieuse, avec ses imposants murs noirs et son maître au regard cruel. Ma chambre au moins était chaude. Un grand feu brûlait dans la cheminée, et mon lit disparaissait sous une pile de fourrures contre le blizzard. À côté de lui, sur le marbre de la table de nuit, une feuille de papier était pliée en deux.

Je l'ai ouverte. Découvrir l'écriture familière de Ryder m'a donné un curieux coup au cœur.

Rejoins-moi demain matin devant l'écurie de la cour nord. J'y serai à huit heures. Il est temps de se battre.

Chapitre 7

Lorsque je suis arrivée près de l'écurie le lendemain matin, soufflant sur mes mains pour les réchauffer, Ryder était déjà là, torse nu et en sueur, en train de se battre, armé d'un long bâton, contre un ennemi invisible.

Je me suis arrêtée net. Déjà lorsqu'il était vêtu, sa force était impressionnante, mais sans l'ombre d'une étoffe pour la dissimuler, elle était incroyablement… flagrante. Des épaules larges, des pectoraux saillants, sans parler des gouttes de sueur qui roulaient sur son abdomen et accentuaient le relief du moindre de ses muscles. Des mèches de ses cheveux noirs mi-longs s'étaient échappées du nœud qui les retenait et collaient maintenant, humides, à son cou. Il tournoyait, se courbait, pivotait, enchaînant toute une série de mouvements complexes que je n'arrivais pas à suivre. Derrière lui, abrités sous leurs caparaçons de laine et les naseaux fumant dans l'air froid du matin, les chevaux passaient la tête au-dessus de la porte de leurs stalles pour le regarder.

J'ai avancé jusqu'au muret de pierre qui entourait la cour avant qu'il ne me surprenne en train de le contempler. Mais quel que soit l'avantage que j'avais cru en tirer, il a volé en éclats lorsque j'ai lâché :

— Pourquoi ne portes-tu pas de vêtements ?

Il s'est arrêté pour me regarder avant de baisser les yeux sur son torse ruisselant.

— Parce que j'avais chaud, a-t-il répliqué simplement, et que je voulais te prendre au dépourvu.

Puis, sans le moindre avertissement, il s'est précipité vers moi, a enjambé le muret d'un bond et fait tournoyer son bâton en direction de ma tête sans me laisser le temps ne serait-ce que de penser à faire un geste. L'objet a sifflé dans l'air et s'est immobilisé juste devant mon nez. Ce n'est qu'à ce moment-là, louchant et paralysée de peur, que j'ai réussi à pousser un cri étranglé.

Ryder m'a décoché un sourire sardonique.

— J'ai l'impression que ma ruse a un peu trop bien fonctionné. Tu ne sais donc pas esquiver une arme quand elle t'arrive dessus ?

Mortifiée, j'ai ouvert puis refermé la bouche avant de me rappeler comment parler.

— Tu m'as eue par surprise.

— C'était le but. La plupart des agresseurs ne te préviennent pas avant de s'en prendre à toi.

Il m'a regardée de la tête aux pieds, les yeux froncés.

— C'est quoi, cet accoutrement ?

Mes joues se sont empourprées en imaginant ce à quoi, pour lui, je devais ressembler : une fille du Sud, grelottant de froid dans une robe de travail toute simple, les bottes boueuses et un manteau de fourrure retournée si rarement porté que le cuir rigide craquait quand je bougeais. Regrettant amèrement de ne pas être n'importe où ailleurs, je me suis forcée à redresser le menton et à croiser son regard.

— C'est ce que je porte la plupart du temps, ai-je répliqué. Enfin, à part le manteau. La robe m'a semblé pratique pour l'entraînement.

— Bien vu. Mais on ne va pas se battre aujourd'hui.

— Ah bon ? Ton message disait pourtant…

— Tu n'es pas prête à te lancer dans l'exercice du combat. Je vais d'abord t'apprendre à te renforcer.

— Je ne suis pas faible. Je parcours des kilomètres à pied pratiquement tous les jours, chez moi.

— Ai-je dit que tu étais faible ? Non. Et marcher n'est pas se battre.

Il a de nouveau sauté par-dessus le muret pour retourner d'un pas ample vers l'écurie, tandis que je restais sur place, fulminant, les yeux résolument baissés vers le sol, incapable de trouver une réplique suffisamment cinglante, et fermement décidée à ne pas lorgner son dos musclé. Je n'avais, jusqu'à ce matin, pas l'habitude de m'intéresser aux dos musclés, et je n'appréciais guère ce que la vue du sien en particulier me faisait.

Il est revenu, les bras chargés de vêtements.

— Ce sont les vêtements de travail de ma sœur. Ils sont un peu grands pour toi, mais ils feront l'affaire pour l'instant.

J'ai soulevé le loquet du portail et l'ai rejoint de l'autre côté du muret, consciente de la curiosité des chevaux à mon égard.

— Est-ce qu'il t'arrive de franchir des portes comme un individu normal ?

— Bien sûr. Mais c'est bien plus drôle de sauter par-dessus.

— Es-tu un être humain ou un animal ?

Il a souri et lancé le paquet de vêtements. Je l'ai attrapé de justesse.

— J'ai bien peur que tu ne doives le découvrir toute seule, Ashbourne, a-t-il lâché, rieur, avant de se reprendre et de se corriger lui-même d'un ton plus neutre, avec une petite révérence : Farrin.

Une ombre étrange a assombri ses traits ; il s'est détourné pour attraper une chemise.

— Dépêche-toi de te changer. On va commencer par la course.

⁂

Ryder a fait tout ce qu'il a pu pour m'achever. Nous avons commencé par une course de trois kilomètres, suivie par le transport de lourdes pierres plates d'un bout à l'autre de la cour, encore et encore, pour terminer par une série de coups de poing contre une cible de cuir qu'il tenait contre sa poitrine. Je ne savais pas depuis combien de temps je tapais, tapais et tapais encore, mais je commençais à voir des étoiles.

— Tu ralentis, m'a-t-il dit, parfaitement insensible au pathétique martèlement de mes poings contre lui.

Même quand je ratais la cible et que je frappais son torse à la place, ce qui arrivait souvent – une conséquence de mon inexpérience que je n'arrivais pas à regretter –, il restait de marbre, ne vacillant même pas sur les talons.

J'étais folle de rage, à deux doigts d'exploser. Mes mains me faisaient mal, j'étais en nage dans mes vêtements d'emprunt, et j'espérais ardemment que les chevaux étaient les seuls témoins de la scène. J'ai frappé Ryder aussi fort que je pouvais, avec autant d'effet qu'un chaton percutant le flanc d'un ours, et je me suis écartée, les poumons en feu.

— Tu ne cherches qu'à me ridiculiser, ai-je lâché, hors d'haleine.

— Non, je veux seulement t'apprendre ce que tu devrais faire tous les jours – ou presque – pour te renforcer.

J'ai essuyé la sueur sur mon front et me suis mise à arpenter furieusement la cour, en refusant de le regarder.

— Tu pourrais peut-être commencer par te montrer plus aimable.

— Tu ne restes qu'une semaine, et nous avons beaucoup de pain sur la planche. Je veux que tu rentres chez toi percluse de courbatures et armée d'une base solide pour continuer à t'entraîner. Tu pourras en faire profiter ta sœur, quand tu te seras améliorée.

La perspective de m'entraîner avec Gemma, qu'elle puisse constater toute l'étendue de ma honte, était trop déprimante pour être envisagée. J'ai tâché de l'écarter, mais j'étais trop épuisée pour avoir de la suite dans les idées, et j'ai lâché rageusement :

— Pourquoi ne pas la faire venir maintenant ? Tu pourrais nous apprendre à toutes les deux et m'épargner cette peine.

— Parce que tu serais mauvaise élève avec elle dans les

parages. Son séjour chez les Vilia l'a rendue plus forte. Elle serait plus agile, et tu ne pourrais pas te concentrer.

Je ne supportais pas son détachement, comme s'il avait réfléchi cent fois à la question et anticipé tout ce que je pouvais dire.

Je suis revenue vers lui tandis qu'il rangeait notre attirail dans une grande caisse de bois. Puis je me suis élancée, dans l'intention de lui tomber dessus, de le frapper encore, mais je me suis arrêtée net, soudain consciente de ma puérilité, et j'ai perdu l'équilibre. Il a dû m'entendre trébucher, parce qu'il s'est tourné vivement pour me rattraper. Ses mains se sont refermées sur mes poignets et, quand j'ai voulu me libérer, il a serré plus fort. Je me suis débattue, en vain.

— Si tu te trouvais dans cette situation lors d'un combat, a-t-il commencé tranquillement, comment ferais-tu pour te libérer, pour te défendre ?

Je le détestais. Je détestais sa maudite voix de professeur imperturbable et, plus que tout, je détestais la façon dont il me dévisageait, son regard si calme, patient, les yeux aussi clairs qu'un ciel d'été.

L'inspiration m'est venue en un éclair et, dans un élan de rage, j'ai pivoté prestement, mis tout le poids de mon corps sur mon pied gauche, et lancé le genou droit en plein entre ses jambes.

Il m'a lâchée avec un léger grognement de douleur et s'est un peu affaissé sur la caisse. Mais quand je me suis détournée pour m'en aller, frémissante de satisfaction et de fureur, je l'ai entendu lâcher un juron dans un rire étouffé. Il ne semblait même pas en colère. Il avait l'air content.

Une sensation étrange s'est alors emparée de moi, comme un rayon de soleil à l'horizon. Une douce chaleur m'a envahie. J'ai réprimé un sourire. Je ne voulais pas sourire. Pourquoi l'aurais-je fait ? Une petite victoire n'effaçait pas deux heures d'humiliation.

Les joues en feu, déstabilisée et irritée, je suis partie vivement vers la maison, sans autre idée en tête que celle de mettre le plus d'espace possible entre Ryder Bask et moi.

⚙

Les jours suivants ont été très occupés. Nos quatre familles se réunissaient quotidiennement, depuis le début de l'après-midi jusqu'à tard dans la soirée, pour discuter stratégie, dispersées en petits groupes dans la maison ou rassemblées autour de la grande table de la salle à manger. Nous nous demandions à quelles familles nous pouvions confier les informations dont nous disposions, ce qui constituait naturellement un point de désaccord majeur et donnait lieu à d'interminables et trop nombreux débats. Nous tâchions de déterminer s'il fallait impliquer la Haute Armée, composée de soldats magiciens, ou seulement l'Armée Basse, dont les soldats n'utilisaient que des armes conventionnelles, sans avoir recours à la magie. Quelles seraient les conséquences politiques de faire appel à l'une et pas à l'autre ? Il y avait aussi la question des requêtes officielles que nous devions soumettre tant à la capitale qu'à l'université pour obtenir des fonds et du personnel ; de quelle manière s'y prendre et surtout comment rester assez discrets pour éviter d'être découverts par le Sénat royal qui rendrait vite toute l'affaire publique ? Comment aussi coordonner nos recherches et nos actions défensives avec l'Ordre de la Rose ?

Chaque soir, j'allais me coucher avec un violent mal de crâne, la tête farcie de noms, de lieux, de « si » et de « mais ». Mon corps était raide et douloureux, et j'avais les nerfs à vif à force de jouer les diplomates entre Père et Lord Alaster, ce dernier étant visiblement déterminé à le provoquer au moindre prétexte.

Pire que tout, j'endurais chaque matin l'entraînement de Ryder jusqu'à l'heure du déjeuner. Au cours de notre cinquième séance, ma patience a commencé à céder.

— Recommence, m'a-t-il dit à quelques pas devant moi. Et tâche de m'écouter, cette fois.

— Je t'écoute, ai-je protesté derrière mes poings serrés. Seulement, je ne suis pas douée, et aucun exercice n'y changera rien.

— On verra, a-t-il répliqué. Pour l'instant, recommence. Deux.

J'ai écarté une mèche de cheveux de devant mes yeux et visé, en imaginant que c'était le visage de Ryder, la cible de cuir sur laquelle était inscrit le chiffre deux délavé. Mon poing s'est abattu exactement où il était censé le faire. J'ai éprouvé un petit élan de satisfaction – c'était un joli coup –, mais Ryder n'a pas semblé impressionné.

— Quatre, a-t-il enchaîné.

J'ai frappé rageusement une autre des cibles accrochées aux chevrons de l'écurie, celle portant le chiffre quatre.

— Trois. Un. Trois. Un. Deux. Quatre. Quatre.

J'ai obéi, ou en tout cas j'ai essayé, mais atteindre les lourds sacs de cuir était assez difficile pour avoir à me soucier, en plus, du chiffre qu'ils portaient et de la direction dans laquelle je devais me tourner. Car ils n'étaient pas tous à la même hauteur, ni à la même distance de moi. Je devais pivoter, bondir, plonger, me redresser et recommencer, autrement dit imposer à mes muscles toute une série de mouvements qu'ils n'avaient jamais effectués, et j'étais incapable de le faire assez rapidement. Je n'arrêtais pas de me tromper, je frappais le trois à la place du un, le quatre au lieu du deux, et Ryder non seulement n'arrêtait pas de les enchaîner, mais il le faisait de plus en plus vite, si vite qu'il me paraissait impossible que quelqu'un soit capable de se déplacer à ce rythme, à l'exception de Père et de Mara. Leur pouvoir de Sentinelle me semblait d'ailleurs, en cette seconde, la plus infâme des tricheries.

Je me sentais ridicule de m'agiter de la sorte, sous les naseaux des chevaux placides et le regard bleu et critique avec lequel Ryder suivait chacun de mes gestes maladroits. Je portais l'une de mes robes cette fois – Ryder avait admis qu'il fallait que je sois également à l'aise pour me battre dans mes vêtements habituels – mais les pans de la jupe n'arrêtaient pas de me gêner.

— Tu n'es pas musicienne ? m'a-t-il lancé. Farrin Ashbourne, la plus talentueuse des Érudites du continent ? Aux doigts plus agiles qu'un écureuil, à la voix plus limpide qu'un ciel étoilé ? N'est-ce pas ce que tout le monde dit ?

Il a dressé un sourcil narquois.

— Ce n'est pas l'impression que tu donnes. Tu n'as aucun rythme.

J'ai pivoté, rouge de rage, et levé mes pauvres poings douloureux vers lui – mais sa réflexion a tout à coup fait mouche, et je me suis arrêtée, prise d'une inspiration soudaine.

Je me suis retournée vers les cibles.

— Recommence, ai-je dit.

Il m'a considérée avec curiosité un instant puis s'est exécuté.

— Un. Deux. Quatre. Deux. Trois. Un.

Cette fois, j'ai fait autrement. Cette fois, j'ai pensé à la musique. Lorsque je jouais au piano, je ne pensais pas à chaque note, ni aux mouvements précis que mes doigts, mes bras, mon buste devaient faire pour frapper correctement la bonne touche. J'ai pensé à l'enchaînement, à la façon dont une série de notes s'élève puis s'efface, au changement de tempo – tour à tour lent et rapide, croissant puis décroissant – à la dynamique qui leur transmet la sonorité requise, délicate ou puissante, forte ou ténue. Ce qui comptait était le thème, la symphonie dans son ensemble, le sentiment que le compositeur et l'interprète voulaient transmettre au public qui écoutait. Lorsque je jouais au piano, le rythme soutenait le tempo, le tempo dansait avec la dynamique, et chaque note, aussi précieuse soit-elle, n'était qu'une infime partie d'un motif bien plus vaste. Quand je chantais, j'anticipais toujours le mouvement suivant et je savais où j'allais, je connaissais la forme, la saveur, les reliefs de la mélodie. Mon souffle suivait les pics et les vallées, s'adaptait aux accords de chaque note. Je les laissais me porter au lieu de les aborder comme des obstacles à affronter puis conquérir.

Alors, cette fois, quand j'ai frappé, mon souffle était porté par un aria, mes pieds posés au sol comme sur les pédales d'un piano, mes bras étaient mon archer et mon violon. Au lieu de subir les mouvements de mon corps, je me suis laissé transporter, imaginant chaque coup comme une note de plus dans un arpège de muscles et de respiration.

Lorsque Ryder a fini par se taire, ma tête, mes bras et mes poings vibraient d'énergie ; ce n'était pas la plénitude que j'éprouvais après avoir joué au piano, mais la satisfaction qui m'habitait n'en était pas si éloignée. J'ai reculé en écartant les mèches de cheveux humides collées à mon front et laissé un sourire s'étirer sur mes lèvres.

Ryder, les bras croisés sur la poitrine, m'en a rendu un plus discret.

— Qu'as-tu fait de différent ?

— Je suis musicienne, ai-je répliqué avec malice. J'ai trouvé mon rythme.

Il a dressé un sourcil, et son sourire s'est élargi.

— À peu près, si tu veux. Parce que tu as tout de même raté la moitié des cibles.

— Mais mes mouvements ? C'était mieux, non ? Dis-moi que c'était mieux, même si c'est faux. Je me sens trop bien pour être contrariée.

— Quelle élève insolente tu fais, a-t-il lâché.

Mais il souriait encore en se détournant pour détacher les sacs, et cela, en plus de m'inspirer une sorte de bienheureuse béatitude, m'a enhardie.

— Quand est-ce que je commence à me battre contre toi ? ai-je demandé.

Il s'est immobilisé puis s'est retourné. Je n'arrivais pas à déchiffrer son expression. Et quand son regard a croisé le mien, un frisson de hâte m'a traversée.

— On pourrait commencer maintenant, a-t-il répondu lentement, juste un peu, avant le déjeuner.

— Parfait.

J'ai levé mes poings serrés et me suis mise en position.

— Allons-y, alors.

Il a ri.

— Tu es tellement pressée de me frapper.

— Je suis si facile à lire ?

— À mes yeux, oui, a-t-il répondu doucement.

Mais avant que je ne puisse comprendre ce qu'il entendait par là, il a pivoté et lancé son premier coup.

Je me suis baissée. J'ai entendu l'air siffler au-dessus de moi et légèrement vacillé sur mes talons, mais je me suis rattrapée et écartée avant qu'il ne puisse recommencer. Je me suis mise à sautiller en le surveillant derrière mes poings levés. Il était terriblement rapide et bien plus fort que moi, mais je ne pouvais pas tergiverser éternellement. Alors j'ai pris une courte inspiration et projeté la main doigts tendus, vers son visage. Je pouvais, comme il me l'avait appris, lui arracher un œil, lui lacérer la joue. Mais il a esquivé en plongeant pour m'envoyer un coup bas. Son poing m'a atteinte dans l'estomac. J'avais beau savoir qu'il retenait sa force pour éviter de me blesser, l'impact m'a coupé le souffle. Il en a profité pour m'attraper par la taille et me plaquer dos à lui.

Étourdie, j'ai commencé par me débattre inutilement dans ses bras. Son torse était un mur contre mon dos, sa poigne de fer, et ma vision était encore floue à cause du coup que j'avais reçu.

— Réfléchis, Farrin, m'a-t-il glissé, son souffle tiède à mon oreille, ses lèvres frôlant ma peau.

Un frisson m'a parcourue et, avant qu'il ne puisse recommencer ce qu'il venait de faire, j'ai recouvré mes esprits. Je lui ai brutalement écrasé le cou-de-pied. Il a poussé un juron et m'a lâchée. Je me suis dégagée pour attraper le long bâton posé contre un mur à ma portée. Je l'ai soulevé à deux mains, sans trop savoir quoi en faire, avant de tournoyer sur moi-même pour l'abattre sur lui.

Mais il était prêt ; bien sûr qu'il était prêt. Il avait saisi le deuxième bâton de combat, et nos armes se sont entrechoquées avec une violence qui a vibré jusque dans ma mâchoire. Je l'ai repoussé de toutes mes forces, bâton contre bâton, mais j'étais beaucoup plus près du mur que je ne le croyais et Ryder, d'une simple pression, m'a coincée contre lui.

Nos regards se sont croisés. J'ai constaté, avec satisfaction, qu'il était essoufflé. Il avait gagné, mais je lui avais donné du fil à retordre.

Je lui ai souri, grisée et épuisée, vibrant encore du choc de nos armes. Il a alors fait la chose la plus stupéfiante qui soit. Son visage s'est adouci et, sans me lâcher des yeux, il a levé une main – l'autre maintenant le bâton qui me plaquait contre le mur – et écarté doucement la mèche de cheveux humide collée à ma joue.

— Bien joué, Farrin, a-t-il dit d'une voix étouffée.

Je l'ai dévisagé, le cœur battant. Je ne l'avais jamais vu comme ça, je n'avais jamais vu une telle tendresse sur son visage âpre et barbu. Je ne la comprenais pas et ne comprenais pas davantage ma propre réaction. J'étais coincée, vulnérable et vaincue, écrasée par cette silhouette immense et large, mais je ne me sentais pas menacée. Loin de là. Je me surprenais à me laisser aller contre lui, souhaitant désespérément, inexplicablement, qu'il me touche encore la joue. Quelque chose dans ce geste me paraissait familier ; s'il recommençait, je me pencherais vers lui, je lui prendrais la main et la presserais contre mon visage.

— Je…

Je ne savais pas quoi dire. J'ai dégluti péniblement, la gorge soudain desséchée. Je me suis passé la langue sur les lèvres et j'ai senti une sorte de frisson de panique en voyant son regard se poser sur ma bouche.

— Je t'ai fait mal ? Tu sais, quand… je t'ai écrasé le pied.

— Je survivrai.

Il a souri, puis une ombre curieusement triste est passée sur son visage. Il a baissé son bâton et s'est écarté pour retourner vers les sacs et finir de les ranger.

Ce départ brutal m'a irritée pour une raison que je ne m'expliquais pas. Je suis allée le rejoindre d'un pas vif.

— Qu'est-ce que c'était ?

— Quoi donc ? a-t-il répliqué sans me regarder.

— Le…

J'ai montré le mur.

— Tu…

Il s'est retourné pour me regarder droit dans les yeux et écouter la suite. Sauf que je ne savais pas comment décrire ce que j'avais ressenti lorsqu'il m'avait touchée, pourquoi je n'avais pas été terrorisée d'être plaquée contre un mur par un homme qui était, jusqu'à très récemment, un ennemi juré, pourquoi en fait j'avais été…

Hérissée, mortifiée par ma soudaine prise de conscience, j'ai reculé, brandissant mon bâton devant moi comme un bouclier. Mais avant qu'aucun de nous ne puisse parler, un grondement de tonnerre a retenti, suivi d'une cacophonie de battements d'ailes.

Nous nous sommes précipités dans la cour à l'instant où une nuée de plumes noires émergeait de la forêt qui s'étirait derrière l'écurie et le manoir. Des centaines de corbeaux, peut-être même des milliers, déferlaient dans le ciel lumineux d'automne et dans la plus totale confusion. Au même moment, dévalant le flanc de la montagne depuis la maison, le carillon pressant des cloches est arrivé jusqu'à nous.

Ryder a reporté son regard sur moi, l'air redoutable.

— Viens. Et reste près de moi.

Je me suis dépêchée de monter la pente derrière lui, les jambes en coton après l'entraînement soutenu de la matinée.

— Qu'est-ce que ces cloches signifient ?

Je pensais au confinement de la Citadelle, aux monstres de la tapisserie pendue au mur de la salle à manger de Ravenswood, et l'effroi m'a noué l'estomac.

— C'est la Brume ?

— Peut-être, a-t-il répondu sans rien ajouter avant que nous arrivions sur la large allée de pierre qui menait de la route au manoir.

Un valet courait vers nous.

Ryder s'est arrêté et mis légèrement devant moi, le bras tendu comme pour me protéger.

— Que se passe-t-il ? a-t-il demandé d'un ton sec.

— C'est Lady Alastrina, monseigneur, a répondu le valet, les yeux écarquillés, le visage livide. Elle a disparu.

Sa réponse m'a d'abord semblé incompréhensible, comme le charabia d'un enfant.

— Disparu ? a répété Ryder. Que veux-tu dire ? Explique-toi.

Le valet a secoué la tête.

— Nous étions tous rassemblés pour le déjeuner, monseigneur, et nous allions vous faire chercher, quand une ombre noire a surgi pour s'étendre rapidement dans la pièce, figeant tout le monde de froid et de stupeur. Et quand elle est partie, Lady Alastrina n'était plus là. Elle a disparu.

Ryder est passé devant lui en trombe.

— Ridicule. Elle a simplement quitté la pièce.

— Non, monseigneur, a dit le valet en trottant pour rester à sa hauteur. Elle n'a pas pu. Tout s'est passé si vite…

— Elle est ailleurs dans la maison, a insisté Ryder. Elle nous fait une blague.

Mais je ne le croyais pas, et je soupçonnais que lui non plus. Le nuage de corbeaux continuait de tournoyer au-dessus des sapins, croassant sans rime ni raison – à moins qu'ils n'appellent Alastrina, me suis-je dit, sonnée et grelottante de froid. Ils savaient qu'elle avait disparu et tâchaient de la trouver.

À l'intérieur de la maison, c'était le chaos. Lady Enid courait de pièce en pièce, appelant sa fille, fouillant tous les recoins, criant aux domestiques d'en faire autant. Gemma courait derrière elle, s'efforçant en vain de la calmer. Elle m'a jeté un regard impuissant par-dessus son épaule, avant de me montrer Père, d'une main agitée ; il était agglutiné avec tous les autres dans une antichambre à l'écart de la salle à manger.

C'était insupportable que l'une de nous soit obligée de le surveiller en permanence, mais j'ai serré les dents et suis allée vers lui. Il se tenait légèrement en retrait de Lord Alaster, qui faisait face à un miroir sombre encadré d'un filigrane d'argent, dans lequel le visage d'un autre homme, en larmes, se reflétait. Ce miroir avait été travaillé par un Sorceleur pour servir de canal de communication avec un autre miroir, pareillement modifié, situé à des kilomètres de là. Je me suis sentie, malgré moi, impressionnée. De tels miroirs étaient extrêmement rares, tout comme la magie nécessaire pour les créer – elle-même phénoménale et, de l'avis de tous, particulièrement difficile à maîtriser. Le reflet de l'homme était flou et faible, et les pulsations de magie qui émanaient de l'objet se répandaient avec âcreté dans toute la pièce. J'en ai déduit que l'homme en question devait se trouver très loin. Mais le son de sa voix était suffisamment clair. Je n'ai pas tardé à le reconnaître. Il s'agissait d'Uven Lerrick, un riche Voyageur élu qui habitait près de Blighdon, sur la côte sud-est.

— Le même phénomène s'est produit ici, disait-il.

On entendait derrière lui des pleurs et des cris étouffés.

— Nous étions tous ensemble quand une ombre immense a déferlé sur nous. J'ai ressenti un froid intense, j'étais désorienté, je ne voyais ni n'entendais plus rien. Puis l'ombre a disparu et mon fils, Dornen, n'était plus là. Il a simplement… Il a disparu, Alaster.

Le visage de Père était grave.

— Deux humains élus, à deux endroits opposés du continent, disparus au même instant ?

— Et de la même manière, a murmuré Gareth. Une manière dont je n'ai jamais entendu parler, en plus.

— Nous allons fouiller le domaine à sa recherche, a déclaré Ryder avec force. Elle est forcément quelque part. Ce qui s'est passé n'est qu'une légère anomalie de magie. La Brume a eu une saute d'humeur.

— Et se met à subitement enlever des gens ? a demandé Lady Kaetha, le front plissé. Dont l'un à des centaines de kilomètres d'elle ?

— La Citadelle est encore plus loin de la Brume, a souligné Lord Sesar, et un gouffre s'est ouvert en son cœur. Ce qui se passe dans la Brume est sans précédent. Aucun de nous ne peut prédire quelles en seront les conséquences.

J'ai posé la main sur le bras de Ryder avant qu'il se lance à la recherche de sa sœur.

— Envoie un corbeau à Rosewarren, lui ai-je dit rapidement. Et un autre à la reine. Si quelqu'un d'autre a disparu, Yvaine ou la Gardienne le sauront.

Je pensais bien sûr à Mara, ma chère Mara, et je n'osais pas demander à Ryder de s'enquérir de son sort en particulier, mais il a dû le lire sur mon visage, car il m'a pris la main et l'a serrée. Sentir un court instant ma petite main fermement tenue par la sienne, plus grande, calleuse, m'a fait rougir et déstabilisée. Puis il est parti, criant aux domestiques de fouiller la maison, le domaine, la forêt, tandis que Lord Alaster, qui n'avait pas bougé, fixait avec stupeur le miroir qui ne lui renvoyait plus que son propre reflet.

Je me suis précipitée derrière Ryder, mais en voyant Gemma assise par terre dans l'entrée, étreignant une Lady Enid en larmes, je me suis arrêtée. Elle avait le teint gris, les traits tirés. La magie qui s'était infiltrée dans la pièce ne l'avait pas épargnée. Elle a pourtant secoué la tête en me regardant.

— Je vais bien, m'a-t-elle assuré calmement.

Je me suis agenouillée près d'elle pour la serrer dans mes bras.

— Mara, ai-je murmuré. Tu crois qu'elle…

— Mara est en sécurité, m'a-t-elle coupée fermement.

Lorsque je me suis écartée, ses yeux brillaient comme deux étoiles bleues.

— Elle va bien. Pars. Je ferai attention à Père.

Je l'ai embrassée sur le front et je suis sortie. Les corbeaux continuaient de tournoyer dans le ciel, projetant un ballet d'ombres sur le sol. Leurs croassements désespérés, rauques et cacophoniques, étaient assourdissants. J'ai couru vers la forêt, comme tout le monde, y compris les domestiques des autres familles. Je me suis cachée derrière un arbre avant que ma femme de chambre, Hetty, ne puisse me voir. Je ne voulais croiser personne, je ne voulais pas sentir d'autre panique que la mienne, déjà grandissante. Une ombre envahissant la maison et emportant Alastrina avec elle ? Dornen, à l'autre bout du continent, enlevé lui aussi ? J'espérais qu'il n'y en avait pas d'autre, même si le nœud qui me serrait la gorge me disait à quel point cet espoir était vain.

La forêt de sapins qui entourait le domaine de Ravenswood était immense, ses arbres hauts et anciens. Rapidement, je n'ai plus entendu personne crier le prénom d'Alastrina ; j'étais seule. Je trébuchais sur le sol inégal, me battais contre les fourrés entremêlés, à l'affût d'un éclat de cheveux noir brillant, d'un éclair de peau ivoire. Je ne cessais de l'appeler, mais plus j'avançais, plus la forêt était profonde, les arbres épais, et chaque bruit de plus en plus étrange et étouffé. J'ai fini par me taire ; l'écho mat et feutré de ma propre voix m'effrayait.

Je me suis arrêtée à côté d'un sapin au tronc aussi large que deux grandes portes. Je m'y suis adossée, rassurée par sa taille, et j'ai repris mon souffle en frissonnant un peu. J'ai levé les yeux vers la cime, un entrelacs de branches épaisses, chargées d'aiguilles, qui se balançaient en murmurant dans l'air de la montagne. La lumière du soleil les traversait à peine ; il faisait froid et humide. J'ai cherché le manoir à travers les arbres, mais il était invisible, tout comme les dépendances ou l'écurie. Je ne voyais que des arbres, innombrables, identiques les uns aux autres. J'ai tendu l'oreille, pour entendre le cri des corbeaux. Je n'ai rien perçu.

Une peur glaciale s'est infiltrée en moi. M'élancer toute seule à l'assaut d'une forêt inconnue m'est subitement apparu comme la plus stupide des décisions possibles. Au même moment, et à l'instant où je me faisais cette réflexion, j'ai senti, avec une certitude absolue, que quelqu'un m'observait. Tout était si calme, et l'atmosphère si écrasante. Je n'étais pas seule.

J'ai regardé frénétiquement autour de moi, en quête d'une arme pour me défendre. J'ai vu une énorme branche par terre. Je suis allée la soulever et suis retournée à reculons m'adosser maladroitement au tronc du sapin. La branche était beaucoup trop lourde pour m'être vraiment utile, mais je me suis efforcée de la tenir en l'air, comme j'imaginais qu'on pouvait tenir une lance.

Mon bras tremblait sous son poids ; j'ai retenu mon souffle et écouté. La sueur coulait dans mon dos. Puis je me suis aperçue que j'entendais, en fait, quelque chose – un faible bourdonnement, comme une vibration de magie, l'agitation d'un essaim d'abeilles au loin, ou le bruit d'un feu de cheminée dans une pièce adjacente. Je n'arrivais pas à l'identifier ; chaque fois qu'il me semblait le saisir, le bruit s'échappait.

Mais je savais qu'il était proche. Il était derrière moi, derrière le bouclier de mon arbre. Quelque chose faisait ce bruit, quelque chose qui ne bougeait pas, et j'ai compris – j'ai compris avec la certitude d'une proie acculée – que c'était moi qu'il guettait.

Rester immobile m'est devenu insupportable. Je devais me battre, je devais m'enfuir. Si je restais là, j'allais disparaître exactement comme Alastrina. Le cœur battant, poussée par une panique aveugle, j'ai serré ma branche et me suis imaginée pourfendre un ennemi de chair et d'os. Je le ferais si j'y étais obligée. J'étais capable de tuer.

J'ai bondi de ma cachette en pivotant, me battant maladroitement avec ma branche, manquant de justesse de la faire tomber, et me suis figée, un cri de terreur sur les lèvres.

Une créature me faisait face – mais je n'étais pas certaine que le terme convienne. J'ai d'abord cru qu'elle était faite de feu, mais les flammes se sont transformées pour devenir des plumes d'une multitude de couleurs splendides : or et écarlate, orange et mauve, ourlées d'un blanc chatoyant. C'était du feu, puis des plumes, de nouveau des flammes, et au cœur de cette incessante métamorphose se trouvait un noyau blanc-bleu, une silhouette au contour instable et agité. J'ai d'abord vu un oiseau, puissant, au bec recourbé, un rapace aux yeux perçants, battant des ailes comme s'il était sur le point d'atterrir au sommet d'une montagne. Puis j'ai cligné des yeux et vu une personne, peut-être une femme, grande et svelte – trop grande, anormalement grande, dotée du même regard brûlant et acéré, des plumes tombant autour d'elle comme des cheveux, comme une robe extravagante. J'ai battu des paupières, et la créature n'était plus qu'une colonne de feu d'où jaillissaient des étincelles qui retombaient sur le sol noir et humide, inoffensives.

Nous sommes restées un long moment à nous regarder les yeux dans les yeux – à supposer que c'étaient bien des yeux fixés sur moi, imperturbables et féroces, et pas une illusion. Puis une étincelle a jailli de l'aile de la créature pour retomber tout près de mon pied. J'ai bondi en arrière, paralysée de terreur au souvenir brutal de l'incendie cauchemardesque qui avait failli me coûter la vie, des années plus tôt. Une brindille s'est cassée sous mon poids.

La créature a tressailli et s'est recroquevillée sur elle-même. Soudain plus petite, moins terrifiante, elle a poussé un affreux rugissement discordant. Était-elle en colère ? Effrayée ? Je n'arrivais pas à interpréter ses intonations. Je n'avais jamais rien entendu de semblable. C'était bestial et musical, primordial. J'ai cru discerner le claquement d'un éclair dans l'atmosphère, le tintement d'une cloche heurtée par un maillet, une puissante déchirure, comme l'ouverture d'une faille souterraine.

Puis la créature a fait demi-tour et s'est enfuie, filant à travers les arbres à une vitesse stupéfiante. J'ai lâché ma branche et me suis lancée derrière elle sans réfléchir, uniquement poussée par l'absolue nécessité de ne pas la perdre de vue avant d'avoir compris ce qu'elle était. Un nom m'est venu à l'esprit pendant que je m'enfonçais dans l'épaisse forêt à la suite de son éclat embrasé, le seul susceptible de décrire ce que je voyais.

Oiseau de feu.

Chapitre 8

J'ai couru derrière l'oiseau de feu aussi longtemps que j'ai pu, trébuchant sur une demi-douzaine de racines, évitant de justesse de m'étaler dans le lit de plusieurs ruisseaux caillouteux, tout cela parce que je ne pouvais pas lâcher la créature des yeux. J'étais obnubilée par la longue traîne de ses plumes chatoyantes, l'explosion de ses couleurs incroyables dans l'obscurité de la forêt. Je courais tellement vite que j'avais l'impression que ma poitrine allait éclater. Tous mes efforts restaient vains, mais je refusais d'abandonner. J'ai franchi un bosquet de sapins plus petits, les bras désespérément tendus vers ce que j'apercevais de la créature, comme si je pouvais, de cette façon, l'attirer jusqu'à moi. Mais lorsque je me suis de nouveau enfoncée dans l'épaisseur de la forêt, elle avait disparu. Il ne restait que quelques braises mourantes éparpillées par terre et une faible odeur de fumée dans l'air.

Je me suis arrêtée. Hors d'haleine, battant des cils pour chasser les taches noires qui dansaient devant mes yeux, j'ai entendu des voix lointaines qui se hélaient les unes les autres. Je n'ai pas tardé à comprendre que ma course folle à travers les bois m'avait presque ramenée à mon point de départ : le manoir de Ravenswood. Ses tours redoutables se dessinaient à travers les arbres, et ses fenêtres, comme de grands yeux sévères, semblaient braquées sur moi. J'ai couru dans cette direction, en dépit de mon épuisement, et, lorsque je suis arrivée sur l'allée pavée, pantelante et tenant à peine sur mes jambes, incapable de dire un mot, tous ceux qui étaient là se sont tournés vers moi : le personnel de la maison, les palefreniers, Père et Lord Alaster, Gemma et Lady Enid, ainsi que Gareth, les Nash et les Barthel.

Ryder est venu vers moi et a posé une main solide sur chacun de mes bras.

— Qu'y a-t-il ? Tu l'as trouvée ? Qu'as-tu vu ?

Je me suis agrippée à sa veste avec reconnaissance et j'ai lâché, essoufflée :

— Une créature, une chose flamboyante avec des ailes et de longues jambes. Elle m'a trouvée dans la forêt puis s'est enfuie, je l'ai poursuivie mais je n'ai pas pu la rattraper.

Gareth nous a rejoints avec empressement, ses manches de chemise roulées sur ses coudes, les cheveux complètement en désordre, comme s'il avait passé les deux mains dedans.

— Une créature de feu ? Elle t'a paru humaine ou animale ?

— Les deux. D'abord un oiseau, puis une personne – une femme, je crois –, puis de nouveau un oiseau et puis rien. Seulement du feu, sans forme. De la lumière pure.

Ryder a regardé Gareth, qui a secoué la tête.

— Je n'ai jamais entendu parler de quelque chose comme ça, a-t-il dit. Mais il y a forcément un lien entre elle et l'ombre.

— C'est peut-être la même chose, est intervenue Gemma en arrivant à son tour près de nous. Si elle peut passer d'oiseau à femme, elle peut peut-être aussi passer du feu à l'obscurité.

Ryder a reposé les yeux sur moi, des yeux brillants et furieux. J'ai essayé d'imaginer ce que cela faisait de se faire arracher sa sœur comme ça, brutalement et sans pitié, par des forces qu'on ne comprenait pas, et je me suis rendu compte, avec un coup au cœur aussi violent qu'un coup de poing, que je le savais. C'était ce que j'avais ressenti lorsque la Gardienne nous avait arraché Mara.

J'ai posé la main sur celle de Ryder, qui m'agrippait toujours le bras, comme si c'était moi qui le soutenais à présent.

J'ai surpris le regard qu'échangeaient Gareth et Gemma, et j'en ai pris bonne note. Je ne manquerais pas, dès que j'en aurais l'occasion, de les détourner vivement des conclusions grivoises qui pourraient avoir envie de germer dans leurs vilains cerveaux. Je savais simplement ce que cela signifiait de perdre une sœur, c'était tout, et Ryder, par ses cours de combat, s'était montré obligeant envers moi. Lui témoigner à mon tour de la sympathie n'était qu'un échange de bons procédés, rien de plus.

— Où as-tu perdu sa trace ? m'a-t-il demandé d'un ton âpre.

Je les ai conduits à l'endroit en question, où seule une poignée de braises brûlait encore. Gareth les a toutes mesurées avant d'examiner l'écorce calcinée des arbres environnants et de noter furieusement ses observations dans un calepin sorti de la poche de sa veste. Les autres se sont dispersés dans la forêt, en quête d'autres traces de la créature, mais n'en ont trouvé aucune. Le temps de retourner au manoir, il faisait nuit. Les étoiles scintillaient dans le ciel. Les joues me brûlaient d'une sorte de désarroi honteux. Je n'avais pas imaginé la créature, je le savais, et nous venions pourtant de passer des heures à fouiller la forêt sans rien trouver.

Le silence qui régnait dans la maison était morne et effrayant. Nous nous sommes rassemblés autour de la table de la salle à manger, et des serviteurs en larmes nous ont apporté un dîner froid.

— Je commence à douter de ma santé mentale, ai-je marmonné au-dessus d'un sandwich que je n'arrivais pas à avaler.

— Nous n'avons pas tous imaginé les braises et les traces de brûlure sur les arbres, a répliqué Gemma fermement.

— À moins que ça ne fasse partie de la même illusion, a observé Gareth, celle destinée à nous distraire et nous embrouiller davantage. Il est très rare d'observer des figments, en raison même de leur nature, mais ils existent.

— Et avec l'affaiblissement de la Brume…, a murmuré Père en se frottant l'arête du nez comme pour bloquer un mal de tête naissant.

Je connaissais cette sensation.

Lady Enid a posé un regard intrigué sur Gareth.

— Des figments ?

— Les figments sont des créatures primordiales capables de créer des illusions dans l'esprit de leurs victimes, a expliqué Gareth. Personne ne sait à quoi ils ressemblent réellement, parce qu'ils dissimulent leur véritable aspect derrière ce qui sont essentiellement des mirages. Mais pour ma part, je pense qu'ils n'ont pas d'apparence réelle. Ce sont des entités primordiales constituées d'une substance magique indéterminée qui n'ont d'autre forme visible que celles qu'ils s'amusent à prendre pour se jouer de leurs victimes.

Je lui ai lancé un regard d'avertissement ; son enthousiasme pour les arcanes était, compte tenu des événements, un peu trop manifeste. Il a croisé mon regard et fermé la bouche, avec un hochement de tête penaud.

— Une illusion, a repris doucement Lord Alaster.

Il a levé les yeux pour les poser sur Père et le fixer froidement.

— Et ces « figments », ne seraient-ils pas en mesure de monnayer leur allégeance, pour peu que le demandeur ait les moyens de leur faire une offre convaincante ?

Père lui a lancé un regard flamboyant.

— Qu'insinuez-vous exactement, Alaster ?

— Attendez, s'est empressé d'intervenir Gareth. On ne sait pas si les figments sont impliqués dans cette affaire. Il peut s'agir de n'importe quoi. Une bande de Sorceleurs humains particulièrement doués, ou même une fée. Si l'une d'entre elles a réussi à traverser la Brume…

— C'est censé nous rassurer, professeur Fontaine ? l'a sèchement coupé Lady Kaetha.

— Je me moque de savoir si ce qui a enlevé ma fille est un figment, un Sorceleur, une fée ou un immonde humain ordinaire, a déclaré Lord Alaster.

Il s'est levé, son long visage blême et crispé sous sa barbe sévère, et s'est approché de mon père.

— Ce que je veux savoir, c'est si l'un de mes invités a conspiré avec des forces abjectes pour perpétrer ce crime. Ou s'il a engagé quelqu'un pour agir à sa place, ce qui me paraît plus probable. Vous ne voulez pas vous salir les mains.

Père est d'abord resté incrédule. Il nous a tous regardés avant de revenir à Lord Alaster.

— Vous plaisantez, a-t-il dit.

— Vous avez bien tenté de faire assassiner mon fils, il n'y a pas si longtemps, a répliqué Alaster. Qui serait surpris que vous vous en preniez à ma fille à la place ?

Tout le monde, autour de la table, était figé de stupeur. Je sentais les regards peser sur moi, dans l'attente d'une confirmation, mais j'étais trop épuisée et trop horrifiée pour tenter quoi que ce soit face au désastre qui s'annonçait. À ma gauche, Ryder, qui se tenait seul devant la cheminée, s'est tourné l'air menaçant vers les deux hommes furibonds.

— Nous perdons notre temps, a-t-il déclaré sèchement. Lord Gideon n'a pas enlevé Alastrina, Père. Quel intérêt aurait-il à le faire ?

— Gideon Ashbourne, a commencé très calmement Lord Alaster, l'œil brillant, ne sera satisfait que lorsque tous les Bask seront morts. N'est-ce pas, Gideon ?

Il s'est penché sur mon père pour le regarder droit dans les yeux.

— Je ne peux pas vous en vouloir. Nous sommes des guerriers, après tout. Je ne serai moi-même heureux qu'après avoir vu les corps de vos trois filles étendus devant moi, froids et inertes.

Père a bondi pour se projeter de toutes ses forces sur Lord Alaster. Sa puissance de Sentinelle a traversé la pièce comme une explosion de chaleur. Alaster s'est écrasé contre le mur, mais lorsqu'il est retombé par terre, le front ensanglanté, il a relevé la tête, un sourire mauvais aux lèvres. Le cœur m'a manqué ; c'était un Alchimiste élu, et sa spécialité consistait à transformer les éléments, les condenser pour en extraire l'énergie. Je ne l'avais jamais vu pratiquer sa magie ; je n'avais fait qu'entendre mes parents en parler le soir à table, en termes révoltés, quand j'étais petite. J'allais me coucher leurs récits en tête et la haine des Bask au ventre.

Mais la magie alchimiste d'Alaster était spectaculaire – elle aurait même été belle si elle n'avait pas été si terrifiante. Il a recueilli de l'air au creux de sa paume et, après un sort rapidement murmuré, l'élément s'est transformé en une boule de lumière blanche et brûlante flottant entre ses doigts. Un autre sort et il l'a lancée contre mon père, qui l'a esquivée facilement. Elle est passée au-dessus de son épaule pour s'écraser sur le mur derrière lui. Des éclairs crépitants ont zigzagué jusqu'au plafond et sur le sol, faisant se dresser nos cheveux.

Ils ont continué de la sorte, mon père avec ses poings contenant la force de dix hommes et Alaster attrapant tout ce qui se trouvait à sa portée – le feu dans la cheminée, l'air tout autour de nous, l'eau dans nos timbales sur la table – pour en faire de l'énergie pure qu'il lançait comme les grenades de l'Armée Basse.

En quelques secondes, la table était en ruine et tout le monde leur criait de s'arrêter, se cachait derrière les fauteuils ou se préparait à exercer sa propre magie. Gentar Barthel était un bon Sorceleur, Lord Sesar un Élémentaire doté d'une affinité avec l'eau, et Lady Leva une guérisseuse capable de gérer les conséquences physiques de la situation. Mais ce n'était ni leur maison ni leur combat, et je sentais leur hésitation.

Lady Enid se tenait la tête entre les mains et sanglotait.

— Par pitié, arrêtez, ne cessait-elle de répéter. Arrêtez, arrêtez !

Je n'ai pas réfléchi avant d'agir. J'étais beaucoup trop en colère contre eux, beaucoup trop écœurée par leur comportement pour réfléchir. Je me suis levée et j'ai commencé à chanter. *La Berceuse de Willa* – la chanson populaire que j'avais été incapable de chanter dans mon salon de musique à la Citadelle – m'est venue immédiatement à l'esprit. C'était un air simple, tendre et nostalgique. Mais en cet instant, porté par la colère qui m'habitait, il avait des accents outragés, claquants comme des coups de fouet.

Oh, petite étoile, si brillante au firmament,
Oh, grande lune, si haute éblouissant,
Voyez-vous l'oiseau voler ?
Entendez-vous les cloches sonner ?
Sentez-vous mon cœur chanter ?
Oh, oui, venez,
Descendez, descendez.
Venez voir le monde, oh,
Précieux petits gremlins,
Voir le monde qui vous attend,
La vie qui vous accueille, oh,
Précieux petits gremlins.
Ne pleurez pas les étoiles au firmament,
Ne pleurez pas la lune si haute éblouissant.
Elles voient l'oiseau voler,
Elles entendent les cloches sonner,
Elles sentent nos cœurs chanter.
Oh oui, venez,
Descendez, descendez
Descendez, descendez.

Une magie éclatante me traversait, plus brillante et plus forte à chaque syllabe que je chantais, et lorsque enfin je me suis tue, le silence était assourdissant, presque palpable.

J'ai regardé autour de moi, clignant des yeux dans le scintillement de magie qui m'enveloppait, et j'ai vu Père et Alaster, qui avaient cessé de se battre, allongés par terre, pas tout à fait inconscients mais presque. Ils regardaient le plafond, les yeux écarquillés, la bouche entrouverte sur les dernières paroles de la chanson. Tous les autres pleuraient, le visage ruisselant de larmes, ou me souriaient bêtement – sauf Gemma qui aidait Lady Enid à se rasseoir, et Ryder qui dispersait les domestiques, massés devant la porte, bouche bée et larmoyants. Même Gareth s'est essuyé les joues, et il m'avait entendue chanter plus souvent que n'importe qui dans la pièce.

Le spectacle de leur émerveillement me fatiguait, et l'idée que mon pouvoir avait gagné en force et en beauté depuis notre séjour dans l'Ancien Pays pour sauver Talan me rendait malade. Mon chant était maintenant capable d'ébranler Gareth ? À quoi devais-je m'attendre dans les jours à venir ? S'il y avait des créatures malfaisantes à combattre, serais-je obligée de chanter encore et encore, même contre mon gré, afin de réduire tous ceux qui m'écoutaient à l'état de loques ? Et si un jour ma musique plongeait les gens dans le coma, si elle les tuait ?

J'ai regardé mon père et Lord Alaster d'un œil impassible et aussi froid que ma peur brûlante me le permettait.

— Vous me dégoûtez tous les deux, leur ai-je dit d'une voix qui m'a semblé dure et nouée. Des adultes se comportant de cette façon, sans une once de bon sens ni éprouver la moindre honte.

J'ai pris une profonde inspiration. Je sentais le regard de Gemma et celui de Ryder posés sur moi et, d'un seul coup, je me suis sentie tellement triste pour nous que ma gorge s'est serrée sur un sanglot.

— Aucun de vos enfants n'a demandé à être enrôlé dans votre guerre, ai-je dit calmement, et pourtant, nous sommes les seuls à nous démener pour y mettre un terme.

Je me suis retournée pour m'en aller. Je ne voulais plus les voir, j'avais trop peur de constater que mes mots étaient retombés inertes à leurs pieds. Qu'ils se débrouillent tout seuls pour recoller les pots cassés ; mon lit m'appelait, je sentais encore l'odeur de brûlé de l'oiseau de feu, et je n'avais qu'une seule envie : dormir et l'oublier. J'allais franchir la porte lorsqu'un cri m'a forcée à me retourner.

Gentar Barthel courait vers moi, les bras tendus, l'air hagard, déchiré par la fureur et le désespoir. Je connaissais ce regard ; ma musique l'avait dévasté. J'avais déjà lu cette expression sur des dizaines, des centaines de visages, le jour où le public subjugué avait envahi la scène pour se jeter sur moi. Ce souvenir m'a paralysée, glacée d'effroi et d'impuissance. Je devais fuir, je le savais, mais j'étais incapable de bouger. J'avais de nouveau quatorze ans, et le monde s'écroulait sous mes yeux.

À l'instant où Gentar allait m'atteindre, Ryder s'est interposé pour lui envoyer son poing dans la figure. Il est tombé en arrière. Gareth l'a rattrapé juste avant que sa tête ne heurte le sol.

Ryder est allé se pencher sur lui, les poings serrés, prêt à l'assommer de nouveau s'il le fallait. Il tremblait de colère, ses yeux étaient brillants de larmes et, lorsqu'il les a levés sur moi, j'ai lu l'émerveillement dans son regard. Il n'avait pas réussi à le dissimuler assez vite, en dépit de ses efforts.

Mon chant l'avait atteint lui aussi, comme tout le monde, chaque fois, partout. Ryder Bask n'était pas différent des autres. J'aurais dû m'y attendre ; après tout, ma représentation au tournoi de Bathyn, plus tôt cet été, l'avait propulsé vers la scène comme un forcené. Ce n'était pas sa faute ; je n'avais aucune raison de me sentir déçue.

J'ai étouffé un soupir, ignoré le raidissement de fatigue qui me nouait les épaules.

— Nous partirons à Rosewarren demain matin, ai-je déclaré à l'intention de Ryder, Gemma et Gareth.

J'ignorais tous les autres, eux seuls méritaient mon attention.

— Nous irons voir la Gardienne pour lui raconter ce que nous avons vu. Si quelqu'un sait ce qu'est un oiseau de feu, c'est elle. Nous lui parlerons aussi d'Alastrina, de Dornen et…

De tous ceux qui ont également disparu, pensai-je sans me résoudre à le dire tout haut.

J'ai dégluti.

— Je pense aussi…

Je me suis interrompue. Je détestais ce que je devais dire, la souffrance que j'allais sans doute réveiller en Gemma, mais il était irresponsable d'attendre plus longtemps. La culpabilité m'assaillait : Ryder, dans au moins trois de ses lettres, avait soulevé le sujet, mais je les avais jetées sans y répondre, trop effrayée par mes souvenirs de cette affreuse nuit dans l'Ancien Pays pour faire ce qui était nécessaire.

— Je pense qu'il est temps d'examiner la Couronne aux Trois Yeux, ai-je repris. Elle est sous bonne garde à Rosewarren depuis des semaines, mais elle devrait se trouver à l'université pour être étudiée. Elle pourrait détenir la clef de – j'ai secoué la main – tout ça.

Un autre mot dansait devant mes yeux : Kilraith. Je refusais de le prononcer, il n'en pesait pas moins lourdement entre nous. Était-il à l'origine de ces machinations ? La disparition d'humains élus, le danger qui menaçait le palais de la reine…

J'ai croisé chacun de leurs regards – Ryder, Gemma, Gareth. Ryder m'a adressé un signe de tête d'un mouvement sec, son visage en grande partie dans l'ombre. Trop de choses me faisaient souffrir. J'ai couru vers l'escalier, mes bottes crissant sur les débris de vaisselle, les ruines de la soirée.

Cette nuit-là, le feu a envahi mes rêves. Était-ce celui d'Ivyhill en flammes, ou la traînée laissée par une femme-oiseau filant à travers les bois ? Impossible de le savoir.

❁

Les Bask possédaient au moins un Trou-de-Vert sur leur propriété. Il ne menait pas directement à Rosewarren, mais à Devenmere, l'un des petits villages qui longeaient la frontière nord de la Brume. De là, nous pourrions nous rendre à Thorngrove, la forteresse de l'Ordre, où nous pourrions emprunter leur Trou-de-Vert pour arriver à Rosewarren, parler à la Gardienne et voir – je l'espérais – Mara.

Mais lorsque nous avons émergé à Devenmere le lendemain matin, nous sommes tombés dans le chaos le plus total. Des feux brûlaient partout, l'air obscurci par la fumée était irrespirable, des nuées d'oiseaux désorientés tourbillonnaient dans le ciel, et des bruits affreux, des cris perçants, s'élevaient de toutes les directions.

Ryder a lancé un regard circulaire et s'est élancé vers le plus grand feu, à environ cent mètres. Nous l'avons suivi – Gemma, Gareth, Père, Lord Alaster, Gentar Barthel, Lady Leva et moi. Grâce aux dieux, notre guérisseuse nous accompagnait; Lady Leva a vu quelqu'un gémissant à terre dans des vêtements brûlés et s'est immédiatement mise au travail, tirant des fioles glissées dans sa ceinture et murmurant des sorts de guérison.

Ryder parlait avec une vieille femme au regard acéré, le visage ridé couvert de cendre et de sueur. Je suis allée vers eux, hébétée, tremblante, exécrant le rugissement et la chaleur des flammes, scrutant le brasier à la recherche d'un oiseau de feu. Au-delà de la fournaise se profilait un flot argenté, houleux et scintillant.

La Brume.

— Ils ont surgi d'un seul coup, à trois, bondissant hors de la Brume, criait la vieille femme. Ils ont fait sept victimes avant même qu'on ait le temps de riposter. On a mis le feu aussi vite que possible le long de la frontière pour éviter qu'il en vienne d'autres. Mais nos Élus, Lord Wynn et Lord Moris, ont disparu, Lord Ryder. Ils ont disparu de leur jardin, sous les yeux de mon propre Hari, juste après le passage d'une ombre étrange sur le village. Et les Roses ne sont pas venues.

Ces derniers mots, aussi brûlant que soit l'air, m'ont glacée. Je me suis tournée vers Gemma au moment où une explosion de verre et de bois éclatait derrière nous. Nous avons fait volte-face pour voir une immense bête dressée au milieu d'un cottage en ruine: la tête bulbeuse d'un lézard, de larges épaules musculeuses couvertes de fourrure, des griffes recourbées et meurtrières aux pieds, le corps massif et poilu d'un ours, la queue d'un lion.

Une chimère.

Elle nous a scrutés de ses yeux jaunes intelligents avant de secouer la tête de part et d'autre d'un air ignoble. Je me suis alors aperçue, saisie d'une horreur indicible, que sa mâchoire était serrée sur un enfant, ensanglanté, inerte, manifestement mort.

Des traits ont fusé de trois endroits différents: d'un homme et d'une femme perchés sur les toits, abrités derrière les cheminées, et de Ryder, qui avait emporté son arbalète et son carquois. En partant, j'avais trouvé étrange d'arriver à Rosewarren avec cet arsenal sur le dos, mais je comprenais à présent. Il avait anticipé le danger et s'était préparé à l'affronter.

Les flèches, tirées avec précision, perçaient le flanc de la bête dans un bruit mou et grotesque, mais cela ne faisait que l'enrager davantage. Elle a jeté le pauvre enfant dans les débris de la maison et s'est positionnée face à nous, laissant ses griffes lacérer le sol. Ses yeux jaunes se sont détachés de nous, et je me suis retournée pour voir une autre chimère dans les arbres, celle-ci longiligne et retorse, féline à l'exception de sa tête de chèvre aux dents acérées et de sa queue de serpent à sonnette. Elle était ramassée sur une branche qui vacillait sous son poids ; elle allait bondir, tout comme l'autre, l'ours-lézard, de l'autre côté. Nous étions piégés. La vieille femme a poussé un gémissement angoissé ; elle s'attendait à mourir.

Le désespoir a déclenché quelque chose en moi. Je me suis tournée vers Gemma, puis vers Ryder, et une étrange connexion s'est établie entre nous, la résurgence instinctive de la connivence que nous avions partagée au cours de cette nuit dans l'Ancien Pays. Nous avions combattu des nécromanciens, des revenants, des spectres, nous avions affronté Kilraith ancré dans le corps de Talan, dans cette maison maléfique au bord de la mer, et nous avions gagné. Cette victoire pouvait ne pas durer, elle n'en restait pas moins réelle. Nous nous étions battus et nous avions triomphé.

Gemma m'a adressé un hochement de tête, ses doux yeux bleus maintenant sombres et durs. Ryder a eu un petit sourire et a levé les yeux vers le ciel, rempli d'oiseaux désorientés. Et moi…

J'ai commencé à chanter.

La Berceuse de Willa était encore fraîche dans mon esprit. Je l'ai entonnée avec une précision cristalline tandis que Gemma et Ryder derrière mon dos lançaient leurs magies en vagues féroces.

Gemma a tendu les bras vers le sol et, lorsqu'elle a ramené les mains vers elle, une épaisse toile de racines est sortie de terre en se tordant dans un concert de craquements. Les chimères ont bondi en même temps, l'une du cottage et l'autre de l'arbre. Avec un cri de rage, Gemma a projeté les racines à la face hurlante de la chimère lézard, aux mâchoires rougies par le sang de l'enfant. Les racines se sont abattues sur la bête, la plaquant au sol. Gemma s'est précipitée vers elle, agitant les doigts comme si elle tissait rapidement des fils invisibles. Les racines lui ont obéi, développant autour du monstre un réseau de fibres denses et serrées. Il a englouti la chimère, recouvert son corps immonde et lui a brisé les os, mais elle continuait de se débattre violemment, de lancer ses griffes infatigables qui lacéraient racine après racine.

L'autre chimère, avec un hurlement furieux, a fait un autre bond vers nous. Elle était hideuse, effroyable. Un rugissement rauque et félin sortait de sa gueule, ses yeux étaient blancs, révulsés, la pupille fendue comme celle d'une chèvre. L'horreur qu'elle m'inspirait m'a presque coupé la voix. Mais Ryder n'a pas hésité une seconde. Il a commencé à murmurer des mots dans une langue qui devait être de l'ekkari – le langage primordial des bêtes dont il s'était servi avec Alastrina des semaines auparavant pour dompter les chimères qui envahissaient la Citadelle – et, pendant qu'il parlait, les oiseaux qui tournoyaient de façon désordonnée dans le ciel se sont mis en formation pour voler, brusquement vigilants, d'un seul et même élan. Étourneaux, corbeaux, pies, éperviers, tous ont fondu sur la chimère pour l'attaquer, becs et serres en avant. La créature, assaillie par cet essaim meurtrier, a poussé un rugissement de fureur. Elle avait beau se débattre, les chasser, ils revenaient sans cesse à l'attaque, toujours plus agressifs, leur nombre renforcé par un flot d'autres oiseaux se déversant des arbres lointains pour rejoindre leurs congénères. J'ai jeté un coup d'œil à Ryder, inquiète de ce que devait lui coûter son emprise sur tant d'oiseaux à la fois, mais, s'il était en nage, son expression était féroce et parfaitement assurée. Il tenait son arbalète, chargée d'un lourd carreau, prête à tirer.

Cette diversion a donné le temps aux villageois de fuir le feu, les bêtes, la Brume pour se réfugier dans la forêt vers le Nord.

J'ai entendu Gentar Barthel leur crier de se dépêcher, vu Gareth aider des enfants à sortir d'une chaumière en flammes juste avant qu'elle ne s'écroule. Père affrontait une chimère plus petite, serpentine, à la tête et au poitrail couverts d'une carapace osseuse. Il s'est jeté sur elle avec un rugissement semblable, et ils se sont heurtés dans un horrible craquement. Le choc les a étourdis tous les deux. La créature se tortillait par terre, coincée sur le dos. Père a craché du sang et s'est relevé péniblement. Il chancelait encore quand une boule de lumière blanche a frôlé son épaule pour s'abattre en plein sur le ventre exposé de la chimère. Lord Alaster l'avait lancée depuis un morceau de toiture effondrée derrière lequel il s'abritait. Sa main crépitait encore de magie, et son visage arborait un sourire triomphal.

Père allait être furieux. Alaster Bask volant à son secours dans un combat ? Ce souvenir serait une éternelle provocation, et Alaster ne lui permettrait jamais de l'oublier. Mais je refusais de céder à cette nouvelle inquiétude. Ce qui comptait était que les trois chimères étaient mortes ou sur le point de trépasser. Gemma, inépuisable, tirait du sol racine après racine et tissait une gangue de bois autour de son ignoble victime. Les villageois qui étaient restés pour nous aider ne cessaient de lui lancer des branches, certains s'étaient même mis à abattre des arbres et à arracher eux-mêmes des racines pour les lui envoyer. La chimère que Père et Alaster avaient bombardée ne bougeait plus ; des villageois hardis avec des linges noués autour de la bouche pour se protéger de la fumée la tiraient vers les flammes. Père, qui avait retrouvé ses esprits, leur a fait signe de s'éloigner pour s'en charger lui-même. Il a soulevé la bête et, d'une seule main, l'a jetée dans le feu. Elle a commencé à brûler, répandant une horrible puanteur sur Devenmere.

Les oiseaux de Ryder ont fini par lui laisser une occasion de tirer. Il a marché sur la chimère mutilée et vacillante qui continuait de se battre à coups de griffes et de dents, décimant tous les oiseaux qu'elle pouvait. Il a tiré trait sur trait dans le flanc souple de la bête jusqu'à ce qu'elle tombe enfin, inanimée sur le sol jonché de plumes, sept carreaux plantés dans le corps.

Je me suis alors arrêtée de chanter, me sentant un peu ridicule de ne pas y avoir pensé plus tôt. Aucun d'entre eux n'avait eu besoin de mon aide pour venir à bout des chimères ; les villageois avaient été bien plus utiles que moi.

C'est alors qu'un bruit s'est élevé derrière moi, un glissement de pas rapides, suivi d'un claquement dur et bref, comme celui d'une mâchoire. Je me suis tournée, ai levé les yeux, plus haut, encore, et j'ai senti mes jambes fléchir. Je suis tombée à genoux devant cette quatrième chimère qui avait dû réussir à passer à travers les flammes, ou à les contourner, et qui se tenait maintenant, ramassée au-dessus de moi, prête à frapper. C'était une créature intelligente, aux yeux verts reptiliens braqués sur moi ; elle avait huit pattes, comme une araignée, toutes cuirassées et couvertes de touffes de poils noirs, chacune terminée par un crochet pointu et assez tranchant pour m'éventrer. Son visage était indescriptible, ni loup ni serpent, mais quelque chose de monstrueux entre les deux. Elle a ouvert la gueule dans un silence glaçant sur des crocs jaunes dégoulinants.

Je tremblais de tous mes membres devant elle. Je ne pouvais pas faire un geste, appeler les autres à l'aide. J'étais seulement capable de chanter – doucement, la voix brisée, à peine un râle.

Oh, petite étoile, si brillante au firmament,
Oh, grande lune, si haute éblouissant…

La créature a levé une de ses pattes de devant pour frapper ; un filet d'une substance noire et visqueuse a dégouliné de son crochet. J'ai tâché, brûlée par le désespoir et glacée de terreur, de mobiliser ma voix. Je l'ai trouvée.

Voyez-vous l'oiseau voler ?
Entendez-vous les cloches sonner ?
Sentez-vous mon cœur chanter ?
Oh, oui, venez,
Descendez, descendez…

Les paroles familières franchissaient mes lèvres avec la douceur d'un flot paisible et mélodieux. Prisonnière de l'ombre gigantesque de la créature, il me semblait absurde, et même vain, de prendre des accents guerriers. *La Berceuse de Willa* était une chanson douce, c'était donc ainsi que j'allais la chanter. Avec amour, comme je l'aurais fait pour une de mes sœurs, comme je l'avais fait pour Gemma, dans les jours sombres qui avaient suivi le départ de Mère.

Venez voir le monde, oh,
Précieux petits gremlins,
Le monde qui vous attend.
La vie qui vous accueille, oh,
Précieux petits gremlins.
Ne pleurez pas les étoiles au firmament,
Ne pleurez pas la lune si haute éblouissant…

Des larmes d'effroi roulaient sur mes joues. La créature s'était figée et me regardait à présent en clignant des yeux perplexes. J'ai continué de chanter, alors que tout en moi me hurlait de fuir, d'appeler Ryder à l'aide, ou bien mon père. J'ai continué de chanter jusqu'à ce que la chimère commence à s'affaisser sur le sol, et j'ai continué de chanter même quand ses paupières sont tombées sur ses méchants yeux luisants.

Elles voient l'oiseau voler,
Elles entendent les cloches sonner,
Elles sentent nos cœurs chanter.
Oh oui, venez,
Descendez, descendez
Descendez, descendez.

J'étais à bout de souffle, de courage, et je sentais la panique me gagner. Que se passerait-il si j'arrêtais de chanter ? Devrais-je chanter jusqu'à la fin de mes jours ? J'ai commencé à reculer sur les bras, ruisselante de sueur, les flammes rugissant quelque part derrière moi. Je continuais de chanter, encore et encore, voulant désespérément m'arrêter, sachant pertinemment que je ne pouvais pas. Quand ma main est tombée sur une botte, celle de Ryder, j'ai failli hurler de soulagement. Je me suis accrochée à sa jambe tandis qu'il décochait ses carreaux – quatre d'affilée, frappant juste entre les yeux fermés de la créature. La chimère s'est effondrée, ses huit pattes étendues mollement de tous les côtés ; elle a lâché un dernier râle putride qui m'a brûlé les yeux. Du sang coulait sur sa figure poilue couverte d'écailles. Elle ne bougeait plus. Elle était morte.

Je suis restée tremblante par terre, tandis que les autres arrivaient. Père ne pouvait pas soulever la bête tout seul. Il a dû appeler Gentar et Alaster ainsi que deux villageois. Ils ont titubé tous les cinq vers le feu et jeté la bête dans les flammes. Ce n'est qu'à ce moment-là que j'ai compris à quel point elle était gigantesque, à quel point j'avais frôlé une mort atroce.

Quelqu'un m'a aidée à me relever. Quand je me suis aperçue que c'était Ryder, j'ai cédé dans un sanglot au soulagement intense qui m'étreignait, parce que je savais maintenant que le danger était écarté. Ryder ne laisserait rien m'arriver. La bête était morte. J'étais en sécurité. Je me suis accrochée à lui et j'ai enfoui mon visage dans son manteau. Sa main s'est posée sur ma nuque, et il m'a semblé sentir ses lèvres effleurer mes cheveux. J'ai fermé les yeux et goûté la sensation de ses bras puissants autour de moi, sa tête inclinée sur la mienne. Il était l'ennemi, et je le haïssais depuis que j'avais appris ce qu'était la haine. Pourtant, en cet instant, sa force solide agissait comme un baume sur les battements désordonnés de mon cœur, et je me suis accrochée à lui aussi farouchement que je luttais pour retrouver mon souffle.

— Tu vas bien, Farrin, a-t-il murmuré avec une pointe de respect. Tu t'es bien débrouillée.

Un bruit m'a obligée à regarder derrière le bras de Ryder. Père et les autres roulaient l'énorme boule de bois qui contenait la chimère de Gemma vers le feu. Gemma elle-même était assise par terre, le visage exsangue des efforts incommensurables qu'elle avait dû fournir pour cet exercice de magie. Je me suis arrachée des bras de Ryder pour m'accroupir près d'elle et la serrer contre moi. Elle a secoué la tête.

— Je vais bien, a-t-elle affirmé, les yeux brillants et vifs. Ça va aller.

Elle m'a adressé un sourire courageux et je l'ai étreinte de toutes mes forces.

Gareth nous a rejointes, une enfant toute sale dans les bras. La fillette était en vie mais silencieuse, le visage caché dans le cou de Gareth, ses doigts agrippés à ses épaules.

— Je ne comprends pas, a-t-il dit, visiblement perturbé.

Ses lunettes étaient embuées, maculées de poussière et de fumée. De sa main libre, il les a retirées d'un geste agacé pour se frotter le visage.

— Pourquoi y a-t-il un village ici, si proche de la Brume ? C'est clairement dangereux. Vivre ici, avec tout ce qui se passe ? C'est une condamnation à mort. Je croyais que le Sénat avait voté depuis longtemps l'interdiction de toute habitation à moins de vingt kilomètres de la frontière de la Brume, la seule exception étant Fenwood, pour la sécurité de l'Ordre.

La vieille femme avec laquelle Ryder avait parlé est arrivée près de nous, l'air dur.

— Vous venez seulement de découvrir ce que tant de gens se sont efforcés de tenir secret, a-t-elle déclaré d'une voix égale. Nous avons déplacé notre village à deux reprises, et nous voilà obligés de recommencer. La Brume bouge. Elle s'étend.

Elle s'est tue, brusquement toute pâle, et s'est détournée pour vomir par terre.

— Jusqu'à présent, on a réussi à lui échapper, a-t-elle repris, la voix tendue, sans se retourner vers nous. Mais on ne peut pas fuir éternellement. Et maintenant que nos seigneurs élus ont disparu, qu'ils se sont volatilisés sous nos yeux, nous sommes sans défense. La seule raison pour laquelle je peux vous raconter ça, c'est que les chimères ont perturbé la magie dans ce coin. Mais ça va se remettre très vite, tout seul.

Nous l'avons tous dévisagée, sauf Ryder qui fixait le sol d'un air impassible.

— Pourquoi ne pourriez-vous pas nous en parler ? a demandé Gemma d'une petite voix épuisée. Qu'est-ce qui va se remettre tout seul ?

— La Brume avance ? s'est interrogé Gareth, incrédule. Elle déloge des villages entiers ? Impossible. Nous aurions entendu parler d'un phénomène pareil. La reine aurait envoyé des forces, l'Ordre…

— L'Ordre, la reine ? l'a coupé la vieille femme, la bouche tordue. La reine ne se préoccupe pas de nous, ici, de nos malheureux villages le long de la Brume. Qu'avons-nous à lui offrir ? Nous ne sommes pas intéressants, nous ne faisons pas de fêtes, n'envoyons pas de tribut. On n'a pas le premier centime pour contourner la Brume et faire de longs voyages vers le sud, encore moins pour avoir des Trous-de-Vert – à l'exception de celui qui se trouve dans le jardin de notre seigneur, qui appartient à l'Ordre et ne laisse passer personne à moins que l'Ordre ne l'autorise. On est coincés ici, à lutter pour notre survie.

Je ne pouvais pas la laisser dire cela sans réagir. Je me suis levée.

— La reine n'est pas au courant de cette situation, je vous le promets. Elle m'en aurait parlé.

La vieille femme m'a dévisagée – pas méchamment, juste pour se faire une idée.

— Vous êtes certaine qu'elle l'aurait fait, madame ?

Je ne lui ai pas répondu, parce que je me sentais mal à l'aise. Une question encore plus grave m'est venue à l'esprit : Yvaine aurait-elle été capable de m'en parler ? D'envoyer des forces ? Ou l'information du déplacement de la frontière nord de la Brume était-elle bloquée quelque part dans sa mémoire, piégée par l'inquiétude ou la maladie, et oubliée ?

Père a pris la parole d'un ton solennel, les vêtements déchirés, éclaboussés de sang.

— Pourquoi l'Ordre n'est-il pas venu ? C'est précisément dans ce but qu'il existe, pour protéger le peuple d'Edyn de la Brume et de tout ce qui pourrait en émerger en provenance de l'Ancien Royaume.

La vieille femme a ouvert la bouche pour répondre mais aucun son n'en est sorti. Sa mâchoire semblait ruminer des propos qu'elle ne pouvait pas articuler. Elle a décoché un regard furieux à Ryder et retrouvé l'usage de la parole.

— Vous passiez par ici dans le but d'aller à Rosewarren, monseigneur ?

Il a opiné.

— Alors dépêchez-vous de partir et d'arriver avant que le souvenir de cette journée s'efface de votre esprit et que vous perdiez le courage de vous opposer à elle.

— À qui ? ai-je demandé, même si je pensais connaître la réponse.

— La Gardienne, a répondu Ryder. Elle a...

Il s'est tu et s'est tourné vers son père. Ils ont échangé un regard muet. Pour une fois, Alaster n'avait pas l'air content de lui, hautain, en colère ou cruel. Il semblait simplement fatigué, et cela m'a terrifiée. Il a voulu prendre la parole, mais il donnait l'impression de lutter contre quelque chose d'invisible, exactement comme la vieille femme tout à l'heure. Il n'a émis qu'une sorte de borborygme.

Une réflexion affreuse a germé dans mon esprit, si effarante que je refusais de la développer.

Ryder a rompu le silence.

— Saska a raison.

Il a désigné la vieille femme du menton.

— Nous devrions partir immédiatement, sous l'impulsion du combat. Et...

Il a serré les dents, son regard assombri de tristesse.

— Nous devrions emporter le corps de l'enfant avec nous, si les parents nous l'autorisent. Nous devrions emporter toutes les dépouilles que nous pouvons. Ces morts devraient nous donner le courage de...

Il s'est tu, comme si la force qu'il avait repoussée pour s'exprimer avait soudainement pris le dessus.

Nous avons commencé à rassembler les corps tandis que les flammes en bordure de la frontière crépitaient. Les sanglots des villageois s'élevaient au milieu des cendres. Ryder nous a conduits à la maison déserte des Lords Wynn et Moris disparus, où le Trou-de-Vert de l'Ordre nous attendait dans un petit jardin débordant de fleurs d'automne. Des outils de jardinage et un seau rempli de mauvaises herbes gisaient, abandonnés au pied des buissons ; un pichet de cidre et deux verres à moitié bus étaient posés sur une table. Je me suis rapidement détournée ; chacun de mes pas me semblait intrusif et bruyant, comme si je marchais sur des os.

Le Trou-de-Vert, une gueule noire de fougères et de lierre entremêlés, bourdonnait paisiblement dans un coin du jardin. La vieille femme, Saska, nous avait dit qu'il n'autorisait le passage que si l'Ordre le permettait. Je me suis tournée vers Ryder, une question morbide aux lèvres.

— Les morts devraient passer sans dommage, a-t-il dit, le regard frémissant d'une colère contenue.

L'idée monstrueuse qui m'était venue en tête refaisait surface et me nouait l'estomac. La Gardienne avait-elle les moyens de garder ces événements secrets ? Disposait-elle d'une magie susceptible de forcer les gens à se taire, à ne rien divulguer de l'état réel de la Brume ? Cette possibilité me paraissait absurde – je n'avais jamais entendu parler d'un tel pouvoir –, et tout pourtant semblait converger dans ce sens. J'ai pensé à la tapisserie accrochée dans la salle à manger de Ravenswood, tous ces guerriers des terres du Nord à l'assaut de la Brume pour combattre des monstres. Mon estomac s'est encore resserré. De quand datait cette tapisserie ? Ce qu'elle décrivait se produisait-il toujours ? Depuis combien de temps ? Les lettres de Ryder que j'avais jetées rageusement sans les ouvrir me sont aussi revenues à l'esprit – avait-il évoqué ces événements, du moins autant qu'il le pouvait ? Et les chants nordiques que ses hommes avaient scandés tandis que les soldats de la garde royale les escortaient hors de la salle de bal, l'été dernier, pour les conduire à la prison du palais – *Ariinya voshte, ariinya voshte !* –, était-ce un message, une façon de détourner la magie de la Gardienne pour dire à tous ce qui se passait ? Une ruse à laquelle nous n'avions rien compris. Et moi, à Ivyhill, jetant ses lettres au feu.

Nous étions rassemblés devant le Trou-de-Vert, et je ne pouvais pas regarder Ryder ; la honte me consumait, et j'espérais ardemment que le scénario qui se dessinait tout seul dans mon esprit n'était qu'une élucubration due à l'angoisse du combat contre les chimères.

Une autre question pourtant, encore plus affreuse, a surgi d'elle-même. J'étais incapable de l'écarter. Si je ne me trompais pas et que telle était bien la situation, que savait Mara ? Que nous avait-elle caché ? Ou, pire encore, ne savait-elle rien elle-même ? La Gardienne avait-elle pris soin de tenir ses propres guerrières à l'écart, et était-ce pour cela qu'elles n'étaient pas venues au secours des villageois ? J'ai jeté un coup d'œil à Gemma, à mon père, et lu les mêmes interrogations dans leurs regards. Gemma était sombre, Père muré dans une colère noire.

Saska a dû faire appel à deux autres femmes pour arracher la fillette mutique, aux yeux éteints, des bras de Gareth. Elle ne disait rien mais se débattait avec force, poussant des grognements de protestation, donnant des coups de pied, tendant ses bras ensanglantés vers Gareth, une expression déchirante sur le visage ; il l'avait sauvée des dieux savaient quoi pendant la bataille, et à présent, il la laissait ? Comment pouvait-il l'abandonner ? Gareth, la main sur la bouche, a dû se détourner.

Les villageois partis, nous sommes restés seuls avec les morts. J'ai suivi mon père dans la gueule tourbillonnante de magie végétale, ne jetant qu'un seul regard derrière moi pour croiser celui de Saska, encadrée par les ruines de Devenmere. À côté d'elle, la fillette sanglotait, un bras tendu vers nous. Je me suis détournée, les yeux pleins de larmes, et j'ai laissé la magie m'avaler.

Chapitre 9

Nous sommes arrivés à Rosewarren accompagnés de quelques Roses de Thorngrove – trois jeunes filles et deux femmes, toutes horrifiées par notre irruption dans leur forteresse, chargés des morts de Devenmere.

La plus âgée des femmes, Merta, s'est arrachée du Trou-de-Vert de Rosewarren avant même que la magie ne l'ait complètement relâchée. Une de ses lianes lui a fouetté la cheville dans un crépitement sec, mais elle n'y a prêté aucune attention. Elle s'est élancée vers le terrain d'entraînement, et nous l'avons suivie, à vive allure, jusqu'au prieuré puis dans les couloirs sombres qui bruissaient sur notre passage de murmures intrigués des Roses tapies dans l'ombre. Lorsque nous sommes arrivés devant ce qu'elle avait appelé « le cabinet personnel de la Gardienne », elle a ouvert la porte à la volée pour se diriger, du même pas vif et déterminé, vers le bureau de la Gardienne sur lequel elle a déposé le corps de l'enfant mort de Devenmere.

La Gardienne, tranquillement assise devant une pile de papiers, s'est figée. Elle portait son habituelle robe noire à la coupe stricte et aux épaules carrées, et ses cheveux noirs étaient tirés dans un chignon duquel pas une seule mèche ne dépassait. Son visage, tandis qu'elle fixait le corps ficelé dans un linceul ensanglanté, a semblé perdre le peu de couleur qu'il avait. Elle a abandonné la feuille qu'elle tenait et posé les deux mains à plat sur ses cuisses.

J'ai entendu Père, Gentar, Ryder et Gareth déposer doucement leurs propres fardeaux emmaillotés sur le sol de pierre polie.

— Qu'est-ce que cela veut dire ? a lancé Merta, d'un ton rageur, à la Gardienne.

Elle était fine, sèche et féroce, les cheveux coupés court et ses bras bruns, dénudés, striés de veines. Elle nous a désignés d'un geste furieux.

— Ces gens arrivent de Devenmere qui vient d'être attaqué, disent-ils, par quatre chimères. Ils ont tué les bêtes, mais sept villageois sont morts, dont ceux-là. Il aurait pu y avoir beaucoup plus de victimes.

Elle a agrippé le bureau de la Gardienne en fulminant, comme si elle était prête à le renverser.

— Pourquoi ne sommes-nous pas au courant ? Vous aviez promis d'abandonner ces anciennes méthodes. Vous nous aviez promis de renoncer à cet asservissement, au moins pour nous, vos guerrières. Vous nous avez donné votre parole !

Cette révélation m'a glacée. Il y avait donc bien une vaste supercherie, et quelques Roses au moins étaient au courant. *Pas Mara*, ai-je supplié silencieusement les dieux, même si je savais très bien qu'ils ne m'écouteraient pas, qu'ils ne m'avaient jamais écoutée. *Pas Mara, par pitié. Elle ne sait rien.*

Comme si elle m'avait entendue, des pas rapides se sont élevés dans le couloir, et je me suis retournée pour voir Mara entrer précipitamment dans la pièce, ses cheveux noirs retenus dans une tresse lâche, le visage brillant de sueur et maculé de terre. Elle venait du terrain d'exercice et portait une tunique et un pantalon marron tout simples, des bottes de cuir souple craquelées, et sur son épaule était perché un faucon aux yeux jaunes, petit mais féroce, au ventre blanc moucheté, au regard impassible et perçant.

Sur ses talons est arrivée Nesset, l'amie de Gemma, une Vilia qu'elle avait aidée à se libérer d'un sort jeté par les nécromanciens. Je me suis autorisée un instant de joie en la voyant ; c'était une femme bourrue d'une extrême gentillesse et, selon les dires de Mara, une excellente formatrice des plus jeunes Roses. Elle était grande, musclée, des fleurs poussaient dans ses épais cheveux noirs et elle portait, en guise de vêtements, une gangue faite de tissu, de peau de bête et de lianes robustes qui la moulait comme un gant. Bien que sa peau marbrée gris-brun soit devenue plus brune depuis qu'elle s'était libérée du sortilège des Brethaeus, elle conservait quelque chose de cadavérique : la teinte vert noirâtre de ses ongles, la mousse parsemée de fleurs autour des cicatrices noueuses sur son cou et ses bras. C'était une revenante, une créature primordiale arrachée à la mort par les nécromanciens, et Gareth nous avait prévenus du risque réel que, sans la nécromancie pour le maintenir en vie, son corps ressuscité lui fasse un jour défaut. Mais ce jour n'était pas encore arrivé, et j'espérais qu'il n'arriverait jamais.

Gemma s'est précipitée vers elle pour la serrer dans ses bras. Nesset lui a rendu son étreinte avec force, les deux pierres de ses yeux noirs toutefois fixées sur l'enfant mort. Derrière elle se trouvaient deux fillettes en tenue d'entraînement gris et marron.

Mon cœur s'est serré en les voyant ; elles étaient aussi petites que Mara à dix ans, quand la Gardienne l'avait emportée avec elle à Rosewarren.

Le regard aiguisé de ma sœur, après un rapide tour de la pièce, s'est brièvement posé sur moi, puis sur Gemma. Elle a pincé les lèvres, et j'ai compris.

Elle savait.

Elle a levé la main pour caresser le poitrail de son faucon et lui murmurer quelques mots dans un langage inconnu. Le seul que j'ai compris était « Freyda », que je savais être le nom de son oiseau. Chaque Rose travaillait avec un compagnon comme Freyda, un animal né et élevé dans la Brume et, pour cette raison, doté de qualités exceptionnelles : une longue vie, une intelligence extraordinaire, une compréhension fabuleuse du langage et du comportement humain. Le faucon nous a jeté un regard acéré avant de s'envoler de l'épaule de Mara pour pousser les deux fillettes vers la porte en émettant des sons sévères qu'elles avaient l'air de comprendre et auxquels elles obéirent à contrecœur. Nesset les a rejointes, la mine renfrognée, une main protectrice sur leurs épaules.

— Mara, a commencé la Gardienne d'un ton railleur après leur départ, quel plaisir de voir ta famille nous rendre visite, une fois de plus, à l'improviste. Et avec de la compagnie !

Mara est venue vers chacun d'entre nous, même Ryder, pour nous prendre dans ses bras l'un après l'autre. Lorsque mon tour est venu, j'ai lutté pour ne pas la retenir et ne plus la lâcher. Elle sentait bon la terre et la transpiration ; ses joues collaient des efforts qu'elle venait de fournir. Elle était merveilleuse.

Elle a posé ensuite un regard dur sur la Gardienne, qui n'a pas semblé impressionnée.

— Que se passe-t-il ? a-t-elle demandé d'une voix sourde. J'ai entendu en partie ce qu'a dit Merta. Des chimères à Devenmere ? Sans qu'aucune d'entre nous ne le sache ? Sans que les cloches ne sonnent pour nous y envoyer ?

La Gardienne a lâché un soupir las. Elle s'est frotté la tempe puis a déclaré :

— Allons au salon pour en parler. Je vais demander qu'on nous serve du thé.

Son regard a glissé sur le corps de l'enfant devant elle. Une ombre est passée sur son visage, accentuant les fines rides autour de sa bouche et sur son front – les seules indications de son âge, que Mara elle-même ne connaissait pas.

— Je vais aussi demander que l'on ramène ces corps à Devenmere afin qu'ils soient traités dignement par les leurs. Le prieuré n'est pas un tombeau.

— Non, suis-je intervenue prestement en me surprenant moi-même.

Ryder avait suggéré que ces morts pouvaient nous donner la force de résister aux subterfuges créés par la Gardienne pour maintenir le secret sur l'avancée de la Brume. Nous allions donc les garder près de nous.

— Où nous allons, ils viennent.

La Gardienne m'a regardée fixement. J'étais sur le point de céder lorsqu'elle s'est levée.

— Comme vous voulez. Suivez-moi.

✲

Une fois le thé et les biscuits servis par une jeune Rose en tablier qui nous a tous regardés les yeux écarquillés – sans nul doute pressée de rapporter des ragots en cuisine –, la Gardienne a pris la parole.

— J'imagine qu'il est inutile de vouloir me soustraire à vos questions, a-t-elle commencé d'un ton posé.

Elle a bu une gorgée de thé, les yeux sur Père.

— Vous avez vu les chimères vous-même, Lord Ashbourne, et entendu, j'en suis certaine, tout ce que les habitants de Devenmere avaient à dire sur ce qu'ils ont enduré.

Père, qui ignorait son thé, les poings serrés sur ses genoux, n'a rien dit, ni même hoché la tête. J'étais soulagée : plus nous pourrions laisser la Gardienne parler toute seule, mieux ce serait.

— Le fait est que l'état de la Brume du Milieu est bien pire que ce que les gens en savent, et j'ai tout fait pour garder cette vérité secrète.

Elle se tenait très droite dans son fauteuil, le regard lointain et morne.

— L'un de mes devoirs en tant que Gardienne de la Brume est de protéger le peuple de Gallinor, certes, mais j'ai aussi celui d'éviter toute panique superflue.

— J'ai du mal à qualifier la panique des habitants de Devenmere de « superflue », a dit Gemma, les yeux étincelants de colère par-dessus sa tasse de thé.

J'étais heureuse de voir qu'un peu de couleur était revenue sur ses joues.

À ma gauche, debout près d'une bibliothèque, Mara se balançait d'un pied sur l'autre avec embarras.

— L'Ordre de la Rose protège la Brume du Milieu depuis le

Démantèlement, a rétorqué la Gardienne avec un calme irritant, et il continuera de le faire sans tourmenter la reine, le Sénat ou le peuple de ce continent.

— Mais nous tourmentons le peuple, a doucement protesté Mara. N'est-ce pas, madame ? Merta dit vrai. Vous nous aviez promis que ces méthodes étaient révolues.

Les paupières de la Gardienne ont frémi, sans réellement cligner.

— J'ai menti. Je devais le faire.

Elle a fixé longtemps Mara des yeux, mais ma sœur ne s'est pas détournée. Elle serrait les dents et lui rendait son regard. Mon cœur s'est gonflé d'amour pour elle. Gareth, assis à côté d'elle, semblait fasciné, comme si elle était la chose la plus merveilleuse qu'il ait jamais vue de sa vie – ce qui ne m'étonnait pas. Elle était magnifique, forte et élancée, maîtresse d'elle-même, sans crainte. Je me suis souvenue, en sursautant, qu'ils ne se connaissaient pas, ma sœur et mon meilleur ami. J'ai pris note de faire des présentations officielles avant notre départ et j'ai donné un petit coup de pied à Gareth. *Reprends-toi*, lui ai-je fait comprendre par un regard. Il s'est redressé et a bu une gorgée de thé bruyante.

— Vous deviez mentir ? s'est étranglée Merta avec mépris.

Mais avant qu'elle n'en dise plus, la Gardienne l'a réduite au silence d'un seul regard autoritaire.

— Tu dépasses les bornes, Merta, a-t-elle dit tranquillement.

Elle a attendu que Merta baisse des yeux courroucés et confus sur le sol pour poursuivre :

— Lorsque les dieux ont créé la Brume, ils ont fait des choix. Ils ont choisi une femme pour servir le peuple et l'ont nommée Haute Reine d'Edyn. Ils ont choisi une autre femme pour servir la Brume et l'ont nommée la Gardienne. C'était mon ancêtre, Llyris. Lorsque les dieux l'ont choisie, ils l'ont dotée d'une magie d'asservissement – unique au royaume des humains et extrêmement puissante. Je ne sais pas pour quelle raison ils l'ont choisie précisément, tout comme nous ignorons pour quelle raison ils ont choisi la reine. Je suppose qu'ils devaient savoir qu'elle serait assez forte pour supporter ce qu'ils lui feraient subir. Ils ont choisi deux autres femmes pour protéger le Bois des Nœuds en Aidurra et le Croissant des Tempêtes à Vauzanne. Elles s'appelaient Tamina et Mariel. Les dieux ont affecté chacune d'entre elles à la faille magique de son continent, l'endroit où le voile entre les deux royaumes, humain et Ancien, est le plus fin. Ce faisant, ils ont décidé que leurs enfants, les enfants de leurs enfants et ainsi de suite, seraient assignés à la même tâche. Et, compte tenu de la responsabilité écrasante et des contraintes inhérentes à la magie d'asservissement, ils se sont assurés que ces femmes n'aient d'autre choix que celui d'enfanter, afin de servir éternellement la Brume. Cette magie les empêche aussi de mettre un terme à leur existence et de se soustraire ainsi à leur mission.

Une étrange expression est alors passée sur son visage ; un sourire triste s'est esquissé au coin de sa bouche.

— Intéressant, n'est-ce pas, a-t-elle repris, que les dieux n'aient choisi que des femmes pour les servir ? Qu'ils les aient asservies, leur donnant le pouvoir d'asservir en retour, mais rien de plus ? Aucune pitié, aucun repos en perspective, jamais de répit ? Tout ça pour compenser leurs propres défaillances ? Ils auraient pu sceller hermétiquement le passage entre Edyn et l'Ancien Pays, ils ne l'ont pourtant pas fait. Est-ce une erreur ? Est-ce délibéré ? Je ne sais toujours pas ce qui me semble le pire. Et depuis, génération après génération, nous souffrons des conséquences.

— Une bien triste histoire, a commenté sèchement Ryder, rompant le terrible silence qui s'était abattu sur nous.

Il dominait la pièce, les bras croisés sur la poitrine, la mine féroce et le regard noir.

— Et bien commode pour justifier le secret que vous nous forcez à garder, et l'asservissement que nous sommes nous aussi contraints de subir.

Soudain, il s'est précipité sur la Gardienne pour la soulever de son siège et la plaquer contre la fenêtre, une main serrée sur sa gorge. Elle l'a considéré d'un œil impassible, comme si elle avait prévu sa réaction.

— Quand ma famille s'est libérée de la forêt qui nous emprisonnait, a-t-il repris d'une voix basse, nous avons constaté que beaucoup de choses avaient changé en notre absence. La Brume s'était étendue – non pas au sud, mais au nord. Dans une région que vous jugiez peut-être moins digne d'être protégée ?

Père a détourné le regard, l'air pitoyable. Je n'ai pas pu m'empêcher de m'interroger : lui et Mère auraient-ils piégé les Bask dans cette forêt, commis ce geste de vengeance horrible, s'ils avaient connu la vérité ? À savoir que, sans les Bask pour les protéger, les populations du Nord seraient beaucoup plus vulnérables ?

J'avais bien peur que oui.

La Gardienne, dont le visage commençait à se congestionner sous la poigne de Ryder, a battu des paupières.

— L'Ordre ne peut pas être partout à la fois. Je dois choisir de quelle manière déployer au mieux nos forces limitées.

— Et quand nous avons découvert ce que vous aviez fait, a continué Ryder, que les gens avaient dû défendre eux-mêmes leur vie, sans aucune aide de votre part, sans nous pour les protéger, nous nous sommes aperçus que nous ne pouvions pas en parler, ni de vive voix ni par écrit. Ni à la reine, ni aux familles du Sud, et à peine entre nous. Vous nous aviez asservis, contraints au silence, ensorcelés pendant notre sommeil. Nous et des centaines d'autres.

La Gardienne, les yeux désormais larmoyants, lui a adressé un sourire crispé.

— J'ai fait ce que j'avais à faire. Vous auriez agi de la même manière.

— Non.

Il l'a relâchée en la poussant durement contre la vitre, puis s'est retourné. Il tremblait de tous ses membres.

— Non, j'aurais fait autrement, a-t-il répliqué, la voix lourde de tristesse.

— Je ne comprends pas, est intervenu vivement Gareth.

Je voyais les rouages de son cerveau tourner.

— Comment est-il possible de contraindre des centaines de personnes au secret, de les réduire au silence ? Je n'ai jamais entendu parler d'un sortilège pareil. Je sais que vous êtes Sorceleuse, Gardienne, mais…

— Vous n'avez pas écouté, professeur ? a répliqué la Gardienne.

Elle se tenait la tête haute, le cou rouge des marques laissées par les doigts de Ryder. Elle ne les a pas touchées. Elle avait prononcé « professeur » d'un ton acide.

— Je suis de sang élu, tout comme vous. Mais quand vous avez eu la chance de naître Sage, doté de la magie intellectuelle de Jaetris, profitant d'une intelligence développée et d'une mémoire irréprochable, je suis née comme ça. Je ne suis pas seulement Sorceleuse ; je suis Subjugueuse, l'une des trois seules au monde. Et, d'ici peu, je vais devoir trouver un homme avec lequel coucher – ce ne sera pas difficile ; beaucoup sont disposés à s'y prêter par pure curiosité –, j'aurai alors une fille, qui deviendra Gardienne après moi. Et vous me demandez pourquoi je tais le véritable état de la Brume, le mal toujours changeant qui l'affecte, pourquoi je porte toute seule le fardeau de ce secret au lieu de l'imposer à notre reine ?

Brusquement, en voyant ses yeux noirs briller d'un tel défi, en lisant sur son visage plus d'émotions que je n'en avais jamais vu au cours de mes innombrables visites à Mara, j'ai parfaitement compris.

— Vous ne voulez pas que la Brume meure sous votre garde, ai-je déclaré lentement. Et vous ne voulez l'aide de personne, ni en parler à la reine, parce que cela reviendrait à reconnaître votre faiblesse.

Je me suis levée, prise d'une fureur si soudaine et si brusque que ma fatigue s'est envolée.

— Vous êtes prête à imposer vos tissus de mensonges et de secrets au monde entier, vous êtes prête à subjuguer jusqu'à vos propres Roses, si cela vous permet de gagner un peu plus de temps pour réparer les dégâts sans que personne ne sache toute l'étendue de votre incompétence.

Mara s'est avancée rapidement.

— Farrin…

— Tout va bien, Mara, l'a interrompue la Gardienne, debout derrière son siège.

Elle m'a considérée pensivement.

— Ta sœur a raison. Je ne veux pas que la Brume meure sous ma garde. Et elle ne mourra pas. Je vais m'en occuper. Comme je l'ai toujours fait, comme mes ancêtres l'ont fait, et comme ma fille le fera après moi. Et si je suis capable d'élever et de former des filles chaque année, de les envoyer mourir pour ce royaume, et de sentir mon cœur se briser encore et encore en découvrant leurs corps sans vie dans la Brume – ou pire, en ne les retrouvant jamais – eh bien les habitants du Nord devront en faire autant, ou bien partir. Une liberté que je n'ai pas.

Gemma a émis un hoquet de stupeur étranglé.

— Et ceux qui n'ont pas la possibilité de partir, pour toutes sortes de raisons ? Nous aurions pu depuis longtemps aider ces gens à s'installer ailleurs ! Personne ne serait mort, personne n'aurait souffert, si vous aviez seulement laissé quelqu'un leur dire la vérité sur les risques qu'ils couraient. Vous êtes prête à sacrifier des innocents pour protéger votre orgueil ?

La Gardienne l'a transpercée du regard.

— Déplacer toute la population du Nord vers le Sud, autrement dit, pousser les monstres qui viennent flairer la Brume en quête de proies humaines à se tourner vers le Sud à la place, et condamner ainsi l'ensemble du continent ? Quant à informer la reine, que peut-elle faire alors que son propre palais est en danger et qu'elle-même a l'esprit en déroute ? Oh, s'est-elle exclamée en nous regardant d'un air faussement surpris. Vous pensiez que je n'étais pas au courant. Bien sûr que je le suis. Et je le suis depuis bien plus longtemps que n'importe lequel d'entre vous. Même vous, oui.

Elle m'a jeté un regard accompagné d'un sourire fin, si fin que la colère m'a embrasée.

— La Brume a été créée par les dieux, tout comme la reine.

Elles sont liées, aussi intimement que deux choses peuvent l'être. La Brume se meurt, donc elle aussi. Alors non, je ne vais pas l'accabler avec les détails sur ma façon de protéger son royaume. Je me contente de le protéger. Et j'ai choisi de protéger le plus de monde possible, ce qui signifie renforcer la frontière sud de la Brume et abandonner malheureusement certaines parties de celle du Nord. Le Sud est davantage peuplé ; la population du Nord est dispersée et moins nombreuse. Voilà.

Elle a repris place dans son fauteuil, croisé les mains sur ses genoux et regardé le sol, les épaules voûtées, les traits tirés. J'étais sous le choc, tout ce qu'elle venait de dire se bousculait dans ma tête ; je n'avais aucune idée de la façon de réagir face à une telle révélation. Yvaine n'était pas simplement malade, elle était mourante ? J'ai trouvé un siège et me suis effondrée dessus. J'avais l'impression que le monde s'était ouvert sous mes pieds.

Après un long silence pesant, la Gardienne a relevé les yeux. Elle avait recouvré son expression habituelle, implacable, et c'est d'un ton dégagé qu'elle a demandé :

— Ai-je répondu à toutes vos questions ?

— En fait, non, a répliqué Gareth.

Je me suis rendu compte qu'il n'avait pas cessé de prendre des notes ; il faisait maintenant défiler rapidement les pages de son calepin.

— Je n'en ai pas moins d'une quinzaine à vous…

Mais il a été interrompu par le vacarme des cloches de Rosewarren qui s'étaient soudain mises à sonner, écrasant la pièce et le prieuré de leurs coups impérieux et pressants. Des filets de magie ont jailli de la Gardienne, fusant dans trop de directions à la fois pour qu'on puisse les suivre – à la recherche de toutes les Roses de service, me suis-je dit. Elle s'est levée pour regarder dehors d'un air absent.

— Une brèche s'est ouverte, a-t-elle dit.

Je me suis demandé en frissonnant ce que cela faisait d'être attachée à la Brume par la magie ancienne et primordiale que les dieux avaient donnée à sa lignée. Quel genre d'informations ce pouvoir lui transmettait-il ? De quelle manière les percevait-elle ? Lorsqu'elle contemplait le flot argenté qui scintillait en bordure des terres du prieuré, que voyait-elle ?

— Deux loups-garous au tournant de la pleine lune, a-t-elle dit, et un furiant se frayent un chemin dans la forêt. Ils fuient tous… quelque chose. Ils se dirigent droit sur Fenwood.

Fenwood. Tout le monde s'est figé. Fenwood était un village à la frontière sud de la Brume, à quelques kilomètres seulement du prieuré.

— Ils fuient quelque chose ? a répété Gareth, le front plissé, en fermant son calepin d'un coup sec. S'ils fuient, ils n'ont peut-être pas l'intention d'attaquer. Ils ne savent peut-être même pas où ils sont. Nous devrions approfondir leurs…

— Êtes-vous Gardien de la Brume, a commencé la Gardienne d'un ton glacial, ou un professeur qui vit à l'abri d'une tour d'ivoire loin d'ici et ne sait rien d'autre que ce qu'il a lu dans des livres ?

Gareth l'a regardée, bouche bée, les joues empourprées de colère. La Gardienne a murmuré quelques mots – sans doute un sortilège, car de nouveaux traits effilés de magie ont fusé aussitôt après. Merta s'est assise lourdement sur un banc près de la fenêtre, bouillonnante mais silencieuse. Quelle que soit la magie opérée par la Gardienne, elle l'avait clouée à son siège.

Mais Mara… tandis que le sortilège crépitait dans la pièce, Mara s'est métamorphosée en guerrière. Elle nous a jeté, à Gemma et à moi, un bref regard avant de filer hors de la pièce. Freyda en poussant un cri aigu est descendue en piqué de son perchoir sur une poutre du couloir pour se poser sur son épaule. Gareth s'est élancé derrière elle, suivi de Ryder et de Gentar, de Lord Alaster et même de Lady Leva.

— Non, s'il vous plaît, leur a crié Gemma, ne la suivez pas !

Mais leur curiosité était beaucoup plus forte, et je me suis vite lancée à leur poursuite, le cœur battant de panique. Père, Gemma et moi n'avions assisté qu'une seule fois à la métamorphose de Mara, plus tôt l'été dernier. C'était une indiscrétion survenue par accident dont Gemma, je le savais, se sentirait éternellement coupable. Cette fois peut-être arriverais-je à les arrêter tous – ou arrêter au moins Gareth – avant qu'ils ne puissent la voir dans son état le plus vulnérable, le plus inhumain.

Mais Mara était une Sentinelle, comme notre père. Elle était forte, rapide, et la magie que la Gardienne lui avait insufflée lorsqu'elle était enfant, l'attachant à la Brume pour faire d'elle une guerrière de l'Ordre, l'avait rendue encore plus forte et plus rapide. Si bien qu'avant même de mettre un pied dehors, elle avait commencé à changer : ses jambes s'allongeaient, ses vêtements se déchiraient sous l'effet de sa métamorphose physique. Des plumes apparaissaient sur ses bras, ses ongles poussaient pour devenir des griffes étincelantes.

Lorsqu'elle est arrivée à la lisière de la forêt, elle s'est emparée des armes qu'une Rose plus jeune, au regard acéré, lui tendait : un carquois de flèches, une lance, un poignard. Elle a fixé tout cela sur son nouveau corps et bondi dans les airs – devenue en partie femme, oiseau et bête indéfinissable. Ses membres étaient longs, musclés, soyeux comme ceux d'une créature subitement jaillie de la mer. Des lambeaux de ses vêtements flottaient dans son sillage avant de tomber par terre avec la légèreté de flocons de neige.

J'ai fini par rejoindre les autres qui s'étaient arrêtés sur le perron, maudissant silencieusement mon corps endolori et Ryder de m'avoir si complètement épuisée lors de nos entraînements.

— Détournez-vous, leur ai-je lancé, haletante. Nous n'avons pas le droit de regarder.

Ryder, Lady Leva, Gentar et Lord Alaster m'ont obéi presque en même temps. Lord Alaster a même eu la décence de sembler honteux. Mais Gareth, les yeux obstinément levés, suivait la métamorphose des Roses comme un enfant fasciné par son premier arc-en-ciel, le visage illuminé d'une douce et complète béatitude.

Mara, en poursuivant sa course, a crié à la dizaine de Roses derrière elle, toutes à divers stades de transformation, de se dépêcher de la rejoindre. Lorsque les dernières se sont élancées dans les airs, munies des armes que d'autres Roses plus jeunes leur avaient tendues, Mara s'est adressée à elles dans un langage qui ressemblait à une succession de trilles. Elles se sont aussitôt mises en formation – leurs animaux volant à côté d'elles, ou filant ventre à terre sur leurs pattes et leurs sabots – et elles ont disparu, avalées par la Brume. Un silence assourdissant s'est abattu sur nous.

J'ai attrapé Gareth par le bras et l'ai tiré brutalement pour le forcer à me regarder. J'étais tellement furieuse que j'avais du mal à parler.

— Je t'avais dit de ne pas la regarder !

— Je sais, mais…

Il a secoué la tête d'un air misérable. J'étais sidérée de voir ses yeux brillants de larmes. Un sourire rêveur aux lèvres, il a tourné la tête vers la Brume, comme si les Roses pouvaient en ressortir d'un instant à l'autre.

— Par la Restauration des dieux, Farrin, a-t-il murmuré.

Il s'est essuyé le visage d'un revers de manche.

— Elle est sublime. J'ai entendu des histoires, bien sûr, sur les Roses au combat – féroces et magnifiques, comme surgies des contes primordiaux –, mais en être personnellement témoin…

Il s'est retourné vers moi, médusé.

— Mara. Mara ! Je n'ai jamais vu de femme aussi belle de toute ma vie. Tu pourras nous présenter à leur retour ?

J'ai failli le gifler.

— Ressaisis-toi ! Tu n'as pas honte ?

La voix de Gemma, tranchante, s'est élevée derrière moi.

— Vous ne les suivez pas ? Vous ne combattez jamais auprès de celles que vous avez enchaînées ?

J'ai pivoté pour voir ma sœur, face à la Gardienne, les poings serrés, les yeux brûlants de tout ce que j'éprouvais : une immense fierté pour Mara, l'inquiétude terrible que je me faisais pour elle, un désespoir profond. C'était un supplice de voir Mara entourée par ces sœurs qui n'étaient ni Gemma ni moi, d'être une fois de plus confrontée au chagrin de son absence, à l'injustice du sort de toutes ces filles arrachées à leur famille pour être élevées dans cet endroit lugubre, enveloppé dans l'ombre de la Brume.

La silhouette de la Gardienne, grande et redoutable dans sa robe noire aux épaules strictes, dominait celle de Gemma, mais je lisais de la tristesse sur son visage. Elle semblait épuisée, défaite, et je me suis demandé si envoyer les Roses au combat ne lui arrachait pas, chaque fois, un peu de sa vitalité.

— Mes Roses sont parfaitement entraînées, s'est-elle contentée de répliquer.

Père, légèrement à l'écart, s'est détourné pour passer une main dans ses cheveux.

Je ne supportais pas le silence qui s'était installé. Si je ne prenais pas la parole, la colère qui m'habitait allait jaillir et frapper quelqu'un, le plus probablement Gareth. Son air béat me donnait envie de hurler.

Au lieu de céder à cette impulsion, je me suis forcée à me concentrer et j'ai avancé vers la Gardienne. Les autres pouvaient ruminer ce qu'ils voulaient, je n'allais pas la laisser parler en premier, lui donner l'occasion de nous prendre au piège de sa magie pour nous détourner de l'objectif de notre visite.

— Nous sommes venus pour deux raisons supplémentaires, Gardienne, ai-je commencé avec fermeté. D'abord, vous informer de l'étrange créature que j'ai vue dans la forêt de Ravenswood. Un oiseau de feu : une créature de flammes, aux allures de femme et d'oiseau. Étant donné votre connaissance des choses anciennes et primordiales, et compte tenu de la forme sous laquelle les Roses partent au combat, nous pensions que vous pourriez nous aider à l'identifier et à savoir si elle peut être impliquée dans la disparition des magiciens élus, hier.

La Gardienne s'est tournée vers moi.

— Un oiseau de feu, a-t-elle répété platement – comme si j'avais choisi le terme le plus inepte qui soit.

J'ai lutté contre le réflexe de m'excuser. Ma description de la créature était peut-être absurde, mais je n'avais aucune raison de laisser la Gardienne m'intimider. Je l'ai imaginée affublée de l'une des cibles de Ryder et, au souvenir de la fluidité de mes gestes, j'ai éprouvé un calme salutaire.

— Nous voulons aussi emporter la Couronne aux Trois Yeux afin de l'étudier à l'université, ai-je continué. La garder sous les verrous, ici, à Rosewarren, ne profite à personne.

— Cela ne nuit à personne non plus, a-t-elle répliqué froidement.

Je ne pouvais pas le contester, mais j'ai repoussé mes doutes et soutenu son regard glacial.

— Très bien, a-t-elle fini par lâcher. Vous, vous et vous.

Elle a regardé Gemma, Ryder et moi.

— Et vous, professeur, a-t-elle ajouté, une légère grimace au coin de la bouche. Vous n'étiez pas dans l'Ancien Pays cette nuit-là, mais j'ai l'intuition que vous y serez un jour. Je vais vous conduire à la couronne et nous discuterons des termes. Les autres n'ont qu'à retourner au salon et finir leur thé en compagnie de Merta.

Merta, subitement, était à côté de nous, la tête légèrement inclinée. Sans un mot, elle a entraîné Père, Lord Alaster, Gentar et Lady Leva à l'intérieur. Elle n'avait plus rien de la femme indignée qui nous avait emboîté le pas à Thorngrove. J'ai essayé de ne pas penser à ce que cela signifiait, au nombre de fois où Mara s'était peut-être emportée contre la Gardienne pour se retrouver, dans la seconde, réduite elle aussi au silence.

La Gardienne est passée devant nous.

— Suivez-moi.

✲

La Gardienne nous a entraînés dans des profondeurs de Rosewarren que je n'avais jamais soupçonnées – des couloirs tortueux, creusés à même la pierre noire, et le long d'un tel dédale que j'ai vite abandonné l'idée de retrouver mon chemin. Elle murmurait de temps en temps pour elle-même, les flammes de nos torches vacillaient et il me semblait sentir l'air s'écarter sur notre passage – il devait s'agir de la suppression de charmes de protection, mais, plongée dans l'inquiétude comme je l'étais, j'imaginais que la terre s'ouvrait devant nous, créant des couloirs là où, auparavant, il n'y avait qu'un bloc de pierre infranchissable.

Nous avons fini par arriver dans une petite pièce ronde. Elle était apparue si brusquement devant nous, de façon si peu normale, qu'un frisson m'a parcourue. En son centre, posée sur un socle de pierre, se trouvait la Couronne aux Trois Yeux.

Gemma s'en est aussitôt approchée. Elle s'est accroupie devant elle puis, après un instant d'hésitation, elle a touché l'épais bandeau d'argent, ses trois joyaux jaunes enchâssés, et l'a soulevée. Elle l'a tenue quelques secondes puis l'a replacée avec délicatesse sur le socle avant de se redresser et de s'écarter, en nous tournant le dos.

— Vous pensiez que la tenir ferait apparaître votre amant ? a demandé la Gardienne d'un ton sarcastique. Cette chose est inerte. Quel que soit le pouvoir qu'elle a eu, il s'est évanoui à l'instant où elle a été arrachée à son hôte.

Je ne voyais pas le visage de ma sœur, mais je devinais ce qu'elle ressentait – le déchirement de son cœur brisé, le cauchemar de Kilraith la narguant avec la voix et sous les traits de l'homme qu'elle aimait – et j'ai eu l'envie furieuse de pointer le doigt sur la Gardienne et de crier à Ryder de se jeter sur elle comme s'il était un chien méchant qui n'attendait que mes ordres pour se déchaîner.

— Des commentaires aussi cruels sont inutiles, ai-je dit à la place.

La Gardienne a opiné, son expression indéchiffrable.

— Je m'excuse.

Je n'ai pas cru une seule seconde en sa sincérité, mais je me suis mordu la langue en fulminant silencieusement.

— Êtes-vous sûre qu'elle soit inerte ? a demandé Gareth qui s'était accroupi à son tour devant la couronne pour l'observer, les yeux plissés derrière ses lunettes.

La Gardienne a dressé le sourcil.

— Vous doutez de mon jugement, professeur.

— Oui. Vous l'avez dit vous-même tout à l'heure : vous possédez une magie de subjugation, soit. Mais quelle que soit sa puissance, celle-ci n'est qu'une sorte de magie. D'autres pouvoirs pourraient révéler des choses qui ont échappé au vôtre.

Il a sorti son calepin, un stylo, et s'est mis à écrire.

— J'aimerais prendre quelques notes, examiner l'objet tant qu'il est dans un environnement auquel il est habitué.

— Tu en parles comme s'il s'agissait d'un animal, a fait remarquer Ryder.

Cela faisait si longtemps qu'il n'avait pas parlé que le son de sa voix m'a fait sursauter. Il m'a jeté un coup d'œil, et je me suis sentie rougir.

— Je pense raisonnable, a commencé lentement Gareth, de n'écarter aucune hypothèse face à un objet et une malédiction aussi puissants que ceux-là.

La Gardienne s'est tournée vers moi.

— Parlez-moi davantage de cet oiseau de feu.

Je l'ai fait, en le lui décrivant avec le plus de détails possible, et lorsque je me suis tue, elle semblait plongée dans la plus grande perplexité.

— Je n'ai jamais entendu parler d'une créature semblable, a-t-elle dit. Et vous êtes la seule à l'avoir vue ?

— Oui, mais les autres ont vu les traces qu'elle a laissées, l'écorce brûlée sur les arbres, les braises par terre. Je sais que ça peut ressembler à une illusion créée par un figment, me suis-je empressée d'ajouter, mais…

— Les illusions créées par les figments ne laissent pas de traces d'habitude, m'a-t-elle coupée. Et je n'ai jamais entendu dire qu'un groupe entier ait été victime d'une hallucination de ce genre. Toutefois…

Elle a poussé un soupir, un léger souffle d'air qui a semblé la tasser.

— Ces derniers temps, avec la Brume dans cet état et la disparition de treize magiciens élus…

— Treize ? s'est exclamée Gemma.

Elle s'est retournée, l'air aussi stupéfaite que je l'étais.

— Enfin, quinze, s'est repris la Gardienne en regardant Ryder. Si l'on tient compte de votre sœur et du jeune Blighdon. Le temps que votre corbeau arrive, la disparition des treize autres m'avait déjà été communiquée par d'autres moyens.

— Et compte tenu de vos très nombreuses années d'expérience dans la lutte contre les forces primordiales, a commencé Ryder, fulminant derrière son extrême politesse et le corps vibrant de tension, que pensez-vous qu'il leur soit arrivé ?

— Il est impossible de le savoir. Certaines créatures primordiales chassent pour le plaisir, d'autres pour obtenir une rançon. Il y a aussi la Brume elle-même, qui n'est ni bienveillante ni malfaisante, mais qui est tout simplement ce qu'elle est. Ces disparitions peuvent, de la même manière, être le résultat d'un acte de magie qui s'est tout simplement produit, même si ce genre de choses n'est jamais arrivé avant. Ce qui me conduit au point suivant, a-t-elle enchaîné en se tournant tout à fait vers moi. Vous voulez emporter la couronne à l'université, essayer d'en extraire des informations sur la malédiction qu'elle a un jour portée. Soit. Mais j'attends quelque chose de vous en échange.

Ryder a fait un pas vers nous.

— Savoir que nous travaillons à démêler une partie de ce grand mystère devrait vous suffire.

— C'est un immense réconfort, Lord Ryder, sans aucun doute. Mais ce n'est pas de réconfort que j'ai besoin. J'ai besoin de renforts.

Elle m'a pris la main. J'ai tressailli, mais elle m'a retenue.

— La reine vous aime. Elle vous écoute, peut-être davantage que quiconque. J'ai besoin que vous usiez de cet amour pour autre chose que votre satisfaction personnelle, vos privilèges, et que vous lui présentiez une demande – non, une exigence.

Elle s'est interrompue.

— Les effectifs de l'Ordre diminuent. J'ai besoin, pour notre protection à tous, de sang neuf, et les méthodes de recrutement habituelles sont insuffisantes. Une fille seulement, issue des seules familles élues… ce n'est pas tenable. Il nous faut un ordre de mobilisation. Obligatoire et d'envergure.

— Quoi ? ai-je lâché dans un souffle horrifié. Vous voulez qu'Yvaine demande à toutes les familles de…

— Non, je veux que *la reine exige* de chaque famille le service de ses filles capables de supporter cet engagement, a-t-elle dit, le visage aussi dur et inflexible que sa voix. Chaque famille, quel que soit son degré de magie, doit m'envoyer ses filles – toutes ses filles, pas seulement une –, et toutes celles qui réussiront les épreuves devront être intégrées dans l'Ordre et astreintes au service.

Gareth s'est levé, son calepin oublié.

— Vous êtes folle, a dit Gemma, les yeux étincelants. Pas une seule fois, dans toute l'histoire d'Edyn, le palais n'a ordonné de recrutement général dans une armée, que ce soit dans la Haute, la Basse ou celle de l'Ordre.

La Gardienne s'est tournée vers Ryder.

— Lord Ryder ne pense pas que je sois folle. Lord Ryder aurait aimé que je réclame ce mandat à la reine bien plus tôt. Si je l'avais fait, peut-être que le Nord n'aurait pas eu à subir le poids de la violence de la Brume. Peut-être que sa famille et tous leurs amis n'auraient pas à constamment voler au secours de gens que je ne peux pas aider parce que je n'en ai pas les moyens. N'est-ce pas ?

Ryder m'a jeté un regard avant de se détourner, le visage de marbre.

— C'est peut-être la seule solution, Farrin. Les disparitions, le gouffre…

Il s'est tu, mais j'ai entendu le nom qu'il n'a pas prononcé : Alastrina, et, en dépit de ma colère, malgré toute ma répugnance, j'étais bien forcée d'admettre que je comprenais. Si l'une de mes sœurs avait disparu au lieu de la sienne, je n'aurais peut-être pas été si prompte à condamner l'exigence de la Gardienne. J'aurais sans doute ratissé le pays moi-même pour lui apporter de nouvelles recrues.

— Et nous devons lancer le processus le plus vite possible, a ajouté la Gardienne. Les épreuves demandent du temps et, après qu'elles nous auront permis de sélectionner les filles capables de supporter ce joug, il y aura l'entraînement, qui ne se fait pas non plus en un jour. Or, et je crois que nous sommes tous d'accord sur ce point, le temps est ce qui nous manque le plus.

Gemma a secoué la tête en me regardant d'un air éperdu.

— Et pourquoi ne pas déployer les troupes de la Haute Armée pour renforcer la Brume, réaffecter les soldats qui sont déjà engagés pour défendre le royaume ?

— Cette opération a déjà été tentée. À de nombreuses reprises, a dit Gareth, le front soucieux tourné vers le sol. Chaque fois, des escadrons entiers sont mystérieusement tombés malades ou ont été physiquement empêchés, par une sorte de puissance émanant de la terre elle-même, de pénétrer dans la Brume. Aucune unité de combat n'a jamais été aussi efficace que l'Ordre de la Rose pour repousser les forces primordiales dans la Brume. La plupart des Sages, moi compris, pensent qu'il s'agit d'un phénomène lié à la magie dont est porteuse la lignée de la Gardienne, une propriété ensuite transmise aux Roses lors de leur cérémonie d'enrôlement. C'est comme… comme si la Brume voulait que l'Ordre soit le seul à la patrouiller. Aucune autre armée ne peut le faire.

— Ce sont les dieux qui voulaient que l'Ordre seul patrouille la Brume, l'a corrigé la Gardienne en redressant fièrement les épaules. Et la magie qu'ils ont laissée derrière eux n'apprécie pas d'être défiée.

Je n'en croyais pas mes oreilles.

— Vous voulez enrôler plus d'enfants – tous les enfants – dans une bataille contre un ennemi dont on ne connaît même pas encore la forme ?

— Pas seulement les enfants, les femmes aussi. Toutes les filles âgées de huit à vingt-cinq ans. Je ne peux pas me permettre d'être trop restrictive. Vous non plus. Pas davantage que la reine, a-t-elle ajouté.

Elle m'a regardée.

— Je compte sur vous pour le lui faire savoir. Et si, d'ici un mois, je n'ai aucune nouvelle de vous ou de la reine, aucun écho d'un décret en cours de rédaction au Sénat, ou si vous tentez quelque chose de stupidement héroïque comme l'évacuation des populations du nord vers le sud – alors que je viens de vous expliquer pourquoi cela mettrait bien plus de vies en danger que cela n'en sauverait –, je serai forcée de constater que vous avez trahi ma confiance, et donc vous n'aurez plus la mienne en ce qui concerne la couronne. Je vous la reprendrai et vous ne la reverrez jamais.

— Vous n'avez aucun droit sur elle, a protesté Gemma. Elle ne vous appartient pas. Et pourquoi devrions-nous croire que vous allez la protéger ?

— Permettez-moi de vous rappeler qu'après avoir pénétré dans l'Ancien Pays – au mépris des lois de notre reine et en vous servant d'une de mes Roses pour cela –, c'est vous qui avez apporté la couronne ici, et vous avez eu parfaitement raison de le faire. C'est l'endroit le plus sûr de Gallinor, l'un des plus sûrs au monde, et cela parce que je m'en suis assurée. Cela me donne le droit, Lady Imogen.

Elle nous a tous regardés. Elle paraissait à la fois jeune et très âgée. Sa peau était lisse, mais ses yeux noirs insondables semblaient contenir les souvenirs de plusieurs vies. Elle m'évoquait désagréablement Yvaine, la façon dont mon amie pouvait passer, en un clin d'œil, d'une figure juvénile, presque enfantine, à une grandeur impressionnante et fabuleuse.

— Certains pourraient me juger imprudente de laisser cet objet sortir de Rosewarren et, qui plus est, entre les mains de personnes aussi irresponsables et impulsives que vous tous, a-t-elle repris. Mais je fais ce qu'exige la protection de mon pays et de ma reine, et pour cela, j'ai besoin de davantage de Roses. Alors, quelle que soit ma répugnance à vous envoyer auprès de la reine en mon nom, je n'ai pas le choix. Prenez la couronne, et partons.

Elle a tendu le bras vers le couloir par lequel nous étions venus.

— J'ai de nombreuses choses à faire pour empêcher ce pays de sombrer dans le chaos et la panique, maintenant que quinze de ses plus puissants citoyens ont disparu, et vous aussi. Ni vous ni moi n'avons de temps à perdre.

Gareth avait emporté ce qu'il fallait. Il a soigneusement rangé la couronne dans un sac de velours, puis dans une boîte bardée de fermoirs complexes. Il l'a donnée à Gemma, qui l'a serrée contre son cœur comme si c'était la chose la plus précieuse au monde. Et c'était peut-être le cas.

Nous nous sommes dépêchés de remonter à la surface. La Gardienne était derrière moi et, tout au long des couloirs sombres et sinueux, tandis que mille questions m'assaillaient, alimentées par ma colère impuissante, je sentais son regard lourd et froid peser sur ma nuque.

Lorsque nous sommes rentrés à Ivyhill, près de cinq semaines après notre départ, voir apparaître ses murs couverts de lierre à l'horizon m'a inspiré une paix profonde, aussi douce que la première caresse de l'aube. Cette sensation n'a pas duré : Gemma, qui chevauchait Zephyr quelques mètres devant notre carrosse, a soudainement poussé un cri.

Je me suis redressée pour regarder par la fenêtre, saisie de terreur et redoutant le pire – Kilraith était revenu, ou l'oiseau de feu, et l'un ou l'autre, ou bien les deux, avaient englouti ma sœur dans les flammes –, mais je l'ai vue m'adresser rapidement un geste rassurant de la main. Ses yeux pétillaient et le sourire rayonnant qu'elle tentait de contenir l'illuminait de son éblouissante clarté. J'ai senti mon cœur gonfler. Je savais ce que cet élan signifiait, même s'il ne survenait que trop rarement.

Elle a fait preuve d'une retenue admirable jusqu'à ce que nous débouchions sur l'allée principale devant la maison. Le personnel nous attendait devant la porte, prêt à nous accueillir ; quelques garçons d'écurie avançaient déjà vers nous pour dételer les chevaux. J'ai regardé Gemma confier Zephyr à l'un d'entre eux, puis se diriger sur le côté de la maison, en direction du grand labyrinthe de haies, d'un pas aussi rapide que le permettait la bienséance.

Je ne pouvais pas résister ; je devais assister à cet instant de bonheur, le voir de mes propres yeux. J'ai ignoré la mine revêche de Père – il savait aussi bien que moi ce que le cri de jubilation de Gemma signifiait – pour m'élancer derrière elle, tout en m'assurant, d'un bref regard, qu'aucun domestique curieux ne nous suivait. Je me suis cachée au coin de l'une de nos serres, une main sur la bouche, et j'ai vu Gemma se jeter dans les bras de Talan, qui l'attendait juste à l'entrée du labyrinthe. J'ai entendu son cri, celui étouffé de Talan. Il l'a soulevée de terre pour la serrer contre lui. Elle a passé les bras autour de son cou et s'est mise à l'embrasser partout – sur ses cheveux noirs, ses joues, ses oreilles. Elle était drôle et surexcitée, comme un chiot débordé par l'émotion qui ne peut pas arrêter de battre la queue. Talan s'est écarté en riant. Même de loin, j'avais vu qu'il était fatigué, ses vêtements élimés par les centaines de kilomètres parcourus, sa silhouette amaigrie, son visage émacié. Mais à présent qu'il serrait Gemma dans ses bras, il était revenu à la vie, tout comme elle à l'instant où elle l'avait aperçu.

Je me suis détournée afin de ne pas troubler leur intimité, mais au lieu de rejoindre mes appartements, je suis allée dans le Salon vert. J'ai ouvert en grand les fenêtres et me suis installée au piano pour jouer tous mes airs romantiques préférés, tous ceux qui évoquaient l'amour, le désir, les retrouvailles, tous ceux qui déchiraient le cœur de la plus tendre façon qui soit. J'ai joué jusqu'au coucher du soleil, en espérant que Gemma et Talan, où qu'ils aient trouvé refuge – dans le parc, la maison, la chambre de Gemma –, puissent entendre ma musique, qu'elle avait le pouvoir de les réconforter, que ses notes tissaient autour d'eux un cocon de bonheur hermétique à tout le reste.

La nuit tombée, je suis enfin montée dans mes appartements,

épuisée mais heureuse. Jouer pendant des heures au piano avait chassé toutes mes inquiétudes. Je ne savais pas combien de temps durerait ce répit, mais j'avais l'intention d'en profiter. J'ai pris dans mes bras Osmund, qui s'est blotti contre moi en ronronnant avec une telle vigueur que je sentais ses vibrations jusque dans ma poitrine, et me suis effondrée sur mon lit sans même enlever mes bottes.

Lorsque je me suis réveillée, plus tard dans la nuit, ma chambre était baignée dans la fraîcheur du clair de lune et une légère brise automnale se déversait par la fenêtre entrouverte. Mais j'étais en nage et essoufflée. Les images du rêve que je venais de faire – et qui m'avait tirée du sommeil – dansaient devant mes yeux. Ce n'était pas un cauchemar, mais un rêve d'une précision cristalline : Ryder me clouant au mur de l'écurie, nos bâtons croisés entre nous. Sauf que le Ryder de mon rêve ne s'était pas écarté après m'avoir touché la joue. Il avait dit « bien joué, Farrin », tout comme le vrai Ryder l'avait fait ce jour-là, puis il s'était penché pour m'embrasser doucement, avec lenteur, son corps entier délicieusement pressé contre le mien – son corps ferme et solide m'enveloppant de sa tiédeur, me submergeant, me protégeant. Il s'était emparé de nos bâtons, les avait jetés, puis il m'avait soulevée dans ses bras. Je m'étais sentie toute petite dans son étreinte, à l'abri, en sécurité. Il m'avait allongée délicatement par terre, sans cesser de m'embrasser, chaque seconde qui passait, chacun de ses baisers m'attirant, me poussant vers quelque chose de brûlant, de lumineux, d'inévitable. Et quand il avait doucement glissé sa jambe entre mes cuisses, tandis que ses grandes mains se promenaient partout sur moi, m'enflammant à travers mes vêtements, alors…

Subitement, je n'ai plus supporté d'être allongée sur mon lit, livrée aux tiraillements de mon corps, en proie aux images de mon rêve. Je me suis battue contre les lacets de ma robe, de mes bas, me maudissant de ne pas m'être déshabillée correctement avant de dormir. Et quand mes mains tremblantes ont touché mes seins, mon ventre, mes cuisses nues, j'ai poussé un cri de plaisir. J'étais maladroite, certes, mes gestes étaient gauches et nerveux ; mes précédentes tentatives, après tout, s'étaient toujours soldées par un échec. Mais mon rêve m'avait mise dans un état que je n'avais jamais connu, mon sexe était gorgé de désir, mes doigts humides. Alors, soutenue par les images de Ryder si claires et bien ancrées dans mes pensées, j'ai continué. La main qui traçait des lignes éparses sur mon ventre n'était plus la mienne, mais celle de Ryder, le doigt qui tournait entre mes cuisses était le sien. J'imaginais la sensation de l'embrasser, la rugosité de sa barbe contre ma peau, le poids de son corps écrasant le mien sur le lit, son regard braqué sur moi tandis que je me cambrais vers lui – le bleu scintillant de ses yeux, leur intensité flamboyante et tranquille.

J'ai pensé à la façon dont il avait si doucement prononcé mon prénom – *Farrin* –, laissant les sonorités glisser comme une caresse sur ses lèvres. *Que ressentirais-je*, me suis-je demandé follement, *s'il le murmurait entre mes cuisses ?*

Cette question m'a transpercée. Mon corps entier s'est tendu, soulevé par une vague de chaleur qui m'a entièrement submergée avant de se rétracter en un seul point au creux de mon ventre. Lorsqu'elle en a surgi, plus puissante encore, et qu'elle s'est brisée, je suis retombée sur le lit avec un cri étouffé, palpitante et grisée. Le monde derrière mes paupières était doux, noir et or. J'ai refermé mes cuisses sur ma main et bougé contre mes doigts, goûtant cet enivrant plaisir jusqu'à ce qu'une douleur trop sensible m'oblige à arrêter. Lorsqu'il s'est éteint, me laissant de merveilleux frémissements, je me suis enfoncée dans les oreillers en riant et pleurant, mes doigts humides tremblant sur le matelas.

C'était donc ça. Ça, le plaisir que l'on ressentait, ou du moins quelque chose d'approchant. Il était certainement possible de l'atteindre plus subtilement, mais j'y étais parvenue. Toute seule – enfin, avec le concours de Ryder Bask.

Ce constat était absurde et passablement stupéfiant. Je me suis endormie à demi nue sur mon lit, en me sentant vidée, étourdie, nettoyée et légèrement ridicule, mais, pour la première fois depuis une éternité, j'ai dormi paisiblement, longtemps et sans faire de cauchemar.

Chapitre 10

Je me suis réveillée le lendemain matin un peu décontenancée. J'avais des choses à faire, certes : vérifier auprès du personnel resté à Ivyhill que rien ne s'était passé en notre absence, rendre visite aux métayers, parcourir le domaine afin de m'assurer personnellement que tout était en ordre. La date limite fixée par la Gardienne pesait aussi lourdement sur mes pensées. Elle nous avait laissé un mois pour soumettre à la reine le projet de mobilisation générale voulue par l'Ordre, et le voyage de retour nous avait déjà pris deux semaines.

Mais au regard de la nuit que je venais de passer, qui me laissait aussi détendue qu'agitée, accomplir des tâches mille fois répétées me semblait insurmontable. J'avais dormi comme un bébé, il m'a pourtant fallu une demi-heure, au lieu des quinze minutes habituelles, pour faire ma toilette et m'habiller. J'étais fébrile, distraite, et ce n'est qu'en arrivant au rez-de-chaussée que je me suis rendu compte que j'avais oublié de faire mon lit. Je n'avais jamais, d'aussi loin que je me souvienne, négligé cette minuscule tâche domestique. J'étais cependant incapable d'en prendre ombrage.

C'est dans cet état de flottement que je suis arrivée dans la salle à manger, certaine de la trouver déserte et impatiente de profiter d'un petit déjeuner tranquille en compagnie de mon corps émoustillé et de mes pensées audacieuses à l'égard de Ryder

Bask. Mais – et j'en étais stupéfaite – Gemma m'avait devancée. Elle était en robe de chambre, pieds nus, ses boucles d'or répandues autour d'elle, et ses orteils tapotaient le pied de la table tandis qu'elle griffonnait sur un morceau de papier.

— Tu t'es levée tôt, ai-je observé d'un ton un peu plus irrité qu'il ne le fallait. Je pensais que tu serais encore au lit avec Talan.

Elle s'est hâtée de dissimuler sa feuille sous sa serviette et s'est mise à manger le fruit dans son assiette avec délectation.

— Je me suis réveillée avec un million de choses en tête et je ne voulais pas le déranger en remuant dans tous les sens. Le pauvre, il est épuisé. Nous n'avons même pas parlé de ce qu'il a fait ces dernières semaines, s'il a découvert quelque chose de plus sur Kilraith…

— Qu'étais-tu en train d'écrire ?

Elle m'a regardée, la bouche pleine, en battant des paupières.

— De quoi parles-tu ? Je mange.

— Gemma, ne me mens pas.

Je me suis assise sur la chaise à côté d'elle et j'ai baissé les yeux sur sa serviette.

— La discrétion n'est pas ton fort. Je t'ai vue cacher une feuille en arrivant.

Elle a hésité en mastiquant, puis elle a avalé sa bouchée et ses scrupules, avant de sortir le morceau de papier.

— D'accord. Mais tu dois me promettre de ne pas te mettre en colère contre moi.

— Je ne peux rien promettre tant que je ne sais pas ce que tu as fait.

— Je n'ai rien fait…

— Tu viens pourtant de me demander de ne pas me fâcher.

Elle a lâché un soupir.

— Parce que je sais exactement de quelle façon tu vas réagir et je ne crois pas qu'en parler va arranger les choses. Mais, puisque tu y tiens, voilà : j'écris à grand-tante Felicity. Je lui écris depuis que nous sommes revenues de Rosewarren après avoir combattu Kilraith.

Je l'ai dévisagée avec stupéfaction. Je ne savais pas à quoi je m'attendais, mais certainement pas à ça.

— Tu plaisantes ?

— Oui, je plaisante. C'est un mensonge. En fait, j'écris un roman.

— Là, c'est un mensonge. Tu n'as pas la rigueur nécessaire pour écrire un roman.

— Non seulement tu ne me crois pas, mais en plus tu m'insultes !

Je lui ai pris la feuille des mains. Le cœur m'a manqué en lisant les premiers mots. *Chère tante Fel.*

— Tante Fel ? ai-je lu, sidérée, à voix haute.

— Elle m'appelle Gem, alors je l'appelle Fel.

Elle a marqué une pause avant d'ajouter, une note d'humour dans la voix :

— C'est un surnom, une abréviation familière employée à la place du prénom habituel.

— Je sais ce qu'est un surnom, ai-je répliqué sèchement.

Mon humeur matinale étrangement évaporée et grisante s'est évanouie en une seconde.

— Ce que je ne comprends pas, c'est pourquoi tu corresponds avec elle.

— Parce qu'elle est de la famille.

— Par le sang, peut-être, mais ça s'arrête là.

Je lui ai jeté la lettre.

— Nous nous sommes promis, toi, Mara et moi… Nous nous sommes promis, après ce qu'ils ont dit, de ne plus jamais parler à aucun d'eux.

Gemma a de nouveau soupiré puis elle m'a pris la main, gentiment, entre les siennes.

— Je sais ce qu'on s'est promis, a-t-elle dit, mais ça remonte à des années, Farrin. C'était bien avant qu'on aille dans l'Ancien Pays. Cette nuit-là, tout a changé. Tu le sais parfaitement. Nous n'étions plus les mêmes, là-bas. Nous étions plus fortes que jamais, nous nous déplacions autrement, même physiquement nous n'étions plus les mêmes. Tu as vu de quelle façon Ryder et Alastrina ont réagi.

Je m'en souvenais évidemment. Cette nuit-là, nous avions toutes les trois irradié d'une étrange lumière intérieure. Notre épiderme, nos cheveux avaient brillé, sous l'effet de l'atmosphère primordiale, d'un éclat anormal, nos pupilles elles-mêmes étaient mouchetées d'or. Mara, tandis qu'elle combattait les Brethaeus et les Vilia, s'était déplacée à la vitesse de l'éclair, si vite qu'elle était impossible à suivre, passant des arbres au sol puis à l'ennemi avec plus de rapidité qu'une flèche tirée d'un arc. Gemma avait déraciné des arbres entiers, et elle avait formulé son propre sort pour dissimuler le verre incrusté sous sa peau. La forêt elle-même, chaque arbre, chaque buisson, s'était penchée vers nous, vers nous toutes, attirée par nos pouvoirs comme les papillons par la lumière.

Et je m'étais servie de ma voix comme jamais auparavant. Un air inconnu, sans paroles, était monté du tréfonds de mon être, et je l'avais chanté contre nos assaillants qui surgissaient de toutes parts dans la forêt. Mon chant avait plongé les spectres qui attaquaient mes sœurs dans la confusion la plus complète, leur arrachant des cris avant de les envoyer à terre contorsionnés de souffrance.

Et toutes les trois, ensemble – Gemma, Mara et moi –, nous avions combattu un monstre capable de piéger un démon.

Et nous avions gagné.

« Du sang fée, avait déclaré Phaidra, une amie Vilia de Gemma, en voyant notre métamorphose. Le sang de Kerezen et de Caiathos brûle dans vos veines, comme il brûlait dans les veines des premières fées. »

Une affirmation hâtive à laquelle je n'avais pas souscrit et que je continuais de réfuter. Les fées étaient, avec les démons, les créatures les plus puissantes de l'Ancien Pays, insaisissables et rusées. L'idée que nous possédions un peu de leur sang était absurde. Père était une Sentinelle élue, Mère une Élémentaire de basse magie au pouvoir limité dans le domaine végétal. Ils étaient humains, nous l'étions donc aussi, comme tous les ancêtres de la famille, tant du côté Ashbourne que du côté Wren. Non, il y avait une autre explication, peut-être une aberration génétique, qui pourrait être également présente chez n'importe quel habitant de Gallinor. Nous avions juste été assez malchanceuses – ou assez folles – pour nous aventurer dans l'Ancien Pays et la découvrir par nous-mêmes.

— Bien sûr que je me rappelle, ai-je marmonné.

Gemma s'est penchée vers moi, dans le but me faire lever la tête et de m'obliger à la regarder dans les yeux, mais j'ai refusé. Je fixais la table sur laquelle j'avais l'immense satisfaction de voir ses œufs au plat refroidir.

— Je n'aurais jamais écrit à tante Fel si je n'avais pas eu une bonne raison de le faire, a-t-elle repris. Je veux comprendre ce qui s'est passé dans l'Ancien Pays, Farrin, et je veux savoir, si cela devait se reproduire, à quoi c'est dû. Ce que ça signifie et – compte tenu des événements récents – si on peut s'en servir à notre avantage. Même ici, à Edyn.

— Et grand-tante Felicity a bien sûr toutes les réponses, ai-je répliqué d'un ton acide qui m'a moi-même fait grimacer.

— Bien sûr que non, mais du côté de Mère, c'est avec elle qu'il m'a semblé le plus facile de renouer. Elle était plutôt gentille quand on était petites. Je me rappelle qu'elle sentait la menthe.

Elle s'est interrompue un instant.

— Elle est intelligente, réfléchie et terriblement amusante. Je lui ai parlé de mes crises de panique, de la guérisseuse que je vois pour m'aider. Elle a été si bienveillante, tellement compréhensive. Tu l'aimerais bien.

— Je l'aimerais bien, ai-je répété platement. Non, Gemma, je ne l'aimerais pas. Je n'aime aucun d'entre eux. Tu te souviens de ce qu'ils ont dit quand Mère nous a quittés ?

— Oui, a-t-elle aussitôt répondu.

Elle s'attendait visiblement à cette question. Tant pis. Je devais quand même en parler pour me rappeler – pour lui rappeler – la promesse que nous nous étions faite et pourquoi nous l'avions faite.

— Ils ont dit que c'était à cause de Père qu'elle était partie. Ils étaient chez nous, sous notre propre toit, et ils l'ont accusé de la faire souffrir depuis des années, de la battre, de nous battre, parce qu'il était incapable de se contrôler et incapable de gagner sa guerre contre les Bask. Ils ont dit qu'il l'avait rendue folle, que dans les lettres qu'elle leur écrivait, elle disait qu'elle se sentait mal, qu'elle ne pouvait pas dormir, qu'elle entendait des voix. Ils en ont tiré les pires conclusions. Et quand Père leur a demandé à voir ces lettres, à lire ses mots lui-même, ils ont refusé. Tous. Ils ont tous soutenu la même chose et proféré les mêmes accusations – même ta bien-aimée tante Fel. Ils ont fait bloc contre nous, contre Père. Ils ont essayé de nous arracher à lui.

J'ai à peine réussi à terminer tellement le souvenir des jours horribles qui avaient suivi le départ de Mère me rendait malade : Mara était partie, Gemma, huit ans, pleurait constamment. Quant à Père, il dormait toute la journée pour disparaître le soir et passer ses nuits à boire avec des amis. Parfois, il s'infligeait des heures d'entraînement punitif dans le parc. Les Wren, la famille de Mère, avaient tenté par tous les moyens légaux et illégaux de nous faire sortir de la maison, Gemma et moi. Il était arrivé à Père de camper la nuit dans l'entrée, les poings serrés, les yeux rivés sur la porte, ses armes à portée de main, dans l'attente, l'impatience même, de voir les Wren débarquer pour essayer de nous enlever.

Et moi, j'avais douze ans. Je le regardais, tapie dans l'ombre, impuissante et dévastée, trop inquiète pour réussir à dormir, tâchant désespérément de recoller les morceaux, de maintenir le domaine en état de fonctionnement pendant que mon univers s'écroulait.

— Et à la lumière des agissements de Père, a repris Gemma d'une voix basse et profonde, les yeux posés sur mes poignets, à la lumière de ce qu'il t'a fait, peux-tu vraiment affirmer que leurs accusations étaient complètement farfelues ?

J'ai eu l'impression de recevoir un coup de poing. Ces réflexions m'étaient évidemment venues à l'esprit, mais je les avais repoussées et je continuais de le faire, en dépit de l'humeur si pénible de Père ces derniers mois. Lui, s'en prendre à Mère, s'en prendre à nous ? Cela ne s'était jamais produit, il n'avait jamais levé la main sur nous sous le coup de la colère. Et pourtant, en me renvoyant ces affreuses réflexions, Gemma ne me rappelait pas seulement ce qu'elle avait subi lorsqu'elle était petite, elle m'obligeait à reconnaître que oui, Père pouvait se montrer violent et faire du mal, s'il estimait avoir raison de le faire.

— Il n'a pas engagé cet Artificier tout seul, tu sais.

Je ne voulais pas le souligner, mais j'avais besoin de retrouver un minimum d'ascendant dans cette conversation.

— Mère était là. Elle aurait pu l'en empêcher, mais elle ne l'a pas fait. Elle s'est assise à côté de toi et elle a laissé faire.

Gemma n'a pas bronché.

— C'est ce que dit Père, tandis que Mère n'est pas là pour nous donner sa version.

Elle a longtemps soutenu mon regard, ses yeux brillants assombris par des années de souffrance. Elle se tenait fièrement, le dos droit, les épaules carrées.

J'ai baissé la tête, honteuse.

— De toute manière, tante Fel s'est excusée de tout ça, a-t-elle enfin repris d'un ton las. Elle a reconnu que leurs accusations étaient injustes, sans autre fondement que leur chagrin pour Mère et le souci qu'ils se faisaient pour nous. Et puis…

Elle a pris une inspiration, comme pour se donner de l'assurance.

— Comme je te l'ai dit, Farrin, je n'aurais jamais écrit à tante Fel si je n'avais pas une très bonne raison de le faire.

Je la connaissais bien sûr, cette raison. Je la connaissais parfaitement et je la détestais autant que j'en voulais, de manière absurde, à Gemma d'être devenue le genre de femme qui, au lieu d'éviter les problèmes, choisissait de les affronter.

Et surtout, je me détestais d'être aussi bouillonnante de colère, une colère qui me donnait l'illusion d'être puissante et dangereuse, alors qu'elle était inutile et moi très loin de représenter la moindre menace pour quiconque. En fait, je n'avais pas la moitié du sang-froid de ma petite sœur.

— Tu veux l'interroger sur nous, ai-je murmuré. Sur Mère.

— Oui.

— Tu veux l'interroger sur les pouvoirs de Mère, savoir si elle nous cachait quelque chose, à nous trois, à Père, et pourquoi nous avons été capables d'agir comme nous l'avons fait.

— Oui.

— Je ne suis pas sûre que tu me dises la vérité, mais j'espère sincèrement que tu ne lui as pas parlé d'Yvaine, du gouffre ou de Kilraith…

— Bien sûr que non ! s'est-elle exclamée.

Elle semblait furieuse tout à coup, et je ne pouvais pas l'en blâmer.

— Tu crois vraiment que je suis bête à ce point ? Je ne suis pas une enfant, Farrin. Je suis une femme aussi impliquée que toi dans cette affaire et aussi responsable. Nos premières lettres nous ont seulement permis de reprendre contact et d'amorcer une relation de confiance. Ce n'est que récemment que j'ai commencé à l'interroger sur la famille. Je lui ai dit que je faisais un arbre généalogique, que je m'intéressais à mes ancêtres comme beaucoup de gens en vieillissant.

J'ai pouffé de rire. C'était moi l'enfant à cet instant, mais je ne pouvais pas m'en empêcher.

— Tu creuses dans l'espoir de trouver du sang fée quelque part dans la famille ?

Elle a levé les mains au ciel.

— Je ne sais pas ce que je cherche ! Mais je dois tenter – je dois faire quelque chose. Quelle qu'en soit la raison, j'ai des pouvoirs qui semblent relever à la fois de Caiathos et de Kerezen, ce qui devrait être impossible. Et toi et Mara vous êtes métamorphosées comme moi dans l'Ancien Pays. Vous êtes devenues plus fortes. Et nous avons entendu la Brume nous appeler, cette nuit-là – toi, Mara et moi. Pas Ryder, ni Alastrina ou Phaidra.

Ses lèvres ont légèrement tremblé en prononçant le prénom de son amie décédée.

— Ils n'ont pas entendu cette voix, ce chant qui nous disait où aller, comment passer d'Edyn à l'Ancien Pays. Mais nous, nous l'avons entendu. Pourquoi, Farrin ? Qu'est-ce que cela veut dire ?

Je l'ignorais. Je me sentais étourdie, oppressée, j'avais des picotements étranges et froids partout. Je m'étais réveillée dans un état si différent, ce matin – frivole, distraite, impatiente de découvrir ce que la journée avait à m'offrir –, et maintenant, comme si les mots de Gemma m'avaient retournée, je sentais que je me repliais sur moi-même, de nouveau tendue de la tête aux pieds.

Je me suis détournée en faisant signe à Gemma de se taire, mais elle s'est levée pour me rejoindre et continuer de parler.

— On doit chercher, disait-elle, trouver des réponses, ou du moins essayer, et ce serait plus facile si tu m'aidais.

Elle s'est interrompue une seconde.

— Si tu ne le fais pas pour moi, fais-le pour Yvaine, a-t-elle repris. Nous faisons partie de ce qui se passe, c'est évident. Si nous trouvons qui nous sommes, ou ce que nous sommes…

— Ce que nous sommes ?

Je l'ai foudroyée du regard, révoltée et furieuse pour d'innombrables et trop confuses raisons.

— Et comment oses-tu te servir d'Yvaine comme une arme contre moi ?

— C'est toi qui choisis d'ignorer quelque chose qui pourrait l'aider, m'a-t-elle renvoyé. Si elle est réellement en train de mourir, ne devrais-tu pas vouloir tout faire pour alléger ses nombreux fardeaux ? C'est mon cas, et elle ne m'est pas aussi chère qu'à toi.

Elle a poussé un soupir.

— Je sais que tu as souffert plus que nous tous du départ de Mère, mais…

Je suis partie en trombe avant d'entendre la suite. Si je restais, j'étais capable de dire des choses d'une cruauté impardonnable. Je suis sortie de la maison pour aller dans le parc qui bourdonnait joyeusement d'activité – les garçons d'écurie entraînaient les chevaux, les jardiniers s'occupaient des plantes, équipés d'humbles outils et de magie élémentaire. Tout le monde me saluait ; je répondais à chacun par son prénom, avec un sourire factice plaqué sur les lèvres, et continuais mon chemin.

Je ne savais pas où j'allais, mais ça n'avait aucune importance. Je devais seulement continuer de marcher, sinon la rage qui bouillonnait en moi risquait de se transformer en larmes, et je n'avais pas le temps de m'arrêter pour pleurnicher. J'avais du travail, une liste de tâches longue comme le bras dont je me souvenais avec une lucidité glaciale. Gemma avait peut-être le loisir d'écrire des lettres, de coucher avec son amant et de s'interroger sur une ascendance fée, nos pouvoirs et tout ce que cela signifiait, mais j'avais, moi, un domaine à gérer. Un domaine qui s'écroulerait si j'ignorais mes responsabilités. Alors j'allais me mettre au travail et oublier Gemma, Mère et tante « Fel ». Tout ça appartenait au passé, et le passé ne devait plus me faire souffrir. C'était hors de question.

Mais j'avais beau me le répéter, je n'arrivais pas à me calmer. Ce n'est qu'en approchant de la réserve à gibier, après avoir chassé une bande de cailles effrayées et ruiné mes chaussures dans la boue des marécages, que j'ai compris ce qu'il me fallait. J'avais besoin de frapper quelque chose.

Une petite secousse m'a traversée en voyant le visage renfrogné de Ryder Bask se dessiner devant mes yeux. Était-ce de l'appréhension ? Une sorte de mise en garde ? Aucune importance. Un coup de vent froid s'est élevé derrière moi. Devant, l'horizon était bouché par un amoncellement de nuages annonciateurs d'orage. Tant mieux. Je me sentais en phase avec ses grondements sourds, sa promesse de tonnerre. J'ai bifurqué vers le lac, vers la lagune discrète de Père dans laquelle le Trou-de-Vert qui conduisait à Ravenswood était dissimulé.

⚙

Lorsque je suis arrivée dans la forêt de Ravenswood, j'étais trempée – à cause de mon plongeon dans les eaux sombres du lac pour atteindre l'entrée du Trou-de-Vert englouti – et je frissonnais. Je n'avais pas emprunté ce passage vers le Nord depuis longtemps, la dernière fois étant, comme toutes les autres, à l'initiative de Père, une autre de ses nombreuses expéditions destinées à épier les Bask et à nous préparer à une future attaque funeste qui ne s'était jamais produite. Ma robe lourde, empesée et glaciale dans l'air de la montagne, mes chaussures couinant, je me suis traînée au milieu des sapins en me maudissant, en maudissant Gemma, en maudissant les arbres eux-mêmes, surtout les arbres, jusqu'au moment où j'ai enfin aperçu une lumière et constaté, avec soulagement, que je ne m'étais pas perdue.

Je suis précipitamment sortie de la forêt et me suis arrêtée net.

Ryder était là, assis sur un banc devant l'un des nombreux box de l'immense écurie des Bask, éclairé par la lumière vacillante des torches. Quatre chevaux portant chacun une couverture s'étaient rassemblés pour renifler ses cheveux et ses épaules par-dessus la barrière, et des oiseaux de toutes sortes sautillaient à ses pieds – cardinaux, pics, corbeaux.

Quant à lui… Il se tenait penché, les coudes sur les genoux, la tête entre les mains, tout son grand corps affaissé, visiblement sous le coup d'un abattement insurmontable. Quand il a levé les yeux au bruit de mes pas et qu'il m'a vue, il n'a rien fait pour dissimuler la détresse sur son visage. Des traces de larmes descendaient de ses joues sales à sa barbe.

En voyant l'état de mes cheveux et de ma robe, il a froncé les sourcils.

— Qu'est-ce que tu fais là ?

Face à son désespoir si évident, la vérité me semblait absurde et même insultante, mais je ne savais pas quoi dire d'autre.

— Je voulais frapper quelque chose, ai-je répondu simplement.

Un sourire doux a brièvement flotté sur ses lèvres.

— Alors tu es venue me voir ? Je suis touché.

J'ai fait un pas avant d'hésiter, soudain parfaitement consciente de la stupidité avec laquelle je m'étais précipitée ici sans réfléchir un seul instant au moyen d'expliquer ma brusque apparition.

Il a eu l'air de comprendre.

— Ne t'inquiète pas, a-t-il dit d'un ton légèrement ironique en s'essuyant le visage d'un revers de manche. Après avoir surpris ta sœur et Talan en train de fouiner dans la forêt au printemps dernier, Trina et moi avons découvert votre Trou-de-Vert, très habilement caché, je dois reconnaître ce mérite à ton père. Il nous a fallu deux semaines pour le trouver. L'autre accès se trouve dans l'eau, je suppose ?

J'étais immensément soulagée de le voir détourner, au moins un instant, le regard. Quelques semaines plus tôt, je n'aurais ressenti aucune honte à ce que Ryder découvre que ma famille espionnait la sienne, mais les choses, depuis, avaient changé.

J'ai redressé le menton et me suis approchée de lui.

— Tu n'es pas allé vérifier toi-même ?

— Bien sûr que non. Il est bardé de sortilèges qui interdisent l'entrée aux Bask.

— Je suis sûre que les Trous-de-Vert que vous avez installés pour nous espionner sont tout aussi bien protégés.

Cette fois, il m'a regardée, une esquisse de sourire espiègle au coin des lèvres.

— Oh, non, tu ne m'auras pas si facilement.

J'ai admis ma défaite d'un petit signe de tête.

— Les vieux réflexes ont la vie dure.

Je suis allée m'asseoir prudemment sur le banc à côté de lui et j'ai attendu qu'il parle. Il était affreusement silencieux, et l'atmosphère autour de lui était lourde de chagrin. J'avais envie de poser la main sur son bras. Un geste de réconfort facile pour des gens comme Gemma, Gareth ou même Yvaine. Mais l'idée de toucher Ryder ne me mettait pas seulement mal à l'aise – aussi peu habituée que je l'étais à témoigner mon affection –, elle me semblait dangereuse, comme s'approcher trop près d'un brasier.

— C'est Alastrina ? ai-je demandé à la place.

Le souffle d'un vieux hongre à la robe grise me caressait doucement les cheveux.

Ryder a opiné, s'appuyant un peu plus sur ses genoux.

— Je ne sais pas comment vivre sans elle. Il n'y a eu que nous pendant si longtemps, piégés au milieu de ces arbres, isolés dans cette maison, contraints d'apprivoiser cette existence de reclus, d'apprendre à distraire Père. Et maintenant qu'elle n'est plus là, j'ai l'impression qu'on m'a arraché une partie de moi-même.

Il a regardé les oiseaux et claqué la langue. Un corbeau a sauté sur ses genoux pour l'interroger de ses yeux noirs intelligents.

— J'en ai envoyé trente en mission rien qu'aujourd'hui, a-t-il repris. Mère dit que je vais me tuer à force d'user ma magie. Mais je ne peux pas m'arrêter. L'un d'entre eux finira peut-être par la trouver.

Il a joint les mains, et l'oiseau est venu se poser au creux de ses paumes. Il l'a levé devant son visage et lui a murmuré une longue série de mots en ekkari. Des instructions, ai-je supposé. Sa magie animalière pulsait doucement contre moi, contre nous tous – une ondulation de chaleur qui faisait piailler les oiseaux et ébouriffait leurs plumes. Un des chevaux s'est ébroué. Puis Ryder a levé les mains vers le ciel, et le corbeau s'est envolé pour se fondre rapidement dans les arbres.

J'ai regardé longtemps l'endroit où il avait disparu et, d'un ton prudent, j'ai commencé à parler.

— Quand la Gardienne a pris Mara, elle avait dix ans et moi douze. Je me réveillais chaque matin en priant pour que ce ne soit qu'un rêve, pour que je puisse traverser le couloir et la trouver tranquillement endormie dans sa chambre. Pendant des semaines, c'était la première chose que je faisais en me levant. Aller dans sa chambre, le cœur battant, débordant d'un espoir insensé, pour n'y trouver que Mère, serrant les draps de Mara, en larmes. Elle avait interdit qu'on lave ses draps, ses vêtements.

Ce n'est qu'après le départ de Mère qu'on a fini par nettoyer sa chambre. C'est peu après que j'ai cessé de parler aux dieux. Une prière m'échappe de temps en temps, mais il faut que je sois vraiment désespérée. Ces rites de l'enfance s'accrochent, même quand on voudrait les oublier.

Ryder, parfaitement silencieux, m'écoutait avec une telle concentration que je me sentais un peu gênée. J'ai trouvé le courage de lever les yeux, d'affronter son regard bleu intense.

— Je sais que ce n'est pas la même chose, ai-je dit, mais je sais ce que c'est que l'affliction, le genre de douleur qui vous dévaste et vous change à jamais.

Je lui ai adressé un sourire désolé.

— Si j'étais une femme qui prie régulièrement et avec sincérité, je prierais les dieux afin qu'ils t'épargnent le chagrin que tu traverses. Mais je ne le suis pas. Alors je dirai simplement que si quelqu'un est capable de survivre à ce qui se passe, qu'il s'agisse d'un oiseau de feu, de Kilraith ou seulement d'une crise de la Brume mourante, c'est Alastrina Bask.

Il a souri et baissé les yeux par terre. Nous sommes restés silencieux un moment. J'allais me lever et dire quelque chose sur les chevaux, n'importe quoi pour rompre cet étrange silence qui s'étirait entre nous, quand il s'est brusquement redressé pour prendre mes mains entre les siennes, les lever vers son visage et m'embrasser les doigts.

Il est resté comme ça un instant, ses lèvres tièdes contre ma peau, les yeux fermés comme s'il souffrait. Je ne pouvais pas respirer, ni faire le moindre geste. Je n'étais capable que de regarder mes petites mains enveloppées par les siennes, sa chevelure noire penchée sur elles.

— Tu as l'air si féroce, a-t-il dit enfin d'une voix douce glissant sur ma peau, aussi légère que la caresse d'une plume. Et tu l'es, mais…

Il s'est tu pour regarder mes mains comme s'il tentait de déchiffrer une mystérieuse énigme inscrite au creux de mes paumes.

— Mais ? l'ai-je relancé dans un souffle.

— C'était une gentillesse, Farrin, ce que tu viens de dire. Une gentillesse que je ne suis pas certain de mériter.

Il m'a lâché les mains, son front s'est plissé, puis il m'a regardée avec un éclat qui ressemblait à de l'humour dans les yeux.

— C'est une des raisons pour lesquelles je t'apprécie, alors que le bon sens et le passé me disent de ne pas le faire. Tu es mordante, hérissée, mais derrière ça, il y a autre chose, quelque chose que tu ne montres à personne. De la douceur. En cela, nous nous ressemblons.

J'étais trop stupéfaite par la tournure que prenait cette discussion pour réfléchir avant de parler.

— Es-tu en train de me dire que tu possèdes une douceur cachée ?

Il a regardé ses bottes en fronçant les sourcils.

— J'essaie. Ce n'est pas facile. Tu donnes pourtant l'impression que ça l'est. Je ne crois pas que les autres le voient – peut-être ne le vois-tu pas toi-même – mais moi, je le vois. Je vois ce que tu représentes pour ta famille, combien tu les aimes même quand ils t'exaspèrent, tout ce que tu serais prête à faire pour les protéger même s'ils ne le méritaient pas.

Il a trouvé un gland par terre. Il l'a ramassé et l'a jeté à un groupe d'écureuils rassemblés au pied d'un arbre non loin.

— Le sentiment de sécurité que ce genre d'amour doit leur donner.

Je suis restée muette. C'était un moment prodigieux, prodigieusement étrange, et je ne me sentais pas armée pour l'affronter avec la moindre délicatesse. Mon cœur cognait à mes tempes, j'avais chaud et l'impression de flotter. Je ne connaissais pas cette sensation et je n'étais pas certaine de l'aimer. Déstabilisée, je me suis raccrochée à la première branche que j'ai trouvée.

— Si c'est un stratagème pour me pousser à t'apprécier, ai-je lâché, il n'est pas très subtil.

C'était un commentaire épouvantable – trop dépourvu d'humour pour être une plaisanterie et, quand bien même, quelle plaisanterie minable. J'ai fermé la bouche avant de ruiner complètement notre entente fragile et regardé Ryder opiner pour lui-même, les coudes sur les genoux, les mains serrées devant lui. Les écureuils se disputaient le gland en poussant des glapissements furieux. L'idée absurde m'est venue qu'un cadeau d'un Bask était peut-être, pour les écureuils de Ravenswood, un trophée inestimable.

Après un long et horrible silence, Ryder s'est levé en lissant sa tunique.

— Bien, a-t-il dit d'un ton dégagé, sans me regarder, tu ne voulais pas frapper quelque chose ?

Hébétée, je suis restée sur le banc à le regarder partir dans la cour de l'écurie à grandes enjambées. J'avais envie de crier tellement je m'en voulais d'avoir gâché ce qu'il avait tenté de dire. Il a pris nos bâtons de combat et les cibles de cuir. Les chevaux trottaient derrière lui, en hennissant joyeusement, tandis que moi, clouée à mon siège, je ne pouvais toujours pas bouger. Les doigts me brûlaient là où ses lèvres s'étaient posées, et mon cœur battait comme si nous venions de courir un kilomètre sans respirer. Je luttais de toutes mes forces contre les larmes. Un homme rongé de chagrin, follement inquiet pour sa sœur, avait tenté de me dire quelque chose d'incroyablement gentil, et moi, au lieu de l'écouter, je l'avais rabroué comme si ses mots ne signifiaient rien pour moi, comme s'il ne signifiait rien.

Je ne savais pas ce que Ryder Bask représentait pour moi, mais ce n'était certainement pas « rien ».

— Bon, tu viens ? m'a-t-il lancé.

Il accrochait la dernière cible à la poutre de l'écurie, et lorsque enfin je suis parvenue à faire marcher mes jambes flageolantes pour le rejoindre, un millier de formules d'excuses maladroites se battant sur mes lèvres, il m'a jeté un bâton et s'est élancé avant même que j'aie le temps de l'attraper correctement. Je l'ai brandi n'importe comment, poussée par l'instinct de survie. Nos armes se sont heurtées. J'ai vacillé mais j'ai tenu bon, maintenant d'un bras tremblant mon bâton plaqué contre le sien.

— Tu ne m'as pas laissé le temps de me préparer, ai-je protesté en lui lançant un regard noir. Et j'ai dit que je voulais frapper quelque chose, pas…

— Tu crois que ton assaillant te laissera le choix ? a-t-il répliqué en me repoussant brutalement.

Tous mes remords et ma honte se sont évanouis. J'ai assuré ma prise sur mon bâton et, galvanisée par l'indignation, je lui ai rendu sa bourrade. J'ai eu le plaisir de le voir reculer d'un pas pour garder l'équilibre.

Il m'a souri.

— De toute façon, se défendre est aussi bon, non ?

Je me suis renfrognée et je l'ai poussé de nouveau, encore plus fort, d'un coup sec et méchant qui l'a fait trébucher juste ce qu'il fallait. J'ai profité de l'espace gagné pour m'écarter, me repositionner, et faire tournoyer mon bâton afin de bloquer le sien lorsqu'il est revenu vers moi.

— Bien, a-t-il dit. Mais tâche de ne pas dévoiler ta prochaine action.

— Celle-ci t'a tout de même pris par surprise, ai-je répliqué.

J'ai écarté une mèche de cheveux et commencé à lui tourner autour, mon bâton levé prêt à frapper.

— C'est ce que tu crois, a-t-il rétorqué en souriant. Je t'ai accordé le point uniquement par courtoisie.

Au même instant, trop vite pour que je puisse le bloquer, il a tournoyé et abattu son arme en direction de ma jambe. Le bois m'a heurtée à l'arrière du genou et je suis tombée à quatre pattes dans la poussière, étourdie et secouée. Il s'est approché, la main tendue, et m'a dit, avec un peu trop de suffisance :

— Désolé, Ashbourne, je n'ai pas pu résister.

Je suis restée, durant quelques secondes, aveuglée par la colère, puis j'ai poussé un cri, bondi sur mes pieds, tangué légèrement, et levé mon bâton dans l'intention de le frapper à l'épaule – mais il était rapide et il a esquivé. Nous avons continué, pendant une heure, à nous tourner autour, à nous frapper l'un l'autre, son bâton m'atteignant presque chaque fois, le mien frappant surtout l'air, parfois les cibles de cuir, mais jamais lui, jamais son dos large ou ses cuisses robustes, jamais son visage barbu et hilare.

Je me battais, tournoyais, esquivais, fondais sans relâche. J'étais au bord de l'épuisement, mais je n'abandonnais pas ; je ne pouvais pas abandonner. Tandis que je luttais contre cet ours fait homme qu'il m'était impossible de vaincre, mes pensées tourbillonnaient frénétiquement. Yvaine, malade dans son palais, peut-être mourante. Mara affrontant des monstres dans la Brume. Gemma écrivant à des gens que je m'étais juré de haïr jusqu'à la fin de mes jours. Père, broyant du noir dans ses appartements, ou plus probablement tâchant de noyer dans l'alcool tout ce que nous avions appris ces dernières semaines. L'oiseau de feu, la Gardienne, et la Couronne aux Trois Yeux actuellement en route pour la capitale sous la bonne garde de Gareth. Qu'est-ce que ses recherches allaient révéler ? Qu'est-ce que Gemma et tante Felicity allaient découvrir en fouillant dans la généalogie de Mère ? Quels nouveaux problèmes n'allaient pas tarder à me tomber dessus ?

Et, au nom de tous les dieux, qu'est-ce que j'allais dire à Ryder une fois que l'entraînement serait terminé ?

Je ne pouvais pas, assaillie de toutes ces questions, viser quoi que ce soit correctement, et mes bras tremblaient tellement que je tenais à peine mon bâton. J'ai cru voir Ryder, du coin de l'œil, tenter une attaque. J'ai pivoté en soulevant mon arme, mais elle n'a fait que s'abattre sur une des cibles. Le choc s'est produit dans un bruit assourdissant et les vibrations sont remontées jusqu'à ma mâchoire. La sensation était enivrante, et la douleur suffisante pour secouer la spirale infernale de mes pensées. Mes paumes étaient brûlantes ; j'aurais des ampoules le lendemain. Je m'en moquais. J'ai continué de frapper la cible, encore et encore, frénétique et maladroite, jusqu'à ce qu'elle se mette à tanguer dangereusement.

— Farrin, a dit doucement Ryder derrière moi.

Ce n'est qu'à ce moment-là que je me suis rendu compte que je pleurais, que j'avais du mal à respirer.

J'ai jeté mon bâton loin de moi, mortifiée. Je l'ai entendu tomber sur le sol couvert de foin dans un bruit sec, puis je me suis détournée pour m'en aller, mais Ryder m'a vite interceptée. Il s'est planté devant moi, les mains levées, d'un air prudent, soucieux et attentif. Alors, sans réfléchir, je me suis précipitée sur lui pour l'attraper par sa tunique et m'accrocher à lui aussi fort que je le pouvais. Je ne comprenais pas pourquoi je pleurais, sinon parce que tout, partout, allait de travers, et que je ne savais pas de quelle manière y remédier.

— Je suis désolée, ai-je sangloté, furieuse contre moi-même. Tu es là, mort d'inquiétude pour ta sœur et moi, je suis parfaitement infecte. Une personne infecte, une adversaire infecte.

Je me suis rageusement essuyé le visage.

— Je ne veux pas pleurer. Dieux, ce que tu dois penser de moi.

J'ai voulu m'écarter, mais il m'a retenue.

— S'il te plaît, ne t'en va pas, a-t-il chuchoté dans mes cheveux. Tu n'es pas en état d'aller où que ce soit. Reste ici avec moi, d'accord ? Quelques minutes seulement.

J'ai posé le front contre son torse, trop épuisée pour résister à sa solidité.

— Je suis horrifiée. J'ai tellement honte.

— Ce n'est pas la peine. Tu aurais dû me voir tout à l'heure. Tu n'as assisté qu'à la fin du naufrage. J'ai été pitoyable pendant des jours.

— C'est gentil. Merci, mais…

J'ai secoué la tête et posé les mains à plat sur sa poitrine, dans l'intention de m'écarter.

— Je ferais mieux de partir. Je suis désolée de ce que j'ai dit tout à l'heure. Tu as clairement tort. Je n'ai pas de douceur insoupçonnée. Je suis dure, désagréable et acerbe, c'est tout. Tu devrais rester loin et moi… je ferais mieux de partir.

— Non, s'il te plaît.

Sa voix s'est adoucie pour devenir d'une incroyable tendresse, si loin de la rudesse de ses traits, de son allure de fauve en maraude, que je n'ai pas pu m'empêcher de lever les yeux. Ce que j'ai vu m'a légèrement coupé le souffle, parce qu'il me dévisageait comme si je lui étais chère, comme si me voir pleurer dans ses bras le mettait à l'agonie. Sourcils froncés, le regard doux. Il a écarté les mèches de cheveux humides collées à mon cou, effleuré mes joues du dos de la main, puis il s'est penché pour poser son front contre le mien. Il a fermé les yeux, sa mâchoire s'est contractée comme s'il était en proie à une lutte intérieure.

— Farrin, a-t-il dit enfin, d'une voix basse et rauque. Farrin, Farrin.

Son pouce a glissé sur ma joue, il a secoué un peu la tête et ouvert les yeux – un brusque éclair d'un bleu féroce.

— Puis-je t'embrasser ?

C'était une question grotesque. Que je sois ici, à Ravenswood, que je tienne Ryder Bask dans mes bras et que je me laisse tenir dans les siens, que j'envisage ne serait-ce que la possibilité de répondre à sa demande, était assez extravagant pour justifier une sérieuse réflexion et une visite urgente auprès de Mme Moreen, notre guérisseuse attitrée.

— Pourquoi voudrais-tu le faire, ai-je murmuré, après la façon dont je me suis comportée ?

Il a ri doucement.

— Tu es trop dure avec toi-même.

J'ai secoué la tête. Je devais lâcher sa chemise, le repousser gentiment et m'en aller, mais j'avais beau me le répéter, mon corps refusait d'obéir.

— S'il te plaît, laisse-moi m'excuser.

— Tu l'as déjà fait. J'accepte.

J'ai poussé un soupir agacé.

— Ryder…

— De grâce, Farrin, vas-tu répondre à ma question ?

Il m'a de nouveau caressé la joue, légèrement, du dos de la main. Sa demande flottait encore dans l'air – *Puis-je t'embrasser ?* – et je n'ai pas pu résister. J'ai mis ma faiblesse sur le compte de l'adrénaline, de ma fatigue, de ma culpabilité de l'avoir rabroué tout à l'heure. J'ai accusé la sensation agréable d'être enlacée, la beauté de Ryder sous l'éclat chaleureux de la lanterne, et je me suis approchée un peu plus de lui – le fils de l'ennemi mortel de mon père, l'homme que j'avais juré de haïr ma vie entière – et j'ai murmuré :

— Oui.

Un sourire s'est étiré sur ses lèvres, si adorable et si doux qu'un pincement douloureux m'a serré la poitrine. Il a poussé un soupir – un souffle anxieux, me suis-je dit, légèrement tremblant, comme si cet homme redoutable craignait de me toucher – puis il a pris mon visage entre ses mains, il s'est penché, et il m'a embrassée.

On m'avait déjà embrassée, mais seulement à deux reprises : la première, c'était par Gareth, à l'âge de seize ans, lors de cette nuit désastreuse où nous avions décidé de tenter ce que tout le monde pensait que nous faisions déjà, et la seconde au cours d'une des fêtes de Gemma, après avoir rageusement avalé trois verres de vin en l'espace de cinq minutes et ensuite flirté avec une Aidurrienne dont je ne me rappelais même pas le prénom. Nous nous étions embrassées durant cinq très agréables – mais nébuleuses – minutes sous l'escalier, après quoi j'avais vomi sur ses très jolies pantoufles de soie brodées de perles. Elle s'était montrée d'une extrême gentillesse ; elle avait trouvé Gilroy, qui avait trouvé Hetty, qui m'avait mise au lit, et je ne l'avais plus jamais revue, ce dont je lui étais profondément reconnaissante. Je n'étais pas sûre que j'aurais supporté l'humiliation de m'excuser d'avoir ruiné ce qui était sans aucun doute une paire de souliers coûteuse.

Embrasser Ryder n'avait strictement rien à voir avec ces premières expériences. Gareth avait été nerveux, et moi aussi ; nous avions immédiatement compris l'erreur que nous étions en train de commettre, mais cela ne nous avait pas empêchés de poursuivre. Quant à mon aventure aidurrienne, je n'en gardais que des bribes – sa main sur ma taille, les notes de rose de son parfum.

Mais Ryder me tenait avec une assurance dont je savais qu'elle resterait à jamais gravée dans ma mémoire. Ses premiers baisers étaient doux, voire un peu timides, mais ses paumes étaient chaudes contre mes joues, et la sensation de son corps plus grand, plus large, dominant le mien me faisait chavirer : l'inclinaison manifeste de son visage pour m'embrasser, ses grandes mains me tenant avec autant d'égards que si j'avais été l'un de ses oiseaux. Je me sentais enveloppée, aussi bien protégée qu'une créature précieuse nichée au flanc d'une montagne. Cette sensation était si puissante, si nouvelle et surprenante, qu'un gémissement m'a échappé contre ses lèvres, tandis que mon corps, de lui-même, se portait davantage à sa rencontre, poussé par le désir d'en avoir plus.

Ses bras m'ont aussitôt enlacée, les miens se sont envolés autour de son cou et je me suis plaquée contre lui, mon cœur battant follement à mes oreilles. Un grondement sourd a roulé dans sa gorge, et ce bruit rugueux, masculin, a attisé un feu insoupçonné en moi. Mon corps s'est embrasé. J'ai poussé un cri de frustration, ne sachant pas ce que je voulais, et me suis déplacée timidement contre lui, désemparée et maladroite. Ce mouvement a déclenché quelque chose en lui, car il m'a soulevée aisément entre ses bras, une sensation exaltante, mais pas seulement. Je n'avais de toute évidence jamais été soulevée de terre par Ryder Bask, et pourtant, sentir ses bras autour de moi, leur force, leur assurance, sa poitrine contre la mienne, me donnait une impression familière.

Mais nos baisers s'étaient approfondis, sa langue cherchait la mienne ; son ardeur était pressante, enivrante, et toute pensée cohérente n'a pas tardé à s'envoler. Je me suis accrochée à sa tunique et offerte à ses baisers. Le choc, le plaisir inattendu me coupaient le souffle. Sa bouche s'est posée sur ma mâchoire, mon cou, j'ai rejeté la tête en arrière et, les mains glissées dans ses épais cheveux noirs, je l'ai guidé sur son parcours. J'ai senti que nous nous déplacions, puis nous nous sommes arrêtés. Il avait trouvé une botte de foin pour s'asseoir, ce qui pour une raison que j'ignore m'a paru follement drôle, mais quand je me suis retrouvée sur ses genoux, serrée fermement contre lui, quand je l'ai senti dur et chaud entre mes cuisses, je n'ai plus du tout eu envie de rire.

J'ai tressailli. Je n'avais aucune expérience de ce qui était en train de se dérouler et je me suis sentie brusquement mal à l'aise et affreusement vulnérable. Un sentiment de panique m'a envahie. Même si j'aimais la sensation de ses cheveux sous mes doigts, même si le sentir sous moi me procurait une agréable douleur au creux des jambes, ça ne m'a pas empêchée de me raidir. Et tout ce qui en moi s'était épanoui entre ses bras s'est rétracté.

— Ryder, ai-je murmuré, attends.

Il s'est immédiatement figé. Il a reculé, lâché mes hanches et levé un regard inquiet, le souffle court, le visage empourpré. Il a approché la main, sans doute pour la poser sur ma joue, mais a hésité.

— Qu'est-ce qu'il y a ? Je t'ai fait mal ?

J'ai secoué la tête, les yeux brûlants de larmes de frustration.

— Non, tu n'as rien fait de mal. J'ai seulement besoin… de me lever.

Il m'a aidée à le faire, avant de se lever lui-même, puis de se rasseoir, visiblement et adorablement peu sûr de lui. Il s'est éclairci la gorge. Je faisais de mon mieux pour ne pas lorgner la preuve flagrante de son désir.

— Tu veux que je parte ? a-t-il fini par demander.

Devant mon silence, son expression inquiète s'est adoucie.

— C'est bon, Farrin, je peux m'en aller tout de suite. Je suis désolé si je…

— Non, ne t'excuse pas, l'ai-je coupé avant de me détourner.

J'étais si furieuse contre moi-même et tellement gênée que j'étais incapable de parler, de partir, ou de le regarder. Je ne pouvais que rester là, à me consumer, déchirée entre le besoin que j'avais de lui et la terreur que ce besoin m'inspirait, sans même comprendre pourquoi.

— Je n'ai jamais…

Ma gorge s'est nouée, et j'ai dû reprendre.

— Ce que je veux dire, c'est que je ne suis pas…

Ryder a attendu patiemment, silencieusement, que j'exprime ce que j'avais envie de dire. Sauf que je ne savais pas ce que c'était ! Mes mots étaient coincés quelque part entre ma poitrine et ma gorge.

— Tu n'as pas à expliquer quoi que ce soit, a-t-il fini par énoncer, si gentiment que j'ai été obligée de le regarder.

Mais je devais lui expliquer, il devait comprendre, même si ça me tuait.

Je me suis retournée, les bras serrés autour de moi.

— Je ne suis pas vierge, ai-je déclaré.

Je n'étais pas, pour l'instant, capable d'aller plus loin.

Il a attendu, attendu, puis il a dit tranquillement :

— D'accord. Merci de partager ça avec moi.

La douceur de sa voix profonde, le voir assis sur cette botte de foin, avec ses longues jambes et sa barbe qui avait besoin d'être taillée, m'a donné un peu de courage. J'ai fait deux pas rapides vers lui, me suis arrêtée, les bras raides de chaque côté.

— Je ne suis pas vierge, mais je n'ai fait ça que deux fois. Ça, ai-je répété en faisant un geste entre nous. Enfin, ce qu'on a fait. Et je n'ai fait plus que ça qu'une seule fois.

Ryder a opiné mais n'a rien dit.

— Je ne suis pas à l'aise avec mon corps, ai-je repris d'une voix étouffée. Gemma l'est. Gareth l'est. D'autres gens le sont. Pas moi. Je n'aime même pas me regarder dans un miroir. Dieux !

Un rire un peu trop nerveux m'a échappé.

— Je n'arrive pas à croire que je te raconte tout ça.

— Tu n'es pas obligée.

— Si, parce que…

Je me suis étranglée ; je n'allais pas laisser d'autres larmes couler, pas après m'être déjà suffisamment ridiculisée pour la journée. J'ai pris une bonne inspiration et continué :

— Parce que j'ai envie de toi. Ça n'a aucun sens, mais c'est comme ça. J'ai pensé à toi hier soir, et je… ça m'a fait du bien.

Mes joues étaient en feu. J'ai fixé le sol.

— Je n'avais jamais ressenti ça avant. Alors, évidemment…

J'ai de nouveau fait un geste entre nous, en riant un peu, tant la scène me semblait absurde.

— Est-ce que tu comprends ce que j'essaie de dire ?

— Je comprends, a-t-il répondu très sérieusement. Et, Farrin…

Il a inspiré et expiré lentement.

— Je suis honoré.

J'ai senti les yeux me brûler, battu des paupières pour chasser l'émotion.

— Mais tu ne dois pas te forcer à faire quoi que ce soit, jamais, a-t-il repris, quel que soit le genre de bel homme barbu auquel tu peux penser seule dans ton lit.

Son intonation rieuse m'a poussée à relever les yeux. En voyant l'étincelle dans son regard, je me suis caché le visage en riant.

— Oh, dieux ! Je suis désolée. C'est… Enfin, tu es Ryder Bask, pour l'amour des dieux.

— Et tu es Farrin Ashbourne, a-t-il répliqué.

Son expression malicieuse s'est atténuée.

— Veux-tu encore frapper quelque chose, ou dois-je te raccompagner à ton Trou-de-Vert ?

Avant de répondre, je me suis forcée à sonder toutes les spirales d'incertitude qui frissonnaient en moi. Dans le silence, seulement troublé par la respiration des chevaux, mes réflexions ont commencé à s'apaiser.

— Je peux rentrer chez moi toute seule, ai-je commencé lentement. Mais avant que je parte, voudrais-tu m'embrasser encore ?

— Tu es sûre de le vouloir ?

J'ai opiné et soutenu son regard.

— Oui. Je suis désolée pour le…

Je me suis vaguement désignée de la main.

— Je suis désolée.

Il s'est levé pour me rejoindre et me prendre doucement le visage entre les mains.

— Ne t'excuse jamais de ça auprès de moi.

J'ai fermé les yeux, pour savourer la sensation de sa présence si proche de moi, son odeur de terre et de sueur.

— Ne jamais m'excuser de quoi ?

— De te connaître, a-t-il répondu, et de me dire ce que tu veux ou ne veux pas.

Il s'est alors penché, approchant sa bouche de la mienne, pour m'embrasser – avec une douceur insoutenable, une tendresse inimaginable, chaque caresse de ses lèvres effleurant délicatement les miennes. Je me suis serrée contre lui, les yeux toujours fermés, tandis que ses baisers couraient sur mes joues, ma mâchoire, le long de mon cou jusqu'à ma gorge. Ses mains glissaient dans mes cheveux, si lentement et si légèrement que j'en avais la chair de poule.

Il s'en est aperçu et il a ri.

— Quel compliment, a-t-il murmuré.

Les vibrations de sa voix grave contre ma peau me faisaient chavirer. Je me suis un peu affaissée dans ses bras. Il a dû comprendre ce dont j'avais besoin à ce moment-là, car il m'a serrée dans ses bras et maintenue contre lui, sa tête calée sur la mienne. Mon oreille était posée sur sa poitrine. Entendre les battements furieux de son cœur m'a inspiré une soudaine et féroce tendresse. Je me suis légèrement écartée pour caresser son visage, suivre la courbe de sa mâchoire dissimulée sous sa barbe, m'émerveiller de sa beauté sauvage. Il a fermé les yeux et s'est penché pour embrasser ma paume, le bout de mes doigts.

— Accepterais-tu de venir à Ivyhill, demain ? ai-je demandé doucement en le dévisageant, remarquant pour la première fois des détails que je n'avais jamais vus : la cicatrice au-dessus de son sourcil gauche, l'arête de son nez légèrement courbée. Tu n'as pas besoin de me dire où sont vos Trous-de-Vert. Je m'en moque. Je suis heureuse que vous en ayez, franchement. Viens, s'il te plaît. Si tu veux. Si tu peux. Talan est là, et nous devrions discuter tous ensemble. Nous devons aller voir la reine le plus tôt possible.

Je voulais dire bien d'autres choses – il serait idiot de prétendre le contraire –, mais je n'en avais pas le courage. J'avais usé toute ma bravoure pour demander ces derniers baisers. Alors j'ai esquissé un sourire, en espérant qu'il y lise au moins ce que je ressentais – de la gratitude, du désir, de la déception, beaucoup de peur, et un immense espoir secret. S'il venait à Ivyhill, qu'allait-il se passer ? Qu'allions-nous éprouver lorsque nous nous reverrions ?

Il a scruté mon visage un moment, puis il a souri et m'a embrassée sur le front.

— Bien sûr, a-t-il répondu, ses lèvres sur ma peau.

J'ai fermé les yeux et me suis serrée contre lui. Quand il m'a lâchée, j'ai étouffé un cri de protestation. D'un côté, je voulais le fuir et ne jamais revenir ; de l'autre, je voulais le supplier de m'emmener dans le lit le plus proche afin d'essayer de nouveau, et correctement.

Au lieu de ça, j'ai reculé d'un pas, mon sang rugissant dans mes veines, nos doigts toujours enlacés. J'étais incapable, submergée comme je l'étais, de prononcer un mot. Il y avait tant de choses à dire, mais je ne pouvais en démêler aucune. Le souvenir de mon impression, lorsqu'il m'avait soulevée dans ses bras – ce quelque chose de familier, comme l'écho assourdi d'un air ancien et adoré – m'était revenu en tête et trottait maintenant de façon désagréable dans mes pensées. J'ai tenté de l'ignorer, j'avais bien assez de soucis pour ne pas perdre mon temps à traquer les réflexions hasardeuses qui me traversaient l'esprit.

Je lui ai souri.

— À demain ?

— À demain.

Puis il m'a embrassé la main et s'en est allé.

J'ai couru vers la forêt, accueillant l'air frais sur mes joues brûlantes avec bonheur et le silence qui régnait comme un baume agréable sur mon cœur désorienté et douloureux.

Chapitre 11

Ryder est apparu sur le perron d'Ivyhill, le lendemain matin, à sept heures pile, juste au moment où je m'apprêtais à sortir pour entamer mon inspection quotidienne du domaine. J'ai ouvert la porte, et il était devant moi, le bras levé, prêt à toquer. Nous sommes restés plantés comme ça, l'un devant l'autre, un long moment durant lequel je n'étais capable que de le regarder : sa veste et son pantalon noirs impeccables, le baluchon qu'il portait en bandoulière, sa barbe fraîchement taillée, ses cheveux noirs qui tombaient souplement sur ses épaules. Et ses yeux bleus, deux étoiles brillantes à l'éclat improbable dans la lumière matinale. Une vague de chaleur m'a envahie, comme un lever de soleil. Était-ce du désir ? De la gêne ? De la nervosité ? Franchement, je n'arrivais pas à faire la différence et je n'étais pas certaine de le vouloir.

Je le regardais depuis beaucoup trop longtemps.

— Tu peux m'accompagner, ai-je dit vivement en passant devant lui, les joues rouges. Sinon tu peux t'asseoir tout seul dans la maison et attendre, les dieux savent combien de temps, que Gemma et Talan se réveillent.

Il a jeté son sac à l'intérieur.

— Des vêtements, a-t-il précisé en me voyant dresser le sourcil. Je peux les laisser là, non ?

— Oui, mais ils risquent d'atterrir dans une chambre d'invité ou de finir à la poubelle.

Il a haussé les épaules.

— J'en achèterai d'autres.

Son insouciance m'a irritée, alors que j'aurais facilement pu faire la même chose – perdre un sac de vêtements, en acheter d'autres à la place. J'ai essayé de ne pas penser au village dévasté de Devenmere, au nombre de vêtements que la famille Bask avait probablement donnés aux autres victimes de la Brume, pendant que je vivais tranquillement à Ivyhill, dans une bienheureuse ignorance, obsédée par mes ridicules soucis personnels.

Je me suis secouée pour tâcher de remettre de l'ordre dans mes réflexions éparses et oublier le grognement de Ryder. Quel ours. Je n'arrivais pas à croire que je l'avais embrassé la veille.

— Bien, ai-je dit avant de répéter, d'un ton beaucoup plus sec. Bien.

Comme si j'essayais de me convaincre moi-même que tout était parfaitement normal, que je n'étais pas du tout dérangée par la présence de Ryder Bask. Je suis partie en trombe.

Il m'a suivie sans la moindre difficulté.

— Où allons-nous ?

— Je fais le tour du domaine chaque matin pour m'assurer que tout va bien, ai-je répliqué.

Il a émis un autre grognement, d'assentiment, cette fois.

— Je fais la même chose.

— Tant mieux pour toi. Tu veux une récompense ?

— Pas spécialement. Quoiqu'une bonne tasse de café brûlant ne serait pas de refus.

— Tu auras ton café quand je prendrai le mien, après l'inspection matinale.

— Logique.

La sérénité avec laquelle il subissait mon irritation était en elle-même extrêmement irritante. J'ai accéléré l'allure, les poings serrés, comme si je pouvais me propulser dans l'air rien qu'en le frappant.

— Tu es en colère, a-t-il constaté au bout d'un moment. Je suis désolé de t'interrompre dans ta routine matinale.

Il s'est arrêté.

— Je vais retourner t'attendre dans la maison.

— Oh, par tous les dieux, non, ai-je rétorqué par-dessus mon épaule. Je n'aurais plus qu'à continuer en pensant à toi, assis patiemment comme un bon gros chien noir sur les marches du perron. Continue de marcher.

Il m'a rattrapée en quelques longues enjambées.

— Tu es tout de même en colère.

— Je ne suis pas en colère. Je suis seulement…

J'ai poussé un soupir agacé parce que le mot que je cherchais ne venait pas.

— D'accord, disons que je suis peut-être en colère, mais je ne veux pas chercher à savoir pourquoi. Et je ne veux pas que tu t'excuses de quoi que ce soit, parce que tu n'as rien fait qui justifierait de t'excuser. Et, heu… merci d'être venu, comme nous étions convenus. Continuons de marcher. D'accord ?

Du coin de l'œil, je l'ai vu opiner.

— D'accord. Mais s'il y a quelque chose…

— Il n'y a rien.

— Très bien.

Le silence s'est installé. Il l'a rompu.

— Puis-je faire une simple observation ?

— Si tu y tiens.

— Tu es très belle, ce matin. La lumière matinale te va bien.

J'ai éclaté d'un rire sombre.

— J'en doute fort.

— Tu en doutes ? Tu l'as sûrement constaté toi-même.

— Non, ai-je répliqué. Je n'aime pas les miroirs.

Il est resté silencieux un instant, avant de reprendre gentiment :

— Pardon. Tu me l'as dit hier. J'avais oublié.

Le fait qu'il ait tout oublié du temps que nous avions passé ensemble, la veille, alors que chaque seconde, chaque mot, restait gravé en moi comme au fer rouge, était une humiliation cinglante. Bien sûr qu'il ne se souvenait de rien ; de tels moments n'avaient aucune valeur à ses yeux. Il en avait connu beaucoup, c'était certain. Même au cours de toutes ces années durant lesquelles sa famille était piégée par la forêt, Ravenswood était resté un grand domaine, peuplé de centaines d'habitants – les domestiques, les palefreniers, les métayers installés dans le petit village au bout de la route principale. Il avait eu des années de pratique et d'innombrables partenaires enthousiastes à sa disposition. Tandis que moi, j'avais passé la nuit à me tourner dans tous les sens, à ne penser qu'à lui – ses mains sur moi, ses lèvres sur les miennes, sa chaleur, sa force, la sensation étrangement familière d'être soulevée entre ses bras –, tourmentée sans relâche, en quête d'un soulagement impossible à trouver, même après celui que mes caresses m'avaient procuré.

— Je ne m'attendais pas à ce que tu t'en souviennes, ai-je déclaré sèchement. J'ai dit beaucoup de choses hier et j'en regrette la plupart.

— La plupart ?

— Te demander de venir ici, notre visite nécessaire à la reine, n'en font pas partie.

— Ah.

L'intonation de sa voix, sur ce petit mot, m'a paru étrange, mais je n'ai pas pu l'interpréter. Il n'a rien dit après. Il s'est contenté de marcher en silence à mon côté, regardant les jardins d'Ivyhill pendant que je ruminais pitoyablement, jusqu'à ce que nous arrivions à proximité des écuries où mon humeur houleuse s'est encore accentuée.

Byrn était là. Notre palefrenier en chef aux moustaches blanches, déjà à pied d'œuvre, travaillait un cheval dans l'enclos d'entraînement avec ses apprentis. J'ai aussitôt reconnu le cheval, un poulain noir au tempérament épouvantable et particulièrement ombrageux envers les humains. Un des palefreniers s'approchait de lui avec une longe et un licol. Il n'avait pas l'intention de le lui passer sur l'encolure, je le savais ; il n'allait même pas tenter. Il voulait seulement laisser l'animal le flairer, le pousser du bout des naseaux pour qu'il se familiarise avec le contact du cuir. Mais le poulain ne voulait pas. Il regardait le palefrenier approcher, la tête basse et les oreilles en arrière. Et quand le pauvre garçon a été assez proche, le poulain, d'un brusque mouvement de tête, a tenté de le mordre. Le garçon a jeté la bride et sauté en arrière, tandis que l'animal donnait un coup de sabot furieux par terre.

Pendant ce temps, Byrn, accoudé à la barrière, ne s'occupait pas de son apprenti. Il nous regardait, Ryder et moi, d'un œil sévère arriver près de l'enclos. Non loin de lui, un petit groupe vigilant s'était formé. Ryder était un visage connu – comme tous les Bask – et aucun d'eux n'avait jamais mis le pied aussi ouvertement chez nous. Je ne leur en voulais pas de se montrer si méfiants. Pour ce qu'ils en savaient, ce pouvait être une sorte d'attaque, et moi Lord Alaster dissimulé sous une apparence trompeuse. Qu'ils sachent tous que nous étions allés dernièrement à Ravenswood, au prétexte d'une visite de courtoisie, ne changeait rien à l'affaire. Les Bask avaient toujours été nos ennemis, donc les leurs et une menace pour leurs moyens de subsistance.

— Comment s'appelle-t-il? m'a demandé Ryder à voix basse tandis que nous approchions de la clôture, ses yeux bleus posés sur le poulain et le battement saccadé de sa queue.

— Jet, ai-je répondu sur le même ton. Un fermier de Fenwood l'a découvert errant dans la forêt près de la Brume et n'a pas pu retrouver son propriétaire. Il a réussi à le ramener chez lui, à le nourrir, mais il n'a jamais pu le monter. Il est agressif, impossible à dompter. Byrn a convaincu Père de le prendre à Ivyhill pour s'en charger. Il a fallu cinq hommes pour le conduire jusqu'ici. Même nos palefreniers dotés de magie animalière n'ont obtenu aucun résultat.

Ryder a hoché la tête.

— Ça ne m'étonne pas. Il a dû se faire happer par la Brume, ou voir des horreurs impossibles à oublier.

Je l'ai regardé, glacée par les images que cette idée suggérait.

— Tu parles de ce qui est arrivé à son propriétaire.

— Oui.

Il a posé les mains sur la barrière et claqué la langue. Puis il a murmuré quelque chose dans sa barbe ; ce n'était pas de l'ekkari, mais des sonorités plus douces, plus délicates – un autre langage primordial, sans doute. Les palefreniers se sont tus. Même les oiseaux ont interrompu leurs chants matinaux.

Jet s'est tourné. Il s'est ébroué, les yeux braqués sur lui, en soufflant bruyamment par les naseaux. Son message était clair, même pour moi. « Ne me provoque pas, étranger. »

Ryder s'est contenté de sourire, puis il est entré dans l'enclos par le portillon le plus proche. Un des jeunes palefreniers s'est élancé vers lui, un avertissement aux lèvres, mais Byrn l'a fait taire d'un geste autoritaire de la main. Nous avons tous observé Ryder avancer lentement vers Jet, sans cesser de murmurer, la tête basse, le regard déférent. Il a prononcé le nom du poulain, la main tendue, une question suspendue dans l'air.

Jet a renâclé et tapé du sabot avant de se cabrer en poussant un hennissement de colère. Je me suis agrippée à la barrière, mais Ryder ne montrait aucune inquiétude. Il s'est arrêté, sans interrompre ce qui ressemblait à une mélopée tant sa voix basse était mélodieuse. J'avais l'impression d'entendre des questions posées ici ou là dans son étrange discours, et Jet, qui, grâce à la magie animalière, comprenait au moins en partie ce que Ryder lui disait, y répondait par des reniflements plus ou moins sonores.

Un léger frisson m'a parcourue lorsque Ryder est enfin arrivé près de lui en fredonnant toujours de sa voix douce et grave. Il a levé la main pour la glisser sous la crinière de l'animal et lui donner de longues caresses. Elles ont dû apaiser sa colère, car il a donné un petit coup de naseaux dans le bras de Ryder, avant de baisser l'encolure en fermant les yeux, comme s'il était vaincu par un épuisement soudain ou submergé par un profond soulagement. Il a posé la tête contre la poitrine de Ryder et s'est laissé caresser le front. Le silence qui s'était abattu sur nous s'est dissipé. Les oiseaux ont repris leur chant, et j'ai eu le sentiment de pouvoir à nouveau respirer librement.

Quelques palefreniers se sont détournés en s'essuyant les yeux. Même ceux de Byrn étaient brillants.

— Impressionnant, Lord Ryder, a-t-il dit d'un ton solennel. Puis-je vous demander de quelle manière vous vous y êtes pris ? Nous avons tenté l'ekkari et l'aavmesh, comme vous, et même le griskell et le kezhrati, mais il n'a réagi à aucune de ces langues primordiales, même venant de moi.

Ryder l'a regardé.

— Vous aussi êtes un Animalier élu ?

Byrn a opiné.

— Et tous mes apprentis possèdent un peu de cette magie, bien qu'ils ne soient pas des Élus.

— Quand la Brume frappe un être vivant, qu'il soit humain ou animal, le langage ou la nature de la magie qu'on emploie compte moins que l'expérience partagée. Jet a été transformé par la Brume. Moi aussi, car je vis près d'elle depuis longtemps. Nous nous comprenons. Il ne vous veut aucun mal. Il est seulement terrorisé et sait que vous n'avez pas vécu ce qu'il a traversé.

Il est revenu à Jet pour reprendre sa mélopée d'un ton si doux que j'ai dû me détourner. C'était trop émouvant de le voir comme ça, la tête de l'animal farouche pressée contre lui. Sans parler de la tendresse dont il faisait preuve. Elle était si incongrue, formait un tel contraste avec son corps si fort et redoutable, que j'en étais chamboulée. Je n'arrivais plus à réfléchir et j'avais chaud, beaucoup trop chaud pour y faire face. J'étais contente quand nous nous sommes éloignés de l'enclos pour reprendre notre chemin, même si, jusqu'au retour à la maison, je ne l'ai pas regardé une seule fois. Je ne pouvais pas, et je ne pouvais pas davantage lui parler. J'étais bien trop troublée, absorbée par mes fantasmes. Après tout, je savais très bien ce qu'on éprouvait à l'abri du corps musclé de Ryder – un sentiment de paix, de sécurité et de justesse que je n'arrivais pas à oublier, quels que soient mes efforts.

C'est avec soulagement que j'ai franchi le seuil de la maison, même si cela signifiait nous enfermer dans le bureau de Gemma pour écouter ce que Talan avait à nous dire.

Avant même qu'il n'ouvre la bouche, je savais que son récit allait être important. Il était plus maigre et plus pâle que lors de sa dernière visite. Il avait des cernes sous les yeux et quelque chose de fragile dans son attitude, comme si ce qu'il avait appris l'avait atteint au plus profond de son être. J'ai essayé de ne pas me sentir irritée par le fait que, malgré cela, il était toujours aussi beau avec ses pommettes sculptées, ses grands yeux noirs, ses lèvres pleines. Gemma lui avait donné des vêtements neufs et, en dépit de son épuisement manifeste, il portait son pantalon noir et sa chemise blanche très simples avec une élégance qui n'aurait pas juré dans une réunion officielle.

— La première chose que je tiens à préciser, a-t-il commencé d'un ton posé et solennel, c'est que ce qui arrive à la Brume n'est pas limité à Gallinor. Les autres failles sont également touchées. À Vauzanne, le Croissant des Tempêtes s'étend. La magie primordiale qui séparait jusqu'à présent ses orages du reste du continent se délite, et ces tempêtes se répandent désormais dans les régions environnantes. Le même genre de phénomène se produit en Aidurra. Le Bois des Nœuds s'élargit au-delà de ses limites habituelles, engloutissant des villages entiers et envahissant les forêts ordinaires comme de la mauvaise herbe.

Il s'est tu. Les traces laissées par la couronne luisaient faiblement sur ses tempes et son front, de pâles éclairs ponctués par trois cicatrices de la forme des trois joyaux d'or. La main gauche de Gemma portait les mêmes stigmates, un réseau de lignes chatoyantes qu'elle ne dissimulait ni par un charme ni par des gants lorsqu'elle était avec nous. Assise à côté de lui, elle a pris sa main blême dans la sienne. Ce geste a réveillé quelque chose en moi. Irritée, la gorge nouée, j'ai détourné le regard pour me concentrer sur les torsades vert et ivoire du tapis, le temps de retrouver ma voix.

— Nous avons appris dernièrement que la Gardienne a exercé une magie coercitive sur les habitants autour de la Brume du Milieu, ai-je dit. Une magie qui les empêche de parler du véritable état de la Brume. C'est une Subjugueuse.

Talan a opiné.

— Je crois que la Gardienne du Bois des Nœuds et celle du Croissant des Tempêtes ont employé des méthodes similaires. Les informations que j'ai rassemblées me sont parvenues par bribes, qu'il s'agisse de spéculations décousues ou d'éléments fournis par des gens clairement désireux d'en dire plus mais incapables de le faire.

— Est-ce qu'il y a également eu des disparitions de magiciens élus sur les autres continents ? a demandé Ryder.

Il se tenait près de la cheminée, le coude appuyé sur le manteau, à côté d'une assiette contenant encore le repas auquel il n'avait pas touché.

— Oui, au moins cinq en Aidurra et sept à Vauzanne. Mais ils peuvent être plus nombreux. Comme je n'ai pu parler ni à leur Gardienne, ni à la reine, je n'en suis pas certain.

— Nous devons aller la voir immédiatement, a dit Gemma.

J'ai senti ses yeux se poser sur moi, mais j'ai gardé les miens sur le tapis.

— Pour lui proposer le décret de mobilisation générale. Non, s'est-elle reprise, l'exiger.

J'ai levé la tête pour lui lancer un regard cinglant.

— Ça ne me plaît pas davantage qu'à toi, a-t-elle répliqué sans me laisser le temps de protester. Cela ne permettra pas seulement d'augmenter les effectifs de l'Ordre, et donc de renforcer nos défenses le long de la Brume tout en offrant une meilleure protection aux populations du Nord, cela rassurera les gens. Leur reine agit. Leur reine n'a pas peur.

— Ou cela provoquera des émeutes, a observé Ryder d'un air sombre. Je doute que les habitants de Gallinor voient partir leurs filles, leurs mères et leurs sœurs d'un bon œil.

Le souvenir de la petite Mara, assise bravement à côté de

la Gardienne tandis que la calèche noire marquée du sceau de l'Ordre l'emportait loin de nous, s'est enfoncé comme la lame d'un poignard dans mon cœur.

Désespérée de changer de sujet, je suis intervenue sèchement :

— Et Kilraith ?

À la seule mention de son nom, un froid glacial a traversé la pièce.

— Je ne l'ai pas débusqué, a répondu Talan au bout d'un instant, la voix basse, comme s'il craignait en parlant plus fort de provoquer son apparition. Je n'ai pas non plus croisé d'autre démon ni la moindre créature qui lui soit enchaînée comme je l'ai été.

Ryder lui a lancé un regard perçant.

— Ses serviteurs ne portent pas de sigles ou de bannières colorées, que je sache.

— Non, mais je le sentirais si quelqu'un ou quelque chose lui était lié. Je le sentirais comme le froid en hiver. Ce sont des chaînes dont on ne se libère jamais complètement. Je les sens encore sur ma peau.

Il a, d'un rire étouffé, rompu le silence pesant qui s'était installé.

— Pardon. C'était sinistre. Mais néanmoins réel. Je reconnaîtrais un compagnon de misère sous l'emprise de Kilraith. Je sentirais la magie qui m'a un jour emprisonné, le poids de l'air sur mes épaules. Et dans aucun de mes voyages jusqu'à présent, je n'ai trouvé quelqu'un comme moi ou perçu le moindre signe de sa présence. Il se terre depuis que nous l'avons combattu. Depuis que vous l'avez combattu.

Gemma s'est rapprochée de lui et lui a serré la main.

— Tu étais là aussi, mon cœur. Tu l'as combattu autant que nous, sinon plus. N'oublie pas, ces mots atroces que tu as prononcés n'étaient pas les tiens, mais les siens. Et sans ta résistance, sans ta propre lutte contre lui, nous n'aurions peut-être pas été capables de le défaire.

Talan s'est tourné vers elle pour poser son front contre le sien. Il a fermé ses tristes yeux noirs tandis qu'elle gardait les siens ouverts pour le couver d'un regard bleu et lumineux. Il m'a semblé qu'il buvait l'air qu'elle respirait, qu'il s'en laissait purifier.

— Ce n'est pas tout, a-t-il repris au bout d'un moment en se dressant pour nous regarder. J'ai trouvé… quelque chose. J'ignore ce que c'est. Une forêt à l'extrême nord, un endroit d'une vingtaine de kilomètres carrés, protégé par une magie que je n'ai pas été capable de percer. C'est dense, sauvage, très difficile à localiser. Comme…

Il a plissé le front dans l'effort de mettre des mots sur ses impressions.

— Il me semble que, si j'étais moins puissant, ou si je n'avais aucune magie du tout, je serais capable de traverser cette défense sans ressentir ou voir quoi que ce soit qui sorte de l'ordinaire. Mais il y a quelque chose là-bas. Une forêt secrète au cœur d'une forêt banale.

— Et ton sang démonique te donne le pouvoir de la détecter ? a demandé Ryder.

Je me suis figée face à l'horrible réflexion qui me venait à l'esprit.

— Tu penses que Kilraith est là-bas, ai-je dit doucement. Ce que tu as ressenti ressemble à ce que tu nous as décrit. La sensation de ses chaînes sur ta peau.

Talan a opiné d'un air sombre.

— Je peux me tromper sur l'interprétation de cette sensation, bien sûr, mais je ne peux pas nier l'avoir éprouvée. Il peut se trouver là-bas lui-même, ou il peut s'agir de quelque chose d'autre. Quelque chose qui lui appartient.

— Les Élus disparus, a murmuré Ryder, les yeux brillants à la lueur des flammes.

— Ou peut-être une arme cachée.

— Ou une armée, a complété Gemma.

Un nouveau silence s'est abattu sur nous, chargé d'effroi et de questions muettes, jusqu'à ce que Talan s'éclaircisse la gorge.

— Il y a autre chose, a-t-il dit en caressant distraitement les doigts de Gemma avec son pouce. Quand on voyage autant que je l'ai fait, quand on s'arrête dans les auberges et les tavernes, quand on dort dans la rue, qu'on demande asile à des fermiers pour la nuit, quand on porte un visage insignifiant dans chaque ville, on entend toutes sortes de choses. Des rumeurs, des fables, des ragots généralement sans importance. Des histoires à dormir debout, des légendes colportées par des ivrognes. Mais j'ai remarqué des détails singuliers – des mots étranges, ou inconnus. Des versions différentes de la même histoire. Et une histoire en particulier a pris de l'ampleur à Gallinor au cours des semaines qui se sont écoulées en mon absence. J'en ai entendu des bribes partout, dans les rues hautes de Summer Amble jusqu'aux plus petits villages de la côte est.

Il a poussé un soupir et baissé la voix.

— Le mot qui ne cesse de revenir est « Moonhollow ». L'histoire autour de lui est celle d'un palais entouré de magnifiques jardins, où le vin coule à flots comme du nectar et où la nourriture vous donne une telle vitalité qu'il est inutile de dormir. Là, on peut danser éternellement sans être fatigué. Là, le soleil ne brille jamais, les fleurs ne boivent que le clair de lune.

Ryder a poussé un grognement en balayant l'air de la main.

— Des contes absurdes, un ramassis de légendes primordiales mises bout à bout et réinventées de toutes pièces par des ignares. Des histoires destinées à flatter l'imagination des enfants et nourrir les fantasmes débridés d'hommes désœuvrés. Avec tout ce qui se passe, rien d'étonnant à ce que les gens colportent de tels récits.

— En temps normal, je serais d'accord avec toi, a répliqué Talan, mais durant toutes mes années à parcourir ce monde au service de Kilraith, je n'ai jamais entendu cette histoire spécifique sur cet endroit particulier – Moonhollow. Et depuis que nous avons combattu Kilraith, depuis qu'il lèche ses blessures les dieux savent où…

Il s'est tu, et c'est Gemma qui a terminé sa phrase.

— Tu l'entends partout.

— Pas partout. Pas encore. Mais dans suffisamment d'endroits pour me sentir mal à l'aise.

Je me suis mordillé le pouce, préoccupée.

— Et à Vauzanne, ou à Aidurra, tu as aussi entendu parler de Moonhollow ?

Il a secoué la tête.

— Non, et c'est ça qui est intéressant. Je n'en ai entendu parler qu'ici, à Gallinor.

— Et c'est ici, à Gallinor, que se trouve une forêt protégée par une ceinture de magie que toi, un démon, tu ne parviens pas à franchir.

— Ce n'est pas une coïncidence, a déclaré Ryder.

— Non, a renchéri Gemma. Et ce n'est pas non plus une coïncidence que nous vivions ici – Farrin, Mara et moi –, à Gallinor.

La même réflexion m'était venue à l'esprit, mais elle était trop effrayante pour que je puisse l'envisager. Je la rejetais. Je la refusais. J'ai levé les yeux au ciel.

— C'est ça, et maintenant, on va parler du sang fée, n'est-ce pas ?

Gemma m'a décoché un regard de défi.

— Je reste ouverte à toutes les éventualités. Tu devrais essayer d'en faire autant, de temps en temps.

— Nous devons aller voir la reine, est intervenu Ryder sans me laisser le temps de répondre à la provocation de ma sœur. Demain. Tu lui raconteras tout ce que tu as vu, démon, et on verra de quelle façon elle réagit. Ce qu'elle sait, ce qu'elle ne sait pas.

Il s'est interrompu devant le regard noir et insistant que lui adressait Gemma.

— Talan, s'est-il repris en grommelant.

Gemma a opiné.

— Et nous jugerons de son état de santé. Nous verrons par nous-mêmes en quoi elle a changé – ou non – depuis notre dernière visite au palais.

— Tu veux dire que c'est moi qui vais juger de son état de santé, ai-je fulminé.

Que je réponde à la peur et l'incertitude par une réaction puérile n'était pas flatteur, mais je ne pouvais pas m'en empêcher.

— Ou, plus exactement, tu veux que j'espionne mon amie avant de vous faire un rapport.

— Plus que ton amie, c'est la reine, a observé Ryder sans ménagement. Et plus que son amie, tu es une magicienne élue chargée par les dieux de protéger ton pays.

— Si les dieux voulaient vraiment nous protéger, ils s'en seraient chargés eux-mêmes, ai-je répliqué. Ou ils auraient correctement scellé le passage vers l'Ancien Pays. Nous ne sommes pas les dieux. Ce n'est pas juste de nous imposer cette tâche.

Ryder m'a regardée d'un air railleur.

— Je ne t'ai jamais entendue te plaindre de tes devoirs d'Élue en temps de paix, Ashbourne, pas plus que je ne t'ai entendue critiquer la richesse et les privilèges accordés à ta famille.

Je me suis levée d'un bond, brûlante de honte.

— Ton propos est déplacé.

— Tout comme ta peur, a-t-il répliqué. Tu as le droit d'avoir peur, mais tu n'as pas celui d'être lâche. Tu vaux mieux que ça.

Ébranlée par son mordant, si loin de la douceur avec laquelle il s'était adressé à Jet à peine deux heures plus tôt, j'ai fait deux pas furieux vers lui.

— Comment oses-tu me traiter de lâche alors que c'est toi qui as joué ce tour immonde et lâche à mon père, c'est toi qui l'as battu et humilié devant des centaines de personnes ?

Il a émis un sifflement déçu.

— Je me suis déjà excusé pour ça, Farrin, et je ne vais pas recommencer. Nous étions ennemis. Nous ne le sommes plus. Et comment oses-tu refuser ce qui doit être fait quand tes sœurs sont vivantes et en bonne santé, alors que la mienne est très probablement morte quelque part, étouffée par la Brume ou éventrée par un monstre que nous connaissons à peine ? Un monstre que nous avons tout juste réussi à battre une fois et que nous pourrions bien ne pas vaincre une seconde fois ?

J'étais assommée. Il n'y avait pas d'autre mot. J'avais

l'impression qu'il m'avait giflée et, pire que tout, je ne pouvais pas lui en vouloir. Il avait raison. Je l'ai regardé, et à la vue de ses yeux bleus durcis par le chagrin et la colère, le dégoût de moi-même m'a submergée. Ils ont continué de parler autour de moi – Ryder, Gemma et Talan, envisageant le meilleur moyen de se rendre au palais, notre visite préalable à Gareth à l'université –, mais je les écoutais à peine, trop furieuse contre moi pour leur prêter attention.

Le départ de Ryder m'a tirée de ma sidération. J'en avais entendu assez pour savoir que la réunion était terminée ; notre expédition pour Fairhaven était fixée au lendemain dès l'aube.

Je me suis précipitée hors de la pièce. Ryder était déjà au bout du couloir, où un bel atrium envahi de lierre donnait sur le hall d'entrée en contrebas. Le soleil de l'après-midi se déversait par les fenêtres, baignant les lieux d'une lumière blanche et dorée.

— Ryder, attends ! me suis-je écriée.

Il m'a entendue et s'est arrêté devant l'escalier. J'ai couru vers lui et posé la main sur son bras – un geste qui m'a semblé un privilège que je ne méritais pas. J'ai mobilisé tout mon courage pour lui parler. Je voulais tellement qu'il comprenne.

— Je suis désolée, ai-je murmuré, les yeux sur sa veste, puis sur les boutons argentés de son col. Tu as raison, j'ai peur. Mais ce n'est pas une excuse, tu es tellement inquiet pour Alastrina, et… je n'ai pas réfléchi. Je suis vraiment désolée. S'il te plaît, crois-moi.

Il s'est rapproché de moi et m'a soulevé le menton afin de m'obliger à croiser son regard.

— Je te crois, m'a-t-il dit gentiment. Merci. Et je suis désolé de m'être emporté.

— Ta colère au moins était justifiée, la mienne était puérile.

— Non. Tu as raison de me rappeler ce jour. Trina et moi étions stupides, c'est une bonne chose de ne pas l'oublier. Plus nous nous en souviendrons, moins nous risquerons de recommencer.

Il a fait une pause pour m'adresser un sourire, un sourire empreint de tristesse.

— Au grand dam de nos parents qui veulent tellement que nous nous haïssions.

J'ai ri, si soulagée que j'en avais les genoux tremblants. Puis il s'est approché davantage et m'a prise dans ses bras, avec prudence, peut-être pour me laisser le temps de m'écarter. Mais rien ne me semblait pire que m'éloigner, rien n'était plus merveilleux que ce contact. J'ai fermé les yeux pour m'imprégner de sa force, goûter la chaleur et la solidité de son étreinte, l'incroyable tendresse de sa tête penchée sur la mienne. Et éprouver, une fois de plus, cette impression familière. Je me sentais à ma place dans le bouclier de ses bras, j'avais l'impression de retrouver un endroit que j'avais connu et qui me manquait terriblement.

Baignée par cette quiétude, j'ai subitement été capable de mettre un nom sur ma sensation et mes yeux se sont ouverts de stupéfaction.

Le garçon lumineux ! J'ai rassemblé mes souvenirs, le cœur battant : un teint pâle, des cheveux noirs en bataille, une silhouette plus grande que la mienne et, m'avait-il semblé, plus âgée que moi. Ryder avait le teint pâle, des cheveux noirs, et il avait vingt-huit ans, quatre de plus que moi. Le garçon lumineux m'avait soulevée entre ses bras pour fuir la maison en flammes. Il m'avait portée jusqu'à l'extérieur, loin du brasier, en sécurité. Et à présent, dans l'étreinte de Ryder, comme la veille lorsqu'il m'avait lui aussi soulevée de terre, j'éprouvais la même sensation de justesse, la même douleur.

Il m'a embrassé les cheveux et m'a lâchée. Je l'ai regardé dévaler l'escalier, traverser le hall à grandes enjambées et franchir la porte – pour aller voir Jet, me suis-je dit, et profiter des chevaux avant le déjeuner. Je l'ai regardé à travers les vitraux traverser rapidement le parc que nos jardiniers élémentaires paraient d'orange et or en l'honneur de l'arrivée de l'automne. Les pans de son manteau claquaient dans la brise fraîche, et ses cheveux fouettaient son visage, noirs et indisciplinés, comme les animaux qu'il aimait tant.

J'ai distraitement effleuré mes joues brûlantes, laissé glisser mes doigts sur ma peau. En l'absence de Ryder, je retrouvais mes esprits. Je me suis secouée en m'agrippant à la rambarde. Ryder, le garçon lumineux ? Seule sur le palier, j'ai failli éclater de rire. L'idée était absurde, au point de me faire douter de ma propre santé mentale. J'entendais d'ailleurs la voix moqueuse de Gareth. *Ma chérie, ce n'est pas parce que deux hommes et rien que deux t'ont portée dans ta vie, en dehors de ton père et moi, qu'ils sont une seule et même personne. Surtout quand l'un d'entre eux pourrait très bien n'avoir jamais existé ! Inutile de me regarder de cette façon. Je te crois, je t'ai toujours crue, mais nous sommes obligés d'admettre au moins la possibilité que ce garçon ait été une hallucination. Tu étais à un cheveu de la mort, après tout. Allons, laisse-moi te raccompagner dans ta chambre et te mettre au lit. Tu as de toute évidence besoin de sommeil. Je sais, je ne suis qu'un abruti. Je ne mérite pas du tout ton amitié.*

Je me suis frotté le front, comme si je pouvais réduire mes pensées agitées au silence, et j'ai suivi Ryder des yeux jusqu'à ce que je sente un regard levé vers moi. J'ai scruté la pièce, les paliers, et me suis figée.

Père était là, au milieu du second escalier, de l'autre côté du hall d'entrée. Il portait sa tenue d'entraînement, et une serviette était glissée autour de son cou. Même de l'endroit où j'étais, je sentais la colère qui se dégageait de lui et la fureur de son regard braqué sur moi. Son visage était rougi par l'effort, ses cheveux humides de sueur. Il était sur le qui-vive, ses pouvoirs de Sentinelle attisés par l'exercice, et ses yeux lançaient des éclairs. Je savais ce qu'il pensait. M'entraîner avec Ryder était une chose, déjà difficilement tolérable, mais qu'il m'enlace ? Et avec autant de tendresse ?

J'ai soutenu froidement son regard, même si mon cœur battait maintenant à tout rompre, et j'ai tourné les talons avant qu'il n'ait l'occasion de m'interpeller. Arrivée dans mes appartements, j'ai fermé la porte derrière moi, poussé le verrou et me suis laissée tomber par terre. Osmund est venu vers moi en trottinant, et je l'ai accueilli avec joie. J'ai essayé de ne pas penser à la frayeur que m'inspirait mon propre père, à l'inquiétante certitude qu'il n'accepterait jamais Ryder, ni aucun des Bask. Il s'opposerait à la paix jusqu'à son dernier souffle et mourrait aigri. Cette réflexion soulevait en moi une profonde tristesse doublée d'une colère frémissante. J'ai laissé ce sentiment m'envahir et m'y suis férocement accrochée jusqu'à avoir un mal de tête terrible qui m'empêchait de penser. J'ai serré Osmund contre moi, enfoui le visage entre ses oreilles soyeuses, et laissé son ronronnement bercer mon cœur déchiré.

☼

Mon apaisement n'a pas duré. Lorsque Gemma, Ryder, Talan et moi sommes arrivés à Fairhaven le lendemain matin, j'ai immédiatement compris que quelque chose n'allait pas. Nous sommes sortis du Trou-de-Vert qui partait du parc à gibier d'Ivyhill pour déboucher dans l'un des jardins de la cité jouxtant l'université, et, là, au milieu des arbres majestueux et des pelouses ondoyantes à l'herbe automnale dorée, l'air vibrait de panique.

J'ai d'abord vu la fumée : une spirale épaisse et noire s'élevait dans le ciel depuis le centre de la cité.

— Ça vient de la Citadelle ? a demandé Gemma dans un souffle.

Personne n'avait la réponse, et nous nous sommes dévisagés, impuissants. Le déguisement de Talan, sous un sortilège qui lui donnait l'apparence d'un homme aimable d'une cinquantaine d'années, correctement vêtu et portant des lunettes, me mettait mal à l'aise, même si je savais que c'était une ruse indispensable à notre sécurité autant qu'à la sienne.

Il a secoué la tête devant ma question muette.

— Je ne sens pas la présence de Kilraith dans les environs.

Je n'étais toutefois pas rassurée, surtout lorsque nous sommes arrivés à l'université. Ses bâtiments de briques claires étaient aussi somptueux que jamais, surmontés de tours, de clochers et de sculptures des dieux dressés vers le ciel, mais ses rues larges et ensoleillées étaient silencieuses et l'atmosphère pesante. Il y avait des étudiants, des professeurs et des jardiniers partout, les uns dans leurs robes immaculées, les autres vêtus de tabliers couverts de boue, certains plongés en petits groupes dans des chuchotements intenses, d'autres marchant à vive allure, les yeux baissés, la mine sombre. Ils portaient des livres, des parchemins ou des râteaux ; tout, à première vue, était normal. Mais l'agitation sous-jacente était palpable ; l'air était tendu, les discussions feutrées. Je ne cessais pas de surveiller la spirale de fumée, comme s'il s'agissait d'une créature céleste qui pouvait s'élancer pour nous attaquer d'une seconde à l'autre.

Nous avons rapidement traversé la bibliothèque principale et grimpé l'escalier jusqu'au bureau de Gareth. Nous venions seulement d'arriver sur le palier devant sa porte lorsqu'elle s'est ouverte sur son assistante, Heldine. Elle semblait aussi raide et revêche que d'habitude, ce qui m'a réconfortée. J'avais toujours apprécié son sérieux et ses manières désagréables : au moins, Gareth ne serait pas tenté de lui faire du charme. Je l'avais soutenu pour affronter les conséquences de beaucoup d'histoires sentimentales désastreuses, mais briser le cœur d'une femme qu'il employait était une faute que j'aurais du mal à pardonner.

— Eh bien, dépêchez-vous d'entrer ! nous a-t-elle lancé en nous faisant signe de nous hâter.

Le bureau personnel de Gareth était tapissé d'étagères croulant sous le poids d'innombrables ouvrages entassés de façon désordonnée. Dès qu'il nous a vus, il s'est levé d'un bond pour nous pousser à l'intérieur.

— Toutes les portes sont fermées ? a-t-il demandé à Heldine dans un souffle.

Au lieu de s'offusquer de l'insinuation selon laquelle elle aurait négligé son travail – une étourderie dont elle n'était certainement pas capable –, elle a opiné vigoureusement.

— Oui, professeur. Et je vais immédiatement remettre les sorts de protection extérieure en place.

— Bien, bien. Et ceux...

— Oui, les sorts intérieurs aussi.

— Parfait. Merci, Heldine.

Sur ce, il lui a fermé la porte au nez pour se tourner vers nous, le visage brillant d'excitation.

— Suivez-moi. J'ai quelque chose de merveilleux à vous montrer. Mais je ne l'ai pas ici, bien sûr. On vous procure toutes sortes de passages, une fois que vous êtes professeur émérite. Ce qui est très amusant, en plus d'être pratique et nécessaire.

Je l'ai attrapé par la manche avant qu'il ne puisse s'envoler.

— Attends un peu, ai-je dit, exaspérée. Que se passe-t-il ici ? Pourquoi tout le monde se comporte si bizarrement ? Et la fumée…

Il a opiné d'un air grave.

— Oui, la fumée. Cela fait partie de ce que je veux vous montrer. Voyez-vous, depuis les disparitions – il a lancé un regard compatissant à Ryder avant de lui donner une claque dans le dos, à laquelle Ryder a répondu par un grognement de reconnaissance –, il y a pas mal d'agitation dans la capitale, comme vous pouvez l'imaginer. Rien de trop houleux, pour l'instant, mais tout le monde veut savoir ce qui se passe, bien sûr, et ce que les Armées Haute et Basse ont l'intention de faire, ce que la reine elle-même a l'intention de faire et, heu, eh bien…

Il m'a jeté un regard prudent, et j'ai deviné ce qu'il allait dire. Le cœur m'a manqué.

— Elle ne s'est pas montrée, c'est ça ? ai-je demandé posément. Elle est enfermée dans la Citadelle ?

Gareth a opiné.

— Malheureusement, oui. Ce qui me porte à croire que la maladie qui l'affecte s'est aggravée. Des rassemblements ont eu lieu devant les portes de la Citadelle pour protester contre son silence et celui du Sénat, contre leur manque d'action apparent, et je ne blâme pas ces gens. Ils ont allumé des feux, campé devant les portes, défilé sur les remparts. En vain. Les portes restent closes, personne ne sait si le Sénat est réuni, et on n'a pas vu la reine depuis des semaines. Mais quelque chose se passe à l'intérieur de la Citadelle, que ce soit lié au gouffre, à la reine, ou à tout autre chose, parce que… regardez ça.

Il nous avait conduits, tout en parlant, à travers une série de passages dérobés, auxquels on avait accès par une étagère coulissante derrière son bureau. Il a baissé la tête pour franchir une dernière arche de pierre et, après s'être redressé, a tendu le bras de façon théâtrale.

Là, posée sur une table de bois quelconque, au centre d'une pièce exiguë, avec pour seule compagnie une lampe à la flamme vacillante, se trouvait la Couronne aux Trois Yeux.

Et elle bougeait.

Talan, en la voyant, a flanché. Le sort derrière lequel il se dissimulait s'est effacé en un instant pour révéler son véritable visage, décomposé. Gemma lui a pris la main et s'est positionnée légèrement devant lui. Ryder s'est précipité vers la chose, sur laquelle il s'est penché afin de l'examiner. Je l'ai suivi prudemment, fascinée malgré ma peur – et malgré les doutes le concernant qui s'étaient fichés en moi la veille. Je refusais de le regarder – son dos large, ses épaules musclées, ses cheveux noirs. Lui, le garçon lumineux ? J'avais presque réussi à me convaincre que c'était impossible. Le fils de mon ennemi, encore jeune et impétueux, aurait eu un revirement héroïque la nuit même où sa famille avait tenté d'assassiner la nôtre ? C'était absurde, ridicule. Un fantasme tout droit sorti d'un des romans fleur bleue que lisait Gemma. Et pourtant, l'idée continuait de rôder, contrariante. Je l'ai chassée comme si c'était une nuée de moucherons pour me concentrer sur la couronne.

Il semblait qu'elle contenait un mécanisme secret et qu'il s'était déclenché. Des pièces étaient déployées, altérant la forme initiale de la couronne et révélant des rouages internes. Le système bourdonnait faiblement en répétant un cycle de modifications. D'abord, la surface externe du bandeau de la couronne s'est divisée en dix carrés qui se sont détachés avant de s'éparpiller un à un, dans le désordre. Ils sont restés ainsi, à distance inégale du cercle de départ, tandis que les longs dards qui jaillissaient du bandeau, dans une parodie de splendeur royale, s'abaissaient l'un après l'autre pour s'ouvrir en corolle et s'étendre, mortels comme une série de pièges pour de petits animaux. Les trois joyaux couleur ambre, toujours enchâssés dans le bandeau, tournoyaient furieusement entre les griffes qui les retenaient. Puis la couronne s'est réassemblée, morceau par morceau, jusqu'à retrouver sa forme première, inerte et silencieuse, répugnante sur la table. Et, au bout d'un moment, le cycle a recommencé.

— Fascinant, a murmuré Ryder.

— N'est-ce pas ? s'est exclamé Gareth avec une fougue qui frôlait l'enthousiasme. Je ne sais pas ce qui déclenche ce mécanisme, mais ça dure depuis deux jours. J'ai tendance à m'en réjouir. Il est beaucoup plus facile d'étudier ses rouages quand ils s'exposent d'eux-mêmes au regard.

Talan s'est approché, le visage de marbre et d'une pâleur effrayante.

— Je ne perçois pas la présence de Kilraith. Je le sentirais s'il manipulait la couronne.

Il s'est tu un instant en secouant la tête.

— Elle n'a aucune influence sur moi. Je ne ressens aucune attraction, comme vous tous probablement. Je peux la regarder avec détachement.

Sa mine s'est assombrie.

— Enfin, avec assez de détachement.

— En effet, a renchéri Gareth. On peut dire que la force à l'œuvre ne semble pas spécialement maléfique. Ni bienveillante, d'ailleurs. Elle est là, tout simplement, et elle opère. Ça m'a tout l'air d'une sorte de dysfonctionnement mécanique.

— C'est monstrueux, a murmuré Gemma en regardant l'objet avec dégoût.

Je partageais son sentiment et me suis légèrement éloignée de cette chose affreuse. Son allure même, tout en arêtes tranchantes et découpes grimaçantes, était d'une cruauté épouvantable.

— Tu as dit que tu avais pu étudier ses rouages ?

— Absolument, a confirmé Gareth. Lorsqu'elle est inerte, la couronne est très difficile à examiner, même avec le plus puissant des sorts de déblocage – une mesure de défense qui n'a rien de surprenant – mais, dès qu'elle s'ouvre, elle offre nettement moins de résistance.

— Un sort de déblocage ? lui ai-je demandé en le regardant avec suspicion. Tu n'es pas Sorceleur.

Il a fait la grimace.

— Moi non, mais Heldine si.

Ryder s'est raidi et l'a foudroyé du regard.

— Tu as autorisé ton assistante à manipuler la couronne ?

— Je n'arrivais à rien tout seul. Ou plutôt, j'arrivais bien quelque part, mais beaucoup trop lentement. Je suis un Sage élu. Mes pouvoirs se limitent à l'intelligence et la mémoire – ce qui n'est pas rien, a-t-il ajouté dans un sourire goguenard. Vous l'admettrez.

Je me suis pincé l'arête du nez.

— Gareth.

— Toutefois, et en dépit de mes stupéfiantes capacités cérébrales, je ne peux pas tout étudier sans l'assistance d'autres sortes de magie. C'est tout l'intérêt de travailler à l'université : des professeurs et des étudiants extrêmement talentueux, chacun dans des domaines pointus, rassemblés au même endroit avec des livres partout. On apprend beaucoup mieux en travaillant ensemble. Mais je ne peux pas solliciter mes collègues comme je le fais d'habitude, pas sur un sujet aussi sensible. En revanche, je peux faire appel à Heldine. Ce n'est pas pour rien que j'ai engagé une Sorceleuse. Les plus pompeux de mes pairs m'ont pris pour un imbécile. Pour eux, seuls les Sages sont dignes d'intérêt. La plupart ne sont que des snobs à l'esprit étriqué.

— Et tu lui fais confiance ? a demandé Ryder d'un ton légèrement grondant.

— Aveuglément, a aussitôt répondu Gareth. C'est un modèle de discrétion et, même si on ne le dirait peut-être pas en la voyant, ses sorts sont fins comme des poignards.

— Une métaphore douteuse, a grommelé Ryder. Des poignards mal affûtés ne servent à rien.

Gareth a balayé cette remarque d'un geste.

— Tu as compris ce que je voulais dire. Le fait est qu'elle est une tombe. Elle ne dira rien à personne. Et ensemble – ma traduction des symboles gravés sur la couronne combinée à ses sorts d'investigation – nous pensons avoir trouvé quelque chose de passionnant.

Il a fouillé dans un tas de papiers par terre avant d'en brandir un, particulièrement long, couvert de gribouillis illisibles.

Nous l'avons regardé avec perplexité, tandis que le bourdonnement de la couronne, qui entamait un nouveau cycle, s'élevait dans la pièce.

— Gareth, a commencé Gemma, visiblement agacée, ça ne veut rien dire pour nous. C'est du charabia.

— Non, a glissé Talan à voix basse.

Il s'est approché de Gareth.

— Je peux ?

— Bien sûr, lui a répondu Gareth en lui donnant le papier.

Talan l'a longuement étudié, les yeux plissés.

— Je ne comprends pas tout. Ton écriture est déplorable.

Gareth a hoché une tête penaude.

— Je trouve que c'est trop long d'écrire correctement.

— Et je ne reconnais pas certains de ces langages.

— C'est justement ce qui est intéressant, a affirmé Gareth avec un regain d'enthousiasme. Ces gravures sur la couronne, ce sont des mots issus de centaines de langues différentes. Primordiales, sacrées, animales. Certaines sont si obscures que je ne peux que faire des hypothèses sur leur signification, parce que je n'ai pas de dictionnaire à ma disposition. Mais ceux que j'ai pu traduire disent tous la même chose.

— Trois, a murmuré Talan. Ils disent tous « trois ».

J'ai senti l'impatience me gagner. Je n'avais jamais aimé les devinettes et, subitement, il n'y avait que ça.

— Qu'est-ce ça veut dire ? Trois quoi ? Trois joyaux sur la couronne ?

— Trois sorts ? a suggéré Gemma. Trois façons de lier des serviteurs à Kilraith ?

— Ou un classement ? a proposé Ryder. Il y a plusieurs couronnes, et celle-ci est la troisième ?

Puis j'ai vu l'expression de Gareth, sa hâte de nous donner la réponse, et mon sang s'est glacé.

— Tu penses que ce chiffre trois fait référence à l'*ytheliad*, ai-je dit lentement. La malédiction qui liait Talan à Kilraith, une malédiction assez puissante pour transcender la frontière entre notre monde et l'Ancien Pays. Une malédiction si dangereuse que les dieux eux-mêmes ont voulu détruire toute connaissance à son sujet. Et c'est…

Je me suis tue, trop horrifiée par ma propre théorie pour l'énoncer à voix haute.

Gareth s'en est chargé pour moi.

— Ce que je crois, a-t-il commencé d'un ton solennel, c'est que l'*ytheliad* va bien au-delà d'un seul sort uniquement destiné à lier Talan à Kilraith. La couronne servait bien d'ancrage magique, comme nous le soupçonnions, permettant à Kilraith d'avoir un serviteur fidèle, capable de voyager d'un monde à l'autre et d'exécuter ses ordres. Mais je crois que celle-ci n'est qu'une seule de ces ancres, et que l'*ytheliad* créée par Kilraith est bien plus vaste. Une malédiction aux nombreux aspects et aux multiples fonctions.

— Tu penses qu'il existe plusieurs ancres, a murmuré Talan, le cœur au bord des lèvres, reliées entre elles pour renforcer son pouvoir et dispersées les dieux savent où.

— À travers ce monde et dans l'Ancien Pays ? a demandé Gemma faiblement.

— Et tu penses que celle-ci n'est que la troisième d'entre elles, a dit Ryder, le front plissé et la voix grave.

— Trois sur combien ? ai-je soufflé.

Gareth a secoué la tête.

— C'est ce qu'Heldine et moi tâchons de découvrir, même si les images et les mots qu'elle a exhumés grâce à sa magie ne sont que des fragments, comme des morceaux de verre après l'explosion de quelque chose d'énorme.

Il a jeté un regard sur la main gauche et gantée de Gemma,

en songeant probablement aux milliers d'éclats de verre incrustés dans sa peau il n'y avait pas si longtemps.

— Quand on ramasse un de ces morceaux après le désastre, on ne sait pas tout de suite combien ils sont, ni la taille de ce qui a volé en éclats. Il va nous falloir du temps pour déchiffrer ce qu'elle a trouvé et en découvrir davantage. Mais…

— Mais combien de temps, tu ne le sais pas, a terminé Gemma à sa place.

— Non, a-t-il admis.

Il m'a regardée, et j'ai tout de suite su ce qu'il allait dire. Je me sentais si fatiguée que j'en avais mal.

— Mais ce serait beaucoup plus rapide si tu avais accès aux archives royales.

— De toute façon, nous allons voir la reine, a-t-il observé, et elle nous a déjà donné cet accès par le passé, qu'elle l'ait souhaité ou pas. Tu te rappelles le livre apparu dans mes mains, le jour où les chimères ont envahi le palais ? Ce livre qui nous a renseignés sur l'*ytheliad*, le livre sans lequel je n'aurais peut-être jamais appris l'existence de cette malédiction…

— Oui, oui, j'ai compris, l'ai-je coupé d'un ton brusque.

Un silence pesant s'est installé. Je savais qu'ils attendaient que je parle, que la suite dépendait entièrement de moi – et cela, tout à coup, m'inspirait une telle colère que j'ai dû serrer les poings pour éviter les réactions intempestives ou acerbes qui me venaient à l'esprit, me disant toutes de fuir, de refuser d'intervenir ou d'insulter des gens qui ne le méritaient pas.

Je sentais les yeux de Ryder posés sur moi et je me suis souvenue de ses paroles la veille. *Tu as le droit d'avoir peur, mais tu n'as pas celui d'être lâche. Tu vaux mieux que ça.*

Et il avait raison. Je valais mieux que ça. J'allais au moins essayer de me montrer à la hauteur, quelle que soit la révolte que cet effort lui-même m'inspirait. J'étais tellement fatiguée de faire des efforts tout le temps, pour tout le monde et pour tout faire. J'avais si souvent l'impression d'escalader une montagne dont le sommet se dérobait sans cesse.

Mais si je ne grimpais pas, que se passerait-il ? Je m'assiérais dans la neige et me laisserais mourir ?

La perspective était séduisante. Je me suis secouée, effrayée par la tournure de mes réflexions et leur capacité à me suggérer toutes sortes de fantasmes dangereux.

— Très bien, ai-je décrété en ignorant Ryder au prix d'une lutte héroïque. Nous n'avons plus une seconde à perdre. Allons immédiatement à la Citadelle. Si on nous laisse franchir les portes.

J'ai fait demi-tour et quitté la pièce, laissant les autres s'empresser de me suivre.

Chapitre 12

On ne nous a pas laissés entrer dans la Citadelle.

Le désordre était complet. Des centaines de gens étaient agglutinés devant les portes nord, les plus proches de l'université. Ils criaient pour voir la reine, ou les membres du Sénat, secouaient les grilles de fer, agitaient des torches allumées, jetaient de la nourriture avariée. Ceux qui tentaient d'escalader le grand mur d'enceinte étaient repoussés, avec une politesse presque comique, par les gardes stationnés au sommet. Et, partout où nous tournions les yeux, les manifestants brandissaient des portraits représentant, je le supposais, ceux qui avaient disparu – des enfants et des adultes, hommes et femmes, jeunes et vieux. Les mêmes visages revenaient souvent, et certains avaient été accrochés au rempart au-dessus d'autels couverts de pièces, de fleurs et de bougies.

Je les ai regardés rapidement, la gorge nouée. Il y avait le jeune Dornen Lerrick, à côté de deux autres figures – deux hommes séduisants, l'un au teint pâle, l'autre brun, vêtus de beaux vêtements et souriants. Je me suis demandé s'il s'agissait des Lords Wynn et Moris du village de Devenmere.

Et, quelques portraits plus loin – après celui d'un jeune homme dégingandé, d'une femme âgée, d'un fermier rougeaud et joyeux – se trouvait celui d'Alastrina.

La personne qui avait commandé ce portrait tenait

manifestement Alastrina en grande estime. Il était dessiné au fusain, tout en noir, à l'exception de sa peau claire et des deux points bleus de ses yeux. Elle avait l'air altier, retors, et sa robe comme ses cheveux étaient parés de plumes noires.

J'ai jeté un regard à Ryder, en espérant qu'il ne l'avait pas vu, mais l'image, bien sûr, ne lui avait pas échappé. Il était tout à côté de moi, les yeux sur le tableau, une expression indéchiffrable sur le visage.

Toutes mes conjectures hasardeuses sur le garçon lumineux me sont apparues stupides et même insultantes. Ryder n'était pas un personnage imaginaire de mon enfance ; c'était un homme qui avait perdu sa sœur, un homme qui luttait férocement pour ne pas se laisser dévorer par le chagrin.

Je lui ai effleuré le bras.

— Ryder…

Il m'a pris la main pour la serrer avant de la relâcher.

— Pas maintenant. Par ici.

Il s'est faufilé dans la foule, dégageant adroitement le chemin pour nous, mais, au moment où nous sommes arrivés devant l'entrée, j'ai compris l'inutilité de tout ce que je pourrais dire avant même d'ouvrir la bouche. De l'autre côté se tenaient dix gardes aux visages imperturbables. Parmi eux, une femme m'a reconnue – je l'ai vu dans le bref éclat qui a traversé son regard –, mais lorsqu'elle a murmuré quelques mots à l'un de ses compagnons, celui-ci a secoué énergiquement la tête. Elle m'a adressé un air désolé avant de réintégrer sa place, reprenant sa posture vigilante et sa mine fermée.

J'ai tout de même tenté ma chance.

— Excusez-moi, ai-je crié pour me faire entendre malgré le vacarme de la foule, je suis Farrin Ashbourne, une amie de la reine. J'aimerais la voir. Elle est toujours heureuse de…

— Nous savons qui vous êtes, Lady Farrin, m'a interrompue le plus âgé des gardes, un homme costaud au teint foncé, une écharpe rouge en travers de la poitrine. Mais nous avons reçu l'ordre de ne laisser entrer personne. Pas même vous.

Cette précision m'a fait tressaillir.

— On m'a nommée personnellement ?

Le garde a opiné.

— Oui. Lord Thirsk en personne. Ses instructions étaient très claires.

Thirsk, le premier conseiller de la reine. J'en suis restée muette de stupéfaction.

— Toutefois, a repris le garde non sans obligeance, je suis certain que si vous écrivez à la reine, elle sera heureuse d'avoir de vos nouvelles.

— Bien sûr, ai-je répliqué sèchement avant de faire demi-tour.

Si Thirsk ne voulait pas que je voie la reine, je doutais qu'il accepte de lui transmettre mes lettres.

Nous nous sommes regroupés à l'écart des manifestants, non loin du portrait d'Alastrina.

— Que fait-on maintenant ? a demandé Ryder.

Il n'a regardé qu'une seule fois le portrait de sa sœur, les épaules raides, les poings serrés.

— Toute la question, ai-je répondu, est de savoir si la décision de nous interdire l'accès à la Citadelle relève d'une initiative personnelle de Thirsk ou d'une demande de la reine.

— Yvaine n'aurait jamais demandé une chose pareille, est intervenue résolument Gemma. C'est impossible. Elle t'aime, Farrin, et après tout ce qu'elle nous a dit la dernière fois, au sujet de notre importance dans ce qui se passe...

Talan l'a interrompue. Il avait repris son camouflage – celui d'un homme avenant d'une cinquantaine d'années pourvu de lunettes –, et c'était toujours aussi étrange d'entendre sa voix douce et familière dans la bouche d'un parfait inconnu.

— Je peux nous faire entrer, a-t-il glissé, si on trouve un endroit moins bondé, avec moins de gardes.

J'ai tout de suite croisé le regard de Ryder.

— Le jardin près de mon salon de musique, ai-je dit.

Il a opiné.

— Des sortilèges protègent l'entrée, ai-je continué, mais ils ne me concernent pas. À moins qu'ils n'aient été modifiés, mais je ne crois pas que l'influence de Thirsk aille jusque-là. Et avec toute l'agitation provoquée par le gouffre, les manifestations, la maladie d'Yvaine…

— Les sortilèges de protection sont peut-être suffisamment instables pour me laisser passer aussi, a terminé Talan en acquiesçant.

Aucun de nous ne s'est arrêté sur l'aspect inquiétant de cet espoir : si les sorts défensifs étaient fragilisés, la Citadelle était encore plus vulnérable.

Gemma a saisi le bras de Talan.

— Attends. Qui nous dit que le gouffre n'est pas l'œuvre de Kilraith et donc un moyen d'accès pour lui ? Tu as réussi à lui échapper jusqu'à présent, mais recourir à tes pouvoirs si près d'une aberration magique de cette ampleur pourrait l'alerter.

Talan a posé la main sur la sienne et lui a souri.

— Pas si je suis vigilant et rapide.

Il m'a regardée.

— Farrin ?

J'ai ravalé mes doutes et évité de croiser le regard anxieux de Gemma.

— Par ici.

❊

La foule était nettement moins dense devant les portes ouest. Je voyais, de l'autre côté, le grand jardin qui s'étendait au pied de mon salon de musique. Il n'était pas aussi somptueux que celui en contrebas de la Perle de la Mer, la salle de bal du palais ; il était plus petit, plus modeste, orné de beaucoup moins de fontaines ou de sculptures végétales.

Un petit nombre de manifestants se tenait devant les portes. Ils criaient les mêmes revendications que les autres – où était la reine, que faisait-elle pour protéger son peuple et retrouver les disparus ? – mais l'atmosphère était moins explosive. Ryder et Gemma sont restés en bordure de la foule, tandis que Talan et moi approchions des portes. Je retenais mon souffle, frémissante d'appréhension. Talan était un démon supérieur – un descendant de la déesse Zelphenia et du dieu Jaetris – et possédait pour cette raison d'immenses pouvoirs mentaux et de mystification. Il pouvait modifier son apparence, percevoir les états d'esprit et les influencer, pénétrer les pensées et convaincre les gens que la vérité était fausse et le mensonge une vérité. J'espérais que sa magie n'allait pas attirer Kilraith à lui comme une mouche par le miel.

— Bien le bonjour, a-t-il lancé gaiement, sous les traits d'un homme aimable et tout à fait inoffensif, aux cinq gardes en faction derrière l'entrée. Vous pourriez peut-être m'aider ?

Gemma m'avait dit à quoi m'attendre lorsque Talan exerçait son pouvoir, mais je n'étais pas pour autant préparée à ses effets. L'air s'est immédiatement réchauffé, comme si j'étais soudain passée d'une ombre lugubre en plein soleil. Sa magie s'est répandue sur la foule alentour, qui s'est calmée, et sur les gardes, dont les visages sévères se sont adoucis pour afficher une expression plus amène.

— Bien sûr, monsieur, a répondu l'un d'entre eux, une femme costaude à la peau brune légèrement ridée et aux cheveux blancs coupés court. Que souhaitez-vous ?

J'ai à peine écouté Talan. Il m'avait déjà raconté le mensonge qu'il allait leur servir : il espérait avoir accès aux jardins royaux car ils abritaient une espèce rare d'azalées, qu'il voulait observer pour un livre qu'il préparait sur les curiosités botaniques de Gallinor. Moi, son assistante, je l'accompagnais pour prendre des notes. Je gardais la tête baissée, trop nerveuse pour me concentrer longtemps sur ses paroles ; s'il y avait la moindre faille dans sa magie, le plus petit doute, un de ces gardes me reconnaîtrait sûrement.

Mais ils s'écartaient déjà pour nous laisser entrer, le visage souriant et le regard légèrement hébété, tandis que les gens dans la foule derrière nous agitaient la main, comme pour souhaiter bon voyage à des amis qui s'en allaient. Sans oser chercher Gemma et Ryder des yeux, j'ai suivi Talan dans le jardin, en tressaillant lorsque les portes se sont fermées derrière nous.

Quelques pas plus loin régnait la plus grande quiétude. L'agitation au-delà du mur d'enceinte était étouffée par la profusion de buissons fleuris. Les branches des bouleaux argentés se rejoignaient pour former une arche au-dessus de nous. Talan, d'un débit calme et régulier, entretenait la conversation avec les gardes qui nous avaient suivis, les complimentant sur leurs uniformes, l'éclat de leurs épées, s'émerveillant de la grande palette de jaunes répandue par l'automne sur la nature. Je restais aussi près de lui que je le pouvais sans avoir l'air ridicule ; j'avais le sentiment que je risquais moins, de cette façon, d'être découverte, même si je savais pertinemment que Talan était un démon puissant, doué, et que ce subterfuge n'avait aucun secret pour lui. Il voyageait comme ça depuis des semaines et des semaines, et, même avant, il l'avait fait pendant des années pour le compte de Kilraith. Ce n'était pas, et de très loin, la première fois qu'il exerçait ce type de magie.

Mais chaque fois que nous croisions un nouveau garde, dans le laps de temps infime qui s'écoulait entre son regard posé sur nous et l'intervention de Talan pour noyer sa perplexité par ses mensonges, une peur glaciale me saisissait. L'un d'eux n'était-il pas Kilraith, lui-même déguisé ? Talan n'allait-il pas intervenir une seconde trop tard, révélant mon identité et ruinant tout notre plan ?

Ma tension devait être palpable car, au bout d'un moment, j'ai senti sa main rassurante se poser sur mon dos. Et je l'ai entendu dire :

— Ah ! Nous y voilà.

Dans ma panique, je n'ai pas immédiatement saisi le sens réel de cette remarque. Il s'est accroupi à mes pieds pour contempler une fleur rouge vif qui pouvait être, ou pas, une azalée.

— Nous y voilà, a-t-il répété avec insistance. C'est très

surprenant de voir une fleur printanière en pleine éclosion au début de l'automne. Dites-moi, l'un d'entre vous connaît-il les jardiniers élémentaires chargés d'entretenir ce jardin ? J'ai beaucoup de questions à leur poser concernant leurs méthodes.

Il a posé le talon sur mon pied, et cette légère pression m'a sortie de ma torpeur. *Nous y voilà.* Ces mots n'étaient autre que le signal auquel j'étais censée réagir. J'ai jeté un regard affolé autour de nous, et le cœur m'a manqué en voyant, derrière les arbres tout proches, les premières marches de l'escalier de pierre qui conduisait à la terrasse de mon salon de musique. Au-dessus d'elle s'élevait la tour de la reine. Nous étions tout près, et il était grand temps de me mettre à courir.

J'ai baissé les yeux sur Talan, qui avait l'air un peu ridicule, accroupi par terre, ses lunettes sur le bout de son nez d'emprunt, une fleur tendrement tenue au creux de sa paume. J'ai remarqué, avec terreur, une goutte de sueur sur sa tempe. Une centaine d'explications angoissantes me sont venues à l'esprit. Il était épuisé ; sa magie était sur le point de le lâcher ; les sortilèges dispersés partout dans le jardin le tuaient.

Mais il m'a adressé un petit signe de tête assuré, et une vague de chaleur s'est répandue dans l'air – une nouvelle impulsion de sa magie pour assurer son emprise sur les gardes.

J'ai pivoté et me suis enfuie pour me faufiler entre les arbres, remonter l'allée en direction du perron. Des voiles et des voiles de magie défensive s'écartaient sur mon passage, comme si je repoussais d'invisibles membranes destinées à protéger quelque chose de précieux contre l'envahisseur. Mais je n'étais pas une intruse, cette magie me considérait comme un élément constitutif de la tour de la reine, au même titre que les pierres de ses murs.

J'ai fait irruption dans mon salon de musique, en éprouvant un sentiment de triomphe en même temps qu'une vive inquiétude de constater que la porte n'était pas verrouillée. Je l'ai refermée sur moi et me suis appuyée contre le mur pour reprendre mon souffle. J'avais la tête qui tournait, je devais absolument reprendre mes esprits. Il y aurait des gardes en faction partout dans la tour, surtout si Thirsk et les autres conseillers étaient déterminés à maintenir la reine dans l'isolement le plus strict. Mais Yvaine avait installé secrètement, des années plus tôt, un cordon de sonnette dans cette pièce, caché derrière une pile de partitions et envoûté par un Sorceleur afin de ne réagir qu'à mon contact. La clochette à laquelle il était relié se trouvait dans un minuscule médaillon d'argent qu'Yvaine portait toujours, dissimulé sous ses vêtements. Où qu'elle se trouve dans le palais, elle l'entendrait tinter.

J'ai couru jusqu'à l'étagère, trouvé le cordon de velours et hésité. Si je tirais, Yvaine saurait que j'étais ici et viendrait immédiatement. Mais si elle était sous bonne surveillance, comme je le craignais, et si elle était trop malade pour défier ses gardes…

— Farrin ? a demandé une petite voix, pleine d'espoir.

J'ai pivoté et aperçu un tourbillon de cheveux blancs et de mousseline pêche juste avant qu'Yvaine ne se jette dans mes bras. Elle a passé les siens autour de mon cou et enfoui le visage dans mes cheveux. Je l'ai serrée contre moi un long moment, tremblante de soulagement. Les larmes me piquaient les yeux, tandis que j'essayais de me rappeler la dernière fois que nous nous étions retrouvées seules, réunies et paisibles, ou à peu près. Il y avait eu la nuit du bal, après cette crise qu'elle avait eue devant le gouffre ; je l'avais aidée à s'endormir, mais nous étions sous les regards vigilants des gardes, et elle comprenait à peine où elle était et encore moins que j'étais là, à côté d'elle.

Cette fois, c'était différent. C'était agréable et habituel.

Je me suis écartée légèrement, à contrecœur, haïssant toutes les questions et les exigences que j'allais bientôt devoir lui imposer. Elle a dû sentir ma réticence, car elle m'a observée attentivement avant de reculer avec la grâce aérienne d'une plume.

— Tu as peur, a-t-elle dit. Viens t'asseoir et me raconter.

Je l'ai laissée me conduire vers le divan installé dans un recoin de la pièce. Une pile de livres était posée à côté de plusieurs tasses au fond desquelles restait un peu de thé refroidi et de deux assiettes parsemées de miettes. Des pantoufles traînaient sur le tapis, et une courtepointe était tirée sur les coussins.

— Vous dormez ici ? ai-je demandé.

Elle s'est assise délicatement au bord du divan, l'air penaud.

— J'espère que cela ne te dérange pas. C'est le seul endroit où je trouve un peu de repos. Thirsk et moi avons conclu un marché. Je peux rester toute seule ici, c'est-à-dire sans surveillance, à condition que je ne quitte pas cette pièce. Je ne l'ai pas fait et je ne le ferai pas. Ici, je peux imaginer que tu es avec moi.

Un rire faible, chargé de tristesse, lui a échappé.

— J'aurais sans doute dû m'employer à nouer davantage d'amitiés, ici, à la Citadelle, en dehors de la tienne. Le fait est que la plupart des gens ne me considèrent pas et ne me traitent pas comme une personne, mais comme une reine. Et cela n'est pas un fondement solide pour construire la confiance nécessaire à l'amitié.

Je suis allée m'asseoir à côté d'elle, en choisissant mes mots avec soin. Les siens me semblaient cruels, me déchiraient avant même que je ne prenne la parole. J'ai poussé un soupir et me suis lancée.

— J'ai beaucoup de choses à vous dire, Yvaine. Mais avant, je dois vous poser une question intime. Elle va vous sembler idiote, mais c'est important pour moi, et j'espère que vous n'allez pas vous moquer.

Son expression s'est éclaircie.

— Tu m'intrigues. Et je t'ai toujours prise au sérieux. Je t'écoute.

Je me suis forcée à croiser son regard.

— Vous connaissez l'existence du garçon lumineux.

Elle a opiné avec gravité.

— Bien sûr.

Une bouffée de reconnaissance m'a envahie. Elle avait toujours accepté mon histoire et admis l'existence de ce personnage ; elle ne m'avait même pas une seule fois suggéré d'abandonner ce souvenir auquel je m'accrochais si fort.

Je lui ai raconté la suite rapidement, en trébuchant sur mes mots.

— Voilà, j'ai, heu, passé plus de temps dernièrement en compagnie de Ryder Bask, et je me demande… Je n'aime pas vous poser cette question, mais vous avez un don de clairvoyance, la capacité de savoir où sont les gens, de sonder le passé et le futur, même vaguement. Et je n'ai jamais – jamais – voulu profiter de notre amitié. Mais, par tous les dieux, Yvaine, je sais que c'est idiot, mais j'ai cette impression étrange, cette… intuition impossible à décrire, et je suis tellement désemparée…

— Tu te demandes si Ryder Bask est ton garçon lumineux, a-t-elle déduit gentiment.

J'ai opiné en rougissant d'embarras. Entendre Yvaine formuler mon interrogation délirante à voix haute la rendait encore plus absurde.

— Chère Farrin.

Elle a posé sa main tiède sur la mienne et s'est penchée pour chercher mon regard.

— Ne crois-tu pas que je te l'aurais dit depuis longtemps si tel était le cas ? J'aurais facilement senti une chose pareille, et te la révéler aurait épargné des années de guerre à vos familles, elle vous aurait peut-être même permis de faire le premier pas vers la paix.

Je n'avais jamais éprouvé de soulagement semblable. Son regard était limpide, ouvert, sincère ; sa voix pleine de compassion. Elle ne me mentirait pas, pas à ce sujet.

J'ai fermé les yeux et ri légèrement.

— Merci. Je n'aurais pas été capable de penser à autre chose, si vous n'aviez pas…

J'ai interrompu mon flot de paroles maladroites. Je lui avais déjà pris bien assez de son temps pour cette préoccupation ridicule et égoïste. Je l'ai aussitôt repoussée tout au fond de moi pour l'y laisser.

— Me voilà soulagée d'un poids, ai-je dit simplement. Merci.

— Je t'en prie, a-t-elle répondu, avant de poursuivre d'un ton plus grave. Mais je ne pense pas que ce soit la seule raison de ta présence ici.

J'ai secoué la tête, ma brève euphorie vite balayée.

— Non, en effet. Loin de là.

Elle a semblé subitement très âgée. Dehors, les nuages se sont dissipés, et le soleil a brutalement éclairé son visage.

— Et ce que tu dois m'annoncer n'est pas de très bon augure, n'est-ce pas ? Tu sembles aussi accablée que moi.

— Je ne vais pas vous mentir, Yvaine. Rien de tout cela n'est agréable, et vous n'allez pas apprécier grand-chose de ce que j'ai à vous dire, peut-être même rien du tout. Mais vous devez l'entendre.

Elle s'est figée. J'ai vu les dernières traces de bonheur disparaître de son visage, et mon cœur s'est cruellement serré. J'aurais tellement voulu pouvoir tout effacer, rester simplement avec elle et ne bavarder que de sujets sans aucune importance : les stupides ragots du palais, la dernière catastrophe amoureuse de Gareth, la sensation des baisers de Ryder. Accompagner son chant drolatiquement discordant au piano, aller aux cuisines et piller le garde-manger, ou suivre – sans grand succès si on se basait sur nos expériences précédentes – ses tentatives de m'apprendre les pas de la dernière danse à la mode.

Mais au lieu de ça, Yvaine a hoché la tête et posé dans le mien son regard royal et détaché.

— Bien, je t'écoute.

J'ai tâché de ne pas me sentir blessée par son intonation, mais de m'en réjouir. Elle me facilitait la tâche. Nous n'étions plus des amies, en ce moment, liées par des années d'affection, mais une reine et sa vassale.

— Tout d'abord, ai-je commencé, je dois vous demander d'être parfaitement sincère avec moi, comme nous l'avons toujours été l'une envers l'autre. Êtes-vous malade ?

Sa réponse est tombée sans appel.

— Oui.

J'ai dégluti péniblement. Ce n'était pas une surprise, mais je devais quand même retenir mes larmes.

— Jusqu'à quel point ?

— Je ne sais pas. Personne ne le sait. Je…

Son front s'est légèrement plissé.

— Mes pouvoirs se manifestent parfois de façon subite, sans que je les aie requis. Comme s'ils étaient, depuis des années, comprimés en moi et surgissaient à la première fissure. Des choses qui ne le devraient pas m'échappent. Il y a des jours entiers dont je ne me souviens pas. Je reprends mes esprits dans les endroits les plus saugrenus, au grand effroi de mes conseillers paniqués, parce qu'ils m'ont cherchée en vain pendant des jours et que je suis incapable de leur dire où j'étais.

Sa voix était devenue de plus en plus faible au cours de son récit et, lorsqu'elle s'est tue, elle a levé des yeux implorants sur moi, ses mains blanches crispées sur ses genoux.

J'ai fait de mon mieux pour ne rien montrer de l'horreur qui me saisissait. C'était pire que ce à quoi je m'attendais.

— D'accord. Merci de me l'avoir dit. Et…

Je me suis interrompue pour m'agripper au coussin du divan et retenir mon impulsion de lui apporter un réconfort illusoire, de lui dire que tout irait bien, qu'il n'y avait aucune raison de s'inquiéter.

— Et vos guérisseurs, ai-je repris, ont-ils identifié ce mal ?

Un faible sourire s'est étiré sur ses lèvres.

— Ils n'ont rien à quoi se référer. Je suis unique en mon genre.

— Mais les pertes de mémoire, l'activation intempestive des pouvoirs, leur usage involontaire sont des symptômes communs à d'autres affections ?

— Bien sûr. La dégradation de la magie due au vieillissement. La dégradation de la mémoire due au vieillissement. La disparition totale de la magie due, une fois de plus, au vieillissement.

Je n'étais pas certaine de la façon de formuler ma prochaine remarque sans paraître indélicate.

— J'imagine que vous êtes d'un âge… avancé.

Elle m'a regardée avec un amusement affectueux.

— Je le suis sans l'être. Je suis sans âge, Farrin. Un jouet entre les mains des dieux. Des centaines de milliers de personnes ont vécu et sont mortes de mon vivant, des centaines de milliers d'autres vivront et mourront tandis que je serai toujours là. La durée de la vie, pour moi, n'a aucun sens. Tu le sais.

— Je le sais, oui, mais… Est-il possible que…

J'ai secoué la tête, impuissante et malheureuse.

— Quelque chose cloche dans la Brume du Milieu, comme au Croissant des Tempêtes et au Bois des Nœuds. Et vous non plus n'allez pas bien. Se pourrait-il qu'il y ait un lien ? Notre…

J'étais sur le point d'exprimer une peur qu'aucun de nous – pas même Mara dans ses lettres accablantes – n'avait jamais formulée.

— Notre monde est-il en danger, Yvaine ? Votre existence arrive-t-elle à son terme ? Et cela signifie-t-il la fin d'Edyn ?

Ses paupières ont papillonné. Elle a pris une courte inspiration, hésité.

— Quelque chose cloche dans la Brume du Milieu ?

Je l'ai dévisagée avec stupéfaction, trop sidérée pour cacher mon émotion. Une immense terreur, plus froide et plus écrasante qu'il n'était permis de l'imaginer, s'est abattue sur moi. Elle ne savait pas. Personne ne l'avait informée, aucun de ses conseillers, mais surtout – et c'était encore pire –, elle n'avait rien perçu elle-même de la vérité. Elle, Yvaine Ballantere, haute reine d'Edyn, choisie par les dieux il y avait des milliers d'années pour nous protéger, était dans l'ignorance totale de ce qui se passait.

Je me suis soudain sentie plus démunie qu'une enfant terrorisée et j'ai serré les bras sur moi, en baissant les yeux vers le sol. Un poids terrible s'écrasait sur mes épaules, me comprimait la poitrine, mais je n'allais pas pleurer ; je refusais de pleurer.

Yvaine a posé la main sur la mienne. Je l'ai regardée à travers un voile brillant de larmes à peine contenues.

— Dis-moi tout ce que tu sais, m'a-t-elle demandé d'un ton doux et patient qui m'a rappelé ma mère et frappée avec la violence d'un coup de bâton de Ryder.

Ma mère, quand la famille était au complet et heureuse. Ma

mère, avant que tout ne s'effondre et qu'elle nous laisse endurer seuls la souffrance.

J'ai essuyé mon visage et obéi. Je lui ai tout raconté : ce que Talan avait appris au cours de ses pérégrinations, ce que Mara nous avait dit dans ses lettres – les Feux de Brume, le mal qui s'étendait dans la Brume du Milieu –, ce que notre visite à la Gardienne nous avait révélé. Quand j'ai parlé de Devenmere et de la magie coercitive que la Gardienne avait employée pour étouffer l'état réel de la Brume, l'expression d'Yvaine s'est durcie.

— Llyleth, a-t-elle murmuré avec colère.

J'ai compris qu'il s'agissait du véritable nom de la Gardienne.

— Cet usage de la magie va bien au-delà de ses attributions. Je vais la faire venir immédiatement et lui parler.

— Ce n'est hélas pas aussi simple, ai-je dit. La Gardienne n'a pas exercé cette magie coercitive sur Gemma, Gareth ou moi, et elle en a libéré, me semble-t-il, Ryder. Je ne sais pas de quelle manière elle s'y est prise, comment il est possible d'exercer un tel pouvoir à une échelle si large et en même temps de façon si précise...

J'ai laissé ma phrase en suspens, dans l'espoir qu'elle m'explique tout, mais elle s'est contentée de me regarder et d'attendre.

— Ce que je veux dire, me suis-je empressée de poursuivre, c'est qu'elle nous a laissés venir ici, sans altérer notre perception de la vérité, afin de vous présenter une demande.

Pas une demande, avait précisé la Gardienne. *Une exigence.* Mais je n'étais pas capable d'aller jusque-là, je pouvais à peine regarder Yvaine dans les yeux.

— Elle t'a envoyée parce qu'elle pense que je serai plus réceptive à sa demande si elle vient de toi, a dit gentiment Yvaine.

J'ai opiné, les yeux baissés.

— Elle veut que vous demandiez au Sénat de rédiger un décret de mobilisation générale pour renforcer les effectifs de l'Ordre de la Rose. J'imagine que les autres Gardiennes veulent la même chose, sur leurs continents et pour leurs Ordres, mais je n'en suis pas certaine. Je ne sais que ce que notre Gardienne a demandé.

Yvaine était très calme.

— Qu'a-t-elle dit d'autre ?

J'ai perçu le ton légèrement menaçant de sa voix, et je m'en suis voulu d'en être la cause, même indirecte.

— Elle nous a dit que si aucun signe en direction de cette mobilisation ne lui parvenait d'ici la fin de la semaine prochaine, elle nous reprendrait la Couronne aux Trois Yeux.

— La Couronne aux Trois Yeux. L'objet maudit autrefois incrusté dans le crâne de Talan d'Astier ?

— Oui, Gareth l'a emportée à l'université…

— Je ne veux rien savoir de plus à son sujet, m'a coupée brusquement Yvaine.

Elle s'est levée pour s'éloigner rapidement. Dos à moi, elle a regardé par la fenêtre le jardin en contrebas.

— Je ne dois pas savoir où se trouve cet objet ni ce que vous en faites. Je ne crois pas qu'il soit prudent que je le sache.

— À cause de votre maladie ?

Elle a opiné.

— Parce que j'ignore où je vais, ce que je fais, durant ces jours d'oubli. Et si un tel objet devait entrer en ma possession, je ne suis pas sûre de ce que je pourrais en faire. Je ne suis pas sûre de ne pas commettre un acte regrettable, bien que je ne puisse pas imaginer lequel.

Elle a porté une main tremblante contre sa tempe.

— Ce n'est pas de moi telle que je suis devant toi que j'ai peur. Mais de celle qui disparaît. Celle qui s'est mise à vociférer devant le gouffre. Je ne me rappelle même pas ce que j'ai crié, cette nuit-là.

Elle s'est retournée vers moi, les yeux brillants, et m'a offert un sourire doux, empli de tristesse.

— Je me souviens toutefois de ton chant. Je me souviens que tu as veillé sur moi ensuite. Je t'en suis reconnaissante, je ne crois pas te l'avoir dit.

Je ne voulais pas aller plus loin, mais je le devais. J'espérais seulement qu'elle verrait la peine que cela me causait.

— Je ne vous dirai donc pas tout ce que nous entreprenons, mais... Yvaine, je dois vous en dire un peu. Nous tâtonnons dans le noir, nous essayons de comprendre ce qui se cache derrière tout ça, quelles sont les forces à l'œuvre, les liens entre les choses, comment les réparer ou les défaire, mais...

— Vous devrez le faire sans moi, a-t-elle tranché. Au moins tant que je ne serai pas rétablie. Pour l'heure, je dois me consacrer à la protection de cette cité. Un bastion sûr, un refuge vers lequel le peuple d'Edyn peut se tourner.

— Mais ce refuge n'est-il pas déjà attaqué ? Le gouffre, les disparitions...

— Ne crois-tu pas que ces catastrophes seraient pires encore sans moi ?

Elle a balayé l'air d'un mouvement sec.

— Sans mes pouvoirs pour soutenir leurs efforts, les charmes des Sorceleurs royaux auraient échoué depuis des semaines, et le gouffre aurait déjà englouti le palais. Sans ma présence ici, au cœur de la capitale, sans le rayonnement de ma magie au-delà de la Citadelle, beaucoup plus de personnes auraient disparu. Même dans mon état, je le sais. Quoi qu'il arrive, quelles que soient les forces obscures derrière ces événements, elles sont contenues par ma présence, mon existence même. Je ne peux pas risquer ma vie et ma sécurité, celle du royaume et de ses habitants, je ne peux pas me laisser distraire par la Couronne aux Trois Yeux, les Feux de Brume ou tout ce que vous entreprenez d'héroïque pour débusquer les monstruosités à l'œuvre tapies dans l'ombre.

Elle est alors revenue vers moi, les bras serrés sur sa poitrine. Elle a baissé les yeux et regardé ses pieds nus.

— Si je le pouvais, a-t-elle murmuré, je ferais tout cela pour toi. Je t'épargnerais cette responsabilité, la peur et le danger, je les endosserais seule, et je le ferais avec plaisir si cela te permettait de rester à Ivyhill en compagnie de ta famille et de ton piano, heureuse et à l'abri. Je n'aime pas être obligée de demander à ma seule et véritable amie de se battre pour moi.

Je l'ai dévisagée – ses yeux brillants, son expression sincère et douloureuse, désespérée. Je ne l'avais jamais vue aussi ouvertement effrayée, aussi manifestement irritée par ses propres limites. Elle n'en avait jamais parlé. J'avais toujours cru qu'elle n'en avait aucune. J'ai commencé à comprendre – à comprendre vraiment – le sens de ce qu'elle nous avait dit la nuit du bal. *J'ai besoin que vous soyez mes yeux, mes oreilles et mes mains à l'extérieur.*

Elle a dû lire ma prise de conscience sur mon visage, car elle a opiné avec gravité avant de venir s'asseoir à côté de moi pour prendre mes mains dans les siennes.

— Oui, tu comprends à présent, bien mieux que tu ne l'as fait jusqu'à présent. Tu pensais peut-être que j'étais simplement fatiguée, ce soir-là, ou que j'exagérais l'importance du rôle que vous auriez dans cette affaire, toi et tes sœurs, ainsi que les amis que vous vous êtes faits, les amants.

Un éclat étrange a traversé son regard, trop rapide pour que je puisse l'interpréter. J'ai détourné les yeux, gênée. *Les amants*, avait-elle dit. Au pluriel. Il y avait Talan et… qui d'autre ? J'ai pensé à Ryder, à ses baisers dans l'écurie, ses bras autour de moi, la chaleur entre ses jambes lorsque j'étais assise sur ses genoux, les battements de mon propre cœur, l'épanouissement de mon corps entier.

Yvaine ne pouvait rien savoir de tout ça. Elle était puissante, mais pas à ce point.

— Il y a…

Je n'ai pas été capable de continuer. Ma voix n'était qu'un souffle, et j'étais trop bouleversée pour réfléchir clairement. Je tâchais de me ressaisir lorsqu'une partie du récit de Talan sur son voyage dans le Nord a brusquement émergé.

— Talan a trouvé une forêt…

— Non, Farrin, m'a interrompue Yvaine. Je ne dois rien savoir de vos agissements, ni des pistes que vous suivez. C'est beaucoup trop dangereux – pour vous, pour moi, pour tout le monde. Vous êtes mes chevaliers, et vous devez parcourir le monde à mon service. Un service que j'aurais aimé ne pas avoir à vous demander.

Elle m'a dévisagée intensément un long moment, ses yeux tristes et brillants, puis elle s'est levée pour retourner près de la fenêtre, les volants diaphanes de sa robe flottant derrière elle.

— Je vais parler de la mobilisation à mes conseillers et au Sénat, a-t-elle repris enfin. Et je vais écrire à Llyleth pour l'informer. La Couronne aux Trois Yeux ne vous sera pas retirée, je peux te l'assurer.

Et je n'en doutais pas ; sa voix était posée mais ferme. Je sentais même, de là où je me trouvais, sa détermination, les forces primordiales et redoutables qui brûlaient dans son minuscule corps.

Je me suis légèrement détendue. Cette mission au moins était accomplie. Je me suis préparée à la suivante.

— Il y a une autre chose, ai-je dit lentement. Et je suis désolée de vous demander cela, de vous demander tout…

— Le professeur Fontaine souhaite avoir accès aux archives royales, a-t-elle deviné.

Elle s'est retournée pour me sourire avec lassitude.

— Je lis en toi comme dans un livre ouvert, et Gareth est un spécimen d'entêtement remarquable. Je suis navrée, mais je ne peux pas l'autoriser, lui ni personne, à consulter les archives royales pour le moment. Mes propres bibliothécaires en sont bannis. Je ne peux faire confiance à personne concernant les connaissances qu'elles renferment, pas même à moi. J'ai fait placer une équipe de Sorceleurs devant chaque entrée, dont l'unique mission est de maintenir une barrière de sortilèges constante afin de s'assurer que personne n'y pénètre. Jusqu'ici, ils n'ont pas rencontré de problème. En dépit de ces jours dont je ne me souviens pas…

Son regard est subitement devenu lointain. Une expression de stupeur est apparue sur son visage, puis elle s'est mordu la lèvre en secouant légèrement la tête. À ce moment-là, quelque chose dans son attitude – sa fragilité, son épuisement, sa frayeur et son air complètement absent – m'a terrorisée. Je me suis agrippée au coussin du divan, et me suis raidie, prête au pire. J'ai pensé à Ryder, en regrettant désespérément qu'il ne soit pas là.

— Yvaine ? suis-je parvenue à demander.

— Tout va bien, a-t-elle répondu d'une voix faible.

Elle s'est légèrement secouée.

— Je suis là.

Mais elle ne semblait pas convaincue. Elle a frissonné quelques instants avant que son regard ne se voile de nouveau. Et, sous mes yeux, elle a changé, son corps entier passant subtilement du connu à l'inconnu, de l'épuisement physique habituel à la vitalité calme et vibrante d'autre chose, quelque chose d'indéfinissable qui n'était pas humain.

— La lune le jour, a-t-elle murmuré, d'une voix cette fois plus douce que la neige tombant sur le sol. Le feu la nuit. Venez danser. N'essayez pas de résister. La splendeur des ombres, la lumière criarde du soleil. Éblouissez ceux qui regardent, leur délectation radieuse.

Un frisson m'a parcourue. Danser. Le clair de lune. Ces termes n'étaient pas anodins. *Le mot qui ne cesse de revenir est Moonhollow*, nous avait dit Talan. Une histoire dont il avait entendu parler sur tout le continent – une légende, une nouvelle fable apparue au répertoire. Des bribes recueillies ici et là, dessinant un univers étrange et effrayant : un palais entouré de jardins, où le soleil n'existait pas, éclairé par la seule lumière de la lune, où l'on dansait sans jamais se fatiguer.

— Quoi ? ai-je demandé dans un souffle à Yvaine.

Je suis allée vers elle et, même si je craignais de la toucher, je l'ai prise par les épaules, désespérée de la ramener à la réalité pour qu'elle s'explique.

— Regardez-moi. Moi, Yvaine, moi. Et répétez ce que vous venez de dire.

Elle a lentement ramené son regard dans le mien, même s'il était évident que son attention était ailleurs.

— La lune le jour, a-t-elle répété en souriant légèrement, le feu la nuit. Venez danser. N'essayez pas de résister. La splendeur des ombres, la lumière criarde du soleil. Éblouissez ceux qui regardent, leur délectation radieuse.

Puis son expression douce et rêveuse a laissé place à la tristesse.

— Non, a-t-elle dit, pas si vite.

— Pas si vite ? Pas si vite quoi ?

Elle s'est tassée sous mes mains.

— Ils viennent pour toi, a-t-elle annoncé d'un ton irrité en se frottant les yeux. Ils nous ont démasquées.

La seconde d'après, la porte de mon salon de musique s'ouvrait à la volée sur Lord Thirsk et trois autres conseillers à la mine contrariée – Lord Jarvis, Lady Bethan et Lady Goff, que je connaissais tous très bien. Ils sont entrés, suivis précipitamment par quatre soldats en armure.

— Votre Majesté, a commencé sèchement Thirsk, bien que vous honoriez les termes de notre accord en restant dans cette pièce, je crois que vous admettrez que recevoir des invités, fût-ce Lady Farrin, se heurte résolument à toutes les bonnes raisons justifiant votre confinement.

La reine n'a pas répondu. Elle a posé un regard d'abord vide sur Thirsk, puis il s'est durci, un petit sourire méchant glissant sur ses traits avant qu'elle ne se détourne pour aller à la fenêtre. Sans nous prêter la moindre attention, elle s'est mise à danser – un balancement lent et cadencé, accompagné du mouvement de ses bras qui flottaient dans l'air au son d'une musique qu'aucun de nous n'entendait.

Thirsk a passé la main sur sa barbe blanche avant de montrer la porte d'un geste du menton.

Je me suis campée fermement sur mes pieds.

— Je ne la quitte pas.

— Si, Lady Farrin, a répliqué Thirsk, vous partez, que ce soit de votre gré ou par la force de mes gardes. Ne m'obligez pas à vous traîner hors d'ici.

Il a désigné la reine d'un geste vif.

— Elle était assez bien aujourd'hui, avant votre arrivée.

Regardez-la à présent. Vous tenez vraiment à la perturber davantage ?

Écœurée, sans voix, je n'ai pas trouvé la force de me battre contre lui. Qu'il mente ou pas, la vérité – cruelle – était que je ne savais pas de quelle manière aider Yvaine à sortir de l'humeur étrange dans laquelle elle était tombée, contrairement, peut-être, à ses conseillers. Je me suis laissé conduire dehors par Thirsk et ses gardes tandis que les autres approchaient d'Yvaine prudemment. La dernière voix que j'ai entendue avant que la porte se referme sur eux était celle de Lady Bethan :

— Votre Majesté, peut-être aimeriez-vous finir cette tarte ? Ou dois-je demander en cuisine qu'on vous apporte quelque chose de frais ?

Dans le couloir, deux gardes se sont mis en faction de chaque côté de l'entrée, tandis que les deux autres posaient sur moi un regard implacable. J'ai à peine eu le temps de songer à ce que je devais dire – des excuses, une justification glaciale –, que Thirsk avait pivoté sur moi avec une fureur que je ne lui avais jamais vue.

— Vous n'êtes qu'une misérable écervelée, a-t-il déclaré à mi-voix. Nous avons été indulgents avec vous pendant des années. Le statut de votre famille, l'affection de la reine à votre égard... les dieux savent qu'elle a très peu de joies dans l'existence, et j'étais heureux de protéger celle-ci pour elle. Mais êtes-vous stupide à ce point ? Vous avez vu ce qui lui est arrivé la dernière fois que vous étiez là. Et aujourd'hui, alors que la cité est plongée dans le chaos, que le continent entier est terrifié, en deuil, vous ne trouvez rien de mieux que vous faufiler dans le palais comme une écolière dissipée ? Je suppose que les gardes postés autour des murailles vous ont dit que la reine ne recevait pas de visite, et vous vous êtes néanmoins considérée comme au-dessus de telles restrictions. Quelle arrogance, Lady Farrin. Il ne vous est pas une seule seconde venu à l'esprit que ces mesures de sécurité avaient été prises pour protéger la reine et que vous deviez les respecter ?

— Thirsk...

Ses reproches – qui me semblaient, dans mon malheur, amplement mérités – m'avaient laissé le temps de le regarder attentivement, et j'étais effarée.

— Que se passe-t-il ? Allez-vous bien ?

Il semblait avoir vieilli de dix ans depuis la dernière fois que je l'avais vu, quelques semaines plus tôt : des rides profondes creusaient ses traits ; son teint, habituellement brun, était de cendre, son expression hagarde. Ses yeux étaient injectés de sang, et sa tenue normalement impeccable – sa longue tunique noire bordée d'or, son chapeau de velours à gland – était froissée et toute de travers. Il m'a dévisagée avec stupeur un instant, puis sa colère a cédé. J'ai eu l'affreuse impression que j'étais la première personne à me soucier de sa santé depuis longtemps.

— Toutes mes excuses, Lady Farrin, a-t-il dit d'un ton subitement aussi las que son apparence. Vous n'êtes ni une misérable écervelée ni une écolière dissipée. Je dois néanmoins vous escorter hors de l'enceinte de la Citadelle et vous demander de ne pas revenir avant que la santé de Sa Majesté ne se soit améliorée. Je vous préviendrai moi-même, par un courrier personnel, dès que ce sera le cas. Vous serez alors en mesure de reprendre vos visites habituelles. Et dites à vos amis, a-t-il ajouté en durcissant un peu le ton, qu'en dépit de l'intelligence de leur magie, ils doivent eux aussi obéir à cette demande. Non, cet ordre. Un ordre qui émane du Conseil royal. Ne m'obligez pas à demander au Sénat une requête d'exil officiel. Je ne veux pas aller jusque-là. Cela contrarierait la reine, et je ne vous en veux pas. Je vous suis même reconnaissant de l'amitié fidèle que vous lui portez. Mais s'il le faut, je n'hésiterai pas à me tourner vers le Sénat. Suis-je clair ?

— Je ne suis pas une menace pour elle, ai-je protesté, tout en m'apercevant que rien ne me permettait d'en être certaine.

Cette réflexion m'a noué la gorge.

— J'ignore ce qui représente un danger pour elle ou non, a-t-il déclaré. Ce que je sais en revanche, et je ne doute pas que vous le sachiez aussi bien que moi, c'est que notre reine est malade. Qu'elle a besoin de repos et de tranquillité, et que, la plupart du temps, ce n'est pas ce que vous et votre famille lui apportez. Mais des soirées tardives, la négligence de ses devoirs, de la tension, des ragots, des tentatives d'assassinat et des bagarres publiques. Je sais aussi que si son état devait empirer…

Il a secoué la tête, et les coins de sa bouche se sont affaissés.

— Que les dieux nous viennent alors en aide.

Il a fait un signe aux deux gardes, puis il a tourné les talons pour s'en aller. Juste avant qu'il ne disparaisse à l'angle du couloir, j'ai rassemblé mon courage.

— Attendez! lui ai-je crié. J'ai des informations qui pourraient vous être utiles, à vous et aux autres conseillers…

— Au revoir, Lady Farrin! a-t-il lancé par-dessus son épaule, d'un ton qui n'admettait aucune discussion.

Piteuse, vaincue, j'ai laissé les gardes m'escorter vers la sortie.

Chapitre 13

Après cela, nous n'avons pas traîné. Nous nous sommes arrêtés à Ivyhill le temps de rassembler des provisions et préparer notre voyage vers le nord, puis au village de Fenwood, au sud de la Brume du Milieu, où Mara devait nous rejoindre. Même à bonne distance de Rosewarren, je me sentais nerveuse en l'attendant dans la taverne la plus fréquentée du village, même si nous avions tous – Gemma, Ryder, Gareth, Talan et moi – changé d'apparence. Gemma avait utilisé son pouvoir sur chacun de nous, à l'exception de Talan, pour modifier nos visages ; rien d'extraordinaire, juste de quoi leur donner un air banal et passer parfaitement inaperçus. Des clients insignifiants, attablés dans une taverne bondée.

Au lieu de m'inquiéter de la souffrance que cet exercice de magie avait dû lui infliger, j'essayais de me laisser distraire par des pensées vagabondes – comment, par exemple, un bourg aussi modeste que Fenwood pouvait posséder autant d'endroits où boire et s'amuser qui soient aussi animés – et je refusais obstinément d'écouter ma peur, peut-être pas tout à fait irrationnelle, de voir d'un instant à l'autre la Gardienne surgir devant nous. Elle nous poserait des questions sur la mobilisation générale, sur Yvaine ; elle devinerait immédiatement ce que nous avions prévu et ferait enfermer Mara au prieuré, nous l'arrachant à tout jamais.

Mais Mara, en se glissant discrètement par la porte en même

temps qu'une brise fraîche d'automne, est arrivée sans encombre. Elle portait le costume simple, marron et gris, typique de l'Ordre de la Rose, et je me suis raidie en la voyant, terrifiée à l'idée qu'un ivrogne la remarque et fasse un esclandre, exigeant des nouvelles des personnes disparues, réclamant de savoir quelles mesures prenait l'Ordre afin de prévenir d'autres malheurs. Mais Mara était une Rose, rapide, prudente, et rompue aux subterfuges. Personne n'a levé le moindre regard tandis qu'elle traversait la salle, aussi furtive qu'une ombre.

Comme nous en étions convenus dans nos lettres, elle est allée droit vers l'aubergiste, qui tenait salon avec ses employés derrière un comptoir rutilant. Elle a demandé une nuitée, réglé le paiement et obtenu la clef avant de disparaître dans l'escalier derrière une femme de chambre. Elle n'a pas eu un seul regard pour nous, pas une hésitation. Quant à l'aubergiste, si elle avait la moindre question concernant les disparitions, l'état de la Brume ou l'attitude de l'Ordre, l'argent de sa clientèle comptait apparemment davantage que sa curiosité, au moins pour la soirée.

J'ai avalé, ivre de soulagement, une bonne gorgée de cidre. Le pétillement de ses bulles m'a aidée à supporter la demi-heure d'agonie que j'ai dû subir avant de pouvoir grimper à mon tour l'escalier. L'auberge était immense et comptait une bonne douzaine de chambres. Je suis passée devant la porte fermée de la mienne, ma propre clef au fond de ma poche, et j'ai cherché celle avec une plume de faucon coincée dans l'embrasure. Je l'ai trouvée, défaillant presque de joie, et me suis glissée à l'intérieur, en prenant soin d'attraper la plume au passage.

Gemma, qui m'avait précédée, était assise sur le lit et caressait le poitrail moucheté de Freyda, le faucon de Mara. Le regard jaune et acéré de l'animal m'a aussitôt transpercée, comme pour s'assurer qu'il s'agissait bien de moi et pas d'une illusion trompeuse sortie de la Brume. Au bout de quelques secondes, il a fermé les yeux et poussé un cri doux, visiblement ravi de s'abandonner aux petits soins de Gemma.

Mara est venue me serrer contre elle. Je me suis laissée aller dans son étreinte rapide et vigoureuse, goûtant sa chaleur et sa force, humant l'odeur de forêt et de vieux livres qui semblait à jamais imprégner ses cheveux noirs. Puis je me suis écartée pour croiser son regard brun et grave tandis que Gemma effaçait le charme qui déguisait mon apparence.

— Tu n'as pas été suivie ? ai-je demandé.

Elle a secoué la tête.

— Mon unité m'a couverte et continuera de le faire. De toute manière, la Gardienne est plus qu'occupée par ses fonctions. J'ai deux, peut-être trois jours avant qu'elle s'aperçoive de mon absence.

Elle m'a adressé un faible sourire.

— Est-ce mal d'espérer des invasions constantes, mais mineures, ces prochains jours pour la distraire ?

— Pas du tout, a répliqué Gemma. Tu as dit « mineures », et c'est ce qui compte. L'Ordre est en mesure d'affronter des événements mineurs. Ce n'est pas comme si tu leur souhaitais des catastrophes.

— C'est vrai. Alors je vais continuer d'espérer. Bien.

Elle s'est assise au bord du lit et m'a dévisagée d'un air grave.

— Raconte-moi tout.

Je me suis assise avec elles, le cœur débordant de trop d'émotions pour les identifier. Nous retrouver seules toutes les trois était un événement si rare qu'il me semblait extrait d'un mythe fabuleux de l'Ancien Pays. Si seulement nous avions pu en profiter pour parler d'autre chose.

Si seulement j'avais pu prendre la main de Mara, la garder dans la mienne et me nicher contre elle, comme Gemma.

Mais les choses ne fonctionnaient pas de cette façon. Gemma était la douce, celle qui pouvait dire ce qu'elle voulait et agir comme bon lui semblait, celle qui savait exprimer ses émotions, manifester librement sa tendresse et son amour. J'étais celle qui restait à l'écart, aussi rigide qu'une vieille brindille cassante. J'essayais de ne pas les regarder méchamment ; elles n'avaient rien fait de mal et ne méritaient pas l'étrange et désagréable colère qui me saisissait. Au lieu d'elles, j'ai fixé l'édredon élimé, ruminant ma nostalgie amère, tandis que Mara, en attendant que je parle, caressait distraitement les cheveux dorés de Gemma.

— Le Conseil royal a placé la reine à l'isolement, ai-je commencé, avant de raconter tout le reste à Mara.

Les troubles dans la capitale, les découvertes de Gareth sur la Couronne aux Trois Yeux, l'unique sens de ses nombreuses inscriptions : trois, tout le temps, partout, dans des dizaines de langues. Mon bannissement de la Citadelle, le confinement d'Yvaine dans mon salon de musique, les choses étranges qu'elle avait dites.

C'est à ce moment-là que Mara a cessé de caresser les cheveux de Gemma pour se figer.

— Que viens-tu de dire ?

Un frisson m'a traversée. L'attitude de Mara venait de passer, en un clin d'œil, d'une attention songeuse à la vigilance absolue d'une guerrière sur le qui-vive. Freyda s'est envolée, toute l'affection de Gemma oubliée, pour se poster sur le rebord de la fenêtre et observer le monde extérieur de son regard perçant.

Je me suis tournée vers Gemma pour voir son joli front se creuser, à mesure qu'elle prenait conscience du changement qui venait de s'opérer.

— Je…

J'avais la gorge nouée.

— Quelle partie ?

— Les propos d'Yvaine, a répondu Mara en se penchant en avant. Je veux savoir exactement ce qu'elle a dit, Farrin.

Le cœur m'a manqué, et ma bouche s'est asséchée. Je n'avais jamais dit à voix haute ce que j'avais entendu jusqu'à présent. Après mon éviction de la Citadelle, je n'en avais parlé à personne. Cela m'aurait semblé une trahison. Yvaine n'allait pas bien, elle n'était plus elle-même. Il ne m'appartenait pas de divulguer les divagations qui lui avaient échappé en ma présence, tandis qu'elle se croyait à l'abri, tandis qu'elle me faisait confiance.

Mais ce mensonge par omission n'était plus de mise. Je

pouvais être beaucoup de choses, dont peu de flatteuses, mais je n'étais pas stupide. Il était évident, quelle qu'en soit la signification, que Talan et Yvaine parlaient de la même chose, et je n'avais plus d'autre choix que révéler cette effrayante analogie.

— *La lune le jour*, ai-je donc répété. *Le feu la nuit. Venez danser. N'essayez pas de résister. La splendeur des ombres, la lumière criarde du soleil. Éblouissez ceux qui regardent, leur délectation radieuse.*

— Ça ressemble beaucoup à ce que Talan nous a dit ! s'est exclamée Gemma avec empressement. Tout ce qu'il entend à propos de cet endroit nommé Moonhollow. Ça ne peut pas être une coïncidence.

Mara s'est aussitôt tournée vers Gemma.

— Moonhollow ? Tu es sûre de ce nom ?

— Oh, oui. Il l'a entendu murmurer partout, accompagné d'histoires, de rumeurs, mais uniquement ici, à Gallinor. Et il y a cette forêt qu'il a trouvée tout au nord, protégée par un sort puissant, une sorte de barrière qu'il n'a pas pu franchir. On a préféré ne rien dire dans nos lettres, au cas où elles seraient interceptées.

— Ah. C'est donc là que nous allons. Découvrir ce que cache cette forêt.

Mara s'est de nouveau tournée vers moi, et si son regard était posé et dépourvu de méchanceté, je me suis tout de même sentie plus petite.

— Et tu n'as parlé à personne de ce que la reine a dit ?

J'ai secoué la tête, irritée par le reproche non formulé, alors que je le méritais amplement.

— Je n'avais pas l'intention de garder le secret éternellement. Mais je ne trouvais pas très correct de révéler les confidences d'Yvaine alors que j'étais à peine sortie de la Citadelle. Elle est malade. Elle me fait confiance.

— Oui, mais, malheureusement, étant donné les circonstances, elle n'est pas simplement Yvaine, a observé gentiment Mara. C'est la reine. Et si nous voulons avoir une petite chance de l'aider, on ne peut pas garder ce genre d'informations pour soi…

— Je sais, je sais, l'ai-je coupée brusquement.

Je me suis levée pour aller de l'autre côté de la pièce. Freyda, toujours perchée sur le rebord de la fenêtre, a tourné son regard jaune et perçant vers moi. Sa petite tête d'oiseau effilée était plus facile à affronter que l'expression consternée de mes deux sœurs. J'ai regardé dehors, clignant des yeux sur la nuit noire pour retenir mes larmes qui menaçaient de couler. À quelques kilomètres s'étendait un pâle ruban de brouillard argenté : la bordure sud de la Brume.

— Pardon, ai-je dit enfin. Tu as raison. Bien sûr que tu as raison. J'aurais dû en parler tout de suite. Seulement…

J'ai exhalé une bouffée de colère.

— Je n'aime pas trahir Yvaine, et c'est exactement l'impression que j'ai. Elle a si peu d'amis sincères, et je suis là à rapporter ses faits et gestes comme une espionne.

— Elle t'en serait très probablement reconnaissante, si elle était dans son état normal, a remarqué Gemma. Elle nous l'a demandé elle-même : elle veut que nous l'aidions. C'est ce que tu fais, même si les moyens te paraissent…

— Condamnables, ai-je complété en me retournant vers elles, les bras croisés sur la poitrine, la gorge nouée. Et ils le sont.

— Ce serait pire de ne rien faire, au prétexte de l'épargner, et de regarder le monde s'écrouler autour de nous, a rétorqué Mara.

— Évidemment, je suis d'accord, ai-je murmuré. Je vais bien sûr faire ce qu'il faut. Je suis désolée.

— Tu n'as pas besoin de t'excuser. Il ne sert à rien de ruminer nos erreurs passées, surtout celles que nous commettons par amour. C'est l'une des premières choses que j'ai apprises durant mon entraînement dans l'Ordre. Il faut regarder l'avenir et avancer. Tout le reste n'est qu'une perte de temps, une occasion pour le mal de s'enraciner. En parlant d'avancer, j'ai quelque chose à vous montrer.

Elle est allée chercher un sac de toile posé sur une chaise dans un coin, duquel elle a sorti un petit carnet relié de cuir. Elle l'a ouvert et s'est mise à lire.

— *Je rêve de jardins qui s'étendent à l'infini. Je rêve que je danse, les pieds en sang, mais que je n'éprouve aucune douleur, mes pas peignent le monde en rouge rubis.*

Elle a tourné une page et continué.

— *Mon père a disparu il y a trois jours. Mais je ne crois pas que ce soit comme les autres, qui ont été enlevés tous en même temps. Je crois qu'il a décidé de partir. J'ai trouvé une lettre dans son bureau, deux jours après qu'il nous a quittés. Voilà ce qu'elle disait : J'ai été choisi. Je dois partir. Ne vous faites pas de souci pour moi. Là-bas, je vais être un roi. Je vais être choyé par les véritables enfants des dieux.*

Elle a tourné une autre page.

— *Je dois trouver cet endroit. Je dois aller à Moonhollow*, a-t-elle lu, d'un ton détaché qui ne rendait ces propos que plus effrayants. *Tu ne comprends donc pas ? Ils te couvriront de lumière d'étoile de la tête aux pieds. Ils te nourriront de pétales arrosés de miel, chaque goutte extraite du corps des dieux. Laisse-moi partir. Laisse-moi partir !*

Elle a fermé le calepin.

— Ce dernier témoignage, a-t-elle dit, est celui d'une habitante du village de Cawder, jugée pour le meurtre de son frère. Elle était malade depuis un certain temps, en proie à des visions qui la clouaient au lit. Elles la rendaient folle, incapable de travailler, de marcher ou même de se nourrir. Un jour, son frère qui s'occupait d'elle a tenté de la faire manger. Elle s'est jetée sur lui avec un couteau et s'est enfuie à travers le village en riant, couverte de son sang, jusqu'à ce que des voisins parviennent à l'arrêter et à l'amener au conseil local.

Mon cœur cognait. J'étais muette, pétrifiée par ces témoignages effarants qui tournoyaient dans mon esprit comme des harpies déchaînées.

— C'est donc de pire en pire, a constaté sombrement Gemma. Tout ce que tu m'as montré dans les grottes, cet été : les Feux de Brume, le mal qui s'étend, les hallucinations…

Mara a opiné.

— Oui, mais à mesure que les hallucinations augmentent, autant en force qu'en nombre, notre connaissance de leur contenu, de ce que voient ceux qui en souffrent, s'affine. Moonhollow.

Son front s'est creusé.

— Et, cet endroit, d'après Talan, pourrait se trouver caché dans cette forêt du Nord ?

— Il n'en est pas certain, bien sûr, mais…

— Mais ça vaut le coup d'enquêter, a affirmé Mara en rangeant son calepin dans son sac. Je n'ai jamais entendu parler de cette forêt moi-même, mais l'Ordre m'envoie rarement aussi loin dans le nord de la Brume. Et si elle est entourée d'une magie assez puissante pour repousser même un démon…

— Et si Kilraith se trouve là-bas ? ai-je demandé dans un souffle.

Aucune de nous n'avait encore prononcé son nom. Nous nous sommes tues, à l'affût d'un bruit de pas malveillants. Mais, dans le silence qui s'était installé, nous n'entendions que le joyeux brouhaha de la taverne en bas.

— S'il est là-bas, nous ferons de notre mieux pour le coincer, a déclaré Mara avec force. La Gardienne voudra l'interroger. Et même s'il n'est pas personnellement responsable des disparitions, il saura qui – ou quoi – les a orchestrées.

Je l'ai regardée, stupéfaite.

— Tu veux le capturer ? On lui a échappé de justesse, la dernière fois !

— Eh bien, on le tuera, s'il le faut. Nous sommes capables de le battre, nous l'avons prouvé. Il suffit de recommencer. Je regretterais de ne pas pouvoir interroger une créature pareille, mais sa mort nous débarrassera au moins d'un asservisseur de démons. Alors, même s'il ne sait rien de Moonhollow, si on ne peut pas le ramener sans danger au prieuré, je serais contente de le supprimer. Quoi qu'il en soit, ce n'est qu'une mission de reconnaissance. Nous allons explorer la forêt et tâcher de trouver au moins un indice pour élucider ce mystère. On ne sera pas forcément obligées de combattre.

— Et si nous devons nous battre, nous en sommes capables, et nous le ferons, a renchéri Gemma. Comme dans l'Ancien Pays. Notre sang fée…

— Oh, de grâce, ne recommence pas avec ça, me suis-je exclamée avec colère.

Ma panique devait être audible, parce que Gemma n'a pas insisté. Elle a échangé un regard éloquent avec Mara, et je me suis demandé si cette dernière ne correspondait pas elle aussi secrètement avec tante Felicity et les dieux savaient qui d'autre de la famille de Mère, dans l'espoir de trouver des réponses à des questions que j'étais beaucoup trop terrorisée pour poser.

Mara, au bout d'un long silence, a dit simplement :

— Il est temps de dormir, maintenant. Il se fait tard, et nous devons partir à l'aube.

Elle avait raison, bien sûr. Mes deux sœurs semblaient avoir de plus en plus souvent raison, comme si elles avaient mûri d'une façon qui n'était pas à ma portée. Cette impression me couvrait de honte, et j'aspirais à la solitude, mais je n'arrivais pas à me résoudre à les quitter. Je passerais à côté de quelque chose d'important, de précieux. La dernière fois que nous avions été réunies ainsi, c'était juste après notre retour de l'Ancien Pays, toutes trois épuisées et mal en point. Ce soir au moins – ne serait-ce que pour une nuit de plus –, nous étions en bonne santé. Je serais stupide de ne pas en profiter tant que je le pouvais.

Alors je suis restée allongée entre elles sur le lit, me laissant bercer par le murmure de leurs voix. Mara racontait une mésaventure comique à la blanchisserie du prieuré ; Gemma riait doucement dans la pénombre. Freyda, Sentinelle infatigable, veillait sur nous, perchée sur la tête de lit.

Juste avant de m'endormir, j'ai écarté les bras pour toucher mes sœurs, trop fatiguée et débordant de trop de nostalgie pour m'inquiéter de ma maladresse, de ma gêne et de ma timidité à exprimer mon amour. Gemma a enroulé son petit doigt autour du mien, Mara a enveloppé toute ma main dans la sienne. J'ai glissé dans le sommeil, le cœur serré d'un contentement douloureux.

⚙

Le lendemain, Mara nous a conduits vers le nord à travers une série de Trous-de-Vert appartenant à l'Ordre. J'en émergeais chaque fois le corps tendu, prête à combattre ou à fuir, selon ce qui allait nous accueillir – une patrouille de Roses, un adversaire primordial –, mais nous les avons tous franchis sans encombre. Mara savait manifestement quels passages emprunter et à quel moment le faire pour éviter ses compagnes. Le temps d'arriver au village septentrional de Vallenvoren, niché au creux d'une vallée couverte d'immenses sapins touffus, j'étais épuisée par cette appréhension constante, alors que nous avions laissé la Brume derrière nous depuis longtemps.

Le dernier Trou-de-Vert nous a lâchés dans un fourré enchevêtré envahi de ronces. Mara s'est excusée avant de nous tailler un chemin à coups d'épée.

— Manifestement, personne n'est passé par là depuis longtemps, a-t-elle dit. Nous sommes trop sollicitées près de la Brume pour pouvoir maintenir nos patrouilles habituelles dans le Nord.

Gareth s'est précipité derrière elle, brandissant sa propre épée – une des nombreuses armes que nous avions apportées d'Ivyhill, avec des provisions, des vêtements et des onguents médicinaux, en cas de désastre.

— Laisse-moi t'aider, a-t-il dit en faisant bravement tournoyer sa lame.

Mais celle-ci s'est aussitôt coincée dans les branchages, et il a dû l'arracher à deux mains, maladroitement, le visage rouge de honte.

Mara lui est passée devant avec un regard amusé pour nous montrer la silhouette d'un bâtiment à travers les arbres. Il se dressait en bordure de la cité, au sommet d'un promontoire rocheux. De la fumée s'échappait de ses cheminées, un mince filet gris contre le violet du ciel nocturne.

— Voilà, a-t-elle dit. La Torche et l'Épine. C'est là que nous allons passer la nuit.

— Tu es déjà venue ? lui a demandé Ryder en repoussant les broussailles à mains nues.

Les ronces s'accrochaient à ses vêtements, mais il semblait indifférent à leurs griffures.

— Pas depuis longtemps, mais une ancienne amie de l'Ordre habite à Vallenvoren et, dans un récent courrier, elle s'est portée garante des nouveaux aubergistes, a répondu Mara. Nous y serons en sécurité pour la nuit. Vallenvoren est accueillant pour les fidèles.

Ryder n'avait pas l'air convaincu.

— Même six fidèles d'un coup ?

— Ceux qui font le pèlerinage jusqu'aux Cloîtres d'Altivar s'y rendent généralement en groupe, a répliqué Mara. Le voyage vers le Nord n'est pas facile. Plus on approche des Terres Démantelées, moins la route est praticable.

— Une façon de vous prévenir de faire demi-tour tant que c'est encore possible, a glissé Gemma.

Elle s'appuyait lourdement contre Talan, la peau luisante de sueur après avoir franchi tant de Trous-de-Vert.

— Exactement, s'est exclamée Mara, presque avec joie. Allez, on descend. Je meurs de faim.

Tandis que nous la suivions dans la vallée, j'espérais sincèrement qu'elle avait raison, que l'arrivée de cinq humains élus et un démon n'éveillerait aucun soupçon. Mais nous serions, bien sûr, déguisés, et je croyais Mara lorsqu'elle disait que cette route était très fréquentée par des citoyens fidèles en route vers les Cloîtres d'Altivar pour rendre hommage aux dieux. Je n'avais jamais été si loin dans le Nord ; le paysage était rude et froid, et il n'y avait, aussi loin que portait le regard, que des rochers, des sapins et des montagnes. Le ciel était immense, rempli d'étoiles, et des bandeaux de couleurs vives dansaient à l'horizon.

Je savais ce que c'était : l'Écho des dieux, un phénomène naturel, consécutif au Démantèlement, ce jour où les dieux, des siècles auparavant, étaient morts. Ces lumières n'avaient jamais causé le moindre mal à personne et ne s'étaient jamais révélées être autre chose qu'un vestige de leur disparition, une sorte de magnifique cicatrice posée sur le monde. Mais leur spectacle, peut-être à cause du contexte, me mettait mal à l'aise. Je me sentais exposée, vulnérable, comme si des yeux invisibles, postés partout, me regardaient dévaler la montagne vers les lumières joyeuses de Vallenvoren. En arrivant à La Torche et l'Épine, après avoir obtenu les clefs de nos trois chambres auprès de l'aubergiste – un homme jovial, prénommé George, grand, pâle et potelé, au regard doux et amical et au rire tonitruant –, je n'avais qu'une seule envie : grimper l'escalier et me cacher jusqu'à notre départ.

Mais Mara ne l'entendait pas de cette oreille.

— Nous allons dîner et boire ensemble, a-t-elle décrété. Nous allons nous asseoir ici, dans la salle à manger, et nous amuser. C'est l'une des autres choses que la Gardienne nous a apprises au début de notre formation. Faire partie de l'Ordre ne se résume pas au maniement des armes et à la force musculaire. C'est appartenir à un groupe, former une unité de combat. Et plus une unité partage de moments ordinaires, plus elle est soudée, mieux elle combattra.

Gareth a opiné avec un peu trop d'empressement.

— Je suis d'accord. C'est parfaitement sensé.

Ryder a grommelé son assentiment, puis il a abattu sa paume sur le comptoir et dit au tavernier :

— Six pintes de votre meilleure bière.

Tandis que nous nous faufilions entre les tables bondées, je sentais le frémissement froid de la magie de Gemma glisser sur moi, accompagné de la tiédeur du pouvoir démonique de Talan, lequel inspirait à tous ceux que nous croisions une insouciante gaieté. La combinaison de leurs dons respectifs nous permettait de dissimuler nos véritables visages à tous ceux qui risqueraient de nous reconnaître aussi loin dans le Nord. La sensation n'en était pas moins déconcertante. J'ai alors remarqué Gareth qui se hâtait derrière Mara et reconnu son expression, même sous ses nouveaux traits – de la curiosité, des interrogations, un enthousiasme professoral – et, subitement, je ne pensais plus qu'à l'arrêter avant qu'il ne commette une bêtise.

Je l'ai saisi par la manche pour l'obliger à s'asseoir à côté de moi et non à côté de Mara, comme il en avait manifestement l'intention. Il m'a lancé un regard irrité pendant que nous prenions tous place autour d'une petite table installée dans un coin. Des torches, glissées dans des anneaux au mur, et des bougies sur des petits lustres de fer suspendus au plafond baignaient la pièce d'une lumière douce. Un serveur costaud à la peau brune et aux cheveux noirs dont les boucles tombaient sur les épaules est venu nous apporter nos boissons. J'ai profité de l'instant où il les déposait sur la table pour me pencher vers Gareth et lui murmurer avec colère :

— Si tu n'arrêtes pas de loucher sur ma sœur, je vais...

— Je ne louche pas sur elle, a-t-il répliqué. Seulement...

Au lieu de finir sa phrase, il a glissé le regard vers elle pour suivre ses gestes – la façon dont elle s'asseyait, portait son verre à ses lèvres – d'un air proche de la vénération. Le visage d'emprunt qu'elle arborait ne diminuait en rien, visiblement, l'intérêt qu'il lui portait.

Avant que je puisse intervenir davantage, Mara a surpris son regard et dressé un sourcil.

— Dis-le, professeur.

Ça l'a pris de court. Il a battu des cils et réajusté maladroitement ses lunettes sur son nez.

— Je... quoi ?

— Je te fascine ; pas moi personnellement, toutes celles de mon espèce. Les Roses. La magie de notre intronisation, notre métamorphose, le mystère que nous incarnons. Je vois ton cerveau en pleine ébullition. Tu as des questions.

Elle a bu une longue gorgée avant de reposer son verre.

— Alors pose-les.

— Je...

Il s'est ressaisi rapidement, dissimulant sa surprise derrière une esquisse de son éblouissant sourire habituel.

— Bien. Si tu insistes. Vous, les Roses, êtes en effet aussi perspicaces qu'on le dit.

Si Mara était offensée par sa curiosité, elle n'en montrait rien. Elle avait l'air amusé, comme devant l'ébahissement d'un enfant.

— Et qu'as-tu entendu dire sur « nous, les Roses », professeur ?

— Que votre force physique n'est égalée par aucune autre créature d'Edyn. Que la magie qui vous lie à la Brume s'infiltre au plus profond de vous lors d'un rite obscur accompli par la Gardienne après les épreuves. Que votre métamorphose de femme en bête est chaque fois extrêmement douloureuse.

J'étais trop effarée pour parler. Mara s'est adossée à sa chaise, sans se départir de son air franchement amusé. Talan a toussoté, comme s'il allait intervenir, mais Gemma, toujours blême de ce que lui avait coûté notre voyage, l'a fait taire en lui déposant un baiser sur la joue et en lui murmurant quelques mots à l'oreille. L'expression soucieuse de Talan s'est adoucie pour laisser place à une telle affection que j'ai eu du mal à les regarder. Il s'est tourné pour recevoir d'autres baisers de Gemma, un sur le front, l'autre sur la bouche, et, même sous les avatars aux traits communs qui les dissimulaient, ils étaient si beaux, si bien enveloppés dans leur univers d'absolue tendresse, que j'ai dû baisser les yeux sur mes mains, les joues rouges et brusquement bien trop consciente de la cuisse de Ryder qui frôlait la mienne sous la table.

— De femme en bête ? disait Mara à Gareth. C'est donc ainsi que tu vois les choses, professeur ?

— Si je me trompe, surtout corrige-moi, a-t-il demandé avec un empressement dont l'avidité m'aurait attendrie si je n'étais pas aussi mortifiée. Je suis fasciné, c'est vrai, et rien de plus. J'étudie les arcanes, vois-tu, et tu es ce qu'il y a de plus proche d'une créature de l'Ancien Pays, ici, dans notre monde. Tu es…

Il a passé une main dans ses cheveux devenus bruns en lâchant un petit rire impuissant.

— Tu es une merveille à mes yeux. Et, s'il te plaît, appelle-moi Gareth.

— Je ne crois pas, a répliqué Mara d'un ton égal. Si tu as l'intention de me traiter comme un spécimen à étudier, alors je vais te traiter comme un chercheur, rien de plus.

Cette réflexion aurait couvert de honte n'importe qui d'autre, mais Gareth ne s'est pas formalisé. Il a décoché à Mara le sourire charmant que je l'avais vu adresser à une centaine de femmes, ce qui m'a donné une furieuse envie de lui donner un bon coup dans le tibia, mais Ryder m'a touché le bras. Le contact de sa paume sur mon poignet a déclenché un éclair qui m'a transpercée comme lorsqu'on reçoit une décharge d'énergie en touchant un morceau de métal par une journée sèche d'hiver.

— Ne le tue pas tout de suite, m'a-t-il murmuré, ses nouveaux yeux gris pétillants. Priverais-tu un homme en deuil d'un peu de divertissement ?

Sa désinvolture m'a hérissée.

— Et que penserait Alastrina de ton choix de « divertissement » ?

— Oh, certainement rien de flatteur, a-t-il répliqué sans la moindre hésitation. Mais elle n'est pas ici, n'est-ce pas ?

Une ombre s'est installée sur son visage, duquel toute trace d'amusement s'est effacée. Il a bu une gorgée rageuse de bière.

— Alors, laisse ta sœur écraser Gareth, s'il te plaît, et laisse-moi en profiter.

Il a adouci ses mots d'un effleurement sur mon poignet. Cependant, si douce que soit cette sensation, je ne supportais brusquement plus d'être attablée avec eux. Gareth et son comportement odieux, Mara qui le tolérait, Gemma et Talan, les mains enlacées dans leur coin, penchés l'un sur l'autre et plongés dans une sorte de conciliabule amoureux – ils m'étouffaient tous, eux et le bourdonnement des rires et des conversations qui emplissait la salle. Sans parler de Ryder, beaucoup trop proche, et sa silhouette imposante dégageant une telle chaleur sur le banc à côté de moi qu'il n'en fallait pas plus à mon esprit surchauffé pour imaginer de quoi nous aurions l'air, lui et moi, enlacés comme Gemma et Talan, la sensation de son corps musclé surplombant le mien, plus petit et plus fin, celle de ses mains calleuses caressant mon visage comme Talan caressait celui de Gemma. Quels mots murmurerait-il à mon oreille ? Que ressentirais-je d'être si complètement absorbée par quelqu'un, au point d'en oublier le monde extérieur ?

— Je vais me coucher, ai-je déclaré. Je suis fatiguée et je n'ai aucun besoin d'assister à ça.

Indignée et épuisée, j'ai salué l'ensemble de la tablée et me suis levée pour m'extraire de ma place entre Gareth et Ryder, lequel s'est aussitôt déplacé pour me faciliter la tâche. J'ai pris la clef de la chambre des mains de Mara, en la remerciant d'un bref regard de ne pas tenter de me retenir.

À l'étage, j'ai trouvé la chambre que je partageais avec Mara, la huit, propre et bien rangée, pourvue d'un grand lit branlant et d'une petite cheminée dans laquelle brûlait un feu réconfortant. Le lit semblait accueillant, le fauteuil près de la cheminée confortable, mais je les ai ignorés pour faire les cent pas, dans un tel état de contrariété, un tel mélange de colère et de désir que j'étais incapable de faire la différence entre les deux.

Quelqu'un a discrètement frappé à la porte.

J'ai traversé la pièce en trombe et ouvert la porte à la volée, m'attendant à voir Gareth venu s'excuser, ou Mara, inquiète à mon sujet et enfin lasse de l'impardonnable indiscrétion de Gareth.

Mais au lieu de l'un ou de l'autre, c'était Ryder qui se tenait sur le seuil, l'air inquiet et piteux, un froncement de sourcils hésitant au-dessus de sa barbe redoutable. Gemma avait fait disparaître son sortilège de dissimulation, tout comme le mien.

— Je suis désolé de mon comportement, a-t-il déclaré d'un ton bourru.

Ses yeux bleus ont sondé mon visage avant de se poser sur ses pieds.

— Pardonne-moi.

— Te pardonner, toi ?

Je suis restée une seconde interloquée avant de retrouver ce qui restait de mes esprits.

— Ce n'est pas toi qui adulais ma sœur comme un flagorneur énamouré au lieu de se comporter comme un adulte responsable capable de maîtriser ses pulsions égoïstes.

J'ai vu un coin de sa bouche se dresser.

— Non, mais j'ai ignoré ton inquiétude. Je l'ai prise à la légère. Et je n'aurais pas dû plaisanter sur ma sœur.

— Tu peux plaisanter sur qui tu veux. Ce n'est certainement pas à moi, ni à quiconque, de te dire comment traverser ton chagrin ou ta peur.

— N'empêche, c'était de mauvais goût.

Un rire m'a échappé.

— Je n'ai jamais vu le mauvais goût t'arrêter !

J'ai immédiatement grimacé.

— Je suis désolée. C'était déplacé. Je suis tellement fatiguée.

Je me suis détournée pour reprendre ma déambulation agitée.

Ryder m'a observée un moment.

— Tu m'as plutôt l'air de vouloir frapper quelque chose.

Il a marqué une pause.

— Tu crois que ça t'aiderait ?

— Non. Si. Si !

Je n'osais pas m'arrêter ; si je le faisais, je n'étais pas sûre de ce que je risquais de dire ou faire. Me mettre à pleurer probablement, de rage pure et d'impuissance – une perspective assez peu séduisante.

— D'accord. Ferme la porte.

Il s'est exécuté avant de se mettre à dégager le centre de la pièce, évitant habilement de se mettre sur le chemin de mon humeur massacrante. Il a roulé le tapis usé pour le mettre de côté puis il a considéré le reste de la chambre d'un œil circonspect.

— Je me demande si on ne pourrait pas pousser le lit.

L'idée de Ryder faisant quoi que ce soit avec le lit dans lequel j'étais censée dormir me brûlait. J'ai modifié ma trajectoire pour me soustraire à son regard en me sentant plus en colère, plus déboussolée, plus agacée, à chaque pas. Je ne pouvais pas m'enlever de la tête la sensation de sa main sur mon poignet – un contact très bref, franchement pas de quoi plonger quiconque dans un état pareil, et qui m'avait pourtant retournée. Sans crier gare, le souvenir de Ryder m'embrassant dans l'écurie – ses mains me soulevant contre lui, ses lèvres parsemant mon cou de baisers légers – m'a envahie.

J'en suis restée frissonnante et désorientée. Mon cœur, quant à lui, s'est serré d'envie.

— Mes adversaires ne déplaceront pas les meubles pour me faire plaisir, ai-je tranché d'un ton sec. Laisse-le comme ça.

Il a, d'un grognement, manifesté son approbation.

— Bien vu.

Je l'ai vu, du coin de l'œil, se mettre en place, lever les poings serrés devant son visage.

— Maintenant…

— Non, attends.

Je me suis arrêtée dans l'angle de la chambre. J'ai considéré le mur un instant, puis me suis tournée et, avant de pouvoir me raviser, je suis allée vers lui. C'était peut-être le souvenir de ses baisers qui me poussait à cette folie, ou bien j'étais seulement épuisée, donc vulnérable à des pulsions ridicules. Quelle qu'en soit la raison, j'ai avancé, pour m'arrêter à quelques centimètres de lui. J'ai levé les bras, comme pour l'enlacer, puis je les ai laissés retomber maladroitement. Il m'a regardée, une question muette au fond des yeux, les poings toujours dressés.

— Farrin ? a-t-il demandé doucement.

J'ai inspiré, expiré, et je me suis forcée à croiser de nouveau son regard pour lui dire, la gorge nouée par un brusque et violent désir :

— Je veux que tu m'embrasses.

Chapitre 14

Ryder a baissé les bras et m'a considérée d'un œil prudent.

— Que je t'embrasse ?

Il semblait complètement désarçonné.

J'ai reculé, me sentant déjà mortifiée.

— Sauf si tu ne veux pas.

— Non. Enfin si.

Il a lâché un petit rire essoufflé.

— Farrin.

Il a tendu les bras vers moi, avant de les laisser retomber, exactement comme je l'avais fait, puis il a regardé le sol entre nous.

— Farrin, je rêve de t'embrasser à chaque instant ou presque. Je rêve de toi. Je…

Ses yeux sont venus rencontrer les miens.

— La question n'est pas de savoir si je veux t'embrasser. Parce que je le veux. Je veux tout de toi.

Je me sentais prise de vertige sous son regard – devant cette imposante montagne faite homme, aux yeux d'un bleu plus pur qu'un ciel d'été, aux cheveux plus noirs que le plumage d'un corbeau et d'une douceur dont j'avais moi-même fait l'expérience. Son visage exprimait un désir ardent, comme si, après une longue et froide période d'obscurité, il voyait enfin le soleil se lever. Cette expression adoucissait ses traits, lui donnait l'air plus jeune.

J'ai trouvé le courage de faire un pas vers lui.

— Alors embrasse-moi comme tu l'as fait l'autre fois, ai-je murmuré, s'il te plaît, Ryder.

Il s'est avancé, si près que je sentais son souffle sur mes lèvres, mais juste assez loin pour en avoir les jambes flageolantes. Je brûlais d'envie qu'il baisse la tête et pose sa bouche sur la mienne.

Au lieu de quoi, il a déclaré, d'une voix très basse :

— Farrin, tu es bouleversée. Et tu m'as dit…

Un sourire embarrassé s'est étiré sur ses lèvres, son front s'est appuyé contre le mien, et il a pris mon visage entre ses mains avec une telle douceur qu'un gémissement de désir, un bruit dont je ne me savais pas capable, m'a échappé.

Il a émis un soupir vibrant.

— Tu m'as dit que tu n'avais embrassé que deux personnes avant moi et que tu n'avais couché qu'une seule fois avec quelqu'un. Et je sais que tu es bouleversée. Je sais que ta rencontre avec Yvaine a été difficile. Je ne veux pas que tu…

Il a détourné le regard, la mâchoire crispée. Il dégageait une chaleur incroyable ; je me suis surprise à me pencher vers lui, comme un chat vers un rayon de soleil.

— Dieux, a-t-il repris d'une voix rauque. Farrin, je ne veux pas que tu me demandes ça parce que tu es secouée. Je ne veux pas non plus ignorer tes désirs. Tu es une femme et tu sais ce que tu veux. Mais…

Il m'a regardée, ses yeux bleus féroces et suppliants.

— Quoi que tu me demandes, je le ferai. Mais je ne supporte pas l'idée que tu puisses ensuite regretter de me l'avoir demandé. Réponds-moi sincèrement : est-ce vraiment ce que tu désires ?

L'immense tendresse que j'ai ressentie devant le conflit qui le déchirait, son intense sincérité, m'a mise au bord des larmes. D'une main tremblante, j'ai caressé sa barbe rugueuse, la peau douce juste au-dessus.

— Je veux que tu m'embrasses, Ryder Bask, ai-je chuchoté. Embrasse-moi, s'il te plaît. Comme tu l'as fait l'autre fois.

Mon cœur battait si fort que j'en étais étourdie.

— C'est ce que je veux et… davantage. S'il te plaît.

J'ai rougi, embarrassée par ma formulation puérile, mais Ryder s'est contenté de sourire et de passer le pouce sur mes lèvres. J'ai frissonné et agrippé sa veste à deux mains. Il a déposé un baiser sur mes cheveux, les a caressés doucement.

— Qu'entends-tu par « davantage » ? a-t-il murmuré, ses lèvres sur mon oreille.

J'ai fermé les yeux, secoué légèrement la tête. Sa bouche a glissé sur ma mâchoire, mon cou, le col brodé de ma robe. Je l'ai attiré dans mes bras.

Il a interrompu le fil de ses baisers pour s'écarter légèrement.

— Farrin, a-t-il dit d'une voix sourde. Tu dois me dire ce que tu veux. Davantage, pour moi, signifie…

Un rire lui a échappé, léger, râpeux, dont le frissonnement m'a traversée, durcissant ma poitrine sous ma robe – une sensation nouvelle qui m'a coupé le souffle.

— Davantage signifie peut-être plus que ce à quoi tu es prête, a-t-il repris. Ce qui me convient parfaitement, mais j'ai besoin de le savoir. Dis-le-moi, ou je vais être obligé d'arrêter de t'embrasser.

Je me suis forcée à lever la tête, à croiser son regard brûlant. Dieux que ses yeux étaient magnifiques, deux joyaux bleus étincelants.

— Je veux que tu m'embrasses.

J'ai regardé derrière lui en rougissant.

— Là, sur le lit. Et…

Je me suis mordu la lèvre.

Il a poussé un grognement sourd et posé de nouveau son front contre le mien.

— Et ? a-t-il chuchoté.

— Et… je ne sais pas. Je crois que je veux que tu me caresses.

En disant cela, la chaleur au creux de mes cuisses s'est épanouie.

— Oui, je veux que tu me caresses.

J'ai secoué la tête contre lui, en riant, le souffle court, saisie d'une douleur sourde qui n'avait rien de désagréable.

— Tu sais où. Ne m'oblige pas à le dire.

Il s'est plié à ma demande et, tout en déposant de courts baisers dans mes cheveux, il a laissé glisser sa main lentement, tout doucement, le long de mon dos, autour de ma taille, puis plus bas, sur mon ventre, et même encore plus bas, au creux de mes jambes, pour exercer, arrivé là, la plus légère pression des doigts à travers le tissu de ma robe.

Le plaisir de cette caresse, aussi infime soit-elle, m'a transpercée d'une chaleur fulgurante. J'ai poussé un cri en m'accrochant à lui, étourdie.

— Ici ? a-t-il murmuré, son souffle, sa voix, ses lèvres au creux de ma gorge. C'est ici que tu veux que je te caresse ?

J'ai opiné frénétiquement avant de pouvoir parler.

— Oui, c'est là, ai-je hoqueté.

La seconde d'après, il me soulevait entre ses bras. Quelques enjambées plus tard – pour fermer la porte à clef et revenir près du lit –, il me déposait dessus. Il est resté un instant au-dessus de moi avant de s'allonger avec précaution à mon côté. Je me suis tournée vers lui, frémissante et maladroite. Ses bras puissants m'ont enlacée, et il m'a embrassée comme il l'avait fait dans l'écurie avant que je l'interrompe : des baisers brûlants, profonds et dévorants, comme s'il était affamé et que j'étais l'unique festin susceptible de le rassasier. Je n'avais pas d'expérience en la matière, je me sentais gauche, nerveuse, et peut-être trop empressée, mais ces inquiétudes à peine surgies étaient aussitôt balayées par la ferveur de ses baisers.

Il n'ignorait aucun endroit de mon corps : la peau sensible au creux de mes oreilles, la courbe de ma mâchoire, même l'intérieur de mes poignets. Dès que je pensais qu'il n'y avait rien de meilleur que ça – sa bouche sur la mienne, ses lèvres sur ma nuque, dans mes cheveux –, il se déplaçait, tentait autre chose, quelque chose de tendre ou de sauvage et d'entièrement nouveau. Il a commencé à défaire les boutons de mon col.

— Ça ne te gêne pas ? m'a-t-il demandé.

J'ai simplement hoché la tête, me pressant contre lui, mue par l'instinct, dévorée de désir, incapable de parler. Il s'y prenait sans aucune précipitation, couvrait de baisers la peau qu'il dévoilait avant de s'attaquer au bouton suivant. Il mordillait ma clavicule quand il a atteint le bouton qui s'ouvrait sur le renflement de mes seins. Un grondement sourd a franchi ses lèvres. Son souffle était brûlant, sa main tremblait légèrement lorsqu'elle s'est fermée sur ma poitrine. J'ai posé la mienne dessus avant qu'il n'aille plus loin.

Il s'est aussitôt immobilisé pour croiser mon regard, le souffle aussi court que le mien, et m'embrasser le menton, les joues, si tendrement que j'ai dû le serrer contre moi en souriant dans ses cheveux.

— Dois-je arrêter ? s'est-il inquiété. C'est trop ?

— Non, s'il te plaît, continue. Seulement…

J'ai baissé les yeux sur mon corset ouvert, l'étendue de ma peau nue, et ressenti un frisson qui n'était pas tout à fait de la terreur ni complètement du désir. Un sentiment confus, entre les deux, et j'ai tâché de ne pas me sentir ridicule en m'expliquant.

— N'en défais pas plus. S'il te plaît. Je… je ne veux pas être nue. Pas maintenant.

Il a opiné et dégluti.

— D'accord.

Il m'a embrassée lentement, tout doucement, puis il a trouvé une longue mèche de mes cheveux châtain doré qui s'était échappée de ma tresse et y a enfoui le visage en inspirant profondément.

— Je peux toujours te caresser ? a-t-il demandé au bout d'un moment.

— Si tu ne le fais pas, je vais reconsidérer l'option de départ, qui était celle de te frapper, ai-je répliqué sans la moindre hésitation.

Il a ri dans mes cheveux.

— D'accord, mon cœur. On va commencer tranquillement. Préviens-moi dès que tu veux que j'arrête.

Il s'est placé au-dessus de moi, m'attirant vers lui par une série de longs baisers sensuels et langoureux, dont chacun m'enivrait davantage. Quand il a doucement glissé la cuisse entre mes jambes, je me suis d'abord accrochée à lui dans un hoquet, puis soudainement, mue par une impulsion inconnue qui m'invitait à le faire, j'ai commencé à bouger contre lui. Chaque mouvement de mes hanches, lent et légèrement anxieux, chaque pression de sa cuisse par laquelle il répondait, me procurait un intense frisson de plaisir qui me laissait toujours plus pantelante entre ses bras.

— Oui, a-t-il dit en se penchant pour m'embrasser dans le cou. Comme ça.

Envoûtée par la caresse de ses lèvres, encouragée par sa voix, je me suis arquée contre lui. Il a trouvé mes mains, agrippées à ses épaules, dénoué gentiment mes doigts et tiré mes bras en arrière pour me clouer tendrement sous lui.

La sensation d'être piégée par lui – la prévenance avec laquelle il se maintenait au-dessus de moi – et son mordillement léger au creux de ma gorge m'arrachaient des gémissements. À chaque endroit qu'il touchait, ses mains sur les miennes, sa bouche sur ma peau, sa cuisse entre mes jambes, un feu brûlant me consumait.

Lorsqu'il m'a libérée pour laisser courir ses doigts le long de mon corps, un cri de protestation involontaire m'a échappé. Il s'est immobilisé ; ses mains se sont écartées.

— Dois-je arrêter ? m'a-t-il demandé, le front soucieux, alors même que la chaleur de son désir se pressait ardemment contre ma cuisse.

J'aurais pu l'embrasser ; je l'ai d'ailleurs fait, j'ai tourné mon visage vers le sien en une invitation muette.

— Non, ne t'arrête pas, ai-je chuchoté contre sa joue. En fait… j'aime quand tu es sur moi, autour de moi, que tu me tiens. Quand je ne sens que toi. Ta force contre ma petitesse. Je me sens… prisonnière, mais dans le bon sens du terme. En sécurité.

C'était la chose la plus embarrassante que j'avais jamais dite, et sans doute la plus sincère, parce que dans son sillage un sentiment de paix m'a envahie – une sorte d'évidence, de justesse, comme si j'avais enfin trouvé les mots que je cherchais depuis toujours. Ryder m'a souri, pas de façon moqueuse ou suffisante, mais avec une tendresse qui n'a fait qu'attiser mon impatience déjà brûlante de ses caresses.

Il s'est glissé à côté de moi et il a dit :

— Regarde-moi, Farrin, regarde-moi te toucher.

Sa voix ferme, enveloppante, était une lumière dans le brouillard de mon désir, et le soulagement que j'ai éprouvé en l'entendant me dire que faire, où poser les yeux, était enivrant. Étourdie, souriant de bonheur, j'ai obéi et levé les yeux pour croiser les siens. Il m'a embrassé les bras, des poignets jusqu'aux épaules ; chaque baiser me faisait frémir et soupirer dans son étreinte. Puis il a pris mes mains dans l'une des siennes pour les tirer lentement en arrière et me bloquer de nouveau les bras sur l'oreiller.

Il ne m'a pas lâchée une seule seconde des yeux. J'avais le plus grand mal à soutenir son regard tant il était brûlant, mais je m'y suis forcée, je me suis forcée à le regarder droit dans les yeux, même quand sa main – celle qui ne me tenait pas prisonnière – a glissé le long de mon corps. Il a pris son temps, laissé vagabonder ses doigts sur mon torse à moitié dénudé, tandis que je continuais, pantelante, à remuer les hanches contre lui. Puis il a commencé à soulever mes jupes, traçant de petits cercles en remontant sur mes jambes – sur mes genoux, mes cuisses frémissantes –, jusqu'à trouver le haut de mes collants qu'il a entrepris, en s'assurant d'abord de mon accord par un regard, de faire descendre. Je l'ai arrêté lorsqu'il a atteint mes genoux.

— J'aimerais mieux ne pas les enlever complètement, ai-je expliqué en éprouvant, même dans mon absolue félicité, une pointe de honte à formuler une telle demande.

Mais Ryder s'est contenté d'opiner avant de m'embrasser encore, longtemps, lentement, tandis que sa main remontait doucement sous mes jupons froissés. Mes dessous n'avaient rien d'affriolant ou de compliqué – du lin ordinaire maintenu par un ruban tout simple – mais quand Ryder les a touchés, écartant délicatement mes cuisses pour dessiner des cercles sur le tissu humide, il a frissonné et lâché un faible juron dans mes cheveux.

Le son de sa voix rauque – virile, profonde, affamée et complètement déchirée du plaisir de me toucher – m'a arraché un cri étranglé et arquée vers lui. Une de ses mains me tenait toujours prisonnière, l'autre glissait sous ma culotte pour me trouver humide, brûlante et frémissante. Ses hanches se sont écrasées contre moi et, dans un grognement sourd, il m'a embrassée avec force, goulûment, jusqu'à ce que nous soyons contraints de nous écarter pour respirer.

— C'est bon, Farrin ? m'a-t-il demandé dans un souffle éraillé en faisant tourner son pouce sur moi.

J'ai opiné vigoureusement, fiévreuse et frissonnante entre ses bras.

— Non, par les dieux, s'il te plaît, Farrin ! s'est-il exclamé en dardant sur moi son regard bleu flamboyant. Dis-le. J'ai besoin de te l'entendre dire.

— C'est bon, ai-je hoqueté en m'accrochant à lui. C'est tellement bon, Ryder. Je…

J'ai secoué la tête, enfoui le visage dans la cascade soyeuse de ses cheveux noirs. Je remuais sans aucune honte contre lui, le dos cambré afin de lui faire comprendre sans avoir à le dire, je l'espérais, ce que je voulais. Il a naturellement compris et, en murmurant un autre juron étouffé à mon oreille, il a glissé un doigt en moi.

— Comme ça ? m'a-t-il demandé, la gorge nouée en se pressant contre moi, bougeant en moi, sans cesser les caresses de son pouce, et me maintenant toujours, de son autre main, clouée au matelas.

— Oui, ai-je lâché.

Ma voix n'était qu'un souffle, étranglée par le plaisir glorieux, éblouissant qui montait si vite en moi.

— Oui !

Puis je n'ai plus été capable de rien dire. Le plaisir me submergeait, il m'emportait et je me suis abandonnée, impuissante, à son intensité, aux frémissements de mon propre corps, à Ryder. Je suis restée longtemps accrochée à lui, ivre et le cœur battant, puis je me suis mise à rire et pleurer en même temps, le visage caché contre son torse. Il lui a fallu un moment pour comprendre que mon rire cachait des larmes ; il s'est crispé légèrement et a voulu s'écarter.

— Non, s'il te plaît, ne pars pas, ai-je murmuré.

Je me suis serrée davantage contre lui, me réjouissant de sentir sa jambe glisser entre les miennes et ses bras m'attirer tendrement. Il y avait de l'incertitude dans son regard ; j'y ai répondu par un sourire tandis qu'une rougeur embarrassée grimpait lentement sur mes joues.

— Merci, lui ai-je dit. Je ne sais pas quoi dire d'autre pour l'instant, ni expliquer ce que j'éprouve. Je crois, en fait, que je vais bientôt… paniquer.

Je le sentais déjà, dans la conscience grandissante de mon corps à moitié nu, la crispation que cette sensation m'inspirait, alors qu'à peine quelques secondes plus tôt, je me sentais alanguie et heureuse, pour ne pas dire sensuelle. Moi, Farrin Ashbourne, allongée béatement entre les bras d'un homme – et pas n'importe lequel : Ryder Bask.

J'ai essuyé mes larmes renaissantes et fermé les yeux, suppliant mon corps de se détendre, mon esprit de cesser ses ruminations anxieuses.

— Tout va bien, Farrin, a dit la voix douce et chaude de Ryder. Tu es en sécurité.

Il traçait de longues lignes paresseuses le long de mon dos. Puis, au bout d'un moment, il a ramassé la courtepointe au pied du lit et l'a tirée sur nous. J'aimais la sensation d'être cajolée, nichée contre lui, c'était délicieux et apaisant, cela ne suffisait pourtant pas à calmer mon désarroi. Je me suis aperçue, subitement, que mon contentement ne me semblait pas équitable. J'avais été égoïste. Les amants n'ont-ils pas coutume de se donner mutuellement du plaisir ?

J'ai ouvert la bouche, hésité, puis me suis lancée :

— Ryder, veux-tu… as-tu besoin… ou envie…

— Envie, certainement. Mais besoin ? Non, Farrin. Tu ne me dois rien. Si tu veux aller plus loin, c'est une chose, mais je ne crois pas que ce soit le cas. Pas ce soir.

Je me suis forcée à le regarder.

— Pas ce soir, c'est vrai, ai-je admis. C'était énorme pour moi. Je dois…

Je me suis tue, parce que je ne savais pas exprimer ce que je ressentais.

Ce n'était heureusement pas nécessaire. Ryder semblait comprendre. Il m'a embrassé le front, les joues, les cheveux. J'ai fermé les yeux, comblée. Je n'imaginais pas pouvoir un jour me lasser de ses baisers.

Une idée m'est alors venue à l'esprit. J'ai tripoté nerveusement un des boutons de sa veste.

— Je peux chanter pour toi, ai-je avancé timidement. Si tu veux. Je ne peux pas te donner ce que d'autres…

Je me suis mordu la lèvre, affreusement gênée. Cette insinuation me semblait idiote tout à coup.

— Mais je peux t'offrir une chanson. Une nouvelle, créée seulement pour toi.

Il a penché la tête pour me regarder. Son visage exprimait une joie stupéfaite.

— Tu ferais ça pour moi ? a-t-il demandé. Farrin…

Il m'a embrassé le bout des doigts sans me quitter des yeux.

— J'en serais honoré, a-t-il dit gravement, mais ce n'est pas nécessaire.

Il pouvait s'en défendre, mais j'avais vu l'éclat de son regard, combien cette idée seule le ravissait, et j'ai compris que c'était nécessaire – pas pour lui, pour moi. Lui procurer une telle joie était une sorte de victoire car si mon anxiété m'empêchait de coucher avec lui comme n'importe quelle femme le ferait, j'allais lui offrir ce qu'aucune autre ne pouvait lui donner.

Je lui ai timidement ouvert mes bras. Lorsqu'il s'est installé contre moi – avec une immense précaution, comme s'il craignait de me briser –, j'ai glissé les doigts dans ses cheveux et, après une longue caresse, j'ai pris une inspiration et me suis mise à chanter.

C'était une mélodie sans paroles, mais tendre, et les notes me venaient facilement à l'esprit, aussi douces qu'une ondée printanière. Confiance, joie simple, tendresse, tels étaient les sentiments qui m'habitaient en chantant, et quand j'ai senti les frissons sur sa nuque, le sourire s'est infiltré dans ma voix, adoucissant encore la mélodie. Il a frémi entre mes bras. J'ai posé la joue sur sa tête, fermé les yeux et fredonné un arpège poignant dans ses cheveux.

Un coup frappé à la porte nous a tirés de notre rêverie.

— C'est occupé ! a aboyé Ryder d'un ton sec et furieux.

L'importun n'a pas insisté. J'ai pris un malin plaisir à imaginer que c'était Gemma, venue me souhaiter bonne nuit et à présent choquée de comprendre ce qui venait, dans cette chambre, d'arriver à sa grande sœur, qu'elle avait toujours crue incapable de telles choses.

Cette idée était assez drôle pour me distraire des doutes qui rôdaient dans mon esprit. *« Ryder a pitié de toi, rien de plus. » « Ce n'était pas vraiment du sexe ; ça ne compte pas. » « Tu as eu de la veine, cette fois-ci, ça ne se reproduira pas. » « Tu es aussi froide et bizarre que tout le monde le pense. » « Continue de chanter, ça l'aidera peut-être à digérer sa déception. »*

J'ai repoussé fermement ces réflexions pénibles, adressé des excuses silencieuses à Mara pour m'être attribué notre chambre pour la nuit, et me suis glissée dans les bras de Ryder avant d'enfouir mon visage contre lui. Il a compris ma demande et m'a serrée comme j'espérais qu'il le ferait, puis il m'a embrassé le front et a arrangé la couverture sur moi. Ma mélodie flottait inachevée dans l'air, mais il ne semblait pas contrarié. Il a émis un petit grognement satisfait. Primitif, assouvi. J'ai souri dans sa chemise et me suis laissé bercer par ses caresses.

❊

Le lendemain matin, nous avons quitté Vallenvoren après avoir acheté des chevaux à un maquignon qui tenait plusieurs écuries le long de la route fréquentée qui conduisait aux Cloîtres d'Altivar vers le Nord. Ryder a parlé à chacune de nos montures avant que nous nous mettions en route – quatre hongres fatigués et deux juments aux yeux doux, tous râblés et couverts d'un poil épais, de bons chevaux de montagne, bien mieux habitués à cette région isolée du monde que Ryder ne l'était lui-même.

J'essayais de ne pas lui prêter trop d'attention tandis qu'il se déplaçait d'une bête à l'autre, sa voix profonde murmurant dans une langue animalière dont je ne pouvais me rappeler le nom, tellement j'étais distraite. Je n'arrêtais pas de penser à la nuit qui s'était écoulée ; les images, les sensations, me revenaient par vagues – les mains de Ryder sur moi, en moi, ses lèvres traçant un chemin brûlant sur ma peau, mon corps se contorsionnant sous sa poigne solide, précautionneuse et appliquée.

Je me suis éloignée du groupe pour caresser l'épaisse crinière brune du hongre le plus proche. Ryder venait de s'en occuper, et il semblait tout fringant maintenant. Ses vieilles oreilles étaient dressées, et ses grands yeux brillaient d'une excitation nouvelle tandis qu'il regardait Ryder s'affairer. Je connaissais cette sensation. Je me suis touché les lèvres en souriant. Il m'aurait suffi de fermer les yeux pour tout ressentir : le lit, les bras de Ryder, l'incroyable plaisir de me désintégrer sous ses caresses…

Gareth est subitement apparu à côté de moi, au prétexte de charger nos provisions dans les sacoches, mais j'ai surpris son regard, et toutes les joies de la nuit passée se sont envolées, balayées par ma gêne.

— Alors, a-t-il dit en souriant, les yeux de son avatar pétillants derrière ses lunettes, j'ai entendu dire que la nuit avait été mouvementée.

Je lui ai décoché un regard cinglant.

— Ton épouvantable fixation sur ma sœur t'a permis de remarquer autre chose ? Ça m'étonne.

Son sourire s'est envolé. Il a baissé un regard piteux par terre.

— Je suis désolé, Farrin. Sincèrement. Je me suis déjà excusé auprès de Mara et des autres. Je ne sais pas ce qui m'a pris.

Il a passé une main dans ses cheveux et jeté un coup d'œil par-dessus son épaule, peut-être en direction de Mara, puis il est revenu sur moi, l'air vraiment malheureux.

— C'est vrai, Farrin. Je suis un vaurien à bien des égards, je le sais, mais je ne suis pas un imbécile, et j'ai le plus grand respect pour Mara et pour l'Ordre. Mais je ne peux pas m'empêcher d'être fasciné par leur existence. Une merveille dans un monde autrement banal. Et la façon dont Mara s'est métamorphosée l'autre jour, au prieuré – redoutable, invincible. Sa puissance, après avoir appelé ses sœurs, quand elle s'est élancée dans la Brume pour affronter les dieux savent quoi…

— Tu ne fais pas grand-chose pour me convaincre de tes remords, ai-je observé sèchement.

Il s'est ressaisi.

— Non, tu as raison. Ma fascination est déplacée. Elles sont des êtres humains, des individus qui méritent le respect, quelles que soient leurs stupéfiantes capacités.

Il avait cessé de ranger les provisions – *trop distrait par ses propres âneries pour continuer le travail*, me suis-je dit. J'ai levé les yeux au ciel. Il était peut-être sincère, mais il avait interrompu mes rêveries, et je me sentais curieusement coupable d'être si près de lui avec le souvenir des baisers de Ryder en tête.

J'ai repris là où il s'était arrêté et jeté des paquets dans les sacoches.

— Le jour où tu commenceras vraiment à respecter les femmes, ai-je dit avec irritation, pas celles auxquelles tu tiens individuellement, comme Heldine ou moi, mais toutes les femmes, quelles qu'elles soient, ce jour sera à marquer d'une pierre blanche. Ou alors, ça voudra dire que je suis morte et la proie d'une hallucination sur ma route vers Ryndar.

Il m'a regardée, intrigué, apparemment insensible à la dureté de mes propos.

— Je ne t'ai pas entendue parler de Ryndar depuis un moment.

Ryndar, me suis-je dit, le territoire au-delà de la vie et la mort, là où les dieux étaient nés. Un royaume constitué d'aelum pur, l'élément à l'origine de toute vie magique, et de sinaelum, à l'origine de toute vie sans magie. Connu également sous le nom de Territoire Sans Limite, c'était l'endroit où beaucoup d'habitants d'Edyn pensaient séjourner après la mort –, que ce soit pour rejoindre les dieux sous la forme qu'ils avaient prise après le Démantèlement, ou pour retourner dans le monde des vivants, réincarnés.

Je me suis renfrognée.

— Tu sais ce qu'il y a de plus agaçant dans le fait d'être ton amie ? C'est qu'il suffit d'évoquer n'importe quel sujet des arcanes pour qu'aussitôt sa fiche descriptive complète me vienne en tête. Comme si j'étais l'une de tes étudiantes et que ton enseignement avait déteint sur moi au fil des ans.

— Tu me flattes, s'est-il exclamé joyeusement.

Il m'a regardée travailler un moment, avant de m'arrêter en posant gentiment sa main sur mon bras.

— Tu as vraiment couché avec Ryder ? m'a-t-il demandé.

Sa voix était douce à présent, plus tendre qu'elle ne l'avait été depuis longtemps.

Je me suis forcée à le regarder, le menton légèrement dressé, alors que les joues me brûlaient.

— Je ne crois pas que ce soit tes affaires.

— En effet, a-t-il admis, sauf que tu es mon amie, et je ne veux pas que tu aies des ennuis. Je sais que tu n'es pas…

Il s'est tu pour regarder autour de nous, puis a repris à voix basse.

— Je sais que tu n'es pas expérimentée dans ce domaine. As-tu avec toi les remèdes pour te protéger d'une grossesse ? Et lui ?

Ces questions faisaient surgir des images incongrues dans mon esprit – Ryder et moi, entièrement dévêtus, bras et jambes entremêlés. Je les ai repoussées avec force. Elles étaient, de toute façon, rudimentaires. Cela faisait longtemps que je ne m'étais pas vue entièrement nue, et quand j'essayais de m'en souvenir, mon corps était flou, informe. Quelle enfant j'étais d'être incapable de me regarder dans un miroir. Les doutes qui m'avaient assaillie la nuit dernière refaisaient surface. *Ryder a pitié de toi, rien de plus. Tu es aussi froide et bizarre que tout le monde le pense.*

— Ne t'inquiète pas, ai-je répondu. On n'a pas vraiment fait l'amour. On a fait d'autres choses, et j'ai chanté pour lui, et c'était merveilleux. Je me suis sentie belle pour une fois, et désirée. Après, je me suis endormie dans ses bras et quand je me suis réveillée, il était parti. Vous étiez tous en bas, je suppose. Il y avait une petite assiette posée sur la table de nuit, avec un sandwich enveloppé dans une serviette. C'était la nuit la plus douce, la plus merveilleuse de ma vie. Mais maintenant, je ne suis plus sûre de rien. Il a dû me trouver tellement stupide de ne pas vouloir de véritable sexe, de préférer…

J'ai fait un geste vague et recommencé à triturer une lanière de la sacoche. Je n'arrivais pas à fermer sa fichue boucle et je m'y suis reprise à trois fois avant d'abandonner et de m'apercevoir, horrifiée, que j'étais en train de pleurer.

— Allons, allons, a chuchoté Gareth en s'approchant pour me protéger des regards. D'abord, le sexe englobe de nombreux actes d'amour, pas uniquement celui auquel tu penses. Ensuite, tu n'es pas stupide, et je sais de façon certaine que Ryder ne le pense pas non plus.

— De façon certaine ? ai-je rétorqué vivement à travers mes larmes. Tu en as parlé avec lui ? Tu as demandé à Talan de le sonder ?

— D'accord, pas de façon certaine, alors. Mais en tant qu'homme, un homme qui te connaît bien et qui a un jour fait l'amour avec toi – même si c'était une expérience désastreuse pour nous deux –, je peux t'assurer sans l'ombre du moindre doute que Ryder Bask ne te trouve pas stupide, ni indésirable, ni décevante en aucune manière.

Il a sorti un mouchoir de sa poche et me l'a donné. Je me suis essuyé le visage, en espérant que personne en dehors de Gareth ne s'était aperçu de mes larmes. J'entendais, derrière moi, les autres enfourcher leur monture et le tintement des pièces avec lesquelles Gemma – dissimulée sous un avatar comme nous tous – payait le marchand.

Je n'ai pas cherché à retenir la question qui me taraudait, même si le contexte était très loin de s'y prêter.

— Quand on a…

J'ai dû recommencer.

— Quand on a couché ensemble, il y a des années, ce n'était pas désastreux à cause de moi, si ?

— Bien sûr que non, a répondu Gareth.

Il s'est penché pour me soulever gentiment le menton et me regarder dans les yeux.

— Chérie, on en a parlé souvent.

— Je sais, et j'ai besoin de l'entendre encore. S'il te plaît.

— D'accord, donc non, notre expérience n'était pas mauvaise à cause de toi, ni à cause de moi, d'ailleurs. Ce n'était même pas mauvais à proprement parler, c'était seulement… déplacé, parce qu'on ne s'aime pas de cette façon, bien que nous ayons eu besoin d'aller jusque-là pour nous en rendre compte. Et, pour ne rien arranger, nous étions affreusement jeunes, presque encore des enfants. Mais malgré tout, je ne regrette pas, et si j'emploie le mot « désastre », c'est uniquement parce que après j'ai eu peur de te perdre, peur d'avoir tout gâché à cause de deux bouteilles de vin et de quelques baisers tellement maladroits qu'on se demande encore comment nos dents s'en sont sorties intactes.

Ça m'a fait rire. Je me suis de nouveau essuyé les yeux, et j'ai caressé distraitement le poil touffu du hongre, qui a tourné la tête pour souffler dans ma manche, en se demandant probablement à quoi rimait ce remue-ménage.

— Je suis désolé, Farrin, a repris gentiment Gareth. Tout est de ma faute. Je n'aurais pas dû t'interroger sur Ryder. Je ne voulais pas te contrarier. J'étais seulement inquiet. J'aurais quand même dû attendre, au moins t'apporter ton petit déjeuner, ou quelque chose comme ça. On en aurait parlé autour d'un plat de biscuits, comme des gens civilisés.

Il a fourré les mains dans ses poches et regardé ailleurs.

— Je fais vraiment tout de travers, hein ?

Je me suis mouchée, puis j'ai roulé le mouchoir en boule et le lui ai rendu.

— Tu parles de tout faire de travers ces derniers jours, ou dans ta vie en général ?

Il m'a décoché son sourire espiègle habituel, mais j'ai surpris la lueur de tristesse dans son nouveau regard marron. J'ai soupiré et lui ai pris la main.

— C'est à moi d'être désolée maintenant, lui ai-je dit. Je voulais te taquiner et c'est tombé à côté.

Il m'a embrassé le bout des doigts.

— Eh bien, nous sommes quittes, alors, ou presque. Je suis encore loin de me faire pardonner ma lourdeur d'hier soir.

J'ai dressé un sourcil en souriant, soulagée de retrouver le rythme de nos reparties familières.

— Tu m'enlèves les mots de la bouche, mon cher, mais je me sens d'humeur étonnamment charitable.

Il a posé un regard mélancolique sur nos mains jointes.

— Tu te rappelles comme il était plus simple d'être amis ?

Sa question m'a déconcertée. La même réflexion m'était venue à l'esprit, au cours des années précédentes, mais je ne l'avais jamais formulée à voix haute, et je ne m'attendais certainement pas à l'entendre dans la bouche de Gareth, surtout à des centaines et des centaines de kilomètres de chez nous, au beau milieu des territoires glacés du Nord.

Mon cœur s'est serré. Subitement, je n'avais plus qu'une seule envie : retourner à La Torche et l'Épine, prendre une table, commander des petits gâteaux – exactement comme il venait de le suggérer – et m'asseoir avec lui pendant des heures, pour tout lui raconter, me confier entièrement, comme nous l'avions toujours fait. Comme nous le faisions avant. Avant le retour des Bask, avant Talan, avant Kilraith. Avant ces derniers mois étranges et terrifiants, quand Yvaine était en bonne santé, Père fidèle à lui-même – toujours amer et paranoïaque, toujours rongé de chagrin, mais sans le frémissement de violence qui couvait désormais en permanence à la surface, sans la colère qui brûlait sans cesse dans son regard. Quand j'avais l'impression de comprendre le monde.

Mais ces considérations n'avaient pas leur place maintenant. Alors j'ai serré la main de Gareth en lui souriant tristement.

— Je me souviens de quand beaucoup de choses étaient plus simples, ai-je dit doucement. Mais cela ne m'empêche pas de t'aimer comme avant.

Son expression soucieuse et affligée s'est adoucie. Il m'a attirée dans son étreinte généreuse, à laquelle je me suis laissée aller en fermant les yeux. Durant quelques instants précieux, le monde étrange qui m'entourait m'a paru confortable et familier.

— Allez, on y va ! a lancé Mara à quelques pas.

Elle avait choisi l'une des juments, sur laquelle elle était déjà montée, et nous regardait, prête à partir, d'un air interrogateur.

— On a une longue route à faire avant la fin du jour.

Sans plus attendre, nous avons enfourché nos chevaux et l'avons suivie sur le chemin de montagne rocailleux qui nous emportait loin de Vallenvoren, vers le nord et l'inconnu.

❂

Nous avons voyagé deux jours durant. Presque aussitôt après avoir quitté Vallenvoren, nous avons laissé la route des Cloîtres d'Altivar, très fréquentée par les croyants, pour nous engager dans une contrée tout à fait sauvage, suivant l'itinéraire déjà parcouru par Talan. Il nous guidait à travers des forêts de pins si hauts et si anciens qu'il semblait irrévérencieux de parler, comme si nous avions marché sur des ossements de créatures divines depuis longtemps disparues. La terre était dure, noire et froide sous nos pas, l'air suffisamment glacial pour que nos respirations produisent de la buée.

Nous avons campé dans une tente cousue de peaux de bêtes, rudimentaire mais spacieuse, apportée du prieuré par Mara. Je dormais, enveloppée sous les fourrures, entre mes sœurs, Talan allongé à côté de Gemma, Ryder à côté de Mara, et Gareth après lui.

Mais mon sommeil était agité, et j'ai passé une grande partie de ces deux nuits les yeux ouverts, à écouter la respiration profonde de Ryder. Il était si proche de moi, mais pas assez, et pourtant, j'étais heureuse de cette distance entre nous – ce qui n'avait aucun sens. Mes désirs contradictoires m'épuisaient. Nous nous parlions à peine depuis la nuit partagée à La Torche et l'Épine, mais ce n'était pas faute d'essayer. Nous chevauchions côte à côte à travers la forêt, et régulièrement, l'un d'entre nous – surtout Ryder – tentait de lancer la conversation, par des considérations sur le paysage, le comportement amusant des chevaux, ou sa traduction de ce qu'un oiseau exprimait par son chant.

Le deuxième jour, lors d'un passage tranquille après que nous nous étions arrêtés pour déjeuner, Ryder a approché son cheval du mien, toussoté et dit :

— La lumière du Nord te va bien, Farrin.

Aussitôt, une bouffée de plaisir gêné m'a envahie. Gareth qui était juste derrière moi, s'est mis à siffloter joyeusement avant de pousser son cheval au trot pour me laisser seule avec Ryder. Je lui ai jeté un regard furieux, à la fois contrariée par son geste et heureuse de cette intimité – une nouvelle contradiction qui s'ajoutait aux autres. Je commençais à me dire que j'avais vraiment perdu la tête, qu'un germe de folie avait éclos la nuit où Ryder m'avait touchée et que plus rien, désormais, n'aurait le moindre sens.

— Merci, ai-je répondu à voix basse, préférant regarder la crinière de mon cheval plutôt que lever les yeux.

Je regrettais subitement de ne plus avoir les traits de l'avatar créé par les dons de Gemma.

— C'est très gentil.

Il a grommelé.

— Ce n'est que la vérité. Il y a une vivacité en toi, une acuité dans ton regard, ton attitude, tes gestes. Tu es toujours en train de réfléchir. Trop, peut-être, a-t-il ajouté d'un ton plus doux – *soucieux*, me suis-je dit –, et teinté d'une certaine réserve. La forêt est comme ça aussi. Pleine de vie, de mystères. Magnifique, intense et sauvage, différente à chaque saison, d'un jour à l'autre. Elle s'adapte, elle est stable, constituée d'innombrables paradoxes étranges et fascinants, et pourtant immuable, toujours égale à elle-même.

J'ai ri, passablement déconcertée.

— Je suis tout ça à tes yeux ?

— Ça et plus encore.

Il a poussé un soupir.

— Je ne me suis jamais senti aussi bien qu'avec toi.

Je l'ai regardé au moment où il levait prudemment les yeux sur moi. Nos regards, durant une fulgurante seconde, se sont croisés, et mon corps entier s'est embrasé. Être contemplée de cette manière, avec une telle tendresse, voir le front intransigeant de Bask plissé d'inquiétude, comme s'il n'y avait pour lui rien de plus important au monde que de me savoir heureuse… Je n'avais pas les moyens d'affronter un tel regard. Surtout lorsqu'il ranimait tous les souvenirs de notre nuit ensemble.

Je me suis secouée et j'ai reporté mon attention sur mon cheval.

— Tu as l'air d'être malheureuse, a-t-il repris au bout d'un moment, sa voix bourrue teintée d'une tristesse résignée. Je suis désolé, j'ai eu tort de t'en parler.

— Non, je ne suis pas malheureuse, ai-je aussitôt répliqué, et tu n'as pas eu tort. Tu n'as pas non plus à être désolé, je suis seulement…

Freyda, le faucon de Mara, a quitté un arbre pour passer au-dessus de nous et fondre sur une proie dans les broussailles. Le bruit qui s'est élevé m'a donné quelques instants précieux pour réfléchir.

— Je ne sais pas ce qu'il y a entre nous, ai-je fini par dire.

Avoir… fait ça avec toi et nous comporter exactement comme avant me paraît bizarre. J'ai l'impression que tout devrait être différent, et ça l'est, mais en même temps, c'est étrangement la même chose, et je ne sais pas comment concilier les deux. Je ne sais pas comment m'adresser à toi. D'un côté, je ne veux pas te parler, mais de l'autre je ne veux que ça. Ça et… d'autres choses.

Je n'avais pas eu l'intention d'en dire autant. Je me sentais à la fois soulagée et inquiète de sa réaction. Il devait me trouver tellement ridicule et naïve. Mais quand j'ai osé lever les yeux sur lui, il souriait. Il regardait la cime des arbres, chevauchant avec la grâce que seuls les Animaliers élus possédaient, et il souriait – un sourire léger, à moitié dissimulé par sa barbe noire. Un rayon de soleil illuminait les petites rides au coin de ses yeux.

— D'autres choses ? a-t-il répété doucement en me jetant un regard de côté, espiègle.

J'ai souri à mes mains, le cœur battant.

— D'autres choses, ai-je dit encore plus doucement.

— L'heure viendra pour ça et pour tout le reste, a-t-il répliqué.

Il m'a tendu la main et je l'ai saisie, heureuse de sentir ses doigts enlacer les miens.

— Pour l'instant, a-t-il ajouté, je suis heureux d'être simplement avec toi. Courageuse Farrin, lumière de la forêt.

Il a soulevé ma main pour la porter à ses lèvres et effleurer le bout de mes doigts.

Après, nous sommes restés silencieux, mais c'était facile et doux, comme la quiétude au moment du réveil, juste avant le début de la journée. Mes inquiétudes étaient, pour le moment, apaisées par la main de Ryder, la chaleur de sa voix et celle de son regard. Je me suis demandé si c'était cela que voulait dire « être à l'aise dans l'existence », « à l'aise avec son propre corps ». C'était une sensation à laquelle je n'étais pas habituée. J'ai fermé les yeux et laissé l'atmosphère de la forêt m'envahir. Je respirais prudemment ; je ne voulais pas que cette sensation disparaisse.

⚙

Cette nuit-là, alors que les dernières heures glissaient vers le petit matin, j'ai ouvert les yeux pour voir Talan se faufiler hors de la tente.

— Nous sommes proches, a-t-il chuchoté en se retournant.

Nous étions tous réveillés. Ses yeux noirs reflétaient une faible lueur dont je n'arrivais pas à déterminer la source et, en me redressant, j'ai tout de suite compris qu'il disait vrai : nous étions proches de quelque chose d'étrange. La forêt était mortellement calme – aucun bruit d'animaux nocturnes, pas le moindre souffle d'air à travers les sapins. Lorsque à mon tour je suis sortie de la tente, j'ai découvert avec stupeur que de la neige tombait d'un ciel lourd, chargé d'orage. Un bruit sourd s'élevait au loin – celui du tonnerre qui grondait tranquillement – et des éclairs déchiraient l'horizon, illuminant les nuages, la cime des arbres.

Nous avons rapidement levé le camp. Freyda était perchée sur une branche basse à proximité, les plumes hérissées et son regard jaune scrutant la forêt, à l'affût de l'ennemi. Lorsque Mara l'a appelée d'un sifflement bas, elle est venue se poser sur son épaule pour piailler doucement à son oreille dans un idiome étrange né de la Brume, un mélange de cris d'oiseau et de termes employés par les Roses.

Ryder écoutait attentivement.

— Que dit-elle ? ai-je demandé à voix basse.

— Elle parle d'une muraille au milieu des arbres. D'un lieu obscur où rien ne vit.

Il a jeté un regard à Talan.

— Ça te dit quelque chose ?

— J'imagine qu'un oiseau pourrait le décrire de cette façon, oui, a répondu Talan d'un ton posé alors que l'inquiétude flottait dans son regard. Au-delà de la barrière magique que je ne peux pas franchir, je ne sens qu'une sorte de vide. Un immense néant, à moins que ce ne soit une illusion créée par la magie défensive.

— Je ne comprends pas, a dit Gemma d'une voix nerveuse.

Elle semblait jeune et pâle à la faible lumière de l'orage, son capuchon noir serré autour de sa tête.

— Quand on a monté la tente, tout était normal et le ciel était dégagé.

— Les tempêtes se lèvent sans prévenir, ai-je observé.

— Quel que soit cet endroit, la magie qui le protège n'est pas forcément stationnaire, est intervenu Gareth en griffonnant dans le calepin qu'il avait sorti de la poche de son manteau.

Il notait ses observations, ai-je supposé, sur le temps, le vent, la sensation de quelque chose d'hostile et froid dans l'atmosphère. Une présence que je percevais aussi nettement que si j'avais franchi un passage interdit. *Faites demi-tour*, disait-elle. *N'allez pas plus loin.*

J'ai frissonné en regrettant de ne pas pouvoir lui obéir et emporter tout le monde avec moi.

— Une magie de protection qui bouge ? a demandé Gemma, incrédule.

— Pour mieux dissimuler ce qu'elle est censée protéger, a expliqué Gareth. Si on ne peut pas localiser précisément la barrière de protection, on ne peut pas savoir la taille, la forme ou la nature de ce qu'elle contient.

Mara a opiné.

— J'ai croisé des barrages comme celui-ci lors de mes patrouilles dans la Brume. Des vestiges de magie primordiale, ou des pièges tendus par des créatures du même type dans l'espoir de capturer des humains curieux.

— Cela explique pourquoi j'ai eu tant de mal à situer ce que j'ai trouvé, a dit Talan.

Une rafale d'air froid l'a empêché de continuer. Elle était si glaciale que j'avais l'impression d'être mordue par un million de minuscules mâchoires, et sa force était celle d'une main géante qui me poussait, nous repoussait tous, implacable, vers l'endroit d'où nous venions.

Les chevaux, déjà mal à l'aise, se sont cabrés. Ils tentaient de fuir, agitant leur crinière et frappant du sabot, mais leurs rênes étaient solidement nouées aux arbres. Ryder est allé vers eux, leur a murmuré des paroles apaisantes avant de les détacher. Ils ont détalé, laissant toutes les sacoches à terre, remplies de nos provisions.

— Je les retrouverai facilement quand nous reviendrons, a-t-il indiqué. Il n'y a aucune raison de les laisser attachés et terrifiés. De toute façon, nous ne pourrions pas les monter dans cet état.

— Alors, allons débusquer cette chose, ai-je lâché d'une voix tendue.

Voir les chevaux fuir au galop dans la forêt, loin de l'étrange magie qui s'était faufilée près de nous pendant que nous dormions, était encore plus effrayant que la rafale de vent glacial. J'ai attrapé un bâton de combat que Mara avait apporté ; son poids familier dans ma main, sa similitude avec celui dont je m'étais servie lors de mon entraînement avec Ryder étaient réconfortants.

Nous avons marché durant ce qui m'a semblé des heures. Talan faisait des observations sur chaque détail du paysage, nous assurant que nous étions sur la bonne route. Le froid ne cessait de s'intensifier, nous avancions désormais au milieu d'une neige tourbillonnante, et les nuages étaient si épais que même le soleil de midi ne parvenait pas à les percer et nous réchauffer.

— On ne va pas tarder à être obligés de faire demi-tour, a crié Ryder à l'arrière de notre cortège. Nous ne sommes pas équipés pour affronter un temps pareil.

Mais Mara, qui marchait en tête, ne l'a pas entendu, ou l'a ignoré. Elle continuait de braver la neige, le bras levé devant son visage. Elle s'est retournée en agitant son autre bras. Elle semblait nous parler, mais sa voix était inaudible.

— Mara ! a crié Ryder. On ne t'entend pas !

Gemma a mis les mains en cornet autour de sa bouche et essayé à son tour.

— Mara, attends !

Je me suis alors aperçue, l'estomac noué, que quelque chose clochait. Freyda battait furieusement des ailes autour de la tête de Mara, lui tirait les cheveux du bec et des serres, mais très vite Mara a disparu, engloutie par l'obscurité derrière les arbres qui se balançaient en grinçant. Freyda s'est alors mise à pousser des cris perçants sans cesser de s'élancer dans l'ombre pour revenir vers nous comme renvoyée par une catapulte.

Ryder a levé ses mains gantées et appelé le faucon en ekkari, répétant encore et encore la même phrase. Il allait se déchirer la voix à crier comme ça. L'oiseau a fini par se poser sur son bras, le plumage en désordre. Ryder l'a serré contre lui et abrité de la neige sous son manteau. Je me suis sentie soulagée ; Freyda au moins était à l'abri, ce qui était un élément positif dans ce chaos. Mais une seconde plus tard, Talan poussait un cri. J'ai pivoté, paniquée, pour voir Gemma courir sur le chemin tracé par Mara dans la neige. Talan s'est élancé derrière elle, suivi de Gareth, mais ils ne sont pas allés très loin. Quelque chose – une force invisible – les a repoussés brutalement, les faisant trébucher. On aurait dit qu'ils luttaient pour entrer dans la mer, mais que des vagues puissantes leur sciaient les jambes.

En regardant la silhouette floue de Gemma disparaître entre les arbres, exactement comme celle de Mara avant elle, une pensée s'est insinuée dans mon esprit, le genre d'évidence affreuse dont on sait immédiatement qu'elle ne va pas nous lâcher. Comme si elle avait eu des griffes, des muscles et une volonté de fer. À peine formulée, elle s'est accrochée à moi, plus avide et tenace qu'une sangsue, et je me suis sentie poussée, obligée d'avancer, d'aller droit devant, tout de suite, de plus en plus vite. L'injonction de « faire demi-tour », de « ne pas aller plus loin » s'est effacée au profit d'une invitation chaleureuse, pleine de tendresse : *Reviens à la maison. Reviens-moi. Enfin. Enfin tu es là.*

Quelle que soit la chose qui se trouvait là – un phénomène magique, une créature primordiale, ou un étrange palais éclairé par la lune et où le soleil ne brillait jamais –, j'ai tout de suite su, sans l'ombre d'un doute, que seules mes sœurs et moi étions capables de l'atteindre. *Du sang fée*, répétait la voix insistante de Gemma dans ma tête. Un rire m'a échappé, nerveux et effaré.

L'idée absurde d'un sang fée coulant dans mes veines semblait tout à coup la moins terrifiante des explications.

L'instant d'après, je m'élançais à mon tour dans la neige, suivant les empreintes laissées par mes sœurs derrière elles. J'ai ignoré les appels de Ryder, la voix effrayée de Gareth criant mon prénom. Contrairement à notre incursion précédente dans la Brume, aucune chanson cette fois ne me poussait vers une destination inconnue. Je n'allais pas émerger de l'autre côté, dans les bois où nous avions combattu les Brethaeus, ni retrouver le champ jaune, l'ancienne demeure de Talan au bord de la mer. Non, c'était différent. C'était... familier. Une voix que je connaissais m'appelait, ou plutôt non, une sensation, mais elle était si distincte et si pressante que je l'entendais m'accueillir, même sans paroles.

Les yeux plissés contre le vent, j'ai continué d'avancer vers l'obscurité, les arbres qui ployaient, la neige tourbillonnante. J'ai essayé d'appeler Gemma et Mara, mais le rugissement de la tempête, le froid mordant me coupaient le souffle. Je luttais contre eux pour respirer, pour marcher, pour trouver une prise à laquelle m'accrocher et franchir ce rideau de ténèbres glaciales jusqu'au moment où, tout à coup, j'étais... passée. Un mur invisible – une sorte de force, un mouvement d'air – avait cédé, et tout était différent: la température était agréable, la tempête avait disparu, une brise légère me caressait le visage. Tandis que je toussais, étouffée par l'abondance d'oxygène et ma respiration soudainement facile, j'ai senti une odeur de cheminée, le parfum des roses. Puis j'ai entendu le bourdonnement des abeilles et vu la neige fondre sur mes bottes au milieu des petites fleurs sauvages.

J'ai levé les yeux, étourdie, les joues encore brûlantes de froid, et j'ai été stupéfaite de découvrir la forêt que je venais de quitter, sauf que les sapins ici étaient vert vif et que le sol était tapissé de mousse et de fleurs. De nouvelles pousses printanières s'épanouissaient partout et, au-dessus des arbres, le ciel était d'un bleu limpide.

— Farrin, a dit une voix – un cri de joie lointain en même temps qu'un murmure à mon oreille.

J'ai battu des paupières, pour dissiper de mes yeux larmoyants le givre fondu et, en découvrant peu à peu la silhouette qui m'avait appelée, quelque chose en moi s'est fissuré. Mon cœur a volé en éclats.

Impossible. C'était impossible.

Et pourtant, elle était là, devant une jolie petite maison au toit de chaume, flanquée de mes sœurs qui riaient et pleuraient, accrochées à elle, comme les fillettes d'autrefois.

Il n'y avait qu'un mot à dire, et le prononcer m'était pénible.

— Mère.

Chapitre 15

Le monde s'est modifié comme il le faisait souvent dans mes cauchemars, mes rêves du garçon lumineux: les flammes m'entouraient, mes jambes d'enfant étaient trop frêles pour me porter, le sol tremblait sous mes pieds. Une angoisse m'étreignait plus écrasante à chaque seconde. L'atmosphère était irrespirable, et je tâtonnais éperdument autour de moi à la recherche d'une porte, d'une fenêtre, d'une once d'air frais.

Tel était l'état dans lequel je me trouvais en regardant ma mère venir vers moi, les bras tendus, un sourire paisible aux lèvres. Elle portait une robe verte, de la couleur des bourgeons, simple mais élégante, et ses pieds nus étaient maculés de boue. Des fleurs débordaient de ses poches et une pipe noire polie pendait au bout d'un cordon autour de son cou. Derrière elle, Gemma sanglotait dans les bras de Mara qui regardait devant elle, les joues ruisselantes de larmes silencieuses.

— Farrin, mon cher trésor, a dit Mère en arrivant près de moi. Regarde-toi. Regardez-vous toutes les trois. Quelles merveilleuses femmes vous êtes devenues!

Sa main s'est posée sur ma manche. Ce contact m'a arrachée à ma stupeur. J'ai bondi en arrière, loin d'elle.

— Qu'est-ce que c'est? ai-je dit d'une voix rauque, la gorge nouée de colère. Qui êtes-vous?

Le sourire de ma mère s'est adouci pour devenir encore plus

tendre et plus gentil, comme si j'étais la fillette d'antan venue chercher du réconfort près d'elle après m'être écorché le genou.

— Farrin, c'est moi, a-t-elle répondu en essayant de nouveau de me prendre la main. Ta mère.

Cette fois, je l'ai repoussée brutalement. Ma propre force m'a surprise ; j'ai trébuché en arrière, failli tomber.

— Je n'ai pas de mère, ai-je répliqué. Elle est morte depuis longtemps.

Son front s'est légèrement plissé. Son visage s'est assombri. Elle a baissé la main et reculé.

— Je ne suis pas morte.

— Tu pourrais aussi bien l'être. D'ailleurs, il aurait mieux valu que tu meures. Mais au lieu de ça, tu nous as abandonnés. Elle nous a abandonnés. Qui êtes-vous, une créature primordiale ? Un figment protégeant Moonhollow, envoyé pour nous tromper, nous distraire de notre but ?

— Moonhollow ?

Elle a penché la tête sur le côté, intriguée.

— Qu'est-ce que Moonhollow ?

J'ai pivoté pour scruter les arbres qui entouraient la petite chaumière. Je ne supportais plus de regarder cette personne ; son visage pâle et ovale comme celui de Mara, mais plus doux, plus arrondi, ses yeux du même bleu que ceux de Gemma, ses longs cheveux de la même teinte châtain foncé que Mara ; tout, jusqu'à sa façon d'être, était trop familier. Sa présence, l'aisance gracieuse de ses mouvements étaient les mêmes que dans mon souvenir.

Et sa bouche fine, légèrement pincée, ses sourcils pointus et en colère, même au repos, étaient les miens. Des reflets de mon visage dont la vue, en cette seconde, m'était odieuse.

Une bile amère m'a piqué la gorge. Je me suis dirigée vers les arbres, loin de la chose affublée des traits de ma mère.

— Gareth ? Talan ? Ryder !

— Si tu appelles les hommes qui sont dans la forêt, a-t-elle dit derrière moi, c'est inutile. Ils ne peuvent pas t'entendre. Rien ne peut entrer à Wardwell ou percevoir quoi que ce soit de Wardwell, à moins que je ne le veuille.

— Wardwell ? a répété Gemma en s'essuyant le visage. C'est le nom de cet endroit ?

— Oui. Mon sanctuaire personnel.

— Arrête de pleurer, ai-je lancé durement à Gemma. Toutes les deux, arrêtez de pleurer ! Vous ne voyez pas que c'est une ruse ?

Mara a poussé un long soupir tremblant.

— Je ne crois pas que ce soit une ruse, Farrin.

— Comment le sais-tu ?

— Je ne sais pas, mais…

Elle a fait un geste de la main.

— Regarde-la.

— Je la regarde, et tout ce que je vois, c'est le même visage qu'Alastrina Bask a usurpé quand elle est arrivée au bal l'été dernier pour nous humilier.

La créature a dressé les sourcils.

— Alastrina Bask ? C'est une histoire que je suis curieuse d'entendre. Mais je ne suis pas l'effet d'un sortilège. Ce n'est pas une ruse, je vous l'assure.

Ma colère, d'un seul coup, a explosé. J'avais toujours le bâton de combat avec moi ; il était dans mon dos, glissé dans un étui matelassé que je portais en bandoulière par-dessus mon manteau. J'ai levé le bras pour l'attraper en me jetant sur la créature trompeuse, cette illusion diabolique. J'ai ignoré les cris de mes sœurs ; Mara elle-même, ralentie par sa joie béate, n'a pas été assez leste pour m'arrêter.

J'ai fait tournoyer mon bâton pour l'abattre violemment sur le crâne de la créature. Si c'était un figment, un être destiné à nous tromper, un subterfuge créé par Kilraith, Moonhollow ou quel que soit l'endroit immonde qu'était en réalité Wardwell, alors elle allait se défendre. Elle allait se battre. Son enveloppe mensongère allait se déchirer pour révéler le monstre qu'elle dissimulait.

Mais elle n'a rien fait. Elle n'a même pas tenté d'esquiver l'arme qui fondait sur elle. Elle est restée là, à l'attendre. Le bâton s'est écrasé sur sa tempe ; elle a poussé un cri aigu en s'effondrant, puis elle n'a plus bougé, assommée au milieu des fleurs.

Mara était sur moi avant que je ne puisse de nouveau frapper. Elle a saisi le bâton, me l'a facilement arraché des mains et l'a jeté au loin. Puis elle m'a bloqué les bras dans le dos pour me plaquer contre elle tandis que je me débattais en vain pour me libérer.

— Qu'est-ce qui ne va pas chez toi ? a crié Gemma en s'agenouillant près de la créature abattue.

Elle l'a tournée vers elle et, en découvrant la blessure que je lui avais infligée, elle a eu un hoquet.

Je l'ai vue, moi aussi : sa tempe était ouverte, le sang coulait par terre. Et sa mâchoire, me suis-je aperçue avec un haut-le-cœur, n'était plus à sa place habituelle, comme si la force de mon coup l'avait sortie de son crâne.

— Oh, dieux, a murmuré Gemma, penchée sur elle.

Elle a ôté son manteau pour le presser contre la plaie sanguinolente.

— Du calme, ne bouge pas. Laisse-moi faire, je vais épancher la blessure…

Mais la créature, qui reprenait ses esprits, l'a gentiment repoussée.

— Ça va aller, a-t-elle dit d'une voix nouée de souffrance. Il me faut juste un instant.

Elle s'est redressée lentement – sans effort particulier, plutôt comme on s'étire après une nuit de sommeil –, puis elle s'est touché la tempe avant de glisser la main le long de son corps, ses doigts laissant une traînée de sang sur sa peau et sa robe. Une sensation de froid intense m'a traversée, comme si on m'avait plongée puis sortie d'un lac gelé à une vitesse vertigineuse. Elle exerçait une sorte de magie. Mais une magie bien plus rapide que toutes celles que j'avais ressenties, une ondulation vif-argent qui m'a fait grincer des dents et a dressé les cheveux sur ma tête. Sous nos yeux, sa mâchoire déboîtée s'est remise en place, tandis que la plaie sur sa tempe se refermait. Elle a secoué la tête et les épaules, comme pour s'assurer que tout était en ordre, puis elle s'est levée, l'air bien plus las qu'avant mon coup de matraque.

Gemma a reculé pour nous rejoindre en crapahutant, observant la créature avec horreur. Mara m'a libérée. Je sentais son corps tendu derrière moi, prêt au combat.

— Qui êtes-vous ? a-t-elle demandé d'un ton sec et dur à présent.

— Je ne vous ai pas menti, a répondu la femme à voix basse.

L'expression sereine qu'elle affichait à notre arrivée avait disparu au profit d'un air grave et fatigué.

— Je suis Philippa Ashbourne. Je suis votre mère, mais…

Sa voix s'est brisée. Elle a secoué la tête et laissé échapper un faible rire.

J'ai avancé en frémissant, les poings serrés. Du coin de l'œil, j'ai vu le bâton de combat abandonné dans l'herbe. Il n'était pas très loin ; si j'agissais rapidement, je pouvais m'en emparer avant qu'elle ne nous attaque.

— Mais ? l'ai-je relancée.

— Mais je ne suis pas que cela.

Elle a relevé la tête pour croiser mon regard, puis celui de Mara et enfin celui de Gemma, avant de revenir au mien. Elle m'a alors adressé un sourire triste. Un oiseau est passé en chantant joyeusement et, au moment où son ombre minuscule traversait le visage de la femme, ses yeux bleus – les yeux de Gemma – ont brillé d'un éclat subtil mais d'une teinte ambre indubitable.

Un frisson m'a secouée.

— Je suis Kerezen, a-t-elle dit.

Sa voix, tandis qu'elle parlait, est devenue plus profonde, plus caverneuse, comme si elle s'exprimait du fond des âges.

— Déesse des sens, mère de tout être vivant, source de toutes les mélodies, créatrice du sang, des os et de la chair.

Elle s'est tue, puis elle a posé les yeux sur les arbres derrière nous. Lorsqu'elle a cligné des paupières, une nouvelle onde de la magie que j'avais déjà ressentie nous a traversées – une secousse froide et crépitante, si rapide que je me suis demandé si je ne l'avais pas imaginée.

Je me demandais d'ailleurs si je n'étais pas en train de tout imaginer – cet endroit, cette femme impensable en face de nous. J'avais successivement chaud puis froid, les battements de mon cœur, fou d'incrédulité, cognaient furieusement à mes oreilles.

— Voilà, je les ai laissés entrer, a-t-elle annoncé. Les autres, vos compagnons. Ils ne vont pas tarder.

Elle nous a regardées, un air las et résigné sur le visage, comme si le choc qui nous engourdissait n'était pas la réaction qu'elle avait espérée. Elle a tendu la main vers la chaumière.

— Venez, nous a-t-elle invitées d'une voix plus normale et les yeux d'un bleu naturel. Allons les attendre à l'intérieur. Nous avons beaucoup de choses à nous dire.

❋

Ryder, Gareth et Talan sont arrivés, couverts de givre et de neige, complètement affolés. Freyda, en poussant des cris stridents, a fondu comme une flèche sur l'épaule de Mara et s'est mise à tirer avec irritation sur sa natte. Talan a couru vers Gemma pour la prendre tendrement dans ses bras et murmurer, les yeux fermés, dans ses cheveux. Elle s'est écartée pour prendre son visage froid entre ses mains et lui répondre à voix basse des mots tendres que je ne pouvais entendre. L'instant d'après, Gareth se jetait sur moi pour m'étreindre si férocement que j'en ai perdu le souffle.

— Grâce aux dieux, Farrin, a-t-il lâché d'une voix étouffée de soulagement. On n'a pas cessé de vous appeler. Mais nos voix nous revenaient comme si on avait crié dans un canyon de ma région.

Je l'ai serré en retour, puis j'ai regardé Ryder par-dessus son épaule. Il se tenait légèrement à l'écart, la barbe et les cheveux parsemés de flocons de neige, les yeux d'un bleu flamboyant de colère. Je me suis gentiment écartée de Gareth pour aller vers lui. Il ne m'a pas tendu les bras, contrairement à ce que je pensais.

L'air frémissait autour de lui, et le voir là, jeter un regard furieux et défiant autour de nous, m'a emplie d'un étrange réconfort. Il avait l'air de vouloir démolir la chaumière à mains nues, des mains dont je connaissais pourtant la tendresse.

Je lui ai touché le bras.

— Ryder…

Il a fini par me regarder.

— Tu n'es pas blessée ?

Il a posé la main sur ma joue, ses doigts froids, caressants. Son regard scrutait mon visage, mon corps, à la recherche de meurtrissures. Je lisais la peur dans son regard.

— Tu as disparu dans les arbres. L'obscurité t'a engloutie si brusquement.

J'ai secoué la tête et me suis approchée de lui.

— Je ne suis pas blessée. En fait, ai-je ajouté en lui offrant un petit sourire, juste avant que tu arrives, je l'ai carrément assommée.

J'ai tourné la tête vers la femme qui se déplaçait gracieusement dans la pièce principale de la maison, offrant du thé auquel personne ne touchait.

L'expression féroce de Ryder s'est adoucie ; il a inspiré profondément, ses épaules se sont détendues, et il m'a rendu mon sourire.

— Farrin lumière de la forêt, a-t-il chuchoté. Plus forte qu'elle n'en a l'air.

Une agréable chaleur s'est répandue en moi. J'ai fermé les yeux et me suis laissée aller à la sensation de sa présence imposante, si proche et frémissante de fureur – un bouclier et une épée à la fois, prêts à frapper, à me protéger.

J'ai reculé, apaisée, et ouvert les yeux. J'ai légèrement serré ses doigts ; nos regards se sont croisés, dans un échange silencieux. Nous étions en sécurité pour l'instant ; il tuerait quiconque voudrait s'interposer.

— Je vous en prie, asseyez-vous, a dit la femme qui prétendait être ma mère – qui prétendait être une déesse.

Elle s'était installée dans un beau fauteuil à oreilles près de la cheminée, aussi imperturbable et sereine qu'Yvaine tenant sa cour. Elle avait allumé sa pipe et la fumait en observant Ryder, Gareth et Talan tour à tour.

Son regard s'est posé sur Gemma.

— Vous faites confiance à ces hommes ?

— Davantage qu'à vous, a répliqué ma sœur, les yeux secs à présent et le visage de marbre.

La femme a opiné.

— Je comprends, et je comprends votre colère. Mais acceptez un instant de croire que je vous ai dit la vérité. Réfléchissez à ce que cela signifie.

Elle a dévisagé Mara, puis moi. Je détestais la sensation de ces yeux fixés sur moi : ils pouvaient être ceux de ma mère, mais sa présence était écrasante, froide et inaccessible.

Ce à quoi elle nous demandait de réfléchir était ridicule au point d'en être risible. Elle était ma mère et elle était aussi une déesse. C'était tellement absurde que mon esprit se rebellait. Et pourtant, en me répétant ces mots – *ma mère, une déesse ; une déesse, ma mère* –, un début de compréhension, une sorte d'acceptation, a commencé à germer en moi. Une vérité atroce prenait ses aises et s'installait tranquillement.

— Bien, a repris la femme au bout d'un moment, apparemment satisfaite de ma déconfiture. Je vous repose ma question : faites-vous confiance à ces hommes ?

— Oui, a aussitôt répondu Gemma en dressant légèrement le menton.

À côté d'elle, le regard de Talan brillait d'amour.

Mara les a regardés, puis elle a considéré Gareth, perché sur un joli tabouret bas, beaucoup trop petit et délicat pour sa silhouette dégingandée. Il semblait grave, et, bien qu'il n'ait pas sorti son calepin, ses yeux verts furetaient tout autour de la pièce, notant chaque détail. Ses capacités cérébrales – celles d'un Sage élu – lui permettraient de se souvenir de tout. Un autre petit réconfort.

Mara l'observait, le front plissé, la bouche pincée, mais elle a fini par céder.

— Oui, a-t-elle répondu à son tour.

Tous les regards se sont tournés vers moi, mais j'avais les yeux fixés sur Ryder qui ruminait sombrement non loin de moi, les bras croisés sur la poitrine. C'était le seul qui n'était pas assis. Il pouvait sembler féroce et belliqueux, mais ça ne l'a pas empêché de m'adresser un sourire. Quelque chose en moi s'est épanoui, et j'ai respiré plus facilement.

— Oui, ai-je lâché dans un souffle.

— Parfait, a déclaré la femme dans le fauteuil avant de tirer pensivement sur sa pipe. Mais avant de commencer, messieurs, laissez-moi vous dire ceci. Mes filles vous font confiance. Ce qui n'est pas rien, je sais l'importance d'avoir des alliés. La solitude n'est pas naturelle, surtout pour des créatures aussi fragiles et éphémères que les humains. Mais si l'un d'entre vous devait révéler un seul mot de ce qui va être dit ici, qu'il soit certain que je le trouverai et vengerai la trahison faite à mes filles. Et mon châtiment ne sera pas expéditif.

Elle s'était exprimée très simplement, sur le ton léger de la conversation, mais la menace était claire et palpable ; la pièce en frémissait, comme si l'univers dans lequel nous étions absorbait ses paroles, pour les retenir et les garder jusqu'au moment où elles seraient de nouveau nécessaires. L'air est brusquement devenu d'un froid mordant.

Puis il a retrouvé sa température, et la femme s'est détendue dans le brocart de velours de son fauteuil. Elle a tiré sur sa pipe et l'a posée sur un plateau de verre sur la petite table à côté d'elle.

— Comme je viens de le dire à mes filles, a-t-elle commencé, je suis Philippa Ashbourne, leur mère. Mais je suis également plus que ça. Je suis une femme humaine, oui, et je suis née de parents humains. Je suis une Élémentaire de basse magie, dotée d'une affinité végétale, comme je l'ai toujours été. Je suis Philippa Ashbourne, autrefois Philippa Wren. Mais… je suis aussi Kerezen, déesse des sens.

Elle s'est tue, laissant ses mots peser dans l'air.

— Je comprends que vous puissiez avoir du mal à le croire.

— C'est peu de le dire, ai-je rétorqué avant d'éclater de rire, tout en étant au bord des larmes.

Mon corps ignorait autant que moi de quelle manière réagir.

— Vous mentez, a affirmé froidement Ryder. Les dieux sont morts.

— Nous l'étions. Enfin, moi, je l'étais. Je ne peux pas parler à la place des autres. Qu'ils soient aujourd'hui en vie, réincarnés dans des corps humains, comme c'est mon cas, ou non, je n'en sais rien. Je ne peux les entendre ni percevoir leur existence. Les liens qui nous unissaient les uns aux autres de notre vivant ont été brisés lors du Démantèlement et restent apparemment à reconstruire.

Une ombre de tristesse est passée sur son visage.

— Il se peut, a-t-elle repris doucement, que les autres soient toujours morts. Il est possible que je sois seule.

— Attendez, attendez un instant, a dit Gareth en se penchant précipitamment vers l'avant.

Il a ôté ses lunettes pour se frotter le visage, puis il a ouvert la bouche avant de se raviser. Il s'est de nouveau passé la main sur la figure, a glissé les deux dans ses cheveux.

La femme le dévisageait avec amusement.

— Même moi, déesse des sens et non de l'esprit, j'entends les rouages effrénés de vos réflexions, professeur Fontaine. N'hésitez pas à me poser vos innombrables questions, si vous retrouvez l'usage de la parole.

Gareth a opiné à plusieurs reprises en déglutissant péniblement.

— Très bien, a-t-il enfin déclaré en remettant ses lunettes sur son nez. Allons-y pour la première, alors, qui est…

— C'est pour ça que tu nous as quittés ?

La voix douce de Gemma s'est élevée dans la pièce, nous réduisant tous au silence. Elle était assise sur un divan bleu nuit à côté de Talan, qui lui a pris la main. Elle s'y est agrippée de toutes ses forces.

La femme, Philippa – je refusais de l'appeler « Mère » ou « Kerezen », même mentalement – a penché la tête en signe d'assentiment.

— Je suis partie quand j'ai compris clairement que quelque chose n'allait pas. J'ai perçu les premiers signes à ta naissance, ma chérie. La dernière de mes filles, remarquable dès le début, même si je sais que cette nature hors du commun a été davantage un fardeau pour toi qu'une bénédiction.

Je commençais déjà à perdre patience ; l'intervention de Gemma, qui m'avait prise de court, avait détruit le peu de calme que la force de Ryder m'avait apporté.

— Parle franchement, ai-je lâché, pas de devinette ni de fioritures. On mérite une explication. Essaie de nous convaincre simplement que tu ne mens pas, parce que, pour l'instant, j'ai juste envie de t'assommer une deuxième fois.

Philippa a dressé les sourcils, les yeux légèrement pétillants.

— Même si tu le fais, et que tu m'atteins une seconde fois, ce serait douloureux mais mes blessures ne tarderaient pas à guérir, comme tu l'as vu toi-même.

Son sourire s'est effacé.

— Mais tu as raison. Finissons-en. Une telle histoire est difficile à expliquer. Je vais néanmoins faire de mon mieux.

Elle a pris une inspiration et fermé les yeux. Quand elle les a rouverts, le choc a soufflé ma colère ; ses yeux avaient complètement changé, ils n'étaient plus bleus, mais d'un or brillant, comme ceux de Freyda.

— Je suis née Philippa Wren, mais lorsque je suis sortie du ventre de ma mère, une énergie vitale supérieure est entrée en moi. Je ne sais pas pourquoi j'ai choisi ce corps, cette femme en particulier, pour me ramener au monde. J'étais morte depuis tellement longtemps et, tout d'un coup, je ne l'étais plus.

Elle a haussé les épaules.

— Même à nous, les dieux, ce qui motive nos choix, au fond, nous échappe.

Soudain, mon commentaire agacé sur Ryndar, deux jours plus

tôt, m'a semblé sinistrement prémonitoire. Gareth a dû penser la même chose, car nos regards se sont croisés.

— Ryndar vous a renvoyée, a-t-il suggéré. Le Territoire Sans Limite.

— Le Royaume de la Lumière Lointaine, au-delà de la vie et de la mort.

Philippa a hoché la tête d'un air songeur.

— Peut-être. Il existe certainement des forces plus puissantes que les miennes l'ont jamais été, même lorsque j'étais au sommet de ma gloire divine. De toute façon, et quelle qu'en soit la raison, je suis revenue. Pendant longtemps, je n'ai pas su qui j'étais réellement. J'étais simplement Philippa Wren. Je grandissais dans le sud de Gallinor, comme tous mes ancêtres avant moi. La magie de Caiathos, dieu de la terre, coulait dans mes veines. J'étais une Élémentaire de basse magie, dotée d'un pouvoir sur les plantes et les fleurs. J'étais capable d'insuffler la vie à des branches desséchées, de les pousser à se développer plus vite. Mes dons étaient limités, mais agréables. Plus tard, j'ai rencontré Gideon Ashbourne et lui, tout Sentinelle élu qu'il était, m'a trouvée séduisante.

Un sourire rêveur a flotté sur ses lèvres.

— Nous avons eu des filles. La première, une Érudite à la voix aussi claire et brillante que la lumière des étoiles.

Elle m'a considérée, le visage empreint d'une évidente et insupportable affection à laquelle j'ai répondu par un regard noir forcé, le cœur battant douloureusement.

— La deuxième, a-t-elle continué en se tournant vers Mara, assise sur un banc de bois près de la porte, une Sentinelle, comme son père, dotée d'une force et d'une agilité dont nous savions tous les deux qu'elles surpasseraient un jour les siennes. Et la troisième – elle a regardé Gemma d'un air dévasté – pourvue de capacités qu'aucun de ses parents ne comprenait. Imprévisibles, effrayantes, ou du moins je le croyais à l'époque. Le pouvoir des Artificiers et le pouvoir de la magie élémentaire, luttant l'un contre l'autre pour l'emporter dans le corps d'une fillette.

Une invraisemblance. Mais mon raisonnement n'était encore qu'exclusivement humain. Je ne comprenais pas ce qui nous arrivait, à toi comme à moi. Pardonne-moi, Gemma. C'est une tâche impossible, je le sais. Ce que nous t'avons fait – engager cet Artificier, lui demander de te mutiler, d'étouffer ton pouvoir – était ce que nous pensions la meilleure décision à l'époque. Mais aujourd'hui, je sais ce qu'elle est vraiment, un geste monstrueux.

La tristesse de son intonation, les regrets étaient douloureux à entendre, assez convaincants pour me faire monter les larmes aux yeux. Mais je ne croyais pas une seconde à sa sincérité, et l'expression dévastée de Gemma a déclenché ma colère. Je me suis levée, prête à me jeter sur Philippa, même à mains nues.

— Comment oses-tu évoquer ce drame maintenant ? ai-je protesté d'une voix frémissante. Comment oses-tu tenter de nous émouvoir en…

— C'est bon, Farrin.

L'interruption de Gemma m'a coupée net.

— C'est de moi qu'elle parle. Si je voulais qu'elle se taise, je le lui aurais demandé.

Je suis retombée sur mon siège, décontenancée. J'ai posé les mains à plat sur mes cuisses, impuissante et révoltée, bouillonnant d'une colère privée d'exutoire. Je me suis tournée spontanément vers Ryder. Il a hoché la tête, le regard tranquille. *Respire, Farrin,* semblait-il me dire. *Je suis là, je comprends.*

J'ai inspiré et expiré lentement à plusieurs reprises. Un semblant de calme m'est revenu. J'ai essuyé mes paumes moites sur ma robe.

— Ce que je ne savais pas, alors, a repris Philippa, c'est que les tourments que je subissais – les nuits sans sommeil, les voix qui murmuraient d'étranges chansons à mes oreilles, les autres mondes splendides qu'elles évoquaient – étaient la manifestation de mon être divin, de l'autre vie en moi, qui grandissait, se développait. Mon corps humain était venu au monde porteur d'une graine divine, ressuscitée après des siècles de léthargie. Et cette graine poussait.

Elle a reposé les yeux sur Gemma, et sa voix était lourde de regrets.

— C'est la raison pour laquelle, ma fille, tu possèdes un double pouvoir, celui des sens et celui des éléments. Tu peux tisser des charmes, arracher des arbres à la terre. Quand tu étais petite, tu t'es étouffée à cause de fleurs qui sortaient de ta bouche. Tu es une créature de conflit, parce que moi-même, lorsque je t'ai mise au monde, j'étais la proie d'un intense conflit, même si j'en ignorais encore la raison.

— Et nous, Farrin et moi, est intervenue Mara, nos dons sont moins conflictuels, parce que au moment où nous sommes nées, tu étais davantage humaine que divine.

Philippa a opiné, en souriant chaleureusement. L'observation perspicace de Mara lui avait fait plaisir.

— Alors qu'à la naissance de Gemma, je devenais davantage divine qu'humaine. Mais il m'a fallu des années pour le comprendre, et des années encore avant de comprendre que je devais vous quitter. Pour vous protéger, me protéger et protéger tout le monde.

J'ai pouffé de dédain, en proie à trop d'émotions, trop de questions ridicules. Je ne pouvais même pas regarder Mara ; qu'elle complète si calmement l'histoire invraisemblable de cette femme me faisait l'effet de la pire des trahisons.

— Tu nous as quittés pour nous protéger ? ai-je riposté d'un ton mordant. Les parents ne protègent pas leurs enfants en les abandonnant. Ils les livrent à la souffrance et au chaos ! Tu nous insultes en prétendant le contraire.

Mais Philippa, sans réagir à ma colère, a poursuivi son récit.

— Être à côté de Gemma pendant que l'Artificier modifiait son corps a été le premier coup. J'avais cru que c'était la chose à faire, et pourtant, alors que ma fille hurlait et se contorsionnait sous sa magie, j'ai compris que j'avais eu tort, que Gideon aussi s'était trompé. Mais il était trop tard, et cette prise de conscience a fendu mon cœur humain, laissant la place au cœur divin. Ensuite, a-t-elle continué en se tournant vers moi, il y a eu l'incendie.

Je me suis raidie ; ma bouche s'est asséchée. Ryder s'est agité, les épaules tendues de colère.

— Mon foyer avait été détruit par nos ennemis, a dit Philippa. Toute sa beauté, la sécurité de ses murs, ses pièces et ses couloirs paisibles, chaque brin de verdure créé de mes mains : disparus. Et ma fille, ma fille aînée, mon rossignol chantant, avait failli être emportée par les flammes. Nous avons vécu une heure entière, Farrin, en croyant que tu étais morte. Fouiller le parc noirci, l'odeur acide de la fumée, c'était le second coup porté à mon cœur. J'étais aux deux tiers divine après cette épreuve, et un seul tiers humaine.

Mon sang s'est glacé tandis que je me rappelais cette nuit. Tant de moments de ces longues heures noires m'avaient façonnée, gravés à jamais dans ma mémoire – le papier peint qui se décollait du mur en gémissant, le garçon lumineux penché sur moi, qui étais allongée dans l'herbe humide – et, tout à coup, même les souvenirs que j'avais enfouis ont refait surface : ma mère à genoux dans l'herbe, posant un regard furieux et dévasté sur Ivyhill en flammes. Je me souvenais de son lent sourire mauvais, de la façon dont tout son corps avait rayonné, comme si un feu antique s'y était installé.

Un gouffre s'est ouvert en moi. Je voulais de toutes mes forces ne pas la croire, mais c'était logique tout à coup, parfaitement limpide. Cette nuit-là, ma mère avait changé ; quelque chose en elle était mort, et quelque chose de divin avait pris vie. Je l'avais vu de mes propres yeux, sans qu'aucun d'entre nous ne saisisse vraiment ce qui se passait.

Le regard de Philippa s'est durci en se posant sur Ryder. Elle l'a jaugé.

— Piéger les Bask dans leur forêt a agi comme un baume et m'a aidée à apaiser ma colère. Mais quelle naïveté de ma part, et de celle de Gideon. Quelle naïveté. Car toi, tes parents et ta sœur – Alaster, Enid, Alastrina – étiez logés à la même enseigne. Prisonniers comme des vers hameçonnés au bout d'une ligne, manipulés, tout comme nous.

Elle a ensuite posé les yeux sur Talan, et un éclair de pitié a traversé son visage.

— Pauvre démon, a-t-elle dit d'une voix douce. On t'a fait subir des choses terribles à toi aussi, n'est-ce pas ?

J'ai frissonné. Ce regard tranchant, calme et posé, était fixé sur Talan comme si elle était capable de le sonder jusqu'au plus profond de son être et découvrir ce qu'il ignorait lui-même.

Le visage de Talan s'est assombri.

— Des choses terribles, a-t-il admis en serrant la main de Gemma. Mais Gemma m'a sauvé, avec Mara et Farrin. Elles m'ont toutes sauvé.

Philippa nous a regardées avec un grand sourire. Une lumière intérieure illuminait sa peau.

— Évidemment qu'elles t'ont sauvé. Mes filles, courageuses et fortes, ainsi que j'ai toujours su qu'elles...

— Ton histoire, l'ai-je coupée sèchement.

Elle a cligné des yeux et poursuivi :

— Oui, bien sûr. Ce furent donc les deux premiers coups, chacun me détruisant et me créant en même temps. Puis le troisième est survenu, peut-être le pire de tous.

Son regard s'est posé sur Mara.

— Ma petite Mara m'a été arrachée.

— Elle a été arrachée à nous tous, l'ai-je corrigée. Tu n'étais pas la seule à souffrir quand la Gardienne l'a prise.

— Je te l'accorde. Mais le coup de ce chagrin – le troisième qui m'était infligé en peu d'années – a achevé, vois-tu, ma résurrection. Je n'étais plus Philippa Ashbourne, plus tout à fait. J'étais autre chose, quelque chose de plus. Ce jour-là, en regardant Mara s'éloigner dans le carrosse de la Gardienne, le flux de mon être, ma substance même, a changé. J'étais davantage déesse qu'humaine, plus Kerezen que Philippa. Je ne pouvais pas mettre de mots sur cette sensation, mais je connaissais la vérité. Je la sentais au plus profond de moi. Ma colère était un volcan. Une fille mutilée, l'autre presque tuée, et la troisième qu'on m'arrachait. Si j'étais restée, j'aurais blessé quelqu'un. Je le sais.

Sa voix était basse, lourde, et son regard d'ambre lointain.

— Les dieux sont des êtres égoïstes à la façon dont les animaux le sont, uniquement préoccupés par leur survie, l'étendue de leur territoire, la puissance de leur force, la défense de leurs petits. Si vous m'aviez connue lors de ma première vie, comme je créais et détruisais sans me soucier aucunement des conséquences…

Elle a secoué la tête en souriant. J'ai eu l'impression écœurante qu'elle s'amusait des souvenirs immondes qui lui revenaient.

— Mais les humains sont différents, a-t-elle repris, et il y avait suffisamment de Philippa en moi pour comprendre que le sentiment qui m'habitait – cette grandeur qui se développait en moi – était dangereux. J'abritais des pouvoirs que je ne comprenais pas. Je ne pouvais pas rester à Ivyhill, ni dans l'entourage d'êtres humains. Je devais découvrir qui j'étais, apprendre ce que signifiait être une déesse. Et pour le faire, je n'avais d'autre choix que tout quitter. Mes enfants, mon mari, ma maison. Alors je suis partie. J'ai vécu dans l'isolement pendant des années et, avec mes doubles pouvoirs – humain et divin, élémentaire et physique – j'ai construit cet endroit, que j'ai nommé Wardwell.

Elle a contemplé la pièce, un bel espace, vaste et aéré, au plafond orné de végétation.

— Ici, je suis à l'abri de moi-même et je ne menace personne. Je suis présente dans un monde qui n'est plus fait pour les dieux, alors je vis comme il le faut, en solitaire. Je prie chaque jour pour conserver ce qui reste de Philippa en moi afin de me contenter de cette existence recluse et protégée. Le jour où je deviendrai pleinement divine, où j'abandonnerai ma dépouille mortelle… Ce jour, je le redoute et j'espère qu'il n'arrivera jamais. J'espère rester déesse dans une enveloppe humaine et vivre éternellement dans cette paix insolite que je me suis créée.

Elle a ri doucement et soulevé sa main gauche pour l'admirer.

— J'aimerais que vous puissiez ressentir, ne serait-ce qu'un instant, ce que l'on éprouve à vivre ainsi, une gangue de chair contenant toute cette puissance divine, être deux entités à la fois. Avoir le souvenir d'expulser des bébés de mon ventre et celui de façonner les premiers humains de mes propres mains. Ramasser de la terre et de l'eau, les mélanger à mon sang, parcourir l'Ancien Royaume pour trouver du sinaelum et m'en servir pour tisser l'écrin qui maintiendra ces pièces fragiles ensemble. Les premiers humains : des bras et des jambes, des os frêles et des cœurs palpitants.

— Tais-toi, ai-je murmuré d'une voix frémissante.

J'étais révoltée. Entendre de tels mots proférés par la bouche de ma mère – par ma bouche reflétée sur son visage – me donnait la nausée. Philippa m'a regardée d'un air serein et intrigué, attendant peut-être la suite, mais Gareth a pris la parole. Il ne m'avait pas entendue, obnubilé par la même question que celle qui tournait sans relâche dans mon esprit. Je la lisais sur la pâleur de son visage, dans son expression hébétée.

— Cela veut-il dire, a-t-il commencé très lentement, que Farrin, Gemma et Mara sont…

Il n'a pas pu achever sa phrase. J'étais à peine capable de concevoir moi-même cette pensée, tant elle me semblait monstrueuse.

— Toutes les trois des déesses elles-mêmes ? a terminé Philippa en fronçant les sourcils. Non. Elles tiennent trop de leur père pour cela. Mais il n'y a pas que le sang de Gideon Ashbourne qui coule dans leurs veines. Il y a également le mien. Celui de Philippa et de Kerezen.

Elle a repris sa pipe sur le plateau de verre et tiré une bouffée avant de souffler une volute de fumée blanche. Comme si tout cela n'était rien, une discussion banale entre amis après le dîner.

— Elles sont à la fois mortelles et immortelles, a-t-elle dit derrière sa pipe. Humaines et déesses. Demi-déesses, pour être exacte.

Elle a regardé Gemma, la tête inclinée, avec une tendresse amusée. Je détestais cette expression, je voulais l'effacer de son visage d'un bon coup sur la mâchoire pour la briser à nouveau.

— Du sang fée, a-t-elle murmuré. Une supposition astucieuse, Gemmy, mais qui n'est pas la bonne.

Le surnom de Gemma a été le coup de grâce. Je ne supportais

pas de rester dans cette pièce une seconde de plus. Je me suis levée pour partir en trombe. Mara a fait un geste pour m'arrêter, mais elle s'est ravisée. J'ai déboulé à l'extérieur, dans la verdure printanière qui entourait la chaumière. Je ne me suis pas arrêtée pour me demander où j'allais, si la frontière magique qui protégeait Wardwell allait s'étendre devant moi. J'ai simplement couru à travers la pelouse, le potager à côté de la maison, le champ de fleurs sauvages au-delà. Je courais aussi vite que mes jambes tremblantes me le permettaient. Les herbes hautes me fouettaient ; je heurtais des bourdons paresseux. L'air frais embaumait, chaque pétale, chaque brin d'herbe regorgeait de nectar. Je sentais le chèvrefeuille, les roses, le jasmin. Toute cette douceur me donnait envie de pleurer ; j'ai lâché un sanglot de colère étranglé, me suis penchée pour éviter une branche, et j'ai foncé dans la forêt.

L'ombre des sapins était un soulagement. L'atmosphère était plus fraîche, moins chargée de parfums écœurants. J'avais un point de côté ; mes poumons et mes mollets me brûlaient. Mais j'ai continué de courir, encore et encore, jusqu'au moment où, sur une légère montée, j'ai trébuché sur une pierre. J'ai poussé un cri de surprise.

Mais je ne suis pas tombée. Ryder m'a rattrapée juste avant. Il me tenait les bras pour me stabiliser, essoufflé mais pas autant que moi. Il m'avait suivie dans ces bois étrangement printaniers.

J'ai levé des yeux rageurs sur lui, en nage et sur les nerfs, le cœur battant toujours furieusement. Je n'avais jamais rien vu d'aussi beau que son visage barbu et renfrogné.

— Tu m'as rattrapée, ai-je dit, pantelante.

Je l'ai bousculé légèrement et il m'a relâchée. Mais je ne voulais pas qu'il me lâche ! Je suis revenue m'agripper à son manteau.

— Comment as-tu fait ? Tu ne transpires même pas !

Il a dressé un de ses sourcils noirs.

— Farrin chérie, tu ne cours pas si vite que ça.

Cela m'a fait rire, mais les larmes n'étaient pas loin. Il a repoussé avec tendresse une mèche de mes cheveux humides derrière mon oreille et, subitement, la sensation de sa présence – de son corps chaud et stable sous mes mains – m'a fait passer de la colère au soulagement pur et simple. J'ai enfoui le visage contre lui, et j'ai pleuré. Il ne m'a demandé aucune explication. Il s'est contenté de me tenir, une main sur ma nuque, la joue contre ma tête, sans cesser de murmurer de sa voix profonde et bourrue :

— Je suis là, Farrin. Je suis avec toi. Je ne vais aller nulle part. Sens ma présence, mon amour. Je suis là.

Il a pressé ma paume ouverte contre son torse, juste sur son cœur battant.

— Je suis là.

Il m'embrassait les cheveux en me berçant doucement contre lui.

— Farrin, Farrin.

Sa voix était un chant étrange, une mélodie rugueuse et apaisante sous les arbres.

— Farrin, lumière de la forêt, a-t-il encore dit, un sourire tendre dans son intonation.

Je me suis accrochée à lui, tandis que les arbres murmuraient autour de nous. Une brise fraîche me caressait le visage. J'ai fini par reculer pour le contempler, une centaine de mots d'amour maladroits aux lèvres – mais Ryder ne me regardait pas comme je l'avais imaginé. Il scrutait les arbres derrière moi, le corps tendu contre le mien.

— Reste calme, m'a-t-il dit à voix basse, et ne bouge pas.

Mais je m'étais déjà retournée, foudroyée par la peur, et j'ai vu ce qu'il voyait, ce qui me regardait – nous regardait : une silhouette incandescente et familière, tapie derrière un arbre. Des flammes blanc et or, des ailes étincelantes, deux yeux de flammèches bleues et froides.

L'oiseau de feu.

Le cœur m'a manqué.

Chapitre 16

Ryder a pris son arbalète avec précaution. Elle était suspendue dans son dos, maintenue par une lanière de cuir passée en bandoulière. Je n'aurais pas dû m'étonner qu'il ait ses armes sur lui, bien qu'il se soit depuis longtemps débarrassé de sa pelisse et qu'il ait retroussé les manches de sa chemise jusqu'aux coudes. Il a sorti un carreau noir du carquois noué sur sa cuisse et l'a encoché, tout cela sans quitter l'oiseau de feu des yeux. Les flammes de ce dernier claquaient ; il était ramassé derrière l'arbre, parfaitement figé – de peur ? De fascination ?

Ou de vigilance, comme un prédateur concentré sur sa proie ?

J'ai voulu déglutir, mais ma gorge s'était asséchée. J'ai dû faire un effort pour parler.

— Qui es-tu ? Que veux-tu ?

— Farrin, non, a murmuré Ryder.

La forme de l'oiseau de feu changeait chaque fois que je clignais des yeux : une femme, grande et étrange, scintillante comme la neige au soleil, puis un oiseau, ou quelque chose qui y ressemblait – avec un bec, des ailes, et de longs bras fins qui s'achevaient sur des serres de flammes crépitantes. Qu'il soit incapable de conserver l'une de ces formes ou qu'il ne veuille pas le faire, l'effet était hypnotisant. Ma vue s'est brouillée, comme si j'avais regardé trop longtemps un feu de cheminée. J'ai avancé vers la créature sans le vouloir.

Ryder s'est écrié – « Farrin, non ! » –, mais comme il n'osait pas baisser son arbalète, j'ai continué de marcher, en dépit de ses exclamations de panique croissante. Je n'étais plus qu'à quelques pas de l'arbre. J'ai tendu ma main ouverte, paume vers le ciel, et me suis légèrement accroupie, à la manière dont je m'approchais d'Osmund lorsqu'il était effrayé.

L'oiseau de feu a incliné la tête en me regardant. Une gerbe de plumes écarlates surgissait de son crâne, projetant des braises qui s'éparpillaient sur le sol moussu. Il a poussé un cri délicat – un tintement de pièces d'or, un ruissellement d'eau sur des roches lisses – et tendu vers moi un long bras de feu. Étrangement, malgré mon souvenir vivace de l'incendie lointain, je ne craignais pas les flammes de la créature. Celles-ci sont rapidement devenues des plumes, d'un millier de nuances orange et or, écarlate et violet, chacune d'elles aussi luisante que la soie. J'ai tendu la main vers ses serres magnifiques, dont chaque extrémité brillait comme un minuscule soleil ardent. La chaleur s'est condensée sur ma paume ; quelque chose me hurlait de faire attention, mais les cris de cette petite voix soucieuse étaient faciles à ignorer devant une telle beauté.

J'ai entendu un fracas, un juron et, subitement, le bras de Ryder se fermait sur moi pour m'attirer contre lui, hors de portée de l'oiseau de feu. Nous avons trébuché ensemble, comme si une corde invisible me reliant à la créature s'était brusquement rompue. La détente était si forte que Ryder m'a lâchée, et je suis tombée à quatre pattes.

Puis avec un cri de fureur aigu qui m'a transpercé le crâne, l'oiseau de feu s'est jeté en avant, dans une trombe de feu si vive et si brûlante que son souffle en passant m'a fait larmoyer. J'ai pivoté pour le suivre, un cri aux lèvres. Mais la créature était bien trop rapide, bien trop éblouissante, ses ailes et ses griffes ainsi déployées, et, avant que je ne puisse prévenir Ryder, avant qu'il ne puisse s'écarter, les flammes de l'oiseau de feu l'ont englouti.

Ses hurlements ont aussitôt empli l'air chaud et crépitant.

L'entendre à l'agonie m'a rendue folle. D'un bond, j'ai couru vers le feu sans réfléchir. Qu'allais-je faire ? L'asperger d'une eau que je n'avais pas ? Et même si j'en avais trouvé, les flammes de l'oiseau de feu étaient-elles seulement susceptibles de s'éteindre ? Je ne savais pas, et je n'étais pas en mesure de m'interroger. Les cris de Ryder, atroces, me déchiraient. J'étais brusquement de nouveau à Ivyhill, plongée dans la fournaise, au milieu de la fumée et des flammes, mais cette fois, c'était Ryder qui était prisonnier du brasier, et j'étais comme mes parents – impuissante face au désastre qui se déroulait sous mes yeux.

— Arrête ! ai-je crié, en vain.

J'entendais à peine ma voix dans le rugissement assourdissant de l'oiseau de feu, et si lui m'avait entendue, il n'en a rien montré. Il se contentait de me regarder au milieu de sa mer de flammes : deux yeux bleus brillants, imperturbables, insensibles.

J'ai essayé une fois de plus de lui foncer dessus. Dans la forêt de Ravenswood, la créature avait semblé hésitante, peureuse. Rien qu'en me voyant, elle s'était envolée comme prise de terreur. Peut-être, me suis-je dit, pouvais-je la faire fuir, l'effrayer comme un cheval qui détale au moindre bruit étrange. Mais sa chaleur ardente m'a repoussée avant que je n'aie pu faire trois foulées. J'ai atterri durement sur les fesses. J'ai pensé, paniquée, à Gemma, à Talan, à Philippa – ou Kerezen, qui qu'elle soit, quoi qu'elle soit – mais le temps que j'aille les chercher, il serait trop tard. Il était déjà trop tard. Je n'entendais plus Ryder crier.

J'ai avancé à quatre pattes aussi près du feu que sa chaleur me le permettait, étouffée de sanglots. Le sol était humide, fumant, et mes mains s'enfonçaient dans la boue noire.

— Je t'en prie, lâche-le, ai-je murmuré, pathétique, recroquevillée par terre.

L'oiseau de feu est resté imperturbable. Seule la légère ondulation de lumière qui a traversé son visage, comme un rayon de soleil égaré, m'a convaincue qu'il m'avait entendue.

C'était la première fois que je voyais quelque chose qui ressemblait à une expression sur ce visage inhumain, et l'instinct me disait que cette expression était… de l'agacement.

La stupeur m'a tirée de mon effroi, juste assez pour m'éclaircir les idées et comprendre. *Oh.*

Bien sûr.

Aveuglée par ma panique pour Ryder, j'avais complètement oublié la plus puissante de mes armes : ma voix.

Un désespoir écrasant m'a envahie. Si j'avais compris plus vite, si je m'étais souvenue plus tôt du pouvoir de ma musique, j'aurais peut-être été capable de le sauver.

Alors, je me suis mise à chanter, portée par une colère dévastatrice, éblouissante, assez brûlante pour rivaliser avec les flammes qui m'avaient arraché Ryder. Dans l'immense répertoire que j'avais en tête, j'ai choisi un chant guerrier composé il y avait des décennies, lorsque les continents de Gallinor et de Vauzanne s'étaient brièvement affrontés pour le contrôle d'un archipel fertile nouvellement découvert. Je ne prêtais aucune attention aux paroles que je prononçais, je n'entendais que mon chagrin, ma fureur désespérée, qui s'amplifiaient à chaque note, chaque syllabe cinglante. Mais l'oiseau de feu ne semblait pas affecté. Il m'observait de ses yeux flamboyants, et il l'a fait si longtemps que j'ai commencé à avoir vraiment peur. J'avais combattu des spectres avec ma voix, j'avais combattu Kilraith, mais cette créature restait imperméable au pouvoir qui était le mien.

Puis, d'un seul coup, elle a bondi vers le ciel en poussant un cri de douleur étouffé. Et, là où elle s'était trouvée, au milieu d'un cercle de terre brûlée, se tenait Ryder, hébété et indemne.

Il m'a regardée, puis ses genoux ont lâché. Il est tombé. Je me suis précipitée vers lui à une vitesse dont je ne me serais jamais crue capable. Il était presque inconscient, et le poids de son corps était tel que je n'arrivais pas à le soulever correctement, mais j'y ai mis toutes mes forces. Je l'ai serré contre moi et j'ai ravalé les sanglots qui m'étranglaient. Puis je me suis redressée pour l'examiner – ses cheveux, ses bras, son visage bien-aimé. J'ai caressé sa barbe, posé les mains sur ses joues.

— Ryder, ai-je hoqueté, dis quelque chose, par pitié.

— Ça va, a-t-il répondu d'une voix rauque.

Il a levé une main moite et brûlante pour la poser sur la mienne puis toussé.

— Je vais bien, mais il faisait sacrément chaud là-dedans.

J'ai ri à travers mes larmes et embrassé ses merveilleux doigts intacts. Puis j'ai repris mes esprits et levé les yeux en sursautant. L'oiseau de feu, plus petit et plus pâle, rôdait à quelques pas de nous.

J'ai serré férocement Ryder contre moi et décoché un regard noir à l'horrible chose. Mais avant que je puisse envisager la suite, une tache de lumière pâle s'est mise à briller sur ce que je supposais être la tête de l'oiseau de feu, sous ses yeux lapis.

— Tu comprends à présent, a-t-il croassé dans la langue que j'employais.

Le son était étrange, un mélange de cri d'oiseau strident et de voix humaine brisée, ni mâle ni femelle. Curieusement, la créature semblait grimacer en parlant, comme si sa propre voix lui déplaisait.

— Tu comprends, a-t-elle repris péniblement, ce qu'il faut faire.

La stupeur m'a rendue muette un instant. Je sentais Ryder se déplacer légèrement contre moi ; j'étais sûre qu'il attrapait son arbalète.

— Je ne comprends rien à ce qui vient de se passer, ai-je réussi à dire, sinon que tu as attaqué mon ami sans raison.

— Tu étais terrifiée par elle et effrayée par son feu, a continué la créature, en penchant la tête – une tête humaine, couronnée de tresses de flammes qui claquaient comme des cordes d'or en fusion, puis une tête d'oiseau, couverte de plumes lisses et brillantes.

Sa forme ne cessait de changer, de se transformer.

— D'abord, tu as oublié ton arme. D'abord, tu n'as vu que le chagrin et la terreur. À la guerre, il n'y a pas de place pour le chagrin ou la terreur. Tu le comprends à présent. Tu dois t'entraîner. Tu l'as négligé trop longtemps. Elle devait te le rappeler.

J'ai secoué la tête, agacée.

— Je ne te comprends pas. Tu parles par énigmes. Qui es-tu ? Qu'es-tu ?

— Ankaret.

La voix de l'oiseau de feu s'est adoucie en prononçant le mot. Les syllabes étaient hésitantes.

— Elle s'appelle… Ankaret.

— Ankaret, ai-je répété en tâchant de me familiariser avec ce nom inconnu.

Le sang rugissait à mes oreilles, je voulais désespérément m'enfuir. Mais si nous bougions, n'allait-il pas, n'allait-*elle* pas nous attaquer ?

Avant que la créature ou moi ne disions un mot de plus, Ryder a bondi sur ses pieds, rapide comme l'éclair, même après ce qu'il avait subi, et furieux. Le projectile de son arbalète est parti d'un trait pour se ficher dans l'aile droite de l'oiseau de feu.

La créature a crié et s'est débattue, toute voix humaine disparue pour n'être plus qu'un cri d'oiseau, un animal. Le carreau de Ryder la clouait sur l'arbre gigantesque juste derrière elle. Son éclat avait faibli ; sa silhouette se transformait frénétiquement pour passer d'une forme humaine à celle d'un oiseau puis à un feu pâle, et recommencer.

Ryder a avancé vers elle, l'air meurtrier, en préparant un nouveau carreau.

Je me suis redressée et j'ai couru m'interposer entre eux.

— Attends ! Ryder, attends.

Il a poussé un juron et s'est détourné en baissant son arbalète.

— Par les dieux, Farrin. Attendre ? Attendre quoi ? Qu'elle me piège encore dans ses flammes ? Qu'elle brûle vraiment l'un de nous ?

Il avait raison, c'était du bon sens. Mais quelque chose m'arrêtait ; une drôle d'idée m'était venue à l'esprit en entendant la créature parler. Et ses cris, à présent, déchirés de douleur, étaient poignants.

— Elle parle, ai-je insisté d'un ton désespéré. On peut parler avec elle.

Il m'a regardée comme si j'étais devenue folle, et c'était peut-être le cas.

— Je n'ai rien d'autre à lui dire qu'adieu, a-t-il répliqué, catégorique.

— Laisse-moi d'abord essayer quelque chose, ai-je dit posément, les mains levées pour l'apaiser.

— Farrin…

— S'il te plaît, fais-moi confiance. Laisse-moi essayer.

Il a regardé la créature méchamment.

— Si elle te blesse…, a-t-il commencé, la voix tendue.

— Alors tu pourras décocher tous les traits que tu voudras. Mais d'abord, je dois essayer. Tu as confiance en moi ?

Il a fini par baisser complètement son arbalète et opiner.

— Bien sûr que j'ai confiance en toi, a-t-il reconnu dans un murmure rauque.

Je lui ai souri, le cœur battant, puis je me suis tournée vers la créature en espérant ardemment ne pas commettre une grave erreur. Elle se tordait de douleur sur le tapis d'épines qui couvrait les racines de l'arbre. Son apparence était plus stable, comme si le carreau planté dans son aile, la clouant au monde matériel, avait érodé le pouvoir primordial qui était le sien. Son feu affaibli flamboyait doucement : des flammes, des plumes, de nouveau des flammes.

Je l'ai approchée doucement, me suis accroupie pour croiser son regard impassible. Chacun de ses yeux était un joyau bleu scintillant serti de feu blanc.

Puis, les paumes moites, glacée de peur, j'ai commencé à chanter.

C'était une chanson populaire de Big Deep, la vaste région parcourue de canyons et de rivières sur la côte est de Gallinor d'où était originaire Gareth et où se trouvait le domaine ancestral de sa famille. C'est lui qui me l'avait apprise, cette nuit d'autrefois. Il l'avait chantée dans son lit – plutôt mal d'ailleurs, la voix pâteuse de vin. Nous n'étions pas encore déshabillés, nous ne nous étions même pas embrassés, je savais néanmoins qu'un événement important était sur le point de se produire ; je me souvenais donc de chaque mot, de chaque note, avec tendresse.

L'oiseau de feu, au son de ma voix, a commencé à se calmer, ce qui m'a également tranquillisée. Ce chant ne pouvait être plus différent de celui, plein de colère, que je lui avais lancé peu de temps auparavant. Ma voix s'élevait sans effort, chaque note était ronde, pleine, et la mélodie glissait comme du gravier emporté par le courant d'une rivière. Lorsque la dernière note s'est éteinte, l'oiseau de feu avait cessé de se débattre. Sa splendeur éclatante avait faibli mais persistait – le doux flamboiement d'une bougie sur une table de nuit. Il me regardait d'un air que je ne pouvais pas interpréter. Comment déchiffrer l'expression d'un visage de feu ?

J'ai hésité, puis, sans tenir compte des supplications bourrues de Ryder, j'ai tendu la main pour toucher la plume la plus proche. Elle était épaisse, longue, du rouge profond d'un rubis, chaque fibre de soie brillant d'une lueur douce. Une chaleur est montée dans ma main, le long de mon bras, pour me chatouiller la gorge, mais ce n'était pas brûlant, ni même désagréable. Je me sentais même, dans son sillage, plus alerte, plus lucide.

Je lui ai souri, un peu crispée.

— Bon, ai-je commencé. Tu dis que ton nom est Ankaret. Le mien est Farrin. Et voici Ryder.

Les yeux de l'oiseau de feu, d'Ankaret, se sont tournés sur Ryder. Brûlants. De colère peut-être, ou de peur.

— Elle n'allait pas te tuer, a déclaré la créature avec tristesse.

Sa voix contenait une multitude d'intonations étranges – pas tout à fait humaines, pas tout à fait animales.

— Relâchez-la, s'il vous plaît.

Ryder s'est approché de nous. J'ai constaté avec plaisir qu'il n'avait pas encore brandi son arbalète.

— Tu ne peux pas te libérer toi-même par ton feu ? a-t-il demandé, railleur.

Ankaret a secoué la tête, projetant une pluie de fines étincelles autour d'elle.

— Le trait a brisé son aile. Elle ne peut pas brûler de toute sa force.

Sa tristesse m'a serré le cœur, mais j'ai conservé un ton neutre.

— Tu dis que tu n'avais pas l'intention de le tuer. Pourquoi, alors, m'avoir fait croire le contraire ?

— À la guerre, il n'y a pas de place pour le chagrin ou la terreur.

Elle m'a regardée droit dans les yeux en disant cela, sa tête d'oiseau brusquement tendue. Chacun de ses mots était chargé d'une émotion puissante que je n'arrivais pas à déterminer.

— Tu dois comprendre, a-t-elle repris. La guerre approche. Dans ton sang coule un pouvoir primordial, tu ne dois pas craindre de t'en servir.

L'affirmation de Philippa m'est revenue en tête. *Demi-déesses, pour être exacte.* Un frisson m'a traversée.

— Un pouvoir primordial ? ai-je répété.

À côté de moi, Ryder s'est agité, mal à l'aise.

Ankaret a continué, comme si elle ne m'avait pas entendue.

— Tu dois savoir t'en servir même quand tu as peur. Tu dois savoir t'en servir même quand tu es en colère. Tu dois l'aiguiser, le tenir toujours prêt. Comprends-tu ? Ce qu'elle a fait n'était pas pour te blesser mais pour te montrer.

Je me suis dit que je commençais, en effet, à comprendre. J'ai levé les yeux sur Ryder avant de les reposer sur elle.

— D'abord, j'ai oublié mon arme, ai-je murmuré en répétant ses termes. D'abord, je n'ai vu que le chagrin et la terreur.

— Et cela va se reproduire, a-t-elle dit tristement en recommençant à se débattre contre le carreau. Et elle te montrera encore et encore, s'il le faut. Tu dois comprendre. Tu ne peux pas avoir peur.

C'était incroyablement étrange de discuter avec une créature dont le regard, dépourvu de pupille comme d'iris, était indéchiffrable. Deux simples disques, lumineux et insondables.

— Peur de quoi ? a demandé Ryder avec impatience. De Kilraith ? Tu le connais ?

Il s'est agenouillé près de moi pour observer Ankaret.

— Es-tu l'un de ses messagers ? Son ennemie ? Ce n'est pas la première fois qu'on te voit. Tu nous as suivis, tu nous espionnes. Pourquoi ?

— Elle ne vous suit pas, a protesté Ankaret. Elle…

Sa voix s'est éteinte et, subitement, j'ai saisi l'expression de son visage de feu. Les flammes se rassemblaient et claquaient, le cercle de ses yeux bleus a rétréci pour n'être plus qu'un petit trou d'épingle brillant : elle avait peur.

— Elle doit partir. S'il vous plaît.

Elle se débattait en vain, faisant jaillir des étincelles du bout de ses ailes prisonnières.

— On l'appelle et elle doit partir.

— Qui t'appelle ? a demandé Ryder.

— Qui que ce soit, tu es en sécurité, personne ne peut te trouver ici, ai-je affirmé en doutant tout de même de mon assurance.

Car si Philippa semblait convaincue que la magie protectrice de Wardwell était infranchissable, Ankaret était bien là.

— Ce n'est pas ça. Il ne s'agit pas seulement d'être découverte.

Elle a secoué la tête, son aile libre battant rageusement l'air.

— Elle vous implore. Laissez-la partir, et elle vous offrira un cadeau. Laissez-la partir et, dans le temps qui lui restera, elle répondra à une question. Et elle vous reverra, elle le promet.

J'ai échangé un regard avec Ryder.

— Cette promesse est censée nous rassurer ? s'est-il exclamé, incrédule.

— Quel genre de question, Ankaret ? ai-je demandé.

— N'importe laquelle, a-t-elle répondu.

Elle s'est contorsionnée, et le carreau lui a arraché un cri de souffrance. J'ai regardé, avec un émerveillement horrifié, les larmes de feu rouler sur ses joues pour disparaître dans les plumes or blanc de son poitrail.

— Si elle connaît la réponse, elle vous la donnera. Si elle ne la connaît pas, elle ira la chercher.

J'ai de nouveau regardé Ryder ; il fixait Ankaret d'un air dépourvu de colère à présent, mais méfiant.

— Et c'est ça, le cadeau ? a-t-il demandé.

— Non. Non, le cadeau, c'est ça, a-t-elle dit en arrachant une plume de feu de son aile prisonnière.

Elle était aussi longue que mon avant-bras et aussi large que mon poignet. Elle se terminait sur une touffe duveteuse, là où commençait une hampe d'argent, épaisse et sanguinolente, fraîchement arrachée de… quoi ? De la peau ? Du muscle ? Elle me l'a tendue d'un bras de flammes tremblant, peut-être d'épuisement, et, tandis qu'elle reposait au creux de sa paume ardente, son flamboiement crépitant s'est éteint pour prendre une couleur profonde, écarlate et violet, aussi splendide que l'horizon au coucher du soleil.

— Elle ne va pas te blesser, m'a-t-elle assuré dans un roucoulement de colombe.

J'ai levé les yeux. Son regard restait indéchiffrable, mais en le croisant, j'ai senti sa sincérité. Cette plume n'allait me faire aucun mal.

Je l'ai prise avant que Ryder ne puisse m'en empêcher. Elle ne pesait rien, bien sûr, et l'air pourtant semblait ployer et se resserrer autour d'elle, comme s'il était happé par sa légèreté. J'ai hésité, puis je l'ai caressée. C'était comme de l'eau sous mes doigts, le ruban du satin le plus délicat.

— Garde-la toujours avec toi, m'a dit Ankaret. Un jour, tu en auras besoin. Sers-t'en pour l'appeler. Elle t'entendra, où qu'elle soit. Et elle viendra.

J'ai serré la plume contre mon cœur en éprouvant le besoin féroce de la protéger.

— Et en échange, on te libère ? a demandé Ryder.

— En échange de sa libération, vous avez une réponse, lui a rappelé Ankaret. Posez votre question maintenant si vous préférez. Elle vous répondra avant d'être libérée. Un gage de confiance. Une promesse.

Ryder a continué de la dévisager durement, puis il s'est relevé pour s'éloigner.

— Farrin, m'a-t-il appelée à voix basse.

Je l'ai rejoint, avec la plume.

— Qu'est-ce qu'on lui demande ?

— Je n'aime pas ça, a-t-il répondu. Comment être sûrs que cette plume n'est qu'une plume ? Et si c'était une ruse ? Si on lui demande quelque chose qu'on veut vraiment savoir...

— Elle pourrait s'en servir contre nous, ou livrer cette information à qui elle veut, ai-je terminé avec un sentiment d'abattement. Il y a les ennemis que nous connaissons et ceux que nous ne connaissons pas.

Toutes nos interrogations – sur la Brume, Yvaine, les disparitions, Kilraith – concernaient des sujets bien trop sensibles pour les évoquer au-delà de notre cercle intime.

— Et même si elle n'en parle à aucune créature vivante, morte ou primordiale, a poursuivi Ryder, elle peut toujours nous réduire en cendres à l'instant où elle aura retrouvé ses forces.

— Ta sœur est en vie.

Nous nous sommes figés. Je me suis ressaisie en premier.

— Que viens-tu de dire ? ai-je demandé à Ankaret en pivotant vers elle.

Son éclat avait encore pâli. Elle rapetissait comme un feu mourant.

— Ta sœur, Alastrina.

Elle regardait Ryder.

— Tu l'aimes tant. Ankaret le sait, elle voit en toi. Et elle doit te dire que ta sœur est en vie. Elle est en vie, mais elle est en danger.

Sa voix était pleine de compassion, et quand Ryder s'est précipité vers elle, elle s'est contentée de le fixer de ses yeux ronds imperturbables.

Il s'est agenouillé devant elle, insensible aux épines et au feu.

— Comment le sais-tu ?

— Elle ne le sait pas, a-t-elle répondu tristement, et pourtant elle le sait. Elle le voit dans ses rêves, et ses rêves ne sont que feu et lumière. Ta sœur est en vie, mais elle n'est pas en sécurité. Elle dort à peine. Lorsqu'elle le fait, elle rêve de jeux dans des couloirs sombres. Des jeux de cache-cache. Des placards silencieux, des recoins où tout est noir et sûr. Une cave dans une maison dans une forêt.

Elle s'est tue, puis elle a secoué la tête et poussé un cri aigu épuisé.

— Elle essaie de voir davantage, mais elle ne peut pas ! Voilà tout ce qu'elle sait, Ryder Bask des terres du Nord. S'il vous plaît, relâchez-la. Par pitié.

Ryder s'est détourné brusquement en se passant les mains sur le visage. Il semblait horrifié, et il était pâle comme un linge. Je me suis sentie glacée. Les propos d'Ankaret ne faisaient aucun sens pour moi, mais ils avaient visiblement atteint Ryder.

— S'il vous plaît ? a demandé Ankaret d'une voix faible, son corps crépitant de la taille d'une fillette à présent. S'il vous plaît, relâchez-la.

— Fais-le, m'a dit Ryder d'un ton rauque, le dos tourné.

Je suis allée, soulagée, arracher à deux mains le carreau de l'arbre. Une fois libre, Ankaret ne s'est pas enfuie. Elle a déployé ses ailes magnifiques, sur une envergure de peut-être dix mètres, et pris la forme, à nouveau, d'une femme-oiseau d'au moins trois mètres de haut. Et elle ne nous a pas brûlés. Elle semblait, plutôt, exulter. Son splendide corps de flammes s'est étiré dans les arbres, de plus en plus haut, avant de retomber à notre hauteur. Ses plumes frémissaient, créant une merveilleuse ondulation rouge et or.

— Merci de votre clémence, a-t-elle dit d'une voix plus forte, moins effrayée. Elle ne l'oubliera pas. Maintenant, posez votre question, et elle vous répondra, si elle le peut.

Ryder m'a regardée, les yeux brillants. Je sentais son désespoir, comme le flux d'une magie aigre. Il était incapable de prononcer un mot. Il avait l'air perdu et vulnérable – celui d'un petit garçon séparé de sa sœur.

Alors j'ai pris la parole.

— Qu'est-ce que la cité nommée Moonhollow ?

J'ai immédiatement regretté mon choix. De toutes les questions qui se pressaient sur ma langue, celle-ci me semblait tout à coup la moins essentielle. J'aurais dû être plus précise, demander l'avis de Ryder avant de me précipiter. *Qui es-tu véritablement ? Pourquoi nous suis-tu ? Où est Kilraith ? Où se trouve Alastrina ?*

Mais la question était posée, et Ankaret a replié ses ailes pour n'être plus qu'une simple colonne de feu.

— Moonhollow, a-t-elle répété.

Ma gorge s'est nouée en percevant le regret dans sa voix.

— C'est un nom qu'elle ne connaît pas. C'est un nom qu'elle n'a jamais entendu, dans aucune forêt, aucune montagne. Mais…

Elle s'est brusquement précipitée sur moi, trop proche, trop éblouissante. J'ai bondi en arrière devant sa chaleur écrasante, et elle s'est rétractée. Elle a penché la tête – pour s'excuser, me suis-je dit. Une petite plume de feu est restée suspendue dans l'air à côté de moi, comme hésitante.

— Ne vous inquiétez pas, Farrin lumière de la forêt et Ryder corbeau sauvage, a-t-elle dit. Cette cité nommée Moonhollow, elle la trouvera. Une promesse est une promesse. Elle la trouvera, et elle vous répondra. Attendez-la, et soyez toujours attentifs, toujours prêts. Ne crains pas le pouvoir primordial dans tes veines, Farrin des dieux. Tu vas en avoir besoin. C'est un allié.

Puis un éclair brûlant de chaleur m'a frôlée, un trait de lumière a contourné Ryder, et elle a disparu. Aucune trace de sa présence ne restait dans la forêt – aucune braise, pas d'arbre calciné.

Nous sommes restés muets, puis mon courage s'est évanoui et mes jambes flageolantes ont lâché. Je me suis effondrée par terre, et suis restée dans la mousse, les yeux fixés sur la plume dans mes mains.

Ryder s'est agenouillé devant moi. Je n'avais pas la force de le regarder.

— Je suis désolée, ai-je bredouillé. J'aurais dû l'interroger sur Alastrina. J'aurais dû…

— Non, c'était une question pertinente, m'a-t-il aussitôt

coupée. Le mystère de Moonhollow, quoi qu'il recèle, est lié à tous les autres. Du moins, c'est ce qu'il semble. Tu as bien fait.

J'ai opiné.

— Elle m'a appelée « Farrin des dieux », ai-je murmuré avant de lever un regard désemparé sur Ryder. Elle savait. Je ne sais pas comment, mais elle savait.

— Ou alors, a-t-il enchaîné sombrement, c'est un test, une machination tordue de ta mère.

— Peut-être, mais...

J'ai secoué la tête.

— Je ne crois pas, et je pense que toi non plus. Ce qu'elle a dit à propos d'Alastrina... les jeux dans les couloirs sombres, les placards silencieux.

J'ai hésité. Je détestais les images que ces mots évoquaient.

— Cela signifie quelque chose pour toi.

Ryder a opiné en fixant le sol d'un regard tranchant. Il n'a rien dit, mais sa mâchoire remuait comme s'il cherchait des mots inexistants pour exprimer ce qu'il ressentait.

Je lui ai touché le bras, et il s'est aussitôt emparé de ma main pour la serrer avec ce qui semblait être du désespoir.

— On ne peut pas parler d'elle à Philippa, ai-je dit au bout d'un moment. D'Ankaret.

— Elle est peut-être déjà au courant. Sa magie protectrice a pu l'avertir de sa présence.

— Si elle nous interroge, alors on lui dira. On n'aura aucune raison de lui mentir. Mais je veux d'abord voir sa réaction à notre retour. Si elle est derrière tout ça, elle lâchera peut-être une allusion satisfaite. Ou bien elle sentira l'odeur d'Ankaret, la reconnaîtra, et nous donnera des informations. En attendant...

— On ne lui dit rien, a-t-il opiné. Pour l'instant.

— Jamais, ai-je rétorqué fermement. On ne peut pas se fier à cette femme, ni à rien qui la concerne, que ce soit sa maison ou ce qu'elle contient. On en parlera aux autres, mais pas ici. En attendant, on va l'observer, voir si elle trahit quelque chose.

Je me suis levée sans lui laisser l'occasion de protester et avec toute l'assurance dont j'étais capable malgré la centaine de questions qui tournoyaient dans mon esprit depuis le départ d'Ankaret. *La guerre approche*, avait-elle dit. Mais quand seraitelle là ? Et n'avais-je pas tort d'accorder, ne serait-ce qu'un instant, de l'importance aux énigmes absconses d'une créature inconcevable ?

J'ai glissé la plume sous mon manteau et rebroussé le chemin que j'avais pris pour venir, Ryder sur mes talons. À chaque pas, je me demandais si mon nouveau trésor n'allait pas se dissoudre entre mes mains, ou si, en débouchant dans la prairie ensoleillée de Wardwell, nous n'aurions pas tout oublié de ce qui venait de se passer. Mais la plume ne s'est pas désintégrée, je sentais sa tiédeur contre mon cœur, et quand je fermais les yeux, je voyais le regard impénétrable d'Ankaret fixé sur moi, comme deux soleils bleus éblouissants gravés dans ma mémoire.

❂

Lorsque nous sommes revenus à la chaumière, les autres étaient toujours dans la pièce principale, en train de discuter.

Ils se sont tus en nous voyant entrer. Je n'étais capable de regarder aucun d'eux, et je n'avais aucune envie d'entendre encore parler de dieux, de demi-dieux et de mères qui n'étaient pas vraiment des mères. Le trajet de retour m'avait vidée ; je ne pouvais même pas me résoudre à observer Philippa pour voir si elle reconnaissait les traces des flammes d'Ankaret, ou surprendre dans son regard la lueur révélatrice qui m'aurait dit qu'elle était à l'origine de cet horrible jeu. Ryder était plus attentif que moi, je l'espérais. Je tenais à peine debout.

Philippa a dû sentir mon épuisement. Quand je me suis résolue à lever enfin les yeux, elle me regardait tranquillement depuis son fauteuil, entourée d'un nuage créé par la fumée de sa pipe.

— Il y a une chambre en haut, à gauche, que tu peux utiliser. Le lit est fait et confortable.

Je n'ai même pas opiné. Gareth s'est levé pour me rejoindre, mais quelqu'un l'a arrêté – Ryder, probablement. Je les ai ignorés pour monter l'escalier. Arrivée dans la petite chambre aux murs lambrissés, j'ai ôté mon manteau, glissé la plume d'Ankaret sous mon corsage, et me suis pelotonnée sur le lit, qui ressemblait beaucoup au mien, à Ivyhill : des draps blancs unis, parfaitement tirés. J'ai posé la main à l'endroit où se trouvait la plume et laissé sa tiédeur m'entraîner dans le sommeil.

Lorsque je me suis réveillée, il faisait nuit, et la maison était silencieuse. J'ai distingué une silhouette de l'autre côté de la pièce, celle de Ryder, repliée sur un canapé beaucoup trop petit pour lui, devant la fenêtre. La couverture de patchwork vert ne lui couvrait que les jambes. Même endormi, il fronçait les sourcils. J'ai eu envie d'aller l'embrasser sur le front, mais je me suis levée pour quitter la chambre le plus discrètement possible. L'étage comptait trois autres chambres, aux portes fermées. Je suis restée un moment dans le couloir sombre, hésitant à retourner dans mon lit. Mais j'étais raide, crasseuse, j'avais besoin de me dégourdir et les grondements de mon estomac ne pouvaient plus être ignorés.

J'ai descendu l'escalier à pas feutrés et en retenant mon souffle dans l'espoir de ne faire aucun bruit. Ma discrétion était inutile. Philippa était dans la cuisine, assise à une petite table de bois ciré aux pieds finement sculptés de feuilles de vigne. C'était un meuble beaucoup trop élégant pour une petite chaumière au milieu de nulle part. Sa vue m'a enragée, balayant tout espoir de retourner me coucher paisiblement.

J'ai voulu faire demi-tour, mais elle m'avait, bien sûr, déjà entendue.

— Tu peux venir manger quelque chose, a-t-elle dit.

Elle tenait une tasse de thé fumante devant son visage et regardait d'un air absent le mur sombre, l'horloge qui égrenait doucement les secondes.

— Il y a du pain et du fromage, des fruits, du miel. Je ne te dérangerai pas.

Partir me semblait puéril ; rester était une concession. J'ai fini par céder à mon estomac. Je me suis préparé une assiette et installée près d'une fenêtre. Les minutes s'écoulaient dans un silence désagréable et, tout en mangeant, je réfléchissais à ce qui s'était passé. La plume d'Ankaret semblait pulser contre ma peau, comme si elle avait un cœur. Sa chaleur me donnait du courage, la nourriture de la lucidité. Et soudain, il m'a semblé superflu de savoir si Philippa connaissait Ankaret. Si c'était le cas, très bien. Une mission plus importante venait de se présenter à moi, et l'envisager suffisait à me rendre malade.

Je suis allée m'asseoir à table et j'ai posé les mains à plat devant moi. Je les ai regardées, pas elle.

— Rentre avec nous. Si tu es ce que tu prétends, nous avons besoin de ton aide.

— Les autres m'ont déjà mise au courant, a répondu tranquillement Philippa, et, bien que cela m'inquiète beaucoup – une Brume mourante, une reine mourante –, je ne peux pas quitter Wardwell, Farrin. Je suis désolée.

Sa voix semblait triste, extraordinairement fatiguée. Je sentais son regard posé sur moi et, l'espace d'un instant, une partie de moi – peut-être en restait-il une miraculeusement épargnée par la colère – imaginait que nous étions simplement une mère et sa fille ne trouvant pas le sommeil et bavardant tranquillement autour d'un thé nocturne.

Je me suis arrachée à cette stupide rêverie pour affronter son regard.

— Tu ne peux pas quitter Wardwell ou tu ne veux pas ?

— C'est plus compliqué que ça.

— Non. Notre monde est gravement menacé. Un monstre, qui pourrait être la force à l'œuvre derrière tout ça, rôde en liberté. Tu prétends être une déesse réincarnée, et tu vas rester assise ici, sans rien faire ?

— Une déesse réincarnée, c'est exact, a-t-elle répliqué avec lassitude. Mais en dépit de ces années de solitude à apprendre comment vivre dans ce corps humain, je ne suis toujours que l'ombre de ce que j'étais autrefois. Mon pouvoir est encore au stade d'un enfant qui vient à peine de découvrir la marche. Et aucun d'entre vous n'est capable de me dire qui ou ce qu'est Kilraith, ni l'étendue réelle de ses pouvoirs. Tout ce que vous savez, c'est qu'il a enchaîné un démon pendant des années, et que ce démon était le dernier d'une longue série. Un démon, l'une des plus puissantes créatures primordiales que nous avons jamais créées. Il s'en est fallu de peu que ce Kilraith, qui possédait son esprit et son corps, ne vous vainque alors que vous le combattiez ensemble. Et il n'était même pas sous son apparence véritable. C'était bien lui, mais dilué à travers sa possession de Talan. Lui-même se trouvait probablement à des centaines, voire des milliers de kilomètres. Peut-être n'était-il même pas dans l'Ancien Pays, cette nuit-là. Et c'est le genre de pouvoir qu'il peut exercer ? Un pouvoir capable de transcender la frontière entre les deux royaumes ?

Elle s'est tue, comme si elle attendait que je réponde à ces questions. Mais je ne le pouvais pas, bien sûr ; je ne pouvais pas dire un mot. Mon cœur s'emballait devant cette créature s'exprimant d'une voix divine sous les traits de ma mère. Parce qu'elle était divine – chaque mot vibrait contre ma peau, alourdi du poids des âges.

— Gareth m'a parlé de la malédiction, cet *ytheliad*, a-t-elle repris.

Elle a secoué la tête, les lèvres pincées.

— Je ne doute pas que nous ayons créé une telle abomination lorsque nous étions jeunes, écervelés, ivres de notre propre puissance depuis des millénaires. Mais je ne me rappelle rien, aujourd'hui, rien qui puisse vous être utile. Quelle que soit la connaissance que j'en ai eue dans le passé, elle est enfouie en moi, peut-être perdue à jamais, ou il me faudra des années avant de la retrouver. Et que fera ce monstre, ce Kilraith, s'il découvre qu'une déesse réincarnée se trouve à Edyn ? Une déesse qui ne sait toujours pas en être une ? Essaiera-t-il de m'asservir, comme il a asservi Talan ? Ou me tuera-t-il purement et simplement ? Je préfère la mort à l'asservissement, mais d'après ce que les autres m'ont dit, je ne crois pas qu'il me tuerait. Je pense qu'il se servirait de moi.

Elle a fermé les yeux et posé sa tasse.

— Pauvre Talan, a-t-elle dit dans un souffle. Ce qu'il a vu, ce qu'on l'a obligé à faire… ces blessures ne guériront jamais.

Son intonation accablée m'a hérissée.

— Tu sous-estimes la force de son amour pour Gemma, et la force de celui de Gemma pour lui. Quelles que soient leurs souffrances – dont celles que tu as personnellement infligées –, ils apprendront l'un de l'autre comment les dépasser. C'est déjà le cas.

Philippa a ouvert les yeux pour me regarder.

— Tu parles d'amour avec tant de conviction. C'est bon à entendre. Mon petit oiseau à la voix brillante et cristalline.

Son expression pleine de douceur et d'affection me révoltait. Une femme et une déesse ; ma mère et pourtant une étrangère. Les contradictions étaient trop nombreuses et trop écrasantes : l'apparence de ma mère, son corps, ses attitudes, mais les conjectures de Kerezen, sa capacité à guérir son enveloppe physique, Wardwell caché de tout et de tous, sauf de nous, ses filles, parce que dans nos veines, comme dans les siennes, coulait un sang divin. Sa magie protectrice nous avait aisément laissées passer, elle nous avait même appelées dans cette forêt du Nord.

Et Ankaret ? Comment s'intégrait-elle dans cette énigme ? La magie de protection du havre secret de ma mère l'avait-elle autorisée à y entrer, ou était-elle assez puissante pour l'ignorer ?

La plume serrée contre mon buste m'a soudain fait l'effet d'une braise.

Je me suis écartée de la table et levée.

— Ne me regarde pas comme ça. Je ne suis pas ton petit oiseau.

Elle a souri, perdue dans ses souvenirs.

— Te rappelles-tu le premier concert que tu as donné à Ivyhill ? Moi, oui. C'était la *Sonate pour un matin d'automne*, de Merrida Jan-Tokka. Quel morceau splendide. Personne ne l'avait jamais interprété aussi bien que toi. Te souviens-tu de ce que je t'ai dit, après ?

Je m'en souvenais, bien sûr, même si je n'y avais pas pensé depuis mon arrivée à Wardwell. C'était l'un des nombreux souvenirs de mon enfance heureuse que j'essayais en vain d'oublier, parce qu'ils ne faisaient que raviver ma souffrance.

— Ta musique, petit oiseau…, a murmuré Philippa, rêveuse.

— Redonnera vie aux dieux, ai-je achevé.

Un frisson m'a traversée.

— Est-ce que j'ai…

Philippa a ri.

— Est-ce que tu m'as ressuscitée ? Non, chérie, ne comprends-tu pas ? À ce moment-là, même avant de ressentir les grands changements qui allaient s'opérer en moi, une partie de moi savait déjà exactement qui et ce que j'étais. Et donc, une partie de moi savait qui et ce que toi et tes sœurs étaient aussi : les filles d'une déesse et d'un homme très humain et très frustrant.

Cette dernière remarque a ravivé ma colère.

— Ne parle pas de lui, ai-je murmuré. Ne t'avise pas de parler de lui. Tu ne sais pas ce que ton départ lui a fait. Tu ne peux même pas l'imaginer.

Elle s'est penchée, les mains ouvertes vers moi, comme si elle ne m'avait pas entendue, comme si elle espérait me retenir.

— Reste ici avec moi, ma Farrin, a-t-elle dit. Convaincs les autres qu'ils doivent rester eux aussi, ma Mara, ma petite Gemmy. Si quelqu'un peut les persuader de rester, c'est toi.

— Certainement pas.

— Ne vois-tu pas que c'est plus sûr, ici ? Quoi qu'il se passe dans le monde, ça n'a pas atteint Wardwell, ça ne m'a pas atteinte. Ici, je peux vous protéger. Nous pouvons explorer vos pouvoirs, toutes ensemble. Je peux vous enseigner ce que j'ai appris. Nous pouvons, dans ce sanctuaire, devenir réellement nous-mêmes.

— Je ne pourrais certainement pas…

— Te souviens-tu de ce que tu as vu, hier ? m'a-t-elle

interrompue. De la façon dont tu m'as frappée, ma fille vigoureuse et en colère ? Un humain aurait pu mourir d'un tel coup. Pas moi. Je me suis guérie en un instant, sous tes yeux. Tu l'as vu. Imagine que vous puissiez vous protéger de la sorte. C'est en toi, en vous toutes, latent mais vivant. Vous êtes les filles de Kerezen et donc demi-déesses du corps et des sens. Combattre, créer des sorts, faire de la musique, tout cela vous le savez déjà. Mais vos pouvoirs vont bien au-delà, vous êtes capables de plus, et je peux vous aider à le découvrir.

Ses mots m'ébranlaient ; ils ressemblaient tellement aux avertissements d'Ankaret un peu plus tôt. *La guerre approche*, avait-elle dit. *Ne crains pas le pouvoir primordial dans tes veines, Farrin des dieux*. Et pourtant, je ne décelais aucune ruse sur le visage de Philippa, rien qui puisse me laisser penser qu'elle avait la moindre idée de ce qui nous était arrivé dans la forêt, à Ryder et à moi. J'ai alors compris, avec un coup au cœur, que, contrairement à ce que j'avais continué d'espérer, ce n'était pas une sorte de jeu, un stratagème tordu conçu par Philippa-Kerezen pour me punir de lui avoir brisé la mâchoire.

— Tu as déjà parlé aux autres, semble-t-il, ai-je répliqué d'un ton mordant comme si je pouvais broyer la peur qui m'habitait. Ils t'ont répondu, et ma réponse est la même. Si tu peux rester ici et ignorer un monde qui a besoin de ton aide, pas nous.

La fureur m'étourdissait. J'étais à deux doigts de sortir la plume de mon corsage et d'appeler Ankaret sur-le-champ, si une telle chose était vraiment possible. *Brûle cette femme*, lui dirais-je. *Elle est détestable, malfaisante. Réduis-la en cendres afin que je n'entende plus jamais le son de sa voix*.

Je me suis éloignée de la table en retenant mes larmes.

— Nous partirons au lever du jour. Je suis sûre que tes nombreux et immenses pouvoirs te permettront de trouver le moyen de nous parler ou de nous rejoindre, si jamais tu changes d'avis et décides de te rendre utile. Mais je ne crois pas que ce sera le cas. Je pense que tu es trop égoïste pour faire quoi que ce soit qui te dérange, même pour le bien de ceux que tu aimes, et encore moins pour aider des inconnus innocents. Si les autres dieux sont comme toi, j'espère sincèrement qu'ils sont toujours morts.

Sur ce, j'ai fait demi-tour et je l'ai laissée.

Ryder était réveillé lorsque je suis arrivée dans ma chambre. Il était toujours allongé sur ce canapé ridiculement petit et faisait semblant de dormir, mais son souffle le trahissait.

— Ryder, ai-je dit en pleurant.

Je ne pouvais pas en dire plus. J'étais si en colère que j'avais du mal à respirer. Trop de souvenirs, trop de peurs m'étouffaient. Il s'est levé immédiatement et m'a rejointe dans le lit. Il m'a serrée contre lui, ses mains caressantes dans mes cheveux, et nous avons dormi, la plume serrée entre nous, son étrange chaleur palpitant doucement contre ma peau.

Chapitre 17

Nous sommes repartis vers le sud en direction d'Ivyhill, un voyage de plusieurs jours, éreintant, à travers la forêt et les Trous-de-Vert. Ryder a retrouvé les chevaux non loin de l'endroit où il les avait libérés, broutant paisiblement une herbe rase dans une prairie montagnarde. Nous les avons montés jusqu'à Vallenvoren. Je voyageais dans une sorte de torpeur, ponctuée par des accès de colère. Philippa aurait pu raccourcir et faciliter notre retour à la maison, j'en étais certaine, aussi sûre que de sa divinité, que j'avais fini par admettre à contrecœur. Je n'arrêtais pas de revoir sa mâchoire brisée se remettre en place avec un bruit affreux, comme une grosse branche qui craque.

Mais elle nous avait laissés partir de Wardwell sans aucune aide, sans doute pour nous punir de notre refus de rester. En franchissant le rideau de sa magie protectrice avec mes sœurs – Mara grave et silencieuse, Gemma pleurant doucement –, une réflexion troublante m'était venue à l'esprit: elle aurait très bien pu nous garder de force et elle ne l'avait pas fait. Sa clémence aurait peut-être dû m'inspirer un minimum de reconnaissance. Mais je n'éprouvais que du ressentiment.

Lorsque nous sommes enfin arrivés à Ivyhill, Mara nous avait quittés pour retourner à Rosewarren. J'espérais que son absence était passée inaperçue aux yeux de la Gardienne débordée. De mon côté, après plusieurs jours en sa compagnie, ne plus la voir créait un vide douloureux, qui ne se comblerait pas. Je ne supportais pas de ne pas savoir où elle était à chaque instant de la journée, ou si nous aurions la chance de nous retrouver. Mais moi, j'aimais Mara. Quel sentiment la Gardienne éprouvait-elle pour ses Roses ? Certainement pas de l'amour, en tout cas pas le même genre. Peut-être une sorte d'instinct possessif envers celles dont elle avait la garde. Je ne la pensais pas capable d'éprouver une quelconque affection.

Nous avions discuté sur le chemin du retour, durant ces étranges journées paisibles dans la forêt du Nord, avant d'atteindre Vallenvoren. Ryder et moi n'avions rien dit de notre nouvelle rencontre avec Ankaret. Gareth était pressé de retourner à l'université et à ses recherches – sur l'oiseau de feu que j'avais surpris à Ravenswood, la possibilité d'une résurrection divine, l'*ytheliad* et la Couronne aux Trois Yeux. Gemma allait l'accompagner afin, je supposais, d'éviter Ivyhill et ses souvenirs après avoir passé tant de temps avec notre mère. Talan quant à lui allait reprendre ses pérégrinations, en quête désormais de rumeurs susceptibles d'évoquer la résurrection d'autres dieux, d'autres déesses.

Demi-déesses. Ce mot hantait chacun de mes pas, chaque souffle d'air. Que signifiait le mélange dans le même corps d'un sang divin et d'un sang humain ? Une telle chose s'était-elle jamais produite ? Existait-il d'autres créatures semblables au monde, nées d'humains et de dieux, dans des enveloppes humaines ? D'autres déesses ou dieux s'éveillaient-ils ailleurs, comme Philippa ?

Le poids de mes innombrables questions pesait douloureusement sur mes épaules. Elles exigeaient des réponses. Mais à qui faire confiance ? À la Gardienne ? À Yvaine ? Aux nombreux livres de Gareth ?

Je me suis dit que rien ne pouvait être accompli tant que je n'aurais pas dormi. Sur le seuil d'Ivyhill, nos armes et nos provisions entassées à mes pieds, j'ai regardé les autres dans la lumière rose orangé du soir. Une brise fraîche et légère soufflait dans l'allée, faisant bruire la pelouse parfaitement tondue, bordée de fleurs automnales dorées. Gemma et Talan se faisaient des adieux larmoyants à l'entrée du labyrinthe de haies. J'étais heureuse de ne pas pouvoir les entendre ; je ne pensais pas mon cœur fragilisé capable de supporter leur tristesse.

Un des corbeaux sauvages de Ryder, épuisé, nous avait trouvés sur la route. C'était l'un des nombreux oiseaux qu'il avait envoyés en quête d'Alastrina, mais il ne lui avait rien apporté – aucune nouvelle, aucune piste. Je n'étais pas près d'oublier l'intonation de ses cris éplorés. Ryder lui parlait à présent, le préparant à sa nouvelle mission : être le compagnon de Talan, le protéger et le guider tandis qu'il parcourrait le monde à la recherche des dieux. Il le tenait précieusement entre ses mains. Je n'entendais pas sa voix de là où je me trouvais, mais je l'imaginais – basse et douce, au rythme de la langue animale qu'il employait, rugueuse et caressante comme un vent frais à travers les arbres sombres.

Un toussotement discret s'est élevé derrière moi. Je me suis retournée pour voir Gareth, mal à l'aise dans l'entrée, à côté de Gilroy qui se triturait les mains, ses sourcils noirs et broussailleux froncés d'un désarroi patent. Ma gorge s'est nouée de le voir dans cet état. J'ai aussitôt compris, sans qu'il ait besoin d'ouvrir la bouche, de quoi il s'agissait : un problème avec mon père.

Je me suis précipitée pour les rejoindre, mais, avant que je puisse les interroger, une porte s'est ouverte sur ma gauche, et une colonne de lumière éblouissante s'est répandue par terre. La silhouette de Père se détachait dans l'embrasure, avachie, débraillée, les cheveux sales et en bataille.

— Tu es de retour, a-t-il marmonné d'une voix éraillée comme s'il n'avait rien dit depuis longtemps. Je n'étais pas sûr que tu reviendrais.

Gareth m'a touché le bras, mais je me suis dégagée. Je pouvais me charger de mon père toute seule.

Je l'ai rejoint dans le petit salon et j'ai fermé doucement la porte sur nous. L'air empestait l'alcool. Des bouteilles vides traînaient sur les tables et jonchaient le sol. Que les domestiques ne les aient pas ramassées indiquait que mon père ne les avait pas autorisés à entrer dans la pièce depuis peut-être des jours. Je voyais parfaitement la scène : il appelait, demandait qu'on lui apporte à boire, exigeait qu'on laisse la bouteille à la porte. Puis, après le départ du domestique, il l'entrouvrait juste assez pour s'en emparer, et la refermait.

Je connaissais ce rituel. J'y avais souvent assisté au cours des années qui avaient suivi le départ de notre mère.

Je l'ai regardé de la même manière qu'alors, le cœur déchiré, tituber vers son fauteuil près du feu de cheminée crépitant. Je le voyais avec lucidité – combien il était pathétique, affligeant, indigne de nous tous – et pourtant, je continuais de l'aimer. Pendant des années, j'avais continué de l'aimer, malgré les dégâts qu'il causait, tous les dangers qu'il nous faisait courir ; je ne savais pas comment m'arrêter.

Mais, pour la première fois, j'avais envie de pouvoir le faire.

Il s'est affalé lourdement dans son fauteuil, a tendu le bras vers l'autre, en face de lui.

— Assieds-toi, et dis-moi : as-tu déjà baisé avec le foutu Bask ?

Ces mots étaient destinés à me choquer, et ils y sont parvenus. Ils m'ont aussi rendue furieuse. Mais plus que le choc ou la colère, c'est une immense pitié qui m'a saisie. Le voir plongé dans ses ruminations d'ivrogne, comparé au souvenir de Philippa – lucide et puissante, savourant son paradis secret – offrait un contraste saisissant et humiliant. Que penserait-elle de lui, si elle le voyait maintenant ? Heureusement qu'elle n'avait pas voulu quitter Wardwell, me suis-je férocement réjouie.

Je ne me suis pas assise. Je me suis placée derrière le dossier de l'autre fauteuil, pour l'avoir entre nous.

— As-tu mangé aujourd'hui ? lui ai-je demandé.

Il m'a décoché un regard vitreux.

— Je t'ai posé une question.

— Et je refuse d'y répondre, ai-je tranché d'une voix posée. Je suis heureuse de te voir. Tu m'as manqué pendant notre absence.

Il a éclaté de rire.

— Inutile de mentir. Tu n'as jamais su le faire de toute façon.

Il avait raison. Mon visage trahissait toujours mes émotions, en dépit de mes efforts pour les dissimuler sous une mine renfrognée, un regard revêche. De telles expressions étaient rébarbatives, surtout de la part d'une femme – c'était une opinion absurde mais largement partagée, surtout dans la haute société, et je m'en étais toujours servie à mon avantage.

J'ai tout de même persévéré.

— Comment va Ivyhill ? Byrn a-t-il progressé avec Jet ?

— Réponds à ma question, Farrin.

J'ai serré le dossier du fauteuil. Mes paumes étaient moites.

— Je vais demander qu'on te serve à dîner. Je suis sûre que Mme Rathmont peut facilement te réchauffer quelque chose pour…

Il a bondi sur ses pieds avec une violence si soudaine que j'ai eu le souffle coupé.

— Réponds à ma question, Farrin ! a-t-il hurlé en jetant sa bouteille sur la cheminée.

Le verre a volé en éclats contre le manteau, et des débris ont roulé sur le tapis.

Un silence assourdissant s'est installé dans la pièce. Il regardait le feu en respirant lourdement. J'étais paralysée, accrochée au dossier du siège, tandis qu'une sensation nauséeuse, glaciale, m'envahissait lentement. Mon cœur battait de panique. Je voulais m'enfuir ; j'étais capable de lui jeter le fauteuil à la figure, s'il le fallait. Deux réflexions me sont venues à l'esprit : j'étais idiote de m'être débarrassée de mon bâton de combat, et c'était atroce – atrocement triste – de regretter cet oubli face à mon propre père, à l'intérieur de ma propre maison.

Père a regardé les débris de verre d'un air hébété. Puis il a levé un regard horrifié sur moi.

— Dieux…, a-t-il murmuré.

Sa stupéfaction s'est envolée.

— Farrin, je suis désolé…

Une seconde plus tard, la porte du salon s'ouvrait si brutalement qu'elle a claqué contre le mur. Ryder est entré en trombe, l'air meurtrier, suivi de Gareth et Gilroy, ainsi que de notre femme de chambre, Emry, chargée d'un plateau de thé et de sandwiches, les yeux écarquillés.

Ryder m'a aussitôt rejointe. Il n'a pas regardé Père ; il ne voyait que moi.

— Farrin ? a-t-il demandé à voix basse.

Je savais qu'il était en colère, je sentais ses frémissements faire écho aux miens. Mais sa voix était douce, son regard calme et posé. *Je suis là, Farrin,* me disait-il. *Je suis là avec toi. Farrin lumière de la forêt.*

Les yeux plongés dans les siens, je pouvais presque croire que nous étions de nouveau dans la forêt tranquille de Wardwell, avant l'arrivée d'Ankaret, quand il n'y avait que ses bras autour de moi, sa force pour me soutenir, me rappeler de respirer.

Et brusquement, je n'ai plus voulu être ici. Dans cette pièce, ni aucune où se trouvait mon père. *Qu'il dessaoule tout seul,* me suis-je dit. *Qu'il fasse le ménage lui-même et vienne s'excuser plus tard, quand il sera sobre et repentant. Alors seulement, je pourrai lui adresser la parole, pas avant.*

Ma décision m'a laissée légèrement étourdie, comme si je m'étais levée trop vite. J'ai repoussé mes larmes, le cœur lourd de tristesse, de colère et d'une sorte de lucidité lasse et dégoûtée. J'ai secoué la tête et adressé un sourire résolu à Ryder.

— Allons manger quelque chose, lui ai-je dit en lui tendant la main.

Il l'a prise tendrement dans la sienne, sans me quitter du regard.

— Je meurs de faim et, regarde, Emry a apporté des sandwiches. Allons nous asseoir dans la salle à manger.

Nous sommes partis, main dans la main. C'est ainsi que nous avons franchi la porte du salon, et je l'ai refermée derrière nous, sans un regard en arrière.

☼

Le lendemain matin, Gemma et Gareth sont partis à l'aube en direction de la capitale. Aucun d'eux ne voulait s'attarder à Ivyhill au-delà du strict nécessaire. Notre dîner de la veille, après l'accès de fureur de Père, avait été morose, et il ne faisait aucun doute que le souvenir de Talan se rappelait partout à Gemma.

Pendant que Ryder s'occupait de Jet à l'écurie, j'ai consacré une grande partie de la matinée à m'occuper de tâches domestiques, bien décidée à ne penser à aucun de mes parents. Père s'était enfermé dans ses appartements à l'étage, ce dont je lui étais reconnaissante. Les domestiques pouvaient enfin nettoyer le petit salon. Cette réflexion tournait en boucle dans ma tête comme une litanie déprimante. *Les domestiques peuvent enfin nettoyer le petit salon.*

Puis, à l'heure du déjeuner, une lettre est arrivée, portant le sceau de la reine. Je l'ai décachetée d'une main tremblante, me préparant au pire : un décret d'exil, une lettre de Thirsk m'annonçant que l'état d'Yvaine avait empiré.

Mais elle était rédigée de l'écriture familière d'Yvaine.

Très chère Farrin,

J'écris ces mots en présence de Thirsk, désagréablement penché sur mon épaule – de fait, il vient d'émettre un grognement de réprobation. Mais le plus important, c'est que je me sens beaucoup mieux ; ce qui m'a permis d'exprimer à Thirsk et mes autres conseillers à quel point je suis furieuse qu'ils vous aient chassés de la Citadelle. Ils ont commis une erreur, et je ne me suis pas privée de le leur dire. Tu es toujours la bienvenue ici. D'ailleurs, j'ai rédigé un courrier officiel, signé par tous les membres du Conclave royal, qui vous accorde, à toi, tes sœurs et vos amis, l'accès à la Citadelle chaque fois que vous le souhaiterez. Aucun garde ne vous refusera l'entrée. Thirsk a reconnu, à contrecœur, que je suis parfaitement saine d'esprit et que, par conséquent, ni lui ni personne ne peut contester de bonne foi ma décision. J'espère que cette lettre t'apportera un peu de réconfort. Tu m'as manqué.

Et, parce que tu m'as terriblement manqué, j'ai décidé d'organiser une fête, après-demain, pour célébrer ton retour. Je peux compter sur toi, n'est-ce pas ? Amène Gemma avec toi, ainsi que Ryder. Sa présence d'esprit, le soir de ton empoisonnement, et sa promptitude t'ont sauvé la vie ; c'est pourquoi il m'est cher. Et je soupçonne que tu seras heureuse de l'avoir près de toi. Quel homme redoutable fait-il ! Et pourtant, avec quelle tendresse t'a-t-il tenue dans ses bras cette nuit-là, alors que tu revenais du rivage de la mort. Je comprends tout à fait l'attirance qu'il exerce sur toi. Amène-le donc, afin que je puisse le voir de plus près et décréter officiellement mon approbation.

Bien à toi,
Yvaine

J'ai lu cette lettre, la gorge nouée, soulagée et amusée, en éprouvant toutefois un léger malaise. Puis j'ai couru jusqu'aux écuries pour la tendre spontanément à Ryder. J'ai attendu qu'il en prenne connaissance et, lorsqu'il a levé les yeux pour croiser mon regard, un frissonnement m'a parcourue. Les mots d'Yvaine palpitaient en moi, aussi frénétiquement que des dizaines de papillons enfermés dans ma poitrine. *Attirance. Approbation.* Comme si, en nous voyant, elle avait deviné des choses que nous n'avions pas encore formulées nous-mêmes.

Mais j'ai repoussé cette réflexion du mieux que j'ai pu. Ce qui comptait était l'intonation de cette lettre – un peu malicieuse, légèrement fébrile. Un détail, qui pourtant m'inquiétait. *Ils ont commis une erreur, et je ne me suis pas privée de le leur dire. Je suis parfaitement saine d'esprit.* De brèves déclarations, presque désinvoltes, insérées dans une lettre qui semblait, à première vue, tout à fait anodine. Sa lecture m'avait toutefois déconcertée, à plus d'un titre.

— On va y aller, bien sûr, ai-je dit. À moins que tu ne préfères rentrer à Ravenswood ? Ce que je comprendrais tout à fait, après une si longue absence.

Son rire était sombre et bas. Il m'a rendu la lettre.

— Non. Je ne veux pas rentrer chez moi. Je n'ai rien à y faire. J'ai laissé des instructions aux domestiques et aux métayers en partant. Ils savent quels villages protéger, comment répartir l'aide nécessaire. Et Père, en dépit de ses défauts, n'a jamais négligé ces devoirs spécifiques, alors…

Il s'est tu, son visage s'est fermé.

— Non. Je n'ai aucune raison de rentrer.

J'ai senti qu'il voulait en dire plus – le nom d'Alastrina flottait entre nous, précieusement, discrètement –, mais il s'est tourné vers Jet sans dire un mot, les épaules raides, enveloppé de tristesse. J'ai hésité ; mon impulsion était peut-être audacieuse, malvenue. Puis, j'ai pensé à Gemma se précipitant vers Talan, lorsqu'ils se retrouvaient, lui montrant sans retenue sa joie débridée. Quel bonheur ce devait être, me suis-je dit, de recevoir un tel amour et d'être capable d'en donner.

Alors je suis allée vers lui et, avant qu'il n'ait le temps de se retourner, je l'ai entouré de mes bras et me suis serrée contre lui, le visage enfoui dans la tiédeur de son large dos. J'ai fermé les yeux et tenté, à travers la pression de nos corps, de lui transmettre tout ce que je ressentais, tout ce que je voulais qu'il ressente. *J'ignore pourquoi ta maison t'inspire une telle tristesse, mais j'en suis désolée. Où que soit Alastrina, l'amour que tu lui portes lui donnera de la force. J'aimerai effacer ton chagrin et ta colère, afin que tu connaisses la paix. Merci de la façon dont tu m'as regardée dans le petit salon, hier, de tes mots silencieux pour me dire que j'étais en sécurité, que j'étais courageuse. Merci. Merci.*

Ryder a posé ses mains sur les miennes pour les presser contre son torse. Je sentais, sous mes doigts, les battements effrénés de son cœur, semblables aux miens.

Le jour de la réception d'Yvaine, nous nous sommes rendus à Fairhaven, Ryder et moi, en empruntant le Trou-de-Vert qui reliait depuis des générations notre domaine familial à la capitale. Il s'agissait de faire vite. Nous étions tous les deux tendus et incertains. Qu'allions-nous trouver à la Citadelle ? Nous avions décidé de ne rien dire de Philippa et de Wardwell ; la connaissance d'un dieu ressuscité était un fardeau qu'il nous appartenait de porter et non d'infliger à Yvaine, pas dans son état de santé, avec le gouffre qui grondait tranquillement dans la Citadelle, et le pays qui pleurait encore ses disparus. Sentirait-elle tout de même la vérité ? Et si c'était le cas, qu'en ferait-elle ?

La ville était paisible, mais les rues me semblaient frémir, comme si derrière les portes et les fenêtres grondaient des orages que je ne pouvais pas voir. Les portraits des personnes disparues étaient toujours placardés sur les remparts de la Citadelle, mais il n'y avait aucun rassemblement, et il ne restait sur le sol que des lambeaux de pétales dispersés là où, auparavant, s'entassaient des bouquets. La ville était fatiguée ; sa lassitude flottait lourdement dans l'atmosphère.

Sur l'horizon, à l'ouest, au-dessus des eaux sombres et agitées de la Baie des Dieux, un orage véritable se préparait. Le ciel instable était vert et violet. Le front nuageux, d'un bleu ardoise saisissant, offrait un contraste frappant avec les arbres parés de leurs couleurs automnales rouge et or. Celles d'Ankaret, me suis-je dit avant de chasser rapidement cette réflexion, de peur que cette seule pensée ne l'amène à moi. Je n'avais pas pris le risque de laisser sa plume à Ivyhill ; si elle avait véritablement le pouvoir de la faire voler à tout instant à notre secours, elle et son feu crépitant, j'aurais été idiote de voyager sans elle. Et pourtant, il me semblait tout à coup bien imprudent de pénétrer dans la Citadelle avec un tel objet caché dans mon corsage. Yvaine n'allait-elle pas immédiatement sentir sa présence, exiger une explication ? Je ne pouvais qu'espérer que la plume se protégerait toute seule, resterait inerte et cachée, à moins que je ne décide de l'utiliser.

Les gardes nous ont laissés passer et nous ont escortés jusqu'à la tour de la reine sans aucune difficulté. Aucun conseiller n'est venu nous intercepter, porteur de sinistres nouvelles – la reine était malade et ne pouvait être vue ; la reine était morte ; la reine avait disparu, enlevée par le fantôme maléfique qui rôdait dans le pays. Les hautes salles de marbre étaient étrangement silencieuses ; le bruit de nos pas et le cliquètement des gardes qui nous accompagnaient résonnaient aussi fort que le tonnerre dans un canyon.

Puis nous sommes entrés dans la tour, et, dès que nous avons franchi l'angle du couloir, les portes se sont ouvertes comme si Yvaine avait guetté notre arrivée. Ses pièces de réception regorgeaient de couleurs. De magnifiques tentures de soie violette pendaient du plafond ; des coussins somptueux, bleu pervenche et bleu nuit, étaient éparpillés sur le plancher étincelant. Il y avait des invités partout, dont la plupart m'étaient connus : des courtisans fébriles, des enfants de négociants en vue, certains des employés préférés d'Yvaine. Cette fête était censée célébrer mon retour à la Citadelle, mais personne n'a levé les yeux sur nous ; ils étaient tous occupés à chanter, danser, ou se prélassaient enivrés près des fenêtres ouvertes sur la nuit tombante. L'air frémissait d'excitation, toutes les voix – même les plus joviales – vibraient. *La reine n'est pas malade, elle va bien, et nous faisons partie des rares privilégiés qu'elle a conviés ce soir. Nous n'avons rien à craindre. Tout va pour le mieux. Quel bonheur !*

— Ma chère Farrin, m'a lancé Yvaine en m'entraînant dans un tourbillon de cheveux blancs et de volants de soie lilas, son haleine sucrée par le vin.

Ses doigts s'enfonçaient dans ma chair comme des griffes à travers le tissu gris brun de ma robe unie.

— Tu ne peux pas savoir à quel point je suis heureuse de te voir ! Thirsk s'est excusé cent fois de t'avoir renvoyée, mais je ne suis pas certaine de lui pardonner un jour.

Je l'ai serrée contre moi, surprise par sa minceur entre mes bras, la fièvre qui se dégageait de son corps, son essoufflement et la nervosité de ses propos.

Je me suis légèrement écartée pour scruter son visage. J'ai vu les cernes sous ses yeux, les gerçures de ses lèvres roses.

— Comment allez-vous, Yvaine ? Avez-vous dormi ?

Elle a balayé mes inquiétudes d'un geste de la main et levé les yeux sur Ryder derrière moi. Elle a souri en le contemplant, dressé dans l'encadrement de la porte – barbu et renfrogné au milieu de la gaieté qui l'entourait, l'air profondément mal à l'aise même si, dans ses atours bleus et noirs, il était aussi magnifiquement vêtu que n'importe lequel des invités.

— Lord Ryder, a-t-elle dit en tendant la main. Je suis si heureuse que vous soyez venu, vous aussi.

Il n'y avait aucune raison de mettre sa sincérité en doute – elle l'avait personnellement convié, après tout –, mais je percevais tout de même un léger mordant dans sa voix. Elle l'a dévisagé avec curiosité, les yeux pétillants, tandis qu'il s'inclinait pour déposer un baiser respectueux sur ses doigts blancs, couverts de joyaux nacrés.

— Votre Majesté, a-t-il répondu. Votre invitation est un honneur. C'est…

Il a hésité en jetant un regard aussi coriace qu'impavide autour de lui.

— Une soirée merveilleuse, sans aucun doute.

Yvaine a éclaté de rire.

— Oh, Ryder, il est inutile de mentir. C'est affreux ici, tout le monde est beaucoup trop bruyant, et c'est un véritable capharnaüm. Mais Thirsk est un drôle de personnage, comme tous mes conseillers d'ailleurs. Ils semblent persuadés qu'une soirée de ce genre est moins dangereuse pour moi qu'une Ashbourne à elle toute seule. N'est-ce pas étrange ?

L'éclat de ses yeux, en se posant sur moi, s'est adouci.

— Mais puisqu'il faut une soirée pour voir mon amie, va pour une soirée. J'espère que Gemma nous rejoindra, ainsi que Gareth, s'ils sont capables de s'arracher à leurs livres.

Avant que je ne puisse dire un traître mot, elle m'a saisi la main et entraînée dans la pièce avec elle. Nous sommes passées devant la cheminée où brûlait un feu crépitant, les tables chargées d'assiettes et de gobelets, les violonistes dans un coin, les danseurs qui virevoltaient à côté d'eux. Les rires fusaient partout; quelqu'un jouait un air entraînant au piano dans une pièce adjacente. Les invités de la reine nous adressaient des salutations enjouées au passage, auxquelles je ne répondais que distraitement. J'étais beaucoup trop préoccupée par Yvaine. Elle sautillait dans la foule comme un agneau nouveau-né, d'un pas mal assuré. Sa main était moite autour de la mienne, sa poigne sévère. J'ai jeté un coup d'œil à Ryder qui nous suivait et compris, à ses sourcils froncés, qu'il pensait la même chose que moi: quelque chose n'allait pas. Yvaine n'était pas aussi bien que sa lettre le prétendait. Je me suis demandé, la gorge nouée, ce qu'elle avait pu raconter à ses conseillers – ce qu'elle avait fait – pour qu'ils cèdent et autorisent mon retour au palais.

Elle nous a conduits jusqu'à un coin de la pièce, garni de coussins et de plaids, éclairé par un lustre de cristal qui oscillait doucement, projetant de doux éclats de lumière sur le parquet. Elle s'est installée dans un fauteuil bordeaux orné de pampilles, a pris une flûte de vin pétillant sur le plateau d'un serveur qui passait, et l'a engloutie d'un trait.

J'ai tendu une main anxieuse, des mots de prudence aux lèvres, mais elle a pris la parole avant moi.

— Alors, mes vaillants champions, mes yeux et mes oreilles, racontez-moi, a-t-elle dit en nous regardant tour à tour, quelles sont les dernières nouvelles du monde extérieur? Quelles forces maléfiques avez-vous débusquées et vaincues en mon nom?

D'abord sidérée, je n'ai rien dit. Une centaine de réponses me venaient à l'esprit – des dieux ressuscités, Ankaret, Wardwell niché au loin, dans la forêt du Nord, Gemma, Mara et moi, toutes demi-déesses –, mais je n'osais pas les formuler.

Ryder s'est exprimé.

— Je ne crois pas que ce soit le meilleur endroit pour discuter de tels sujets, Votre Majesté. Avec tant de monde autour…

— Oui, bien sûr, vous avez raison, l'a coupé Yvaine en le faisant taire d'un geste de la main.

Elle considérait d'un air rêveur un couple de danseurs tourbillonnant à proximité. Ils étaient ivres et riaient. Ils ont heurté une petite table et renversé des verres qui se sont brisés par terre, ce qui n'a fait qu'accentuer leurs rires.

J'ai tressailli ; ce bruit m'a rappelé Père, enfermé dans ses appartements, la bouteille projetée contre la cheminée, son rugissement de fureur.

Yvaine s'est levée d'un bond et m'a tendu la main, les yeux brillants.

— Danse avec moi, Farrin, m'a-t-elle dit brusquement. Tu veux bien ?

Désarçonnée, j'ai jeté un coup d'œil à Ryder, qui semblait très contrarié, et j'ai laissé avec inquiétude Yvaine m'entraîner. Nous avons tournoyé dans la pièce, soulevant l'enthousiasme sur notre passage. Les gens applaudissaient, levaient leurs verres et poussaient des cris pour encourager les violonistes à jouer de plus en plus vite. Les musiciens étaient assez bons, leurs instruments en revanche auraient eu besoin d'être accordés, mais je n'ai pas eu l'occasion d'y penser très longtemps. Yvaine m'en empêchait. J'avais du mal à la suivre ; elle était si légère entre mes bras que j'avais l'impression, à chaque instant, qu'elle allait s'envoler. Les changements que je constatais chez elle me fendaient le cœur – sa minceur, sa frénésie, sa tension. Lorsque enfin la danse s'est achevée, nous sommes retournées dans notre alcôve. Yvaine s'est emparée d'un autre verre avant de se laisser tomber sur un somptueux coussin vert émeraude. Pantelante, souriante, la peau luisante de sueur, elle a levé les yeux sur moi, puis sur Ryder.

— À vous, maintenant, a-t-elle déclaré en nous désignant d'un geste de la main.

Son sourire était enjoué, mais ses doigts tremblaient.

— Je sais que vous en avez envie. Alors dansez et montrez-moi à quel point vous allez bien ensemble.

J'aurais donné très cher pour faire n'importe quoi d'autre, mais la sécheresse de son intonation effaçait l'indulgence de son sourire. Avions-nous seulement le choix ? Notre reine nous ordonnait de danser.

Ryder s'est levé, et je l'ai imité. Je ne pouvais pas le regarder ; je savais que, si j'affrontais la limpidité de ses yeux bleus, j'y verrais le reflet de ma propre gêne, de toutes mes inquiétudes, et je n'étais pas certaine de pouvoir le supporter. Que se passait-il, ce soir ? Yvaine était encore moins elle-même que lors de notre dernière entrevue, lorsqu'elle avait murmuré ces mots étranges : *La lune le jour, le feu la nuit. Venez danser. N'essayez pas de résister. La splendeur des ombres, la lumière criarde du soleil. Éblouissez ceux qui regardent, leur délectation radieuse.*

Moonhollow. Ce mot ne cessait de me hanter. Les violons jouaient un air plus lent, teinté de mélancolie. Je me suis appuyée sur Ryder, comptant sur l'aisance de sa force pour me guider. C'était un danseur étonnamment gracieux, au pied sûr et confiant. Sa main sur ma taille était ferme, et la chaleur qu'elle dégageait était envoûtante – pas enfiévrée et étrange comme celle d'Yvaine, mais stable et réconfortante, comme un feu de cheminée en hiver. Lorsque la musique s'est arrêtée, je lui ai pressé la main avec reconnaissance. Danser avec lui m'avait éclairci les idées.

Nous sommes retournés près d'Yvaine, qui nous observait par-dessus le bord de son verre. Elle semblait troublée, perdue dans ses pensées ; l'éclat de son regard avait perdu sa dureté. Puis elle a hoché la tête, d'un air convaincu, et s'est adressée à Ryder.

— Parlez-moi de Ravenswood, lui a-t-elle demandé d'un ton empreint de gravité, presque solennel. J'y suis déjà allée, mais cela remonte à des années.

Ryder, visiblement pris de court, m'a regardée avant de revenir à Yvaine.

— C'est… froid. Pas aussi au nord que d'autres endroits, mais assez haut dans les montagnes pour que le vent, souvent, soit cinglant. Le manoir, tout en pierre noire, compte quarante-deux pièces. Nous avons cinq écuries, et nos forêts s'étendent sur des…

— Non, non, pas la maison. Parlez-moi de votre vie à Ravenswood. De votre…

Elle a hésité, et j'ai aperçu une lueur de ce qu'elle était d'habitude, un éclat de compassion et de bonté.

— Parlez-moi de votre sœur, Alastrina. Vous avez grandi ensemble entre ces murs. Vous étiez proches. Vous l'avez toujours été.

À l'évocation de sa sœur, le visage de Ryder s'est fermé.

— Alastrina, a-t-il répété platement. Vous voulez que je vous parle d'Alastrina.

Yvaine a détourné le regard, bu une gorgée de vin.

— Ils viennent chaque jour au Sénat, a-t-elle dit à mi-voix. Les proches de ceux qui ont disparu. Ils me parlent d'eux, me racontent leur existence par le menu, dans le but, j'imagine, de m'inspirer le même amour pour eux. Ils ne comprennent pas que je les aime déjà, bien sûr. Le monde entier est ma maison, chaque créature est mon enfant.

Elle a bu une autre gorgée, et sa voix s'est faite encore plus étouffée, son regard encore plus lointain.

— Ils me supplient d'agir, d'intervenir, et chaque fois, je dois les éconduire sans les effrayer. Je ne peux pas leur dire à quel point je cherche et cherche les disparus, déployant mes pouvoirs autant qu'il est possible et néanmoins en vain. Je ne peux pas leur parler du gouffre, de ma maladie. Que penseraient-ils ? Ils auraient encore plus peur, et suffisamment de rumeurs circulent déjà.

Elle a posé des doigts tremblants sur sa tempe.

— Dernièrement, a-t-elle poursuivi, ces gens ont adressé des pétitions à mes conseillers, parce que Thirsk et les autres, le Conclave royal, m'empêchent d'assister à leurs sessions. Ils craignent que la détresse de ces malheureux ne m'affecte. Bien sûr qu'elle m'affecte. Elle m'affecte, et c'est normal. Je suis allée au Sénat aujourd'hui, en dépit de leurs protestations. Je leur ai dit que je les bannirais de Gallinor s'ils tentaient de m'arrêter. Ils m'ont crue. Je crois m'être montrée redoutable en le disant.

Le son de ma voix a fait tomber Lady Bethan. Je ne l'ai pas fait exprès. Elle en a pleuré pendant des heures.

Le détachement de ses propos m'a glacé le sang. D'habitude, Yvaine veillait à ne pas manifester devant nous toute l'étendue de sa puissance. J'avais toujours considéré que cette prudence était un acte de bonté, une façon de nous rassurer en présence de quelque chose d'inconcevable – une humaine choisie par les dieux pour devenir une reine. Mais ce soir, elle semblait presque soulagée de s'exprimer avec autant de franchise. Ses mots étaient directs, empreints de lassitude.

Elle a levé un regard implorant sur Ryder.

— Mais personne n'est venu parler au nom d'Alastrina, en tout cas jusqu'à présent. Alors, je veux vous entendre, si vous m'accordez cette faveur. Parlez-moi d'elle, et de vous.

Ryder est d'abord resté silencieux, les lèvres pincées. Puis une froide ondulation de magie a glissé sur nous – une sommation, ferme et silencieuse. Yvaine ne semblait pas avoir honte ; elle observait Ryder d'un regard posé, sans sourciller.

Il s'est alors mis à parler, avec une réticence qui m'a convaincue que l'intervention d'Yvaine était légère. Entendre le son de sa voix, savoir qu'il n'avait d'autre choix que celui de s'exprimer, me laissait pourtant une impression désagréable.

— Il n'y a pas grand-chose à raconter, a-t-il commencé. C'est une histoire simple. Mon père est un homme cruel. Il l'a toujours été. Comme Lord Gideon – il m'a lancé un regard désolé –, il a été, pendant des années, guidé par la volonté de Kilraith, guidé par les machinations de tous les démons sous son emprise. Comme son père, et le père de son père avant lui. Quand on est élevé dans la violence, il est extrêmement facile d'être violent soi-même.

Un souffle frémissant a glissé sur ses lèvres.

— L'humeur de mon père était capricieuse. Je me réveillais chaque matin sans savoir, de la paix ou de la terreur, ce qui m'attendait. La tempête de neige qui s'annonçait allait-elle suffire à déclencher sa fureur ? Une partie de chasse avec ses hommes et la mise à mort d'un cerf assez gros allaient-elles nous apporter quelques heures de tranquillité ? Mère essuyait le plus gros de ses colères, lorsqu'elles survenaient. Quand nous étions petits, Trina et moi avions trop peur pour la défendre. Nous avons vite trouvé les meilleurs endroits où nous cacher – tous les placards, chaque recoin sombre, la moindre latte disjointe du plancher. C'est de cette façon que j'ai appris à rester silencieux, à me déplacer furtivement. Trina en a fait un jeu. Les pires jours étaient ceux où Père envoyait ses hommes fouiller la maison à notre recherche pendant qu'il leur hurlait en bas de se dépêcher, de ne pas être si stupides et empotés. *Ne fais aucun bruit*, me disait-elle, ces jours-là, quand nous étions serrés tous les deux dans un placard de la cuisine rempli de marmites et de casseroles, ou dans une armoire derrière les robes de notre grand-mère décédée. *Ne fais aucun bruit, et ils ne seront pas capables de nous trouver. Pas ici. Jamais.*

Je l'écoutais en respirant à peine, la gorge nouée de tristesse. Je ne savais rien de tout ça. Je n'avais jamais rien su. Et mes parents, le savaient-ils lorsqu'ils avaient dressé, pour des années, cette forêt enchantée autour de Ravenswood ? Mon cœur s'est serré en songeant à Ryder, Alastrina et la pauvre Lady Enid, prisonniers d'une maison de laquelle ils ne pouvaient s'échapper, enfermés avec un père et un mari qui était davantage un monstre qu'un homme ? Je comprenais tout à coup, douloureusement, pourquoi Ryder avait choisi de ne pas porter le prénom que son père lui avait donné.

— Elle me protégeait, poursuivait Ryder d'une voix plus basse. Elle aussi était terrorisée, bien sûr, mais elle ne m'en montrait rien. J'étais son petit frère. Me protéger était plus important que sa peur. Plus tard…

Il s'est tu pour déglutir péniblement. Je voulais lui épargner ce récit, crier à Yvaine d'arrêter, de le libérer, mais je ne pouvais pas dire un mot. Je me suis demandé, avec un élan de colère, si elle était également responsable de mon mutisme. S'était-elle doutée de mes protestations et m'empêchait-elle de les formuler ?

Je ne pouvais pas la regarder, j'étais trop furieuse pour

supporter de la voir. À la place, je me suis concentrée sur Ryder, et uniquement sur lui : sa barbe noire, ses yeux brillants, la petite cicatrice sur son arcade sourcilière, ses poings serrés sur ses cuisses. J'avais le cœur gonflé, débordant d'une tendresse si féroce qu'elle me donnait le vertige. Je savais ce que c'était de vivre comme une ombre dans sa propre maison, d'ignorer au réveil ce que la journée vous réserve – un père noyé dans son propre désespoir ou un père qui sait encore se nourrir, se laver, vous aimer comme il est censé le faire.

— Plus tard, a repris Ryder, alors que nous grandissions, il est devenu plus difficile de nous cacher, mais aussi plus facile de s'opposer à lui. Alastrina et moi étions devenus familiers de chaque animal de la forêt ; nous n'avions pas beaucoup d'autres distractions. Nous leur avons appris à le haïr, et il a appris à les craindre. Il s'enfermait parfois dans ses appartements, de peur qu'un chat sauvage ne lui saute à la gorge sans crier gare. Et nous étions tentés de le faire. Les morts que nous avons imaginées pour lui étaient plus atroces les unes que les autres. Mais Mère…

Il a secoué la tête, les yeux fermés.

— Elle nous en empêchait. C'est une Sorceleuse élue. Sa magie, la persuasion, est limitée mais puissante. Chaque fois que nous frôlions la limite, que nous étions sur le point de le tuer enfin, elle tournait sa magie contre nous – un sort, un discours adroitement tourné –, et elle nous convainquait que c'était une folie de s'en prendre à lui. Il était le seigneur de la maison. Il nous avait donné la vie. Elle l'aimait.

Ces derniers mots lui sont tombés de la bouche avec écœurement.

— C'est incroyable le genre de mensonges qu'on est capable d'inventer pour survivre.

Il s'est tu et, au bout d'un moment, la légère pression dans l'air a disparu. Yvaine nous avait libérés. Elle s'est enfoncée dans ses coussins, le visage prudemment inexpressif, pour nous regarder. Elle nous sondait, et j'espérais qu'elle voyait à quel point j'étais furieuse, à quel point cette soirée saugrenue me perturbait. J'ai saisi la main de Ryder et l'ai serrée férocement. Il était tassé dans son fauteuil à côté de moi, vidé par son récit, et mon unique souci était de lui transmettre, par cette étreinte, un peu de réconfort, un minimum de force.

Le regard d'Yvaine est tombé sur nos mains jointes. J'ai pensé, en voyant son front pâle se creuser d'un pli profond, qu'elle allait faire un commentaire. Mais à ce moment-là, la foule insouciante et agitée autour de nous s'est écartée sur l'arrivée précipitée d'une conseillère à l'air anxieux – j'ai reconnu la peau mate et les tresses sombres de Lady Goff. Elle m'a jeté un regard méfiant avant de se pencher sur Yvaine pour murmurer à son oreille.

Yvaine a écouté, hoché la tête, puis elle s'est levée lentement, dans le flot soyeux des volants de sa robe lilas qui retombaient avec grâce autour d'elle.

— Je suis navrée de vous quitter si brutalement, mais on m'attend en bas, a-t-elle dit sans vraiment nous regarder.

Elle a posé une main prudente sur l'épaule de Ryder.

— Merci, Lord Ryder, d'avoir partagé vos souvenirs avec moi. J'espère que vous…

Elle a hésité, puis elle m'a adressé un regard suppliant.

— Je vous envie, a-t-elle repris à voix basse. Je vous envie tous les deux. Appuyez-vous l'un sur l'autre. Et… vous êtes naturellement les bienvenus. Vous pouvez rester ici aussi longtemps qu'il vous plaira.

Tout cela – son incohérence, son évidente et affreuse tristesse – ne faisait aucun sens. J'ai pensé qu'elle avait peut-être honte d'avoir forcé Ryder à se confier, et je lui ai lancé un regard éloquent – *Excusez-vous, maintenant* –, mais elle s'est laissé entraîner sans rien dire. Je l'ai regardée s'éloigner, en serrant les poings, brûlant de l'envie dangereuse de me précipiter derrière elle et de faire un esclandre en exigeant des excuses publiques. Peu m'importaient ses épaules trop fines dévoilées par l'encolure de sa robe à volants, ou la façon dont elle s'appuyait sur Lady Goff tandis qu'elles quittaient précipitamment la pièce. Utiliser son pouvoir pour protéger son peuple était une chose ; s'en servir pour forcer un homme en deuil à raconter la triste histoire de sa famille en était une autre. La prochaine fois que je la verrais, je ne me priverais pas de le lui dire. Pas de champagne, pas de conseiller. Elle s'excuserait, avec sincérité, ou bien je quitterais la Citadelle pour ne plus jamais y remettre les pieds.

Nous sommes restés, dans son sillage, épuisés et silencieux. J'ai laissé quelques instants à Ryder avant de me tourner vers lui. Je me sentais pleine d'audace et d'assurance.

— Mes appartements ne sont pas loin, lui ai-je dit. Ils seront prêts et personne ne nous dérangera. Veux-tu m'y accompagner ?

Le soulagement qui s'est exprimé sur son visage m'a gonflé le cœur. Je voulais l'envelopper d'une couverture et le protéger du monde – cet homme costaud au cœur d'enfant brisé.

Il m'a pris la main.

— Avec plaisir, Farrin.

☼

Mes appartements étaient propres et paisibles – le feu brûlait dans la cheminée, le lit était fait, une assiette de sandwiches et un pichet d'eau citronnée étaient posés sur la table près de la salle de bains. Je m'affairais pourtant, lissant une couverture qui n'en avait pas besoin, redressant un tapis parfaitement droit. Dans l'intimité de mon havre personnel, avec une brise légère qui soulevait les rideaux et sans le moindre bruit pour me distraire de mes pensées, le courage dont je venais de faire preuve me semblait tout à coup bien mince et ridicule. Ryder prenait trop de place dans la pièce, il lui ôtait son caractère familier. Ce n'était pas une sensation tout à fait désagréable ; en fait, elle me donnait des frissons. J'éprouvais une impatience dont je ne connaissais pas l'objet.

Je nous ai servi de l'eau et j'ai tendu son verre à Ryder, d'une main mal assurée, sans le regarder. Qu'était-il censé se passer ? Je pouvais aller dans la salle de bains, me servir de cette excuse. J'avais besoin de prendre un bain, il pouvait, de son côté, se mettre à l'aise, s'endormir sur le canapé, et je le verrais le lendemain matin.

— Farrin, s'il te plaît, ne t'inquiète pas.

Il a posé son verre sur la table, et il en a fait de même avec le mien.

— Je n'attends rien. Être ici avec toi suffit amplement à mon bonheur.

Il a pris mes mains dans les siennes, si tendrement que j'ai eu envie de pleurer. Tout me donnait envie de pleurer – l'étrangeté d'Yvaine, l'horrible histoire de Ryder, l'imaginer caché dans un placard avec Alastrina, leurs doigts posés sur leurs lèvres. *On compte jusqu'à cent pour savoir jusqu'où on tient sans faire de bruit.* Et surtout, j'avais envie de pleurer parce que être aussi près de Ryder me faisait l'effet d'être au bord d'une falaise, avec le vent dans le dos et rien pour me retenir. J'allais tomber, et cette perspective m'emplissait d'effroi autant qu'elle m'enivrait. Quelle folle voulait se jeter dans l'inconnu depuis le haut d'une falaise ?

Je l'ai attiré dans mes bras.

— Je suis désolée, ai-je murmuré.

Ce commentaire me paraissait bien pâle, alors j'ai pris appui sur lui et me suis dressée sur la pointe des pieds pour l'embrasser. Je voulais lui transmettre toute ma compassion, toute ma tendresse, toute ma compréhension. Ce baiser, aussi hésitant et maladroit fût-il, allait lui dire tout ce que mes mots étaient trop faibles pour exprimer. Mon cœur cognait à mes tempes, au creux de mes poignets, à l'arrière de ma gorge. Je frémissais d'espoir et de nervosité, de peur aussi, peur de ce qui pourrait se passer, peur de ce que nous pourrions être. Mais ses lèvres ont glissé dans mes cheveux, ses mains sont descendues le long de mon dos et, même si je continuais de trembler, je me suis sentie plus forte, moins effrayée. Je me sentais toujours moins effrayée près de lui.

Il m'a conduite jusqu'au lit, m'a aidée à m'installer sur les oreillers moelleux, les couvertures de lin soyeuses, et je l'ai attiré à moi, vibrante de joie et de désir. Le feu de cheminée éclairait son visage, adoucissait les rides légères que les années de chagrin, de peur et de colère avaient gravées sur sa peau.

J'ai glissé les mains dans ses cheveux noirs et l'ai embrassé jusqu'à ce que la tête me tourne. Son poids sur moi, les muscles de son dos sous mes paumes m'inspiraient une joie simple et intense. Ses doigts qu'il faisait courir légèrement le long de mes bras m'ont fait frissonner, puis ses pouces, avec une infinie patience, ont suivi le galbe de mes seins, le creux de ma taille, la courbure de mes hanches. Ma robe était simple, gris perle et élégante, mais à travers la soie fine je sentais très bien la chaleur de ses mains, chacune de ses caresses attentives.

Il est descendu, déposant des baisers sur chaque pli de ma robe, et ses mains qui s'étaient glissées sous ma jupe sont remontées lentement le long de mes jambes. J'avais envie de ces caresses – mes cuisses étaient humides et frémissantes –, et pourtant un nœud d'angoisse m'a brutalement noué la gorge. Je me suis figée tandis que mon cœur s'emballait d'une tout autre manière. Pas de désir, mais d'inquiétude.

Je l'ai arrêté d'une légère pression sur son épaule.

— Attends, ai-je murmuré.

Il a tout de suite écarté les mains pour revenir vers moi, poser son front contre le mien, le souffle court, une interrogation dans le regard. Ses yeux étaient doux et chauds, ses cils épais et noirs.

Ma peur ancienne et coutumière était revenue : mon corps, sa nudité effrayante, la façon dont il m'était resté, pendant des années, étranger, inaccessible, obstinément fermé. Que verrait Ryder si je me déshabillais entièrement devant lui ? Je ne pouvais pas répondre à cette question. Je m'ignorais depuis si longtemps, épuisée et coléreuse, tentant de temps à autre – vainement – de me libérer, que même à présent, aussi désireuse que je sois de ses caresses, la peur de l'inconnu me terrorisait. À quoi ressemblais-je sans mes vêtements ? Gareth était le seul à le savoir, et cette nuit remontait à des années, et il ne m'aimait pas, et je ne l'aimais pas non plus. Pas de cette manière.

— Ça te gêne si on reste habillés ? ai-je murmuré.

J'ai fermé les yeux, mortifiée. Quelle question ! Il allait me prendre pour une gamine, un glaçon. Je ne pouvais pas le regarder.

Il m'a alors embrassée, sur le front, le bout du nez, la mâchoire, et j'ai ouvert les yeux. Il me souriait, tendrement, sincèrement. Aucun reproche sur son visage, aucun doute.

— Pas du tout, m'a-t-il répondu.

Son pouce est passé sur ma joue. Je pleurais, il essuyait mes larmes.

— Farrin, regarde-moi.

J'ai obéi, parce que j'aimais le regarder. J'ai obéi, parce que être guidée, ne pas être obligée de choisir, allégeait la peur qui m'habitait. J'étais mal à l'aise, et il me désirait quand même. J'étais incertaine ; il déciderait pour nous deux.

— Tu es belle, m'a-t-il dit, son regard plongé dans le mien. Chaque jour, à chaque instant. Quoi que tu portes ou ne portes pas. Chaque fois que je pose les yeux sur toi, chaque fois que je suis loin de toi et obligé d'imaginer ton visage.

Il a inspiré et relâché son souffle, pris mon visage entre ses mains, le regard étincelant.

— Farrin, tu es la plus belle femme que j'aie jamais vue. Dans la lumière de la forêt comme à la lueur des bougies. Étoile de ma vie. Tu es parfaite. Je sais que tu ne le crois pas, mais un jour tu le feras. Je le jure, tu le croiras. Je m'en porte garant.

Des frissons me parcouraient. *Étoile de ma vie.* C'était un compliment étrange, mais adorable, qui résonnait d'une façon familière à mes oreilles mais que mon esprit enfiévré, embrumé de désir, n'arrivait pas à cerner. Cette réflexion s'est effacée, joyeusement balayée par Ryder qui se penchait pour m'embrasser. Et, dans ce baiser, ce qui restait de ma peur s'est envolé.

— Oui, Ryder, ai-je murmuré en me sentant subitement aussi légère que l'air et plus audacieuse que jamais.

Je voulais ça, je le voulais lui. Et je savais qu'à n'importe quel moment je pouvais dire « stop » et qu'il s'arrêterait aussitôt, sans discussion. Cette certitude, plus que le reste, m'a aidée à trouver du courage.

Alors je me suis abandonnée à lui. Je l'ai laissé nous guider jusqu'au bord de la falaise, et le plaisir que j'éprouvais était stupéfiant – ses baisers brûlants, semant un lit de braises ardentes sur leur passage ; ses mains tenant les miennes, me clouant au lit, comme il savait que cela me plaisait ; ses paumes remontant ma jupe juste assez haut, puis roulant mes collants juste assez bas ; ses baisers sur mes cuisses, ses caresses sur mon ventre frémissant. J'ai poussé un gémissement, une supplique inarticulée, à laquelle un grognement âpre a fait écho. Il a rapidement défait sa ceinture, ouvert son pantalon. Puis, sa bouche plaquée sur mes seins à travers le fin tissu de mon corsage, il est entré en moi. Il était chaud, dur. Sa taille était à la mesure de la force de sa musculature, et j'ai dû, avec un hoquet, m'accrocher à ses épaules pour l'immobiliser.

Il s'est redressé au-dessus de moi, les bras tremblants, tandis que je respirais, les yeux fermés, pour me détendre. Un instant plus tard, j'ai opiné et dit :

— S'il te plaît, tout va bien maintenant.

Je l'ai regardé en souriant, légèrement pantelante, me déplaçant pour l'accueillir.

— Je t'assure, ai-je ajouté. Tout va bien. Je vais bien.

Parce que c'était, incroyablement, le cas, et un rire joyeux m'a échappé. Je l'ai attiré dans mes bras et me suis arquée vers lui. Sa barbe me picotait la joue. J'adorais cette sensation et me suis frottée contre elle comme un chat aurait pu le faire.

Il m'a alors embrassée avec une telle douceur que je n'ai pas pu retenir mon cri de bonheur. Je l'ai poussé contre ses lèvres, la gorge nouée par un sanglot étouffé. Puis il s'est mis à bouger ; ses hanches venaient lentement se plaquer contre les miennes, d'un mouvement ample, profond et obstiné, qui s'achevait par une pression toujours plus insistante, mais sans la moindre hâte, sur la délicieuse douleur entre mes jambes. Et c'est ça – le soin avec lequel il me prenait, la douceur incongrue de tous ces muscles bandés à l'extrême – qui a commencé à me faire chavirer. Il a glissé une main au creux de mes reins pour me soulever légèrement, ce qui l'a conduit encore plus profondément en moi, j'ai crié, submergée de plaisir et, quand l'inspiration m'est venue, je n'ai pas hésité. J'ai attrapé sa ceinture et murmuré :

— Attache-moi les mains, Ryder. Attache-moi au lit.

Je l'ai regardé, en dépit de la rougeur qui montait sur mes joues. Je ne voulais pas me cacher. Je voulais m'abandonner entièrement à son contrôle : avoir les mains liées, sentir les siennes plaquées sur mes hanches, être prisonnière sous lui, immobilisée par sa ceinture et sa force, livrée à son va-et-vient. Ce désir était soudain si évident que j'en avais le vertige.

Il a poussé un juron, suivi de mon prénom – *Par tous les dieux, Farrin* –, puis il s'est mis à l'ouvrage. Il a tiré sa ceinture avec un bruit sec et s'en est servi – délicatement, avec une lenteur insoutenable – pour m'attacher les poignets aux barreaux de la tête de lit. J'ai testé la solidité des nœuds, tenté de me libérer, en vain. Le désir de Ryder était dur comme l'acier contre ma cuisse, chaud et humide de notre union. J'ai frissonné, traversée d'un délirant délice.

— Ça va ? m'a-t-il demandé, les mains restées près des miennes. Je peux te détacher immédiatement, si tu veux. Il suffit de…

— Non, ai-je lâché dans un souffle.

Ma sensation d'abandon, la sensation de m'offrir pleinement à lui, m'inspirait un sentiment de triomphe étourdissant. Cette position était exactement ce que je voulais. Je ne savais pas ce qui allait suivre, mais je m'en moquais ; Ryder allait décider pour moi, pour nous, et tant que j'étais dans ses bras, j'étais en sécurité.

Je me suis cambrée légèrement, pour l'inviter à me rejoindre et, lorsqu'il l'a fait – d'une poussée douce et rapide qui nous a fait crier tous les deux –, c'était comme retrouver un havre qui m'aurait toujours appartenu mais dont je n'aurais jamais su l'existence jusque-là. Je sentais, au rythme croissant de nos mouvements, son souffle haleter contre mon cou, sa voix se briser sur mon prénom, et l'entendre aussi secoué, sentir les liens qui m'entravaient, son corps musclé qui m'écrasait sur le lit, me protégeant de tout ce qui pourrait me blesser, m'a emportée.

Une immense vague de plaisir montait du plus profond de mon être pour me pousser vers lui – sa poigne ferme sur mes hanches, mon prénom rauque sur ses lèvres. Je savais qu'il prenait des précautions pour moi ; je sentais la retenue qu'il s'imposait, son désir brûlant d'aller plus vite, plus fort. L'imaginer m'inspirait des milliers de fantasmes entremêlés.

Notre rythme est devenu incontrôlable et frénétique, un contrepoint excitant à l'habituelle pondération de mon esprit musical, et lorsque nous avons basculé tous les deux – l'un juste avant l'autre – je n'avais pas peur. Je n'avais aucune raison d'avoir peur, parce qu'il était avec moi. Je me suis désagrégée entre ses bras, la vision voilée, teintée d'or. Il a presque aussitôt détaché sa ceinture pour me libérer.

— Serre-moi dans tes bras, Farrin, a-t-il murmuré d'une voix rauque. S'il te plaît, serre-moi.

Et je l'ai fait, je l'ai serré contre moi, tandis qu'un frisson le parcourait.

— Tu ne crains rien, lui ai-je dit sans réfléchir.

Mais ça ne me semblait pas déplacé. J'ai glissé les mains dans ses cheveux, embrassé sa joue rugueuse.

— Je suis là.

En refermant les bras sur lui, bien décidée à lui transmettre par cette étreinte toute la tendresse dont il avait été privé dans son enfance, j'ai pensé que la prochaine fois – la prochaine fois ! –, ce serait bien de recommencer sans mes collants. Mes jambes ainsi dénudées pourraient se nouer autour de lui, l'attirer encore plus près, plus profondément en moi.

La crudité de cette image m'a fait rougir, mais j'étais trop heureuse pour être gênée très longtemps. J'ai ri dans les cheveux de Ryder, le visage empourpré, légère et humide sous ma robe froissée. Je l'ai senti sourire contre ma joue. Je me suis écartée pour le regarder et, tandis que le grondement de son rire – facile et détendu – s'élevait entre nous, il m'a embrassée.

Chapitre 18

Le lendemain matin, je me suis réveillée endolorie, heureuse et, lorsque je me suis tournée pour découvrir Ryder endormi à côté de moi, j'ai dû me pincer, écouter son souffle régulier, pour m'assurer que la nuit que nous venions de passer n'était pas un rêve.

Il s'est réveillé dans un sursaut mais, dès qu'il m'a vue, il s'est immédiatement détendu. Il a ouvert les bras, et je me suis nichée avec bonheur contre lui, la joue sur son torse, humant son odeur âpre et douce, un mélange de sueur, de vin et du parfum musqué de notre passion.

— Je ronflais ? m'a-t-il demandé.

La vibration de sa voix, enrouée de sommeil, m'a fait frémir.

— Non, ai-je répondu, mais ta bouche était un peu ouverte.

Il a ri.

— Quel spectacle au réveil !

— En tout cas, je ne me souviens pas de m'être jamais réveillée en éprouvant un tel sentiment de paix.

J'avais parlé contre sa chemise, en espérant vaguement que le tissu étoufferait ma voix. Mais il m'avait bien sûr entendue et il s'est déplacé afin de pouvoir me regarder. Ses yeux bleus étaient doux.

— Tu m'honores en disant cela, a-t-il répliqué tranquillement.

Il m'a dévisagée un moment puis il a secoué la tête, émerveillé.

— Tu es magnifique dans ce lit.

Son regard attentif m'intimidait, et j'ai tenté de faire diversion.

— Avec mes cheveux en bataille, ai-je protesté, une vraie tignasse, et ma robe toute froissée ?

— Oui, avec tout ça, a-t-il répondu.

Et quand il m'a attirée à lui pour m'embrasser, je me suis sentie belle entre ses bras, une créature précieuse qui méritait cette affection et ne commettrait jamais l'erreur de s'en détourner. Cette sensation – me savoir désirée, m'en sentir digne – était entièrement nouvelle. Alors je me suis serrée contre lui, échevelée, frémissante dans ma robe de soie grise, et nous sommes longtemps restés ainsi, bercés par la lumière dorée du matin.

❋

Plus tard, après avoir pris un bain et nous être changés, nous sommes descendus dans la salle à manger du palais. Un serviteur nous avait remis un message : Yvaine nous conviait à un déjeuner privé.

Je suis arrivée sur le seuil de la pièce avec anxiété. Qu'allions-nous y trouver ? Yvaine était-elle retournée à la soirée après son départ et avait-elle été blessée de ne pas nous voir ? Aussi évaporée que je l'étais, le goût des baisers de Ryder persistant sur mes lèvres, je suis entrée la gorge nouée, prête à toutes sortes d'excuses. Nous étions fatigués, nous avions bu trop de vin, le vacarme ambiant m'avait donné la migraine…

Mais Yvaine n'était pas là. Au contraire de Gemma et Gareth, assis à table, Gareth en costume cravate gris et Gemma dans une jolie robe vert écume aux reflets cuivrés.

Je me suis arrêtée, surprise.

— Où est Yvaine ? ai-je lâché.

— On ne sait pas, a répondu Gemma en nous considérant, Ryder et moi, d'un air interrogateur puis satisfait qui m'a hérissée. Nous avons reçu un message à l'université, ce matin, disant que nous avions manqué à la fête d'hier, et que nous étions conviés à déjeuner. Nous sommes tout de suite venus. Voilà.

J'ai opiné et me suis assise sans un mot, en face de Gareth. Je n'osais pas le regarder. Un serviteur en livrée violette m'a apporté un bol de salade de fruits. Je me suis aussitôt mise à manger.

Gareth s'est éclairci la voix.

— Alors. Comment était la soirée ?

— Épouvantable, a marmonné Ryder. Comme toutes les soirées.

— Mais la nuit n'a pas été totalement gâchée, j'espère ?

Ryder a mordu dans un petit pain au beurre et s'est mis à mâcher avec délectation, un regard redoutable en guise de réponse.

Gareth, sagement, s'est tu, mais il m'a touché le pied sous la table. J'ai levé les yeux. Son regard dénué de toute taquinerie et bienveillant m'a inspiré un élan de gratitude, et je l'ai remercié d'un petit coup de pied à mon tour.

Puis la porte s'est ouverte, et Yvaine s'est glissée dans la pièce. Elle semblait, de prime abord, fraîche et reposée – ses cheveux étaient rassemblés en un chignon de tresses blanches, sa robe bleu ciel –, mais alors qu'elle approchait, j'ai vu les cernes sous ses yeux, encore plus profonds que la veille, et le petit saignement de sa lèvre, récemment mordillée. Son front, quant à lui, brillait de sueur. Elle s'est assise en tête de table et nous a gratifiés d'un sourire magnanime, pendant que les serviteurs chargés de plateaux s'affairaient pour couvrir nos assiettes de nourriture. Leur service terminé, elle les a congédiés, et nous sommes restés seuls avec nos verres en cristal et nos couverts d'argent.

— Je suis ravie que vous ayez pu vous joindre à moi pour déjeuner, a-t-elle déclaré joyeusement.

Ses yeux se sont tournés vers moi sans tout à fait croiser mon regard. Elle ne faisait pas un geste pour entamer son repas.

Gareth s'est essuyé le coin de la bouche.

— Oui, merci de nous avoir invités, Votre Majesté, et toutes nos excuses de n'avoir pu assister à la soirée, hier. Nous étions absorbés par nos recherches, et n'avons pas vu le temps passer.

— Vos recherches ? a demandé Yvaine d'un ton doucereux. Pourriez-vous me rappeler leur objet ?

— Nous étudions tout ce qui concerne la nécromancie, Votre Majesté, a répondu Gemma en observant attentivement la reine. Nous espérons trouver le sort qui pourrait renforcer le corps de mon amie Nesset, qui vit à présent à Rosewarren.

C'était la feinte dont ils étaient convenus, une explication tout à fait plausible. Les mots de Gemma flottaient pourtant étrangement dans l'air, comme si la pièce elle-même n'était pas dupe. Yvaine s'est raidie un instant, son sourire figé sur les lèvres, puis elle a pris sa fourchette pour piquer un cube de melon et le porter à sa bouche. Elle l'a mâché d'un air dégoûté, et l'avaler a semblé lui coûter.

— Oui, bien sûr, a-t-elle alors répliqué. Je m'en souviens, à présent. Pardonnez-moi d'avoir dû vous le demander. Seulement… vous savez à quel point je suis mobilisée, ces derniers mois, pour protéger la cité de…

Elle s'est tue, le front plissé, et a posé sa fourchette.

— Du gouffre ? a suggéré Gareth.

Yvaine a opiné.

— Oui, le gouffre. J'ai consacré tellement d'efforts à soutenir le travail des Sorceleurs et à surveiller les abords de la cité qu'il me semble parfois que le monde entier se résume à cela et qu'au-delà le reste n'est qu'illusion.

Elle a laissé courir un doigt distrait sur le bord de son assiette.

— Et vos efforts sont-ils… couronnés de succès ? a demandé Gareth prudemment. Tout va bien en bas ?

J'ai sursauté. *En bas.* Lady Goff était venue chercher Yvaine, hier soir, et Yvaine nous avait dit être attendue « en bas ».

J'avais été distraite par tant de choses – la soirée, son attitude, la proximité de Ryder – que je ne m'étais posé aucune question sur le sens de ses propos.

— Oui, a murmuré la reine, tout est en ordre. Mes Sorceleurs sont infatigables. Le gouffre n'a pas bougé depuis trois jours.

Elle m'a regardée en souriant.

— N'est-ce pas merveilleux, Farrin ?

Tous les regards se sont braqués sur moi, et je ne savais que dire.

— En effet, Yvaine, merveilleux et impressionnant. Vous avez bien choisi vos Sorceleurs. Mais…

J'ai hésité. Maintenant que nous étions seuls avec elle, mille questions se pressaient sur mes lèvres. Je n'oubliais pourtant pas l'avertissement qu'elle nous avait adressé, des semaines plus tôt : *Je ne dois rien savoir de vos agissements, ni des pistes que vous suivez. C'est beaucoup trop dangereux – pour vous, pour moi, pour tout le monde.*

— Vous vous interrogez sur l'ordre de mobilisation générale, a-t-elle repris d'un ton las, se méprenant sur mon silence. Le Sénat travaille en ce moment même à la formulation du texte. Ils prennent leur temps, et je ne peux pas leur en vouloir. Qui veut annoncer à toutes les familles du pays qu'elles doivent envoyer toutes leurs filles combattre un mal que personne ne comprend ?

— Quand prendra-t-elle effet ? a demandé posément Gemma.

Elle pensait, naturellement, à Mara.

Yvaine a brusquement semblé irritable.

— Je ne sais pas. Lorsqu'ils auront terminé, je suppose. Pourquoi avez-vous tous l'air si inquiet ? Llyleth s'impatiente et réclame la Couronne aux Trois Yeux ? Je l'ai prévenue de n'en rien faire. Je le lui ai même dit très clairement, les yeux dans les yeux, et je l'ai vue trembler au son de ma voix.

Llyleth. La Gardienne. Je n'arrivais pas à me sentir désolée pour cette horrible femme, mais se vanter froidement d'avoir maté quelqu'un, tout comme elle s'était vantée, la veille, d'avoir fait pleurer Lady Bethan, ne ressemblait pas à Yvaine.

— Non, la couronne est en sécurité, a commencé Gareth avant qu'un petit coup de Gemma le fasse taire.

Yvaine s'est penchée en avant avec avidité.

— Et vous l'avez étudiée, n'est-ce pas ? Tous les deux ? Qu'avez-vous découvert ?

Je me suis éclairci la gorge discrètement.

— Yvaine, vous m'avez dit qu'il n'était pas prudent de partager ce genre d'informations avec vous…

Elle m'a décoché un regard féroce.

— Je me rappelle parfaitement ce que je t'ai dit. Mais ne crois pas que, simplement parce que je t'aime, je vais tolérer tes interruptions.

Ses mots nous ont tous réduits au silence. Le souffle court, les yeux brillants, elle a reporté son attention sur Gareth. Ses lèvres tremblaient, comme si elle retenait ses larmes.

— Racontez-moi ce que vous avez découvert, a-t-elle repris d'une voix basse, tandis que l'air autour de moi devenait lourd, épais, et que la température baissait.

Je me suis sentie clouée sur ma chaise, retenue par des chaînes invisibles. Je voyais, dans l'expression des autres, dans leur rigidité, qu'ils éprouvaient la même chose.

— Racontez-moi, a-t-elle répété en regardant Gareth.

Ses yeux, l'un violet, l'autre d'or, étincelaient. La petite cicatrice rose qu'elle avait sur le front semblait, contre sa peau blafarde et brillante de sueur, rouge, enflammée, à peine cicatrisée.

— Qu'avez-vous découvert ?

Le teint de Gareth a subitement tourné au gris. Je voyais ses efforts pour ne pas répondre, mais, confronté au pouvoir d'Yvaine, il n'avait aucune chance. Les mots sont sortis de sa bouche, lents et rocailleux, comme extraits des profondeurs par un filin.

— En mon absence, a-t-il commencé, Heldine a poursuivi nos recherches. C'est une Sorceleuse avec un don particulier pour démêler les sortilèges.

Il a poussé un soupir tremblant.

— Son travail a révélé des couleurs, des sons, tous incompréhensibles, a-t-il poursuivi. Qu'est-ce que peut signifier un éclair bleu, ou le cri d'un oiseau ? Mais lorsque je suis revenu de…

Wardwell, a-t-il failli prononcer. Le mot était sur l'arrondi de ses lèvres, mais il a hésité, dégluti, le cou tendu sous l'effet de sa résistance à la magie d'Yvaine.

— Lorsque je suis rentré, Gemma était avec moi.

— Mon propre pouvoir nous a permis de dévoiler d'autres secrets de la couronne, a enchaîné Gemma.

Elle s'agrippait de toutes ses forces au bord de la table, les yeux fermés.

— De la même manière que j'ai percé celui qui enchaînait Talan. Cette nuit-là, j'ai vu, au-delà de la chair et des os, la couronne incrustée dans son crâne. J'ai vu la vérité dans le mensonge, et je l'ai percée à jour.

Elle s'est détournée, les lèvres pincées.

— Quelle vérité avez-vous vue ? a insisté Yvaine.

L'air est devenu plus froid, plus oppressant. Ryder, à côté de moi, a poussé un grognement de douleur.

— Ça commence par des ombres qui s'écoulent, a précipitamment lâché Gareth malgré lui, paniqué. Comme les dernières volutes de fumée au-dessus d'une braise mourante. Heldine et Gemma ont découvert, parmi ces ombres mouvantes, des… formes. Des mots. Un éclat d'or, une tige de métal. J'ai traduit ces mots. Les ombres… elles murmurent.

En temps normal, Gareth aurait été ravi de partager ces découvertes sensationnelles – les yeux pétillants derrière ses lunettes, ses cheveux ébouriffés d'y avoir passé cent fois les mains. Mais à présent, il semblait terrifié, comme si chacun des mots qui lui étaient arrachés était le nouvel indice d'un désastre imminent.

— Que murmurent-elles ? a demandé Yvaine avec empressement.

La voir ainsi – fébrile et affamée, si étrangère à elle-même – m'a donné la force de repousser la main glaciale sur ma poitrine. L'image d'Ankaret m'est venue spontanément à l'esprit.

Ne crains pas le pouvoir primordial dans tes veines, Farrin des dieux.
Tu dois t'en servir même quand tu es en colère.
Tu dois t'en servir même quand tu as peur.

J'ai commencé à fredonner.

— Dites-moi ce qu'elles murmurent ! a crié Yvaine. Qu'avez-vous vu au milieu de ces ombres ?

— Un œuf, une coupe…

Gareth s'est tu.

— Une clef, a ajouté Gemma, les yeux pleins de larmes. Un lac noir sous la pleine lune.

Je ne supportais pas de voir la détresse silencieuse de ma sœur. Je me suis forcée à ouvrir la bouche, à transformer mon fredonnement en un chant. Il n'avait pas de paroles, et je ne connaissais pas la mélodie. C'était nouveau, créé à partir de mon propre désespoir. Ma voix d'abord était fluette, écrasée par la volonté de la reine. Puis mes pensées se sont tournées vers Philippa : ses mots pompeux, son corps meurtri se guérissant lui-même, le calme exaspérant avec lequel, tout en fumant dans son fauteuil, elle nous avait tenu des propos sidérants.

Demi-déesses, pour être exacte.

Ces souvenirs m'ont inspiré une force rageuse. Ma voix a pris de l'ampleur, mon chant s'est déversé comme un flot vigoureux. Chaque note me donnait le sentiment d'être plus puissante. J'étais un torrent, une tempête qui déferlait sur le rivage.

La tête d'Yvaine a pivoté vers moi, les yeux étincelants, mais quand elle a tenté de se lever, la vague de ma voix l'a repoussée sur sa chaise. Un hoquet de surprise est resté coincé dans sa gorge. Sa magie, détournée de son but, a fusé dans toutes les directions.

Je me suis levée, les jambes tremblantes ; j'ai fait un pas, les bras tendus vers elle. J'ai adouci ma voix. *Tout va bien. C'est moi, Yvaine. Je suis là. N'ayez pas peur.*

Mais tandis qu'elle se débattait, furieuse et confuse, tâtonnant à travers le brouillard de ma mélodie, un trait de sa magie déroutée a surgi pour me prendre à la gorge. J'ai eu l'impression d'être foudroyée par un éclair glacial jailli des Terres démantelées, à l'extrême nord.

Le froid m'a coupé le souffle. Mon chant m'a échappé, j'ai vacillé et me suis heurtée à la table. Nos assiettes intactes se sont entrechoquées, cinq verres de limonade pétillante se sont renversés en même temps, la nappe est devenue rose.

Et quand j'ai voulu me remettre à chanter, ce ne sont pas des notes qui sont sorties de ma bouche, mais une question, une des nombreuses que je brûlais de poser sans oser le faire, un des nombreux secrets que j'avais, jusqu'à présent, réussi à cacher à Yvaine. Mais même dans son désarroi, sa magie était tenace, déterminée. Elle a trouvé ma question et me l'a arrachée.

— Que savez-vous des demi-dieux ? ai-je croassé.

Yvaine, qui chancelait sur sa chaise, s'est subitement figée. Mon chant l'avait troublée, mais elle était à présent parfaitement lucide, et ses yeux vairons brûlaient de fureur. Des ombres traversaient son visage, contorsionnant ses traits, son front délicat.

— Que sais-tu ? a-t-elle murmuré d'une voix basse et rauque.

Une horreur.

— Qu'as-tu vu ?

Je ne savais pas comment répondre, je ne pouvais même pas me tourner vers les autres pour leur demander de l'aide. J'ai secoué la tête, tenté de reculer. Mais Yvaine n'a pas hésité.

— Qu'as-tu vu ? a-t-elle hurlé d'un ton si dévasté qu'elle semblait à l'agonie, la proie d'un déchirement inexplicable.

Elle a bondi sur moi et m'a plaquée au sol. Elle m'a secouée, me cognant la tête contre les dalles. J'étais trop choquée pour parler, pour respirer. Les coups résonnaient dans mes oreilles, étouffant tout, sauf les hurlements furieux d'Yvaine.

— Dis-moi ! exigeait-elle, le visage ruisselant de larmes, et pourtant contorsionné de colère, de peur, d'une laideur que je n'arrivais pas à déchiffrer.

Mais ce qu'elle cherchait à m'arracher, elle le voulait éperdument.

— Qu'as-tu vu ? ne cessait-elle de hurler. Tu mens, tu es une menteuse ! C'est impossible !

Toute la magie qu'elle avait dirigée sur les autres était maintenant concentrée sur moi, me clouait au sol, m'écrasait. Mes os allaient se briser. J'ai commencé à suffoquer, étouffée par ma propre bile. Dans un sursaut d'espoir, je me suis souvenue de la plume d'Ankaret ; je l'avais glissée dans mon corsage avant de venir au déjeuner, et sa chaleur pulsait contre ma peau. *Utilise-moi*, semblait-elle dire. *Appelle au secours*. Mais j'étais prisonnière d'Yvaine et incapable de l'attraper.

Je voyais vaguement Ryder et Gareth tenter d'écarter Yvaine de moi. Ryder tenait quelque chose, un vase ou un pichet. Il l'a écrasé contre l'épaule d'Yvaine, mais elle n'a pas flanché. Elle a grogné contre eux sans lâcher prise, me griffant, hurlant sur moi. D'autres silhouettes floues arrivaient dans la pièce : des conseillers, des gardes, des serviteurs. Yvaine, d'un coup de tête, les envoyait tous rouler par terre.

Puis j'ai vu Gemma. Aussi brouillée que soit ma vision, je la voyais distinctement. Resplendissante dans sa robe verte, aux reflets de cuivre scintillants, elle a tendu les bras en arrière et les a ramenés à elle, à nous. Des arbres ont fait irruption à l'intérieur, une explosion de couleurs automnales brisant toutes les fenêtres. Des branches noueuses et de grosses racines noires serpentaient sur le sol. Je les voyais du coin de l'œil, je voulais désespérément m'y agripper. Elles obéissaient à ma sœur ; ma sœur allait me sauver. Je commençais à perdre conscience. J'ai vu mon bras strié de sang.

Puis les arbres étaient sur nous, guidés par la main sûre de Gemma. Les racines ont attrapé Yvaine, l'ont arrachée à moi, propulsée de l'autre côté de la pièce. J'ai entendu un craquement d'os répugnant quand son corps a heurté le sol, puis des cris horrifiés – ses conseillers, ses serviteurs effarés.

Mais je ne voyais que Gemma qui s'était précipitée pour me soulever et bercer mon corps sanguinolent contre elle. J'étais enveloppée par ses cheveux dorés, le tissu merveilleusement doux et frais de sa robe. J'ai laissé, dans ses bras, mes yeux se fermer.

— Je suis là, me disait-elle, la voix noyée de larmes. Ma courageuse Farrin. Tu vas bien, je suis là.

Tandis qu'elle murmurait des mots réconfortants, je me suis aperçue que j'avais une chance incroyable. J'avais Gemma, j'avais Gareth, j'avais Ryder. Ils étaient tous là, et ils s'étaient battus pour moi. J'ai ouvert les yeux, malgré la douleur qui commençait, partout, à irradier – tous les endroits où Yvaine m'avait griffée, les os qu'elle avait brisés sur le sol – et, à travers le brouillard de cette souffrance, j'ai vu Ryder, nous dominant de sa hauteur, nous protégeant, Gemma et moi, du reste de la pièce. J'entendais Gareth s'adresser aux conseillers paniqués, tenter de leur expliquer. J'ai eu envie de rire ; comment était-il possible de donner le moindre sens à ce qui venait de se passer ?

Puis, soudainement, la pièce s'est mise à trembler. Ryder a vacillé, presque perdu l'équilibre. Quelqu'un a crié ; un concert de hurlements n'a pas tardé à suivre. Gemma a hoqueté et, quand je me suis tournée entre ses bras, j'ai vu Yvaine traverser la pièce en trombe, repoussant brutalement les serviteurs ébranlés, n'épargnant pas Thirsk lui-même dans sa longue robe noire. Elle a franchi la porte en poussant un cri affreux. Je l'ai appelée, la voix brisée.

— Farrin, tu ne peux pas, m'a dit Gemma en tentant de m'empêcher de me redresser.

Je l'ai repoussée, la tête transpercée de douleur.

— Il se passe quelque chose en bas, ai-je hoqueté. La pièce tremble… c'est là qu'elle est allée. On doit la suivre. Si le gouffre… si elle…

Je ne pouvais pas finir mes phrases. Trop de scénarios affreux étaient possibles. J'ai levé les yeux, désespérée de le voir.

— Ryder ?

Il m'a aussitôt soulevée dans ses bras, puis nous étions à la porte, Gemma et Gareth sur nos talons. Il y avait du monde partout. Des serviteurs couraient se mettre à l'abri ; Lady Goff criait des ordres aux gardes. La voix paniquée de Thirsk résonnait au loin, ordonnant la fermeture des portes.

Le chemin qui conduisait au sous-sol était jonché de corps – des gardes, des employés du palais, tous ceux qui avaient tenté d'intercepter Yvaine. Aussi terrorisée que j'étais, les membres déchirés de souffrance, je m'accrochais à Ryder en murmurant une prière à Kerezen, déesse des sens et de la chair. Dans mon épuisement, ces litanies apprises dans l'enfance brisaient ma volonté de les oublier. *Laisse-leur la vie sauve. De grâce, fais qu'elle n'ait tué personne. Elle n'est pas elle-même. Protège-la.* Je ne me souviendrais que plus tard que j'avais prié ma mère.

Nous sommes enfin arrivés au troisième sous-sol de la Citadelle, où le gouffre faisait rage. Son bouillonnement d'encre affleurait le sol, aussi déchaîné qu'un ciel orageux, et lançait des éclairs bleus, blancs et du même violet vif que l'œil gauche d'Yvaine. Elle-même se tenait au bord, les bras tendus au plafond. Le vent rageur qui sortait du gouffre fouettait sa robe dont les pans bleu ciel claquaient contre ses jambes, et ses cheveux à présent détachés volaient autour de sa tête. Elle exerçait une magie puissante ; l'air vibrait, déformant toutes les formes et les couleurs, comme un formidable mirage de chaleur.

Les gardes ont déboulé dans la pièce voûtée, épées brandies et toutes leurs armes pointées sur Yvaine – des arbalètes dorées, des fusils rutilants de l'Armée Basse. Thirsk, boitillant derrière eux, le crâne ceint d'un linge ensanglanté, leur a crié de ne pas tirer, puis il s'est plié en deux pour vomir. Gemma l'a dépassé en courant, pour écarter un serviteur recroquevillé juste avant qu'une partie du plafond ne s'effondre sur lui.

Mon cœur tremblait comme la pièce secouée autour de nous. Les Sorceleurs royaux étaient éparpillés, hébétés mais en vie. Yvaine les avait repoussés, et sa barrière scintillante de magie, dont le flot ondulait derrière elle, les maintenait à distance. Brogan, le Sorceleur chargé de la surveillance du gouffre, rampait vers elle, serrant un bras cassé contre lui. Des larmes brillaient sur ses joues. Il lui a crié quelque chose – j'ai vu sa bouche remuer, mais je n'ai pas entendu sa voix. Gareth s'est précipité vers lui pour l'aider à se lever.

— Laisse-moi descendre, ai-je demandé à Ryder, la bouche collée à son oreille.

Il a obtempéré, bien qu'en restant derrière pour me soutenir, et nous avons avancé tous les deux vers Yvaine en tâchant de garder l'équilibre parce que le sol tanguait sous nos pieds. Un vent violent, issu du gouffre, tournoyait dans la pièce. Maintenue par les mains de Ryder fermement serrées sur ma taille, j'ai tendu les bras vers Yvaine en criant de toutes mes forces. Je ne savais pas comment l'aider et je ne me souciais guère du mal qu'elle m'avait fait. Celle qui m'avait attaquée n'était pas elle. Un seul nom me hantait : *Kilraith. Kilraith.* Il avait réussi à pénétrer à l'intérieur de la Citadelle, à planter ses griffes sur la reine. J'ai tâtonné mon corsage ; j'allais me servir de la plume d'Ankaret. C'était le moment ou jamais.

Mais avant que je puisse m'en emparer, avant que je puisse atteindre Yvaine, tout a explosé. Une ombre noire a surgi du gouffre, aussi glaciale que la mort. L'obscurité s'est répandue dans la pièce, m'aveuglant, me coupant le souffle ; je suis redevenue, l'espace d'un instant, l'enfant de jadis à Ivyhill, cernée par la fumée, sûre de mourir.

Puis une immense lumière a jailli, chassant vivement toute l'ombre de la pièce, éblouissant le gouffre lui-même. J'ai hurlé de terreur :

— Non ! Yvaine !

Mais un silence épais étouffait ma voix, puis une déflagration assourdissante a explosé – une centaine de coups de tonnerre éclatant en même temps. Ryder et moi sommes tombés à genoux, et il s'est jeté sur moi pour me protéger entièrement de son corps.

Le silence est retombé. Il faisait sombre. La clameur des cloches, au loin, s'est élevée. La Citadelle fermait ses portes, renforçait sa garde.

Durant quelques dramatiques secondes, je suis restée blottie sous le bouclier de Ryder – ses bras autour de moi, son souffle saccadé dans mes cheveux –, puis j'ai levé la tête, et me suis forcée à regarder.

Le gouffre avait disparu. À sa place, une suture irrégulière et scintillante courait sur les dalles, légèrement fumante. Elle m'a rappelé les cicatrices sur le front de Talan et la main gauche de Gemma, vestiges de la Couronne aux Trois Yeux.

Quant à Yvaine… Le cœur m'a manqué en la découvrant. Un tas fumant sur le sol, ses vêtements déchirés, la peau cloquée et sanguinolente. Elle était carbonisée.

Je me suis dégagée de l'étreinte de Ryder. Je l'ai repoussé quand il a voulu me retenir, et j'ai rampé vers elle, en sanglotant son prénom, ignorant la morsure du sol sur mes mains, mes genoux meurtris. Aucune souffrance n'était pire que celle-ci : mon amie, ma reine, à terre et mutilée. Inerte.

J'ai essayé de chanter – pour l'aider, la ranimer – mais la gorge me brûlait, et seules quelques notes éraillées en sont sorties. Mais elles ont dû suffire. Car, tandis que je pleurais, cherchant désespérément un air, n'importe quelle chanson – j'étais une demi-déesse après tout, Philippa l'affirmait, alors où était mon pouvoir, pourquoi ne venait-il pas à mon secours ? –, Yvaine a remué. J'ai d'abord cru que c'était un tour de mon imagination, mais elle a ensuite tendu vers moi une main sanglante et ouvert les yeux – l'un violet, l'autre d'or, voilés de souffrance.

— Farrin ? a-t-elle murmuré. Tu es encore là.

J'ai ri à travers mes larmes.

— Oui, je suis là, ai-je répondu en m'essuyant le visage, mais vous ne devez pas parler, d'accord ? Vous êtes… Yvaine, vous êtes grièvement blessée.

Elle a lentement secoué la tête par terre, un faible sourire aux lèvres.

— Il ne te touchera plus jamais, a-t-elle dit.

Sa voix était plus vive que le reste de sa personne, une lame acérée dans l'obscurité.

— J'en fais le serment, Farrin. Je ne le permettrai pas. Je le tuerai s'il essaie.

Mon sang s'est figé.

— Qui ? Si qui essaie ?

Je me suis forcée à prononcer son nom haï.

— Kilraith ? C'était lui à l'instant ?

Les yeux d'Yvaine ont papillonné et se sont fermés.

— C'était lui, dans la salle à manger ?

Je me suis étranglée.

— Il était… en vous ?

— Comme il était en Talan, a dit la faible voix de Gemma.

Elle s'est laissée tomber par terre, hébétée, près de moi.

Nous n'aurions jamais dû venir. Cette évidence m'a écrasée comme un poing. Toutes nos recherches sur la couronne, notre incursion à Wardwell… nous avions fait entrer un mal invisible dans la Citadelle. Kilraith nous avait repérés et nous avait suivis jusqu'ici. *Nous aurions dû écouter Thirsk*, me suis-je dit, horrifiée, *laisser la reine tranquille*. La plume battait frénétiquement contre mon torse en nage, au rythme de ma panique. Mais que pouvait faire un oiseau de feu pour secourir une femme déjà brûlée ?

— Oh, par les dieux, Yvaine, je suis désolée, ai-je murmuré.

Une respiration sifflante, presque inaudible, m'a répondu, et une terreur aveugle m'a transpercée.

— Yvaine ? Par pitié, restez avec moi. Yvaine !

J'ai crié pour appeler Thirsk, les gardes, n'importe qui.

— Faites venir les guérisseurs, tout de suite !

Ils étaient déjà là, six d'entre eux, s'affairant autour de nous dans leurs robes blanches, le visage sombre, les traits tirés. Ils ont soulevé Yvaine pour l'installer sur une civière de toile. Je me suis levée pour les accompagner, mais je ne tenais pas sur mes jambes et je suis tombée, furieuse et désespérée, dans les bras de Ryder. Je les ai regardés l'emporter, et c'est alors que j'ai commencé à comprendre qu'une autre catastrophe s'était produite.

Les Sorceleurs royaux s'étaient regroupés et discutaient vivement à côté d'un tas de gravats fumants. Certains pleuraient ; d'autres, hébétés, erraient dans la pièce en appelant Brogan.

— Brogan ? Brogan !

Le Sorceleur en chef qui se battait, depuis des mois, pour protéger la Citadelle de l'inexorable expansion du gouffre.

Une Sorceleuse pleurait dans ses mains.

— Il a disparu, disait-elle. Elles l'ont pris !

Elles ? D'abord, je n'ai pas compris, puis je me suis rappelé les ombres, et la réalité m'est tombée dessus avec une écrasante clarté. Le commentaire d'Uven Lerrick, dans le miroir enchanté des Bask, m'est lui aussi revenu en mémoire. *Nous étions tous ensemble quand une ombre immense a déferlé sur nous. J'ai ressenti un froid intense, j'étais désorienté, je ne voyais plus rien, je n'entendais plus rien. Puis l'ombre a disparu et mon fils, Dornen, n'était plus là. Il a simplement… Il a disparu.*

À ce moment-là, Gemma a émis un bruit étranglé.

— Gareth ? a-t-elle soufflé dans un murmure horrifié.

J'ai pivoté pour scruter la pièce, la gorge nouée, en quête d'une tignasse blonde, d'une silhouette dégingandée vêtue d'un costume gris. Il était descendu avec nous, je l'avais vu à peine quelques instants plus tôt. Il aidait Brogan à…

Le pire, avec un sursaut d'effroi, m'est venu en tête. Je n'ai pas voulu m'y arrêter. Il avait pu être blessé dans l'éboulement du plafond, me suis-je raisonnée, il était peut-être allongé quelque part, inconscient.

Mais toutes ces possibilités n'étaient que des mensonges. Je ne pouvais pas ignorer le vide brutal qui régnait dans la pièce, l'absence à mon côté.

Gareth – mon brillant, exaspérant et plus cher ami – avait disparu.

Chapitre 19

Nous nous sommes aussitôt mis à sa recherche, mais les heures passées à parcourir la Citadelle dans tous les sens, à fouiller chaque pièce, chaque recoin en criant son prénom, n'ont rien donné. Où que nous allions, des serviteurs se lamentaient, appelant un ami, une sœur, un amant, à présent disparus. Conseillers et sénateurs, archivistes, Sorceleurs, cuisiniers, astronomes royaux – tous désemparés, erraient dans les couloirs de marbre comme des enfants perdus. Tout le monde avait perdu quelqu'un, ou connaissait quelqu'un qui avait perdu un proche durant ce bref instant, quand l'ombre avait traversé la Citadelle, avant qu'Yvaine ne referme le gouffre et ne la chasse. L'atmosphère était lourde de terreur.

À la fin, j'étais épuisée. Ryder, dans tous ses états à force de m'exhorter en vain à m'arrêter pour me reposer, m'a vue flancher avant que je ne lâche, dans un soupir :

— Je n'en peux plus.

Mes genoux flageolants ont cédé, et il m'a rattrapée, comme il semblait toujours devoir le faire. Je me suis laissée aller contre lui avec reconnaissance, et j'ai fermé les yeux, sûre qu'il allait me conduire quelque part où je pourrais m'asseoir. *Gareth, Gareth.* Je murmurais ce prénom contre sa manche, comme une litanie susceptible de le faire revenir, en dépit de la fracassante réalité. Il avait disparu, avec des dizaines d'autres. Des dizaines, rien qu'au palais. Puis la douleur contre laquelle je luttais depuis des heures s'est rebellée pour m'engloutir.

J'ai sombré, et lorsque j'ai ouvert les yeux, j'étais dans mes appartements, allongée sur un sofa de velours près de la fenêtre. Gemma, assise près de moi, essuyait le sang séché sur mon visage, les cheveux relevés en un chignon désordonné, l'air contrarié.

J'ai vite compris pourquoi.

— Lord Ryder, nous devons le faire, disait une voix courroucée quelque part dans la pièce.

Je me suis redressée, ignorant le murmure de prudence de Gemma, pour voir Ryder et Thirsk debout à côté de la porte. Ryder était imposant, Thirsk hérissé. Il avait la tête bandée, et sa barbe blanche était roussie. Il m'a vue et s'est précipité vers moi, l'air soulagé.

— Lady Farrin, a-t-il dit, je suis heureux de vous voir réveillée.

— Yvaine ? l'ai-je coupé. Va-t-elle bien ? Est-elle…

Son expression s'est très légèrement adoucie.

— La reine est en vie, mais ses blessures sont graves. Elle nous a assuré de sa guérison, mais elle va prendre quelques jours.

Je suis retombée dans les coussins en fermant les yeux. Elle était vivante, elle était vivante – une joie à laquelle je m'accrochais de toutes mes forces.

Thirsk s'est éclairci la voix.

— Je suis venu vous dire que nous devions décréter la mobilisation générale sans plus attendre. La Citadelle est en ébullition, la cité encore plus. En l'absence de la reine, je dois user de l'autorité de mon statut et convoquer le Sénat. Ils doivent déclarer la mobilisation immédiatement – fini les subtilités de langage – et envoyer les soldats des deux armées pour la faire appliquer.

Ses mots déferlaient sur moi par vagues, me rejetant brutalement contre les rochers de ma souffrance. J'ai résisté pour me redresser.

— Absolument pas, Thirsk. Il est hors de question d'exiger de quiconque un tel sacrifice en ce moment, alors que nous ignorons la portée de ce qui vient d'arriver.

Le visage de Ryder, derrière Thirsk, s'est détendu de soulagement. Un léger frisson de satisfaction m'a traversée. Lui et moi étions d'accord.

Mais Thirsk est resté ferme.

— Lady Farrin, a-t-il repris d'un ton glacé, j'espère que vous comprenez que je suis venu par courtoisie, et non pour demander une permission. Dans l'éventualité d'une incapacité de la reine – ce qui est actuellement le cas –, j'ai le pouvoir d'agir en son nom. Et c'est en son nom que je prends la décision d'agir. Le pays ne peut plus rester les bras croisés.

— Un acte irréfléchi est pire que l'inaction. Nous devons penser aux jours à venir, pas seulement à aujourd'hui, où tout le monde est terrorisé et en deuil.

Une explosion lointaine a détourné notre attention vers l'extérieur. Gemma m'a aidée à me lever et à marcher en boitillant jusqu'à la fenêtre. Ce que j'ai vu en contrebas m'a donné la chair de poule. La cité, illuminée par le clair de lune, était plongée dans le chaos ; la foule se déversait dans les rues, au-delà des murs de la Citadelle. Des torches brûlaient ici ou là, et les gens se rassemblaient de nouveau devant les portes du palais. On entendait des coups de fusil claquer ; j'espérais que c'étaient les tirs des habitants désespérés et pas ceux des gardes qui avaient prêté serment, à genoux devant la reine, de les protéger. Un grondement sourd s'élevait jusqu'à nous : des cris de lamentation et de colère. On aurait dit une fourmilière prise de panique, déversant le flot luisant de ses occupants dans le plus grand désordre. Tout cela se déroulait au son des cloches de la Citadelle qui ne donnaient plus l'alarme, mais tintaient tristement. Des coups graves et profonds, espacés de plusieurs secondes, martelant un glas sinistre.

— Vous voyez, Lady Farrin ? m'a glissé Thirsk, qui m'avait rejointe à la fenêtre. Le peuple réclame l'action.

Je comprenais sa position, elle était même légitime. Mais je savais aussi qu'Yvaine n'aurait pas été de cet avis, et l'imaginer inconsciente sur une civière pendant qu'une décision pareille était prise sans son aval me retournait l'estomac. C'était le protocole, je le savais ; des centaines de règles avaient été minutieusement élaborées au cours des siècles pour parer des centaines de catastrophes. Mais envoyer les soldats de la Haute Armée arracher tant de femmes, de jeunes filles, de fillettes, à leur foyer pour les conduire à la Gardienne afin de les sélectionner et de les entraîner – demain peut-être, si Thirsk avait gain de cause – était une horreur à laquelle je ne pouvais pas me résoudre. Pas maintenant, pas après ce qui venait de se passer. En un seul jour effroyable, tout avait changé.

— Ce que je vois, ai-je répondu, c'est la peur et le chaos. Qu'un ordre immédiat de mobilisation générale ne fera qu'amplifier. La cité est au bord de l'embrasement, cette décision y mettra le feu.

J'ai soupiré et me suis tournée vers lui. Le bras de Gemma m'aidait à rester debout.

— Nous avons besoin de temps, lui ai-je dit. Et d'informations. Combien ont disparu ? D'où ? Ces enlèvements relèvent-ils du même mode opératoire que les précédents ? Les disparus sont-ils tous des Élus, comme les premiers, ou certains sont-ils de basse magie, voire dépourvus de toute magie ? Quel est l'état de nos armées, la Haute et la Basse ?

Ryder, à côté de Thirsk, a opiné.

— Elles vont devoir se réorganiser, a-t-il ajouté. Réaffecter les troupes en fonction des éventuelles disparitions.

J'ai approuvé.

— Des informations, Thirsk, c'est ce dont nous avons le plus besoin.

Il nous a écoutés attentivement, et quand j'ai vu ses épaules s'affaisser légèrement, j'ai compris que nous avions gagné. Il espérait peut-être, au fond de lui, que ce serait le cas.

— Et la Gardienne ? a-t-il demandé. Elle ne va pas apprécier ce retard.

— Laissez-nous nous charger de la Gardienne, a répondu Gemma d'une voix dure. Elle ne vous dérangera pas, Thirsk. Pas après que nous lui aurons parlé.

Il s'est détourné et n'a rien dit pendant longtemps.

— La reine vous fait confiance, a-t-il enfin déclaré, et bien qu'elle ne m'ait pas tout raconté, elle m'en a dit assez.

Il a pivoté pour me regarder dans les yeux, le visage empreint de solennité.

— Je sais qu'elle vous accorde une grande importance, à vous tous, comme à votre sœur à Rosewarren, ainsi qu'au démon nommé Talan et au…

Il s'est interrompu, en signe discret de sympathie.

— Au bibliothécaire.

— Gareth, ai-je murmuré, le cœur serré.

Les doigts de Gemma ont gentiment serré les miens.

Thirsk a opiné, puis a poussé un long soupir.

— C'est la raison pour laquelle je vais suivre vos conseils en l'occurrence, mais vous seriez stupides de croire qu'il en sera éternellement ainsi. Je ne suis pas un homme cruel. L'idée de déchirer des familles ne me procure aucun plaisir.

Il s'est passé une main lasse sur le visage.

— Je vais donc envoyer des soldats arpenter le territoire, rassembler des informations, compter les disparus. Mais dans deux semaines, si la reine n'est toujours pas rétablie, je promulguerai la mobilisation générale à sa place.

— Et si elle est rétablie ? a demandé Ryder.

— Je ne pense pas avoir le moindre mal à la convaincre de se rallier à mon point de vue, a-t-il répondu d'un ton fatigué. Pas après ce qui s'est passé aujourd'hui.

Puis il m'a jeté un dernier regard – soucieux, appuyé – et il s'en est allé.

Gemma m'a aidée à retourner au canapé.

— Alors, on part à Rosewarren ? a-t-elle demandé. Parler à la Gardienne et tenter de la calmer ? Elle va être furieuse du délai.

J'ai opiné et grimacé en m'installant. Tous les endroits où

Yvaine m'avait griffée me piquaient comme si j'avais été fouettée par des orties.

— Et lui offrir notre aide.

— Nous ne sommes pas des Roses, a répliqué Gemma, dubitative.

— Non, mais des demi-déesses, semble-t-il. On peut déraciner des forêts et apaiser des reines en chantant. Ça doit bien compter pour quelque chose.

Ryder n'a pas du tout eu l'air d'apprécier mon humour.

— Tu n'es pas en état d'aider qui que ce soit, Farrin. Gemma peut aller à Rosewarren. Toi, tu devrais te reposer.

— Je ne peux pas. Pas maintenant. Avec la disparition de Gareth, et…

J'ai secoué la tête, étranglée par une bouffée de désespoir. Alastrina, ensuite Gareth, et tant d'autres avec lui.

— Je vais devenir folle si je reste chez moi à attendre. Je dois faire quelque chose. En plus, les guérisseurs du palais vont m'envoyer leurs meilleurs baumes et potions. Je serai sur pied en un rien de temps.

Je lui ai offert un petit sourire.

— Et je me reposerai quand je pourrai, ai-je ajouté.

Le coin de ses lèvres s'est relevé, mais, dans ses yeux, je lisais une peur sincère et un chagrin fraîchement ravivé.

— Promets-le-moi, Farrin.

Je lui ai tendu la main, et il l'a prise avec douceur.

— Je te le promets, ai-je répondu.

Gemma, qui avait déjà commencé à empaqueter mes affaires, s'affairait dans les froufrous de sa robe brillante.

— Avant de partir, je dois aller voir Heldine, a-t-elle déclaré subitement. L'un d'entre nous doit lui raconter ce qui s'est passé.

— Elle va pouvoir continuer les recherches ? lui a demandé Ryder. Ces objets que vous avez vus dans les ombres de la couronne, nous devons en savoir plus. Un œuf, une coupe, une clef. Un lac au clair de lune. Que signifient-ils et où sont-ils ? De quoi sont-ils fait ? Sont-ils d'autres ancres de l'*ytheliad* ?

— Ou des images sans aucun sens ? ai-je songé à voix haute. Des souvenirs épars d'endroits où s'est trouvée la couronne ? La Couronne aux Trois Yeux est un objet unique. Un œuf, une coupe… il en existe des millions.

— Oh, Heldine va continuer de travailler, c'est sûr, a dit Gemma, surtout maintenant. Le plus dur sera de la convaincre de s'arrêter pour manger de temps à autre. C'est un miracle, avec toutes leurs mauvaises habitudes, qu'elle et Gareth tiennent encore le coup…

Elle s'est tue brutalement.

Dieux, j'espérais que Gareth, où qu'il soit, tenait le coup.

— Et toi ? ai-je demandé à Ryder. Tu nous accompagnes à Rosewarren ?

Il a secoué la tête, l'air malheureux.

— Non, je dois rentrer chez moi. Je suis parti depuis longtemps, et ma mère…

Il a hésité et, dans son silence, mille scènes désolantes m'ont traversé l'esprit. J'ai imaginé, le cœur serré, les couloirs sombres de Ravenswood tout en pierres noires, les armoires et les placards encore imprégnés des pires souvenirs de l'enfance de Ryder. J'ai pris sa main entre les miennes, et l'ai serrée pour lui transmettre le peu de force que j'avais. Il a glissé son pouce sur mon poignet et s'est redressé légèrement.

— Je dois aller voir ma mère, a-t-il repris d'un ton âpre. Et le Nord a besoin de moi. J'irai dans les villages, aider autant que je le peux. Voir mon visage, savoir que je suis en vie et en bonne santé, rassurera les habitants. Le chaos doit être le même qu'ici, après ce qui s'est passé, et avec la frontière de la Brume qui ne cesse de se déplacer…

Il a de nouveau secoué la tête.

— J'espère seulement que les événements qui viennent de se dérouler n'auront pas fait surgir une nouvelle vague de monstres.

— On se retrouve à Ivyhill dans une semaine, alors ? a proposé Gemma.

Mon sac était terminé, posé sur le lit. Elle était devant le miroir, occupée à rattacher ses cheveux en un chignon plus solide.

— Nous aurons peut-être eu des nouvelles de Talan d'ici là, mais je ne sais pas ce que j'espère en apprendre. Des dieux ressuscités, des dieux toujours morts… À ce stade, je ne sais pas ce qui est le mieux. J'espère seulement…

Elle s'est mordu la lèvre, et j'ai vu son reflet vaciller.

— J'espère seulement que l'intrusion de Kilraith dans la Citadelle ne signifie pas qu'il est aussi sur la trace de Talan.

— Il s'en sortira, Gemma, lui a dit Ryder. Une créature moins forte n'aurait pas résisté aussi longtemps à l'asservissement de Kilraith. En outre, il n'est pas seul. Un de mes oiseaux est avec lui, maintenant.

Elle lui a souri dans le miroir, les yeux brillants.

— Et un corbeau Bask est un compagnon redoutable, n'est-ce pas ?

— Évidemment.

J'ai levé les yeux sur lui, débordée par un élan d'amour effaçant les souffrances de mes blessures et le frisson que m'inspirait le souvenir des mots pressants de Philippa. *Combattre, créer des sorts, faire de la musique, tout cela vous le savez déjà. Mais vos pouvoirs vont bien au-delà, vous êtes capables de plus, et je peux vous aider à le découvrir.*

Avais-je eu tort de lui tourner le dos ? Si, au lieu de rejoindre la Citadelle, nous étions restées à Wardwell pour profiter de son enseignement comme elle nous l'avait proposé, tout cela se serait-il produit ? Gareth et les autres seraient-ils avec nous ? Yvaine serait-elle indemne, épargnée par Kilraith ?

J'ai repoussé ces questions auxquelles je ne pouvais pas répondre, tandis qu'une image de Kilraith se dessinait devant mes yeux, celle d'un loup gigantesque, au regard perçant, lancé inlassablement à nos trousses sans pour autant nous rattraper, et semant le chaos partout sur son passage. Sur notre passage.

Mais ce qui était fait était fait. Perdre du temps à ruminer le passé ne faisait que compromettre l'avenir.

— Dans une semaine, alors, ai-je dit à voix basse en souriant bravement à Ryder.

Il a opiné et porté mes doigts à ses lèvres. Je lisais, dans son regard, le reflet de ma tristesse. Une semaine de séparation, le pays plongé dans l'incertitude, et je voulais seulement retrouver le lit que nous avions quitté le matin même. Mais notre monde avait besoin de nous – qui que nous soyons, quels que soient les secrets de notre sang divin –, et le Nord avait besoin de Ryder.

— Dans une semaine, a-t-il répondu.

☼

Lorsque Gemma et moi avons émergé du Trou-de-Vert de notre famille dissimulé sur les terres de Rosewarren, nous avons entendu les manifestants avant de les voir : un grondement sourd, constant mais ondulant, comme si nous étions sous l'eau et qu'une foule criait sur le rivage.

Gemma, éprouvée par la traversée du Trou-de-Vert, s'appuyait lourdement sur moi.

— Qu'est-ce que c'est ? a-t-elle murmuré.

Elle regardait derrière nous, vers le brouillard argenté qui flottait à travers les arbres – la frontière sud de la Brume du milieu.

Mais le bruit provenait de la direction opposée. Nous avons rapidement longé les briques rouges et noires de la façade du prieuré et, arrivées aux portes, nous nous sommes retournées pour regarder, en contrebas, la foule rassemblée sur la colline verdoyante. Des dizaines, peut-être même des centaines de personnes se massaient devant les grilles de fer. Mais une magie défensive les empêchait de passer et brouillait leurs silhouettes. Je ne distinguais ni les visages ni même les corps, juste un amas de formes et de couleurs floues qui émettait un grondement étouffé. Certaines de ces formes grimpaient le mur d'enceinte dans le but de sauter de l'autre côté ; d'autres frappaient les portes à coups de massue ; d'autres encore lançaient des pierres et des torches. Mais tout ce qui touchait la magie protectrice du prieuré

– chaque pierre, chaque torche, chaque personne – était repoussé en arrière et retombait par terre, étourdi et indemne, jusqu'à ce que d'autres osent essayer.

Ma gorge s'est nouée en les voyant. La magie protectrice ne m'empêchait pas de ressentir leur peur qui montait de la colline et nous mordait les chevilles. Nous voyaient-ils, troubles et figées, ne faisant rien pour les aider ?

— Tu crois qu'elle leur a dit quoi que ce soit avant de s'enfermer derrière sa magie ? m'a demandé Gemma dans un souffle.

— Je doute qu'elle ait même placardé un message, ai-je répliqué. « Oui, nous savons que d'autres disparitions ont eu lieu. Nous faisons de notre mieux. Merci de revenir plus tard. »

Le nom de Gareth hantait douloureusement mes pensées. « Disparitions. » Un terme si banal pour exprimer une telle horreur.

Gemma, la main levée et la mine sombre, s'apprêtait à frapper aux portes lorsqu'un des battants s'est entrouvert pour révéler Mara, tapie de l'autre côté. Sa vue m'a stupéfiée. Son visage était d'une pâleur mortelle. Elle avait l'air exténué, et les grands cernes sous ses yeux bruns me rappelaient péniblement Yvaine. Ses cheveux étaient serrés dans un chignon parfait, et elle portait l'uniforme marron foncé et gris anthracite de l'Ordre : une longue tunique aux épaules carrées, des bottes de cuir montant jusqu'aux genoux. Mais pire que les cernes sous ses yeux était la ressemblance sinistre que lui donnaient sa coiffure lisse et la carrure de ses épaules avec la Gardienne.

— Entrez, nous a-t-elle chuchoté. Vite !

Nous avons obéi et, après avoir fermé la porte derrière nous, elle nous a entraînées dans une alcôve à l'écart, où elle nous a fait signe de rester silencieuses. J'ai tendu l'oreille pour percevoir, au-delà des battements frénétiques de mon cœur, le pas glissant de la Gardienne sur les dalles de pierre, mais je n'ai rien entendu. Mara, après quelques secondes, a semblé satisfaite.

— Suivez-moi, a-t-elle dit à voix basse. J'ai besoin de votre aide.

— Attends, a commencé Gemma.

— Pas le temps, a répliqué Mara.

Je suis passée devant elle pour lui bloquer le passage.

— Mara, attends !

Elle aurait pu m'éviter ou m'écarter, bien sûr, mais elle s'est contentée de nous dire, d'un ton plutôt impatient :

— J'ai demandé à Cira de jeter un sort au Trou-de-Vert de la famille pour être prévenue dès qu'il est emprunté. Je savais que vous arriviez et c'est pour ça que j'étais là. Vous devez aussi penser que j'ai mauvaise mine, mais je vous assure que je vais très bien. Maintenant, si vous voulez bien vous dépêcher de me suivre. On parlera plus tard de la raison de votre venue. Pour l'instant, j'ai besoin de votre aide.

Elle s'est tue. Sa hâte s'est envolée, remplacée par un air froid et légèrement défiant.

— Tout le monde a besoin de votre aide.

J'ai échangé un regard inquiet avec Gemma, mais au lieu d'insister, je me suis écartée et j'ai laissé Mara nous guider à travers le prieuré. Les couloirs faiblement éclairés bourdonnaient d'activité. Des Roses âgées, redoutables et concentrées, se dirigeaient au pas de course vers ce que je supposais être leur mission. Des Roses plus jeunes trottaient derrière elles, les bras chargés d'armes et de matériel. De partout s'élevait la clameur industrieuse et lointaine des épées qu'on affûtait, le hennissement des chevaux à l'extérieur, l'éclat des voix qui s'interpellaient. « Laisse ça là, vite ! Maintenant, file en chercher d'autres dans l'armurerie. »

De temps en temps, tandis que Mara nous conduisait rapidement dans le dédale des couloirs aux murs ornés de fresques de Roses au combat, je sentais des regards intrigués posés sur nous, mais personne ne nous arrêtait. Elles savaient peut-être ce que nous avions fait à Devenmere, ou elles étaient trop absorbées par leur activité pour perdre leur temps à nous interroger. Nous étions, de toute façon, avec Mara.

Mais plus nous la suivions, moins j'étais à l'aise. Après avoir franchi une succession de couloirs recouverts de tapis, traversé une cour extérieure pavée, grouillante de chevaux, d'armes et de Roses dans leur costume gris et marron, nous nous sommes élancées en direction d'une petite dépendance assez éloignée du prieuré, à proximité de laquelle nous n'entendions plus que le bruit de nos pas – aucun écho des Roses se préparant à patrouiller ou de la foule criant en vain devant les portes. Des sapins majestueux flanquaient le bâtiment, murmurant de façon inquiétante dans le vent argenté.

À l'intérieur, les portes fermées sur nous, tout était silencieux. L'air était dense, humide, et dégageait une odeur âcre.

Mara a pris une torche accrochée au mur. Sa flamme jetait des ombres anguleuses sur ses traits et rendait encore plus affreuse la nouvelle cicatrice sur son visage.

— Par ici, nous a-t-elle dit à voix basse.

Nous avons obéi, malgré mon désir violent de fuir cet endroit et de ne jamais revenir. Des escaliers de pierre et des couloirs tortueux nous menaient sous terre, et plus nous descendions, plus l'air était nauséabond. J'avais l'impression de pénétrer dans un tombeau.

— Mara, tu nous emmènes aux grottes ? a fini par demander Gemma d'une voix à peine audible.

— Silence, a répliqué Mara.

Elle a dû regretter sa rudesse, car elle s'est reprise, d'un ton plus doux :

— Non. Pas aux grottes. Ailleurs.

Nous sommes arrivées devant une lourde porte en bois renforcée par de grosses barres de fer. Mara, après une brève hésitation, s'est piqué le doigt avec une aiguille sortie de sa poche, puis elle a écrasé la goutte de sang contre le loquet de laiton, provoquant une ondulation de magie qui m'a donné la chair de poule en me traversant. La porte s'est ouverte sur une petite pièce, à six bons mètres de profondeur, à laquelle on accédait par un étroit escalier de pierre.

Et au milieu – retenue par une douzaine de chaînes fixées aux murs, au sol et au plafond de pierre – se trouvait une harpie.

D'abord, je n'ai pas compris. J'étais capable, grâce aux contes primordiaux mille fois entendus dans mon enfance et aux leçons répétées de Gareth, d'identifier la créature, mais je n'en avais jamais vu en vrai. Et ma raison refusait d'admettre son existence. Mais elle était bien là, énorme, deux fois plus grande que Mara, avec un torse large, un dos voûté et des ailes qui auraient rempli la pièce si elles n'avaient pas été cruellement sanglées contre son corps. Elle était, comme toutes celles de son espèce, mi-femme mi-oiseau. Une hybridation stupéfiante, et beaucoup plus effrayante, plus archaïque, que celle des Roses, de leur silhouette de plumes élancée, lorsqu'elles se métamorphosaient. Son cou présentait des anneaux de chair pâle marbrée de croûtes, son nez était crochu, ses dents acérées, et ses yeux ronds et jaunes luisaient au fond d'orbites enfoncées profondément dans un visage émacié. Une tignasse de cheveux brun gris tombait sur ses épaules avant de se transformer en plumes. Elle était accroupie au milieu de ses chaînes, et ses jambes nues et musclées se terminaient par d'immenses serres noires. J'étais soulagée que le spectacle de son torse dénudé, au moins, nous soit épargné.

Parce qu'on en voyait assez. Les blessures sur ses jambes et les plaies suppurantes de son cou luisaient. Elles étaient récentes. On l'avait battue.

Je me suis figée d'horreur.

— Mara, qu'est-ce que c'est ? a murmuré faiblement Gemma derrière moi.

Mara a fermé la porte de la cellule et descendu les marches.

— C'est Nerys. Mon unité l'a capturée hier, juste avant qu'on entende parler des nouvelles disparitions. Elle s'est sentie encouragée, j'imagine, par ce qui allait se passer. Parce qu'elle savait.

Elle s'est arrêtée devant Nerys, presque nez à nez avec la créature massive, dont la tête était penchée, les yeux fermés. Ceux de Mara brillaient.

— Elle nous a attaquées alors qu'on rentrait d'une patrouille de nuit à Fenwood, elle nous a prises par surprise. Cira a été la plus touchée. Elle vivra, mais il s'en est fallu de peu. Nous avons réussi à l'amener jusqu'ici pour l'enfermer.

Au son de la voix de Mara, la harpie, Nerys, a remué. Elle a levé la tête d'un geste à la fois gracieux et grotesque, fluide malgré sa bouche grimaçante hérissée de crocs tranchants et ses yeux caves. Des yeux, ai-je remarqué, qui ne croisaient pas tout à fait ceux de ma sœur.

— Ah, tu es de retour, a-t-elle constaté d'une voix éraillée – celle d'une vieille femme –, gutturale et humide. Comme tu m'as manqué.

La main de Mara s'est crispée, et ce mouvement a attiré mon regard sur le gourdin hérissé de pointes appuyé contre le mur à côté d'elle. La bile m'est montée à la gorge et Gemma a émis un cri étranglé. Les blessures de Nerys avaient-elles été infligées par ma sœur ? Si nous n'étions pas venues, Mara aurait-elle… Je pouvais à peine formuler ma pensée.

— Nerys a résisté à la plupart de nos méthodes d'extraction usuelles, a commenté froidement ma sœur. Elle est âgée et forte. Mais pas aussi forte que moi.

La harpie a éclaté d'un rire rauque qui s'est vite transformé en affreuse toux. Elle a raclé un paquet de glaire qu'elle a craché, mais elle a mal visé. Il est passé à plus d'un mètre de Mara et s'est écrasé par terre sans la toucher.

— Imbécile, a grogné Nerys. Forte ? Si nous nous battions à armes égales, sans ces chaînes qui me clouent au sol, je te réduirais en charpie.

— Je ne crois pas que tu le ferais, je ne suis même pas sûre que tu serais capable de le faire, a répliqué Mara avant de s'adresser à nous d'une voix encore plus suave. Parce que, voyez-vous, il y a quelque chose en moi auquel Nerys semble incapable de résister. Quand elle me regarde, du moins quand elle me regarde droit dans les yeux, elle commence à parler. Ça n'a, la plupart du temps, aucun sens. Mais parfois, une miette d'information extrêmement précieuse lui échappe. Comme par exemple l'emplacement non pas d'un seul marché clandestin dédié au commerce illégal entre Edyn et l'Ancien Pays, mais de trois : Yennore, Tenevis, et Irethe. L'endroit où ils se trouvent, le genre de marchandises qui y transitent, quels sorts primordiaux nous les dissimulent, et cela en un seul jour. Non, Nerys, a-t-elle poursuivi en baissant le ton, je crois que si je te croisais par hasard à l'extérieur, il me suffirait de te regarder dans les yeux et de te dire de t'allonger par terre comme un gros chat inoffensif pour que tu m'obéisses.

Ma panique était à son comble, et je ne pouvais plus rester silencieuse.

— Je ne comprends pas. Comment as-tu fait ? Pourquoi fais-tu cela ?

La harpie, dans un cliquetis métallique, a tourné la tête vers moi. Ses chaînes ne lui laissaient pas assez de latitude pour me voir, mais ses yeux fouillaient la pièce.

— Qui est là ? a-t-elle crié avec une terreur nouvelle dans la voix. Qui as-tu amené avec toi ?

— Oh, elles ? a fait mine de s'étonner Mara. Ce sont mes sœurs. J'ai pensé que tu voudrais les rencontrer. Farrin, Gemma ?

Elle s'est tournée vers nous, et quand son regard a croisé le mien, son expression s'est légèrement altérée. Une hésitation, un flottement.

Je me suis sentie un peu rassérénée. Il y avait ma sœur dans cette lueur d'incertitude. Qui que soit cette inconnue – cette femme à la voix dure et aux yeux noirs brillants –, elle n'avait pas tout à fait pris possession de la Mara que je connaissais, pas encore.

— Non, non, non, répétait Nerys, ses ailes se débattant contre les chaînes qui l'enserraient. Pas d'autres comme toi…

— Descendez, venez nous rejoindre, a dit Mara.

Comme ni Gemma ni moi ne faisions le moindre geste, elle s'est retournée en poussant un soupir d'impatience.

— Tout de suite. S'il vous plaît. On n'a pas beaucoup de temps. On ne sait pas quand les prochaines disparitions vont survenir, et la Gardienne…

Elle s'est tue, a semblé se ressaisir, puis elle a levé le menton et nous a toisées durement.

— Vous voulez aider le pays, ses habitants ? Alastrina, Gareth ?

Son regard s'est planté dans le mien. J'ai cru voir une lueur de tristesse sous la froideur de ses traits.

— Oui, je sais qu'il a disparu, et j'en suis désolée, Farrin. Maintenant, venez et faites quelque chose. Je sais qu'aucune de vous n'est lâche ou inutile. Alors prouvez-le. Aidez-moi.

J'ai descendu l'escalier, les jambes molles, Gemma juste derrière moi.

— Je ne comprends pas, ai-je répété.

Ce qui me semblait le moins risqué à dire. Si je parvenais à la faire parler, cela nous donnerait peut-être à toutes un peu de répit, cela détournerait Mara de son entreprise, la ramènerait à la raison, chasserait le nom et le visage de Gareth de mes pensées afin que je puisse réfléchir. Si j'arrivais seulement à toucher la main de Mara, elle retrouverait ses esprits, et ce cauchemar prendrait fin.

— Dis-moi comment tu as pu pousser une créature pareille à te raconter quoi que ce soit, et surtout des informations aussi détaillées et précieuses…

— À cause de ce que nous sommes, m'a coupée Gemma en chuchotant.

Elle m'a retenue par la main.

— N'est-ce pas, Mara ? À cause de…

Mara nous a lancé un regard noir.

— Oui, a-t-elle dit. À cause de ce que nous sommes. Elle me regarde et est incapable de se retenir. Nous sommes la lumière, et elle est le papillon. À cause de ce que nous sommes.

Elle l'a répété prudemment, sans rien révéler de particulier, mais je savais exactement ce que cela signifiait. *Demi-déesses.* Ma bouche s'est asséchée tandis que la voix de Philippa tournait en boucle dans ma tête. *Combattre, créer des sorts, faire de la musique, tout cela vous le savez déjà. Mais vos pouvoirs vont bien au-delà, vous êtes capables de plus, et je peux vous aider à le découvrir.*

Mais Kerezen était la déesse des sens et de la chair. Le pouvoir de persuasion relevait davantage de l'esprit – le domaine du dieu Jaetris.

Gemma a lâché un soupir tremblant.

— Les sirènes, a-t-elle murmuré. Les succubes, incubes, et même…

Elle m'a jeté un coup d'œil.

— Ta voix, Farrin.

Un effroi glacial m'a saisie. Bien sûr. Il existait d'autres moyens de persuasion que le pouvoir de l'esprit. De nombreuses créatures primordiales créées par Kerezen – les fées, les sirènes, les succubes et les incubes – possédaient le pouvoir des sens, de la beauté, de la musique, de la séduction. Et il y avait moi, une simple humaine, une Érudite, néanmoins capable de mettre un auditoire à genoux, de défaire des monstres comme Kilraith – ou des créatures telles qu'Ankaret – par l'entremise du seul pouvoir de ma voix.

Ce pouvoir de persuasion coulait, grâce à Philippa, dans nos veines. Et Mara en abusait sans en comprendre toute la portée. *Nous aurions dû rester à Wardwell*, me suis-je dit, l'estomac noué. *Nous aurions dû laisser Philippa nous enseigner. Nous ne sommes pas en sécurité. Le danger coule, en même temps que le pouvoir, dans nos veines.*

Je me suis précipitée, désespérée, vers Mara. J'allais l'arracher à tout ça, l'obliger à me regarder, moi, pas cette pauvre créature tourmentée par sa seule présence. J'allais faire vite, sans regarder Nerys, sans donner au pouvoir que je détenais la moindre chance de s'en prendre à elle.

Mais être proche de la harpie semblait suffire. Elle s'est débattue violemment contre ses chaînes et a réussi à se déplacer légèrement, suffisamment pour me voir et voir Gemma juste derrière moi.

Elle a poussé un faible gémissement de stupeur. Son haleine putride m'a effleuré le visage.

— Trois, a-t-elle murmuré, ensemble ? Que les dieux me viennent en aide. Qui êtes-vous ? Qu'êtes-vous ?

Je ne pouvais pas m'empêcher de la regarder. Je n'aurais pas dû, je n'avais aucune raison de le faire. Une partie de moi devait néanmoins être curieuse de voir ce qui allait se passer, de confirmer que c'était réel. Ma seule présence, combinée à celle de mes sœurs, était-elle vraiment capable de perturber une puissante créature primordiale ?

Les yeux jaunes de la harpie – aussi ronds que des petits cailloux usés par la rivière, aussi ternes que du vieux laiton – fuyaient désespérément partout dans la pièce, mais revenaient, encore et toujours, sur nous : d'abord Mara, puis moi, ensuite Gemma. Notre vue ne la rendait pas complètement impuissante ; elle continuait de lutter en vain contre ses fers et griffait le sol, son corps massif vibrant de colère.

Elle ne cessait pourtant pas de nous regarder, frappée d'une crainte confuse. La voix de Mara, dure, s'est élevée.

— Dis-moi pour qui tu travailles.

La harpie a fermé sa bouche sans lèvres. Sa peau gonflait au-dessus de ses innombrables dents jaunes et pointues.

— Je sais que tu travailles pour quelqu'un, a insisté Mara. Les harpies sont égoïstes et solitaires, préoccupées par leur unique confort. Elles n'attaquent pas les humaines au grand jour comme tu l'as fait. À moins d'avoir une excellente raison. Alors quelle est-elle ? Qui est-ce ?

Finalement, en gémissant doucement, se balançant du mieux qu'elle pouvait compte tenu de ses chaînes, Nerys s'est mise à parler.

— Je travaille pour Celui-qui-est-tout.

Elle s'exprimait à contrecœur, d'une voix rocailleuse, hésitante, luttant contre chaque mot.

— Je suis venue à Edyn en quête d'autres enfants pour sa cité.

— La cité de qui ? a demandé sèchement Mara.

— De Celui-qui-est-tout, a lâché Nerys.

— Et quelle est cette cité ? Où se trouve-t-elle ?

La harpie a poussé un croassement douloureux ; je ne savais pas si c'était un rire ou un sanglot. Elle a fermé les yeux, et leur pâle lueur jaune a disparu sous ses paupières ridées.

— La splendeur de ses festivités, a-t-elle murmuré, le palais dans la verdure, les tours dans la nuit.

— Quelle ville ? a répété Mara.

Gemma a couru s'interposer entre elles.

— Arrête, a-t-elle lancé à Mara. Tu lui fais mal.

— Parce que tu crois que les disparus, enlevés et retenus par « Celui-qui-est-tout » ne souffrent pas ? a répliqué Mara.

Je me suis tournée aveuglément vers l'escalier. J'avais les larmes aux yeux. *Gareth. Alastrina.* Je me sentais sur le point de vomir, comme la pire espèce de lâche. Nous étions, une fois de plus, dans un endroit où nous n'aurions jamais dû venir. Nous n'apportions, une fois de plus, que douleur et ruine.

— On s'en va, ai-je lancé en grimpant les marches. Gemma…

Mais j'ai été obligée de m'arrêter, parce qu'en haut se trouvait la Gardienne. Pas un seul cheveu ne dépassait de sa coiffure. Elle contemplait la scène, les épaules droites et carrées dans sa robe noire impeccable, les mains dans le dos, l'œil impassible.

— Parle-moi davantage de ces festivités, a-t-elle ordonné d'un ton sec et froid qui a résonné dans la pièce.

La harpie a exhalé un souffle frémissant dans le cliquetis de ses chaînes.

— Elles ne ressemblent à rien de ce qui a été ou sera jamais. Des Primordiaux dans leurs plus beaux atours, parés de bijoux, buvant et festoyant. Les rues débordant de fleurs, les timbales de miel, des fées en robe de lune, des vampires qui n'ont rien à craindre parce que le soleil n'existe pas dans cette cité. Les ombres ne sont projetées que par la lumière pâle et froide de la lune. Et les humains… Ils sont là-bas les animaux qu'ils sont réellement, les restes pathétiques de dieux pitoyables.

— Tu mens, a répliqué durement Mara.

Mais j'ai perçu, derrière son assurance, un soupçon de surprise.

— Les fées et les vampires sont fiers, claniques. Ils ne se mélangent pas et n'accepteraient jamais de se côtoyer au même endroit.

Un rire profond s'est élevé de la gorge de la harpie.

— Tu crois tout savoir de l'Ancien Pays, petite Rose. Mais tu n'as pas vu sa cité la plus majestueuse, et tu devrais prier pour qu'il en soit toujours ainsi.

— La cité nommée Moonhollow? est intervenue la Gardienne l'air de rien.

Nerys a relevé la tête. Les plis de sa peau se sont soulevés sur ses yeux jaunes. Elle les a posés sur Gemma, quêtant visiblement son regard, mais celle-ci s'était détournée pour cacher son visage.

— Non, a-t-elle grogné. *Mhorghast.*

La Gardienne s'est mise à descendre tranquillement l'escalier. Je me suis écartée en hoquetant.

— Non, s'il vous plaît. Arrêtez.

Mais si le pouvoir que je possédais avait une influence quelconque sur la harpie, il n'avait aucun effet sur la Gardienne. Elle a poursuivi son chemin d'un pas lent, imperturbable.

— Mhorghast, voilà qui est intéressant, a-t-elle constaté d'une voix suave. C'est donc le véritable nom de cette cité?

La harpie lui a lancé un regard noir. De la bave coulait de ses crocs. Ses jambes nues frémissaient.

— *Mhorghast.* Tu le prononces mal. Comment oses-tu?

— Mmm, a marmonné la Gardienne en se dirigeant vers une petite table dans un coin chargée de plusieurs flacons bouchés, remplis d'un liquide écœurant de couleur vive: jaune, vert, rouge.

Il y avait aussi un pistolet, qui ne ressemblait à aucun de ceux portés par les soldats de l'Armée Basse. Il était moins long et moins sophistiqué, beaucoup plus fin, lisse et brillant. À côté de lui se trouvait une série d'aiguilles d'argent empennées.

— Et Mhorghast a-t-elle d'autres noms? a demandé la Gardienne.

— Elle n'a pas besoin d'autres noms! a rugi Nerys en se débattant contre ses chaînes.

La gardienne a ouvert le flacon rempli de liquide vert vif et trempé une aiguille dedans.

— Tu n'as pas l'air de m'écouter, a-t-elle dit. J'ai entendu dire que certains l'appellent Moonhollow.

— Moonhollow, a craché la harpie. Votre langue est aussi pitoyable que vous.

Je ne supportais plus cet échange. Je ne savais pas quelles étaient les intentions de la Gardienne avec cette aiguille, ces flacons, ce pistolet, mais je ne pouvais pas la laisser faire. J'ai redescendu l'escalier en courant, ouvert la bouche, inspiré – j'allais apaiser Nerys avec mon chant, mettre un terme à tout ça avec quelques notes bien choisies. Mais Mara a fondu sur moi et m'a retenue, une main plaquée sur mes lèvres. Je me suis débattue furieusement, en appliquant tout ce que Ryder m'avait appris – un coup de coude dans le ventre, un coup de talon dans l'entrejambe. Mais Mara était une Rose et une Sentinelle. Elle a poussé un grognement de douleur, sans lâcher prise.

— Mara ! a crié Gemma, sidérée, en lui frappant vainement le bras. Mara !

J'ai senti le sol trembler, comme si les racines qui poussaient contre ces murs souterrains s'animaient, pressées d'obéir à Gemma.

Nerys se débattait autant que moi, et, même entravée comme elle l'était, c'était impressionnant à voir. Ses muscles couverts de plumes gonflaient sous les chaînes, ses serres puissantes creusaient des sillons dans la pierre.

— Partez, a dit la Gardienne en insérant d'un geste expérimenté et avec un claquement sec une aiguille empennée dans le pistolet.

Mara, de sa main libre, a saisi Gemma et nous a entraînées toutes les deux dans l'escalier, hors de la pièce, le long des couloirs sinueux qui débouchaient à l'extérieur. Tandis que nous trébuchions dans le noir, tirées par la force de Sentinelle inégalable de Mara, j'ai entendu la harpie se mettre à crier, un mélange atroce de glapissements d'oiseau agonisant et de hurlements humains. Mara a fermé la porte sur ces vociférations et, d'un seul coup, nous étions dehors, dans le murmure des pins et le scintillement de l'air argenté.

Dès que j'ai retrouvé l'équilibre, je me suis tournée vers Mara.

— Comment as-tu osé ? lui ai-je lancé en cherchant mon souffle. Tu savais l'influence de notre pouvoir et tu ne nous as rien dit. Dès que nous sommes entrées dans cette pièce, nous avons fait de Nerys notre victime sans même le savoir !

Mara se tenait légèrement à l'écart, raide et sans nous regarder.

— J'étais obligée. Quand je me suis rendu compte de l'influence que j'avais sur elle et que, peu de temps après, vous êtes arrivées… La torture conventionnelle de la Gardienne prenait trop de temps. Nous aurons des réponses plus vite. Elle souffrira moins.

Gemma a pouffé d'incrédulité et tendu la main vers la porte.

— Ça, c'est de la souffrance pour moi !

— On a découvert pratiquement tout ce qu'elle sait, a dit Mara sans nous regarder davantage. La Gardienne n'aura plus à faire grand-chose maintenant pour obtenir ce qu'elle veut. La procédure va être plus… efficace. On a rendu service à Nerys.

— Et ensuite, que va faire la Gardienne ? lui ai-je lancé. Une fois qu'elle aura arraché toutes les informations possibles à cette pauvre créature ?

Mara a enfin levé son regard embarrassé pour croiser le mien. Elle n'a rien dit, mais la réponse était claire.

Le cœur m'a manqué.

— Mara, comment peux-tu ? ai-je murmuré.

— Tu ne sais pas ce que c'est, a-t-elle commencé.

— Quoi, torturer quelqu'un pour obtenir des renseignements ? l'a vivement coupée Gemma, des taches de colère sur ses joues pâles. Être manipulée pour utiliser mon pouvoir ? Eh bien, grâce à toi, je sais maintenant ce que ces deux choses signifient.

— Tu n'avais pas le droit de nous conduire à Nerys, ai-je ajouté.

Un tintement lointain résonnait à mes oreilles, le contrecoup du choc que je n'arrivais pas à faire taire.

— Je sais, a répondu Mara avec une pointe d'amertume. Mais j'ai décidé de le faire quand même. Et vous savez pourquoi ?

Elle a redressé la tête, chassant fièrement la honte.

— Parce que la Brume du Milieu n'est pas la seule à mourir. Mes sœurs aussi meurent. Chaque jour, de plus en plus de créatures primordiales franchissent la barrière entre les royaumes, semant la terreur partout sur leur passage. Elles traquent les humains, envahissent les villages, échangent des marchandises, des corps, du sang, des os. Un élixir fée contre un enfant. Le meurtre d'un ennemi contre un serment de soumission. Les humains disparaissent ; certains s'aventurent dans la Brume de leur propre chef, rongés par une maladie que personne ne comprend. D'autres se volatilisent sans prévenir, enlevés par les ombres en un clin d'œil. Tout ce qu'on fait ne sert à rien, et personne ne nous aide.

Elle a secoué la tête avec accablement, puis s'est tournée pour observer la bordure bouillonnante de la Brume au loin.

— Vous n'avez aucun droit de critiquer nos méthodes, pas depuis la sécurité d'Ivyhill, pas quand rien ne vous oblige à vous demander, chaque soir en vous couchant, si vous n'allez pas apprendre, au réveil, la mort d'une de vos sœurs.

— Mais on se le demande aussi, Mara, ai-je protesté doucement. Chaque matin, lorsque Gilroy m'apporte le courrier, j'éprouve la même peur, le même élan d'espoir désespéré.

Sans se retourner ni dire un mot, elle a serré les bras sur elle et baissé la tête. La Brume, entre les arbres au loin, ondulait tranquillement.

L'instant d'après, la porte s'est ouverte, et la Gardienne est venue nous rejoindre. Aucun cri n'est sorti avec elle ; le silence était sinistre. J'ai dû me retenir pour ne pas me jeter sur elle. Son expression était sereine, sa robe impeccable. Elle nous a regardées, Gemma puis moi, avec curiosité. Je lisais la question qui flottait dans ses yeux : *Comment avez-vous fait pour obtenir des aveux sans élixir, ni sortilège, ni pouvoir d'empathe à votre disposition ?* Peut-être supposait-elle que Talan nous avait appris une chose ou deux sur l'art d'influencer les esprits.

Je me suis avancée avant qu'elle ne puisse ouvrir la bouche. La colère et le chagrin m'animaient. Pour une fois, je n'étais pas intimidée par les yeux noirs et impassibles de la Gardienne.

— Nous arrivons de la Citadelle, ai-je déclaré sèchement.

Où Gareth s'est fait enlever, avais-je envie d'ajouter, les mots pesant tristement sur ma langue.

— La reine a refermé le gouffre du palais et s'est blessée gravement au cours de l'opération. Je crois que, si elle avait échoué, beaucoup plus de monde aurait disparu. Le Conclave royal envoie des troupes afin de savoir combien de personnes ont été enlevées et où. Les Armées Haute et Basse se réunissent pour se restructurer, et le Sénat va repousser l'ordre de mobilisation générale de deux semaines, le temps que la reine se rétablisse, que ses conseillers fassent le point et décident de la meilleure conduite à tenir devant les citoyens.

C'est en reprenant mon souffle que j'ai senti mon courage faiblir.

— Dans l'intervalle, la Couronne aux Trois Yeux va rester à la capitale afin que les recherches se poursuivent. Vous ne tenterez rien pour la ramener ici, au prieuré.

La Gardienne a dressé les sourcils d'un air légèrement amusé, mais je me suis dépêchée d'enchaîner :

— Vous conviendrez que c'est une contrepartie équitable, en échange du service que nous venons de vous rendre avec la harpie.

Cette formulation me rendait malade. La « harpie ». Son nom était Nerys.

Mara avait pourtant raison. Nous ne savions pas ce que c'était de vivre ici, de servir l'Ordre de la Rose. Et quand j'essayais de m'imaginer à sa place – combattre des monstres chaque jour, voir des villages entiers s'effondrer sous mes yeux –, je ne pouvais pas jurer de mes actes ou de ma résistance. Serais-je aussi prompte à condamner de tels agissements ? Ou les accepterais-je comme un mal inhérent à la guerre ?

Je n'avais pas la réponse. Je n'étais même pas certaine de saisir toute la complexité de cette question. Je me suis donc contentée de tenir bon, jusqu'à ce que la Gardienne finisse par opiner.

— Un échange équitable, en effet, a-t-elle admis, l'air toujours amusé.

Son intonation condescendante me donnait envie de hurler.

Je l'ai regardée faire demi-tour et s'éloigner vers le prieuré. Ses pas laissaient une fine traînée sur le sol détrempé, le tapis luisant d'aiguilles de pin. L'herbe, les arbres, la moindre parcelle de végétation était ici, près de la Brume, constamment humide. Mara nous avait dit, dans l'une de ses premières lettres, qu'elle pensait que c'était la Brume qui pleurait. Elle se sentait seule, les dieux qui l'avaient créée lui manquaient, et elle versait, chaque jour, ses larmes de chagrin sur le monde.

Qu'éprouvait maintenant la Brume, me suis-je demandé, à proximité des filles d'une déesse ? Avait-elle reconnu, dès l'instant où Mara avait mis les pieds au prieuré, le véritable pouvoir qui sommeillait dans ses veines ?

— C'est pour ça que vous êtes venues ? nous a demandé Mara d'une voix éteinte, en refusant toujours de nous regarder. Parler de la reine à la Gardienne, de l'ordre de mobilisation ?

— Oui, ai-je répondu sèchement, tandis que Gemma, de son côté, se montrait plus souple :

— Oui, mais...

— Mais quoi ? l'a relancée mollement Mara.

— Je crois...

Gemma s'est tue pour me lancer un coup d'œil.

— Je crois qu'on devrait aller à Wardwell, toutes les trois. Pas pour toujours, s'est-elle empressée d'ajouter. Mais quelques jours... au moins. Nous ne savons pas grand-chose de ce que Mère, Kerezen, est capable de faire sous sa forme actuelle. Nous devrions écouter ce qu'elle peut nous apprendre, appliquer sa stratégie à nos propres pouvoirs. Imaginez ce qu'on pourrait découvrir, combien nous pourrions aider la reine...

— Pas question, l'ai-je coupée.

L'expression de Mara était indéchiffrable, son regard lointain.

— Je ne peux pas partir maintenant, Gemma, a-t-elle dit. L'Ordre a besoin de moi. Plus tard peut-être, quand les choses se seront un peu calmées...

Gemma m'a décoché un regard exaspéré.

— Mais Farrin, tu ne crois pas que ce serait malin d'en savoir plus sur…

— Non, je ne crois pas, ai-je tranché.

Les spectres du concert désastreux de mon enfance, les échos des cris désespérés du public, sifflaient méchamment à mes oreilles. *Farrin, épouse-moi. Farrin, j'ai besoin de toi !*

— Quoi que nous venions de faire là-bas, ai-je dit en agitant la main vers la porte, je ne veux pas en entendre parler ! Je veux que ça s'enfouisse au fond de moi et que ça disparaisse. Je ne veux certainement pas que Philippa le renforce. Ce que je veux, c'est rentrer à la maison. Notre présence là-bas rassurera tout le monde – les domestiques, les métayers, les habitants des villes voisines. On est venues directement de la capitale à Rosewarren, sans passer par la maison pour vérifier que tout allait bien. J'aurais dû insister pour qu'on y aille.

Une bouffée de culpabilité menaçait de m'étouffer.

— Lilianne a-t-elle été enlevée ? Et Gilroy ? Byrn ? Mme Seffwyck ?

Le son strident de ma voix a fait pâlir Gemma. Tant mieux. Tout était bon pour lui sortir Philippa de la tête.

— De toute façon, notre place est là-bas, ai-je ajouté. On ne va pas fuir je ne sais où pour jouer à la magie avec une déesse trop effrayée pour se montrer quand son peuple a besoin d'elle.

Mara m'a regardée attentivement.

— Tu parles d'une déesse abandonnant son peuple ou d'une mère abandonnant ses enfants ?

Je suis restée un instant trop stupéfaite pour répondre. Puis une colère nouvelle m'a envahie.

— Si on ne peut pas critiquer les horreurs que toi et tes « sœurs » commettez ici, ai-je commencé d'une voix très basse et tranchante, alors ne t'avise pas de critiquer la façon dont on a enduré ce qu'on a vécu, quand toi, tu étais déjà partie. Tu sais ce que c'est d'être arrachée de quelque part, je te l'accorde. Mais tu ne sais pas ce que c'est d'être abandonnée.

Sur ce, je l'ai laissée. Je les ai laissées toutes les deux. *Tu vois,*

Mara ? me disais-je. *Tu ressens ce coup de poignard en plein cœur ? La douleur, cette frustration, cette colère ? Imagine-les, et multiplie la souffrance par mille. Imagine-toi vivre des années et des années avec cet orage furieux à l'intérieur de toi, sans aucune perspective à l'horizon, sans le moindre soulagement.*

Je ne savais pas si Gemma allait me suivre et je m'en moquais. J'ai traversé le prieuré en trombe, ignorant la frénésie qui régnait dans les cours d'entraînement, les Roses qui s'envolaient vers la Brume, leur compagnon trottant avec elles ou volant à leur côté. Je ne pensais qu'à une chose : Ivyhill. C'était là qu'on avait besoin de moi. Là que je pouvais être utile. Pas à torturer des harpies ou à dédouaner des mères trop lâches pour en mériter le nom. *Philippa.* J'ai répété son nom jusqu'à ce que le mot « mère » s'efface de mon esprit. *Philippa. Philippa.* Elle n'était rien d'autre que ça.

Je suis arrivée au Trou-de-Vert de notre famille, dissimulé sous l'épais rideau de vigne des neiges, élaboré par un Élémentaire et dont les fleurs tintaient délicatement. Un cardinal s'est envolé à mon approche. Son plumage rouge vif contre les pétales blancs m'a brusquement rappelé Ankaret, et je me suis souvenue, avec une honte brûlante, que sa plume était glissée dans mon corsage, comme j'en avais pris l'habitude. Sa chaleur était réconfortante contre ma peau. Je n'avais pourtant pas pensé à m'en servir pour l'appeler à l'aide. Ankaret aurait pu libérer Nerys, elle aurait pu réduire en cendres les armes de la Gardienne.

Sa voix étrange, tandis que je franchissais le passage, roucoulait dans ma mémoire. *Un jour, tu en auras besoin. Sers-t'en pour l'appeler. Elle t'entendra, où qu'elle soit. Et elle viendra.*

La tête lourde de ce que j'aurais pu faire et de tout ce que je regrettais d'avoir fait, j'ai adressé une prière amère aux dieux – *Veillez sur Gareth* – et j'ai laissé la magie du Trou-de-Vert me ramener à la maison.

Chapitre 20

Je suis arrivée à Ivyhill avec l'impression de m'être absentée pendant des mois, alors que trois jours seulement s'étaient écoulés depuis mon départ. À l'instant où j'ai franchi le seuil de la maison, le nœud qui me comprimait la gorge s'est desserré. J'ai écouté les bruits de l'après-midi que je connaissais si bien : le frémissement de la brise d'automne sur la pelouse dorée, le hennissement lointain des chevaux à l'entraînement dans leur enclos, le faible tintement des tasses de thé servies dans la salle à manger.

Ma place était ici. Pas à Rosewarren, à la Citadelle, ni à Wardwell. Ici. À Ivyhill.

Gilroy est sorti de la salle à manger à l'instant où je m'engageais dans l'entrée. Dès qu'il m'a vue, un soulagement intense s'est dessiné sur son visage austère. Il a posé son plateau, couru vers moi, puis il a hésité et finalement, le front plissé de résolution, il m'a serrée fougueusement dans ses bras.

Ce n'était pas le genre d'effusions auxquelles Gilroy s'abandonnait habituellement, mais cela m'a fait plaisir. Son corps trapu était chaleureux, son costume impeccablement repassé. Je lui ai rendu son étreinte, étourdie de mon propre soulagement. Lui, au moins, n'avait pas été enlevé.

— Madame, je suis heureux de vous voir, a-t-il déclaré d'un ton bourru, avant de s'écarter puis de toussoter en redressant, d'un coup sec, les pans de son gilet. Lord Gideon nous a donné quelques nouvelles, mais… sans vous ni Lady Imogen…

Il s'est tu, manifestement bouleversé. Plus il était ému, plus la broussaille de ses sourcils noirs se resserrait, comme si ce froncement féroce était le seul moyen de l'aider à conserver son calme imperturbable.

— Je vais bien, tout comme Gemma et Mara, que nous venons de voir au prieuré. Gemma avait des choses à régler, mais elle ne va pas tarder.

Ou allait-elle filer à Wardwell ? J'en doutais, en dépit de ses grandes déclarations. Parce que Talan, s'il avait besoin d'aide, viendrait ici. Elle le savait et allait donc rentrer.

Cette certitude m'a procuré une intense satisfaction, presque arrogante. J'aurais dû en avoir honte, mais j'étais suffisamment accablée comme ça, le corps encore endolori par l'agression d'Yvaine, et le cœur lourd. J'ai pris les mains gantées de blanc de Gilroy dans les miennes.

— Dites-moi, Gilroy. Vous savez ce qui s'est passé. Est-ce que…

J'ai dégluti. Je ne voulais pas penser à Gareth, je ne pouvais pas, pas maintenant, pas avant d'avoir pris des nouvelles de la maisonnée.

— Tout le monde va bien ici ?

— Personne n'a disparu d'Ivyhill.

La réponse s'est élevée dans mon dos. Père descendait l'escalier. J'ai constaté, avec soulagement, qu'il était propre et soigné ; il portait un costume neuf. Il avait aussi l'air sobre, et même grave. Il est arrivé en bas des marches sans s'être résolu à croiser mon regard. Je me suis demandé s'il m'avait vue étreindre Gilroy, et quand j'ai tenté de me rappeler la dernière fois que je l'avais serré, lui, dans mes bras, je me suis aperçue, avec un pincement au cœur, que je ne m'en souvenais pas. J'ai repoussé mon sentiment de culpabilité. Si nous ne nous embrassions plus comme nous avions coutume de le faire, si même nous nous parlions à peine, c'était sa faute, pas la mienne.

— Dès que j'ai appris ce qui s'était passé, a-t-il repris, j'ai recensé tout le monde. Tout notre personnel, tous nos métayers, tout leur personnel. Ivyhill n'a pas été touché.

Une vague de soulagement m'a traversée.

— Et Derryndell ?

La ville la plus proche.

L'expression de Père s'est assombrie.

— Quatre personnes ont disparu. Deux enfants, une jeune femme, un homme de soixante-dix ans. Aucun d'eux n'est un Élu. La jeune femme est une oracle de basse magie qui exerce la voyance dans une boutique au centre de la ville. Les deux enfants et le vieil homme sont dépourvus de magie.

Ma gorge s'est nouée. Cette fois, c'était différent. Cette fois, les Élus n'étaient plus les uniques cibles.

— Qu'est-ce que cela veut dire, madame ? m'a demandé Gilroy d'un ton grave.

Ils me regardaient tous les deux, anxieux de ma réponse. Je rentrais de la Citadelle et de Rosewarren ; j'apportais certainement des nouvelles avec moi.

Je ne pouvais leur offrir qu'une demi-vérité.

— Je ne sais pas.

Je ne pouvais pas leur dire le reste, ce que nous avions appris de Nerys – qu'il existait un endroit nommé à la fois Mhorghast et Moonhollow. Une cité où le soleil ne brillait jamais, dirigée par Celui-qui-est-tout, où les créatures primordiales ripaillaient et tourmentaient les humains. Quels étaient les mots de Nerys ? *Et les humains… Ils sont là-bas les animaux qu'ils sont réellement, les restes pathétiques de dieux pitoyables.*

Imaginer ce que cela impliquait, imaginer Gareth prisonnier de cet enfer… mes genoux m'ont presque lâchée. Père a dû s'apercevoir de ma détresse avant que je parvienne à masquer mon expression, car il a fait un pas vers moi, puis hésité. Je ne pouvais pas le regarder, je ne pouvais pas supporter sa déception, sa honte, tous les sentiments dont il s'était déchargé sur moi beaucoup trop longtemps. Et je craignais, si son regard s'attardait dans le mien, qu'il ne lise ce que je ne voulais pas lui montrer : le visage de Philippa, et celui de Mara, cruel et froid, tandis qu'elle observait la harpie enchaînée.

Alors j'ai demandé à Gilroy de faire monter du thé dans mes appartements et je les ai laissés tous les deux pour aller dans le parc. J'allais marcher jusqu'à la tombée de la nuit en espérant que l'air d'Ivyhill me ferait du bien.

☼

Ça n'a pas été le cas.

Cette nuit-là, l'esprit enfiévré, les nerfs à vif, je n'ai pas pu dormir. Moonhollow, Mhorghast, Yvaine, Nerys, Philippa, les formes indistinctes et mouvantes identifiées dans les ombres de la Couronne aux Trois Yeux par les sortilèges d'Heldine et le pouvoir de Gemma : un œuf, une coupe, une clef, un lac noir au clair de lune, les mains de Ryder, la bouche de Ryder, le corps, la chaleur, la force de Ryder, sa voix brûlante sur mon cou tandis qu'il se mouvait en moi, une spirale d'images, de souvenirs, de questions me tenait éveillée. J'ai étendu le bras en travers de mon lit et fermé les yeux, imaginant Ryder à côté de moi, sa barbe éclairée par la lumière vacillante des bougies, le rythme de son souffle endormi.

Osmund, interprétant mon bras tendu comme une invitation, a sauté sur le lit en miaulant. Je l'ai installé sur mon ventre, laissé me pétrir et ronronner une bonne demi-heure, avant de conclure que j'allais devenir folle si je restais au lit plus longtemps. Je l'ai embrassé entre ses deux oreilles soyeuses, abandonné à sa contrariété grincheuse sur les oreillers, et suis descendue à la bibliothèque en robe de chambre. Je ne pouvais pas dormir, mais je pouvais travailler. Nos archives familiales étaient parmi les plus complètes du pays. Gareth était loin d'être le seul universitaire à visiter régulièrement nos collections. J'allais lire tout ce que je pouvais sur les dieux, éplucher le catalogue de références à la recherche de toute mention significative de coupe, d'œuf, de gobelet. J'allais dresser la liste de tous les lacs de Gallinor, Aidurra, Vauzanne et de tous les contes, légendes et coutumes nés sur leur rive. Je n'étais pas spécialiste des arcanes, mais je savais lire et me servir d'un catalogue. Je pouvais faire quelque chose.

Mais Gemma était déjà là, au milieu de la bibliothèque, assise à une table éclairée à la chandelle, entourée de livres ouverts et de cartes dépliées, Una roulée en boule à ses pieds. Une cafetière d'argent fumait à côté d'elle. Elle était pieds nus et mâchait distraitement son crayon. Le livre qui l'absorbait, qu'elle lisait les yeux plissés, était plus épais que la hauteur de son torse. Elle a rapproché le bougeoir et griffonné quelques mots sur une feuille de papier.

J'ai eu un pincement au cœur. Elle n'était pas allée à Wardwell, ainsi que je l'avais supposé, mais elle n'était pas venue me le dire. *Je suis rentrée, Farrin. Je vais bien. J'ai pensé que tu voudrais le savoir. Et tu avais raison. Quoi que Philippa puisse nous apprendre, je n'en veux pas.*

Je n'aurais jamais dû ne serait-ce qu'envisager qu'elle puisse quitter la maison comme ça. Je suis restée dans l'ombre, à la regarder, tout ce que j'aurais voulu lui dire coincé derrière mes dents serrées. Je pourrais m'asseoir avec elle, lire avec elle. On pourrait prendre des notes ensemble, peut-être même commencer à formuler nos questions et nos peurs à voix basse. Que signifiait être demi-déesse ? Nous croyions Philippa, n'est-ce pas ? Nous pouvions peut-être apprendre nous-mêmes, sans l'impliquer du tout ? Explorer nos pouvoirs ensemble, avec Mara, et laisser Philippa pourrir dans son précieux Wardwell ?

Mais je savais que les choses ne se passeraient pas de cette manière. Au lieu d'un échange tranquille, je m'en prendrais à Gemma, je dirais une méchanceté sur Philippa, me hérisserais à propos de tout et n'importe quoi. Ma seule présence troublerait la paix de ma sœur, toutes mes pensées bouillonnantes se déverseraient pour la contaminer. Et elle avait assez de soucis – Talan, sa panique, sa souffrance – sans moi pour les aggraver.

Una me regardait de ses grands yeux noirs, mais elle n'avait pas levé la tête. Je l'ai remerciée silencieusement de sa discrétion et suis partie. J'ai erré dans la maison comme un fantôme hantant le lieu de sa mort – sans but et sans repos.

Le jour s'est levé, apportant avec lui au moins une décision, une toute petite lueur dans un ciel noir et orageux. Je ne pouvais pas attendre encore cinq jours pour le revoir. Non, j'avais besoin de lui maintenant.

J'avais besoin de Ryder.

❂

J'ai emprunté le Trou-de-Vert dissimulé dans le lagon et émergé, frissonnante et trempée, dans la forêt de Ravenswood, en regrettant amèrement de ne pas avoir anticipé ce moment. J'aurais pu laisser des vêtements de rechange dans un fourré quelque part. Je serais au sec et détendue. *J'aurais pu, j'aurais dû.*

Ces mots revenaient d'eux-mêmes, raclant mes pensées comme traînés au bout d'une chaîne bruyante. Aussi bruyante et cruelle que celles qui avaient retenu Nerys dans sa cellule, ou que celles qui enchaînaient peut-être Gareth dans sa prison.

Je me suis secouée, en quête d'un calme dont je savais qu'il ne viendrait pas, et me suis mise en route. J'ai marché une heure, puis deux. Le ciel grondait. C'était le milieu de la matinée, mais tout était sombre. Des nuages noirs, teintés de vert, s'amoncelaient dans le ciel, parfois troués d'éclairs lointains. L'air était âcre et sec, comme traversé par une magie glaciale et virulente. Une énergie répugnante me picotait les bras. J'avais l'impression d'être observée, que des centaines d'yeux inquisiteurs étaient tapis dans le ciel orageux. Mon épuisement me jouait des tours. *Un orage n'est qu'un orage*, me suis-je dit, sans pour autant être convaincue. Rien n'était certain dans ces territoires du Nord, où la Brume ne cessait de gagner du terrain.

J'ai fini par arriver aux écuries où je m'étais entraînée avec Ryder. Au même instant, de grosses gouttes de pluie froide se sont mises à tomber. J'ai scruté la cour, les arbres environnants en retenant mon souffle. J'avais mal partout, mon cœur rétrécissait dans ma poitrine. Était-il là ? Était-il dans la maison ? Parti dans un village quelconque bordant la Brume du Milieu ?

Puis un mouvement a attiré mon regard, et je l'ai vu. Il conduisait deux chevaux vers leur box, peut-être après les avoir entraînés dans la cour. Ils le suivaient avec l'empressement d'une portée de canetons trottinant derrière leur mère. Une fois à l'intérieur, sans doute en prévision de l'orage, il a entrepris de fermer les fenêtres et toutes les portes de l'écurie. À la dernière, il a levé les yeux vers le ciel, puis il a reculé en tirant le battant sur lui. J'ai compris qu'il n'allait pas remonter vers la maison, et ça m'a soulagée ; je ne voulais pas y mettre les pieds.

J'ai couru vers lui avant qu'il ne ferme complètement la porte. Il m'a vue franchir la grille, a rouvert le battant pour me laisser passer et l'a refermé sur nous. Il faisait chaud à l'intérieur, le sol était couvert de foin propre, l'air sentait bon l'avoine et le cheval. Je me suis tournée vers lui en cherchant la meilleure façon d'expliquer mon arrivée. *Je n'ai pas pu dormir, hier. Je suis dans une telle rage contre tout – le monde, mes parents, moi-même –, que je suis incapable de me concentrer sur autre chose.*

Tu m'as manqué.

Mais il m'avait déjà prise dans ses bras, et je me suis lovée contre lui.

— Tu m'as manqué, a-t-il dit d'une voix profonde et vibrante.

J'ai souri contre son torse, éperdue de soulagement.

— Au bout de deux jours seulement ?

— En fait, tu as commencé à me manquer à l'instant où nous nous sommes quittés.

Il a posé les mains sur mes cheveux et poussé un grognement contrarié.

— Farrin, tu es frigorifiée. Viens, ma chérie.

Il m'a prise par la main, et je l'ai suivi sans poser de question dans un couloir silencieux qui longeait des stalles de rangement parfaitement organisées, pleines de matériel de sellerie ou de sacs de fourrage empilés, et s'achevait sur une petite pièce meublée d'un poêle, d'un fauteuil, d'une commode et d'un lit. Une barre de fer à laquelle étaient suspendus des vêtements occupait tout un mur. Le sol était couvert d'un tapis bleu délavé et, sur une table de nuit en noyer ciré, une pile de livres menaçait de s'écrouler.

Je suis restée figée sur le seuil, les yeux piquants de larmes, tandis que mon regard embrassait la pièce. Je n'avais jamais rien vu d'aussi modeste, d'aussi intime ni d'aussi douillet que cet endroit, et une tristesse poignante m'a serré le cœur en comprenant son usage.

— C'est ici que tu venais quand tu étais plus jeune, ai-je murmuré. Pour fuir la maison ?

— Oui, a-t-il répondu simplement. Père n'a jamais aimé l'odeur des chevaux, alors je savais qu'il ne viendrait pas. Trina avait – Trina *a*, s'est-il repris rageusement, sa propre chambre de l'autre côté du couloir.

Il est allé me chercher des vêtements : une chemise de flanelle douce, un pantalon de lin, une paire d'épaisses chaussettes de laine. Il les a regardés, sourcils froncés, avant de relever les yeux sur moi.

— Ils vont être beaucoup trop grands pour toi, évidemment.

Je les ai pris et serrés contre moi avec gratitude.

— Ils sont parfaits.

Nous nous sommes dévisagés, et je me suis soudain sentie gênée dans mes habits boueux, les cheveux tout emmêlés. Mais le regard de Ryder était d'une telle douceur que j'ai rougi. Il m'a ensuite donné une serviette, embrassée sur le front, et il m'a dit gentiment :

— Prends ton temps. Je serai au bout du couloir.

Il a fermé la porte derrière lui.

Dans la quiétude, le poêle crépitant doucement, je me suis débarrassée de mes vêtements mouillés pour les suspendre du mieux possible devant le feu, soulagée de ne voir aucun miroir dans la pièce. S'il y en avait eu, je n'étais pas sûre que j'aurais eu le courage d'enlever ne serait-ce que mes bottes. Les vêtements que Ryder m'avait donnés étaient doux, propres et portaient son odeur. J'ai fermé les yeux, goûtant à travers eux la sensation d'être enveloppée par son parfum, sa chaleur, ses mains. J'ai démêlé les nœuds de mes cheveux encore humides et les ai coiffés en une tresse lâche en écoutant les grondements sourds du tonnerre, la pluie qui s'abattait sur le toit. L'orage avait éclaté, et j'en étais satisfaite. Son bruit était étrangement réconfortant, autant que le bourdonnement industrieux familier d'Ivyhill. Une fois prête, j'ai pris une bonne inspiration, ouvert la porte et remonté le couloir à pas feutrés dans mes chaussettes de laine.

J'ai trouvé Ryder dans l'une des pièces de stockage, occupé à plier les couvertures des chevaux. Ce n'était bien sûr pas son genre de m'attendre les bras croisés. Il a levé les yeux et s'est figé en me voyant. Puis il a posé la couverture qu'il tenait, s'est assis sur un banc en émettant un bruit curieux, entre une brusque expiration et un rire étranglé, et a passé la main dans ses cheveux noirs, qui tombaient, détachés, sur ses épaules.

— Je n'étais pas du tout préparé à ça, a-t-il dit avec un sourire embarrassé.

Ses yeux bleus brillaient à la lueur des lampes.

— Tu es si belle qu'à mon avis tu peux renoncer à ta garde-robe pour ne plus te servir que de la mienne. Désormais, c'est pantalon et chemise de flanelle tout le temps, ma beauté, et surtout d'énormes chaussettes de laine.

Son regard enchanté m'a réchauffée de la tête aux pieds et, poussée par une audace inconnue, j'ai tourné sur moi-même, comme Gemma dans une nouvelle création de Kerrish.

— C'est le dernier cri. Des vêtements si larges qu'on nage dedans.

Il a éclaté de rire, l'air adorable.

— Le prochain bal royal va être intéressant, tout le monde se prendra les pieds dans ses ourlets.

Il s'est adossé au mur et m'a considérée plus sérieusement.

— Tu es venue ici parce que je te manquais autant que tu me manquais, mais il y a autre chose, n'est-ce pas ?

C'était à mon tour de lâcher un rire embarrassé.

— Il y a beaucoup d'autres choses. Trop, même. Je suis pleine de questions, de doutes et de…

J'ai soupiré, secoué la tête.

— De colère. Contre tant de choses que je suis incapable de faire le tri. Tout est coincé là, ai-je dit en me touchant la gorge. Une brûlure, un nœud qui ne s'en va pas. Mais quand je suis avec toi…

J'ai hésité, senti mon courage faiblir. J'étais capable de continuer, mais pas en le regardant. Alors j'ai baissé les yeux.

— Quand je suis avec toi, la douleur est plus facile à supporter.

Il est resté silencieux un instant, puis il a dit :

— Je comprends ça, la douleur comme l'apaisement. J'éprouve le même sentiment quand je suis avec toi. Mais tu sais, derrière toute ta colère, tes remparts redoutables, tu restes aussi douce qu'un chaton.

J'ai perçu le sourire dans sa voix.

— Tu m'inspires, Farrin. Tu le savais ?

Je me suis forcée à lever les yeux, à m'emplir de ce que je voyais. Cet ours fait homme, assis patiemment devant moi, ses yeux de diamant, sa barbe noire, les pans de sa chemise de lin tombant sur son large torse avec l'élégance de la plus fine des soies royales.

— Tu veux en parler ? m'a-t-il demandé.

J'ai secoué la tête, la bouche soudainement desséchée, le cœur battant.

— Que veux-tu faire, alors ?

Sa voix profonde était comme du velours.

— Je veux faire l'amour avec toi, ai-je lâché tout à trac. Je veux… te voir. Et je veux que tu me voies, entièrement. Je veux me sentir…

Je me suis tue en rougissant.

— Tu veux te sentir en sécurité, a-t-il fini pour moi.

J'ai opiné.

— Oui, je veux tout ça, je le veux vraiment, mais… ça va être difficile pour moi. Alors je te le dis maintenant, avant de ne plus trouver les mots. Je veux tout ça. Je te veux toi. Tout entier. Mais je ne veux pas avoir à prendre de décision – me demander que faire ensuite, comment – parce que ça finira par me bloquer complètement. Alors, peux-tu le faire, s'il te plaît ? Peux-tu…

J'ai hésité, mon regard plongé dans le sien.

— Peux-tu décider pour moi, tout prendre en charge ? Je crois que ça m'aidera si tu le fais.

— Farrin.

Il m'a tendu les bras.

— Viens.

J'ai obéi, heureuse de répondre à cette petite consigne. J'ai grimpé à califourchon sur ses genoux et me suis nichée contre lui, soupirant de bonheur lorsque ses bras se sont refermés sur moi. Il m'a caressé le dos ; je sentais son cœur battre contre le mien, la rapidité de son souffle. Des rafales de pluie, poussées par le vent, tambourinaient sur le toit.

Il s'est écarté.

— Je peux faire tout ce que tu veux pour toi, m'a-t-il dit en me caressant la joue avec son pouce. Pour nous deux. Mais tu dois me promettre une chose. Si, à un moment quelconque, tu te sens hésitante, mal à l'aise ou que tu veux arrêter, tu dois me le dire tout de suite. Tu te connais. Tu sais la différence entre faire preuve d'audace et s'exposer inutilement.

J'ai ri, tremblante sur ses genoux.

— Je ne suis pas sûre, mais je te promets de te le dire. Je risque d'ailleurs de le dire souvent.

Il a hoché la tête, son doigt suivant la courbe de ma mâchoire.

— Ne t'inquiète pas. Je m'arrêterai à l'instant où tu voudras. On peut arrêter tout de suite si tu veux.

— Non, ai-je chuchoté en frémissant sous ses caresses. Ne t'arrête pas.

Il a frotté son nez contre ma joue, embrassé le creux de ma

gorge. J'ai soulevé le menton et fermé les yeux, ravie de la force avec laquelle, d'une main sur ma hanche, l'autre sur mon cou, il me maintenait contre lui. Ses lèvres traçaient un chemin brûlant vers le col de ma chemise. Sa chemise, me suis-je rappelé. Ce détail m'a procuré un délicieux frisson, mes hanches ont tortillé. Il a poussé un grognement étouffé.

— Recommence, a-t-il dit d'une voix rauque.

J'ai obéi, remué les hanches contre les siennes. Je sentais, malgré l'épaisseur de nos vêtements, la chaleur, la tension de son désir, et cette pression – sa dureté contre les parties tendres de mon corps – déclenchait une vague de plaisir en moi. Un rire haletant m'a échappé, et j'ai recommencé, encore et encore, étourdie et heureuse de m'enivrer de cette sensation, de m'enivrer de lui. Il me guidait, les mains serrées sur mes hanches, imprimant le rythme de nos mouvements. Il m'embrassait le cou, la clavicule, écartait la chemise. Elle m'était si grande qu'elle a facilement glissé sur mon épaule, révélant ma peau nue. Le froid m'a fait frissonner, mais pas longtemps.

— Accroche-toi à moi, a-t-il murmuré.

J'ai passé les bras autour de son cou et l'ai laissé me porter jusqu'à sa chambre.

La lumière était douce, la chaleur répandue par le poêle agréable. Il m'a déposée à côté du lit et attirée à lui pour un long et lent baiser. Ses mains étaient posées sur mon visage, et je me tendais vers lui, toute frissonnante.

— J'ai une idée, a-t-il chuchoté contre ma bouche.

Un baiser, puis un autre ; mes lèvres picotaient sous la caresse rugueuse de sa barbe. Quand il s'est écarté, j'ai vacillé, déconcertée.

— Mais…, ai-je protesté d'une voix pâteuse.

J'étais déjà ivre de ses baisers, mais j'en voulais encore. Je l'ai agrippé par la chemise et tiré à moi en gémissant faiblement.

Il a souri, glissé une mèche de cheveux derrière mon oreille, et répondu à ma prière en me mordillant la lèvre. Une sensation nouvelle, brûlante, m'a traversée.

— Tu me fais confiance ? m'a-t-il demandé, son front contre le mien.

Quelques mois plus tôt, cette question saugrenue ne m'aurait inspiré qu'un rire moqueur, de la méfiance et de la haine. Mais à présent, les yeux mi-clos entre ses bras, je ne ressentais qu'une certitude absolue et un calme grandissant.

— Oui, ai-je répondu en lui souriant.

Il m'a attirée à lui, embrassé les cheveux, les tempes, puis il m'a serrée très fort dans ses bras, comme s'il voulait se convaincre qu'il ne rêvait pas, que j'étais bien réelle. Ensuite, il est passé à l'action.

Il a fait glisser, lentement, la chemise sur mes épaules, aussi bas qu'il le pouvait sans défaire les boutons. Le glissement du tissu sur ma peau – la façon dont les manches en tombant emprisonnaient délicatement mes bras le long de mon corps –, m'a procuré un frémissement de désir inattendu. Puis il a empoigné tous les plis de la chemise dans mon dos, resserrant encore plus l'étreinte sur mes bras, et m'a brutalement plaquée contre lui.

Le plaisir qui m'a transpercée était si intense que j'ai crié. Être à sa merci, prisonnière de l'étau brûlant de ses bras, sans savoir ce qu'il allait faire ensuite – tout en sachant qu'un seul mot de ma part y mettrait fin et qu'à chaque instant, chaque seconde, il me prêtait la plus grande attention, que si je perdais la voix, il m'aiderait à la retrouver –, était une sensation inconnue et ravageuse. Il était plus fort, risiblement plus fort, et pourtant, chacun de ses baisers, chaque effleurement de ses mains était révérencieux, comme si son corps avait récité une prière. Il était une montagne redoutable et imposante, mais j'étais la déesse capable de la renverser d'un geste de la main.

J'ai fermé les yeux tandis qu'il se penchait sur mes épaules dénudées. Il embrassait chaque centimètre de peau, accompagnait chaque baiser d'un délicieux glissement de sa main. Un baiser, une caresse, et une autre, ses doigts aussi légers et plus troublants qu'une plume. Puis il a murmuré d'une voix rauque contre le tissu serré sur mes seins :

— Tourne-toi, Farrin.

Au son de sa voix, mon estomac s'est noué, mes genoux ont flanché. J'ai hésité, levé les yeux sur lui.

— Dois-je arrêter ? a-t-il murmuré.

Ses yeux étaient doux, bleu tendre. *Incroyable*, me suis-je dit, *comme ces yeux peuvent changer, être des lames d'acier glacial lorsqu'il est en colère, et aussi veloutés que des jacinthes lorsqu'il est heureux.* J'ai posé la main sur sa joue, suivi la ligne de son sourcil noir.

— Ne t'arrête pas, lui ai-je dit avant de me tourner face au poêle et de retenir mon souffle, dans l'attente à la fois craintive et impatiente de ce qui allait suivre.

Ses mains larges et chaudes, enveloppantes comme un châle préféré, se sont d'abord posées sur mes épaules. Il a embrassé ma natte, mon cou, puis il les a glissées devant moi pour trouver les boutons de ma chemise. Sa chemise, me suis-je corrigée – chaque fois que je me rappelais ce détail, il me semblait faire la même découverte palpitante. Je portais sa chemise à lui, et à présent, il la déboutonnait lentement, consciencieusement. Ses doigts, en descendant, m'effleuraient les seins, le nombril, puis la peau sensible plus bas, sur mon ventre. J'ai fermé les yeux, chancelante contre lui. Mon corps, qui savait ce qu'il désirait malgré mon cœur battant à tout rompre, mes nerfs à vif, se contractait en frémissant sous ses caresses. Les manches ont glissé le long de mes bras, le tissu s'est affalé par terre.

Au lieu de me rétracter, je me suis forcée à garder les yeux fermés, à sentir l'air sur ma peau. Mais mes pensées commençaient à s'emballer. À quoi ressemblait mon dos ? Je n'en avais pas la moindre idée. Étais-je toujours belle aux yeux de Ryder ? Le pantalon qu'il m'avait donné était ridiculement large ; même en ayant roulé deux fois la taille, je n'osais pas bouger, de peur qu'il ne dégringole. Brusquement, rien n'était plus agréable. Je transpirais dans ces chaussettes qui n'étaient pas les miennes. Les larmes me piquaient les yeux.

À ce moment-là, Ryder s'est légèrement écarté. Ses mains se sont posées sur les miennes. Il a déplié doucement les poings que j'avais serrés, enlacé ses doigts aux miens, puis il a embrassé longuement le creux entre mes omoplates. Il m'a ensuite lâchée pour masser les muscles raides de mes épaules. La pression régulière de ses pouces et le glissement de ses doigts le long de ma colonne vertébrale étaient divins. J'ai tendu les bras en arrière pour m'agripper à sa chemise et ne pas défaillir.

Il a ri doucement.

— Je savais que tu aimerais ça. Dieux.

Son souffle était chaud au creux de mon oreille.

— Ta peau est d'une douceur insensée. Je pourrais passer ma vie à te masser le dos et être heureux.

J'ai pouffé, frémissante sous ses caresses.

— Tu me flattes.

— Non, je ne fais que constater la vérité.

Ses mains sont descendues sur ma taille et là, la longueur de ses doigts sur mon ventre, il a commencé, les pouces pressés au creux de mes reins, à tracer des cercles appuyés, dont chacun m'alanguissait davantage. Je me sentais si langoureuse sous ses caresses que je me suis appuyée contre son torse, tête en arrière, sans songer au spectacle que je pouvais lui offrir, jusqu'au moment où j'ai perçu son souffle étranglé.

Il a abandonné son massage pour prendre mes seins au creux de ses paumes, presser délicatement les mamelons. Je me suis cambrée en gémissant. Mes mains ont volé d'elles-mêmes pour s'enfoncer dans ses cheveux. Je ne savais pas ce que je voulais, sinon qu'il soit encore plus proche de moi.

Il m'a redressée gentiment.

— Non, pas tout de suite, a-t-il dit, un sourire dans la voix. À ton tour, d'abord.

Il a reculé, et j'ai senti le froid de son absence dans mon dos.

— Tu peux te retourner. Je ne regarde pas.

J'ai hésité, puis obéi. Il me tournait le dos, les bras le long du corps. Malgré ça, j'ai frissonné d'appréhension ; il pouvait se retourner à tout instant et voir de moi plus que ce que mes coups d'œil furtifs m'avaient permis de surprendre au fil des ans. Mais avec le souvenir de ses caresses, l'écho de ses baisers sur ma peau, cette éventualité ne semblait plus si terrifiante.

Mon cœur battait quand même furieusement lorsque je me suis approchée pour déboutonner sa chemise comme il avait déboutonné la mienne. Je me suis d'abord sentie un peu ridicule ; mes doigts tâtonnaient, beaucoup plus maladroits que les siens. Puis j'ai remarqué son immobilité, sa respiration silencieuse et rapide, son corps brûlant qui irradiait sous mes paumes, comme s'il était l'unique source de chaleur de cette pièce, l'unique source de lumière, de vie. Son attitude, tout en fébrilité contenue, en désir tranquille, m'a enhardie ; j'ai trouvé le courage de continuer et de terminer.

Sa chemise est tombée sur le sol à son tour, et le spectacle de son dos nu m'a coupé le souffle. Il était musclé, chaque ligne de son corps exprimait la force et la beauté. Mais ce qui m'ébranlait le plus était le réseau de cicatrices qui sillonnaient sa peau – fines et argentées, anciennes. Il aurait pu s'en débarrasser facilement ; les Bask avaient les moyens de s'offrir les meilleurs baumes et les meilleurs guérisseurs du Nord. Mais il les avait gardées, et je croyais comprendre pourquoi.

— L'œuvre de ton père ? ai-je demandé avec un frémissement de colère.

Il a opiné, les poings serrés.

— Et tu les gardes afin qu'il les aperçoive de temps en temps et se souvienne ?

Il a de nouveau opiné.

— Afin qu'il se souvienne et que je n'oublie pas non plus.

Je me suis dressée sur la pointe des pieds pour embrasser chacune des cicatrices. Ce geste a semblé l'apaiser, ses épaules se sont détendues et ses poings desserrés. Une tendresse que je n'avais jamais éprouvée me gonflait le cœur. Je l'ai entouré de mes bras, ai pressé ma peau nue contre la sienne. Ses mains se sont posées sur les miennes. Je sentais les battements de son cœur sous mes paumes.

— Je vais me retourner maintenant, a-t-il prévenu.

J'ai opiné contre son dos, le cœur battant à tout rompre. Quand nous nous sommes fait face, son visage était empreint de douceur. Ses yeux brillaient. Il n'y avait qu'une seule façon de le dire : il m'admirait.

— Farrin à la lueur du poêle, a-t-il dit, un sourire flottant sur les lèvres.

Il a secoué la tête.

— Tu es magnifique, chérie. Si j'étais l'Érudit et toi l'Animalière, j'écrirais un millier de chansons sur toi.

Cela m'a fait rire de bonheur et les larmes me sont dangereusement montées aux yeux.

— Mille ? C'est un peu excessif.

J'ai commencé à croiser les bras sans y penser vraiment. Je n'avais pas l'habitude de rester nue plus longtemps qu'il ne le fallait pour prendre un bain ou s'habiller. Et, malgré le pantalon et les chaussettes que je portais encore, j'aurais aussi bien pu être entièrement dévêtue tellement je me sentais exposée.

— Non, Farrin.

Il s'est approché et m'a écarté les bras, résolument, mais gentiment. Il m'a soulevé le visage, embrassé les joues, le coin des lèvres.

— Tu me fais confiance, n'est-ce pas ?

— Oui, ai-je murmuré en laissant mes yeux se fermer, mes bras tomber. Oui.

— Alors aide-moi à me déshabiller.

Je l'ai fait, les doigts tremblants, et lorsqu'il a été entièrement nu devant moi, j'ai rougi devant sa force, la grâce même de sa posture. Un peu de mon inquiétude s'est envolée. Je connaissais ce corps, même si je ne l'avais jamais vu entièrement jusqu'à présent. Je connaissais la tendresse de ces mains, le poids de ces muscles, ce que cela faisait de l'avoir en moi.

Il s'est approché, avec un grondement sourd, pour prendre mon visage entre ses mains et m'embrasser profondément. Sa langue cherchait la mienne, ses mains glissaient dans mes cheveux. Je me suis dressée autant que j'ai pu et j'ai passé les bras autour de son cou. Je le sentais dur et tendu, appuyé sur mon ventre, et j'ai gémi.

— Quand tu me regardes comme ça, a-t-il murmuré contre mes lèvres, j'oublie tout pour ne penser qu'au bonheur présent.

— Quand je te regarde comment ?

— L'air de vouloir exactement ce que je veux.

J'ai frissonné en sentant ses mains descendre dans mon dos. Il a tiré sur mon pantalon, bataillant avec le nœud que j'avais fait avec le cordon afin d'être sûre qu'il tienne.

Son impatience et son désir pressant m'ont arraché un rire.

— Et qu'est-ce que tu veux ?

— T'aimer, Farrin, a-t-il murmuré en déposant un baiser dans mes cheveux. Je ne veux rien d'autre que t'aimer.

Ses mots ont libéré quelque chose en moi, ouvert une porte dont j'ignorais l'existence et qui était verrouillée depuis toujours. Être en sécurité dans les bras d'un tel homme, être aimée pour tout ce que j'étais, ressentir la justesse de la rencontre de mon cœur irrité et solitaire avec un autre était étourdissant. Je l'ai serré farouchement dans mes bras. Je le désirais ardemment, mais ne savais pas comment le formuler.

— Ryder, ai-je alors supplié, la gorge nouée.

Il a semblé comprendre, car il a saisi mon pantalon à deux mains et l'a glissé d'un coup sec sur mes hanches. Le vêtement est tombé par terre, et ses mains m'ont agrippé les fesses pour me coller à lui.

— Dieux, tu es…

Il a enfoui son visage dans mon cou, m'a embrassée passionnément.

— Magnifique, Farrin. Tu es exquise, ma chérie. Un lever de soleil dans mes bras.

Un rire a tremblé dans sa gorge.

— Je ne vais pas tarder à écrire des poèmes en ton honneur.

Ses mots me galvanisaient, je me suis pressée contre lui, l'ai laissé me soulever contre son corps. Le glissement de nos peaux l'une contre l'autre m'a coupé le souffle ; je n'avais pas vécu ça avec Gareth, ni dans aucun de mes fantasmes rares et maladroits. J'avais l'impression d'être un moineau entre ses mains, fragile et minuscule, mais protégé du vent et des orages, de tous les prédateurs. Toutes mes peurs s'étaient évanouies ; disparu, le poids constant sur mes épaules.

Nous sommes allés vers le lit, garni d'un bel édredon bleu, d'une couverture de cachemire gris et de deux oreillers de plumes. C'était un lit simple dans une chambre rudimentaire installée dans une étable, mais Ryder était un Bask, après tout, un habitant des rudes contrées nordiques. Je me suis allongée voluptueusement sur les draps fins, prête à l'accueillir dans mes bras, mais il n'était pas là. Il était agenouillé au pied du lit et m'ôtait mes chaussettes, l'ultime vêtement que je portais. Mes joues se sont embrasées quand il a embrassé la cambrure de mes pieds, l'arrondi de mes mollets. Je n'avais aucune idée de ce à quoi je ressemblais sous cet angle ; un doute sournois s'est vite insinué dans mes pensées.

— Ryder, ai-je commencé pour l'arrêter, rouge de honte et de désir, tellement frustrée que j'en aurais pleuré.

Mais ses mains glissaient sur mes jambes, il embrassait mes cuisses, les écartait doucement puis, mon prénom sur les lèvres, il a baissé la tête et posé sa bouche sur moi – pile entre mes jambes, à l'endroit de mon corps le plus intime, le plus sensible, le plus brûlant.

Je me suis arquée vers lui en hoquetant. Mes mains ont volé vers sa tête, se sont enfoncées dans ses cheveux. Je n'avais jamais éprouvé ça : les caresses de sa langue, le léger suçotement de ses lèvres. C'était extatique, il n'y avait pas d'autre mot. À chaque seconde, mon plaisir incandescent, presque douloureux, ne cessait de croître.

Il s'est arrêté pour me regarder. Le voir là, béatement calé entre mes cuisses, avait quelque chose de magique en soi. J'avais les jambes en coton, le ventre tendu et frémissant. Je suis retombée dans les oreillers en riant nerveusement.

— Dois-je arrêter ? a-t-il demandé en murmurant sur ma peau.

— Surtout pas ! ai-je protesté.

Ma vivacité nous a fait rire tous les deux, puis sa tête a de nouveau disparu entre mes cuisses, et mon rire s'est tu. Je n'avais aucun amant à qui le comparer – Gareth ne m'avait rien fait de pareil, peut-être qu'il ne savait pas comment s'y prendre, nous étions si jeunes tous les deux –, mais l'habileté de Ryder ne faisait aucun doute, même à mes yeux. Sa langue était légère, ses suçotements délicieux, ses baisers au creux de mes cuisses humides divins. J'ai agrippé l'édredon à pleines mains, remuant passionnément contre sa bouche. Il m'a saisi les poignets. La force avec laquelle il me tenait clouée au lit, l'assurance de ses caresses... Je ne respirais plus qu'à peine, mon corps entier était tendu à l'extrême, puis, d'une ultime pression de sa langue, j'ai volé en éclats.

Le plaisir m'a traversée en vagues brûlantes, chacune dans un déferlement glorieux qui m'emportait pour me laisser, de plus en plus alanguie, dans un halo de bien-être et de douceur tamisée – jusqu'au moment où j'ai senti Ryder remonter vers moi, sa peau torride contre la mienne. Nous étions tous les deux en nage, tous les deux essoufflés. Partout où il me touchait, j'éprouvais une explosion de sensations qui frôlaient la douleur mais dont j'étais affamée. Je me suis serrée contre lui, le suppliant de mon corps, de mes soupirs. Il est venu entre mes cuisses, et j'ai écarté les jambes pour l'accueillir. Il les a saisies et nouées fermement autour de ses hanches.

— Comme ça, a-t-il dit d'une voix rauque.

J'ai découvert, quand il m'a embrassée, mon goût sur sa langue.

— Je veux sentir tes jambes autour de moi. Compris ?

J'ai opiné, haletante, le sang rugissant dans mes veines. Le plaisir d'obéir à ses injonctions, de me livrer sans réserve, d'être traitée par lui avec une telle assurance, une telle force virile et rapide, a bien failli me renverser de nouveau. Je vacillais au bord de l'extase, fébrile, avide de lui, murmurant des absurdités, pour ne pas dire des suppliques. Presque, il était presque en moi. J'ai poussé un cri frustré, cambré mes hanches vers lui.

Il s'est immobilisé au-dessus de moi, son corps lourd et chaud s'ajustant parfaitement au mien. D'une main dans mes cheveux, il a doucement tiré ma tête en arrière pour dégager ma gorge et me mordiller le cou. Ainsi maintenue, je ne pouvais pas bouger, et je n'en avais aucune envie. Je voulais vivre éternellement dans le nid robuste de ses bras, dans la liberté enivrante de mon abandon.

— Dois-je arrêter ? a-t-il murmuré.

Il s'est redressé, et nos regards se sont croisés. Mes jambes tremblaient autour de ses hanches.

J'ai secoué la tête.

— Ne t'arrête pas.

Et il a obéi.

Chapitre 21

Je me suis réveillée en sursaut, frissonnante d'inquiétude. Quelque chose rôdait.

Je suis restée immobile dans les bras de Ryder, l'oreille tendue. La chambre était plongée dans une obscurité paisible. Nos vêtements gisaient, éparpillés sur le sol, et, dans le poêle, le feu n'était plus que des braises. Ma peur n'était-elle que le vestige d'un rêve ?

Le bras de Ryder s'est resserré sur moi. Lui aussi était réveillé. Et je n'ai pas pu m'empêcher, malgré ma vigilance en alerte, d'apprécier la douceur de notre étreinte. Il était nu, tout comme moi. Nos corps fatigués étaient serrés l'un contre l'autre, sous la tiédeur des couvertures – lui allongé sur le dos, moi lovée contre lui. Une main protectrice maintenait ma tête sur son torse.

J'ai maudit secrètement ce qui nous avait réveillés. Qui osait troubler une paix si parfaite ?

Puis j'ai remarqué une lueur dans un coin de la pièce, là où j'avais suspendu mes vêtements pour les faire sécher. La plume d'Ankaret brillait à travers la poche de ma veste. Chacune de ses barbes – écarlate, mandarine doré, violet profond – répandait son propre éclat, frémissante et tendue comme sous l'effet d'une charge statique.

Ryder l'a vue en même temps que moi.

— Ankaret ? a-t-il murmuré. Elle est peut-être dans les parages.

— Elle ou autre chose dont la plume a peur.

— Reste ici.

Il m'a rapidement embrassé le front, puis il m'a lâchée pour rouler hors du lit avec la souplesse gracieuse d'un lion. Je l'ai regardé s'habiller un instant, admirant son corps dans la faible lueur, puis je me suis levée à mon tour pour enfiler ma robe bleu ardoise, mes collants, mes bottes. Rapidement, les doigts tremblants, j'ai glissé la plume sous mon corsage. J'aurais juré qu'elle se nichait joyeusement contre ma peau.

— Quel que soit le danger, ai-je déclaré pour couper court aux éventuelles protestations de Ryder, je suis loin d'être sans défense. Tu m'as appris quelques astuces, et j'ai ma voix. Mon pouvoir primordial, tu te rappelles ? Ankaret a dit que je ne devais pas en avoir peur, et elle a raison. Je peux être utile.

Il s'est renfrogné, mais il a opiné, puis ouvert un tiroir de la table de nuit, duquel il a sorti un tissu de velours qu'il a déplié sur quatre poignards affûtés. Il en a glissé deux dans des fourreaux cachés dans ses bottes, gardé la troisième lame dentelée dans sa main et m'a tendu le quatrième – une dague élégante au manche d'obsidienne polie. Je l'ai suivi dans le couloir, marchant discrètement derrière lui.

Les chevaux, dans leurs stalles, étaient agités ; ils secouaient la tête, tapaient du sabot, hennissaient nerveusement. D'un mot apaisant, Ryder les a calmés, mais ils restaient sur le qui-vive, les oreilles dressées, leur robe lustrée frémissante. J'ai frissonné en imaginant ce qu'ils étaient capables de faire sur un ordre de Ryder – charger n'importe quel ennemi, ruer dans la poitrine d'un assaillant, arracher d'une morsure des doigts ou des oreilles.

Je me suis demandé s'ils s'en étaient pris de la sorte à Lord Alaster, poussés à la violence par Ryder ou Alastrina enfants. Je me suis demandé quelle avait alors été la vengeance de leur père.

J'ai repoussé ces sombres réflexions pour rester dans l'ombre tandis que Ryder explorait l'allée principale, là où nous avions frappé nos cibles de cuir, il y avait ce qui me semblait une éternité. J'ai inspiré profondément pour préparer ma voix. J'étais prête à soumettre la forêt entière si quelqu'un ou quelque chose tentait de s'en prendre à lui.

Arrivé au bout de l'allée, il s'est arrêté devant la porte avant de l'ouvrir à la volée, couteau brandi.

Dans les bois, au-delà de la cour de l'écurie, une silhouette éblouissante de plumes et de flammes arpentait l'obscurité. *Ankaret.* Avant que l'un de nous ne puisse faire un geste, elle a lancé deux salves de feu dans notre direction.

Nous étions à l'affût et les avons facilement évitées, mais elles ont atterri sur le mur de l'écurie, et les chevaux se sont mis à hennir de terreur. Le feu s'est rapidement propagé, malgré l'humidité laissée par l'orage.

— Vas-y ! ai-je crié à Ryder. Sauve-les !

Et j'ai couru vers Ankaret, esquivant d'autres boules de feu qui me frôlaient en ronflant, brûlant ma robe, pour s'abattre, encore et encore, sur l'écurie. Je courais en chantant – un autre des chants de bataille de Gallinor du temps de la Guerre des îles –, et si mon cœur tremblait de frayeur, ma voix était forte. Je ne pensais, ce faisant, qu'à une chose : *Cesse.* Je dotais chacune des notes familières de cette unique injonction : *Cesse.* J'imprégnais ma voix d'images de flammes mourantes, d'une nouvelle averse s'abattant sur l'écurie, du sifflement de l'eau au contact des braises.

J'ai remarqué que les boules de feu qui tournoyaient dans l'air faiblissaient. Elles n'atteignaient plus l'écurie, mais retombaient, inoffensives, sur le sol détrempé, et lorsque j'ai rejoint Ankaret – pâle de colère et tremblante de pouvoir –, sa formidable silhouette d'oiseau de feu avait rapetissé au point d'être à peine plus grande que celle d'un paon dans la mousse.

Je me suis penchée sur elle, hors d'haleine.

— Peux-tu éteindre l'incendie ? ai-je demandé sèchement en montrant l'écurie dévorée par les flammes et Ryder jetant frénétiquement des seaux d'eau puisée dans l'abreuvoir.

Ankaret m'a regardée de ses yeux étranges, impassibles et brillants comme des étoiles. Pas plus que la dernière fois, je n'étais capable de déchiffrer leur expression, mais lorsqu'elle a parlé, sa curieuse voix aux intonations multiples semblait satisfaite.

— Farrin des dieux, Farrin au pouvoir primordial, a prononcé le disque éclatant de lumière de sa bouche, serti dans un visage de feu. Tu as très bien réagi.

Au lieu de savourer l'étrange plaisir que ces mots faisaient naître en moi, j'ai tendu le bras vers l'écurie.

— Éteins l'incendie, Ankaret. Tout de suite. J'ai parfaitement compris la leçon.

Elle a obéi d'un léger battement de son aile gauche. Instantanément, les flammes ont disparu, laissant l'écurie intacte. Ryder, seau à la main, s'est figé en plein élan. De l'eau s'est répandue par terre. Il a fait volte-face et décoché un regard meurtrier à Ankaret.

Elle s'est élevée sur de longues jambes de feu nouveau et s'est mise à faire les cent pas. Elle glissait sur les flammes comme une danseuse sur scène.

— Elle est désolée, a-t-elle dit d'un ton embarrassé et crépitant. Elle ne voulait pas employer ces moyens, vous effrayer. Ni toi ni lui. Mais elle doit te préparer. Tu comprends ?

J'ai opiné en la regardant déambuler. C'était à la fois splendide et inquiétant de la voir aller et venir, rapide et agitée, visiblement perturbée. Ses plumes hérissées l'entouraient d'une explosion de couleurs éclatantes, comme une robe de feu. Elle ne cessait de changer de forme. D'abord une silhouette de femme ardente, puis, l'instant d'après, un redoutable oiseau cramoisi. Le sol grésillait sous ses pas, les feuilles qu'elle foulait se desséchaient, mais rien ne brûlait.

— Je comprends, ai-je répondu. Mais pas les chevaux. La prochaine fois que tu veux m'aider, évite de terroriser des innocents.

C'était peut-être insolent de ma part, mais Ankaret était apparemment trop absorbée pour s'en soucier. Des étincelles jaillissaient sur son passage, et elle secouait la tête en marmonnant.

J'ai hésité, puis posé la main sur mon corsage, comme pour nous rappeler à toutes les deux l'échange que nous avions fait

– un gage de confiance, sinon de franche amitié. La plume pulsait sous ma robe, tiède et tranquille.

— Pourquoi es-tu venue ?

— Parce qu'elle peut aller où elle veut, a rétorqué Ankaret.

Elle semblait s'exprimer plus facilement, comme si elle s'était entraînée au langage humain avec assiduité depuis notre précédente rencontre.

— Et parce que c'est ici qu'elle veut être maintenant.

Ryder, l'œil noir, s'est arrêté à côté de moi. Le regard incandescent d'Ankaret a volé sur lui.

— Mes excuses, Ryder de la Maison des Bask. Je suis heureuse de vous voir tous les deux.

— Pas moi, a répliqué Ryder avec un sourire dur. Je ne te fais pas confiance.

Elle a éclaté d'un rire discordant accompagné d'une projection d'étincelles.

— T'a-t-elle donné une raison de ne pas lui faire confiance ?

— Eh bien tu as fait semblant de me carboniser, tu viens de terroriser mes chevaux, et par ailleurs, tu es un mystère dont les origines et les motivations restent obscures à mes yeux. Personne ne ferait confiance à une telle créature.

Ankaret a cessé de faire les cent pas pour poser ses yeux flamboyants sur moi.

— Farrin me fait confiance, a-t-elle constaté. Je le vois sur son visage.

J'ai senti Ryder se tourner vers moi, mais j'ai continué de soutenir le regard d'Ankaret.

— Je crois que si tu voulais nous faire du mal, tu l'aurais fait depuis longtemps. Tu aurais laissé ton feu brûler vraiment et tuer Ryder. Je crois, ai-je continué lentement, que tu pourrais un jour être une amie, et j'espère ne pas me tromper.

J'ai tenté, en vain, de lire une expression dans les flammes, sur ce visage indéchiffrable.

— Qu'es-tu venue nous dire ? Ou n'es-tu là que me pour me mettre une fois de plus à l'épreuve ?

Elle a repris sa déambulation. L'air, entre nous, frémissait de chaleur. Des volutes de vapeur s'élevaient autour de ses pieds.

— Vous l'avez interrogée à propos de Moonhollow, a-t-elle répondu d'une voix plus dure à présent, teintée de colère. Et elle a dit qu'elle trouverait la réponse pour vous, car vous l'avez libérée de votre trait, vous avez épargné sa vie et sa dignité. Et elle a découvert des choses. Elle a posé des questions et elle a observé, elle a fait parler les langues et elle a fait parler l'air. Moonhollow, ici dans votre monde. Mhorghast dans le leur.

Je me suis souvenue des mots de Nerys. *Moonhollow. Votre langue est aussi pitoyable que vous.*

— Leur langue, ai-je réfléchi à voix haute. Le langage primordial ? C'est donc là que se trouve Moonhollow, dans l'Ancien Pays ?

Ankaret a opiné, ses plumes frémissantes.

— C'est une cité et c'est un palais, dissimulé sur les Terres Anciennes, des jardins qui s'étendent à l'infini, le tout gouverné par un orage puissant. L'orage habite parfois dans les murs et parfois dans le ciel. L'orage n'est pas comme les autres. Il a une volonté et une faim. Il ne se contente pas de faire rage, il cherche. Il a de nombreux bras, et ils s'étendent très loin.

Je l'écoutais attentivement, dans l'espoir de retenir chacun de ses mots. Le ciel, au-dessus de nous, encore lourd de nuages, semblait de nouveau menaçant. Ryder était tendu à côté de moi, aussi attentif que moi.

— Il y a beaucoup de créatures, là-bas, a continué Ankaret en parlant de plus en plus vite, comme si elle n'allait pas tarder à s'essouffler. Des buveurs de sang et des illusionnistes étincelants, des vents primordiaux aux yeux malicieux, des créatures faites de beaucoup d'autres créatures, Dame Hiver et Sire Été, le peuple de la forêt, tout sourires et sortilèges. Certains s'en vont, d'autres restent. Une musique qui ne s'arrête jamais, une lune qui brille en permanence.

J'ai déchiffré les énigmes une à une, la gorge nouée d'une peur grandissante. Les « buveurs de sang » étaient les vampires.

Les « créatures faites de beaucoup d'autres », les chimères. « Le peuple de la forêt », les fées. D'après Mara, les peuples primordiaux cultivaient l'isolement, ils ne cohabitaient pas. Mais Nerys et à présent Ankaret affirmaient le contraire. J'ai essayé de ne pas m'arrêter trop longtemps sur le fait inquiétant que les connaissances de ma sœur, soldate de la Brume, étaient apparemment dépassées.

— Il y a aussi des humains ? a demandé Ryder d'une voix étranglée.

Ankaret s'est immobilisée. Sa lumière a tressauté.

— Oui. Des humains sont retenus là-bas dans des chaînes et des cages, sur les tables et sur scène. Ils ne sont pas eux-mêmes. On leur fait faire des choses qu'ils ne veulent pas.

Ryder a lâché un souffle et s'est détourné, à l'agonie.

Je voulais poser la main sur son bras, mais au lieu de ça, j'ai fait un pas vers Ankaret. J'allais rester calme et lucide pour nous deux. Pour Alastrina et Gareth. Je n'allais pas les pleurer maintenant.

— Où se trouve cet endroit ? ai-je demandé. Comment peut-on y aller ?

Ankaret a incliné la tête.

— Tu ne veux pas aller là-bas.

— Si. Mes amis y sont. Beaucoup de gens de mon pays y sont. Tu dis qu'ils sont enchaînés, en cage. Ils sont prisonniers, et nous devons les libérer.

Une ondulation de lumière blanche est remontée vivement le long de son corps.

— Tu ne dois pas y aller. Tu es utile ici.

— Tu n'as donc aucune pitié pour les humains retenus là-bas ? s'est écrié Ryder.

Ses yeux bleus étaient presque aussi flamboyants que ceux d'Ankaret.

Elle l'a observé, sans se démonter.

— Bien sûr qu'elle a pitié. Elle n'est pas un monstre, contrairement à l'orage qui règne sur cet endroit abominable.

— L'orage qui habite parfois dans les murs et parfois dans le ciel ? ai-je dit lentement.

Elle m'a lancé un regard acéré.

— Ce sont mes mots.

— L'orage a-t-il d'autres noms ? J'ai entendu parler d'une créature appelée « Celui-qui-est-tout ». Serait-ce la même entité ?

— Elle aussi a entendu ce nom-là, a répondu Ankaret. Dans les vents et les chuchotements. Ils l'appellent « orage », ils l'appellent « Celui-qui-est-tout », ils l'appellent…

Elle s'est tue, son éclat vacillant de nouveau. La colonne éblouissante de son corps a semblé rétrécir, comme les têtes d'épingle flamboyantes de ses yeux.

— Ils l'appellent aussi « Kilraith » ? ai-je suggéré dans un souffle.

Un silence mortel s'est abattu sur la forêt ; les seuls bruits provenaient des gouttes de pluie qui se détachaient des arbres et du crépitement des flammes d'Ankaret.

Sa voix s'est élevée dans un frémissement à peine audible.

— Elle déteste ce nom.

Un frisson m'a parcourue. C'était un « oui ».

Ryder a pivoté.

— Où est-ce alors ? Réponds, et en termes intelligibles, ou disparais.

Ankaret s'est redressée de toute sa hauteur incandescente. Un nouveau plumage écarlate a déferlé sur son corps comme une cascade furieuse. Son visage était aussi éblouissant que le soleil.

— Comment oses-tu lui donner un ordre ? a-t-elle rugi d'une voix subitement tonitruante.

Tandis que derrière nous les chevaux dans l'écurie poussaient des hennissements de panique, Ankaret grandissait, grandissait. Ses ailes se déployaient maintenant sur une trentaine de mètres, et le cœur bleu ardent de son corps atteignait la moitié de la hauteur des pins environnants.

— Elle est Ankaret ! a-t-elle grondé. Aussi âgée que les montagnes et aussi vaste que le ciel. Elle a vu la création du monde et verra son anéantissement. Et toi, Ryder de la Maison des Bask, tu lui parles comme à l'un de tes chevaux, une bête qui cède à ta magie comme un arbre à la hache. Présomptueux ! Imbécile !

J'avais la bouche sèche, les yeux brûlants de la fureur qu'elle dégageait. D'un seul coup, j'étais renvoyée dans le passé, à Ivyhill, prisonnière de la maison en flammes, étouffée par la fumée. J'ai tiré Ryder par le bras en suffoquant.

— Ryder, ai-je croassé.

J'ai toussé, cherchant désespérément une chanson, n'importe laquelle.

Mais Ryder refusait de bouger – ni pour me suivre, ni pour la fuir. Il regardait, inébranlable, le brasier qu'était devenue Ankaret et, quand il a pris la parole, sa voix profonde a facilement couvert le rugissement des flammes.

— Tu vas réduire en cendres toute la forêt et la vie qu'elle contient ? a-t-il crié. Et nous qui pensions que tu pouvais être une amie, qui espérions pouvoir te faire confiance. Nous avons manifestement eu tort.

Ankaret a battu trois fois des ailes, des claquements tonitruants qui ont envoyé des gerbes d'étincelles sur la terre noire et mouillée. Mais Ryder n'a pas bronché.

— Tu me rappelles mon père, a-t-il continué, le feu d'Ankaret miroitant dans ses prunelles. Lui aussi est incapable de maîtriser sa colère. Il lui arrive souvent de blesser des innocents, même des enfants. Est-ce là ce que tu vas faire, Ankaret du fond des âges ?

Elle l'a considéré un moment de ses yeux flamboyants et, à chaque battement d'ailes, j'étais persuadée que cette nouvelle bouffée brûlante allait nous précipiter dans la mort, que la suivante allait projeter sur nous un mur de flammes pour nous consumer. Je me suis accrochée à Ryder, le visage caché dans son bras.

Même les yeux fermés, j'ai senti l'instant où elle a décidé de se calmer. La luminosité brûlante à travers mes paupières a baissé ; le rugissement du feu s'est apaisé. J'ai risqué un regard au-delà du corps bandé et frémissant de Ryder. Ankaret avait repris sa taille précédente, plus grande que nous, plus grande que n'importe quel être humain, mais de nouveau elle-même, du moins la forme à laquelle j'étais habituée. J'ai poussé un soupir soulagé.

— Confiance, a-t-elle dit d'une voix basse, presque songeuse.

Son regard s'est brièvement posé sur moi. Les flammes blanches de son bec se sont ouvertes, puis refermées.

— Vous espériez lui faire confiance, a-t-elle repris à l'intention de Ryder.

— Nous l'espérions, en effet, a répliqué Ryder. Avions-nous tort ?

Un frisson l'a traversée, et elle a secoué ses plumes comme un oiseau après un bain.

— Quelle audace. Une telle insolence ne peut être tolérée. C'est donc à elle de te poser une question à présent. Peut-on te faire confiance, Ryder Bask ?

— Évidemment ! s'est-il récrié. On parle de toi, pas de moi. Épargne-nous tes énigmes.

Elle s'est immobilisée pour nous observer tous les deux.

— Tu veux qu'elle te dise comment aller à Moonhollow, n'est-ce pas ?

— Oui !

Ryder bouillait d'impatience. Son bras était raide sous ma main, prêt à frapper.

Ankaret s'est redressée dans une colonne de lumière douce, ses plumes luisantes.

— Elle te le dira si tu dis une vérité à cette femme dont tu penses mériter l'amour. Une vérité que tu gardes en toi depuis bien trop longtemps. Une vérité que Farrin a le droit de savoir. Refuse, et je m'en irai, emportant avec moi tout ce que je sais de Moonhollow.

Après cela, tandis qu'ils se dévisageaient l'air de savoir parfaitement de quoi il s'agissait, l'attitude de Ryder a changé. Son impatience s'est envolée ; ses épaules ont semblé s'affaisser. Il n'a rien dit.

Je les ai regardés tour à tour.

— Quelle vérité ? De quoi parle-t-elle ?

— Comment sais-tu ? a-t-il demandé d'une voix éteinte.

— Elle ne sait pas tout, mais elle peut découvrir ce qu'elle veut savoir, a répliqué Ankaret.

J'ai cru percevoir une pointe de regret dans son intonation.

— Elle écoute et interroge, elle déchiffre et elle cherche. Elle ne peut pas tout retenir dans ses pensées, mais il y a certaines choses qu'elle refuse d'oublier, une fois qu'elle les a découvertes.

— Ça ne répond pas vraiment à ma question, a marmonné Ryder.

— Alors tu n'écoutes pas.

J'avais l'impression d'être invisible. Ils se dévisageaient d'un air méfiant, l'homme et l'oiseau de feu. Je les ai regardés tous les deux avec colère, attendant une réaction.

— Quelle vérité ? ai-je répété plus durement.

— Avons-nous un marché ? a demandé Ankaret sans me prêter la moindre attention. Équitable, à ses yeux. Tu aurais tort de ne pas l'accepter.

— Évidemment que je l'accepte, a répliqué sèchement Ryder. Et une fois que tu auras rempli ta part, j'espère que tu retourneras dans la fosse archaïque de laquelle tu es sortie.

Les flammes d'Ankaret ont à peine frémi devant cette nouvelle provocation.

— Il est préférable, Ryder de la Maison des Bask, qu'il en soit ainsi, a-t-elle déclaré d'un ton grave. C'est un service qu'elle te rend. Ne lui aurais-tu jamais dit toi-même ? Un lâche ne mérite pas un tel amour.

Puis elle a semblé s'adoucir légèrement. Son feu s'est affaibli pour être plus supportable.

— Le voilà, ce pauvre garçon désespéré, seul et terrorisé. Je le vois en toi, cet enfant. Nous allons le faire ensemble.

Ryder, les yeux baissés vers le sol et accablé, n'a rien dit. Ankaret s'est alors tournée vers moi.

— Quand tu étais petite, a-t-elle commencé, une fillette de

onze ans, tu as failli mourir. Victime d'une attaque infâme, l'un des nombreux complots que vos familles s'employaient à fomenter l'une contre l'autre. Car qui d'autre que vos ennemis mortels aurait eu l'audace d'incendier la Maison des Ashbourne ?

Mon sang s'est glacé dans mes veines, davantage de stupeur que d'effroi. Cette histoire était bien la dernière chose à laquelle je m'attendais dans sa bouche. Je me suis raidie contre le flot inévitable de souvenirs : la fumée, le feu, Osmund agrippé à ma poitrine, la certitude de mourir.

— Tu ne fais que m'apprendre ce que je sais déjà, ai-je constaté froidement. Tu évoques ce feu, alors que tu es un brasier toi-même, vorace et menaçant. Veux-tu m'effrayer ? Rouvrir des blessures anciennes ?

Les étoiles de ses yeux ont disparu dans le tourbillon ardent de son visage, avant de réapparaître, plus petites et plus pâles.

— Non, a-t-elle répondu de sa voix étrange, aux intonations multiples, mais douce. Elle veut que tu saches la vérité.

Sur ce, elle s'est tournée vers Ryder, qui semblait tellement désespéré que j'avais du mal à en supporter la vue.

— Ryder de la Maison des Bask ? lui a lancé Ankaret.

Après un long silence, il a desserré les mâchoires et lâché :

— Un garçon t'a sauvée, cette nuit-là, Farrin.

— Tu l'as appelé le « garçon lumineux », a ajouté Ankaret. Parce qu'il brillait, grâce au sortilège destiné à te convaincre de le suivre. Un sort pour te permettre de surmonter ta peur. Et il portait un masque pour dissimuler son visage. Car si tu l'avais vu, tu ne lui aurais jamais fait confiance.

— Tu aurais vu un ennemi, a poursuivi Ryder, toujours sans me regarder. Tu te serais détournée et tu serais morte. Le masque était indispensable, tout comme le sortilège.

Mon cœur cognait, secoué par leurs mots qui me tombaient dessus comme autant de coups de tonnerre.

— Quoi ? ai-je soufflé. Qu'est-ce que tu racontes ?

— Il te raconte une vérité que tu dois savoir, a répondu Ankaret.

Ses yeux brillants étaient posés sur moi ; ses plumes écarlates luisaient à la lueur de son propre feu.

— Il aurait dû te la dire depuis longtemps, mais il avait trop peur.

Je me suis tournée pour suivre son regard, traversée d'un violent frisson d'appréhension. Ryder, immobile et silencieux, a fini par lever les yeux. Je ne lisais pas le défi ou la honte sur son visage, mais une sorte d'accablement, de résignation profonde. Il s'attendait à recevoir un coup ; il semblait même le vouloir.

Chaque instant que j'avais passé à envisager l'impossible – Ryder, le garçon lumineux, le garçon lumineux, Ryder – défilait devant mes yeux. Le tourbillon de mes souvenirs m'emportait, la peau pâle du garçon lumineux, les cheveux noirs qui dépassaient du masque grossier aux yeux aveugles, sa voix – râpeuse, mais gentille –, sa force et son courage. Une fois dehors et en sécurité, il m'avait pris la main, embrassé le bout des doigts. *Étoile de ma vie*, avait-il murmuré. Puis il avait entendu mes parents arriver, et il avait semblé furieux. *Je dois partir. Je suis tellement désolé. Ils arrivent à présent. Tu vas t'en sortir.*

Tandis que les paroles d'Ankaret résonnaient à mes oreilles, mes souvenirs s'organisaient d'eux-mêmes. Je ne pouvais plus nier l'évidence, une vérité dont je m'étais convaincue qu'elle était ridicule ; Yvaine elle-même, avec toute sa prévenance, m'avait laissé entendre qu'elle était farfelue. Mes yeux se dessillaient enfin, ma lucidité était horriblement complète. Je me suis brusquement souvenue de ce que Ryder m'avait dit, cette nuit à la Citadelle, lorsque je lui avais demandé de m'embrasser, de m'attacher au lit et de me faire sienne. *Étoile de ma vie*, avait-il murmuré. Cette expression m'avait semblé familière, mais, ivre de plaisir, confortée par l'assurance d'Yvaine – *Ne crois-tu pas que je te l'aurais dit depuis longtemps si tel était le cas ?* –, je n'y avais plus pensé. J'avais choisi de ne plus y penser.

Mais Yvaine n'allait pas bien, et j'étais la pire des imbéciles d'avoir été dupe de son assurance, d'avoir ignoré mon intuition. Tout ça parce que j'étais avide de l'affection d'un homme.

Je me sentais mal et j'avais froid, comme si je me réveillais d'une nuit agitée pour me souvenir d'une tâche oubliée la veille, un détail qui m'avait échappé malgré mes listes et ma routine bien rôdée, une étourderie qui allait décevoir quelqu'un, irriter Père, ou compliquer davantage la vie d'un domestique. Une erreur que j'aurais pu éviter si j'avais été plus vive, plus maligne, plus disciplinée. Sauf que le sentiment que j'éprouvais était pire, mille fois pire. Les larmes envahissaient mes yeux.

Si Ryder me cachait la vérité sur ce moment crucial de mon existence, qu'avait-il choisi de me cacher d'autre ?

— C'était toi, ai-je murmuré en le regardant. Tu es le garçon lumineux.

Je voulais croire qu'ils mentaient, que je me trompais et qu'Yvaine avait raison, que c'était un jeu cruel manigancé par Ankaret pour une raison obscure.

Mon espoir n'a pas duré longtemps. Ryder a opiné, l'air grave. Résigné. Vaincu.

— C'était moi, a-t-il murmuré.

Un rire étranglé, saccadé et incrédule, m'a échappé.

— Je ne comprends pas. Tu portais un sort ? Tu es venu me chercher ? Mais c'est ta famille qui…

— Non, c'est mon père et mon père seul.

Ces mots et les suivants sont tombés lourdement ; ils lui coûtaient.

— Mère a tenté de l'en dissuader, mais il n'a rien voulu entendre. Il était temps d'en finir, disait-il. Temps de vous montrer quelle famille était la plus puissante. Temps de montrer à l'Homme à la Couronne aux Trois Yeux, a-t-il précisé la voix sombre de colère, quelle famille méritait vraiment ses nombreuses et mirobolantes promesses.

Tout devenait clair trop rapidement. J'avais l'impression de me noyer, de me débattre furieusement pour ne pas couler.

— Et le sortilège que tu portais, le sort qui te faisait briller…

J'ai trouvé la réponse avant même de formuler la question. Ma bêtise n'avait donc pas de limite ?

— Ta mère, bien sûr. Une Sorceleuse dotée du pouvoir de persuasion. C'était elle.

Il a opiné.

— Lorsque je suis allé la voir, la supplier de convaincre Père de changer d'avis, elle m'a répondu qu'elle ne pouvait pas, qu'elle avait tenté. Elle avait un œil noir, la lèvre enflée. Elle avait tenté, et il l'avait battue presque à mort. Elle n'avait pas pu le dissuader, mais elle pouvait faire une chose. Elle pouvait m'accorder un sort qui m'aiderait à intervenir, à sauver quelqu'un, n'importe qui, celui ou celle que je trouverais.

Il a poussé un soupir, les poings serrés.

— Et je t'ai, bien sûr, cherchée. J'avais quinze ans et j'étais bête. Je ne me souciais pas des autres, je suis navré de le dire. Tes sœurs, vos domestiques – je les aurais peut-être aidés si je les avais croisés et si j'avais cru que j'en avais le temps. Mais je ne pensais qu'à toi. J'ai attendu que Père soit parti, puis j'ai emprunté le Trou-de-Vert. Lui et les Élémentaires qu'il avait engagés n'avaient pas traîné. Lorsque je suis arrivé à Ivyhill, la maison brûlait déjà.

— Attends, l'ai-je interrompu.

L'univers autour de nous s'était réduit à lui et moi, la silhouette d'Ankaret luisant vaguement en périphérie de mon champ de vision.

— Pourquoi tenais-tu tellement à me trouver ? Nous nous haïssions, nous nous haïssions tous. Pourquoi n'es-tu pas simplement resté chez toi, laissant tout le monde brûler ?

Il s'est détourné. Ses lèvres se sont pincées.

— Père m'envoyait souvent en mission de reconnaissance. J'espionnais votre domaine, me servais de vos animaux pour obtenir des informations. Je rôdais et j'observais. Au début, j'en étais fier. Père n'avait pas choisi Alastrina pour cette mission, il me l'avait confiée à moi. Je le haïssais et il me haïssait, mais cela changerait peut-être quelque chose. Il finirait peut-être par être fier de moi ; cela mettrait peut-être un terme à la guerre. Et, sans la guerre, sa fureur pourrait s'éteindre. Je n'aurais plus à avoir peur, ni Trina ni Mère non plus. Puis un jour, je t'ai entendue chanter.

Il a repris son souffle. Son regard est revenu sur moi. Il semblait misérable.

— Je n'avais jamais rien entendu d'aussi beau, a-t-il murmuré. Je savais que tu étais une Érudite, que ton pouvoir était la musique, mais je n'en avais jamais été témoin jusqu'alors, et elle...

Il a posé un poing sur son cœur, luttant manifestement pour réussir à dire la suite.

— Ta musique a déverrouillé quelque chose en moi, Farrin. C'était comme le tintement d'une cloche forgée par les dieux. Toute ma peur, ma colère se sont effacées et, pour la première fois de ma vie, j'ai compris que les Ashbourne n'étaient pas des ennemis sans visage sur lesquels frapper à la moindre occasion. Vous étiez comme nous, ma sœur, ma mère et moi, élus des dieux, comme nous l'étions.

Il a secoué la tête.

— J'aurais dû le comprendre beaucoup plus tôt, mais comme je l'ai dit, j'avais quinze ans et j'étais stupide, élevé dans la colère, la violence et les intrigues. Je vous avais déjà vues, toi et tes sœurs, évidemment – à la Citadelle, aux fêtes auxquelles nos deux familles assistaient, chacun de nous rôdant comme des loups, échafaudant la meilleure manière d'attaquer. Mais en t'écoutant ce jour-là – tu chantais un nouveau morceau, je crois, parce que tu hésitais sur les notes, tu t'arrêtais puis reprenais –, en t'écoutant, je t'ai vraiment vue pour la première fois. Et j'ai compris ce que nous faisions, je l'ai compris comme jamais auparavant. Nous nous efforcions de nous détruire mutuellement. Et soudainement, imaginer le monde sans toi, une telle voix réduite au silence, m'est apparu comme la pire des choses possibles.

J'ai reculé, m'écartant de lui, d'Ankaret, vers la forêt détrempée par la pluie.

— Combien de fois t'es-tu faufilé chez nous pour m'écouter à mon insu ?

Ma voix était brisée.

— Seulement quand Père m'y obligeait, je le jure, a-t-il affirmé farouchement. Je n'aurais pas continué à venir si j'avais eu le choix, même si cela signifiait renoncer au bonheur de t'entendre. Je voulais arrêter, je voulais que tout ça s'arrête. Tu ne comprends pas ? T'entendre chanter a été une révélation. On ne choisit pas quand et comment de telles révélations se produisent. Celle-ci m'est tombée dessus et, à partir de ce moment-là, tout a changé. Tout, sauf Père.

Il a fait un pas vers moi, l'air implorant.

— Tu en as été témoin toi-même, Farrin. Tu sais ce qu'il est. Je t'ai dit ce qu'il nous faisait…

— Oui, tu m'as dit beaucoup de choses, et maintenant je les remets toutes en question.

Je détestais la fragilité de ma voix, mais je détestais plus encore devoir douter de la sincérité de tout ce que nous avions partagé. Un souvenir du tournoi de Bathyn, des mois auparavant, m'est revenu en mémoire.

— Le tournoi, ai-je murmuré. Le morceau que j'ai joué, je l'ai composé pour toi. Pour le garçon lumineux. Tu écoutais, assis au milieu du public et, subitement, tu t'es jeté sur la scène, en criant dans une langue du Nord…

— J'en ai parlé avec Talan, a-t-il dit. Je suis sincèrement désolé de ce qui s'est passé ce jour-là. Lui et Gemma cherchaient un moyen de nous humilier, Trina et moi, devant tout le monde. Il a senti mes sentiments pour toi sans les identifier complètement, il les a fait remonter à la surface, et j'ai…

— Et tu n'as pas été capable de te maîtriser, ai-je constaté platement. Tu t'es jeté sur scène en vociférant et tu m'as terrorisée.

— Je ne t'aurais pas fait de mal, a-t-il lâché dans un souffle. Même si j'étais hors de moi, poussé à la folie par l'influence de Talan, je ne t'aurais pas fait de mal. Je ne te ferais jamais le moindre mal.

— Mais tu m'as fait mal, ai-je répliqué, la gorge nouée. Nous sommes devenus amis, et nous…

J'ai tendu la main vers l'écurie.

— Nous nous sommes aimés, Ryder. Et tout ce temps-là, tu m'as caché ce que tu savais. Tu ne m'as rien dit, alors que je me suis mise à nu devant toi, je t'ai dévoilé tout ce que je suis, tout ce que je ressens. Je te faisais confiance, ai-je ajouté, la voix brisée. Et cette confiance, à présent, est détruite. Que me caches-tu d'autre ?

— Rien, Farrin, je te le jure, m'a-t-il répondu d'un ton rendu vibrant par une émotion que je n'avais pas envie d'entendre.

Plus cruelle encore était la réflexion amère qui se frayait un chemin dans mon esprit : au lieu de consacrer un temps précieux à la recherche de Gareth, j'avais passé des heures dans le lit d'un menteur. Mon égoïsme et ma stupidité n'avaient pas de bornes.

Je ne pouvais plus retenir mes larmes furieuses. Mille pensées affreuses me traversaient l'esprit, la plupart complètement irrationnelles, résultant de mon orgueil blessé, de ma honte, et j'étais incapable de les arrêter. Ryder est venu vers moi, dans l'intention probable de me réconforter, mais j'ai reculé, bras tendus pour le repousser.

— Ne me touche pas. Ne m'approche pas.

Il s'est immédiatement figé, le visage décomposé.

— Farrin, je suis désolé. J'aurais dû t'en parler à l'instant où nous avons fait la paix.

— Oui, tu aurais dû, mais tu ne l'as pas fait.

J'ai reculé encore.

— Dire que j'étais aux anges pendant tout ce temps, sans comprendre le déséquilibre entre nous. Tu savais la vérité, alors que j'étais dans le mensonge. Pour quelle idiote tu as dû me prendre. Quelle satisfaction tu as dû éprouver de décrocher enfin ton trophée, après toutes ces années.

— Non ! s'est-il écrié, horrifié. Pas du tout.

— Alors pourquoi ne m'as-tu rien dit ?

— Parce que le temps que je comprenne que je devais le faire, il était beaucoup trop tard. Durant toutes ces années enfermé à Ravenswood, prisonnier de la forêt maudite voulue par tes parents, les seules choses qui me réconfortaient étaient de penser à toi, à ta musique, et l'espoir qu'en te sauvant cette nuit-là, je t'avais permis de vivre l'existence paisible que tu méritais. Je m'endormais chaque soir en espérant que la forêt serait toujours là à mon réveil, son piège toujours en place. Je priais pour que le charme soit éternel. Tant qu'elle nous retenait, la guerre était oubliée. Tant qu'elle nous retenait, tu étais en sécurité. Mais le charme s'est rompu, et tout a recommencé comme avant : plus de coups et davantage de haine. Tu sais ce que c'est. Ton père a son caractère, lui aussi.

— Ne parle pas de lui, ai-je murmuré, les dents serrées.

— Puis il y a eu le bal, l'attaque des chimères sur la Citadelle, et le combat contre Kilraith dans l'Ancien Pays. Tout est arrivé si brusquement et s'est enchaîné si vite que, soudain, nous étions liés d'une manière que je n'aurais jamais imaginée. Nous devenions même amis. Ensuite… dieux…

Sa voix s'est brisée. Il a détourné les yeux, passé une main sur sa bouche. Son désespoir, malgré ma colère, me faisait souffrir pour lui.

— Je suis tombé amoureux de toi, a-t-il dit faiblement.

Son regard brillant a croisé le mien.

— Je suis amoureux de toi. Je crois que je t'aime depuis des années, depuis que je t'ai entendue chanter, avant même d'oser le dire à voix haute. Et chaque instant passé avec toi ces derniers mois a été un bonheur que je n'avais jamais connu, un rêve devenu réalité, une paix dont je n'aurais jamais cru faire un jour l'expérience. Et j'étais terrifié de les perdre, de te perdre. Ankaret a raison. J'ai été lâche.

Il a jeté un coup d'œil à Ankaret avant de revenir sur moi.

— Mais à aucun moment je ne t'ai prise pour une idiote. Pas une seconde, je ne me suis senti fier, malin ou content de moi, de te cacher cette vérité. C'est moi, l'imbécile, trop amoureux de toi pour réfléchir correctement, trop effrayé de te perdre pour faire ce qu'il fallait. Tu as raison, j'aurais dû te le dire la première fois que nous nous sommes entraînés ensemble. J'aurais dû et je suis désolé de ne pas l'avoir fait. J'en suis tellement désolé, Farrin. Si je pouvais revenir en arrière et tout recommencer différemment, je le ferais.

Je le croyais. Je n'avais jamais vu son visage aussi dévasté de remords, de regrets et de souffrance. Mais quelle que soit l'insistance de ma raison qui me poussait à faire une pause, à mettre un peu d'espace entre nous, le temps que le choc s'estompe, je ne pensais à rien d'autre qu'à ma colère et à mon humiliation. J'avais été amoureuse, éperdument amoureuse, et distraite par ma colère contre Père, par ma liste interminable de préoccupations, je m'étais laissé berner.

Brusquement, comme une flèche lancée par un ennemi sans pitié, le souvenir de la nuit que nous avions passée dans l'auberge de Vallenvoren m'est revenu à l'esprit, baigné d'une lumière nouvelle et criarde. Une des plus belles nuits de mon existence, qui me donnait maintenant envie de vomir.

— Comment peux-tu être sûr de ce que tu dis? ai-je répliqué. Tu prétends m'aimer depuis des années, depuis la première fois que tu m'as entendue chanter.

J'avais l'impression qu'une main s'était posée sur ma gorge pour m'étrangler.

— Dans ce cas, comment peux-tu savoir que tu m'aimes vraiment, moi, et pas seulement ma musique? Comment peux-tu savoir que tu n'es pas comme les autres? Et comment pourrais-je jamais croire que tu n'essaies pas de gagner mon cœur dans le seul but de garder ma musique pour toi, comme un trésor?

Il a ouvert la bouche, mais je me suis dépêchée d'enchaîner:

— Cette nuit, à Vallenvoren, quand tu m'as caressée et que j'ai chanté pour toi, je l'ai fait par amour, convaincue que c'était pour moi une victoire, que mon chant, puisque je n'étais pas assez courageuse pour te laisser me baiser, t'offrirait quelque chose qu'aucune autre femme ne pouvait t'apporter.

Je me sentais salie, trompée par un marché de dupe perfide. Je me suis passé la main sur le visage.

— C'est peut-être ce que tu voulais depuis le début, ai-je

murmuré. Ma musique. C'est peut-être ça que tu voulais vraiment depuis la première fois que tu m'as entendue. Et tu m'as mise dans ton lit en espérant que je serais tétanisée, en espérant que je me sentirais coupable, honteuse de ne pas répondre à tes attentes et qu'en échange, je chanterais pour toi.

Ces mots étaient horribles, cruels; même en les prononçant je n'y croyais pas moi-même. C'était ma peur qui parlait, la horde extatique du concert de jadis qui me mettait en pièces. Ryder n'était pas comme ça; Ryder pensait que j'étais courageuse, forte, une sœur dévouée, une fille patiente. Pour lui, j'étais bien plus qu'une belle voix. Lors du tournoi, il avait été victime des manigances de Talan et Gemma. Il ne me ferait jamais le moindre mal.

Mais j'étais enlisée dans le bourbier de ma peur, de mes incertitudes, et les pires réflexions que je nourrissais à mon égard refaisaient surface pour me noyer. Les mots avaient été prononcés, et je n'avais pas la force de les rattraper.

Il a réagi comme si je l'avais frappé. Il s'est affaissé légèrement, les yeux brillants de larmes, puis il s'est avancé vers moi, les mains tendues, suppliantes.

— Farrin, je te jure que...

J'ai reculé en hâte.

— Je te faisais confiance. Je me suis mise à nu devant toi. Et pour quoi?

J'ai porté une main à ma gorge; j'avais envie de vomir.

— Pour te suivre jusqu'à la fin de mes jours, ignorante et malléable à ta guise?

La colère était ma seule défense, ma dernière bouffée d'oxygène.

— Tu es amoureux de mon pouvoir. Il s'est planté en toi le jour où tu m'as entendue pour la première fois. Et c'est lui que tu aimes, pas moi. Pas moi!

Je me suis détournée avant qu'il ne puisse répondre, retenant des larmes brûlantes, et me suis dirigée vers Ankaret. Je sentais, les yeux levés sur son visage indéchiffrable, la chaleur de son feu me lécher les doigts, mais j'étais trop furieuse pour m'en soucier.

— Où se trouve Moonhollow ? lui ai-je demandé. Il m'a dit la vérité, comme tu le souhaitais. À ton tour de nous donner l'information dont nous avons besoin. À moins que tu ne sois aussi menteuse que lui ?

Ses flammes étaient d'une douce lueur jaune, ses yeux larges et pâles.

— Tous les orages désormais lui appartiennent, a-t-elle dit doucement. Suivez-les jusqu'à l'endroit où ils éclosent et vous trouverez sa cité.

Encore une énigme. Je n'avais même pas l'envie de m'emporter contre elle. De toute façon, sa réponse semblait sincère. C'était la seule qu'elle était en mesure de nous fournir. Je me suis donc contentée d'opiner et, ses paroles ancrées dans ma mémoire, je les ai laissés, elle et Ryder. Chaque pas qui m'éloignait était un arrachement, mais j'ai continué, le cœur serré, et aucun d'eux n'a fait un geste pour me retenir. Satisfaite, et même reconnaissante, je me suis enfoncée dans la forêt, en direction du Trou-de-Vert et du lagon dissimulé.

Il faisait sombre à Ivyhill. L'air sentait la pluie, et le ciel était chargé des mêmes nuages grondants qui avaient éclaté dans le Nord. Ils me laissaient indifférente. J'avançais comme un automate, trempée et frissonnante, tellement perdue dans mon malheur que je n'ai remarqué le corbeau qui volait vers moi qu'au moment où ses ailes battaient furieusement sous mon nez.

J'ai sursauté en criant, et la pauvre bête est tombée au sol. Elle avait dépensé ses dernières forces pour venir jusqu'à moi, et lorsque j'ai compris ce que je voyais – un des corbeaux de Ryder, il ne pouvait pas en être autrement –, je me suis agenouillée pour le ramasser délicatement. Son petit cœur palpitait violemment, et il avait une aile brisée. Comment avait-il pu voler ? C'était un mystère. Et pourtant, aussi épuisé et mal en point qu'il était, il s'est échappé pour s'éloigner en direction du labyrinthe de haies, volant d'une aile et sautillant sur ses pattes fatiguées.

Je l'ai suivi, me tenant sur mes gardes. Le corbeau était

probablement celui de Ryder, mais il pouvait aussi s'agir d'un piège. Je me suis forcée à ralentir mon souffle et les battements de mon cœur. Si je devais chanter pour me défendre, je devais être calme.

Mais en découvrant vers quoi le corbeau me conduisait, j'ai compris que chanter serait inutile. Il sautillait pour rejoindre un tas sur le sol, faisant claquer son grand bec pointu et proférant des cris rauques qui s'entendaient étrangement comme les mots « à l'aide ».

Le tas a gémi en luttant pour se retourner, et un beau visage au teint pâle est apparu, encadré de cheveux noirs. Son cou et ses bras étaient ensanglantés.

Le cœur m'a manqué. *Talan.*

Je me suis précipitée pour m'accroupir près de lui. Le corbeau faisait de petits bonds misérables à côté de moi. *À l'aide. À l'aide.*

— Talan, ne bouge pas.

Ma main s'est posée sur son manteau. Elle en est revenue poisseuse.

— Oh, dieux ! Que t'est-il arrivé ? Par pitié, ne bouge surtout pas. Je vais chercher Gemma, Mme Moreen.

Mais avant que je ne puisse m'éloigner, il m'a retenue par la main. Dans l'obscurité, j'ai vu son cou se raidir, tendu par la volonté farouche de ne pas s'évanouir. Les cicatrices de la couronne luisaient faiblement sur son front.

— J'ai trouvé, a-t-il murmuré, un pâle sourire aux lèvres. J'ai trouvé Moonhollow.

Chapitre 22

J'ai couru jusqu'à la maison, réveillé Gemma et l'ai rapidement mise au courant. Si elle s'est demandé ce que je faisais dans le parc au beau milieu de la nuit, elle ne m'a pas posé de question. Elle est aussitôt partie chercher Gilroy et Mme Moreen.

Père avait dû entendre le bruit de mon arrivée précipitée. Il est sorti de sa chambre, des vêtements enfilés en hâte par-dessus sa chemise de nuit – un pantalon, un manteau, des bottes. Son apparence m'a prise de court; il avait l'air propre et reposé. Ses yeux bruns – les mêmes que les miens – étaient vifs et clairs.

Un élan d'espoir m'a traversée en le voyant. Il semblait si différent de l'ivrogne titubant qui avait hurlé sur moi et jeté sa bouteille en travers du salon. Mais j'ai repoussé cette sensation et conservé ma retenue. Quelle que soit l'envie que j'en avais – et l'amour que je lui portais malgré toutes ses fautes –, je ne pouvais plus lui faire confiance.

En cet instant, le visage désespéré de Ryder gravé dans ma mémoire, j'avais l'impression de ne plus pouvoir me fier à personne, et surtout pas à moi-même.

— Talan? m'a demandé Père à voix basse.

J'ai opiné en franchissant le couloir rapidement avec lui.

— Il est gravement blessé. Gemma est allée chercher Mme Moreen. J'espère que cela suffira. Je n'ai pas bien vu ses blessures.

— Mme Moreen est l'une des meilleures guérisseuses élues que je connaisse. Elle va le sauver, quel que soit son état.

Il s'exprimait avec une telle certitude et descendait l'escalier à une allure si vive que mon cœur d'enfant a bondi de joie dans ma poitrine. Père savait que faire ; Père allait tout arranger. Mais la femme que j'étais devenue était sceptique. Je me suis vaguement demandé si ce déchirement disparaîtrait un jour. Serais-je éternellement pétrie de conflits, animée de contradictions ?

— Qu'a-t-il dit ? m'a demandé Père. Il apporte des nouvelles ?

— Il a trouvé Moonhollow, lui ai-je répondu, non sans hésitation. Il n'a pas pu en dire plus avant de perdre connaissance.

Il a opiné sans paraître le moins du monde confus. J'en ai déduit que Gemma lui avait révélé une partie de ce que nous avions appris d'Yvaine et de la harpie, Nerys. Je ne savais pas si cela devait me réjouir ou m'irriter.

— Si c'est vrai, on doit faire vite, a repris Père. Quelque chose pourrait l'avoir suivi jusqu'ici. Le chemin vers Moonhollow pourrait se déplacer ou changer avant qu'on ait la chance de l'emprunter.

— Talan ne serait jamais venu s'il n'était pas absolument certain qu'il n'y avait aucun danger pour nous, ai-je observé avec insistance.

— On ne le sait pas. Même les démons peuvent perdre la tête quand ils souffrent.

Au pied de l'escalier, il m'a arrêtée d'une main sur le bras. Son geste n'avait rien d'agressif, j'ai tout de même tressailli. Il m'a aussitôt lâchée pour reculer. Il ne me regardait pas dans les yeux, mais je lisais le remords sur son visage, si bien que j'étais de nouveau écartelée entre deux parties de moi dont l'une était prise d'un élan de pitié et l'autre d'un embrasement de colère. L'une éprouvait le désir éperdu de retourner près de Ryder, l'autre craignait de le revoir.

— Je dois réveiller M. Carbreigh et sa troupe, a finalement déclaré Père, leur dire de se tenir prêts.

Il a jeté un regard dans l'entrée, en direction du petit salon où un attroupement se formait.

— Je ne serai pas long.

Puis il s'est éloigné pour franchir la porte, les pans de son manteau claquant derrière lui.

Le raffut avait réveillé quelques domestiques – Lilianne, la femme de chambre de Gemma, Hetty, la mienne, ainsi que deux aide-cuisinières aux yeux écarquillés –, mais Gilroy les a dispersées d'une voix ne souffrant aucune objection. Je suis rapidement passée devant elles pour entrer dans le petit salon et fermer la porte sur moi.

Talan était étendu sur une table que quelqu'un avait tirée au centre de la pièce – l'assistant de Mme Moreen, probablement. Bili était aussi son fils, un jeune homme costaud, aux mains adroites et au cœur bien accroché, que Mme Moreen avait formé dès son plus jeune âge. Il était rapide et efficace, sans toutefois être aussi impressionnant que sa mère. Cette femme était un roc, menue mais solide, à la peau brune et aussi lisse que du chêne lustré, et aux yeux clairs et acérés comme du cristal taillé. Elle travaillait chez nous depuis toujours, et je n'avais jamais été aussi heureuse de la voir.

Elle m'a accueillie sourcils froncés. Sa chemise de nuit était déjà éclaboussée du sang de Talan.

— Bien, m'a-t-elle dit, vous allez m'aider à le tenir, madame. Je dois sectionner les chairs infectées avant de pouvoir recoudre ses blessures.

J'ai aussitôt obéi, prise d'un haut-le-cœur en découvrant l'état de Talan. On l'avait entièrement déshabillé pour ne laisser qu'un linge sur son bassin. Le tissu était déjà imbibé de sang. Ses blessures étaient plus graves que je ne l'avais supposé : son torse et son abdomen étaient couverts de longues plaies béantes, dont certaines descendaient même le long de ses flancs. Quelque chose l'avait déchiqueté, ne laissant que des lambeaux. Pire encore, les bords de ces balafres étaient d'une couleur mauve verdâtre écœurante, et cette coloration s'étendait. Mme Moreen avait parlé de « chairs infectées ». Mon estomac s'est révulsé. Infectées par quoi ?

— Ça va aller, mon amour, disait Gemma d'une voix admirablement contenue alors que la peur se lisait sur ses traits et que ses yeux brillaient de larmes. Mme Moreen est la meilleure guérisseuse de Gallinor, meilleure même que tous les soigneurs de la reine. Elle va te remettre sur pied avant le lever du jour. Et je suis là, juste à côté de toi, et je t'aime Talan. Tu m'entends ? Je t'aime.

Il a levé sur elle un regard perdu de souffrance, respirant péniblement.

— Gemma, a-t-il dit d'une voix étranglée.

Ses paupières ont papillonné.

— Gemma ?

— Je suis là, mon amour. Je suis là.

Elle a levé des yeux terrorisés vers Mme Moreen.

— Il a perdu beaucoup de sang, madame. Il est normal qu'il perde connaissance par moments. Bili, tu es prêt ?

Son fils a pris un couteau effilé dans la panoplie d'instruments soigneusement disposés sur le canapé à côté. Il a ouvert une fiole remplie d'un liquide aux vapeurs âcres et en a aspergé la lame. Une odeur de brûlé s'est répandue dans l'air. Je savais ce qu'elle signifiait : la lame était nettoyée. Mme Moreen pouvait s'en servir.

— Madame ? m'a-t-elle interpellée. Bloquez son bras droit, s'il vous plaît. Il va se débattre.

Gemma maintenait déjà son bras gauche, et je me suis empressée de saisir l'autre à deux mains, en espérant ne pas ajouter à sa souffrance.

— Ne vous inquiétez pas de lui faire mal, a dit Mme Moreen, qui avait dû sentir ma réticence. Ce qui compte, c'est de faire sortir le poison.

Je me suis aussitôt rappelé le bal de la reine. Quel que soit le poison qui s'attaquait à Talan, il était pire que le venin qui m'avait terrassée ce soir-là, et Talan en avait certainement reçu bien plus. Le cœur serré de compassion et d'horreur, je me suis mise, sans réfléchir, à chanter un air doux, l'une des mille berceuses du répertoire vivant que j'avais en tête. *À la guerre, il n'y a pas de place pour le chagrin ou la terreur,* m'avait dit Ankaret. Je me revoyais courant vers elle, à la lisière de la forêt de Ravenswood, esquivant son feu, projetant mon chant guerrier, aiguisant mes notes comme une lame d'épée, et ne songeant qu'à une seule chose : *Cesse.*

Ce souvenir me faisait monter les larmes aux yeux. Car, peu après, ce que je construisais de précieux avec Ryder avait volé en éclats, écrasé par son aveu et piétiné par la frénésie de ma colère éruptive. Et maintenant, dans le petit salon, tandis que je chantais, la gorge nouée de terreur et le cœur brisé, il me semblait impossible de reconstruire quoi que ce soit.

Mme Moreen, qui s'était mise à l'ouvrage, découpait des rubans de chair noire infectée. Ils se tortillaient de façon grotesque, comme s'ils étaient vivants, animés d'une substance avide et malfaisante. Elle les jetait sur des chiffons que lui tendait Bili, qui courait ensuite vers la cheminée pour les lancer dans le feu ronflant. D'horribles cris, quand ils brûlaient, s'échappaient de l'âtre.

Je luttais contre la nausée, inspirais pour continuer de chanter malgré l'odeur putride qui s'élevait dans la pièce. Mes notes restaient rondes et douces, les paroles mélodieuses, je pensais aux pluies printanières, aux montagnes solides, aux mains jointes, aux brises légères. À des choses tendres, fortes, des images de guérison, de résilience, la volonté de ne pas céder. J'essayais d'imprégner chaque note de ces images, de façonner mon chant comme s'il était un ordre – ferme, mais doux et inlassable. Maintenir une telle concentration exigeait des efforts douloureux. La sueur coulait dans mon dos, et mon esprit fatigué obéissait avec une réticence croissante.

Tu dois t'entraîner. Les paroles d'Ankaret me revenaient, un faible murmure dans ma mémoire. *Tu l'as négligé trop longtemps. Elle devait te le rappeler.*

Des larmes roulaient sur mes joues. C'était un combat – la chaleur, les cris d'agonie de Talan, me revoir à quatorze ans, m'asseyant joyeusement, heureuse de donner mon premier concert en public, ignorant tout du déchaînement de violence que ma musique n'allait pas tarder à déclencher, l'humiliation de savoir que je m'étais mise nue devant Ryder à peine quelques heures plus tôt, la honte qui s'infiltrait en moi au souvenir des propos odieux que je lui avais tenus, l'espoir éperdu qu'il m'aimait vraiment, qu'il m'aimerait encore, malgré les accusations atroces que j'avais formulées – toutes ces pensées horribles m'écrasaient. Allais-je perdre Ryder ? Devais-je le souhaiter ?

J'ai essuyé mes larmes, contracté les mâchoires, et me suis concentrée sur mon souffle. *À la guerre, il n'y a pas de place pour le chagrin ou la peur.* J'ai raffermi ma poigne sur le bras de Talan, lancé un coup d'œil à l'expression de Gemma, dévastée, et continué de chanter.

Les cris de Talan ont fini par faiblir, et la crispation de son visage s'est atténuée, mais son corps entier, agité de contorsions douloureuses, luttait toujours pour échapper au couteau d'argent de Mme Moreen. J'ai levé les yeux vers elle. Son front ruisselait de sueur. Le feu ronflait dans la cheminée, sa chaleur était oppressante, mais je m'en réjouissais.

Elle a enfin coupé le dernier lambeau de chair infectée, et Bili est allé le jeter dans l'âtre avec dégoût. Une heure s'était écoulée, peut-être deux. J'avais perdu toute notion du temps.

— Vous pouvez le relâcher un peu, nous a dit Mme Moreen tandis que son fils lui épongeait le front avec un tissu propre. Il n'a plus la force de se débattre maintenant. Mais, madame, si vous vouliez bien continuer de chanter – elle m'a adressé un faible sourire –, cela me détend.

Alors j'ai continué, me laissant absorber par le rythme simple de la mélodie pendant que Mme Moreen et son fils s'activaient avec leurs fioles et leurs baumes, leurs aiguilles et leurs compresses. Ils ont ensuite lavé toutes les blessures d'un Talan gémissant de souffrance, avant de les couvrir d'onguents puis de les envelopper dans des bandages soigneusement serrés. Leur travail achevé, ils ont rassemblé tous les linges ensanglantés dans un tissu propre qu'ils ont noué avec précaution et enveloppé dans un autre. Ce n'est qu'à ce moment-là que j'ai arrêté de chanter pour m'asseoir, lourdement, dans le fauteuil le plus proche.

— Apporte ça au dépotoir et brûle tout, a dit Mme Moreen à son fils. Qu'il n'en reste rien.

Bili a opiné d'un air grave et s'est empressé de filer vers la porte qui s'est ouverte au même instant sur Père. Il est resté un instant sur le seuil – sans aucun doute arrêté par l'odeur – puis il s'est ressaisi et est entré, Ryder sur ses talons.

Son apparition, malgré mon épuisement, m'a fait sursauter. Il portait sa tenue de voyage aux couleurs traditionnelles noir et bleu nuit des Bask – manteau, pantalon, bottes hautes –, son arbalète dans le dos, et une série de couteaux glissés dans sa ceinture. Ses cheveux noirs étaient retenus dans un chignon serré, son regard de loup aiguisé. Il était prêt à se battre.

Ce n'est que lorsqu'il a croisé mon regard que sa fière allure s'est légèrement affaissée. Je n'arrivais pas à déchiffrer son expression. Des regrets? Des excuses? De l'appréhension? Je me suis levée et j'ai contourné la table pour aider Gemma à s'asseoir. Elle tremblait, le visage blême et les mains rouges du sang de Talan.

— Quelqu'un peut apporter de l'eau? ai-je demandé vivement.

Ryder, bien sûr, s'en est chargé, m'apportant un verre plein avant même que j'aie terminé ma question. Je l'ai pris en lui jetant un regard irrité, et j'ai aidé Gemma à boire, le cœur battant violemment. Le même conflit intérieur reprenait le combat en moi. D'un côté la colère, de l'autre la souffrance. Un côté enferré dans sa rage, l'autre débordant du désir d'aller vers lui.

— Carbreigh et son escouade patrouillent le domaine, a dit Père, et je suis allé chercher Lord Bask parce qu'il m'a semblé qu'il devait entendre les informations que Talan nous apporte. Et parce que j'ai pensé que sa présence, a-t-il ajouté en me regardant d'un air prudent, teinté d'espoir, pourrait être rassurante.

Je ne savais pas quoi dire, ni ce que j'éprouvais. Leurs vêtements étaient secs ; ils avaient dû revenir à Ivyhill par le Trou-de-Vert des Bask, pas le nôtre, ce qui signifiait que Ryder avait accepté de révéler sa localisation à Père. Espérait-il m'impressionner ? M'adoucir ? Quant à mon père exaspérant, se démenait-il dans le but de me faire plaisir ? Il ne s'était pas trompé, pas complètement, mais qu'espérait-il que je dise ? Merci ? Tout est maintenant réglé entre nous ?

J'étais tentée de l'admettre, mais j'ai repoussé cette éventualité. Une gentillesse maladroite ne justifiait pas mon pardon, quelle que soit la paix à laquelle j'aspirais.

Ryder a rompu le silence pesant.

— Nous devons agir vite, a-t-il déclaré. Si Talan peut nous dire comment il a trouvé Moonhollow…

— C'est hors de question, l'a aussitôt coupé Mme Moreen. Il doit se reposer et rester sous ma surveillance. Je n'ai pas l'habitude de soigner des démons. Son corps pourrait rejeter mes onguents, surtout affaibli et stressé comme il l'est. D'autant plus que je ne sais même pas ce qui l'a attaqué.

— Ça ira, a murmuré Talan.

Il a remué, ses paupières se sont soulevées.

— Je peux parler. Ryder a raison, c'est important. Et Mme Moreen devrait rester. Elle doit entendre… ce qui m'a eu…

Gemma s'est précipitée vers lui.

— Chéri, tu n'es pas obligé de…

— Tu sais bien que si.

Il lui a souri faiblement.

— Mon féroce chat sauvage. Ne t'inquiète pas. Tout ça a l'air bien pire que ça ne l'est réellement.

Personne n'y a cru, mais Gemma n'a pas insisté. Elle s'est penchée pour l'embrasser sur le front et caresser ses cheveux humides.

— Très bien, a-t-elle dit avant de tourner son regard bleu flamboyant sur Père et Ryder. Mais à l'instant où vous le poussez trop loin, je mets un terme aux discussions.

— Avec mon aide, a ajouté Mme Moreen avec irritation.

— J'ai été pris dans un orage après l'Échine de Caiathos, dans la région de Marrowgate, a commencé Talan d'une voix faible mais stable. Je poursuivais une rumeur que j'avais entendue selon laquelle un immense feu – peut-être un Feu de Brume – qui s'était déclenché dans les bois de ce côté-là avait été maîtrisé par une puissante entité. Je me demandais si…

Il s'est interrompu pour nous regarder, Ryder puis moi. Je devinais ce qui l'avait intrigué : cette entité assez puissante pour éteindre un feu de Brume pouvait-elle être un autre dieu ressuscité ? Peut-être Caiathos lui-même, incarné dans un corps humain, tout comme Kerezen dans celui de Philippa.

— Quoi qu'il en soit, a repris Talan, l'orage est arrivé rapidement, comme cela se produit parfois, et celui-là était particulièrement déchaîné. Je me suis perdu à cause du vent et de l'obscurité, puis, à la lueur de la lune, j'ai cru discerner un chemin dans la forêt.

Il a regardé son corbeau, dressé d'indignation sur un perchoir rembourré dans un coin de la pièce, son aile brisée maintenue par un bandage. Il a émis un croassement fâché.

— Ianto a tenté de m'arrêter, a continué Talan avec un sourire affectueux. Il me tirait les cheveux, les manches, volait juste devant mes yeux, mais le chemin baigné de lune m'attirait. Il était de plus en plus lumineux et m'offrait une perspective rassurante au milieu des hurlements de l'orage. Je devais le suivre. Je comprends bien sûr maintenant qu'il exerçait une sorte de fascination magique. Il voulait que je le suive. J'étais incapable de résister et, subitement, j'y étais. Comme lorsqu'on aperçoit quelque chose du coin de l'œil – on est sûr de l'avoir vu, mais dès qu'on se tourne, tout a disparu. C'est la vitesse à laquelle les choses se sont produites. Sauf qu'en me tournant pour voir ce qui avait retenu mon attention, la forme ne s'est pas évanouie. Elle est devenue… une cité.

Il s'est arrêté de parler pour reprendre son souffle. Gemma a serré sa main entre les siennes.

— Talan, s'il te plaît, ça suffit, lui a-t-elle dit. Repose-toi. On continuera plus tard.

— Non, je vais bien.

Il a inspiré longuement et poursuivi son récit.

— Il y avait d'immenses jardins suspendus, une cité tentaculaire – du moins de prime abord, car à chacun de mes pas, ma perception de sa taille changeait. Elle était aussi vaste que la capitale, puis à peine plus étendue qu'un village animé. J'ai tout de même eu assez de bon sens pour me déguiser et décider de l'explorer aussi longtemps qu'il me semblerait être en sécurité. Le ciel était constellé d'étoiles, la lune brillante et énorme. Et il y avait un palais… un palais qui se dressait à l'horizon, et subitement, j'étais au pied de ses marches, avant d'en être, d'un seul coup, de nouveau très loin, comme si c'était l'ombre d'une montagne éloignée. Puis Ianto a senti… quelque chose. Je ne sais pas quoi, mais il a cessé de vouloir m'arrêter et il est parti comme une flèche. Je l'ai suivi. Je pensais…

Il a changé de position en grimaçant pour regarder Ryder.

— Je pensais qu'il avait peut-être senti Alastrina. Comme c'est un des corbeaux dressés par vous deux… Ta magie animalière court dans ses veines. C'est possible, n'est-ce pas ?

Ryder a hoché la tête, mais n'a rien dit. Je me suis demandé si quelqu'un d'autre que moi percevait, derrière sa raideur et son regard dur, l'espoir fou qui brillait dans ses yeux. J'ai serré les mains sur mes genoux et baissé la tête. Je n'allais pas aller vers lui. Je n'irais pas.

— Je l'ai suivi à travers… dieux, comment le décrire ? Une cité de pierres blanches et lumineuses, imprégnées du clair de lune, irradiantes de lumière. De grandes bâtisses sans portes ni fenêtres, une succession de galeries, d'esplanades ouvertes sur l'air de la nuit. De la musique partout, des rues ruisselantes de miel et de joyaux, ou peut-être était-ce… je ne sais pas, peut-être était-ce du sang. Tout ne cessait de changer. Quand mon regard s'attardait, la surface des choses frémissait et se transformait avant de reprendre son apparence initiale. Tout le monde dansait… de grands théâtres remplis de créatures rugissantes… des combats d'humains dans des fosses…

Ses yeux se sont fermés ; ses traits étaient tordus de douleur.

J'entendais le murmure sinistre des paroles d'Yvaine. *La lune le jour. Le feu la nuit. Venez danser. N'essayez pas de résister. La splendeur des ombres, la lumière criarde du soleil. Éblouissez ceux qui regardent, leur délectation radieuse.*

— Quelles créatures as-tu vues ? lui a demandé Père. Des créatures primordiales ? Les humains étaient leurs prisonniers ?

Talan a opiné faiblement.

— Oui, je crois que oui. Ensuite… ils m'ont trouvé. Une clique. D'anciens amis.

Sa voix s'est assombrie sur ces derniers mots.

— Une bande de démons ? a murmuré Gemma.

— Ils m'ont flairé, débusqué, je ne sais pas comment. Ils ont envoyé des chimères sur moi, trois, elles ont sauté des toits. Ils me hurlaient des atrocités, des malédictions qui me frappaient comme des coups de fouet. « Baiseur d'humaine », « traître ».

Père s'est détourné, les poings serrés. Je n'osais pas regarder Gemma.

— Ianto est revenu et m'a guidé jusqu'au chemin éclairé par la lune. Il n'était pas seul.

La voix de Talan était plus faible, ses mots moins distincts. Il luttait pour garder connaissance, nous raconter tout ce qu'il pouvait.

— Il y en avait d'autres, des oiseaux, des créatures, des animaux de la forêt. Tous combattaient les chimères. Ils… ils m'aidaient, m'indiquaient le chemin. Les démons – dieux qu'ils étaient beaux, brillants comme l'écume des vagues, tous plus agiles que des chats. Ils abattaient les créatures qui m'aidaient, elles tombaient autour de moi, je trébuchais sur elles. Quelqu'un devait les aider à m'aider. Je ne vois pas d'autre explication. Un Animalier leur demandant de me sortir de là…

Il a humecté ses lèvres sèches. La pièce était plongée dans un silence de mort ; même le feu dans la cheminée faiblissait.

— Mais l'une des chimères m'a attrapé avant que je ne trouve le chemin. Je ne pouvais plus me déguiser. Les démons à ma poursuite devaient exercer une sorte de magie pour m'en empêcher. Je ne pouvais même pas voir le visage de la bête, à quoi elle ressemblait. Ses griffes m'ont lacéré et ont jeté Ianto à terre. Elles étaient imprégnées de venin, ses dents aussi. La douleur était...

Il a frissonné.

— Fulgurante. À ce moment-là, la flèche d'un démon a dû l'atteindre par erreur. Envoyer des chimères à mes trousses n'était pas suffisant. Ils voulaient s'assurer de ma mort. La bête s'est cabrée en rugissant. Sans cela, elle m'aurait tué. Le chemin de lune n'était pas loin. Je le voyais briller. J'ai pris Ianto et rampé dans cette direction. J'ai rampé, rampé et... d'un seul coup, j'étais là.

— Là, a répété Ryder, tendu. Tu veux dire là où Farrin t'a trouvé, dans le labyrinthe ?

Talan a opiné, les yeux fermés.

La peur m'a glacé le sang.

— Mais comment le chemin a-t-il pu t'amener ici ? Comment a-t-il su ?

Il a lentement secoué la tête, incapable de parler.

— Une structure magique aussi puissante que le chemin qu'il décrit a pu lire ses pensées, a suggéré Père. Au moins suffisamment pour le conduire où il voulait aller.

— Le chemin était peut-être curieux de savoir où cet endroit se trouvait, a avancé Gemma. L'intrusion d'un démon, manifestement soutenu par quelqu'un ? Le chemin – ou celui qui l'a créé – a pu chercher à en savoir davantage.

Père est passé à l'action.

— Gilroy ? a-t-il crié.

Un instant plus tard, notre majordome entrait dans la pièce. Il avait l'air adorable, en bonnet de nuit et robe de chambre, et particulièrement vulnérable. Tout, subitement, m'a semblé prendre cette tournure fragile, comme si la façade de la maison s'était écroulée, révélant ses habitants démunis et recroquevillés à l'intérieur.

Si Gilroy était surpris par ce qu'il voyait, il n'en a rien montré.

— Oui, monseigneur? a-t-il demandé posément.

— Réveillez tout le monde et distribuez les armes, a déclaré Père. Carbreigh et sa patrouille surveillent déjà le domaine, mais la maison entière doit être en alerte. Organisez des tours de garde, postez des gens à chaque porte et chaque fenêtre. Je fais confiance à votre jugement et à celui de Mme Seffwyck. Je file pour Fairhaven et viendrai vous voir juste avant mon départ pour vous donner d'autres instructions.

Les yeux de Gilroy se sont légèrement écarquillés, mais il n'a hésité qu'une seconde avant de répondre :

— Très bien, monseigneur.

Puis il s'est précipité hors de la pièce.

— Fairhaven? ai-je demandé.

Père a opiné.

— Le Conclave royal doit être informé sans délai, tout comme la reine. Ils voudront tout savoir sur Moonhollow et préparer les Armées Haute et Basse à l'invasion. Rassembler les troupes, compte tenu de la désorganisation due aux disparitions, va prendre du temps. Farrin, a-t-il enchaîné, tu vas aller à Rosewarren pour demander de l'aide à la Gardienne. Les Roses doivent être prêtes à joindre leurs forces à celles des armées. Nous coordonnerons les opérations de ces deux endroits. La Gardienne a certainement les moyens de communiquer directement avec la reine depuis le prieuré.

J'ai ouvert la bouche pour protester – c'était trop rapide et trop irréfléchi. Une invasion? Mais Père m'a empêchée de parler.

— Je sais que ça semble excessif, a-t-il dit, mais nous devons agir maintenant, avant qu'il ne soit trop tard. Talan, a-t-il poursuivi, donne-moi plus de détails sur l'endroit où tu te trouvais exactement la première fois que tu as vu le chemin de lune. À quoi pensais-tu à ce moment précis? Quelle était la température de l'air? As-tu remarqué dans le paysage des points de repère notables? T'es-tu trouvé à proximité d'une quelconque source de magie juste avant de trouver le chemin?

Talan, le visage atrocement pâle, a entrouvert les yeux.

— Ça sentait… le feu et les fleurs. La pluie. J'avais le goût de la cannelle sur ma langue. La mer rugissait, rugissait.

— Tu étais donc près d'une côte ? Tu as parlé de Marrowgate, tout à l'heure.

Père s'est tourné, agacé, vers Mme Moreen.

— Est-il en train de délirer ?

Mme Moreen a haussé les sourcils.

— Évidemment qu'il délire, monseigneur. On vient de lui arracher un kilo de chair empoisonnée et il a perdu je ne sais combien de sang.

— Je vais faire venir Illaria, s'est empressée de dire Gemma. Talan délire, mais c'est aussi un démon. Son esprit est résistant. Certaines de ses paroles peuvent contenir des informations précieuses, et si quelqu'un peut déchiffrer un charabia d'odeurs et de saveurs, c'est elle.

Père a semblé mécontent, mais il a laissé Talan tranquille.

— Tu vas aller à Rosewarren ? m'a-t-il demandé.

— Pour leur dire quoi ? ai-je répliqué. Tu parles d'invasion, mais on ne sait pas encore dans quelle direction envoyer quiconque.

— Dis-leur de se tenir prêtes. Dis à la Gardienne de mobiliser ses soldates, de les ramener de leurs missions. Il va falloir du temps pour rallier nos forces et, d'ici là, j'espère que Talan sera en état de nous dire où les envoyer.

Ses soldates. Comme si l'Ordre de la Rose ne comptait pas sa fille parmi ses combattantes. Mais je ne pouvais pas le contredire. C'était le domaine de Père et sa force – la prouesse guerrière, l'esprit stratégique, sa capacité d'agir vite. Il avait en outre raison. Le pays était déjà blessé, son peuple effrayé, en deuil et dispersé. Rassembler toutes les forces nécessaires pour envahir un endroit comme Moonhollow, une cité secrète, dissimulée quelque part dans l'Ancien Pays, prendrait du temps. Et tout, d'une seconde à l'autre, pouvait basculer. Le chemin de lune pouvait disparaître, nous coupant l'accès à jamais, ou pire, Kilraith pouvait s'y engouffrer et fondre sur nous, sa propre armée derrière lui.

Je me suis précipitée dans mes appartements, où je me suis habillée rapidement et chaudement. Puis, après avoir embrassé un Osmund grincheux et glissé la plume d'Ankaret dans mon corsage, je suis redescendue aussi vite. Ryder, prêt et armé, m'attendait devant la porte. Je me suis redressée de toute ma hauteur, en gardant le visage fermé. *Je suis si facile à lire ?* lui avais-je demandé la première fois que nous avions lutté. *À mes yeux, oui,* avait-il répondu.

— J'imagine que tu veux m'accompagner, ai-je dit en passant devant lui sans le regarder.

Mon bras l'a effleuré quand j'ai franchi le seuil ; je me suis retenue pour ne pas me coller à lui. Il m'a suivie, imposant et circonspect.

— J'aimerais bien, si tu le permets. Je vais devenir fou si je reste à attendre les bras croisés.

Il s'est tu un moment.

— Tu crois que ça peut être Trina ? m'a-t-il finalement demandé. Aurait-elle pu envoyer ces animaux à la rescousse de Talan ?

L'espoir prudent contenu dans sa voix a failli me briser. Je me suis braquée, et la mienne, en répondant, était cruelle et acérée.

— Comment veux-tu que je le sache ?

Au lieu de me reprocher ma méchanceté, il m'a dit doucement :

— Je suis tellement désolé, Farrin. Je sais que rien ne t'oblige à me croire puisque j'ai brisé ta confiance, je tiens pourtant à le dire. Je te promets, de tout mon cœur, de toute mon âme, que je ne t'aime pas pour ta musique, mais pour ton courage, ta force, ton dévouement farouche envers ceux qui t'entourent.

Sa voix bourrue a tremblé, me brisant de nouveau le cœur, mais je n'ai rien dit. Que pouvais-je dire ? Tout était trop récent, trop éprouvant – nos corps nus enlacés dans cette chambre calme et douillette ; la révélation brutale de qui il était, de ce qu'il avait fait. Les joues me brûlaient en songeant à toutes les années pendant lesquelles je m'étais interrogée sur le garçon lumineux, m'entichant même de lui. Il était un mystère que je pensais ne jamais résoudre, et durant tout ce temps, Ryder savait la vérité. Dieux, comment oublierais-je jamais l'expression dévastée de son visage tandis que je l'invectivais dans la forêt de Ravenswood ? Enfant, il avait risqué sa vie pour me sauver, et moi, pour le remercier, j'avais déversé toute ma rancœur sur lui. Il m'avait sauvée et ne me l'avait pas dit, et alors ? Il aimait ma musique depuis des années et, à travers elle, il était tombé amoureux de moi. Était-ce vraiment si ignoble ? À sa place, n'aurais-je pas éprouvé les mêmes sentiments et réagi de la même manière ?

Un épuisement intense s'est abattu sur moi. Tout était plus facile avant de le connaître. J'étais solitaire, j'endurais mes pires humeurs sans les infliger à personne. Ryder ne méritait certainement pas de les subir. J'avais l'esprit confus, mes pensées s'éparpillaient. Il faudrait que je me repose, en arrivant à Rosewarren, au moins une heure ou deux. Le sommeil atténuerait peut-être un peu cette affreuse douleur.

— Après mon départ, qu'a fait Ankaret ? suis-je parvenue à lui demander.

Nous étions presque arrivés au labyrinthe, à l'intérieur duquel le Trou-de-Vert frémissait silencieusement.

— Elle est partie peu après toi, a-t-il répondu. Elle m'a dit...

Il a hésité.

— Elle m'a dit qu'elle était désolée.

— Pas moi. Je suis contente qu'elle m'ait dit la vérité. Contente que quelqu'un l'ait fait. Maintenant, je sais à quoi m'en tenir.

Même moi, je n'étais pas dupe ; le son de ma voix était fragile et las dans l'air de la nuit.

Je me suis engouffrée dans le labyrinthe avec un point de côté. Je marchais trop vite, mes jambes tremblaient. Mais j'aimais la force avec laquelle mes talons frappaient le sol et mes poings serrés battaient l'air, me propulsant vers l'avant. J'ai suivi le parcours sinueux, plongé sous la tonnelle chargée de lierre. Il y avait un léger creux dans la haie, depuis lequel une magie avide et familière m'attirait. Aux yeux de n'importe qui, ce n'était qu'un mur de végétation parfaitement entretenu. Je me suis approchée et laissé happer sans un regard en arrière. Que Ryder me suive ou non m'était égal. Ma mission, dans les deux cas, restait la même.

Mais j'ai tout de suite compris que quelque chose clochait. J'avais emprunté ce Trou-de-Vert pour aller à Rosewarren de nombreuses fois. C'était un passage fluide, aisé, comme se laisser porter par le flot d'une rivière paresseuse et, en huit petites secondes, il m'avait toujours déposée doucement dans les jardins de Rosewarren, derrière le voile de vigne des neiges aux fleurs tintinnabulantes.

Cette fois pourtant, il était brutal, cahoteux, et bien trop bref. En un clin d'œil, il m'a rejetée. Je suis tombée brutalement sur les genoux. Ryder a heurté le sol juste après moi, dans un grognement de douleur.

Nous étions dans un buisson couvert de ronces enchevêtrées. J'ai écarté les épines en grimaçant et regardé prudemment à travers les branches. Ce que je voyais n'était pas Rosewarren, mais la ville de Derryndell, à quelques kilomètres d'Ivyhill. La nuit était calme, la ville endormie, quelques fenêtres brillaient toutefois d'une lueur jaune. Au-dessus de nous, le tonnerre grondait. Un éclair a illuminé la masse de nuages noirs qui s'étirait dans le ciel, vers l'est.

— Je ne comprends pas, ai-je murmuré.

— Talan a peut-être rapporté une magie corrompue de Moonhollow, a remarqué Ryder, ou de Mhorghast, quel que soit le nom de cet endroit maudit. Elle a pu altérer le Trou-de-Vert.

— Ou alors, le mal inconnu qui frappe la Brume ainsi qu'Yvaine commence à dégrader d'autres agencements magiques.

Il a grogné.

— C'est réconfortant. À quelle distance sommes-nous d'Ivyhill ?

— Huit kilomètres, à peu près.

— On devrait faire demi-tour avant que l'orage n'éclate. Le Trou-de-Vert reste le chemin le plus court jusqu'à Rosewarren. Il pourrait très bien fonctionner, la prochaine fois, ce n'était peut-être qu'une confusion passagère.

Je ne l'écoutais qu'à moitié, les yeux fixés sur le ruban de nuages sombres qui s'étirait vers l'est. On aurait dit une route noire, ou un chemin de forêt ombragé. J'ai frissonné, et mon cœur s'est emballé comme si un déclic s'était produit en moi, me faisant passer d'un état à un autre, de la vigilance à l'impatience, de la prudence à l'intrépidité.

— « Tous les orages désormais lui appartiennent », ai-je dit. Ce sont les mots d'Ankaret. « Suivez-les jusqu'à l'endroit où ils éclosent et vous trouverez sa cité. »

Je me suis tournée vers Ryder, rayonnante.

— Si nous suivons cet orage, nous trouverons le chemin de lune, j'en suis sûre.

— Et que fera-t-on, une fois qu'on l'aura trouvé ?

Ses yeux reflétaient l'étrange lueur du ciel.

— On ne peut pas pénétrer seuls en territoire ennemi.

— Non, bien sûr que non, mais on peut tester cette théorie, voir si c'est un moyen fiable ou pas de trouver le chemin. Si c'est le cas, on notera où on était, comment on l'a trouvé, le stade de l'orage. On apportera ces informations à Rosewarren et on les enverra à la capitale.

Ryder a contemplé le paysage sombre en silence.

— Je sais que tu le veux, lui ai-je dit. Tu t'inquiètes pour Alastrina. Si c'est elle qui a aidé Talan, elle risque des représailles. Tu ne veux pas faire tout ton possible pour l'aider ?

C'était un argument perfide, mais à ce moment-là, j'aurais dit n'importe quoi pour le convaincre. Je n'étais plus fatiguée ; je ne ressentais ni désespoir ni colère. Je me sentais prête, comme si j'avais saisi la corde qui allait me sauver d'un gouffre pour me tirer vers la lumière.

J'ai vu l'instant où cette impression l'a saisi, lui aussi – le pli de contrariété sur son front s'est effacé et ses épaules se sont détendues. Un frisson de mise en garde m'a chatouillé la gorge, mais je n'avais pas Ianto pour m'arrêter, ni Osmund, Una ou Freyda et leur vigilance animale instinctive, alors je l'ai ignoré.

— D'accord, a déclaré Ryder avec un petit sourire carnassier. Allons-y.

Je lui ai rendu son sourire et ai pris sa main pour le tirer hors du buisson à l'air libre. Un vent violent nous a frappé le visage, me coupant le souffle ; la pluie drue et froide qui tombait en rafales a imbibé nos vêtements en quelques secondes. Mais en traversant péniblement les champs détrempés de Derryndell, les yeux sur les nuages, je ne prêtais guère attention aux éléments. Nous avons rejoint un chemin qui m'était inconnu et, au lieu de m'inquiéter, je me sentais grisée, triomphante. Au bout, nous allions trouver Gareth, Alastrina et tous ceux qui avaient été enlevés. Ils nous attendaient, ils seraient ivres de joie. Je voyais le visage souriant de Gareth, la mimique exaspérée d'Alastrina. *Il vous en a fallu, du temps.*

Mes dents se sont mises à claquer ; mon corps réagissait à l'orage alors que mon esprit n'en avait cure. J'ai très vite perdu de vue Derryndell. Les arbres, les champs, le ciel et les nuages se fondaient en une forme sombre et massive. J'ai ri au nez du froid mordant et me suis tournée en souriant vers Ryder – c'est alors que je l'ai vue, une lueur au coin de mon champ de vision.

Je me suis figée, redoutant de faire le moindre geste. Si je me risquais à respirer, elle s'envolerait.

Ryder l'avait vue lui aussi et, au bout d'un instant, il m'a pris la main et entraînée vers elle en courant, en riant, aussi insouciant et bêta qu'un enfant. Mon cœur s'est gonflé d'amour pour lui ; était-ce ainsi qu'il aurait été s'il avait grandi dans une autre maison, avec un père différent ? Était-ce cela que j'aurais pu être ? Une fillette sereine et si heureuse qu'elle pouvait traverser tous les orages, même les plus violents, sans avoir peur ?

La lueur qui devenait de plus en plus brillante s'est transformée en un ruban scintillant de lumière de lune sur le sol. C'était la plus belle chose que j'aie jamais vue, un chemin fabuleux, et je m'y suis engagée, les larmes aux yeux. Une douce chaleur se répandait dans mon corps. Je trottinais sur un lac étincelant, j'étais plus légère que les oiseaux. Le monde entier était doux, argenté, et la main forte et stable de Ryder tenait la mienne. Je n'avais jamais été aussi heureuse.

Puis j'ai perçu un autre mouvement furtif du coin de l'œil – celui-ci sombre, le dard d'une ombre. Il a transpercé la bulle de ma félicité et, dans ce bref instant de lucidité, j'ai enfoncé les talons dans le sol et obligé Ryder à s'arrêter.

Tout, dans l'instant, s'est modifié, comme si le monde avait basculé et qu'il était en train de se redresser. Le chemin de lumière sous nos pieds s'est estompé, nous laissant au milieu d'un champ ordinaire sous un ciel extraordinaire, dans lequel brillaient une immense lune et plus d'étoiles que je n'en avais jamais vu. Plus loin s'élevait une petite mais gigantesque cité, avec des jardins, un palais, tous scintillants d'autant de lumières que le ciel en contenait. On entendait de la musique – des cornemuses, des tambours, des violons –, des chants et des cris lointains. Certains de joie, d'autres de souffrance.

J'avais l'impression d'avoir été plongée dans l'eau glacée. *Gareth. Alastrina.* Je me suis figée, la main de Ryder serrée sur la mienne. Nos paumes étaient moites. Nous n'avons compris qu'à cet instant ce que nous avions fait – ce qu'on nous avait fait faire.

Comme Talan, nous avions pris le chemin de lune ou, plus exactement, il nous avait pris. Nous avions trouvé la cité de Moonhollow.

La voix de Nerys, la harpie, m'a corrigée en sifflant à mes oreilles.

Mhorghast.

Chapitre 23

La terreur m'a coupé le souffle. Si je ne nous avais pas arrêtés, nous aurions déboulé dans la cité, à la merci de tous ses occupants.

Je me suis aussitôt retournée, à la recherche du chemin de lune, mais je ne voyais qu'une forêt silencieuse dans laquelle s'était manifestement déroulée une sorte d'orgie. Le sol était jonché d'assiettes, de timbales, de vêtements et de chaussures abandonnés. Des guirlandes lumineuses étaient suspendues entre des branches d'arbres, leurs petits cônes de papier ensorcelés brillant d'une lumière rose et violette. Le chemin avait disparu, et le ciel dégagé scintillait d'étoiles cristallines. Mon estomac s'est noué. Comment étions-nous censés trouver le chemin qui nous conduirait chez nous s'il n'y avait pas d'orage pour nous guider ? Talan l'avait trouvé, mais très probablement grâce au soutien de tous ces animaux dirigés par son mystérieux protecteur.

Non, par Alastrina, me suis-je reprise en articulant mentalement son prénom à trois reprises. *Alastrina l'avait aidé.* Ce n'était peut-être pas la vérité, mais c'était réconfortant.

— Farrin, a chuchoté Ryder d'un ton à la fois émerveillé et prudent. Ça recommence, tu es…

En croisant son regard, j'ai vu qu'il voulait détourner le sien, comme pour se protéger d'une lumière éblouissante, mais il ne l'a pas fait. Il m'adressait même un petit sourire. *Tout va bien*, semblait-il dire. Son regard était doux. *On va s'en sortir.*

Une promesse risible – nous n'étions sûrs de rien, ici, sauf du danger. Je me suis néanmoins laissé convaincre et j'ai baissé les yeux en retenant mon souffle. Il avait raison. J'avais changé. Ma peau brillait comme si j'avais avalé une étoile. J'ai touché mes cheveux que j'avais nattés à la hâte, agacée par les mèches sales qui me tombaient sur la figure ; j'avais grand besoin de prendre un bain. Mais ils étaient propres à présent, lisses, et ma natte était épaisse et soyeuse sous mes doigts. Je l'ai passée sur mon épaule pour la regarder, et son éclat lustré m'a stupéfié. Kerrish, l'Artificière de beauté de Gemma, aurait exigé de savoir qui j'avais engagé pour obtenir un effet aussi impressionnant. On aurait dit que la lumière d'une bougie avait été peignée dans les mèches tant elles étaient chatoyantes et dorées.

À Edyn, j'étais épuisée, écrasée de chagrin et dévorée d'incertitudes. Mais ici – dans la cité de Mhorghast, cachée quelque part dans l'Ancien Pays –, je me sentais renaître. Toute la douleur restait dans mon cœur, mais mon corps était revigoré. J'aurais pu engager une course de dix kilomètres avec Ryder et le battre.

Cette réflexion m'a arraché un sourire, mais un cri de joie poussé non loin m'a ramenée à la réalité. Ryder a saisi son arbalète, préparé un carreau. J'ai pivoté, prête à chanter. Mais nous n'étions pas menacés. Ce qui avait crié était ailleurs. Nous n'avions pas encore été repérés.

— Que fait-on ? a murmuré Ryder, son arbalète toujours dressée. Le chemin a disparu. On est coincés ici ?

J'ai secoué la tête, refusant d'envisager cette éventualité sinistre.

— Talan est reparti. Il a trouvé le chemin. On peut en faire autant.

— Si on peut éviter de se faire attaquer par les démons et les chimères avant, j'aime autant, a-t-il répliqué d'un ton narquois. Mais on n'a pas son pouvoir de dissimulation.

— C'est vrai, ai-je admis. Mais on a le mien.

Cette certitude m'est apparue avec une clarté éblouissante. Je pouvais, grâce à mon chant, réduire un oiseau de feu au silence, soulager les souffrances d'un démon, et déchaîner la frénésie lubrique des foules. Je pouvais donc aussi, grâce au pouvoir de ma voix, tisser un voile de dissimulation autour de nous. *Farrin des dieux.*

Le souvenir des paroles d'Ankaret m'a donné du courage, et j'ai commencé à fredonner doucement. C'était un air que je ne connaissais pas, et il me venait pourtant comme si je le chantais depuis des années. Il était rapide et impétueux, le flot d'une rivière en crue. J'ai lutté pour garder ma voix basse et ne pas me laisser emporter par le courant fougueux de mon pouvoir. J'en ressentais le danger aussi vivement que si j'avais passé le doigt sur le fil d'une lame tranchante. Un geste brusque et c'était l'accident. Le visage de Philippa, inspiré par un frémissement de peur, s'est brièvement dessiné devant mes yeux. *Tu aurais dû rester avec moi*, disait-elle. *Le pouvoir que tu détiens est dangereux, et je suis la seule capable de t'aider à le maîtriser.*

Ryder a changé de position d'un air mal assuré à côté de moi.

— Tu vas attirer l'attention sur nous. Ils vont accourir pour savoir qui chante un air aussi merveilleux.

J'ai surpris les larmes au coin de ses yeux avant qu'il n'ait le temps de les balayer. Mon cœur s'est serré pour nous deux. La veille, j'aurais pu vouloir le réconforter. Aujourd'hui, je gardais une distance méfiante. J'enviais l'ancienne Farrin, celle qui ignorait ce que je savais à présent.

J'ai tourné le regard sur la cité scintillante, tâchant d'enfouir cette douleur au plus profond de moi-même pour me concentrer sur la tâche qui m'attendait.

— Tant que j'ai la discrétion en tête, lui ai-je expliqué, la distraction, la supercherie, mon chant nous fournira ce que je lui demande.

Je ne lui ai pas précisé qu'il s'agissait d'une supposition, que je découvrais à peine la manière de diriger mon chant de façon intentionnelle et que j'ignorais encore toute la portée – comme les limites – de mon pouvoir.

Ryder a lâché un grognement songeur.

— C'est ce que tu as fait quand on a combattu Kilraith ? C'est comme ça que ça marche ici, dans l'Ancien Pays ?

C'est comme ça que ça marche partout. Cette réflexion s'était formée dans mon esprit, mais portait l'écho de la voix de Philippa.

— Je ne l'ai pas fait de façon aussi délibérée contre Kilraith, ai-je répondu en y songeant. J'ai plutôt agi sous l'impulsion de l'instinct et de la peur. Mais je comprends mieux comment ça fonctionne maintenant. Enfin, je crois.

J'avais très envie de le regarder, mais j'ai résisté.

— Tu me fais confiance ?

La question était amère dans ma bouche.

— De toute mon âme, a-t-il répondu gravement.

Il a baissé son arbalète, rangé le carreau puis s'est immobilisé.

— J'ai une idée. Il y a un oiseau là-bas, un moineau. Tu veux bien chanter pendant que je m'adresse à lui ? Si ça n'interfère pas avec ta magie, je pourrais peut-être exercer mon pouvoir sous couvert du tien et demander à tous ceux que nous croiserons comment nous échapper sans être repérés par l'être qui mène la danse ici.

Ce n'était pas une mauvaise idée. Regarder le moineau sautiller innocemment ne m'inspirait pourtant rien de bon.

— Comment saura-t-on que ces animaux sont véritablement ce qu'ils semblent et pas autre chose ? Il peut s'agir d'un déguisement, d'une illusion. Ils peuvent être sous l'influence d'un autre Animalier, ennemi celui-là.

Ryder s'est agenouillé et a tendu la main vers l'oiseau.

— J'ai passé tant d'années à proximité de la Brume du Milieu que je sais faire la différence entre un être qui est ce qu'il semble et un qui ne l'est pas. Je ne me risquerais pas à dompter une créature primordiale, pas dans ce contexte. Ce petit bonhomme n'est qu'un moineau.

Je n'étais pas convaincue, mais je me suis remise à fredonner. Si ça fonctionnait, si nous pouvions explorer cet endroit sous couvert de mon chant pendant que Ryder glanait des informations auprès de la faune locale, nous serions protégés aussi longtemps que ma voix tiendrait. Nous pourrions même libérer quelques prisonniers et les ramener avec nous.

Au lieu de penser au visage souriant de Gareth, à ses lunettes qui avaient toujours l'air d'avoir besoin d'un bon coup de chiffon, à son absurde tignasse en perpétuel désordre, je me suis concentrée sur mon chant en observant Ryder murmurer sa magie. Le moineau est aussitôt venu à lui. Il a sautillé au creux de sa paume, gonflé ses plumes de bonheur et il s'est mis à gazouiller vivement.

Ryder, le front plissé, lui a caressé le poitrail.

— Il vient d'Edyn. Il n'est pas content d'être ici. Il a dû passer à travers une fissure.

— Ou bien on l'a fait venir contre son gré.

— Je ne sens la présence d'aucun autre animal dans les parages. Quand je lui ai parlé, as-tu senti la moindre interférence avec ta magie ?

— Pas la moindre.

Il m'a lancé un petit sourire désabusé.

— C'était sans doute idiot de ma part d'imaginer un seul instant que ma magie puisse perturber la tienne.

Il s'était exprimé d'un ton léger, sans rancœur ni jalousie. J'ai tout de même lu la prudence dans son regard, et les mots de Philippa se sont rappelés désagréablement à mon souvenir. *Demi-déesses pour être exacte.* Que cela signifierait-il pour nous, si nous parvenions à sortir d'ici ? Une créature qui appartenait aux deux univers, ou à aucun des deux, et un humain – quoique Élu et doué – solidement ancré dans le monde d'Edyn.

J'ai repoussé cette nouvelle réflexion. Il m'avait caché la vérité, mais c'était moi qui m'obstinais à croire le pire de quelqu'un qui m'aimait. Il était là, le véritable fossé entre nous.

— Viens, alors, ai-je dit en me retournant, le cœur serré. S'il n'y a pas d'animaux ici, allons les chercher ailleurs.

❋

Au début, nous avons essayé de longer la bordure de Mhorghast et de rester autant que possible cachés dans la forêt. Mais les arbres ne cessaient de se déplacer, le sol se réorientait sous nos pas, nous faisant trébucher, et subitement, nous nous retrouvions une fois de plus en face de la cité, aussi sûrement que si on nous avait soulevés par le col pour nous mettre dans la direction précise que nous ne voulions pas suivre. Mhorghast nous attirait et, quels que soient nos efforts, nous ne pouvions pas lui résister.

Nous avons fini par céder, la mort dans l'âme, à la magie qui imprégnait ces lieux, et avons franchi l'enceinte de la cité. Ma peau était hérissée, un signe de danger que j'aurais éperdument voulu écouter. Talan avait raison : il était impossible de saisir l'étendue réelle de Mhorghast. L'espoir que mon sang divin me permettrait une vision claire de cet endroit s'est aussitôt évanoui. Nous marchions dans une immense cité aux bâtiments scintillants drapés de brouillard, chaque corniche sculptée de lumières, chaque avenue pavée de pierres dorées et, l'instant d'après, nous étions dans un joli village aux toits couverts de chaume, aux maisons humbles mais charmantes, flanquées de minuscules jardins débordants de fleurs, et aux rues pavées éclairées par des lampadaires de fer. Puis, en un clignement de paupières, un souffle, la cité réapparaissait dans sa splendeur.

Et, toujours au loin, se trouvait le palais – celui de Kilraith, supposais-je en osant à peine le regarder. Il se montrait parfois sous ce que je pensais être sa forme véritable : un palais étincelant, grandiose, tout en dômes et tourelles. Et, d'autres fois, c'était une montagne à l'horizon, ou une colline couverte par une forêt. Mais si son apparence changeait, sa taille restait la même. Montagne, forêt, palais aux mille yeux clignotants – il était toujours là. Imposant. Silencieux. Attentif.

J'avais la gorge sèche, les nerfs à vif. Les rues étaient étouffantes, bondées, bruyantes, mais l'air était étrange, chatoyant, et chaque fois que j'essayais de percer le chaos brumeux pour distinguer une silhouette qui pouvait ressembler à un individu, elle disparaissait. Alors je me concentrais sur l'air dans mes poumons, la plénitude de mon chant, la route devant moi. Le sol était réel, tangible, qu'il soit de pierres dorées ou de pavés bosselés. Il était ferme sous mes pieds. J'étais en vie, je me déplaçais. Je disposais toujours de mon corps et de mon souffle.

J'ai cessé de scruter les alentours pour limiter le vertige que me donnaient les bâtiments changeants, les formes grises fugitives qui m'entouraient. J'entendais la respiration de Ryder à côté de moi et je m'accrochais au bruit rassurant de ses pas. Le murmure grave de sa voix, tandis qu'il exerçait sa magie animalière, donnait un fond sonore familier à mon chant. Des oiseaux surgissaient ici et là, plus vifs et plus nombreux à mesure que nous avancions dans la cité – un moineau, un geai, un pinson –, aussi furtifs et communs qu'ils l'étaient à Edyn. Mais de temps à autre, une couleur vive apparaissait, ou une queue inhabituellement longue me frôlait en sifflant comme un ruban. Les formes indistinctes commençaient à se préciser, comme si mes yeux s'habituaient lentement à un nouveau genre de vision. Le brouillard chatoyant qui nimbait les rues s'estompait, me permettant, à mesure que nous avancions, de mieux voir l'univers où nous étions. J'ai vu un lézard blanc à deux têtes, chacune pourvue d'une paire d'yeux bleu-vert magnifiques, un chat splendide au poil doré aussi brillant qu'une pièce de monnaie lustrée, un gros chien noir au regard rouge perçant ; j'ai même aperçu un éclair nacré qui m'a semblé être la corne d'une licorne, mais il a disparu si vite que je n'ai pas pu m'en assurer. Ryder n'entrait pas en contact avec ces créatures, et il me guidait pour que je les évite moi aussi.

Aux autres en revanche – moineaux, écureuils gris, serpents inoffensifs des jardins –, il s'adressait en tant de langues animales que j'étais incapable de les distinguer. Ses propos, prononcés d'une voix basse et fluide, composaient une mélodie à part, à laquelle les bêtes répondaient par des sifflements, des trilles discrètes, de doux jacassements.

Mais le regarder était une distraction que je ne pouvais pas me permettre. Alors, j'ai gardé les yeux devant moi, la voix stable, déterminée à ne pas flancher, alors même que le dédale de Mhorghast se révélait à moi dans une affreuse clarté. Je n'imaginais plus l'appeler Moonhollow à nouveau, aussi beau et pertinent que soit le clair de lune évoqué par « Moon ». Mhorghast, avec ses consonances graves et dures, était un nom beaucoup plus adapté. Car, quelle que soit la beauté des lumières de toute part et des étoiles au ciel, quelles que soient la hauteur et la magnificence des tours de chaque bâtiment que nous dépassions, tout ici était profondément perverti. Toutes les rues, chaque habitation, abritaient des réjouissances effrénées : des bals et des festins, ou des compétitions de toutes sortes : courses, combats de lutte, jeux de cerceau, de balle et de lancer de haches.

Partout où mes yeux se posaient, je voyais désormais des créatures primordiales, comme si toutes les histoires qu'on m'avait racontées, tous les cours de Gareth auxquels j'avais patiemment assisté, avaient d'un seul coup pris vie, et de manière abjecte. Personne ne semblait nous remarquer, et aucun sortilège conçu pour capturer les intrus ne surgissait pour nous piéger. Mon chant semblait donc fonctionner. Il n'en restait pas moins que l'horreur inimaginable qui m'entourait menaçait de m'étrangler et de me couper la voix. Il y avait des vampires blafards, aux yeux noirs et luisants, vêtus de riches manteaux de brocart, des loups-garous massifs qui arpentaient les remparts sans bruit, des nymphes des eaux et des nymphes des bois qui tenaient salon au bord d'un lac où se déversaient des fontaines, et des furiants – capables de déplacer des objets par la force de leur volonté – qui se jetaient des portes, des tables et des arbres, des éclairs crépitant le long de leurs bras.

Voir autant de créatures extraordinaires réunies était déjà effarant, mais elles n'étaient pas seules.

Il y avait aussi des humains. Des humains partout. Des humains enchaînés, des humains dans des cages. Les paroles d'Ankaret ont résonné de façon sinistre à mes oreilles. *Des humains sont retenus là-bas dans des chaînes et des cages, sur les tables et sur scène.*

Elle avait raison. Mon cerveau avait d'abord refusé de comprendre ce que mes yeux lui montraient. Mais en trouvant le courage de me concentrer, la réalité s'est imposée à moi. Les haches étaient lancées sur des humains obligés de les esquiver. Les nymphes des eaux et les nymphes des bois ne tenaient pas salon, elles se défiaient les unes les autres, dans une sorte de joute amicale, usant leurs éléments comme munitions et prenant des humains enchaînés pour cibles. Les loups-garous pourchassaient des humains terrifiés, claudiquant et en haillons, sur les toits étincelants. Ils servaient d'amusement, ai-je compris avec un haut-le-cœur. Ils étaient des proies.

Sous une véranda, une vampire était voluptueusement allongée sur un canapé aux pattes de lion. Je l'ai regardée, horrifiée, attirer près d'elle un homme qui n'avait d'yeux – des yeux exorbités – que pour elle, ignorant tous ceux qui autour d'eux le montraient du doigt en riant parce qu'il était vêtu de façon ridicule : des chaussures beaucoup trop grandes, un costume de velours beaucoup trop petit, les bras couverts de bijoux pesants et si serrés qu'ils entaillaient ses chairs. Comme il se penchait pour un baiser, et que je m'apercevais avec effroi qu'elle tenait un poignard, la vampire lui a tranché la gorge d'un geste vif du poignet. Le sang a giclé. Elle a tenu l'homme au-dessus d'une timbale jusqu'à ce qu'elle déborde, puis elle l'a lâché, pour boire à longs traits.

Autour d'elle, l'assemblée a ricané – d'autres vampires, des nymphes-lucioles aux dents et aux cheveux irisés, un homme colossal et musclé qui engouffrait des poignées de poissons crus frétillants. Il avait la peau bleue et luisante, des cheveux d'écume et une longue barbe enchevêtrée d'algues. *Un titan*, ai-je compris, glacée de terreur. Un titan des mers, qui avait décidé de prendre une forme solide et de se joindre à la fête.

Pire encore, il y avait d'autres humains parmi les spectateurs enjoués – certains dans leurs atours, d'autres en haillons, certains décharnés, d'autres bien nourris. Les yeux écarquillés et blancs, tous riaient ou souriaient tandis que le sang du mort se répandait à leurs pieds.

J'ai failli vomir en les regardant. J'avais l'impression de perdre la raison. Je savais, bien sûr, que les créatures primordiales existaient. Elles peuplaient nos contes et illustraient nos livres d'histoire. Des cours entiers leur étaient consacrés à l'université, et ma propre sœur patrouillait l'une des frontières entre leur monde et le nôtre. Mais les voir en vrai, en voir autant rassemblées au même endroit, peupler une ville qui, si on en croyait Ankaret et Nerys, n'existait que pour capturer et torturer des humains…

J'ai flanché ; ma voix s'est tue, mon chant s'est arrêté.

Une sensation de froid, étrange et inquiétante, s'est abattue sur nous. Un molosse noir, tapi aux pieds de la vampire qui festoyait, a levé la tête. Le vent a émis un sifflement sournois, et le titan des mers s'est arrêté de manger, une poignée de poissons écrasés dans ses mains gigantesques.

— Farrin, continue de chanter, m'a dit Ryder d'une voix pressante.

Sa main, en se posant au creux de mes reins, m'a fait sursauter. Je me suis ressaisie, le cœur battant, et j'ai repris mon chant. La sensation étrange s'est dissipée, le titan des mers a avalé son poisson et le molosse a reposé la tête sur ses pattes. La mienne m'a tourné de soulagement.

— C'est monstrueux, a murmuré Ryder, mais tu t'en sors merveilleusement. S'il te plaît, continue. Je…

Sa voix s'est étranglée, et je me suis tournée vers lui avec angoisse. Il allait bien. Il n'était pas blessé, il fulminait seulement, les mâchoires serrées et les yeux flamboyants. Une petite pie effrontée perchée sur son épaule gazouillait mollement à son oreille.

Je n'ai pas pris le risque d'arrêter de chanter pour l'interroger. Je me suis contentée de lui toucher le bras en tâchant d'ignorer le chahut cauchemardesque qui venait de la véranda.

— Alastrina n'est pas loin, m'a-t-il expliqué. Trois oiseaux différents me l'ont dit. Elle est…

Il a secoué rageusement la tête.

— Ce qu'ils racontent est décousu, ils parlent lentement, comme s'ils étaient ivres. Ils disent qu'elle… se bat ? Ils disent qu'il y a un trou dans le sol pas loin d'ici.

Il a relevé les yeux, lu la question dans mon regard.

— Ils n'ont rien dit concernant le chemin de lune, m'a-t-il répondu d'un air sombre. Je les ai interrogés dans cinq langues différentes, sans succès. Ils ne comprennent pas. Ils pensent que je leur parle de la lune, des étoiles ou de la route sur laquelle nous sommes.

Mon cœur s'est effondré. Une flèche est passée en sifflant devant nous, si vite et si proche que Ryder a dû se baisser. Je me suis recroquevillée contre lui. Son bras s'est fermé solidement autour de moi.

— On peut aller voir ? m'a-t-il demandé tout bas, la gorge nouée. Si on a une chance de la trouver au milieu de tout ça, de la ramener avec nous…

J'ai trouvé sa main et l'ai serrée. Il a murmuré un remerciement puis s'est penché pour déposer un baiser sur mon front. J'ai essayé de retenir mes larmes, mais elles me piquaient les yeux et les narines. C'était à cause de cet endroit affreux, de son odeur, de sa répugnante beauté. Nous marchions à présent dans une eau qui nous arrivait aux chevilles, tiède et transparente comme aux bains de la Citadelle. De grandes fleurs blanches flottaient à la surface, poussées par un courant magique ; des lucioles volaient paresseusement de l'une à l'autre. C'était exquis. À couper le souffle.

Et pourtant, un bruit incessant nous parvenait de toutes les directions, des cris torturés, de la musique frénétique, des gémissements d'extase. Je me suis agrippée à la main de Ryder tandis que nous suivions ses oiseaux, en m'efforçant de ne pas imaginer les monstruosités qui se déroulaient dans chaque bâtiment devant lequel nous passions. Des silhouettes ondulaient derrière des fenêtres pourvues de rideaux vaporeux ; des corps dérivaient paresseusement dans des piscines – vivants, morts ? Je n'en avais pas la moindre idée et ne cherchais pas à le savoir. Le spectacle des humains sur la véranda m'obsédait. Avec quelle joie ils avaient accueilli l'exécution d'un des leurs. Cela n'avait aucun sens. Soit leur bonheur était feint, et ils riaient ou souriaient uniquement parce que, cette fois, le condamné n'était pas eux… soit ils n'étaient plus du tout eux-mêmes.

Beaucoup de créatures primordiales possédaient le pouvoir de Jaetris, dieu de l'esprit. J'en ai dressé rapidement une liste, les noms soufflés par la voix empressée de Gareth. Il y avait les liseurs, capables d'analyser et d'influencer les pensées ; les figments, capables de tromper quiconque par des illusions crédibles ; les furiants, capables de déplacer les objets par la pensée ; les arpenteurs de rêves, capables de pénétrer les esprits et même de voyager d'une personne à l'autre en empruntant la voie de leurs rêves.

Venaient ensuite les autres : les démons supérieurs, comme Talan, descendants de Jaetris et Zelphenia, déesse de l'inconcevable. Ces démons supérieurs ne maîtrisaient pas seulement l'art de la dissimulation, ils pouvaient aussi lire, posséder, et même altérer l'esprit de leurs victimes.

Enfin, il y avait Kilraith, quel qu'il soit. Jusqu'où s'étendait son pouvoir ? Son contrôle ?

— Elle est là, a murmuré Ryder, me tirant de ma litanie frénétique.

Je me suis arrêtée en même temps que lui, et, quand j'ai suivi son regard horrifié, tout espoir m'a abandonnée.

Nous étions au bord d'une immense arène creusée dans le sol – « un trou dans la terre », avaient dit les oiseaux –, et tout au fond, sur la terre battue noire, se tenait Alastrina.

Une chimère se dressait devant elle – énorme, rapide, intelligente, avec une tête de puma, d'immenses pinces, et une dizaine de pattes grouillantes. Elle s'est précipitée en avant, crapahutant sur ses immondes pattes vers Alastrina, et a lancé vers elle une de ses pinces. Alastrina a attendu le dernier moment pour s'esquiver d'une roulade, et la pince s'est fichée dans le sol, ouvrant une fissure. De la vapeur a fusé, frappant la chimère en pleine gueule. Elle a reculé en rugissant. Alastrina a profité de sa confusion pour plonger entre ses pattes vers une lance rudimentaire abandonnée de l'autre côté de l'arène.

La foule rassemblée sur les gradins a poussé, devant cette manœuvre, un rugissement enthousiaste. Ils étaient des centaines – créatures primordiales et humains confondus – à taper du poing, lancer des pièces de monnaie, des fleurs et des rubans de soie. Ils adoraient manifestement Alastrina, et il était facile de comprendre pourquoi. Elle était courageuse, presque aussi rapide que la chimère et, quand elle lui a jeté sa lance, celle-ci a percé le ventre mou et exposé de la bête. Du sang vert vif en a jailli, éclaboussant les spectateurs.

Ni son bouillonnement ni sa puanteur aigre n'ont dérangé personne. Ils étaient tous assis au bord de leur siège, les yeux rivés sur la scène, car la chimère, malgré la lance fichée dans son ventre et la traînée de sang vert qu'elle laissait partout derrière elle, n'avait pas cessé de se battre. Elle s'est cabrée, à l'instant où Alastrina lui lançait un autre pieu. Elle l'a détourné d'un coup de pinces, puis elle s'est jetée en avant pour traverser l'arène en quelques secondes. Alastrina a crié un ordre en langue animale, mais cela n'a perturbé la chimère qu'un instant : elle a trébuché en poussant un hurlement de colère et aussitôt repris son élan. Cette infime distraction, pourtant, a suffi. Alastrina s'est agrippée d'une main à sa pince droite, serrant une lance brisée dans l'autre. Elle s'est retrouvée à quatre mètres du sol, secouée dans tous les sens, parvenant de justesse à ne pas lâcher prise, tandis que la chimère, à grands coups de mâchoires, tentait de lui arracher les jambes. Ce dernier effort lui a été fatal. Alastrina, avec un cri de triomphe, a enfoncé sa lance dans la gorge tendue.

Sa mort a été rapide – un giclement de sang vert, un vacillement à gauche, un autre à droite, puis elle s'est effondrée, libérant Alastrina qui, d'une roulade, s'est esquivée loin d'elle. La chimère ne bougeait plus.

La foule s'est levée, dans un tonnerre d'applaudissements, en scandant encore et encore deux mots qui m'étaient inconnus. Ryder, si j'en jugeais au froncement de ses sourcils, ne les comprenait pas non plus. Il regardait, l'œil sombre, deux silhouettes massives en armure éloigner Alastrina. Ils l'avaient enchaînée, mais ils ne la traînaient pas vers la sortie de l'arène. Non, elle avançait d'elle-même, la tête haute. Il m'a semblé la voir sourire à la foule en délire.

Je me suis humecté les lèvres et j'ai continué de chanter – je n'avais pas le choix –, mais je tremblais de peur et, quand Ryder m'a entraînée à l'écart, j'ai accueilli avec plaisir sa main ferme sur mon coude. Je n'étais pas sûre que j'aurais pu bouger, sans elle.

— On doit la trouver, a-t-il dit, la voix étouffée de colère, avant de s'adresser à la pie qui n'avait pas cessé de voleter autour de nous.

La pie a poussé un cri strident – en réponse à la question de Ryder ? – puis elle est partie en flèche.

Tandis que la foule de l'arène se déversait dans les rues, nous avons suivi l'oiseau, esquivé quantité de bêtes, de créatures, d'humains, de flammes et d'éclairs. Un tourbillon d'air rieur a failli nous renverser tous les deux. J'ai pensé qu'il s'agissait d'un des quatre Vents, ou peut-être de l'un de leurs enfants hurlants.

Si je n'avais pas été aussi terrifiée, aussi complètement pétrifiée par le danger que nous courions si ma voix me lâchait, si quelque chose me heurtait et m'assommait, j'aurais éclaté de rire. Je me serais assise par terre et j'aurais ri à en pleurer. Ce que nous faisions, l'endroit où nous étions était insensé. Une étrange cité scintillante sur laquelle le soleil ne brillait jamais, dissimulée quelque part dans l'Ancien Pays et à laquelle on accédait seulement par un chemin pavé de clair de lune ? Mes réflexions, décousues, commençaient à partir dans tous les sens. Pourquoi avions-nous laissé le chemin nous attirer jusqu'ici ? Pourquoi n'avions-nous pas été plus forts ?

Ryder m'a fait passer au coin d'une immense tente de toile. Des bannières lumineuses, accrochées aux sommets, flottaient dans la brise. Un petit vaisseau doré filait dans l'air au-dessus de nos têtes, laissant une traînée de poussière scintillante dans son sillage. Je le suivais du regard, hébétée, ma voix poursuivait son chant toute seule, comme si j'étais une machine, un vaisseau doré moi-même.

Ryder m'a secouée, assez fort pour m'arracher à ce spectacle.

— Farrin ? Farrin, regarde-moi. Ne t'arrête pas de chanter, mais regarde-moi.

J'ai obéi lentement, la vue brouillée par les larmes, le goût du sel dans la bouche. Chaque fois que je respirais, je sentais une odeur nouvelle et effroyable – une puanteur jaune putride qui me rappelait les chairs mortes de Talan, puis un parfum floral si doux que je devais lutter pour ne pas le suivre, trouver sa source et me l'approprier.

L'expression de Ryder s'est adoucie. Il m'a attirée contre lui et serrée dans ses bras. Je me suis accrochée à lui. Je chantais, je chantais, redoutant de devoir chanter pour l'éternité. La pie sautillait frénétiquement sur son épaule, en poussant des cris furieux et perçants. J'espérais que mon chant était assez fort pour les couvrir, sinon quelqu'un allait remarquer qu'un oiseau perdait la tête sans raison apparente. Mais fallait-il une raison dans un endroit pareil ?

— Je sais, a murmuré Ryder avec colère dans mes cheveux. Cet endroit est atroce. Immonde est un terme trop doux. Même l'air semble malfaisant. Mais tu t'en sors si bien, Farrin. Tu es parfaite, si courageuse et si forte. Peux-tu continuer encore un peu ?

Il m'a serrée plus fort dans ses bras.

— Je dois la voir, même quelques secondes. La pie affirme qu'elle est tout près. On pourra peut-être la libérer…

Il y avait une question dans sa voix, qu'il n'osait pas formuler. *On peut ? Tu vas m'aider ?*

J'ai fermé les yeux pour échapper à l'air brûlant contre son torse. Bien sûr que j'allais l'aider. Nous pouvions au moins essayer.

Ryder m'a embrassée fougueusement sur la tempe, puis il m'a

entraînée dans le sillage de la pie, sur un chemin parsemé de cailloux scintillants qui serpentait à travers un petit village de tentes somptueuses. Une fillette en robe de soie glissait entre elles, les bras couverts de chaînes d'or auxquelles pendaient des amulettes ornées de joyaux. Un vampire à l'air plutôt famélique vendait de jolis verres de cristal et des capes de brocart, tout en lorgnant avec appétit chaque créature au sang chaud qui passait près de lui. À l'entrée d'une tente noire, parsemée de minuscules diamants brillants comme des étoiles, était assise une créature que je n'aurais su nommer. Elle était pâle et sans visage ; le haut de son corps était celui d'une femme, le bas celui d'un ver luisant. Elle n'a rien dit lorsque nous sommes passés devant elle, mais elle a ouvert grand les bras. J'ai entendu le carillon de cloches lointaines et senti le goût du miel sur ma langue.

La main de Ryder était crispée sur la mienne, mais je serrais la sienne tout aussi fort et, après avoir passé ce qui m'a semblé des heures à serpenter à travers cet affreux labyrinthe cliquetant, nous sommes arrivés près d'une tente bleu nuit aux reflets chatoyants.

— Je crois que c'est là, a murmuré Ryder, la voix rauque. La pie m'assure que la voie est libre. Chante fort, mon amour.

Je me suis exécutée, émerveillée par le flot continu de ma voix. Je n'avais jamais chanté aussi longtemps sans m'arrêter, et ma gorge était pourtant aussi souple et détendue que si j'étais dans le Salon vert d'Ivyhill, exerçant un nouvel air pour mon unique plaisir.

Ryder a serré la pie contre lui pour lui murmurer quelques mots. L'oiseau s'est immobilisé et tu pour l'écouter attentivement. Ses yeux noirs perçants brillaient d'une surprenante intelligence. Puis il s'est envolé dans la nuit.

Ryder a pris son arbalète.

— Reste près de moi, m'a-t-il soufflé, et sors ton poignard.

J'ai attrapé la dague au manche d'obsidienne glissée dans ma botte et hoché la tête. Il a pris une inspiration et s'est glissé dans la tente. Je suis restée aussi près de lui que possible. Mon cœur battait si fort que je redoutais qu'il perturbe ma voix. Ma main sur le poignard était moite de sueur froide.

L'intérieur de la tente était sombre et silencieux. Ce changement brusque m'a déstabilisée, j'ai trébuché pour me cogner contre le dos de Ryder.

— Qui va là ? a éructé une voix tranchante et familière.

Celle d'Alastrina. Elle était assise à une grande table chargée de victuailles, une cuisse de poulet grillé à la main, les lèvres barbouillées de gras. Elle portait un pantalon et un tricot de corps, comme dans l'arène. Ses pieds nus étaient couverts de boue et de sang, son visage et ses bras striés de cicatrices et, bien qu'elle ne soit manifestement pas privée de nourriture, elle semblait décharnée – ses pommettes étaient acérées, ses yeux creusés et cernés d'ombre. Ses poignets étaient toujours enchaînés, mais ses gardes, heureusement, n'étaient pas là.

J'ai interrompu mon chant de dissimulation et me suis aussitôt aperçue qu'elle ne nous reconnaissait pas. Mon estomac s'est noué. Ses yeux, grands ouverts, étaient blancs, et son regard – perçant et attentif mais vitreux – était posé sur Ryder comme s'il s'agissait d'un ennemi, et non de son frère.

Elle s'est levée d'un bond en crachant ce qu'elle mangeait pour ouvrir la bouche et crier. Elle était rapide, mais Ryder l'était davantage. Il l'a saisie, retournée contre lui, et a plaqué une main sur ses lèvres en me lançant un regard éperdu : elle était forte et se débattait comme une furie. Elle l'a mordu, puis elle a renversé sa chaise d'un violent coup de pied. La table a vacillé, la vaisselle s'est entrechoquée. On allait nous entendre, quelqu'un allait surgir…

À moins que je ne chante autre chose. Un air de raison et de lucidité.

Mon pouvoir a saisi mon intention avant même que je ne parvienne à la cerner moi-même. La mélodie que je chantais depuis une éternité s'est aussitôt muée en un air plus doux, plus calme, en mode majeur et non mineur. J'insufflais, à chaque note, toute la clarté possible, tous les sentiments vertueux auxquels je pouvais songer – l'espoir, la satisfaction, l'assiduité, l'authenticité. J'imaginais une goutte de rosée, un lac en hiver, une pluie bienfaisante, le tintement d'un couvert d'argent contre un verre en cristal.

L'effet a été immédiat : Alastrina s'est calmée dans les bras de Ryder, son regard vitreux s'est éclairci et ses yeux ont retrouvé leur bleu limpide habituel. Elle a lâché un sanglot étouffé contre la paume de son frère et, quand il l'a lâchée, elle s'est retournée et jetée contre lui en empoignant sa chemise – c'était, compte tenu de ses chaînes, la seule étreinte possible.

— Ryder, oh, dieux, je suis désolée, je…

Elle s'est écartée pour lui donner une bourrade.

— Comment es-tu arrivé jusqu'ici et surtout pourquoi, espèce d'indécrottable idiot ? Tu n'aurais jamais dû venir. Tu ne comprends pas ?

J'ai avancé en insufflant une note d'urgence à mon chant. Je ne voulais pas prendre le risque de l'interrompre, mais je devais leur rappeler le danger que nous courions, maintenant que nous n'étions plus dissimulés. *Vite*, disait chacune de mes notes légères.

— On t'expliquera plus tard, a rapidement déclaré Ryder. Pour l'instant, on doit partir d'ici. Comment trouve-t-on le chemin de lune ?

Alastrina a plissé le front.

— Le quoi ?

J'ai ravalé ma désillusion. Je ne pouvais pas laisser dériver mon chant une seconde fois.

— C'est comme ça qu'on est venus, a répondu Ryder, et comme ça qu'on peut repartir. Tu ne l'as jamais vu ?

Un rire aigu et triste l'a secouée.

— J'ai vu cette tente et j'ai vu l'arène. C'est tout. Luthaes me tient en laisse. S'il y a une issue, je ne l'ai pas trouvée. D'autres pourtant…

Elle a hésité, secoué un peu la tête. Son regard s'est assombri puis éclairci.

J'ai pris le risque de chanter un peu plus fort, traversée par une sueur froide. Ce qui retenait Alastrina n'allait pas la lâcher sans combattre.

— Attendez, a-t-elle repris en regardant Ryder, puis moi. Vous êtes venus seuls ? Rien que vous deux ?

Ryder m'a jeté un coup d'œil gêné.

— Oui. Ce n'était pas prévu, mais le chemin…

— Et vous allez me sauver et laisser tous les autres ?

Elle a reculé, les yeux brillants de larmes rageuses.

— Vous ne pouvez pas. Imbéciles ! Si vous aviez l'intention de venir, vous auriez dû amener une armée, une armée assez puissante pour anéantir cet endroit.

Avant qu'on ne puisse répondre, un pan de la tente s'est soulevé, et une silhouette lumineuse est entrée d'un pas vif. Sa beauté m'a presque coupé le souffle. Sa peau était cuivrée, ses cheveux blancs formaient un long nuage de tresses qui semblaient danser dans son sillage. Ses yeux étaient d'un bleu turquoise éclatant, ses oreilles pointues scintillaient de pierres rouge sang et de chaînes d'argent, et sa robe diaphane, aussi évanescente que l'air, était du même bleu nuit splendide que la tente.

Mon sang s'est glacé dans mes veines, et mon chant s'est enfin arrêté. Je n'en avais jamais vu en chair et en os, mais j'ai tout de suite compris ce qu'il devait être : un fae, du peuple des fées.

— Ah, voilà notre magnifique championne, a-t-il dit.

Sa voix était légère, argentée, comme l'eau coulant sur les rochers. Puis il nous a vus et s'est figé. Ses yeux brillants de joie se sont assombris de fureur.

— Qu'avons-nous là, a-t-il murmuré d'un ton doux tandis qu'un sourire se dessinait lentement sur ses lèvres. Je ne crois pas t'avoir autorisée à recevoir de la visite, ma bichette.

Le fae a claqué des doigts, et aussitôt les deux gardes en armure que nous avions vus dans l'arène ont surgi, leurs épées étincelantes. Au même instant, une clameur s'est élevée derrière nous – des cris perçants, des croassements, des feulements de fauve. Le fae a écarquillé les yeux ; même les gardes ont frémi. J'ai pivoté pour voir une horde d'animaux débouler dans la tente, notre amie la pie en tête – au moins deux douzaines d'oiseaux, plusieurs rapaces, une panthère portant un collier orné de pierres précieuses, un étalon blanc traînant ses rênes d'argent.

— Farrin! a crié Ryder en se précipitant vers moi.

Il tirait une Alastrina abasourdie derrière lui. J'ai remarqué que, comme elle était privée de mon chant, ses yeux avaient recommencé à se voiler. Mais ce n'était pas le moment de lui rendre sa lucidité. J'avais entendu la supplique dans la voix de Ryder: *Cache-nous!*

Ensemble, nous avons couru hors de la tente, et j'ai repris la mélodie précédente, celle qui nous avait dissimulés. Note après note, phrase après phrase, le chant se déroulait en douceur, comme si mon corps frénétique appartenait à une créature et ma voix sereine à une autre. Le chant nous a frayé un chemin dans la foule, même si je voyais les gens se retourner sur notre passage, interloqués et curieux. Leurs regards pourtant nous traversaient sans s'arrêter sur nous. Nous avons continué de courir ainsi jusqu'au moment où, subitement, Alastrina a changé. Elle a tiré sur le bras de Ryder, s'est libérée de sa main et lui a fait un croche-pied. Il est tombé brutalement sur le visage et le coude. Alastrina s'est jetée sur lui et s'est mise à le bourrer de coups de poing. De stupeur, j'ai arrêté de chanter, un court instant, mais c'était suffisant. J'ai senti les regards tomber sur nous de tous côtés, entendu les sifflements et les hoquets de surprise, les rugissements de colère. Une flèche nous a frôlés, puis une autre; la seconde m'a éraflé le bras.

J'ai poussé un cri de douleur, mais réussi à m'accrocher aux fils de mon chant – ce n'était plus un chant de dissimulation, mais de lucidité. Je me suis interrompue le temps de crier:

— Alastrina, arrête!

Ça a semblé la secouer, tout comme mon chant, frémissant mais clair. Elle s'est écartée de Ryder en chancelant, un regard horrifié sur ses poings puis sur son frère. Ses yeux étaient limpides. Ryder l'a attrapée par la main et tirée vers le bas au moment où une hache tournoyait dans l'air à l'endroit même où elle se tenait.

— Quoi qui te possède, lui a-t-il crié, tu dois le combattre ! Farrin ne peut pas nous dissimuler si elle doit s'occuper de toi !

Alastrina m'a regardée, puis elle s'est retournée pour crier quelque chose que je n'ai pas compris – une langue animale, dont chaque mot était aussi tranchant qu'une lame. J'espérais qu'elle appelait à l'aide, qu'elle rameutait vers nous tous les animaux possibles. Je me suis recroquevillée par terre pour reprendre mon chant de dissimulation. Mais il était trop tard pour nous cacher ; tout le monde savait où nous étions. Des flots de couleurs et de formes se précipitaient vers nous. Ryder a bondi pour me protéger, tirant trait sur trait de son arbalète. Mais il n'a pas tardé à épuiser ses munitions, et, quels que soient les cris d'Alastrina, ils étaient vains. Je ne voyais aucun animal courir à notre secours, aucune aile de pie fendre l'air.

J'ai fermé les yeux en concentrant toutes les forces qui me restaient pour les injecter dans mon chant. Je pouvais peut-être en changer encore une fois, chanter un air non de dissimulation, mais de défense. Ou pourquoi pas, fondre ces trois airs en un seul, chargé de trois directives – dissimulation, défense, lucidité. Mais dès que j'ai essayé, une vague de nausée m'a soulevé le cœur. Je suis retombée à quatre pattes, luttant pour ne pas vomir. Ce que je tentais de faire était impossible à réaliser – du moins par moi, ou peut-être seulement pour l'instant.

Puis, d'un seul coup, tout a disparu autour de nous : nos multiples assaillants, les rues bondées de Mhorghast, l'ombre gigantesque du palais à l'horizon. Le monde est devenu lumineux, blanc et froid, si brillant et grandiose que j'en avais le souffle coupé. Mon chant s'est éteint. L'air chatoyant, qui vibrait de sa propre mélodie étrange, me tenait immobile. Je ne pouvais pas bouger, je pouvais à peine penser.

J'ai soudain senti une main sur mon bras – ce n'était pas celle de Ryder. Elle était forte et froide, aussi dure et lisse qu'une pierre polie. J'ai plissé les yeux dans la lumière éblouissante et vu un visage qui m'était à la fois inconnu et familier : Philippa, ses yeux d'or, ses dents pointues, resplendissante dans une armure platine. Elle portait, autour de son cou pâle de cygne, un collier d'os dorés, et dans ses longs cheveux sombres scintillaient des dizaines de topazes.

Sa vue m'a glacée autant que sa main sur mon bras. Les moindres doutes qui subsistaient en moi concernant la véracité de ses propos ont flétri pour s'envoler comme la cendre balayée par le vent. Elle n'était pas simplement Philippa. C'était Kerezen, déesse des sens et de la chair. Kerezen ressuscitée.

J'ai réussi à trouver mon souffle pour prononcer leurs prénoms.

— Ryder, Alastrina.

— Ils sont là, bien sûr, a répondu Philippa d'une voix d'airain.

Sa vibration a résonné jusqu'au tréfonds de mon être.

— Mais je ne peux prendre personne d'autre. Tu as été bien naïve de venir jusqu'ici. Mon petit oiseau courageux.

Un souvenir s'est glissé doucement dans mon esprit. *Ta musique, petit oiseau, redonnera vie aux dieux.*

Elle s'est penchée pour m'embrasser sur le front. Je m'attendais à un contact glacé, mais ses lèvres étaient brûlantes, et elles m'ont rendue faible et amollie dans ses bras. Le blanc qui m'entourait s'est encore intensifié, puis tous les sons ont disparu, dont les battements de mon propre cœur. Ensuite, je n'ai plus rien perçu.

Chapitre 24

L'écho d'une dispute m'a réveillée. Les voix étaient étouffées, brouillées, comme si j'étais sous l'eau et que j'entendais le bruit confus du monde à la surface. J'ai repris conscience lentement, retrouvant d'abord la sensation de mes doigts, de mes orteils, de mes jambes. Puis j'ai perçu les pulsations de mon cœur, le mouvement de ma respiration. J'avais mal, ma bouche était sèche, mais j'étais en vie.

J'ai fini par ouvrir les yeux sur un plafond – des moulures blanches, une fresque représentant une scène pastorale, des lianes de lierre luisantes, identiques à celles qui ornaient Ivyhill. Créées par ma mère.

Mère. Philippa.

Kerezen.

Tout ce que j'avais vu à Mhorghast m'est revenu d'un seul coup en mémoire, dans un flot de terreur. Je me suis redressée d'un bond pour le regretter aussitôt : une douleur aiguë m'a transpercé les tempes, c'était le pire mal de tête que j'aie jamais eu. Ma vision s'est obscurcie un instant, puis elle est revenue, floue et baignée d'une aura chatoyante qui adoucissait les angles et avivait les couleurs. Je me suis rendu compte que j'étais allongée sur un canapé du petit salon, Gemma près de moi. De l'autre côté de l'épais tapis vert et ivoire se trouvait un autre canapé sur lequel Talan était couché, blême et en sueur, mais au moins semblait-il en meilleur état que la dernière fois que je l'avais vu.

— Ryder ? ai-je demandé d'une voix rauque en m'obligeant à scruter la pièce autour de moi.

Même avec l'aide de Gemma, l'effort était colossal.

— Alastrina ?

— Ils sont ici tous les deux et vivants, m'a répondu Gemma avec douceur.

Elle brillait, dans l'aura qui troublait ma vision, telle une créature de rêve. La cascade de ses cheveux d'or, retenus par un ruban de soie, rejoignait celle des plis de velours de sa robe de chambre vert émeraude. Je l'ai contemplée avec émerveillement et me suis agrippée à sa main en me laissant aller avec reconnaissance contre sa fine silhouette robuste.

— Mme Moreen s'occupe de Ryder, là-bas, a-t-elle poursuivi en désignant le coin de la pièce du menton. Tu as été blessée par une flèche. Il a subi quelques lacérations. Rien de trop grave, heureusement.

Je me suis légèrement tournée et, quand je l'ai vu, en vie et entier, sourcils froncés tandis que Mme Moreen lui bandait le bras gauche, le soulagement m'a envahie, et les larmes ont brûlé mes yeux fatigués. Nos regards se sont croisés. Tout son être, en me voyant, a semblé s'illuminer, son air renfrogné s'est adouci pour laisser place à cette expression de tendresse que je connaissais si bien maintenant – ses traits épanouis et avenants, empreints d'une gentillesse qui effaçait les années pour le rapprocher du jeune homme qu'il était en vérité et non du fils ombrageux nourri à la haine de nos pères.

Puis une ombre est passée sur son visage, et il a rapidement détourné le regard pour fixer le sol sombrement.

Mon cœur s'est serré. Comme c'était merveilleux, et effroyablement précieux, de pouvoir aussi bien déchiffrer les sentiments de quelqu'un. Il pensait que j'étais toujours en colère contre lui, et il avait raison, mais… dieux, nous étions en vie. Et pour l'instant, rien d'autre ne comptait. Si j'avais été en mesure de me lever, j'aurais jeté toute ma souffrance et mon orgueil blessé par la fenêtre pour courir vers lui.

— Et Alastrina…

Gemma n'a pas continué, et je me suis tournée vers elle, angoissée. Ma vision commençait à s'éclaircir, entraînant avec elle une sorte d'effroi rampant.

— Quoi ? Elle est blessée ?

— Non, rien de pire que Ryder et toi, en tout cas physiquement. Mais elle n'a pas dit un mot, et seule Illaria est parvenue à la calmer suffisamment pour que Mme Moreen puisse la soigner. Même Ryder n'a rien pu…

— Qui que tu sois, ou quoi que tu sois, si tu as le pouvoir de les guérir, comme tu le prétends, alors fais-le tout de suite, à l'instant même, ou pars !

La voix de Père, vibrante de fureur, a attiré mon regard vers la porte dans l'embrasure de laquelle il se tenait, vêtu de son manteau de voyage, de ses bottes et de ses gants de cavalier. Il avait dit qu'il irait à la capitale, prévenir Yvaine et ses conseillers de ce qui s'était passé ; quelqu'un avait dû s'élancer à sa poursuite pour le ramener. Derrière lui, dans l'entrée, se tenaient six de nos gardes, armés et prêts à intervenir, ainsi que le gardien du domaine, M. Carbreigh, avec ses apprentis, tous des Élémentaires aussi doués pour combattre à l'aide de magies naturelles que pour tailler des topiaires à l'aide de simples cisailles.

Et, face à Père, me suis-je aperçue l'estomac noué, se trouvait Philippa.

Son visage était dur, et sa robe verte et son manteau gris étaient aussi simples qu'à Wardwell. Si la splendeur qui l'entourait comme une auréole éblouissante lorsqu'elle était venue à notre secours à Mhorghast avait disparu – cette armure étincelante, ses cheveux pleins de joyaux –, la regarder me brûlait encore les yeux. Un reste de cette gloire divine devait s'accrocher à elle.

— Je t'ai dit que je ne peux pas, a-t-elle répliqué d'une voix aussi lisse et tranchante qu'une lame nouvellement forgée. J'ai déjà pris trop de risques en allant les sauver à Mhorghast. Je ne suis restée qu'un bref instant, mais je suis certaine qu'ils ont senti ma présence et parfaitement compris qui je suis.

— Qui ? ai-je demandé en me redressant sur les coudes.

Elle m'a regardée d'un air indéchiffrable.

— Tout le monde. Jusqu'aux plus simples créatures. Vos amis oiseaux d'Edyn par exemple, ils l'ont senti, même s'ils n'ont pas vraiment compris. Mais ceux qui comprennent…

Elle s'est tue. Mon sang s'est glacé.

— Kilraith, ai-je murmuré.

— Celui-qui-est-tout, a-t-elle précisé en opinant. C'est ainsi qu'ils le nomment, bien que je ne sache pas pourquoi. J'ai perçu tant de choses, le peu de temps que je suis restée là-bas, tant de souffrances, tant de soif de sang…

Père, à côté de la porte, frémissait de rage.

— Au risque de me répéter, a-t-il grogné, si tu n'as pas l'intention de les guérir, alors…

— Tu crois que je ne veux pas le faire ? l'a coupé Philippa d'un ton cassant.

Elle lui rendait son regard furieux, ses yeux noirs flamboyants d'or.

— Ma propre fille, celui qu'elle aime, ses amis ? Je te l'ai dit, Gideon, nous sommes surveillés. Edyn entier est surveillé. Un dieu arrivé au milieu d'eux et aussitôt disparu, ils vont me pister comme des chiens de chasse flairant le sang. Même ma venue ici est dangereuse ; le monde va réagir à ma présence, comme n'importe quelle créature face à son créateur, les gens vont s'en apercevoir. Et exercer ma magie ne fera qu'attirer les foudres de Mhorghast sur Ivyhill. Vous n'êtes absolument pas prêts à braver un tel assaut.

Ils se sont affrontés du regard, Père et Philippa, jusqu'à ce que Père finisse par céder et se laisse tomber dans un fauteuil, la tête entre les mains. Il n'a plus rien dit. Je souffrais pour lui. Je ne pouvais qu'imaginer ce qu'il pensait, sa souffrance de voir Philippa. Sa femme bien-aimée était revenue, et ce n'était pas une ruse, cette fois – Alastrina ne lui jouait aucun tour cruel –, mais c'était peut-être pire. L'épouse qu'il avait perdue était revenue, et elle n'était plus entièrement elle-même. Elle était davantage, dotée d'une puissance inconcevable. La pièce vibrait de sa présence, comme si un immense tambour résonnait dans le soussol de la maison, faisant trembler les murs.

J'ai retrouvé ma voix, pressée de rompre le silence intenable.

— Tu dis avoir senti beaucoup de choses, là-bas. De quoi s'agit-il ? D'informations qui pourraient nous servir ? Une faiblesse dans l'enceinte de Mhorghast, le nombre de sa population, l'endroit où se trouve Kilraith…

Un ricanement s'est élevé derrière moi, mais quand je me suis redressée pour voir qui l'avait poussé, le cœur battant d'une peur soudaine, je n'ai vu qu'Alastrina. Elle était recroquevillée dans un fauteuil près de la fenêtre, les bras couverts de bandages et les pieds nus. Le cœur m'a manqué. Car si elle m'avait semblé, à Mhorghast, décharnée mais tout de même dynamique, ici, elle avait l'air squelettique : les yeux rouges, le regard hanté, le visage creusé d'ombres anguleuses et marqué de cicatrices.

— Vous ne pourrez pas le trouver, a-t-elle murmuré. Personne ne l'a jamais trouvé. Vous croyez être les premiers à essayer de briser la coquille ?

Elle nous a regardés un instant, les yeux brillants de larmes, puis elle s'est détournée vers la fenêtre. Illaria, l'amie de Gemma qui était aussi l'une de nos plus proches voisines, était assise à côté d'elle sur un banc. Ses longs cheveux noirs étaient soigneusement tirés vers l'arrière, dégageant son beau visage brun. Une ceinture de sachets d'herbes et d'essences était attachée à sa taille. Gemma avait dit qu'elle la ferait venir pour aider Talan à identifier les odeurs qu'il avait perçues quand il avait trouvé le chemin de lune, mais il semblait qu'elle avait une autre tâche. Alastrina s'agrippait à sa main, comme si Illaria, par sa présence, était la seule capable de l'empêcher de replonger dans la nuit de Mhorghast.

J'ai jeté un coup d'œil à Gemma, en me souvenant de ce

qu'elle m'avait dit, des mois plus tôt : *On dirait bien que je vais devoir jouer les entremetteuses. Quel joli couple elles feraient, tu ne crois pas, Farrin ?*

Mais Gemma s'est contentée de secouer la tête, l'air aussi déroutée que moi. Je brûlais d'envie d'interroger Alastrina – qu'entendait-elle par « vous croyez être les premiers à essayer de briser la coquille ? » –, mais je suis restée silencieuse en me mordillant la lèvre. Elle n'était pas en état de répondre.

— Il y a des milliers de créatures, là-bas, a repris Philippa comme si Alastrina n'avait rien dit. Peut-être trois mille, la plupart sont primordiales et consentantes, mais pas toutes. En ce qui concerne les humains…

Sa voix s'est assombrie.

— La grande majorité est retenue contre son gré, mais pas tous. Beaucoup d'accords ont été passés, beaucoup de marchandages. En échange de richesses, de pouvoir, de jouissances.

— Et Kilraith ? a demandé Ryder dans son coin.

Mme Moreen avait terminé ses bandages, et il s'est levé, frémissant de rage.

— Vous l'avez vu parmi ces milliers de créatures ?

Philippa a froncé les sourcils, tapoté sa pipe contre ses dents.

— J'ai perçu… une présence, sans aucun doute. Une volonté prodigieuse. Et qui m'était familière, ce qui m'a surprise. Ce Kilraith… le nom ne me dit rien et, quel qu'il soit, je ne l'ai jamais rencontré, pourtant…

Son expression s'est crispée davantage, comme si un mauvais souvenir lui revenait à l'esprit.

— Pourtant, je sais ce que j'ai ressenti lorsque je suis venue te sauver, ma chérie.

Elle m'a jeté un coup d'œil, d'un air un peu absent.

— J'ai senti un pouvoir immense, dont l'emprise s'étendait jusqu'aux moindres recoins de cet endroit. Une sorte de magie défensive, mais beaucoup plus puissante. Et aussi…

Elle s'est approchée du feu pour allumer sa pipe et tirer une bouffée songeuse.

— Une sensation familière. Comme lorsqu'on aperçoit un visage dans la foule ; on est sûr de le connaître, du moins il nous rappelle quelqu'un, mais impossible de mettre un nom dessus ou de se rappeler quand on l'a déjà vu. Une impression d'affinité.

— D'affinité ?

Talan s'est tourné vers elle, les cheveux humides collés à son front.

— Vous pensez avoir senti la présence d'un autre dieu ?

Philippa l'a regardé avec stupeur.

— Superbe démon. Je vais mettre cette question sur le compte de ton hémorragie. Un autre dieu ? Certainement pas. J'aurais reconnu immédiatement, et sans aucune hésitation, l'un de mes frères ou sœurs. Pourrais-tu sentir le parfum de ma Gemma et douter qu'il lui appartienne ? Ou reconnaîtrais-tu, dans la seconde et sans l'ombre d'un doute, l'odeur de ton âme sœur ?

Père a bondi.

— Bon, ça suffit, a-t-il craché. Tu n'es pas une déesse. Soit tu es Philippa Ashbourne, l'esprit dérangé par une magie néfaste, soit tu es cette magie néfaste en personne, un figment, ou un imposteur envoyé pour nous berner. Carbreigh ! Capitaine Nomi ! a-t-il crié par-dessus son épaule. Emprisonnez cette créature au sous-sol avant qu'elle ne profère un mot de plus.

— Voyez-vous ça, a murmuré Philippa d'un ton faussement admiratif en tirant sur sa pipe d'un air amusé. Gideon Ashbourne, la formidable Sentinelle élue qui vante ses prouesses d'un océan à l'autre, et qui envoie maintenant sa garde se battre pour lui. Es-tu certain de ne pas être l'imposteur, chéri ?

Tout s'est passé très vite. Père, le visage tordu de rage, s'est jeté sur elle, porté par la vague brûlante de son pouvoir de Sentinelle qui s'est propulsée dans la pièce, me coupant le souffle et renversant tous les meubles.

Mais Philippa n'a pas bougé, elle n'a même pas cillé. D'un souffle, elle est devenue plus grande, plus féroce, sa propre stature envahissant l'espace. Les ombres frémissaient autour de ses doigts, comme si elles avaient été tirées de tous les coins, de chaque fissure, pour l'adorer. Le feu dans la cheminée s'est évanoui, toutes les bougies se sont éteintes. La seule lumière émanait de Philippa – ses yeux flamboyants comme des torches, sa peau comme un coucher de soleil. J'ai vu réapparaître l'éclat des joyaux dans ses cheveux et le scintillement d'une cotte de mailles sur son buste. Père est arrivé sur elle, mais toute sa force, aussi puissante soit-elle, n'a servi à rien. Elle l'a repoussé, d'un geste de la main, et il s'est écrasé par terre, une énorme plaie creusée dans la poitrine. Le sang en a jailli, imbibant ses vêtements, le tapis. Il a baissé des yeux stupéfaits sur la plaie, en suffoquant.

J'ai voulu me lever, mais je n'ai pas pu ; le pouvoir de Philippa me clouait sur ma chaise. Alors je l'ai regardée, le visage ruisselant de larmes à cause de son incandescence surnaturelle, s'agenouiller au côté de Père. Elle l'a dévisagé un instant, une sorte de tristesse au fond des yeux, puis elle a passé la main au-dessus de lui, et il était indemne. Pas de plaie, pas de sang. Rien qu'un accroc sur son manteau, à l'endroit où il avait été touché.

Le feu s'est remis à ronfler dans la cheminée ; les bougies ont retrouvé leur flamme vacillante, les ombres sont retournées se cacher dans leur antre, fuyant comme des araignées, et Philippa n'était plus qu'une femme en robe verte, accroupie près d'un homme sans voix, qui semblait brutalement s'apercevoir que le ciel était en fait l'océan, et le haut le bas.

— Te voilà donc convaincu, a fini par dire Philippa, que je suis bien ce que je prétends. Mon histoire est longue, et je ne vais pas la raconter de nouveau maintenant. Il est bien plus important de s'occuper de nos blessés – ce que je vais faire dans un instant, a-t-elle ajouté avec un regard irrité à mon père. Maintenant que j'ai dû déployer une partie de mon pouvoir pour démontrer ta bêtise, autant soigner tout le monde. Qu'il te suffise de savoir que je suis là et que je suis bien réelle. Je suis ta femme, la mère de tes enfants, et je suis aussi une déesse. Ce n'est pas un leurre. Et je ne pense pas que tu veuilles découvrir ce qui se passera si toi ou l'un de tes gardes tente de m'emprisonner.

Elle s'est levée et assise avec lassitude dans un fauteuil près de la cheminée. Sa tristesse était calme, profonde, et, si son visage ne portait aucune trace du temps, ses yeux contenaient des vies entières. Mon regard ressemblerait-il un jour à celui-là ? me suis-je demandé en frissonnant. Celui d'un dieu prisonnier d'un corps humain ?

— Bien, a-t-elle repris en nous observant à tour de rôle. Pendant que mon pouvoir s'applique à guérir vos blessures – ce qui prendra plus de temps que je ne l'aurais souhaité, dans l'espoir de ne pas attirer davantage l'attention –, parlons. Nous avons une invasion à préparer.

J'ai sursauté. Du fond de mon épuisement, un lambeau de ma vieille colère a émergé et m'a donné la force de parler.

— Je croyais que tu voulais rester tranquillement à Wardwell. Tu n'étais soi-disant que l'ombre de toi-même. Tu avais peur que Kilraith ne se serve de toi.

Son regard m'a rapidement transpercée.

— C'est toujours le cas, et c'est toujours ce qu'il risque de faire. Mais j'ai déjà dû sortir de ma retraite, n'est-ce pas, pour te sauver et sauver ton amoureux de votre propre inconséquence. D'abord vous, puis ton père et son caractère. Un chemin de lune, a-t-elle ajouté d'un ton plein de mépris avant de se tourner vers Ryder, les lèvres retroussées d'agacement. J'aurais cru qu'une de mes filles et l'homme assez impressionnant pour être son compagnon seraient capables de résister au leurre grossier d'une simple lueur chatoyante.

Ryder s'est dressé, comme pour défendre notre honneur, mais Philippa lui a fait signe de se taire.

— Je retournerai à Wardwell avant, espérons-le, que l'ennemi ne flaire ma trace et me trouve. Et j'y resterai pour le bien de tous. Mais d'abord, et puisque ma couverture a été si spectaculairement détruite, je vais vous aider. Que quelqu'un prenne des notes. Mon écriture affreuse ne s'est pas améliorée.

Ce commentaire m'a fait l'effet d'un coup de poignard en plein cœur. Son écriture avait toujours été, en effet, hâtive et négligée, le signe d'un manque évident d'application que l'enfant que j'étais, obsédée par l'ordre, abhorrait tout en l'admirant secrètement. J'ai jeté un coup d'œil à Père. Il s'était traîné jusqu'à son fauteuil, dans lequel il était assis en silence, blême, les épaules affaissées, l'air abattu. M. Carbreigh, ses apprentis et les gardes erraient, indécis, dans l'entrée.

J'ai trouvé le courage de me lever. Mobiliser mes forces pour continuer de faire tourner le domaine quand Père en était incapable n'était pas une nouveauté. J'ai renvoyé les gardes en leur donnant des instructions : continuer les patrouilles à l'intérieur de la maison et dans le parc ; s'exercer au maniement de leur magie élémentaire ; renforcer les portes et les fenêtres ; assigner une escorte à chaque membre du personnel afin que personne ne soit jamais seul.

Puis je suis retournée en boitant vers le canapé. J'ai ouvert le tiroir du secrétaire à côté, j'en ai sorti un calepin, de quoi écrire, et j'ai feuilleté le calepin jusqu'à une page blanche. J'ai alors relevé les yeux sur Philippa qui me regardait avec affection – une expression de tendresse qui me rappelait davantage la mère que j'avais perdue que la déesse qui venait de me sauver la vie.

Je me suis braquée contre la douleur qui m'étreignait.

— Alors ? ai-je lancé d'un ton sec. Je suis prête. Que quelqu'un commence à parler.

✲

Des heures plus tard, je montais l'escalier en titubant, la vue brouillée, souffrant à chaque marche. Philippa m'avait assuré que j'allais me réveiller comme un charme ; je voulais la croire, mais j'avais la tête farcie, la main douloureuse de n'avoir cessé d'écrire, et le cœur trop lourd pour m'en soucier. *Guerre. Invasion.* Ces mots, gravés dans mon esprit, bouleversaient l'équilibre de mon univers. Les deux armées allaient se rassembler – la Haute, composée d'Élus et de soldats de basse magie, et la Basse, dont les combattants dépourvus de magie ne maniaient que des armes conventionnelles. Nous allions demander du renfort aux autres continents, Aidurra et Vauzanne. Des troupes devaient être envoyées dans chaque village pour sécuriser leurs abords et informer leurs habitants de ce à quoi ils devaient faire attention, ce dont ils devaient se méfier. Ils devaient s'enfermer à l'intérieur pendant les orages, ignorer les lueurs, ne jamais sortir seuls, et porter toujours sur eux et en tous lieux un objet leur rappelant la réalité et les dangers encourus – un objet familier, le portrait d'un être cher, un mot écrit d'une main aimée, une mèche de cheveux. Tout ce qui était susceptible de les ramener à eux-mêmes pour les arracher à l'emprise vorace de Mhorghast. Gemma avait suggéré l'embauche d'une équipe d'artisans pour fabriquer le même genre de figurines en bois que la pauvre Phaidra nous avait données avant notre départ pour l'Ancien Pays : des représentations chères à leurs propriétaires, taillées dans du bois d'Edyn. Elles tiendraient lieu d'ancrage pour aider les gens à se rappeler leur maison, leur origine, leur appartenance.

Et il y avait la Gardienne.

En boitillant dans le couloir de notre aile privée, j'imaginais avec angoisse ce qu'elle allait penser de tout ça. Nous allions lui annoncer le nouveau report de l'ordre de mobilisation générale et lui demander d'envoyer aux armées toutes les Roses dont elle pouvait disposer afin de grossir leurs rangs. J'entendais déjà sa réponse. *Et que pensez-vous qu'il va se passer si je vous envoie mes Roses et que je laisse la Brume sans surveillance ? Ne pensez-vous pas que c'est exactement le souhait de Kilraith ?*

Il se pouvait que ces craintes soient fondées. Plus j'y pensais, plus mes pensées s'embrouillaient. Pouvions-nous faire confiance à ce que nous avions vu à Mhorghast ? Ou bien tout cela – l'arène, les rues dorées, le palais imposant – n'était qu'une illusion destinée à nous détourner de l'essentiel ? Philippa ne le pensait pas ; elle nous avait assuré que même une illusion aussi complexe ne pouvait rivaliser avec ses perceptions divines.

— Ces perceptions divines que tu as toi-même comparées aux compétences d'un enfant qui apprend à peine à marcher ? lui avais-je rétorqué, poussée à bout par toutes les suggestions qui m'étaient faites, les tâches innombrables et les questions que je devais noter dans mon calepin.

Philippa m'avait regardée tranquillement à travers le voile de fumée de sa maudite pipe.

— Un dieu qui apprend à marcher reste un dieu, et plus puissant que n'importe quel humain élu. Ne t'inquiète pas, ma coléreuse enfant, quand je dis que je suis capable de flairer la ruse, je ne fais que constater la vérité. Tu peux me faire confiance.

Confiance. Un autre mot dont la signification me restait en travers de la gorge. Faire confiance à une mère qui nous avait abandonnés sans aucune explication. À une déesse qui avait, avec les siens, créé une malédiction aussi imprudente et dangereuse que l'*ytheliad*.

Faire confiance à une femme qui avait vécu tranquillement pendant des années, à l'écart et loin de tout souvenir de la vie qu'elle avait laissée derrière elle.

Faire confiance à un homme dont le plus grand crime était de m'avoir sauvé la vie et d'avoir eu peur de m'en parler – en partie peut-être parce qu'il craignait précisément la réaction que j'avais eue.

Je me suis assise dans ma chambre, Osmund ronronnant béatement sur mes genoux, et j'ai relu mes notes. Une centaine de nouvelles tâches à accomplir, mille messages à envoyer. Des provisions à trouver, des armes à rassembler. L'œuf, la clef, la coupe, le lac noir sous la pleine lune, la Couronne aux Trois Yeux.

J'avais ajouté ces cinq points à la fin et les avais soulignés. Personne n'en avait parlé à Philippa, et moi pas plus que les autres. J'avais eu peur. Le seul fait de les regarder me semblait dangereux, comme si les lettres pouvaient se réarranger toutes seules et révéler un affreux sortilège qui se déclencherait une fois découvert. C'était stupide, et je m'en voulais. Ma réticence à lui communiquer cette information ne relevait-elle pas d'une sorte de vengeance mesquine ? *Tu nous as abandonnées quand on était petites, pour la peine tu ne sauras rien des images étranges que Gareth et Heldine ont vues dans les ombres de la Couronne aux Trois Yeux. Na.*

J'ai ri toute seule en m'adossant aux oreillers et j'ai fermé les yeux. *Philippa*, me suis-je dit en caressant Osmund entre les oreilles, *passe la nuit à Ivyhill pour aider Carbreigh à renforcer les défenses du domaine. Elle ne repart pour Wardwell que dans la matinée. Je lui en parlerai au petit déjeuner.* Puis j'ai pensé aux éléments que la couronne avait livrés : un œuf, une clef, une coupe, un lac noir sous la pleine lune. *Que représentaient ces images ? Des ancrages ? Des indices ? Rien du tout ?*

Les mots tournaient dans mon esprit, accentuant mon mal de tête. De ma main libre, j'ai pressé mon calepin contre mon cœur, comme si ce geste pouvait alléger ma souffrance. Parce que, bien sûr, évoquer la couronne m'a fait penser à Gareth. *Gareth.* Les larmes brûlaient sous mes paupières tandis que je revoyais son visage souriant, son regard espiègle derrière ses lunettes, ses cheveux en bataille, sa cravate de travers. Je l'imaginais entouré de livres, mâchouillant un stylo jusqu'à se barbouiller les lèvres. Je refusais de l'imaginer à Mhorghast, endurant des sévices – s'il était encore en vie.

Je me suis mordu les lèvres en me répétant : *Gareth est vivant, Gareth est vivant.* Je ne voulais surtout pas me dire à quel point je regrettais que nous ne l'ayons pas sauvé à la place d'Alastrina. Elle était retenue là-bas depuis plus longtemps que lui ; ce n'était que justice. D'un autre côté, Alastrina avait été bien traitée – le jouet d'un fae, une attraction populaire. C'était une guerrière, une Animalière. Quelle créature de Mhorghast accorderait la moindre valeur aux connaissances et à la sagesse de Gareth ?

J'ai sombré dans un sommeil agité, affalée contre mes oreillers et, lorsque je me suis réveillée en sursaut, l'aube perçait par la fenêtre et j'étais glacée de peur. Je suis restée immobile un instant, le cœur battant à tout rompre. Osmund, sur le tapis, faisait tranquillement sa toilette. Je n'entendais aucun bruit de combat, aucun cri de colère monter du rez-de-chaussée. La panique qui me serrait le ventre était pourtant bien là. Quelque chose n'allait pas.

Je ne m'étais pas changée pour dormir, aussi ai-je descendu

précipitamment l'escalier, dans la robe en lambeaux que je portais depuis Mhorghast. Je suis arrivée en bas à l'instant où Gilroy franchissait l'entrée avec le courrier du matin. Ryder était derrière lui, les bottes boueuses et sentant le cheval.

— Ah, madame, m'a salué Gilroy d'un ton léger, comme si nous n'avions pas passé la moitié de la nuit à préparer la guerre. Une lettre est arrivée pour vous de Fairhaven, elle porte le sceau de la reine.

C'était la raison de mon effroi. Je l'ai compris à l'instant où il m'a tendu l'enveloppe, à l'instant où j'ai vu le cachet de cire violet distinctif. Je ne l'ai même pas remercié, je lui ai arraché la lettre des mains et l'ai ouverte. J'ai relu cinq fois le message griffonné en hâte. Mon cœur s'est effondré à une telle allure que j'en ai eu le vertige.

J'ai levé des yeux pleins de larmes sur Ryder, tendu, près de la porte. Il était entièrement concentré sur moi, l'air sombre, comme s'il savait ce que j'allais dire avant même que je n'ouvre la bouche.

— Yvaine est mourante, ai-je hoqueté. Elle est alitée, elle parle à peine, ne se nourrit plus. Je dois y aller sans délai pour lui dire…

J'ai secoué la tête, incapable de prononcer le mot fatal.

— Ils pensent qu'il ne lui reste que quelques jours…

J'ai froissé la lettre entre mes mains, comme si je pouvais faire mentir la nouvelle qu'elle m'annonçait. Comme si je pouvais chasser, d'un geste de mon poignet semi-divin, la douleur et le chagrin qui me ravageaient.

J'ai essayé de m'accrocher à la stabilité du regard bleu acier de Ryder. J'avais tant de choses à lui dire et ne trouvais aucun des mots nécessaires. Mon cœur incrédule et meurtri souffrait toujours. Je m'étais dévoilée corps et âme devant lui. Qu'il ne m'ait pas parlé de ce qu'il avait fait avant qu'Ankaret exige ses aveux me rongeait encore, mais le souvenir des accusations injustes que j'avais proférées contre lui était bien pire. *Tu es amoureux de mon pouvoir*, lui avais-je dit. *Pas de moi.* Devant l'immense tendresse dont il avait fait preuve à mon égard, la seule réponse que j'avais trouvée avait été, dans ma colère, la cruauté. Me rappeler la façon dont je m'étais déchaînée contre lui, l'effet de mes propos hargneux qui avaient semblé, dans les sous-bois obscurs du Nord, ôter toute lumière dans ses yeux, m'empêchait de le regarder sereinement.

Et pourtant, je ne voulais personne d'autre que lui à mon côté. Pour ça comme pour tout le reste.

— Tu viendras la voir avec moi ? lui ai-je demandé, la gorge nouée de sanglots.

Son expression s'est adoucie.

— J'irais n'importe où avec toi.

Chapitre 25

Lorsque nous sommes arrivés au palais, deux soldats nous attendaient dans la tour de la reine. L'un d'entre eux était la capitaine Vara, commandante en chef de la garde royale, la poitrine barrée d'une écharpe dorée.

— Ah, s'est-elle exclamée en se hâtant vers nous. Lady Farrin, Lord Ryder, elle vous attend.

— Elle nous attend tous les deux ? ai-je rétorqué, surprise alors que j'aurais peut-être dû m'en douter.

— Eh bien… Disons qu'elle s'attendait à ce que Lord Ryder vous accompagne, madame. Par ici, je vous prie.

J'étais décontenancée. La capitaine Vara était étonnamment calme, et même détendue – ce qui n'était pas du tout ce que j'avais imaginé. En fait, tout ce que je voyais me déconcertait. Car, hormis les manifestants rassemblés devant les portes et l'atmosphère globalement agitée qui régnait sur la cité depuis la seconde vague de disparitions, l'ambiance à l'intérieur du palais était presque sereine. Personne n'errait dans les couloirs de marbre en se lamentant de la perte prochaine et tragique de sa reine.

J'ai jeté un coup d'œil à Ryder, qui observait les environs, sourcils froncés, comme un chien de garde prêt à se jeter sur le premier intrus. Sa main posée au creux de mes reins me réconfortait, tout comme les poignards dissimulés dans nos manches et nos bottes, la dague glissée dans sa veste, et la plume d'Ankaret sous mon corsage. J'étais prête à chanter. Cet exercice qui consistait à préparer un chant doté d'une intention précise – à l'instar de Ryder chargeant son arbalète en prévision d'une bataille – était de plus en plus facile. *Tu dois t'entraîner*, m'avait dit Ankaret. *Tu l'as négligé trop longtemps. Elle devait te le rappeler.* Ce qu'elle avait fait, avec son feu et ses yeux incandescents. Le souvenir de son visage de flammes insondable était curieusement rassurant.

Nous avons suivi la capitaine Vara dans les couloirs sinueux de la tour jusqu'à ce que je comprenne subitement l'endroit où nous allions : le jardin d'hiver d'un petit atrium niché dans l'une des salles de réception de la reine. Je le connaissais très bien.

Devant l'entrée, la capitaine s'est écartée pour tendre une main solennelle vers la végétation luxuriante.

— Ne vous inquiétez pas, madame, nous restons de ce côté afin de garder le passage.

— Qu'est-ce que tout ça veut dire ? a grommelé Ryder dans sa barbe. Où est la reine ?

— Dans la Maison Verte, ai-je murmuré en commençant à saisir le sens de cette étrange mise en scène. Le cottage de ma famille en bordure de la cité. On y accède par un Trou-de-Vert installé dans le jardin d'hiver.

— Sa Majesté aime passer ses matinées dans la Maison Verte, madame, nous a appris la capitaine Vara. Elle trouve l'endroit paisible.

J'ai senti la surprise de Ryder, mais il s'est mordu les lèvres et n'a rien dit. Je suis passée devant la capitaine et, dans l'atrium, j'ai laissé la magie végétale me happer doucement vers son passage. Cette magie était particulièrement délicate. Après une traversée fluide et rapide – deux secondes à peine –, j'ai débouché dans le jardin de la Maison Verte, protégé du soleil matinal par une voûte de fleurs dorées. Tout autour, de hautes graminées d'automne, aux frondes blanches et duveteuses, murmuraient dans la brise.

Ryder, qui était arrivé juste derrière moi, m'a suivie de près tandis que nous traversions la pelouse. La porte n'était pas fermée à clef, aucune magie de garde n'a frémi sur notre passage, et les portes-fenêtres de la salle à manger étaient grandes ouvertes pour accueillir l'air matinal.

— Te voilà !

Yvaine a surgi de la véranda et s'est précipitée vers moi pour m'embrasser. Elle portait une robe diaphane en mousseline de soie d'un violet éclatant, au corsage parsemé de diamants et dont les manches irisées tombaient jusqu'au sol. Ses cheveux étaient détachés, dépourvus d'ornements, ses bras fins énergiques autour de mon cou, mais quand elle s'est écartée pour me regarder, j'ai vu les ombres grises sous ses yeux, le teint blafard de ses joues. Même la cicatrice rose sur son front avait changé pour briller à présent d'un éclat argenté.

Mais elle était en vie, et j'éprouvais un tel soulagement que j'en suis restée quelques secondes interdite avant de glisser la main dans la soie de ses cheveux et de la serrer fort contre moi. Sentir les battements précipités de son cœur contre le mien m'a fait monter les larmes aux yeux. Je les ai refoulées en tâchant de retrouver ma voix. *Elle est en vie. Elle est en vie !*

— Je ne comprends pas, a grommelé Ryder derrière moi. Farrin a reçu une lettre disant que vous étiez mourante, alitée, qu'il ne vous restait que quelques jours à vivre, et vous voilà, plus ou moins la même que d'habitude.

Yvaine l'a regardé, les yeux pétillants.

— Oh, Ryder, j'adore votre franchise. Non, je ne vais pas mourir. En tout cas, pas aujourd'hui. Et je ne suis certainement pas alitée. Je voulais seulement… que vous veniez rapidement, tous les deux, et c'était le meilleur moyen. Je n'étais pas sûre de l'endroit où vous étiez – depuis quelque temps, recourir à mon pouvoir pour localiser qui que ce soit est beaucoup trop épuisant –, j'ai donc envoyé une lettre à Ivyhill et une autre à Ravenswood. J'espère que personne ne l'ouvrira à votre place, Ryder, et ne sera pris de panique.

Je l'ai dévisagée, effarée.

— Et vous le leur reprocheriez ? Devant une lettre de la capitale annonçant que leur reine est à l'article de la mort ?

Je l'ai lâchée et j'ai reculé.

— J'ai paniqué. J'ai cru…

Je me suis forcée à me ressaisir.

— Pourquoi ne pas m'avoir fait inviter comme d'habitude ? Je serais évidemment venue sans délai.

Elle a semblé un instant abattue, puis elle a redressé le menton.

— La dernière fois que nous nous sommes vues, je t'ai attaquée. J'étais gravement blessée. Je n'étais pas moi-même. Je n'étais pas sûre que tu viendrais si je ne recourais pas à des mesures drastiques. Je pensais que tu aurais peur de moi, après ce qui s'est passé.

— Sincèrement, j'ai bien plus peur de vous maintenant, a observé Ryder d'un ton caustique. Que vous ayez trouvé judicieux de prétendre être mourante dans le seul but de nous faire venir n'est pas rassurant sur votre santé mentale.

Yvaine lui a décoché un regard, prête à répondre sèchement, mais elle a refermé la bouche et ses épaules fines se sont affaissées.

— Vous avez raison, bien sûr. Je suis désolée. Vraiment. Seulement…

Elle a passé une main tremblante dans ses cheveux.

— Tout est si étrange à présent. Encore plus étrange depuis la guérison de mes brûlures, comme si quelque chose m'avait été enlevé et n'était jamais entièrement revenu. Parfois, je me sens pleinement moi-même. D'autres moments m'échappent complètement, ou bien une idée farfelue me vient à l'esprit, et je la trouve brillante alors qu'elle est absurde ou même dangereuse. Thirsk me surveille comme une mère angoissée. Il ne m'aurait naturellement jamais laissée vous envoyer une lettre pareille. Je l'ai écrite pendant qu'il dormait. Je l'épuise. Je m'épuise moi-même.

Son intonation lugubre m'a effrayée. Je lui ai pris la main.

— Peu importe la manière que vous avez choisie, lui ai-je dit. L'important, c'est pourquoi ? Pourquoi nous faire venir,

Yvaine ? Vous avez besoin d'aide ? Ou des informations à nous communiquer ?

Elle a serré ma main.

— J'ai besoin de compagnie, a-t-elle répondu simplement. De voir des gens que j'aime, des gens en qui j'ai confiance. Des gens qui ne sont pas des vieillards inquiets ou des vieilles femmes pénibles. Acceptez-vous tous les deux de déjeuner avec moi ?

⚙

La fin de la matinée s'est déroulée étrangement, Yvaine furetant dans la maison comme une hôtesse empressée. Elle nous a préparé un repas aussi copieux que délicieux, cuisiné de ses propres mains, à partir d'ingrédients fournis par les cuisines royales. Elle était devenue, au cours de sa longue existence, une cheffe admirable.

Nous avons mangé des feuilletés farcis au fromage de chèvre, agrémentés de brins de persil et de fines tranches de jambon, du poulet grillé aux dattes et zestes d'orange servi sur un lit de verdure croquante – la viande si tendre qu'elle fondait en bouche –, et un gâteau au chocolat arrosé de sirop de framboise et saupoudré de sucre glace. L'ensemble était divin.

Elle m'a proposé de jouer du piano, ce que j'ai fait d'abord avec réticence puis avec soulagement, parce que pendant que mes mains volaient sur le clavier et que mes pieds actionnaient les pédales, je n'avais pas à la regarder, ni à entendre le débit de sa voix perçante nous raconter les ragots insignifiants du palais, la nouvelle robe que son Artificière de beauté était en train de lui préparer pour le gala annuel du prochain solstice d'hiver, les rénovations en cours sur l'aile nord du palais. C'était un babillage sans intérêt et, chaque fois que Ryder ou moi tentions d'aborder les disparitions, l'ordre de mobilisation générale, ce que nous avions vu à Mhorghast, l'invasion imminente, elle nous faisait taire d'un regard, d'un mot, d'un coup de fourchette sur son verre de cristal rempli de citronnade pétillante. Ce n'étaient que des petits coups de magie qui accompagnaient ces réactions, mais elle était la Haute Reine Yvaine Ballantere d'Edyn, et ces impulsions, bien que légères, suffisaient à déformer nos paroles et à nous faire oublier ce dont nous voulions parler.

En fin d'après-midi, Ryder est monté se reposer à l'étage, au prétexte que ses blessures le faisaient souffrir. Nos regards se sont croisés un instant. Je ne doutais pas que son corps ait besoin de repos, mais je n'imaginais pas une seconde qu'il allait s'assoupir.

Son absence a tout changé. Quelques minutes après son départ, Yvaine a interrompu son incessant bavardage pour tendre l'oreille. Tout était silencieux, à l'exception du vent qui faisait tinter les clochettes que Philippa avait accrochées dans le jardin avec l'aide de Gemma encore enfant.

Yvaine, l'air satisfait, s'est laissée aller contre le dossier du canapé et a fermé les yeux.

— Enfin un peu de calme, a-t-elle dit.

J'ai écarquillé les yeux.

— C'est vous qui n'arrêtez pas de parler depuis que nous sommes arrivés.

Elle a consenti, au bout d'un moment, à soulever les paupières pour me regarder.

— Je suis navrée de vous avoir imposé le silence. Tout le monde ne me parle que de l'horreur de la situation – les disparus, la détérioration de la Brume, la peur généralisée. Ils n'ont pas tort, mais je suis fatiguée, Farrin.

Elle a poussé un soupir tremblant et m'a adressé un faible sourire. Puis, comme si une digue cédait, elle s'est recroquevillée sur les coussins et a ramené ses genoux contre elle. Plus de faux-semblants, de sourires prétendument radieux adressés à Ryder ou à ses conseillers. Non, elle était simplement Yvaine, épuisée et amaigrie, dans sa robe trop grande pour elle.

— Je voulais une journée en compagnie de mon amie, c'est tout, a-t-elle repris à voix basse. Une journée – rien qu'une – de détente et rien d'autre. Avant que tout ne change. Parce que tout va changer, n'est-ce pas ? Je le sens à chaque instant. Je sens que chacun de mes gestes, chacun de mes pas me rapproche inexorablement d'une falaise en bas de laquelle rugit une mer démontée. Je l'entends gronder en permanence, dans l'air, dans le sol, même à présent alors que le gouffre est refermé et mon palais intact. Tous ces orages dans mes cieux, qui roulent et s'amoncellent, chaque jour de plus en plus menaçants.

Ce qu'elle venait de dire appelait tant de commentaires que je ne savais pas par où commencer. L'épuisement perceptible dans sa voix me terrifiait, autant que sa silhouette blottie dans le canapé. Elle semblait effroyablement vulnérable, une proie facile pour n'importe quel monstre, homme et bête confondus, loin de l'image d'une reine choisie pour diriger le monde.

— J'éprouve la même chose, ai-je répondu sincèrement. Et je pense que nous serions mieux préparés à affronter le changement qui s'annonce si vous me laissiez vous parler de ce qui s'est passé.

Elle a de nouveau fermé les yeux, les lèvres pincées.

— Non, s'il te plaît. Je ne veux pas me servir de mon pouvoir pour te faire taire à nouveau, mais si tu m'y forces, je le ferai. Je ne veux parler que de choses banales, terre à terre. Pas de violence ni de créatures primordiales.

— Mais vous en êtes une, ai-je observé.

Comme moi, ai-je eu envie d'ajouter. L'aveu me brûlait les lèvres. Je me demandais quels souvenirs elle gardait de ce jour affreux où elle m'avait attaquée dans la salle à manger. *Que savez-vous des demi-dieux ?* avais-je crié sous la pression de sa magie chaotique.

Mais il n'y avait à présent dans son regard rien d'autre qu'une affectueuse tendresse. Elle a posé la joue sur ses genoux et m'a souri.

— Avec toi, je ne suis pas une créature primordiale, ou puissante, ni une reine choisie par les dieux. Je ne suis… que ce que j'étais avant qu'ils ne m'arrachent à la campagne, à la ville ou à la vallée dans laquelle j'habitais. Je suis comme n'importe qui. Juste une amie en compagnie d'une amie.

J'ai poussé un soupir agacé, décidée à ne pas me laisser charmer par la candeur de ses propos.

— Et ensuite ? Demain, quand vous reprendrez vos fonctions au palais, que ferez-vous alors ? Me laisserez-vous venir avec vous ? M'écouterez-vous parler ?

— Bien sûr.

— Des gens meurent, Yvaine, ai-je continué avec vivacité. J'y étais. Je l'ai vu. Ils sont la proie d'un monstre et de ses sbires, contraints de les distraire, de se battre, de leur plaire, de faire des choses qu'ils ne feraient jamais s'ils avaient leur lucidité, et…

Je me suis tue en secouant la tête. La patience dont j'avais fait preuve tout au long de cette journée saugrenue était épuisée. Je me suis tournée vers la fenêtre, les yeux brouillés de larmes qui ont transformé le jardin, le soleil, l'herbe et les fleurs en un chatoiement vert et or.

— Gareth est quelque part là-bas, ai-je murmuré. Prisonnier, retenu comme tant d'autres aussi chers à leur famille et leurs amis. Et vous, vous me faites venir ici, en me trompant, pour nous entraîner, Ryder et moi, dans une valse étrange, et vous continuez en répétant combien vous appréciez de passer du temps avec moi, comme s'il ne se passait rien au monde, comme s'il n'y avait que vous et moi, des amies profitant d'un bel après-midi ensemble.

Je me suis retournée vers elle et ai été satisfaite de voir son air honteux. J'ai ignoré le réflexe qui me poussait à la réconforter ou à m'excuser. Elle était mon amie, mais pour l'instant, elle ne méritait ni l'un ni l'autre.

Elle a semblé, enfin, perméable à mon discours, car elle a opiné, et s'est redressée pour croiser correctement les jambes sur les coussins.

— Tu as raison, bien sûr, a-t-elle admis posément.

Elle m'a adressé un faible sourire.

— Tu as toujours raison. Ce qui est, semble-t-il, rarement mon cas, ces derniers temps.

Son regard s'est perdu au loin.

— C'est égoïste de ma part, n'est-ce pas, de vouloir m'évader et me distraire alors que tant de gens souffrent ?

— C'est plus compliqué que ça, lui ai-je offert.

Mais elle a secoué la tête.

— Non, pas pour moi. Pas pour la reine d'Edyn.

Elle a poussé un soupir puis m'a regardée avec résolution.

— Je vais rentrer au palais, te laisser en paix cet après-midi, et si vous voulez me rejoindre pour dîner, Ryder et toi, nous parlerons de tout ce que vous avez vu. En privé ou avec les membres du Conclave, si vous le souhaitez. Mais d'abord...

Elle a croisé les mains sur ses genoux.

— Pouvons-nous bavarder quelques minutes ? On ne l'a pas fait depuis si longtemps, toutes les deux. Je ne sais presque rien de ce qui t'est arrivé ces derniers mois.

Elle a levé les yeux vers l'étage, d'un air très légèrement évocateur.

— Parle-moi de Ryder. Est-il aussi séduisant au lit qu'on peut le supposer en le voyant ?

Ce brutal changement de sujet m'a arraché un rire surpris.

— Il... Je...

— Cela te gêne d'en parler ?

— Non, pas du tout... Enfin, si, je suppose. Un peu.

— Si c'est trop intime, tu n'es pas obligée de répondre. Seulement, vois-tu...

Elle est restée silencieuse un instant, puis elle s'est détournée avec un soupir piteux.

— Tu vas trouver ça idiot.

— Je suis trop curieuse maintenant pour trouver ça idiot, ai-je répliqué.

Ma réflexion l'a amusée. Son visage s'est éclairé, pour aussi vite retrouver sa résignation. Elle a tripoté les broderies du coussin.

— J'ai été amoureuse, une fois, a-t-elle murmuré. Il y a très longtemps, me semble-t-il, des années et des années avant qu'aucun de vous ne soit né. Mais je crois que c'est bel et bien arrivé. Dernièrement, des souvenirs curieux remontent à la surface de ma mémoire. Ils sont clairement les miens, tout en me semblant étrangers, inconnus mais chéris à la fois.

Elle a levé les yeux sur moi.

— Tu comprends ?

Ce n'était pas le cas, mais je ne voulais pas la décourager.

— Je crois.

— Je sais que ça paraît ridicule – des souvenirs qui sont et ne sont pas les miens ? Quoi qu'il en soit, je sais ce qu'ils me disent, et ce qu'ils me disent, c'est qu'un jour, il y a très, très longtemps, j'étais amoureuse. Je le sens, là.

Elle s'est touché la gorge, la poitrine et le ventre.

— Ici aussi. Je ressens la véracité de ces échos anciens. J'étais amoureuse, et le peu dont je me souviens, c'est le réconfort que j'ai éprouvé, le sentiment d'être moins… extraordinaire. Tout le monde comprend ce qu'est l'amour. Et moi, je suis une chose que personne ne comprend, en tout cas pas vraiment. Tu vois ce que je veux dire ?

Ses yeux emplis de larmes me brisaient le cœur. Elle semblait si seule au milieu des coussins, si petite et si fatiguée. Lorsque je lui ai tendu mon mouchoir, elle l'a pris sans un mot et serré sur ses genoux.

Au bout d'un moment, elle s'est éclairci la gorge.

— Alors je pensais que si tu me parlais un peu de Ryder et toi, de ce que tu ressens, de ce que ça fait d'être amoureuse, je pensais…

Elle a haussé misérablement les épaules.

— Je pensais que cela m'aiderait peut-être à mieux me souvenir de ce que j'essaie de me rappeler. Quelque chose, dans ce souvenir, essaie peut-être de m'atteindre. Quelque chose qui pourrait tout expliquer – ma maladie, celle de la Brume, les disparitions, le gouffre. Tout. Est-ce complètement absurde de le croire ?

Ses yeux, débordants d'incertitude, quêtaient éperdument une réponse.

— Est-ce complètement absurde de croire que la compréhension de l'amour pourrait expliquer tant d'horreurs ?

— Non, ai-je murmuré.

J'en étais convaincue, même si je n'aurais su dire pourquoi.

— Non, je crois que l'amour est à la base de presque tout, le pire comme le meilleur. Et si vous pensez que mon expérience peut vous être utile…

— Qui sait ?

Elle m'a souri faiblement ; son espoir faisait peine à voir.

— Tu crois qu'elle peut l'être ?

— On peut toujours essayer, ai-je répondu.

J'ai inspiré prudemment, en sondant mon cœur et mes sentiments pour Ryder.

— Je vous préviens, je ne suis pas douée pour parler de ces choses-là.

— Voilà qui me surprend terriblement, moi qui ne te connais qu'à peine.

Je lui ai fait la grimace pour cacher mon sourire.

— Je vais commencer par vous parler de la nuit de l'incendie.

— À Ivyhill ?

Elle semblait stupéfaite.

— Quand tu étais petite ?

J'ai opiné.

— Vous savez déjà tout du garçon qui m'a sauvée cette nuit-là. Mais ce que vous ne savez pas – parce que je viens de l'apprendre moi-même –, c'est que ce garçon était Ryder.

Je l'ai observée attentivement. Allait-elle se rappeler ce qu'elle m'avait dit, qu'il était impossible que Ryder soit le garçon lumineux ?

Mais je ne lisais sur son visage que la stupéfaction et une intense curiosité.

— Incroyable, a-t-elle murmuré.

Elle a pris un coussin qu'elle a serré contre elle, comme une gamine subjuguée, et m'a fait signe de poursuivre.

— Continue, mon amie. Comment l'as-tu découvert ?

Mon cœur s'est serré. Il était clair qu'elle ne se rappelait rien de ce qu'elle m'avait dit ce jour-là, et une pensée affreuse m'est venue à l'esprit : entre sa maladie et le feu qui l'avait brûlée, il était impossible de savoir à quel point son esprit était atteint. Quelles parties d'elle avaient brûlé dans les flammes ? Quels souvenirs précieux avaient disparu ?

Le désespoir m'a saisie si brutalement que j'ai failli m'arrêter là. Mais Yvaine semblait si impatiente, si heureuse de m'entendre, que j'ai réussi à me ressaisir et, dès que je me suis lancée sérieusement dans mon récit, je me suis aperçue que j'étais moi-même heureuse de le raconter enfin. J'avais brûlé de pouvoir parler à quelqu'un de la blessure que m'avait causée le mensonge par omission de Ryder, une omission que j'avais ressentie comme une véritable trahison ; combien cela m'avait paru odieux et méchant ; combien, dans ma colère et ma stupeur, j'avais été odieuse et méchante moi-même. À quel point j'avais été terrifiée à l'idée que ses sentiments pour moi ne soient pas fiables – qu'il soit amoureux d'un pouvoir et non d'une personne – alors même que la voix de ma raison me hurlait le contraire. Et combien il me semblait impossible de concilier tout cela, mes incertitudes, ma colère et mes remords, avec la vérité éclatante de ce que j'éprouvais pour lui.

J'ai baissé les yeux sur mes mains. Je ne pouvais plus parler ; si je le faisais, j'allais me mettre à pleurer, et cette perspective était trop accablante pour l'envisager. Yvaine a posé la main sur mon bras, et ce léger contact, tiède et rassurant, m'a donné la force de continuer.

☼

Je me suis réveillée confuse et sans savoir où j'étais. Je n'avais aucun souvenir de m'être endormie, d'avoir ôté mes chaussures ni de m'être pelotonnée sur le canapé avec une couverture. Je me rappelais seulement avoir parlé de Ryder à Yvaine – de sa force, de ses baisers, de ses mains, de son étonnante douceur, de son caractère bourru, attachant, du sentiment de sécurité que j'éprouvais entre ses bras, et de la façon dont je me sentais, près de lui, vraiment considérée et si précieuse. Je me rappelais qu'elle était suspendue à mes lèvres comme si j'avais été une conteuse hors pair, retenant son souffle, riant, impressionnée – et délicieusement scandalisée – aux bons moments. Sa sympathie était un baume, son attention addictive.

Mais la pièce à présent était plongée dans l'obscurité, et je frissonnais, couverte de sueur froide. Dehors, le vent rugissait. Il avait rabattu et plaqué toutes les portes contre les murs.

Je me suis redressée vivement. J'allais courir à l'étage afin de rejoindre Ryder, quand subitement, les idées plus claires, j'ai pris conscience de ce qui se passait. Un orage s'était formé pendant que je dormais, et ses ailes noires s'étiraient à présent dans le ciel.

Je me suis précipitée dehors pour voir ce qu'il en était, et son immensité m'a coupé le souffle. La Maison Verte était construite en haut d'une colline en bordure de la capitale, et la vue qu'elle offrait, d'habitude charmante, était effrayante. D'énormes nuages noirs, teintés de reflets verts et violets, surplombaient la cité, crachant des nappes de pluie drue et des torrents de grêle. Le vent hurlait, mugissant comme un troupeau déchaîné dévalant dans la plaine. On ne voyait plus la lumière du jour, il m'était donc impossible de savoir combien de temps s'était écoulé depuis que je m'étais endormie. Mais des éclairs incessants zébraient le ciel, et je distinguais nettement le paysage. La foudre s'abattait sur la cité, faisant jaillir d'immenses gerbes de lumière féroce sur ses tours étincelantes et dans ses rues sinueuses. Le tonnerre, assourdissant, était instantané. Je regardais la destruction, horrifiée. Les éclairs déchiraient les rues, renversaient des bâtiments, creusaient des cratères gigantesques dans les parcs verdoyants de l'université. Ils n'avaient rien de naturel : c'étaient des armes, dirigées intentionnellement, faites pour anéantir.

Subitement, une forme s'est détachée au milieu des nuages – celle d'un oiseau gigantesque aux ailes déployées comme pour couvrir l'ensemble de la cité, aux yeux flamboyants et au bec béant crachant du feu et des rafales de vent. Il volait, disparaissait, se reformait. C'était un oiseau, puis un nuage noir, puis une chimère monstrueuse aux bras humains et au long corps de serpent.

Mon sang s'est glacé tandis que je regardais, du haut de la colline, sa démesure grotesque, son effroyable horreur. Les mots d'Ankaret résonnaient dans ma tête, aussi distincts que le martèlement d'une cloche. *Ils l'appellent « orage », ils l'appellent « Celui-qui-est-tout », ils l'appellent…*

Kilraith.

L'orage s'est élevé très haut dans le ciel puis il a fondu sur la cité, inondant ses rues de ténèbres. Je n'entendais que la furie de la pluie et du tonnerre, mais j'imaginais les cris des habitants piégés dans leur maison, coincés sous les décombres.

Je ne suis pas retournée chercher Ryder. Que pouvait faire un Animalier, même élu, contre une chose pareille ? Il s'en rendrait compte bien assez tôt lui-même, si ce n'était pas déjà le cas, et je ne voulais pas qu'il tente de m'arrêter.

J'ai traversé le jardin et dévalé la colline, en luttant à chaque pas contre les rafales de vent qui fouettaient sauvagement l'air. Je n'étais pas complètement remise de mon voyage à Mhorghast, et mon corps douloureux me le rappelait, mais j'ai couru aussi vite et aussi longtemps que possible, jusqu'à ce qu'un point de côté m'oblige à m'arrêter. J'ai repris mon souffle, les mains sur les genoux, à l'entrée d'un parc de l'université. De grands arbres, déracinés, gisaient au milieu de pelouses dévastées. J'ai grimpé sur un des troncs carbonisés et, en équilibre instable, j'ai commencé à chanter.

À Mhorghast, j'avais eu la dissimulation, la lucidité et la défense en tête, ces trois notions ancrées dans mes pensées comme trois pierres incrustées dans le flot continu de ma voix, de mon souffle, de mon pouvoir. J'ai fait la même chose, mais en ne songeant qu'à l'ordre impératif qui m'avait accompagnée lorsque je m'étais élancée vers Ankaret pour protéger Ryder : *Cesse.*

J'ignorais ce qui allait se produire. L'orage était-il Kilraith lui-même ou seulement la magie qu'il contrôlait ? Et si l'affreuse chose – quelle qu'elle soit – cédait à ma voix, que se passerait-il ensuite ?

Mais ces questions étaient vaines. Alors, au lieu de les laisser me distraire, je me suis concentrée sur ma voix en appelant mon pouvoir. Au début, elle n'était pas en mesure de rivaliser avec la fureur de l'orage. Le vent l'engloutissait. Le sol tremblait, comme secoué par des explosions lointaines, menaçant de me faire tomber par terre. J'ai envisagé de sortir la plume d'Ankaret de mon corsage afin de la faire venir à moi. Mais je n'avais qu'une seule plume, et une guerre se profilait à l'horizon. J'allais d'abord me servir de mon chant.

J'ai réussi à garder l'équilibre, à inspirer avec de plus en plus d'ampleur. J'ai levé le visage vers le ciel noir et extrait les notes du plus profond de mon être – de la plante de mes pieds, du creux de mes paumes moites, de mes genoux tremblants.

L'attention de l'orage s'est tournée vers moi, dans un mouvement d'air et une brusque bouffée de chaleur. J'ai ouvert les yeux, les joues fouettées par le vent, et vu les ténèbres se dresser devant moi, comme une vague noire s'élevant de l'océan – immense, implacable et menaçante. Quelque chose a jailli de ce ciel bouillonnant, une volute d'ombre couverte de givre, et m'a frappé l'estomac, me faisant tomber par terre. Le coup a interrompu mon chant ; je me suis recroquevillée dans la boue, étourdie. Les ténèbres, rampant comme des serpents sur le sol, se sont enroulées autour de ma taille et m'ont soulevée dans les airs.

Je suffoquais, prisonnière de l'emprise glaciale de l'orage, et je ne pouvais émettre qu'un filet de voix, à peine un fredonnement instable. L'orage m'a hissée jusqu'à ses yeux brillants, imperturbables – chacun aussi grand qu'une porte et cerné d'éclairs – et m'a observée. Puis il a souri, un arc d'une lumière si perçante qu'il m'a semblé qu'une lame me lacérait la peau.

Je me suis subitement retrouvée dans cette horrible maison au bord de la mer Lointaine, luttant de toutes mes forces pour chanter tandis que Gemma arrachait la Couronne aux Trois Yeux du crâne de Talan. C'était la même sensation qui me mordait les doigts, me nouait la gorge. La même violence furieuse et avide. Mais cette fois, j'étais seule à l'affronter. Je n'avais ni Gemma ni Mara, ni Ryder ou Alastrina.

Cesse. Je me suis agrippée frénétiquement à cette pensée, alors que tout en moi s'écroulait, et j'ai pris une faible inspiration, mais quand j'ai chanté, je n'entendais même pas le son de ma voix. Le tonnerre retentissait, la foudre crépitait. Je percevais le grondement lointain d'un rire étouffé et, dans ce rire, ce qui ressemblait à une voix, aussi sereine que l'œil d'un cyclone.

— Tiens, tiens, voyez-vous ça.

Les mots vibraient dans ma tête, c'était davantage une sensation qu'une véritable parole.

— Je te connais.

Je ne voulais pas dire son nom, mais il envahissait de toute façon mes pensées : *Kilraith.*

La perforation de son sourire s'est accentuée, m'écorchant la peau. Une pression atroce se resserrait autour de mon corps. Ma cage thoracique allait céder, mes côtes fracassées transpercer mes poumons. Je l'ai compris dans un ultime sursaut de panique, comme j'avais compris, au milieu des flammes d'Ivyhill, des années auparavant, ce qui m'attendait. J'allais mourir.

Soudain, un trait de lumière aveuglante a traversé l'orage. Les ténèbres ont volé en éclats, Kilraith m'a lâchée, et je suis tombée en hoquetant, sûre que c'était la fin. J'étais trop haut dans le ciel, mon crâne allait exploser sur le sol. Mais quelque chose a ralenti ma chute, une douceur, tiède et lumineuse, et je me suis retrouvée, hébétée, en un seul morceau, de nouveau à quatre pattes dans la boue. J'ai relevé la tête, pour regarder, les yeux plissés, le rayonnement éblouissant qui se tenait maintenant entre Kilraith et moi. Sous mon corsage trempé, contre ma peau, la plume d'Ankaret s'est animée, me réchauffant de sa chaleur.

Parce que c'était elle qui me couvrait à présent de ses ailes – dressée en une colonne éclatante de lumière, de plumes et de flammes. Un gémissement étouffé a frémi dans le ciel, une plainte désespérée.

— Non.

Il venait de Kilraith, ai-je compris en sentant le tonnerre de sa voix vibrer contre ma peau.

— Attends, ma bien-aimée…

Mais si c'était Ankaret qu'il implorait, elle ne l'a pas écouté. Elle s'est jetée sur lui, les ailes battantes, chacune de ses plumes ourlées d'or flamboyant. Elle l'a percuté et entraîné avec elle très haut dans le ciel, comme s'il n'était qu'un débris emporté par la marée. L'immense couverture noire de ses nuages, toute sa puissance, s'est rétractée, le réduisant à un faible cyclone d'ombres. Le ciel s'est éclairci, scintillant d'étoiles. J'ai regardé, abasourdie, Ankaret le percuter encore et encore au-dessus des incendies épars de la cité. Le temps s'écoulait à la fois vite et lentement ; j'avais l'impression d'être dans un rêve étrange.

Alors que Kilraith tremblait devant elle – il n'était désormais plus qu'une petite tache dans le ciel, de faibles rubans de ténèbres qui s'élevaient au milieu du brasier comme pour l'implorer, l'apaiser –, elle a reculé, ses ailes couvrant toute l'étendue des parcs dévastés, les grappes blanches des bâtiments de l'université, puis elle a fondu sur lui pour l'engloutir. Un cercle immense, frémissant de feu et d'ombre, s'est déployé au-dessus de la ville, dans toutes les directions, comme si quelqu'un avait jeté une pierre improbable dans un lac improbable. Une vague brûlante est arrivée sur moi ; je me suis recroquevillée par terre, me cachant le visage du mieux possible. Un silence épais s'est abattu avant de disparaître. Dans son sillage, j'ai entendu des hurlements au loin, des gémissements de désespoir, des cris d'appel à l'aide.

J'ai osé relever la tête et regarder autour de moi.

Kilraith avait disparu, tout comme Ankaret. Le ciel était dégagé, l'air calme.

Je me suis relevée et suis partie en titubant vers l'université, sans vraiment savoir où j'allais ni ce que je faisais. Je ne ressentais que le besoin de voir, de comprendre. J'ai posé la main sur mon corsage et failli pleurer de soulagement en sentant sous ma paume la chaleur de la plume d'Ankaret. J'y ai vu le signe que, où qu'elle soit, quoi qu'elle ait fait, elle était toujours en vie.

Mais quand j'ai débouché dans l'une des cours pavées de l'université, au lieu de la voir pleine d'étudiants penchés sur leurs livres ou se dépêchant pour assister au cours suivant, de professeurs débattant vivement autour de leur repas, ce n'était, ce soir, que chaos. Un sillon immense trouait le sol, et les gens couraient partout, blêmes, en larmes, s'agrippant les uns aux autres. Je suis restée à l'écart, glacée de terreur. J'entendais leurs murmures, je saisissais des bribes de leurs conversations accablées. *Envolés... Disparus... Ombre...*

Emportés.

Je suis restée figée. Je continuais d'écouter, comme pour me convaincre que rien de tout ça n'était réel, que tous ces gens paniqués se trompaient, que j'allais me réveiller sur le canapé du salon, dans la Maison Verte.

Quelqu'un, de l'autre côté de la cour, caché par les décombres et la foule agitée, a laissé exploser son chagrin dans un hurlement déchirant. Le bruit m'a tirée de ma torpeur. J'ai fait demi-tour et suis partie vers la Maison Verte aussi vite que je le pouvais. Je ne pouvais pas courir, je tenais à peine debout. J'étais meurtrie, déboussolée, tremblante. Mais la peur qui m'envahissait était plus forte, et le temps que j'arrive en haut de la colline, je ne sentais plus mon corps. Je n'étais plus que terreur pure, cœur battant et sueurs froides. J'ai grimpé l'escalier, franchi le palier, le nom de Ryder sur les lèvres.

Mais la chambre était déserte. Ses bottes, au garde-à-vous, intactes au milieu du tapis.

Ryder avait disparu.

Chapitre 26

Je me suis engouffrée dans le Trou-de-Vert du jardin et, arrivée au palais, je suis sortie de l'atrium en courant. La capitaine Vara, bien sûr, n'était pas là, ni aucun de ses gardes. Ils avaient d'autres soucis en tête.

J'ai essayé de ne pas regarder par les fenêtres en me précipitant dans la tour à la recherche d'Yvaine. Dehors, tout n'était que ruines et fumée, une cité ravagée. Lorsque Ankaret avait englouti et emporté Kilraith, elle avait aussi éteint les incendies déclenchés par sa foudre. Mais chaque coup d'œil rapide à l'extérieur me montrait des bâtiments effondrés, traversés de sillons calcinés creusés dans le sol comme de nouvelles rues.

Le temps que je trouve Yvaine, mon cœur battait si vite et si fort que j'en avais la nausée. Elle traversait en hâte l'un des grands couloirs qui conduisaient hors de la tour, accompagnée d'une poignée de conseillers, eux-mêmes entourés d'un cortège de gardes, tous pressés de rejoindre le palais au plus vite. C'était l'état dans lequel je m'attendais à trouver la Citadelle lorsque nous étions arrivés, Ryder et moi, le matin même : des serviteurs courant dans tous les sens, des lieutenants de la garde civile hurlant des ordres à leurs escouades, le tout baigné d'une atmosphère lourde de terreur et de confusion.

Je me suis frayé un chemin au milieu du chaos, sans perdre de vue la reine et son entourage.

— Yvaine, ai-je crié, tellement soulagée de la voir en vie que j'en oubliais le protocole.

Elle s'est arrêtée pour venir aussitôt à ma rencontre, en écartant d'une main preste ses conseillers contrariés et les gardes méfiants. J'ai aperçu la capitaine Vara parmi eux ; elle a calmé ses troupes d'un geste leur signifiant de baisser leurs armes. Je lui ai lancé un regard reconnaissant juste avant de m'élancer vers Yvaine. *J'aurais bien aimé être comme Talan*, ai-je pensé distraitement. *Ce doit être pratique de pouvoir influencer les gens.*

Mais ce n'était que moi, humaine et claudicante, la gorge irritée par le chant et la fumée, seulement capable de serrer Yvaine contre moi en essayant de ne pas pleurer dans ses cheveux.

— Que s'est-il passé ? m'a-t-elle demandé d'un ton calme et détaché.

Elle portait une robe stricte, gris anthracite, aux reflets violets scintillants dans la lumière. Son abondante chevelure blanche était retenue dans un chignon serré. L'amie qui m'interrogeait sur l'amour dans la Maison Verte s'était effacée pour laisser place à la Haute Reine d'Edyn.

— Ryder a disparu, ai-je dit d'une voix rauque, la gorge brûlante.

Je me suis aperçue, en même temps, que j'étais ridicule : l'amie de la reine pleurnichant dans ses jupons sur son amour perdu alors qu'une ville entière brûlait. Mais Ryder n'était pas n'importe qui, Yvaine l'avait dit elle-même quelques semaines plus tôt. Tous les six – Ryder, Gemma, Talan, Mara, Gareth et moi –, nous étions importants. Parmi ses nombreux dons, Yvaine possédait celui de clairvoyance, de prophétie, et c'était ce qu'elle avait pressenti. Nous avions tous un rôle à jouer dans ce qui s'annonçait.

Je refusais de penser que cette affirmation n'était qu'une des élucubrations issues de son cerveau fatigué, un symptôme de la maladie de la Brume auquel on ne pouvait se fier. Si c'était le cas, alors Ryder avait simplement disparu, comme tant d'autres.

Je refusais de le croire. Kilraith m'avait tenue dans ses

ténèbres ; j'avais plongé les yeux dans les siens, bordés d'éclairs. *Je te connais,* avait-il dit.

— C'était Kilraith, ai-je lâché, consciente des regards que j'attirais sur nous – ceux des serviteurs anxieux, de Thirsk agacé. Cet orage, c'était lui, ou lui sous l'une de ses formes. Je me suis servie de mon pouvoir contre lui, j'ai chanté pour tenter de l'arrêter. Mais il était trop fort, ou j'aurais dû chanter autre chose, une injonction différente, je ne sais pas.

Je tenais des propos décousus, mais je devais lui dire.

— Quoi qu'il en soit, cela a suffi à attirer son attention. Il m'a attrapée, soulevée, il allait me tuer. Il m'a reconnue. Il a dû se souvenir de ma présence dans notre combat pour libérer Talan. Puis… elle est arrivée. Ankaret.

Les sourcils d'Yvaine se sont froncés. Elle m'écoutait attentivement.

— Ankaret ?

Son visage s'est illuminé.

— L'oiseau de feu ? Nous l'avons vu d'ici.

— Oui, c'est elle. Elle est… Je ne sais pas ce qu'elle est ni d'où elle vient, mais c'est une alliée, elle l'a combattu. Elle m'a sauvée. Je suis venue vous le dire. On peut lui faire confiance. Si elle revient, n'ayez pas peur d'elle.

J'ai hésité, puis décidé de ne pas lui parler de la plume. Les larmes me brûlaient les yeux, je n'arrêtais pas de penser aux bottes de Ryder.

— Combien de personnes ont été enlevées ? ai-je demandé dans un souffle.

— Pour l'instant, à l'intérieur de la Citadelle, on compte une douzaine de disparus, a répondu Yvaine, la mine sombre. Mais je suis sûre que le nombre final sera plus élevé. Lady Goff en fait partie.

J'ai levé les yeux, derrière elle, vers le groupe en attente des conseillers. J'ai frissonné en les voyant – Thirsk, Bethan, Jarvis. Trois des plus proches conseillers de la reine, ses ministres, ses confidents. Et l'une des leurs avait à présent disparu, probablement détenue par Kilraith.

— Que puis-je faire ? ai-je repris en reposant les yeux sur elle. Dites-moi de quelle manière je peux vous aider. Je peux prendre la place de Goff, chanter pour les blessés pendant que les guérisseurs s'occupent d'eux…

— Le mieux que tu puisses faire est de rentrer à Ivyhill, m'a dit Yvaine, et ouvrir vos portes à tous ceux qui cherchent refuge. Beaucoup de gens sont terrorisés, et ta famille sera un réconfort pour eux.

Elle s'est tournée vers les serviteurs qui passaient en trombe, paniqués, au milieu des escadrons de soldats et des bataillons d'Élémentaires et de Sorceleurs en route vers la cité, les uns arme au poing, les autres suivis d'un sillage de magie rugissante. Ses yeux or et violet brillaient de colère. Elle semblait revigorée, puissante, plus elle-même qu'elle ne l'avait été des mois durant. Même la cicatrice sur son front avait retrouvé son rose habituel. Je me suis autorisée à m'en réjouir un bref instant.

— Vous m'enverrez chercher si je peux être utile ici ?

Elle m'a pris les mains, et son visage s'est adouci.

— Je n'y manquerai pas. Et ne t'inquiète pas pour Ryder, a-t-elle ajouté en me souriant gentiment. Il est têtu et fort, tout comme toi. En cela, comme en bien d'autres choses, vous êtes faits l'un pour l'autre. Tâche d'y trouver du réconfort. D'accord, mon amie ?

J'ai opiné en m'efforçant de sourire bravement, puis elle m'a lâché les mains et s'est dépêchée de rejoindre ses conseillers. Thirsk m'a décoché un dernier regard exaspéré avant de se précipiter derrière elle. Je l'ai regardée, au milieu du chaos qui m'entourait, s'éloigner dans le grand couloir. La lumière chaleureuse des torches fixées au mur parait sa chevelure d'éclats argentés. Quelque chose me tracassait en la voyant disparaître, un sentiment que je n'arrivais pas à définir, mais qui me retenait sur place.

Une apprentie guérisseuse à l'air débordé, les bras chargés de fioles et de tissus, m'a bousculée en passant précipitamment à côté de moi. Cela m'a tirée de ma torpeur. J'ai fait demi-tour pour rentrer chez moi.

J'ai émergé du Trou-de-Vert qui reliait notre domaine à la capitale sous une voûte céleste joyeusement étoilée et franchi péniblement la distance qui me séparait de la maison. Je me sentais, en grimpant les quelques marches du perron, complètement épuisée. Respirer me faisait mal, comme si l'air, chargé d'épines, me déchirait la gorge. *Ryder.* Je berçais son prénom au creux de mes pensées. *N'aie pas peur, Ryder,* lui disais-je. *Je t'aime. Je vais te retrouver. Je t'aime.*

Dévorée d'inquiétude, le corps et le cœur douloureux, j'ai franchi la porte d'Ivyhill et failli me cogner dans Gilroy.

— Gilroy, ah.

J'ai saisi son bras, si heureuse qu'il n'ait pas disparu que les larmes que j'avais réussi à contenir ont menacé de couler. Je les ai refoulées en battant furieusement des paupières et l'ai accompagné vers la salle à manger.

— Nous devons envoyer des messages à Derryndell, Tullacross, Summer Amble, lui ai-je dit.

Donner des instructions était un soulagement. Je ne maîtrisais peut-être pas mes pouvoirs divins ni les gigantesques orages malfaisants, mais là, j'étais imbattable.

— La capitale a été attaquée, ai-je continué, des enlèvements ont eu lieu dans la Citadelle. Il se peut que beaucoup d'autres personnes aient disparu dans le pays et qu'il y ait eu d'autres attaques. Nous accueillerons à Ivyhill tous ceux qui cherchent un abri, qui ont besoin de soins ou qui se sentent tout simplement plus en sécurité ici qu'à l'extérieur. Nous devons nous préparer. Nous ne voulons pas de bousculade désordonnée. Dites à Mme Moreen et à Bili de transformer le Salon bleu en infirmerie, et demandez à Mme Seffwyck d'installer des lits dans le Salon vert et de préparer toutes les chambres disponibles. M. Carbreigh et sa troupe doivent constamment patrouiller autour du domaine et monter la garde sans relâche. Dites-lui qu'il peut recruter parmi nos métayers et leurs aides. Ils seront heureux de lui prêter main forte, ils demandent sans cesse d'apprendre sous sa…

Je me suis interrompue en m'apercevant que Gilroy me suivait en titubant d'un air hébété, un morceau de papier à la main. Son visage était pâle, son front couvert d'une fine pellicule de sueur. Ma vigilance s'est aussitôt réveillée, en même temps que ma peur.

— Gilroy ? Qu'est-ce que c'est ?

Je lui ai pris le papier. Il était de bonne qualité, doux comme la soie, fin, légèrement brillant et couvert d'une superbe écriture.

— Un homme l'a apporté, a déclaré Gilroy avec une expression émerveillée.

Un sourire flottait sur ses lèvres, comme s'il se rappelait un bonheur oublié.

— Un homme souriant, à la voix belle comme l'été. Il m'a dit que c'était important. Il m'a dit de le donner au maître des lieux. Mais Lord Gideon est occupé avec les autres, madame. Alors je l'ai attendu. Je l'ai attendu devant la porte.

Je l'ai conduit jusqu'à l'un des fauteuils de l'entrée et l'ai aidé à s'asseoir. Il a, d'un air absent, porté sa main gantée de blanc à sa tempe.

— Un très bel homme, a-t-il murmuré, vêtu d'un long et élégant manteau.

J'ai tourné la feuille vers la lumière d'une main tremblante et me suis forcée à lire.

Aux très honorables filles de la Maison Ashbourne

Vous êtes chaleureusement conviées à l'événement qui sera très certainement le plus spectaculaire de la saison : un week-end de réjouissances à la gloire de Celui-qui-est-tout, pour célébrer sa vision du monde nouveau. La tenue de soirée est de rigueur. Venez accompagnées de tous les invités que vous désirez. Mais ne soyez pas en retard. Quand le chemin se présentera, vous devrez le prendre. L'ignorer ou tarder à vous y engager serait imprudent.

L'invitation ne portait aucune signature, mais je n'avais, bien sûr, aucun doute sur son auteur. J'ai plié la feuille en trois et l'ai fourrée dans ma poche avant de m'agenouiller devant Gilroy.

— Vous dites que Lord Gideon est occupé avec les autres, ai-je commencé d'une voix plus stable que je n'aurais cru. Qu'entendez-vous par là ? Où est-il ?

— Vous ne comprenez pas ! a hurlé quelqu'un quelque part dans la maison – une femme, sur un ton d'agonie. Il nous trouvera !

J'ai laissé Gilroy les yeux embrumés dans son fauteuil et couru dans les couloirs, suivant les cris jusqu'à la scène effroyable qui se déroulait dans l'une des salles de réception de l'aile nord. Alastrina était recroquevillée dans un coin, ses bandages déchirés, un regard fou de chagrin dans les yeux. Illaria se tenait entre elle et Mme Moreen, les mains levées, le visage sévère.

— Vous lui faites peur, a-t-elle affirmé. C'est l'odeur de vos onguents. Ils lui rappellent cet endroit.

Mme Moreen semblait à bout de patience.

— Je comprends, madame, sincèrement, mais je n'y peux rien, et puisqu'elle ne veut plus se servir de sa magie, a-t-elle ajouté avec aigreur en jetant un regard noir à Philippa, assise près de la cheminée, si Lady Alastrina ne cesse de rouvrir ses blessures, elles ne guériront jamais et elles vont s'infecter. Les onguents permettent de l'éviter.

Devant elles, Talan était sur une chaise, une nouvelle plaie sur le bras. L'un de ses bandages avait été arraché et pendait en lambeaux. Gemma s'affairait autour de lui avec des linges propres et une bassine d'eau. Père rôdait au fond de la pièce comme un tigre en colère, et Philippa… Philippa était immobile et silencieuse, l'air dévasté. Elle tenait sa pipe devant elle, comme si elle avait été interrompue au moment de tirer une bouffée.

Son expression m'a fait froid dans le dos. J'ai détourné le regard pour aller vers Père.

— Que se passe-t-il ? lui ai-je demandé.

— La reine est vivante ? a-t-il rétorqué.

Je lui avais laissé un mot avant de partir.

— Oui. C'était un malentendu.

J'ai évité son regard insistant pour aviser la pièce.

— Mais ça... Que se passe-t-il ?

Talan a levé un visage ironique au-dessus de Gemma qui lui prodiguait ses soins.

— Alastrina craint que je ne sois pas ce que je prétends.

— Elle était tranquille, n'acceptait de parler qu'à Illaria ou de temps en temps à Mme Moreen, a commencé Gemma.

Ses gestes étaient vifs et assurés, mais sa voix tremblait.

— Et subitement, il y a deux heures à peu près, elle a perdu la tête. Elle s'est mise à renverser les meubles et à arracher les tableaux en criant à l'orage, bien qu'il n'y ait eu aucun nuage dans le ciel. Nous sommes parvenus à l'endormir, mais, il y a quelques minutes, elle s'est jetée sur Talan, en hurlant à propos de Kilraith, et...

Elle a secoué la main de colère, puis elle m'a regardée et s'est figée.

— Qu'est-ce qu'il y a ? Qu'est-il arrivé ?

— Un orage, a déclaré Philippa en se levant lentement, les yeux braqués sur moi. Il y a eu un orage, n'est-ce pas ?

— Kilraith a attaqué la capitale. Je ne sais pas pourquoi, mais Ankaret l'a arrêté.

J'ai hésité en me rappelant que ni Ryder ni moi n'avions parlé de notre rencontre avec elle à Wardwell.

— L'oiseau de feu, ai-je précisé rapidement. La créature que j'ai vue à Ravenswood. Elle l'a affronté et vaincu.

L'invitation pesait lourdement dans ma poche.

— Mais pas complètement, on dirait.

— Ankaret ? a lancé Père en me regardant d'un air perplexe. Comment sais-tu le nom de cette créature ?

D'une traite, je leur ai tout raconté, et quand je me suis tue, Père et Gemma étaient furieux. Philippa scrutait le feu comme si les flammes contenaient un message qu'elle seule était capable de décrypter.

— Ryder et toi nous avez caché tout ça ?

Gemma secouait la tête, incrédule.

— Cela aurait pu nous être utile de le savoir, Farrin.

— Je ne vois pas en quoi les choses auraient changé si je vous en avais parlé, ai-je répliqué en dépit de la culpabilité qui m'étreignait.

Je ne pouvais pas être sûre de ce que je disais.

— On a pensé qu'il serait plus sûr pour tout le monde que le moins de gens possible soient au courant, elle comprise.

— Cette créature peut être à la solde de Kilraith, a insisté Père. Elle a pu vous espionner pendant tout ce temps et lui transmettre des informations.

— C'est une alliée. Elle a combattu Kilraith et l'a écarté de la capitale.

— Ce qui vient juste de se produire et reste un élément qu'il nous est impossible d'interpréter correctement, a souligné Père. Ce sont des créatures primordiales. On ne peut pas leur faire confiance, quels que soient les gages d'amitié qu'ils nous offrent.

— C'est certainement vrai de Kilraith, mais pas d'Ankaret.

L'envie de m'asseoir par terre et ne plus jamais me relever était écrasante. J'étais si épuisée que ma certitude commençait à vaciller, et plus le doute me gagnait, plus mon chagrin s'amplifiait.

Talan, à ce moment-là, a sursauté.

— Ryder, a-t-il lâché dans un souffle.

Il m'a regardée avec tristesse. La sensation chaleureuse de son réconfort, intrusif mais bienvenu, m'a effleurée aussi doucement qu'une aile de papillon. J'ai opiné en m'apercevant, frappée d'un désespoir excessif, que j'avais oublié de prendre ses bottes.

— Il a disparu, ai-je dit d'une voix sourde. Comme beaucoup d'autres au palais et, sans doute, ailleurs.

J'ai jeté un coup d'œil à Père.

— Ici ?

Il a froncé les sourcils, comme si ma question l'irritait.

— Personne n'a disparu. J'imagine qu'on doit l'en remercier.

J'ai suivi son regard. Philippa contemplait toujours le feu.

— C'est vrai ? lui ai-je demandé. Ta présence nous protège ? Tu as décidé de rester et de nous aider, finalement ?

J'aurais aussi bien pu ne rien dire ; elle ne m'écoutait pas.

— Ankaret, murmurait-elle en passant le doigt sur le manteau de la cheminée. Quel nom étrange. Il me semble pourtant familier, comme surgi d'un rêve.

— Que veux-tu dire ? Tu le connais ? Tu l'as déjà entendu ?

Un bris de verre, derrière moi, m'a fait sursauter. J'ai pivoté pour voir Mme Moreen s'accroupir par terre et ramasser les morceaux d'une fiole cassée. L'odeur âcre de la potion médicinale renversée sur le tapis s'élevait dans la pièce, et une coulure d'un rouge vif violacé dégoulinait sur le mur.

Alastrina regardait fixement les dégâts, le visage éclaboussé, puis elle s'est tournée, l'air implorant, vers Illaria, qui a attrapé un linge et s'est empressée de l'essuyer. J'allais me détourner tant l'expression dévastée d'Alastrina – son regard perdu, ses joues barbouillées de larmes et de potion, loin de la femme impérieuse que je connaissais – était effroyable, quand un souvenir a émergé au-dessus du tumulte de mes pensées. Nous étions dans le petit salon, avant que Ryder et moi ne partions pour la capitale, et Alastrina avait ricané dans son coin. *Vous ne pourrez pas le trouver*, avait-elle murmuré. *Personne ne l'a jamais trouvé. Vous croyez être les premiers à essayer de briser la coquille ?*

Briser la coquille.

Une coupe, une clef, un lac sous la pleine lune.

Un œuf.

J'ai eu l'impression de recevoir un seau d'eau glacée.

— Alastrina, quand nous sommes revenus de Mhorghast, tu as dit quelque chose d'important, ai-je commencé en m'efforçant de parler calmement. « Vous ne pourrez pas le trouver. Personne ne l'a jamais trouvé. Vous croyez être les premiers à essayer de briser la coquille ? » Tu t'en souviens ?

Elle m'a lancé un regard perçant derrière les mèches de ses cheveux noirs et sales, les doigts enfoncés dans le bras d'Illaria.

— C'est du charabia, Ashbourne.

J'ai insisté.

— Vous ne pourrez pas le trouver, ai-je répété tranquillement. Personne ne l'a jamais trouvé. Vous croyez être les premiers à essayer de briser la coquille ?

Les mots, cette fois, ont semblé l'atteindre. Ses yeux se sont écarquillés, elle s'est figée.

— Briser la coquille, a-t-elle murmuré.

Mon cœur s'est emballé.

— Oui, exactement. Est-ce la coquille d'un œuf, Alastrina ? C'est à ça que tu pensais ?

Elle s'est pris la tête entre les mains, son souffle a raccourci.

— Un œuf. Briser la coquille.

Les informations énigmatiques qu'Ankaret nous avait livrées, à Ryder et moi, me sont, elles aussi, revenues en mémoire. Il n'était pas facile de les oublier.

— Mhorghast est une cité et un palais, ai-je dit. N'est-ce pas, Alastrina ? Des jardins qui s'étendent à l'infini, le tout gouverné par un orage formidable. Où se trouve cet œuf ? Quel est son rôle ? Le sais-tu ?

Alastrina m'a dévisagée, son teint pâle encore plus blême. Elle a humecté ses lèvres sèches.

Je n'ai pas renoncé. Si je répétais mot pour mot la description d'Ankaret, elle finirait peut-être par provoquer une étincelle dans la mémoire d'Alastrina, la secouer, ou au moins lui apporter un peu de lucidité.

— L'orage habite parfois dans les murs et parfois dans le ciel.

— Dans les murs, a murmuré Alastrina avant que son expression, subitement, ne se décompose. Dans les murs !

— Farrin, s'il te plaît, ça suffit, est intervenue Illaria.

Mais je ne pouvais pas arrêter maintenant, pas avec cet éclat de compréhension qui était en train de naître dans les yeux d'Alastrina. Les yeux de Ryder – ce même bleu perçant et inflexible.

J'ai ravalé ma douleur pour me rappeler le regard voilé d'Alastrina à Mhorghast. Une force l'avait muselée, l'obligeant à se retourner contre son propre frère.

— L'orage habite parfois dans les murs et parfois dans le ciel, lui ai-je lancé. L'orage n'est pas comme les autres. Il a une volonté et…

— Je la sens encore, m'a interrompue Philippa en venant s'accroupir devant Alastrina.

Elle a scruté étrangement son expression.

— Je la sens sur ton visage, ma fille, cette impression que j'ai eue lorsque j'étais là-bas. Un visage dans la foule, l'ombre d'un souvenir. Tu en portes la trace.

Elle a tendu la main vers Alastrina, qui a tenté de se dérober, paniquée. Mais quand la main de Philippa lui a touché la joue, même si ce geste n'était qu'un effleurement du bout des doigts, elle s'est immobilisée aussi complètement que si elle avait été enchaînée.

Aussitôt, la pièce a semblé s'agrandir, comme pour s'adapter au pouvoir de Philippa. Un frisson m'a parcourue ; derrière moi, Mme Moreen a poussé un faible cri.

Une seconde s'est écoulée, un instant figé, puis l'horreur s'est installée sur le visage de Philippa. Elle a lâché Alastrina, s'est redressée en titubant, dirigée à l'aveugle vers un fauteuil dans lequel elle a voulu se laisser tomber, mais trop tôt, et elle s'est effondrée lourdement par terre.

— Non, a-t-elle soufflé d'une voix rauque à peine audible. C'est impossible.

Alastrina, de son côté, est tombée à la renverse dans les bras d'Illaria, en respirant vite et péniblement.

— C'est impossible, a-t-elle murmuré en écho.

— Ça ne se peut pas ! ont-elles crié en chœur.

Pas une fois, depuis que nous l'avions rencontrée à Wardwell, Philippa n'avait montré le moindre signe de honte, de regret ou de peur. Mais elle semblait à présent se recroqueviller sur elle-même. Ses yeux papillonnants passaient du bleu à l'or et son image frémissait devant moi ; elle s'estompait puis réapparaissait comme une flamme secouée par le vent et menaçant de s'éteindre.

La colère m'a envahie. Je me suis précipitée vers elle pour l'attraper par les bras.

— Non, ne t'avise pas de nous laisser maintenant ! Qu'as-tu vu ? Dis-le-moi vite et clairement.

Elle semblait anéantie, les larmes ruisselaient sur son visage. Je détestais la voir comme ça, tant elle ressemblait, si pathétique, si vulnérable et tellement humaine, à la mère dont je me souvenais. Toute son impassible froideur avait disparu. Elle n'était plus puissante mais hagarde.

— Mon frère est vivant, a-t-elle dit d'une voix rauque. Il est vivant et il est enchaîné. Il l'a capturé.

Elle s'est agrippée à moi et m'a attirée plus près.

— Kilraith l'a capturé.

Gemma est venue s'accroupir lentement à côté de nous. Elle était blême, et sur sa main luisaient les cicatrices laissées par Kilraith.

— Ton frère, a-t-elle repris d'un ton posé. Tu parles d'un autre dieu. Caiathos ?

Mon sang s'est glacé. J'ai entendu le juron d'horreur et de colère de Talan. Brusquement, la démence singulière de Mhorghast a pris son sens – le regard voilé d'Alastrina, les humains qui riaient de voir la vampire égorger l'un des leurs. Ankaret elle-même nous avait donné la réponse, dissimulée dans les plis de ses nombreuses énigmes. *Ils ne sont pas eux-mêmes. On leur fait faire des choses qu'ils ne veulent pas.*

— Non, ce n'est pas le dieu de la terre, ai-je déclaré en croisant le regard de Philippa. C'est Jaetris, le dieu de l'esprit. Père des lecteurs, des furiants, des figments et des Sages.

Mon cœur s'est serré en songeant à Gareth. Je me suis tournée vers Talan.

— Et père des démons supérieurs.

Son regard noir était dur.

— Et Kilraith se sert de lui comme d'une arme, a-t-il complété. L'instrument pour attirer et retenir les gens à Mhorghast.

— Les torturer aussi, ai-je ajouté en fermant les yeux, la gorge nouée en songeant à Ryder dans cet endroit, à Gareth, aux horreurs incrustées désormais dans l'esprit d'Alastrina.

— Je ne comprends pas, est intervenu Père faiblement.

Il était derrière Talan, agrippé au dossier de sa chaise.

— Comment une créature – quelle qu'elle soit – peut-elle contrôler un dieu ?

J'ai lu la réponse dans la tristesse et la peur soudaine qui écarquillaient les yeux de Philippa.

— Parce qu'il vient à peine de se réincarner, ai-je dit en écho aux mots qu'elle avait prononcés à Wardwell. Il n'est encore que l'ombre de ce qu'il a un jour été.

Philippa a opiné. Son regard est passé, sous mes yeux, du bleu larmoyant d'une humaine à l'or frémissant d'une déesse.

— Mais un dieu, même faible, reste un dieu, a-t-elle ajouté en se tournant vers Père avec ce qui m'a semblé une pointe de regret dans la voix. Songe à ce que je t'ai fait. La rapidité avec laquelle je t'ai transpercé pour faire couler ton sang.

— Et si tu ne contrôlais pas ton pouvoir, a déclaré Père avec gravité, si quelqu'un d'autre s'en servait, tu serais une marionnette meurtrière aux mains d'un monstre.

— Et l'œuf doit être une ancre de la malédiction de l'*ytheliad*, a dit Gemma.

Elle a posé un regard plein de douceur sur Talan.

— Il s'en sert pour contrôler Jaetris comme il s'est servi de la couronne pour contrôler Talan.

— Il lui donne de la force et de la mobilité, a approuvé Talan.

Sur son front luisait le même réseau de fines cicatrices que sur la main de Gemma.

— Il lui permet d'user de son influence – et de celle de Jaetris – dans les deux royaumes.

— Et d'implanter des hallucinations dans l'esprit des gens, ai-je murmuré en songeant aux histoires de Mara – la femme devenue folle à cause des images qu'elle avait en tête, celle qui avait attaqué son propre frère. Elles les rendent fous et les conduisent à lui.

— Il en enlève certains lui-même, a ajouté Père, les poings serrés. Ou il envoie cette ombre magique le faire pour lui. Une armée de figments, peut-être ? Expéditifs et trompeurs. C'est une stratégie curieuse. Désordonnée, chaotique.

— Le chaos, a lâché Philippa en se prenant le visage dans les mains, c'est exactement ce qu'il veut.

— Le chaos, c'est exactement ce qu'il veut, a répété Alastrina, appuyée sur Illaria, en regardant le tapis.

— Le chaos et le divertissement, a précisé Talan, l'air sombre. Les deux sont toujours allés de pair. Il joue. Quel que soit le but qu'il poursuit, il s'amuse, quelles que soient les sinistres machinations qu'il a ourdies à travers les royaumes en se servant de moi ou d'autres avant moi, en se servant aujourd'hui de Jaetris et des humains qu'il a capturés, il veille à en tirer le maximum de plaisir. Il a toutes les cartes en main et il s'en réjouit.

J'ai cherché l'invitation dans ma poche.

— Regardez ça ! Il ne se cache même plus à présent. Il nous demande de nous joindre à lui.

Dès que j'ai brandi le papier brillant, un silence de mort s'est abattu sur nous, sur la maison. Je n'entendais rien, ni mon cœur ni mon souffle, à l'exception d'un faible gémissement lointain.

Philippa a reculé, la bouche ouverte sur un cri silencieux. J'ai croisé son regard, et en la voyant recommencer à vaciller – sa silhouette s'estompant et réapparaissant –, j'ai jeté le papier par terre pour la saisir par le poignet.

Elle a aspiré une bouffée d'air et m'a serrée brièvement contre elle. Le silence rugissait à mes oreilles.

— Je dois partir, m'a-t-elle dit, des joyaux dans les cheveux, en armure, les yeux d'or en fusion. Si je reste, il va me trouver. Brûle immédiatement ce papier ; il n'est pas ce qu'il semble.

Elle m'a de nouveau serrée contre elle et relâchée.

— Je suis désolée, mon petit oiseau. C'est pour vous protéger. Tout ce que je fais est toujours pour vous protéger.

Une lumière aveuglante a explosé dans la pièce. Puis elle a disparu, les bruits sont revenus, nous étions tous par terre, suffoquant et toussant pour retrouver notre souffle, et Philippa n'était plus là.

Les yeux brûlant de larmes, la gorge nouée d'une colère amère, j'ai ramassé le papier sur le tapis et l'ai froissé entre mes paumes. Un gémissement s'en est échappé, comme s'il était une chose vivante que j'aurais écrabouillée. Alastrina a plaqué les mains sur ses oreilles en poussant un faible cri de désespoir. J'ai couru vers la cheminée. Père y était déjà, attisant les braises. Qu'il ait entendu Philippa ou senti la malveillance de la chose dans ma main et compris qu'elle devait être aussitôt détruite, je lui en étais reconnaissante. J'ai jeté le papier dans l'âtre et regardé les flammes renaissantes lécher ses bords et le noircir. Un bruit, un genre de pouffement, s'en échappait. Il riait de nous ; Kilraith se riait de nous.

J'ai regardé le feu grandir et dévorer le papier jusqu'à ce qu'il n'en reste que des cendres en me jurant qu'il ne rirait pas longtemps.

Chapitre 27

Père est allé à Rosewarren chercher Mara, ce qui m'a immensément soulagée. Je n'avais aucune envie de batailler contre la Gardienne. Je n'étais même pas capable d'imaginer de quelle façon expliquer le danger insensé que nous devions affronter.

Lorsque enfin, Gemma, Mara et moi nous sommes retrouvées seules dans ma chambre, je me suis aperçue, avec un coup au cœur, que c'était la première fois que Mara revenait à Ivyhill depuis ses dix ans, quand la Gardienne était venue la chercher.

Elle était assise avec raideur sur un des fauteuils près de la cheminée, Osmund ronronnant sur ses genoux et Una béatement allongée sur ses bottes. Ses mains reposaient légèrement sur la tête et le dos d'Osmund, sans le caresser, ni même bouger. Son expression stoïque était indéchiffrable, et si j'essayais de deviner ce qu'elle pensait, ce que lui faisait d'être assise sur ce fauteuil, dans une maison qui était la sienne sans l'être depuis longtemps, une tristesse si profonde et si cruelle m'étreignait que j'avais du mal à respirer.

Mais l'heure n'était pas à la tristesse. Gemma et moi lui avons raconté tout ce qui s'était passé, puis je lui ai rapporté le contenu de l'invitation, dégoûtée par chacun des mots qui franchissaient mes lèvres. Una a émis un faible gémissement.

Je n'aurais pas mieux fait. Mais Mara n'a pas bronché. Une menace, une mission, planifier la meilleure façon de l'accomplir:

c'était sa vie. Elle nous a écoutées attentivement et, quand je me suis tue, elle a répété :

— Venez accompagnées de tous les invités que vous désirez.

Elle m'a regardée d'un air ironique.

— Dommage que les armées ne soient pas prêtes. Quel spectacle elles auraient fait, déployées derrière nous, et quels invités.

— Qui va nous accompagner ? a demandé Gemma. Talan insistera pour venir, et Père en fera autant.

— Oui, même dans son état, Talan doit venir, a affirmé Mara, sourcils froncés. Ça ne me plaît pas de le savoir à proximité de Kilraith, mais l'expérience qu'il en a pourrait, bien sûr, être un atout.

— Et avoir une autre Sentinelle à nos côtés est un avantage qu'on ne peut pas négliger.

— Tant que Père est capable de se maîtriser, ai-je dit, ou au moins de diriger sa fureur contre les bonnes personnes. Mais ce n'est pas ce qui m'inquiète le plus. C'est de Kilraith qu'on parle. Il était déjà doué pour la supercherie.

J'ai frémi en me rappelant la maison des horreurs que nous avions traversée près de la mer Lointaine, tous les murmures atroces qui avaient suinté de ses murs.

— Et son arsenal comprend aujourd'hui Jaetris, dieu de l'esprit. Père ne va pas bien dernièrement, ses humeurs sont imprévisibles. Un terrain de jeu fertile pour Kilraith.

— D'après Philippa, il y a plus de trois mille âmes à Mhorghast, a observé Mara. À mon avis, on ne peut pas se passer de Père. C'est même d'une armée qu'on aurait besoin.

— Alastrina serait parfaitement d'accord avec toi, ai-je dit en songeant à sa déception lorsqu'elle s'était aperçue que nous étions seuls, Ryder et moi.

— Tu ne peux pas convaincre la Gardienne d'envoyer au moins ton unité ? a demandé Gemma.

Mara a secoué la tête d'un air sombre.

— Père a tout juste réussi à la convaincre de me laisser partir, et je crois qu'elle a accepté uniquement parce qu'elle était trop épuisée pour lui tenir tête. Si nous retournons là-bas pour lui demander du renfort, elle pourrait oublier sa fatigue et se mettre en colère. Au mieux, je peux la persuader de m'envoyer Nesset.

Le visage de Gemma, à l'évocation de son amie Villa revenue d'entre les morts, s'est éclairé.

— Dans sa dernière lettre, elle m'annonce qu'elle en est à... quoi ? Sa vingtième mission avec les Roses ?

Mara a opiné, un sourire attendri aux lèvres.

— Son corps a bien résisté, même au cœur de la Brume. La Gardienne va finir par l'intégrer officiellement à l'Ordre.

Je me suis finalement décidée à formuler la réflexion qui me trottait dans la tête depuis que j'avais lu l'invitation de Kilraith.

— Peut-être qu'on se trompe complètement en voyant ça comme un combat au lieu d'un jeu. Il s'attend à ce qu'on l'attaque.

Je me suis tournée vers Mara.

— Et si on faisait le contraire ?

Elle a froncé les sourcils.

— Quoi ? Nous rendre immédiatement ?

— Mais non, s'est exclamée Gemma qui avait compris, le regard pétillant. Elle veut dire qu'au lieu d'arriver l'épée au poing, on y va en tenue de bal. L'invitation parle de « réjouissances », de célébration.

— Alors on va faire la fête, ai-je enchaîné. On va danser, profiter de la soirée, divertir l'assemblée. Kilraith nous a invitées dans sa cité. Il va même déployer son chemin pour nous, si on en croit sa lettre, et il me semble qu'on peut lui faire confiance sur ce point. Vu l'étrange comportement de Gilroy, je pense même que Kilraith est venu déposer son invitation en personne. S'il voulait nous tuer, il l'aurait déjà fait. Et, d'après Talan, il aime jouer. Je crois qu'on l'intrigue. À mon avis, il veut nous faire une démonstration de force et voir de quelle manière on réagit.

— Un test, a dit Mara, songeuse.

— Oui, quelque chose comme ça. Talan va venir avec nous.

Kilraith ne s'attendra pas à le voir, puisqu'il se déplace en permanence précisément dans le but de lui échapper. Et nous allons tous faire la fête, ce à quoi il ne s'attend pas davantage.

— La surprise sera notre arme, a approuvé Mara. Déjouer les attentes de l'ennemi.

— Il suppose qu'on va venir avec une armée derrière nous, a dit Gemma, ou qu'on sera seules pour ne mettre personne d'autre en danger.

— Par noblesse d'âme, a glissé Mara d'un ton railleur.

— Mais nous ne ferons ni l'un ni l'autre, ai-je conclu. Pas d'armée, mais pas seules non plus. Un cavalier chacune ?

— Comme des invitées convenables et bien élevées, a dit Gemma, amusée.

— Nesset, Talan. Père ? m'a demandé Mara.

J'ai soupiré. La présence de Père était sensée, mais l'idée de l'avoir à mon côté pour une mission pareille me mettait mal à l'aise.

— J'imagine. Si on ne peut pas avoir d'armée, autant l'avoir lui.

— Tu pensais vraiment ce que tu disais tout à l'heure ? m'a-t-elle demandé en m'observant attentivement. Que son humeur peut être un handicap ?

— Pour être tout à fait franche, je ne sais pas quoi penser de Père, ces derniers temps. C'est quand il se bat qu'il est au mieux.

J'ai souri tristement.

— Cette expédition sera peut-être l'exutoire dont il a besoin depuis qu'on a cessé de s'entre-tuer.

Le silence s'est installé. Le nom des Bask a flotté dans l'air et, subitement, j'avais du mal à respirer tellement ma gorge était nouée. Ryder. J'ai fermé les yeux. *Tiens bon, Ryder. Reste fort, Gareth. On arrive.*

— Vous pensez, a fini par demander Gemma, que Kilraith savait que Mère était ici quand il nous a envoyé son invitation ?

— S'il ne le savait pas avant, il le sait maintenant, a répondu Mara. Cette invitation était une façon de nous espionner. Espérons que la magie de Wardwell restera assez forte pour la dissimuler.

— Il a peut-être compris que Kerezen était là, ai-je songé à voix haute, mais pas ce qu'elle est pour nous.

— Autrement dit, a précisé Gemma, il ne sait peut-être pas qui nous sommes. Ce que nous sommes. Même s'il le soupçonne ou s'interroge.

— D'où l'invitation, a renchéri Mara. Il veut nous observer, nous tester, nous montrer qu'il n'a pas peur. Nous l'avons vaincu une fois. En sommes-nous toujours capables, maintenant qu'il dispose d'un dieu contre nous ? Quelles sont les limites de nos forces ?

Elle s'est enfin mise à caresser Osmund.

— Quand il aura ses réponses, il nous tuera probablement.

— Ou il demandera à Jaetris de le faire, a observé Gemma sombrement. Il le forcera à s'introduire dans nos pensées pour nous pousser à tuer à sa place. Comme il a fait avec Talan.

— Alors on ne va pas cesser de le surprendre, ai-je dit. On va le dérouter, l'amuser, le distraire.

— Et pendant qu'il sera distrait, on trouvera l'œuf.

— S'il existe, a souligné Mara, et si son rôle est en effet celui qu'on imagine.

— Je décide de croire que c'est le cas, et que nos déductions sont justes, a affirmé Gemma. Elles sont trop cohérentes pour être fausses. On va donc trouver l'œuf, le détruire et rompre son emprise sur Jaetris comme sur les autres.

Mara a émis un bruit songeur.

— C'est dommage, on ne pourra pas l'étudier comme on a étudié la couronne.

— Mais un objet utilisé pour contrôler un dieu…

— … doit être détruit. Exactement, m'a coupée Gemma. On obtiendra des informations en interrogeant les prisonniers libérés.

J'ai immédiatement songé à la harpie, Nerys, et à la cruauté sur les traits de Mara pendant qu'elle la questionnait. Un silence gêné s'est installé.

Mara nous a regardées.

— Vous pensez à Nerys. Elle est en vie, sous bonne garde. Ce qui diminue nos contingents, et pousse la Gardienne à réclamer son exécution, mais je m'y oppose.

Je me suis mordu la langue pour éviter de lui dire qu'elle ne s'était pas, jusque-là, opposée à grand-chose concernant Nerys. J'ai posé la main sur ma poche dans laquelle se trouvait la plume d'Ankaret. Je ne m'en étais pas servie pour aider Nerys, et je le regrettais encore.

Mara avait reposé les yeux sur Osmund et caressait ses oreilles soyeuses avec beaucoup de précaution. Quels que soient ses sentiments au sujet de Nerys, elle les cachait soigneusement.

— Un orage qui vit parfois dans les murs, a-t-elle murmuré, et qui a pris la forme d'un oiseau quand il a attaqué la capitale ?

— Oui, ai-je confirmé.

— Mmm. Où les oiseaux mettent-ils leurs œufs ?

— Dans leurs nids, a répondu Gemma, sourcils froncés, avant que son visage ne s'éclaire subitement. Dans le palais de Mhorghast ! Kilraith l'a caché là-bas, et une partie de lui vit dans les murs pour le protéger.

— Qu'il soit là-bas n'est qu'une possibilité parmi d'autres, a répliqué Mara. Rien ne le prouve. Et on ne sait pas où il se trouve dans le palais. C'est tout de même le meilleur endroit pour commencer nos recherches, mais il doit être extrêmement bien surveillé.

— Jaetris aussi pourrait se trouver là-bas, ai-je avancé. Les plus précieux trésors de Kilraith seraient cachés là où il vient se terrer.

— Il fera tout ce qui est en son pouvoir pour nous empêcher d'arriver jusque-là. Et il voudra nous séparer. La dernière fois que nous l'avons affronté, c'est ensemble que nous l'avons vaincu.

Difficilement, me suis-je dit avec un frisson de peur que j'ai eu du mal à repousser.

— On ne se quittera donc pas des yeux, ai-je décrété. Comme ça, si l'une de nous fait mine de s'éloigner, les autres pourront la retenir.

— Ce n'est pas gagné. Il a peut-être envie de jouer, mais il n'est pas stupide. Il pratique le mensonge et la torture depuis les dieux savent quand. Les histoires que Talan m'a racontées…

Gemma a frémi.

— Il est plein de convoitise, capricieux.

— Et vantard, a ajouté Mara. Tout ce que tu nous as dit de Mhorghast, Farrin, pue l'orgueil et la décadence. Un tel orgueil peut conduire à de graves erreurs.

— Alors on va en tirer profit, ai-je déclaré. On va si bien le distraire qu'il ne s'apercevra de rien avant qu'il ne soit trop tard.

Gemma n'avait pas l'air convaincue.

— Et de quelle façon va-t-on s'y prendre ?

— J'ai quelques idées, a murmuré Mara, le regard lointain.

J'ai pris une bonne inspiration et sorti la plume d'Ankaret de ma poche. Je l'ai posée, avec précaution, au creux de ma paume. C'était mon bien le plus étrange et peut-être notre meilleur atout. Je ne pouvais plus la garder pour moi. Je me souvenais de la façon dont Kilraith avait supplié Ankaret avant qu'elle ne se jette sur lui au-dessus de la capitale. *Ma bien-aimée*, l'avait-il appelée.

J'ai levé les yeux sur mes sœurs qui contemplaient la plume avec une stupeur émerveillée.

— J'ai quelques idées, moi aussi, leur ai-je dit.

❂

Deux jours plus tard, le chemin de lune est apparu sans prévenir.

Nous étions dans la salle à manger, habillés et prêts, vivant dans une sorte d'hébétude crispée. La table était couverte de dagues et de petits pistolets provenant de la collection d'équipements de l'Armée Basse de Père – des armes que nous pouvions dissimuler dans nos bottes ou sous nos manteaux d'apparat sans éveiller les soupçons. Nous n'avions aucun moyen de savoir quand Kilraith nous enverrait chercher, ni même s'il le ferait. J'étais assaillie par le doute. Et si tout cela n'était qu'un leurre ? Le chemin n'apparaîtrait jamais et, pendant que nous l'attendrions, quelque chose d'affreux se préparerait ailleurs. Nous étions fous d'aller à Mhorghast sans le soutien d'une armée, sans même un arsenal digne de ce nom. Des semaines plus tôt, Gemma m'avait décrit ses crises de panique, la façon dont ces attaques la paralysaient de terreur ou la plongeaient dans une angoisse frénétique. Je commençais à comprendre ce qu'elle voulait dire.

Je m'entraînais avec Mara dans l'espoir de me calmer les nerfs, sous le regard attentif de Nesset. La Gardienne l'avait autorisée à quitter Rosewarren. « Avec un peu trop d'empressement, avait commenté Nesset. Elle se fiche que je revienne ou pas, mais elle se réjouit que je puisse veiller sur sa préférée. »

Elle l'avait dit d'un ton amusé et, depuis, tournait autour de Mara, telle une nounou consciencieuse, sans la quitter d'une semelle. Sa présence imposante me rassurait. Elle était grande, musclée et redoutable, et sa peau noueuse, tissée de fleurs, était aussi rugueuse et grise que la première fois que je l'avais rencontrée. Elle était vêtue d'une robe simple, au corsage de cuir épais, et ses yeux se posaient partout, vifs, acérés, prêts au combat.

Aussi heureuse que je sois de sa présence, j'essayais de ne pas croiser son regard. Je savais que j'étais maladroite, que j'avais l'air, à côté de Mara, d'un chaton chancelant, surtout avec mon violon dans le dos. Mais je l'aurais à Mhorghast, et je devais m'entraîner avec.

Talan et Père étaient penchés sur la carte de Mhorghast que j'avais dessinée. Nous avions passé presque deux jours à l'étudier, et plus on s'y référait plus mon inquiétude croissait. Et si j'avais oublié un détail ? Et si les lieux avaient changé du tout au tout, réduisant tous nos préparatifs à néant ? J'aurais aimé pouvoir en discuter avec Alastrina, mais, depuis le départ de Philippa, elle était apathique, ne réagissant ni à mes chants ni aux sollicitations d'Illaria, qui était assise en permanence près d'elle à l'étage. Gemma s'affairait auprès de chacun, ajustant robes et costumes de soirée, peaufinant les charmes mineurs dont elle avait paré nos visages et nos cheveux. Elle s'asseyait de temps à autre, essoufflée et un peu pâle et, chaque fois, quel que soit l'endroit où elle était, Talan allait la rejoindre, la serrait dans ses bras et lui murmurait à l'oreille jusqu'à ce qu'elle reprenne des forces.

Les regarder était un double tourment. D'abord, j'étais inquiète pour eux deux. Talan, grâce aux vertus de son sang démonique, à l'excellence des soins de Mme Moreen et au pouvoir calme et précis de Philippa, s'était rapidement remis de ses blessures. Mais lui demander de nous accompagner à Mhorghast revenait, en dépit de sa bravoure, à demander à un gamin de replonger dans le cauchemar duquel il venait à peine de s'éveiller. Quant à Gemma, surmontant sa souffrance pour se battre aussi férocement que n'importe quelle Rose, elle avait été, au bord de la mer Lointaine, dans la maison des horreurs de Kilraith, extraordinaire. Même à la Citadelle, sans l'influence de l'Ancien Pays pour renforcer son pouvoir, elle avait déraciné des arbres et dirigé leurs racines tentaculaires avec aisance, lorsque Yvaine m'avait attaquée. Mais je connaissais ma sœur. Elle était douée pour cacher ses blessures, et aucun de nous ne savait ce que, à Mhorghast, Kilraith allait exiger d'elle, ou de chacun d'entre nous.

Outre ces inquiétudes, pire encore était le spectacle qu'ils offraient ensemble. La douceur des gestes qu'ils échangeaient, leur façon de se blottir l'un contre l'autre comme s'ils vivaient dans un monde n'appartenant qu'à eux, la facilité avec laquelle Talan faisait sourire Gemma et soulageait sa souffrance, la tendresse avec laquelle il la regardait… Tout cela me mettait à l'agonie.

J'avais connu, il n'y avait pas si longtemps, ces sensations. J'avais connu la passion, la tendresse, la dévotion, et je les avais repoussées. Ma colère me semblait encore plus stupide maintenant que Ryder n'était plus là. Si j'avais su ce qui allait lui arriver, je lui aurais aussitôt pardonné, peut-être me serais-je même pardonné à moi-même. Je me serais accrochée à lui pour ne plus jamais le lâcher, ni rien laisser nous séparer. Mais il n'était plus là, et malgré tous mes efforts, assaillie de visions atroces, mon espoir de le revoir ne cessait de m'échapper. Ryder, enchaîné et terrorisé ; Ryder, la gorge tranchée ; Ryder, les yeux vitreux, incapable de me reconnaître.

Distraite par ces pensées, je n'ai pas vu l'assaut de Mara. Son bâton m'a heurté la jambe et m'a fait tomber.

Nesset a claqué la langue.

— Heureusement, tu es tombée sur les genoux et pas à la renverse. Ce violon est beaucoup trop fragile pour le combat. Et toi, tu es assez mince comme ça, et bien trop lente, pour t'encombrer d'un poids supplémentaire.

Je lui ai jeté un regard noir tandis que Mara m'aidait à me relever. Son verdict était clair, et sa critique, sincère, n'avait rien de méchant. Ce n'était qu'un simple constat. J'étais bien trop fragile pour le combat, voilà ce qu'elle voulait dire. Un nouveau doute s'est ajouté à la cohorte de ceux que je nourrissais déjà.

— Je ne suis pas sûre, Nesset, a répliqué Mara en regardant son bâton. Cira a quinze ans, elle est aussi fine qu'un roseau, et elle t'a flanquée par terre plus souvent qu'à ton tour. Tu devrais savoir maintenant qu'on ne juge pas tous les combattants à la même aune. Quant au violon de Farrin, tu seras contente de l'avoir avant la fin, tu peux me croire. Toutes les armes ne ressemblent pas aux tiennes.

Elle m'a adressé un sourire que je lui ai rendu en me préparant à reprendre l'exercice. J'ai pensé à la stabilité de Ryder, à sa silhouette aussi solide qu'un roc, et j'ai tâché de m'en inspirer pour assurer ma position. C'est ce qu'il aurait voulu, que je sois forte et agile. Il m'en croyait capable. J'ai avancé vers Mara en soulevant mon bâton à deux mains.

J'allais l'abattre quand Talan s'est redressé.

— Attendez, a-t-il murmuré.

Il s'est écarté de la table, une expression étrange sur le visage, puis il a regardé Gemma et déclaré, d'un ton étonnamment serein :

— Il est là.

Le chemin de lune se déployait en effet sur le perron d'Ivyhill, comme un ruban scintillant et argenté. Nous nous sommes munis de nos armes et sommes sortis en silence. Le personnel de la maison avait été prévenu de cette apparition étrange et mis en garde contre son attraction sinistre. Carbreigh, son contingent d'Élémentaires ainsi que nos gardes tenaient donc fermement à distance les autres domestiques et les quelques habitants des villes voisines qui avaient trouvé refuge chez nous depuis les dernières disparitions. Ils n'étaient que six pour l'instant, mais leurs mines égarées, le chagrin et la peur qu'ils traînaient dans Ivyhill comme des boulets, me disaient qu'ils n'allaient pas tarder à être plus nombreux. Ce qui se passait, ce que Kilraith avait prévu, ne faisait que commencer.

Nesset s'est avancée en premier, suivie de Mara. Talan a pris Gemma par la main et leur a emboîté le pas. J'ai regardé avec un profond malaise leurs silhouettes scintiller, se replier sur elles-mêmes puis disparaître. Je ne ressentais rien de l'empressement qui m'avait saisie la première fois que j'avais vu le chemin. Ce n'était qu'un faisceau de lumière étendu devant moi. Pas d'artifice, de fausses lueurs ou de visions subreptices au coin de l'œil. Il avait été tracé pour nous dans un but précis.

Père est arrivé à ma hauteur. Il débordait d'énergie. L'air autour de lui, saturé de son pouvoir de Sentinelle, claquait. Il offrait un spectacle rassurant avec sa barbe familière et bien taillée, l'intransigeance de ses yeux bruns, la rigidité de sa mâchoire ; c'était un soldat, et j'étais heureuse de l'avoir à nos côtés. Mais quand nos regards se sont croisés, un flot de non-dits est passé entre nous, drainant des souvenirs pénibles. Une douleur fantôme s'est insinuée dans mes poignets, et les blessures de mon cœur, qui commençait à peine à guérir grâce au baume de l'amour de Ryder, se sont rouvertes. Mon cœur se souvenait, et il se souviendrait toujours de chaque accès de colère, de chaque abrutissement alcoolique, des interminables mois de chagrin durant lesquels Gemma et moi n'avions pas eu de père, mais enduré l'humeur d'un homme sombre et distant, embourbé dans la fange de sa douleur et de sa colère, oubliant jusqu'à l'existence de ses propres filles.

Si nous nous en sortions, aurais-je le courage de le lui dire ? De lui avouer combien il m'avait fait souffrir, à quel point il avait été proche de me perdre ? J'ai pensé, en le regardant, à Alaster Bask dans sa demeure noire et froide, à Ryder et Alastrina enfants se cachant dans les placards. Des larmes brûlantes, que je ne pouvais me permettre de verser, me sont montées aux yeux.

— Qu'y a-t-il, Farrin ? m'a-t-il demandé.

La perspective du combat lui apportait une lucidité dont il avait rarement fait preuve au cours des derniers mois. Son intonation était pleine d'inquiétude et son regard vif, acéré. Il avait des rides autour des yeux, et j'ai remarqué, pour la première fois, que ses cheveux châtain doré grisonnaient sur les tempes. Si quelqu'un tentait de s'en prendre à moi, il serait prêt à mourir pour me défendre.

Une boule s'est formée dans ma gorge, un nœud d'amour, de férocité, de colère et de tendresse. Je lui ai adressé un sourire.

— Rien, lui ai-je dit. Je suis prête.

J'ai pris une inspiration et avancé sur le chemin de lune, m'attendant à retrouver ce que j'avais déjà vu : une cité scintillante, des jardins, un palais. Des maisons débordant de musique et de danseurs, des créatures primordiales partout, à la fois splendides et grotesques.

Mais le passage s'est révélé rapide, sans incident, et nous avons débouché de l'autre côté sur une immense étendue obscure, dont la surface semblait se poursuivre à l'infini. Le sol était couvert de pavés soigneusement alignés luisant d'une faible lueur blanche. Au-dessus de nous brillait la lune éternelle, sous laquelle trois formes distinctes se détachaient. Deux m'étaient familières. La première était la maison de Talan au bord de la mer Lointaine. La deuxième, reconnaissable à ses tourelles, était Ivyhill.

Je n'avais jamais vu la troisième, mais je l'ai reconnue en frissonnant. C'était un lac immense dont les eaux noires reflétaient la lune comme un miroir. La pleine lune.

Une coupe, une clef, un œuf, un lac noir sous la pleine lune.

Les autres étaient là, dans leur tenue de soirée, tous aussi pétrifiés que moi. Mes sœurs étaient époustouflantes. Elles irradiaient. Leurs chevelures épaisses et ruisselantes semblaient parsemées d'étoiles, des éclats d'or faisaient briller leurs yeux et, autour d'elles, l'air frémissait doucement comme une eau à peine troublée et si limpide qu'elle était invisible. Le clair de lune jouait sur leurs robes de soie, et chaque pli et repli projetait mille éclats de lumière chatoyante sur la route.

En les voyant, en me voyant, Père a eu un mouvement de recul stupéfait.

— Dieux, c'est vrai, a-t-il murmuré.

— Je ne comprends pas, a dit Gemma d'un ton hésitant. C'est ça Mhorghast ?

Ils attendaient tous ma réponse ; j'étais déjà venue, j'avais dessiné la carte. Mais ma stupeur de voir Mhorghast si différente me laissait sans voix. Tout ce que je leur avais dit était devenu caduc à l'instant de notre arrivée.

— Il y a quelqu'un, a lâché Talan dans un souffle.

Dans cet univers primordial, il était plus grand, sa beauté spectaculaire saisissante.

— Vous les entendez ?

Et soudainement, osant à peine respirer, j'ai entendu – de faibles chuchotements, un brouhaha de voix lointaines. J'ai fermé les yeux pour me concentrer. Des rires, de la musique, des martèlements réguliers. Un tambourin ?

— C'est un leurre, a grommelé Nesset.

De ses doigts gris et robustes, elle a arraché un pavé et l'a jeté furieusement. En réponse, une vague de rires étouffés a déferlé sur nous.

Je me suis rappelé que la forme et l'étendue de Mhorghast avaient changé sous nos yeux, lorsque Ryder et moi étions venus : nous avions aperçu le palais avant qu'une montagne, l'instant d'après, ne se dresse à sa place. J'ai lutté contre ma terreur grandissante pour essayer de conserver mon sang-froid.

— Oui, c'est un leurre. La cité changeait souvent quand nous y étions. Les rues, la taille de la ville, l'emplacement des bâtiments. Tout changeait sans prévenir.

— Peut-être que tout n'est qu'illusion, a suggéré Père en jetant des regards farouches autour de lui. Ce n'est pas une véritable cité, seulement une construction magique.

— Une magie renforcée par Jaetris, sans aucun doute, a murmuré Gemma.

Elle s'est tournée vers moi.

— On s'est crues malignes de venir en tenue de soirée pour jouer les invitées, mais ça…

Elle a tendu la main vers la maison de Talan.

— C'est un tout autre jeu.

— Un jeu, a repris Talan d'un ton sinistre, ou un spectacle.

Le cœur battant, j'ai commencé à fredonner, tout en me concentrant sur la présence de la plume d'Ankaret contre ma peau et un seul mot : vérité. J'en ai imprégné chaque note cristalline et, à mesure que je chantais, des formes vagues sont apparues. Elles étaient fugaces, chacune s'effaçant dès que je la regardais directement, mais j'en voyais assez. Nous étions observés par des milliers d'yeux situés à des dizaines de mètres au-dessus de nous. Comme dans l'arène d'Alastrina, me suis-je dit avec un frisson de peur glaciale. Nous étions au centre d'une immense scène pour divertir une ville entière. Je ne voyais que des silhouettes floues, des taches de couleur indistinctes, mais je devinais sans peine à qui elles appartenaient : tous les vampires joyeux que j'avais vus à Mhorghast, toutes les nymphes scintillantes, tous les humains désespérés se trouvaient là, en compagnie, quelque part dans cette foule, de Luthaes, l'éblouissant gardien fae d'Alastrina à la peau cuivrée.

J'ai arrêté de chanter, la bouche soudainement asséchée.

— Ils nous regardent tous, ai-je murmuré. Des milliers, assis au-dessus de nous.

— Ils attendent quoi ? s'est emportée Nesset. Qu'on danse pour eux ? Que tu leur joues du violon ?

— Non, a chuchoté Mara.

Elle regardait le lac, le souffle court. J'avais rarement vu ma sœur guerrière apeurée, et certainement jamais l'expression qui tordait à présent ses traits, celle d'une terreur absolue.

— Non, pas à nouveau. Non. Non !

Un éclat de lumière a attiré mon regard vers la silhouette d'Ivyhill. Le cœur m'a manqué en voyant les flammes surgir d'une fenêtre au rez-de-chaussée. Au même instant, toutes les fenêtres de la maison de Talan se sont éclairées d'un coup, et un grand feu s'est allumé au bord du lac : un feu étrange, répandant une lumière curieusement figée à la contemplation de laquelle il était difficile de s'arracher et qui semblait… sourire.

Je me suis tournée vers Mara, une question sur les lèvres, mais elle s'éloignait de nous pour aller vers le lac d'une démarche raide. Un faible chemin de lune se déployait sous ses pas.

— Nesset, a-t-elle dit la gorge nouée, tu le sens ?

— Oui, a répondu la Vilia d'une voix soudain minuscule. Qu'est-ce que c'est ?

Je le sentais moi aussi, mes jambes me poussant brusquement vers l'avant, contre mon gré, mues par une force invisible, une impulsion irrésistible qui me grignotait avidement l'arrière des cuisses.

— Père, enfonce les talons dans le sol, lui ai-je dit en prenant mon violon.

Il s'est aussitôt exécuté.

— Bien, attrape-moi par la taille et empêche-moi d'avancer.

Ainsi retenue par mon père, lui-même enraciné – au moins pour l'instant – par la force têtue de son pouvoir de Sentinelle, j'ai coincé mon violon sous mon menton et me suis mise à jouer.

Barrage, pensais-je en faisant glisser avec aisance l'archet sur les cordes. *Frein.* Je me figurais une mule refusant d'avancer. Le magnifique Jet, à Ivyhill, esquivant tous ceux qui tentaient de l'approcher avec une longe. Une montagne, un mur de pierres. Mes doigts savaient quoi faire, même s'ils tremblaient de terreur. Une valse entraînante, populaire dans les mariages. Facile, joyeuse.

— Écoutez-moi tous, ai-je crié. Écoutez la musique et rappelez-vous qui vous êtes, peu importe ce qu'il vous montre. On l'a déjà fait. On a affronté Kilraith, on a déjoué ses pièges, percé ses mensonges, et on a survécu. On peut le refaire.

Ce n'était qu'une supposition désespérée sur les intentions de Kilraith. Il aimait jouer, et Jaetris était le maître de l'illusion. Quelle meilleure façon de nous torturer que nous séparer et nous faire revivre nos pires cauchemars ? Un jeu parfait pour les spectateurs et surtout pour Kilraith. Je les regardais, impuissante, s'éloigner de moi en titubant – Gemma et Talan vers sa maison solitaire au bord de la mer, Mara et Nesset vers le lac. Des bruits menaçants me parvenaient des deux côtés. Le fracas des vagues depuis la maison de la mer Lointaine ; un battement de tambours depuis le lac. J'apercevais sur sa rive des silhouettes sombres et mouvantes. J'ai ressenti, en dépit de mon effroi, une pointe de curiosité. Que voyait Mara ? Quel souvenir Kilraith avait-il fait ressurgir pour elle ?

Au loin, le feu d'Ivyhill prenait de l'ampleur. Père a poussé un cri furieux. Je le sentais lutter pour continuer de me retenir, combattre la force qui nous ordonnait d'avancer.

— Vous l'avez déjà fait ! ai-je crié de nouveau. Vous pouvez recommencer. Faites-vous confiance, pas à lui !

Un grondement sourd s'est élevé autour de moi, comme l'approche d'une vague énorme et menaçante. Son rugissement a englouti ma voix. Les flammes d'Ivyhill répandaient une lueur ronflante, orange et or. Père a poussé un grognement de douleur et m'a lâchée. Le violon et l'archet m'ont échappé, ont disparu, et le sol a défilé sous mes pieds. J'ai dû courir pour ne pas tomber, mais je n'allais pas assez vite. J'ai trébuché, perdu l'équilibre et plongé, tête la première, dans un gouffre béant de noirceur.

Chapitre 28

Je me suis arrêtée net, comme si j'avais percuté un mur de plein fouet. J'ai titubé, sonnée, et tâtonné dans l'obscurité à la recherche de quelque chose à quoi m'accrocher. J'ai d'abord senti la chaleur puis entendu le ronflement des flammes. Je suis restée figée, les genoux tremblants, en essayant de comprendre comment ce que je voyais était possible.

Je reconnaissais parfaitement les lieux – mon ancien salon de musique au premier étage d'Ivyhill. Et sous le piano, roulée dans des couvertures, une fillette dormait. Elle avait onze ans, les cheveux châtain doré de son père, et un chaton noir dormait sur un coussin à côté d'elle. Il faisait chaud, les fenêtres brillaient d'une lueur orangée. De la fumée s'infiltrait sous la porte.

J'ai regardé Osmund se réveiller et se mettre à cracher, les poils de son dos hérissés de terreur. Mon sang rugissait à mes oreilles. J'avais l'impression de flotter, d'être un grain de poussière soulevé par le vent et de voir le monde de très loin.

— Par tous les dieux, a murmuré Père, horrifié, le visage décomposé. Qu'est-ce que c'est, Farrin ? Est-ce la nuit où…

Il n'a même pas pu terminer sa phrase. Il s'élançait déjà vers elle, vers l'enfant – vers moi –, mais je l'ai attrapé par le bras et tiré en arrière. Je me suis mise à fredonner doucement, une mélodie sans paroles. Je me forçais à penser au calme alors que je n'éprouvais rien de tel. Les larmes brouillaient ma vue. Je devais continuer de respirer, me suis-je dit. Parce que, sans souffle, il n'y aurait pas de chant et, sans chant, j'allais sûrement devenir folle ou perdre mon père, englouti par la supercherie qui se jouait devant nous.

Mon chant a suffisamment calmé mon père pour qu'il reste à côté de moi, bien que désespéré, grattant pratiquement le sol.

— Farrin ! ne cessait-il de crier d'une voix brisée.

Mais la fillette ne se réveillait pas. Elle ne se réveillerait pas avant que le moment soit venu. Je l'ai vue bouger, ouvrir les yeux, presser ses doigts l'un après l'autre contre sa cuisse. *Farrin, Mara, Gemma, Gideon, Philippa.*

Non, avais-je envie de lui dire. *Ce n'est pas un cauchemar. Tu es réveillée. Cours. Fuis.*

J'ai arrêté de chanter et tenté de l'avertir. Mais ma voix est restée bloquée dans ma gorge, et une pression s'est écrasée sur ma bouche, me réduisant au silence.

La colère qui m'a envahie m'a remis les idées en place. J'ai repris mon chant, et la pression s'est allégée. Je pouvais donc chanter – Kilraith, apparemment, n'était pas en mesure de museler mon pouvoir –, mais je n'avais pas d'autre moyen d'agir. Je devais rester en retrait et observer.

Très bien, me suis-je dit. *Très bien.* Les dents serrées, je me suis regardée m'étouffer et tousser, puis crapahuter vers la porte, Osmund blotti contre ma poitrine. Voir cette fillette en robe de chambre, sa natte défaite, me brisait le cœur. Après un regard d'une tristesse désespérante aux innombrables partitions rangées sur leurs étagères, elle s'est élancée dans le couloir. Je souffrais pour elle, mais je l'enviais aussi. Car c'était une nuit terrible, mais au moins ne savait-elle rien de toutes celles, aussi affreuses, qui étaient à venir ; tout comme elle ignorait qu'elle finirait par considérer même les jours qui avaient suivi l'incendie avec une nostalgie perverse.

Je l'ai suivie dans la maison, hébétée, me rappelant chaque pas à mesure qu'elle avançait. Ici, le long couloir qui conduisait à la galerie. Non, il y avait le feu. Là, la cage d'escalier effondrée, la fumée. La fillette titubait, serrant contre elle le chaton qu'elle avait glissé dans sa chemise de nuit.

— Farrin ! hurlait Père.

Il griffait vainement l'espace qui nous séparait d'elle.

— Farrin, par ici ! Je suis là, ma chérie !

Mais il n'était pas là, cette nuit-là, et il n'y était pas davantage maintenant. Il était déjà en sécurité, dehors, avec les autres – Gemma, Mara, Mère, les domestiques. Je me suis fait la réflexion, pour la première fois de ma vie, que c'était peut-être le but recherché. Le feu avait été mis dans l'intention de brûler la maison, certes, mais peut-être aussi pour m'emporter avec elle. C'est avec une sensation de nausée que j'ai regardé la version plus jeune de moi-même ramper désespérément vers le mur du salon et sa fenêtre. Oui, c'était clair à présent. Alaster Bask avait dû remarquer l'intérêt que Ryder me portait, et il avait senti le danger. Détruire notre maison et tout ce qu'elle contenait n'était pas suffisant, il avait voulu tuer la fille Ashbourne qui avait piégé son fils et lui inspirait de ridicules désirs de paix.

Ryder est apparu soudainement – jeune, le garçon lumineux – comme si je l'avais convoqué par la pensée. Masqué, dégingandé, les coudes et les genoux osseux, ses cheveux noirs et humides collés sur la nuque. Il était entouré d'une aura éblouissante – l'œuvre de Lady Enid, comme je le savais désormais. Un sortilège afin de me convaincre de lui faire confiance. Mon cœur a fait un bond.

— Qui est-ce ? a demandé Père en me dévisageant avec stupéfaction avant de revenir à Ryder. Le garçon lumineux ? Il est réel ?

— C'était Ryder, ai-je dit, la gorge nouée, en le regardant soulever la fillette et lui plaquer un chiffon humide sur le nez et la bouche. Il m'a sauvée.

Ils ont couru dans la maison, main dans la main, évitant les flammes et les débris qui tombaient du plafond, et je les suivais, émerveillée, incapable de les quitter des yeux, même pour m'assurer de la présence de Père à mon côté, dont j'entendais toutefois, de temps à autre, les cris rauques, les sanglots de fureur étranglés. Cette situation, me suis-je rendu compte, était un supplice bien plus grand pour lui que pour moi. Une satisfaction sauvage m'a envahie. C'était sa guerre, après tout, qui avait failli me tuer ; la sienne, celle d'Alaster, et celle de leurs stupides pères avant eux. Aucun d'entre eux, en dépit de toute leur puissance et de leurs pouvoirs d'Élus, n'avait eu assez de cœur ou d'intelligence pour résister aux machinations de Kilraith. Ce n'était que justice que Père soit obligé de regarder.

Puis, j'ai failli tomber, *elle* a failli tomber, le visage couvert de suie et de sueur. Mais Ryder l'a rattrapée, m'a rattrapée, et soulevée dans ses bras pour reprendre sa course folle. Mon cœur s'est serré ; je savais si bien à présent ce que cela faisait d'être ainsi tenue, et mon corps souffrait de désir pour le Ryder que je connaissais, l'homme dont j'espérais, de toutes mes forces, qu'il était encore en vie. Je nous ai regardés, enfants, les larmes aux yeux. J'étais petite, mais il n'était qu'un adolescent. Il peinait un peu sous mon poids et s'est mis à tousser violemment. Je savais ce qui se passait ensuite. Je les ai suivis avec empressement vers l'air frais, l'herbe humide, la lune montante. La main de Ryder sur ma joue. *Étoile de ma vie.*

Il a couru vers l'une des salles de réception de l'aile nord de la maison et tendu la main vers la poignée. J'ai retenu mon souffle, il a ouvert la porte. Mais de l'autre côté, ce n'était pas la véranda qui aurait dû se trouver là, ni, plus loin, le parc éclairé par la lune. Un pan de briques pâles murait la sortie.

Ryder s'est figé, clignant des yeux, stupéfait, puis il s'est tourné vers moi. Il a arraché son masque, et j'ai eu envie de pleurer. Il était là – un jeune garçon encore imberbe, aux cheveux noirs en bataille, aux féroces yeux bleus.

— Comment sort-on ? m'a-t-il crié.

Il s'est approché en titubant, mon corps d'enfant inconscient entre ses bras.

— Qu'est-il arrivé à la porte ?

La peur m'a glacée. J'avais de nouveau l'impression d'être extérieure à moi-même, de regarder le monde de loin.

— Mais ce n'est pas ce qui s'est passé, a dit faiblement Père, le visage blême, en montrant les briques. La nuit du feu, tu t'es échappée. Vous vous êtes échappés tous les deux.

Ma panique grandissante m'a rendue furieuse. J'avais envie de le gifler.

— Prends-la, lui ai-je lancé en me montrant dans les bras de Ryder. Soulage-le un peu.

Mais Ryder a reculé en se tournant légèrement, comme pour protéger son fardeau. Il fronçait les sourcils, l'air redoutable et furieux. Il m'a regardée avec suspicion.

— Qui êtes-vous? m'a-t-il demandé.

Je me suis penchée pour le regarder dans les yeux.

— Nous sommes des amis. Tu peux nous faire confiance. Nous voulons vous aider à sortir.

Une idée m'est venue à l'esprit.

— Nous sommes un nouveau genre de magie défensive, prévue pour s'activer en cas de désastre et protéger la famille. Tu veux sortir, n'est-ce pas?

J'ai regardé mon visage taché de suie dans ses bras, perçu la faiblesse de ma respiration.

— Tu veux la sauver?

Ryder m'a dévisagée avec attention. J'ai cru voir un éclat de compréhension dans ses yeux.

— Oui. D'accord.

Il m'a déposée dans les bras de mon père, que je ne pouvais pas regarder tellement son visage dévasté m'était insupportable. Il a serré le corps de la fillette contre lui comme si elle était le trésor le plus précieux au monde.

J'ai cherché ce qui me restait de courage.

— Vite, maintenant. On va essayer les autres portes.

Mais je savais, alors même que je m'élançais, ce que nous allions trouver et, de fait, chaque porte donnait sur un mur de briques. Chaque fenêtre dont j'arrachais les rideaux en feu ne révélait, encore et toujours, que le même mur infranchissable et sinistre. Nous étions piégés.

Je suis restée devant le dernier, les poings serrés, les pieds fermement ancrés, et j'ai commencé à chanter. *Tombe*, ordonnais-je rageusement. J'imaginais une tour de cubes d'enfant s'écroulant, un arbre s'effondrant par terre dans un formidable craquement. Je pensais à mon lit, au plaisir que j'avais de m'y laisser tomber après une longue journée de labeur. *Abandon. Capitulation. Soulagement.*

— Farrin, m'a dit Père d'un ton prudent.

Je me suis tournée. Les flammes approchaient. Nous n'allions bientôt plus pouvoir nous replier à l'étage. J'ai réfléchi à toute allure. Qu'est-ce que Kilraith cherchait à prouver ?

J'ai continué de chanter dans l'espoir de faire céder le mur et, à l'instant où les briques ont commencé à trembler, la fillette a crié.

J'ai pivoté. Elle avait repris connaissance et s'accrochait à Père, les yeux écarquillés de terreur.

— Papa ! a-t-elle gémi d'une voix atrocement âpre. Où va-t-on ?

Il l'a serrée contre lui en me regardant d'un air désespéré tandis qu'un gros morceau de plafond se détachait. Ryder m'a saisi la main et tirée hors de sa trajectoire.

— Par ici, ai-je dit, pantelante, en m'élançant vers le hall d'entrée.

Il était envahi de fumée et de flammes, mais le grand escalier, à peine visible, était encore debout. Je m'y suis précipitée, traversée par une peur vertigineuse. Les autres m'ont suivie, j'entendais les bottes de Père s'écraser lourdement sur chaque marche. J'essayais, paniquée, de réfléchir. Où aller ? C'était un jeu. Je ne pensais pas que Kilraith avait créé toute cette scène simplement pour nous tuer. Non, cela viendrait après ; il voulait d'abord nous faire souffrir, c'était une torture, une démonstration de sa puissance, de celle de Jaetris.

Au premier étage, j'ai couru vers la porte la plus proche – une des chambres d'invité – et je l'ai ouverte à la volée, en me souvenant du raisonnement effréné de l'enfant que j'étais alors.

Chercher l'issue dans chaque pièce, chaque fenêtre. Trouver une cour, un balcon, n'importe quel endroit où il y aurait un tout petit peu d'air frais.

Mais, de l'autre côté de la porte, ce n'était pas une chambre. Ce n'était même pas Ivyhill. C'était la Maison Verte. Le salon de Mère précisément, et j'étais à l'intérieur, un peu plus âgée. Douze ans, le visage fermé, le regard vide. Je regardais par la fenêtre, Osmund sur les genoux, le jardin en contrebas dans lequel Gemma, en chemise de nuit, errait en pleurant.

Mon estomac s'est noué. Je me souvenais de cette nuit. Franchement, il aurait pu s'agir de n'importe laquelle de toutes les nuits, interminables et sinistres, qui avaient suivi le départ de Mère. Père nous avait déposées au palais avant de partir dans la cité pour y noyer sa rage, son impuissance et son chagrin dans l'alcool, la bonne chère, des bras anonymes qu'il oublierait vite. J'avais, au mépris de ses instructions, emporté Gemma avec moi pour aller à la Maison Verte. Nous y resterions jusqu'à ce qu'il finisse par retrouver suffisamment ses esprits et vienne nous chercher. Nous y resterions, me souvenais-je d'avoir pensé, jusqu'au retour de Mère.

Une tristesse indicible, tandis que je me contemplais à douze ans – droite, la mâchoire serrée – m'a envahie. Je me souvenais de mes sentiments. Ma détermination à ne pas pleurer, l'abîme de solitude qui s'ouvrait sous mes pieds. Chaque ombre était un monstre, chaque bruit un sursaut d'espoir.

Comme si elle réagissait au tourbillon frénétique de mes réflexions, la scène s'est mise à changer. Les ombres sont subitement devenues des monstres, crocs en avant et bras tendus. Les meubles ont pris des dimensions grotesques, irréelles, menaçantes. Ma bouche s'est asséchée en regardant les ombres se refermer sur la jeune Farrin. Elle n'a pas bougé ; elle est simplement restée là, plongée dans une résignation silencieuse. Puis le sol s'est ouvert sous mes pieds, et je suis tombée. Dans un abîme. D'une noirceur absolue, et l'air si étouffant que je ne pouvais plus respirer ; mon cœur, mes poumons allaient exploser. J'ai voulu voir si Père, Ryder et la petite Farrin au visage couvert de suie me suivaient, mais la force de ma chute me tenait dans un étau.

J'ai fermé les yeux très fort et, ma volonté tremblante uniquement concentrée sur le réel, j'ai entonné un chant. J'imaginais un sol ferme sous mes pieds, l'immensité des solides montagnes du Nord, le poids du corps musclé de Ryder. *Sécurité. Protection.*

Je me suis arrêtée brutalement et, quand j'ai rouvert les yeux, pantelante et légèrement vacillante, j'étais dans l'une des chambres d'invité au premier étage d'Ivyhill, devant une fenêtre murée et un lit en flammes.

Père me secouait désespérément, mon double enfant hurlant dans ses bras, tandis que Ryder piétinait férocement le tapis en feu.

— Qu'est-ce que tu fais ? criait Père. Ce n'est pas du tout la sortie !

Je l'ai regardé, ahurie.

— Tu n'as pas vu la Maison Verte ? Tu n'es pas tombé ?

— Quoi ? Non !

Sa poigne était de fer.

— Secoue-toi, Farrin !

C'est ce que j'ai fait ; je suis sortie en titubant derrière lui dans le couloir à l'instant où le parquet de la chambre s'effondrait. La porte s'est refermée en claquant sur mes talons.

Ryder m'a jeté un regard furieux.

— Tu ne nous aides pas vraiment. Tu sais par où sortir ou pas ?

J'ai couru maladroitement dans le couloir derrière Père. J'ai croisé le regard de mon double, et un sourire narquois s'est étiré sur ses lèvres.

— Oh, ma pauvre, a-t-elle dit tranquillement en regardant la maison en flammes autour de nous. Quel dommage.

Kilraith.

J'ai serré les mâchoires et suis passée devant eux, ignorant la sensation des yeux de la fillette qui me transperçaient le dos. La porte suivante était celle d'une autre chambre. Je n'avais pas le choix. L'air était irrespirable, de plus en plus sombre. J'ai ouvert.

C'était la chambre de Gareth dans sa maison de famille, à Big Deep. Nous y étions tous les deux, jeunes, nus et gênés, nous écartant maladroitement l'un de l'autre, au milieu de draps humides et emmêlés, tandis que le crépuscule se déversait dans la pièce.

Hébétée, je me suis regardée quitter le lit et me diriger, d'un pas mal assuré, vers la salle de bains. Je me rappelais, avec une clarté aveuglante, la légère douleur entre mes jambes et la curiosité anxieuse qui m'avait saisie en voyant la tache de sang sur les draps.

Gareth s'est assis au bord du lit et m'a regardée partir. Son expression était affreuse, un mélange de dégoût et de déception. Il m'a jaugée, tandis que je m'éloignais, d'un regard détaché, les lèvres légèrement retroussées, puis il a frotté les mains sur les draps et s'est levé pour les arracher avec rage.

J'étais horrifiée. Non. Ça ne s'était pas passé comme ça. J'avais fait ma toilette dans la salle de bains et j'étais revenue dans la chambre. Gareth m'attendait, debout près du lit, rougissant et timide, vêtu de ses habits froissés. Il m'avait tendu les bras. *S'il te plaît, fais-moi un câlin*, m'avait-il demandé, *et dis-moi que tu m'aimes toujours*. Ce que j'avais fait, parce que c'était le cas.

Mais le Gareth que j'avais sous les yeux n'avait rien à voir avec le mien, jusqu'à ce que brusquement la scène change. Je suis sortie de la salle de bains et il était là, rougissant et timide, bras tendus. *S'il te plaît, fais-moi un câlin*, l'ai-je entendu dire tandis que je regardais la Farrin de seize ans rire à travers ses larmes, désorientée, et venir dans ses bras pour une étreinte chaleureuse et soulagée dont je me souvenais très bien. Mais qui me semblait, à présent, différente. Les épaules de Gareth étaient tendues. Il me tenait avec précaution. Réticence ?

J'ai reculé lentement, les yeux brûlants de larmes. Était-ce la réaction qu'il avait eue pendant que j'étais dans la salle de bains ? Du dégoût, du mépris ? Avant de se reprendre et de dissimuler ses véritables sentiments sous les traits affectueux de l'ami que j'avais toujours connu ?

Je suis sortie de la chambre en titubant, repoussant Père et Ryder, pour claquer la porte et m'y adosser, la gorge nouée de sanglots.

— Vous avez vu quelque chose ? ai-je demandé d'une voix rauque.

Ryder était sidéré, exaspéré.

— Voir quoi ?

Père, de son côté, semblait commencer à comprendre.

— Pour nous, ce n'était qu'une des chambres d'invité. Aux fenêtres murées, comme les autres.

J'étais évidemment soulagée. Je ne voulais pas que l'un ou l'autre nous voie, Gareth et moi, dans cet état.

— C'est un jeu, ai-je dit dans un souffle. On est obligés de passer dans toutes les pièces pour trouver la sortie, et chacune d'elles va me faire du mal.

— Comment ? a demandé Père.

Il avait l'air de vouloir démolir la maison à mains nues.

J'ai secoué la tête. Décrire ce que j'avais vu m'était insupportable. Je suis passée devant Père avec un rire étranglé, maudissant nos ancêtres d'avoir construit une bâtisse aussi ridiculement vaste : deux cent cinquante pièces. *Si jamais nous rentrons chez nous*, me suis-je dit, *j'envisagerai sérieusement d'engager un Élémentaire spécialiste en construction pour remanier entièrement la maison.*

La pièce suivante était un salon destiné, lui aussi, aux invités. J'ai posé la main sur la poignée de laiton et ouvert la porte brutalement en espérant secrètement aplatir au passage la nouvelle version de moi-même qui m'attendrait en embuscade de l'autre côté.

Mais je n'ai pas eu cette chance. Une scène que je connaissais très bien se dressait devant moi. Une scène construite à mon intention, dans la ville de Derryndell. Mes parents avaient décidé que, pour ma première représentation publique, une petite ville serait préférable à la capitale bondée ou à une des villes côtières toujours animées. Des centaines de gens avaient tout de même fait le déplacement, de tout le continent. Ils avaient entendu parler de la jeune Ashbourne à la voix plus suave qu'une sirène primordiale, aux doigts plus agiles que ceux des plus grands pianistes.

Je suis restée figée sur le seuil, les yeux happés par mon double de quatorze ans assis devant l'instrument – c'était mon propre piano, mon piano adoré, en bois de cerisier. J'ai vu la Farrin que j'avais été prendre une inspiration, redresser ses jeunes épaules, et la panique m'a submergée, aussi vive et monstrueuse que ce jour-là.

— Non, attends ! ai-je crié en me précipitant vers la scène.

J'ai essayé de la lever de son banc et, comme ça ne donnait rien, je l'ai poussée, tirée, frappée dans les côtes. En vain. Elle s'est mise à jouer ; ses doigts frêles dansaient sur le clavier avec grâce, précision, assurance. Je sentais son petit cœur battre, gonflé de joie et frémissant de nervosité. C'était sa première représentation en dehors d'Ivyhill, et il y avait beaucoup de spectateurs prestigieux dans le public – des compositeurs de la cour, des membres de l'orchestre royal, des solistes, des chanteurs et des professeurs éminents venus d'aussi loin que Vauzanne et Aidurra.

Et, quelques minutes à peine après le début de la représentation, c'est arrivé. La foule attentive a commencé à s'agiter. Les gens murmuraient, soupiraient, partaient dans des rires euphoriques. Je ne pouvais pas détacher mes yeux de ceux qui déjà se levaient et se précipitaient vers la scène – une foule désordonnée et larmoyante, tendant des bras fébriles vers la jeune fille au piano. Et elle, absorbée et heureuse dans le cocon de son pouvoir, ne voyait rien.

J'ai crié en me jetant entre elle et ces gens. Mais ils m'ont dépassée, m'ont traversée pour tomber sur elle et son instrument. Ils la touchaient, la suppliaient. Des hommes vieux ou jeunes, des femmes, des grands-mères, des enfants, tous désespérés, fervents, insatiables. Ils étaient prêts à la mettre en pièces pour arracher un peu de sa musique et la garder éternellement avec eux.

L'assaut a été si brusque et si stupéfiant que les gardes d'Ivyhill n'ont pas réagi tout de suite. Père a été le premier à la rejoindre, suivi de Gareth. C'est lui qui s'est interposé pour la protéger de son corps tandis que Père envoyait vingt personnes au tapis avant que les gardes ne parviennent à se frayer un chemin dans la foule grouillante pour venir à sa rescousse. Des dizaines de bagarres ont éclaté ; la musique n'avait pas rendu absolument tout le monde fou d'adoration. Certains se battaient pour rétablir l'ordre. La scène a vite été submergée, et j'ai regardé avec horreur ces mains rapaces arracher des lambeaux de chair à Père, à Gareth, à moi. Mes admirateurs nous ont repoussés et bloqués dans les coulisses, poussant des cris fervents, des suppliques éplorées.

J'ai reculé en trébuchant, heurté Père et me suis caché le visage contre lui. *Non*, me répétais-je frénétiquement. *La réalité*. J'ai entamé un début de chant, me suis battue pour le maintenir et le renforcer.

Père me soutenait de son bras libre, la petite Farrin pleurant dans l'autre.

— Qu'est-ce que tu vois ? lui ai-je demandé dans un souffle.

— Un salon, m'a-t-il répondu. Et toi ?

J'ai levé les yeux sur lui, certaine qu'il lirait la réponse dans mon regard. Il se souvenait sûrement de ce jour aussi clairement que moi.

Son visage est resté de marbre, mais ses yeux flamboyaient.

— Ferme la porte, a-t-il ordonné à Ryder, qui a aussitôt obéi.

La pièce murée a disparu.

Ce qui nous attendait dans la suivante m'a arraché un sanglot de colère et clouée sur le seuil. C'était un agréable jour de printemps à Ivyhill, rempli de chants d'oiseaux et de tendres bourgeons. Nous étions tous sur le perron, regardant la Gardienne emporter Mara. Gemma pleurait à chaudes larmes, et Mère, la main sur sa bouche, était si dévastée de chagrin, si pétrifiée de douleur, que les siennes ne pouvaient même pas rouler sur ses joues. Je me souvenais de cette impression que le monde se refermait sur moi, de la main qui se serrait sur ma gorge, même à présent. Et Père qui essayait en vain de nous réconforter. « C'est un honneur, nous disait-il, le dos raide et les yeux secs. D'après la Gardienne, elle va passer les épreuves mieux et plus facilement que n'importe quelle Rose avant elle. » Mais je n'avais pas été dupe. J'avais perçu son intonation bourrue et vu le pincement serré de ses lèvres.

J'ai regardé la calèche s'éloigner et vu avec horreur la Gardienne sortir par la fenêtre et grimper comme une araignée sur le toit. Elle s'est tournée vers moi, nos regards se sont croisés et, malgré la distance qui nous séparait, je me suis aperçue qu'elle souriait. Elle s'est redressée, puis sa silhouette noire et austère s'est transformée en ombre ailée avec deux yeux ronds et jaunes, au regard dur. Ce n'était plus la Gardienne, mais une chouette aux serres étincelantes, au cri strident, survolant de ses grandes ailes sombres l'attelage qui emportait ma sœur loin de moi.

Je me suis détournée, furieuse, et j'ai claqué la porte pour chanter l'air le plus joyeux que je connaissais. *Non*, me disais-je. *Tu ne m'auras pas. Ce n'est pas la réalité. Ce n'est pas vrai.* Je n'allais pas me laisser piéger dans le labyrinthe illusoire de ma propre maison. C'était chez moi, chez nous, pas chez lui.

J'ai cru entendre un rire quelque part au fond de moi. Je n'étais pas convaincue par ma propre bravade frémissante, et lui non plus.

Nous avons continué à travers la maison, chaque pièce ranimant un souvenir cauchemardesque. Dans celle-ci, l'Artificier s'employait à étouffer le pouvoir de Gemma – un pouvoir dont l'instabilité provenait, je le savais à présent, de la déesse renaissante abritée dans le corps de Philippa. Mara et moi étions dans ma chambre, serrées l'une contre l'autre, tandis que les hurlements de Gemma résonnaient dans la maison. Père avait voulu nous éloigner, mais Mère l'avait supplié de n'en rien faire. Si elle devait regarder l'une de ses filles se faire mutiler, il n'allait pas la priver du réconfort de savoir ses deux autres filles, saines et sauves, à l'étage. Les corps des jeunes Farrin et Mara ont commencé à s'ouvrir sous mes yeux, comme si les couteaux ensorcelés de l'Artificier fouillaient aussi en elles. Je me suis détournée de leurs cris et j'ai claqué la porte derrière moi.

La galerie d'art, le bureau de Père, chaque chambre d'invité, chaque salon me montrait à tout âge, à chaque humiliation. Toutes les journées de douleur que j'avais connues se déployaient devant moi, créant de nouvelles blessures. Je poussais mon pouvoir à ses limites, chantant désespérément face à l'horreur, la souffrance et la honte. *Réalité, vérité, lucidité.* Je m'accrochais à ces injonctions. J'évoquais l'image des rayons du soleil dispersant le brouillard matinal, une goutte d'eau claire suspendue à une feuille tremblante, le clavier de mon piano sous mes doigts, Osmund pressant sa tête soyeuse contre mon cou avant de s'endormir à mon côté, les beaux yeux bleus de Gemma, la main chaude de Mara, rendue calleuse par ses années de service.

Et, sans crier gare, Ryder est apparu.

Je venais de trébucher dans une pièce, engourdie de terreur, mon chant glissant de lui-même de ma gorge épuisée. Mais, quand j'ai vu ce qui m'attendait, ma voix s'est éteinte.

C'était la petite chambre dans l'écurie de Ryder – sa chambre à lui, son havre. Il y avait mes vêtements suspendus pour sécher, le poêle rougeoyant, le petit lit. Et j'étais là, toute nue, dos tourné à Ryder qui m'évaluait d'un œil froid. Chaque partie de mon corps, chaque creux, chaque bosse, chaque imperfection – il voyait tout, et moi aussi.

Je ne pouvais pas respirer, ni faire le moindre geste. Je me suis regardée m'écarter, tremblante, et ramasser les vêtements de Ryder qui gisaient sur le sol.

— Je ne peux pas, lui ai-je dit d'une voix faible et effrayée.

Il m'a prise par le poignet et attirée contre lui, puis il a jeté ses habits par terre et m'a poussée vers le mur où se trouvait un miroir. Je me souvenais, de manière lointaine, qu'un tel miroir n'existait pas dans cette pièce, et pourtant, en le voyant, j'y ai cru. Ryder, les mains plaquées sur mon visage, m'a forcée à tourner la tête, à regarder mon reflet. Je me suis débattue, lui ai donné des coups de poing. Il m'a coincé les bras dans le dos en me souriant méchamment dans le miroir.

— Farrin, lumière de la forêt, a-t-il dit d'un ton moqueur. Froide et bizarre, qui ne sait même pas comment se faire jouir elle-même. Et tu crois que je te trouve belle. Toi !

Il a éclaté de rire.

— Heureusement que tu es née dans une famille élue. Sans le pouvoir dont tu disposes, tu ne serais rien. Personne d'un peu censé ne voudrait de *ça*.

J'allais vomir. Je me suis vue me dégager de son emprise, éviter ses bras tendus pour me rattraper, et fuir le spectacle humiliant de ma nudité dans le miroir. Je suis sortie de la pièce en titubant et j'ai claqué la porte derrière moi. Je ne pouvais pas chanter ni respirer. J'ai ignoré les appels de Père derrière moi, les questions perplexes du jeune Ryder, le rire joyeux de la petite fille dans les bras de Père, et j'ai couru vers la dernière porte du couloir : celle de ma chambre.

Je me suis appuyée contre elle, les paumes à plat contre le bois. L'air était brûlant, mes cheveux humides de sueur collés sur ma nuque et ma belle robe de soie bleue était devenue noire et informe. J'ai fredonné à travers mes larmes, chassant l'affreuse vision de Ryder me dévisageant cruellement dans le miroir, pour en appeler à la réalité. J'ai puisé en moi tous mes souvenirs réels, ceux de lui, de nous, pour les insuffler dans mon chant. Ryder m'apprenant à me battre, Ryder m'enlaçant après que j'avais soumis par ma voix la chimère de Devenmere, l'abri de sa force, ses mains sur ma peau, ses baisers dans mes cheveux, son poids m'écrasant sur le lit à la Citadelle, à La Torche et l'Épine, dans la chambre confortable de son écurie. Sa voix se brisant sur mon prénom tandis qu'il bougeait en moi, tendrement, lentement. Ses mots glissant sur moi comme une douce pluie d'été. *T'aimer, Farrin. Je ne veux rien d'autre que t'aimer.*

J'ai poussé la porte de ma chambre et vu le parc d'Ivyhill, étendu devant moi, au clair de lune. L'air était pur, frais. Je l'ai aspiré goulûment tandis que la petite Farrin passait devant moi joyeusement, tirant le jeune Ryder avec elle. Ils se sont retournés pour me faire signe.

— Viens, dépêche-toi ! m'a crié Ryder. C'est la sortie !

J'ai failli le faire. La brise était délicieuse, et je n'en pouvais plus de tout ce que la maison m'avait fait subir. Je voulais m'en éloigner sans un regard en arrière. Mais quand je me suis retournée pour m'assurer de la présence de Père, il était non loin, enchaîné par des ombres. L'une était plaquée sur sa bouche, une autre enroulée autour de sa gorge. Ses yeux terrifiés, durant une horrible seconde, ont croisé les miens. Puis les ombres l'ont tiré en arrière, vers les flammes, comme s'il n'était qu'une poupée de chiffon, avec une telle force que son cou s'est affreusement tordu.

— Vite ! a crié la petite Farrin.

Je me suis retournée pour la voir éclairée par la lune, le visage rayonnant de bonheur, Ryder, maintenant adulte, debout à côté d'elle. Et ce n'était pas le Ryder cruel de la maison des cauchemars ; c'était mon Ryder, au regard doux.

Il m'a tendu la main en souriant.

— Viens, mon amour, m'a-t-il dit. Il est temps de partir.

Mais c'était impossible. Je ne pouvais pas. J'ai pivoté vers les flammes et couru pour retrouver mon père, un hurlement dans la gorge. J'ai traversé les couloirs dévorés par le feu, protégeant mes yeux de la chaleur incandescente. Je n'allais pas l'abandonner comme Philippa m'avait abandonnée, comme il nous avait délaissées lui-même, Gemma et moi, durant ces longues nuits de solitude et de chagrin. J'avais beau lui avoir souhaité la même souffrance, avoir prié pour qu'il l'éprouve un jour et comprenne, je ne pouvais pas l'y abandonner maintenant. Non, cette souffrance, cet héritage de haine, de vengeance, de lâcheté et de renoncement devait cesser. Il s'arrêtait ici. Avec moi.

Subitement, la maison et le brasier ont disparu, et je me suis retrouvée dans un paysage couvert de cendres. C'était Ivyhill, à présent en ruine, le domaine entier dévasté. Même mon piano n'avait pas survécu. Il ne restait que des décombres et des braises au milieu desquels se dressait un homme souriant constitué d'ombres. Il tenait un arc en or dont la flèche visait un autre homme, enchaîné sur un magnifique trône doré. Cet homme était antique – sa barbe blanche tombait sur ses genoux, sa peau brune était pâle et ridée. Son regard, couvert d'un voile jaune, empli de tristesse.

— Jaetris, a dit une voix proche de moi.

J'ai tourné la tête et failli m'écrouler de soulagement. Mara et Nesset se tenaient d'un côté, Gemma et Talan de l'autre. Ils étaient hagards, le visage marqué, les yeux imprégnés des horreurs qu'ils avaient vues, et les robes chatoyantes de mes sœurs, déchirées, étaient couvertes de boue. Mais, quels que soient les cauchemars que Kilraith leur avait infligés, ils s'en étaient sortis. Ils étaient vivants.

— Ce n'est pas possible, a murmuré Nesset, les yeux rivés sur le vieil homme assis sur le trône.

J'étais pourtant d'accord avec Mara. Il s'agissait bel et bien de Jaetris, le dieu de l'esprit. J'en avais été convaincue, sans l'ombre du moindre doute, à l'instant où je l'avais vu. Il me paraissait, malgré son état pitoyable, aussi éblouissant de clarté que Philippa lorsqu'elle nous avait sauvés, Ryder, Alastrina et moi, de Mhorghast. Son souffle, bien qu'irrégulier, faisait trembler le sol sous mes pieds, l'air se resserrait autour de nous à chaque inspiration, chaque halètement douloureux.

Et Kilraith pointait sa flèche exactement sur son cœur.

Des formes chatoyantes se sont mises à frémir autour de nous et, subitement, Jaetris n'était plus seul. Des volutes d'ombres étaient tombées du ciel pour s'enrouler, avec une volupté narquoise, en colonnes sur les ruines. De chacune d'elles, un homme est sorti, retenu par des chaînes invisibles qui l'immobilisaient, le rendaient impuissant. Leurs yeux, qui ne cillaient pas, me fixaient, et je suis restée un instant paralysée d'effroi, seulement capable de les dévisager.

Gareth, maigre et dépenaillé, manifestement malade, le teint blême.

Père, couvert de suie et de cendres.

Ryder, animé d'une rage aussi violente que silencieuse contre le pouvoir qui le retenait. Son regard a plongé dans le mien, flamboyant, furieux, du bleu éclatant que je connaissais et chérissais. *Bats-toi*, me disait-il. *Peu importe ce qu'il nous fera, tu dois le combattre.*

À cet instant, quand nos regards se sont croisés, tandis que la certitude de la violence du combat à venir épaississait l'atmosphère autour de nous, que le souvenir du garçon lumineux – si précieux, si courageux dans cette maison envahie de fumée – était gravé dans mon esprit, j'ai su. Je l'ai su du plus profond de mon être. Quelle importance que ce soit ma voix qui l'ait d'abord attiré à moi ? Que mon pouvoir ait été le germe qui avait permis à l'amour de se déployer dans son cœur ?

Ce qui comptait, c'était ce que cet amour était devenu, ce que nous avions partagé – chacune de ses caresses, la sensation de communion, de justesse qui s'était installée entre nous. Deux cœurs rageurs et fatigués puisant du réconfort l'un dans l'autre. Je ne pouvais nier cette vérité. Il me l'avait montrée dans chacun de ses baisers, chacune de ses caresses, chaque fois qu'il avait prononcé mon prénom.

Tout l'univers, durant un court et délicieux instant, s'est réduit à cette révélation, au regard flamboyant de Ryder. Il allait me pardonner, m'aider à apprendre à me pardonner moi-même. En cette seconde, je me suis sentie plus forte et plus en paix que jamais.

Puis les colonnes d'ombres qui tournoyaient derrière chacun des captifs ont pris la forme de la silhouette noire et souriante qui se tenait près de Jaetris, son arc bandé. Je suis revenue à moi-même, aux pulsations effrénées de mon cœur, au présent cruel et menaçant.

Devant moi se trouvaient quatre Kilraith armés, trois hommes prisonniers et un dieu enchaîné.

— Quelle admirable démonstration de courage, ont dit les quatre Kilraith d'une même voix railleuse. Mais le jeu touche à sa fin, et c'est à toi que revient le coup final, petit oiseau. Quelle flèche dois-je décocher ?

J'ai senti, de chaque côté de moi, les pouvoirs de Mara et Gemma se déployer – l'un vif et agile comme une liane, l'autre solide et brillant comme l'acier. Elles devaient être aussi épuisées que moi, et elles trouvaient pourtant encore de la force en elles. Elles étaient prêtes à se battre, tout comme moi.

Je n'osais pas regarder Talan. Si je voyais ce que lui coûtait l'usage de son pouvoir démonique pour détourner Kilraith, depuis le début, de notre ultime secret, je m'effondrerais.

— Allons, allons, nous attendons, ont chantonné les Kilraith.

Au-dessus de nous, tout autour de nous, une mer de chuchotements excités a frémi.

— Lequel choisis-tu ? Le dieu, l'ami, le père ou l'amant ? Dépêche-toi ou je les tue tous. Tu sais que je le ferai. Cinq secondes. Quatre. Trois. Deux…

En un éclair, et fredonnant les premières mesures d'un rondo pour me stimuler, j'ai sorti de mon corsage ruiné la plume flamboyante – intacte, aussi éblouissante que le soleil – et l'ai brandie.

J'ai interrompu mon chant le temps de prendre une inspiration pour crier son nom.

— Ankaret !

Chapitre 29

D'abord, j'ai eu peur qu'elle ne vienne pas. En un instant de terreur pure, mille choses m'ont traversé l'esprit : la plume était un leurre, l'étrange amitié d'Ankaret était un leurre, j'avais été folle de lui faire confiance, je m'étais trompée sur ce que j'avais vu à la capitale : elle n'avait pas vaincu Kilraith, c'était l'inverse, et maintenant, elle était morte.

Puis j'ai entendu une explosion lointaine, et le sol s'est mis à trembler. Les quatre Kilraith sont devenus une seule et même forme qui ne cessait de changer. Un gigantesque oiseau de nuages orageux aux yeux comme des éclairs, une colonne de ténèbres rugissantes, un poing noir et tourbillonnant dans le ciel, une affreuse chimère au sourire en croissant de lune, un homme – grand, aux bras nus, tel qu'il avait été, selon la description de Talan, la première fois qu'il s'était montré devant lui. Il était en débardeur et pantalon, portait des gants couverts de lames de fer et un diadème d'onyx sur ses longs cheveux blancs.

Je me suis figée. C'était l'apparence qui revenait le plus souvent parmi toutes celles qu'il prenait. Un homme grand, bien bâti, à la peau aussi blanche que ses cheveux, aux yeux furieux, l'un or et l'autre violet et, sur le front, une petite cicatrice brillante en forme d'étoile.

Je n'ai pas eu le temps de m'arrêter sur ma stupeur parce que, subitement, elle était là, fendant le ciel comme une cascade de feu. Ankaret.

Kilraith s'est dressé vers elle dans un rugissement de fureur. Sa voix se déformait en passant d'une de ses nombreuses formes instables à l'autre. Le corps élégant de l'homme aux cheveux blancs s'est allongé, assombri, pour devenir la formidable créature ailée que j'avais vue à la capitale. Il a bondi dans le ciel et s'est écrasé sur Ankaret. Leurs yeux ont flamboyé – des yeux d'éclairs, des yeux de flammes bleues. La violence du choc nous a tous jetés à terre.

Une vague assourdie de cris terrifiés s'est élevée sous le vacarme de leur combat – tous les spectateurs de Mhorghast hurlaient. Je voyais, du coin de l'œil, apparaître et disparaître la foule de leurs silhouettes amalgamées. L'illusion qui les dissimulait s'affaiblissait.

— Gemma ! ai-je crié. Mara !

J'ai couru vers Jaetris et entendu mes sœurs, Talan et Nesset s'élancer avec moi. J'ai repris, en courant, le rondo entraînant, mes foulées aussi légères que les notes virevoltantes. Distraire Kilraith, nous dissimuler, telles étaient les injonctions dont je nourrissais mon chant. Un chant de supercherie, de protection. Ankaret. J'ai glissé son nom dans les notes d'une phrase ascendante de la mélodie, aussi aérienne et flamboyante qu'elle.

Ryder, Gareth et Père étaient toujours enchaînés, figés dans la souffrance. C'était atroce de passer devant eux, de les laisser livrés au supplice que Kilraith leur avait réservé, mais le temps était compté. Je ne savais pas jusqu'à quand Ankaret serait capable de repousser Kilraith, et chaque seconde me semblait passer plus vite que la précédente.

Nous sommes arrivés près de Jaetris. Quand ses yeux d'or fatigués se sont posés sur moi, ma première réaction a été de m'agenouiller devant lui, mais j'ai repoussé cet élan de déférence, l'humilité qu'il m'inspirait, pour me redresser rapidement. Alors même qu'il était enchaîné et à la merci de Kilraith, la grandeur de sa présence me faisait frissonner.

— Talan, Nesset, soyez prêts à tout, a dit Gemma. Si quelqu'un ou quelque chose approche…

— Je lui ferai croire qu'il gambade allègrement dans la campagne, a déclaré Talan en souriant. Je le pousserai gentiment de côté…

— Et je lui trancherai la gorge d'un bon coup de dents, a terminé Nesset.

Elle s'est accroupie souplement, prête à bondir, tandis qu'une onde de chaleur se répandait dans l'air. Talan, qui avait invoqué son pouvoir démonique, se transformait sous nos yeux en une chimère cornue, couverte d'écailles, à la tête de chat, prédatrice. J'ai pensé à ce qu'il nous avait dit des nombreuses formes que Kilraith l'avait obligé à prendre lorsqu'il était sous son emprise, de la façon dont ses parents cruels se présentaient à leurs victimes sous l'aspect qui les terrifierait le plus. Les démons supérieurs étaient des êtres d'illusion et de supercherie, descendants de Jaetris et Zelphenia – dieu de l'esprit et déesse de l'inconcevable.

Je me suis retournée vers Jaetris, qui regardait Talan avec un détachement apathique. Derrière et au-dessus de lui, le ciel frémissait. J'essayais de ne pas songer au nombre de créatures primordiales nous lorgnant au-delà du voile que nous ne pouvions percer, prêtes à frapper.

— Jaetris, dieu de l'esprit, lui ai-je demandé, où est l'œuf qui vous lie à la créature nommée Kilraith ?

Il n'a pas répondu. Il regardait, d'un œil trouble, les formes d'Ankaret et de Kilraith s'affronter dans le ciel.

Je me suis tournée vers Mara. C'était elle qui avait l'habitude de soutirer des informations.

Elle s'est avancée, le visage dur.

— Jaetris, où se trouve l'œuf ? lui a-t-elle demandé avec autorité. Nous pouvons le détruire et vous libérer.

Cela a capté son attention. Il a lentement tourné les yeux sur elle et lâché un faible rire sifflant.

— Vous ? a-t-il dit en nous regardant toutes les trois – nos peaux luminescentes, nos cheveux scintillants, les éclats d'or dans nos yeux.

Il a mordillé sa lèvre gercée, sans être le moins du monde impressionné, et a laissé ses yeux se fermer.

— Laissez-moi, a-t-il gémi.

Gemma, à son tour, a essayé. Elle s'est agenouillée devant lui et a posé une main sur chacune des siennes.

— Oncle, a-t-elle dit doucement. Écoutez-moi, écoutez-nous. Arrachez-vous de l'endroit où il vous tient.

Ses doigts luisaient d'un faible éclat blanc-bleu tandis qu'elle le sondait délicatement de son pouvoir, celui qui lui avait permis de sentir et d'arracher la Couronne aux Trois Yeux du crâne de Talan. Les cicatrices sur sa main scintillaient comme les étoiles.

Des ombres sont passées sur le visage noueux de Jaetris. De fines lianes vert tendre poussaient à ses pieds et grimpaient curieusement vers lui, dressant leurs têtes naissantes.

Il a regardé Gemma en ricanant.

— Comment oses-tu ? s'est-il étranglé. Oncle ?

Puis, en frissonnant violemment sous l'effort, il l'a repoussée d'un mouvement brusque du menton. Elle a volé en arrière avant de retomber lourdement par terre. Talan s'est aussitôt précipité vers elle et l'a redressée en la soutenant de sa grosse tête cornue.

Cette démonstration de puissance avait épuisé Jaetris. Il s'est affaissé dans son trône, le visage encore plus gris et émacié, comme si ce simple geste lui avait coûté toute sa vitalité. J'ai jeté un coup d'œil par-dessus mon épaule et vu l'éblouissante spirale d'Ankaret monter en tourbillonnant dans le ciel, poursuivie par la tornade de nuages noirs de Kilraith.

Une inspiration subite, dans un sursaut d'impatience, m'a traversé l'esprit, aussi vive et brûlante que le feu d'Ankaret. J'ai attrapé le manche d'obsidienne du poignard glissé dans ma botte et me suis entaillé le bras. La douleur, fulgurante, m'a pliée en deux, et j'ai hoqueté, d'abord de souffrance puis de soulagement. J'avais vu juste.

Le sang qui coulait sur mon bras était d'un rouge brillant parcouru de sillons dorés – un sang humain entremêlé à un sang divin, ranimé par l'atmosphère primordiale de Mhorghast.

Mara, en poussant un juron, s'est élancée pour me soutenir, puis elle a vu l'éclat de mon sang et s'est figée, stupéfaite. Je suis passée devant elle, les yeux pleins de larmes, et j'ai entaillé le bras de Jaetris. Sa peau ridée s'est ouverte comme du papier, et de la fente s'est écoulé un sang or tellement éblouissant qu'il m'aveuglait.

Il a regardé sa blessure d'un air ahuri avant de gronder de colère. J'ai brandi mon bras sous son nez pour lui montrer le sang rouge et or de ma propre blessure.

— Vous voyez ? ai-je dit, furieuse. Oncle, en effet. Je ne suis pas une malheureuse humaine qui se berce d'illusions héroïques. Le sang de votre sœur coule dans nos veines.

J'avais proféré cette phrase avec la force d'une incantation magique. Au-dessus de nous, le tonnerre a tremblé. Un courant glacial et rageur a violemment traversé l'air et, sans avoir besoin de me retourner, j'ai compris que Kilraith fondait sur nous. J'ai entendu le cri lointain d'Ankaret. Une vague brûlante est passée entre nous, me faisant presque tomber.

Jaetris me dévisageait fixement. Un éclat de conscience a brillé dans ses prunelles d'or.

Derrière moi, Talan a grondé pour nous avertir.

— Quoi que tu aies l'intention de faire, Ashbourne, fais-le vite, a aboyé Nesset.

— Nous pouvons vous aider, ai-je répété d'une voix pressante, en luttant pour ne pas regarder par-dessus mon épaule. Si vous nous dites seulement où se trouve l'œuf, nous pourrons le détruire.

J'ai ravalé mes doutes. Nous pourrions *peut-être* le détruire. Mais le lui préciser, ou reconnaître moi-même à quel point cet espoir était désespéré, ne servait à rien.

Une coquille d'air s'est refermée sur Jaetris et moi. Il a baissé les paupières, la bouche tordue, et un bruit sec a éclaté dans mes oreilles. J'ai vacillé comme si j'avais reçu un coup de poing, mais ses mains flétries me tenaient fermement. Il a ouvert les yeux, son regard doré devenu plus lucide.

— Tu vas devoir me tuer pour l'obtenir, mon enfant, m'a-t-il dit d'une voix frêle mais assurée. Ce corps doit être détruit. Ne crains rien. Je suis davantage que cette enveloppe et je reviendrai, bien je ne sache ni quand ni comment. Tu comprends ?

Non, avais-je envie de répondre. *Je ne comprends rien à tout ça.* Je laissais l'instinct me guider et me sentais étourdie à cause du sang que je perdais, mais j'ai menti.

— Oui, ai-je soufflé, je comprends.

— Bien. Maintenant, ça va faire mal. Tu vas survivre, mais tu auras besoin de beaucoup de repos. Ce corps disparaissant, je dois transmettre ce que je sais, sinon la connaissance disparaîtra avec lui, et je pourrais ne pas me souvenir de tout à mon retour.

Il m'a approchée de lui.

— Tu dois vivre, fille de Kerezen. Vivre et quitter cet endroit. Détruire l'ancre. Prends ma connaissance et sauve-toi.

Il a plaqué son bras sanglant contre le mien et m'a saisi la nuque pour m'immobiliser. Une douleur fulgurante m'a envahie au point de jonction de nos blessures, et ses doigts me transperçaient le crâne comme des aiguilles brûlantes. Mais à l'instant où j'allais hurler, la douleur a complètement disparu, et lorsque j'ai ouvert les yeux, j'étais au milieu d'une vaste plaine du Nord.

Les images défilaient à une telle allure qu'il m'était impossible de m'y arrêter. J'ai vu cinq grandes étoiles se rassembler en une seule au-dessus du paysage couvert de neige. Une explosion incandescente, gigantesque et inaudible sauf pour les dieux. Elle a éclaté en silence, s'est répandue sur le monde et, lorsqu'elle s'est dissipée, les étoiles avaient disparu, et la plaine enneigée n'était qu'une ruine calcinée de glace et de cendres.

Mon cœur battait furieusement. Je savais, du plus profond de mon être, ce à quoi je venais d'assister : le Démantèlement, le jour où les dieux étaient morts et avaient séparé le monde d'Edyn de l'Ancien Pays. Le paysage dévasté qui s'étendait devant moi jusqu'à l'horizon faisait partie des Terres démantelées de l'Extrême Nord, une contrée hostile, imprévisible et glaciale dans laquelle personne n'osait s'installer.

D'autres images me bombardaient. Toutes me coupaient le souffle. Des ruines des dieux défaits ont jailli deux comètes d'argent éblouissantes. Elles se sont élevées au-dessus des Terres démantelées et sont parties dans deux directions opposées. Leurs trajectoires ont disparu à l'horizon. J'étais néanmoins capable de les suivre toutes les deux à la fois. L'une s'est écrasée dans la mer au sud d'Aidurra, créant un gigantesque canyon au fond de l'océan avant de s'immobiliser dans les entrailles de la terre. Le choc a eu raison de sa luminosité ; elle n'était plus qu'une ombre, indiscernable des ténèbres qui l'entouraient, bouillonnant misérablement dans la roche la plus profonde que Caiathos avait jamais créée. Il faudrait du temps à cette créature pour regagner le monde des vivants. Pour l'heure, elle rageait silencieusement sous les profondeurs glacées de l'océan, où nulle vie n'existait. Et c'est ainsi qu'elle est restée, pendant une éternité, enfouie et solitaire.

L'autre comète a connu un sort plus doux. Elle est tombée dans la Baie des Dieux, sur la côte sud-ouest de Gallinor mais, quand elle a heurté l'eau, elle n'a pas coulé ou flotté, elle a glissé à la surface comme un ricochet, comme le reflet scintillant du soleil, et lorsqu'elle est enfin arrivée sur le rivage, elle n'était plus qu'une petite chose pâle et tournoyante, une volute nuageuse. Elle s'est traînée faiblement dans une grotte au bord de l'eau, et, là, est devenue une flamme blanche, vacillante dans l'obscurité. Tandis qu'elle se reposait, le pouvoir meurtri des cinq dieux frissonnant au plus profond de son cœur, elle s'est aperçue qu'elle pouvait avoir des ailes, qu'elle pouvait se déplacer et craquer comme le feu, qu'elle pouvait devenir monstrueusement grande, si elle le désirait. Elle s'est enfoncée plus avant dans la grotte où elle a découvert un vaste réseau de cavernes. Seule, satisfaite, elle a survolé des lacs souterrains, parsemant les eaux noires de ses cendres.

Ankaret.

Son nom me brûlait la langue, une braise que je ne pouvais avaler.

Je l'ai observée, Ankaret, tandis qu'elle s'exerçait à d'autres formes : un phoque lisse et tacheté, une brise fraîche et sans corps qui parcourait les grottes. Son apparence préférée était celle d'une jeune femme, parce que dans le reflet noir d'un lac souterrain, éclairée par sa lumière intérieure, elle pouvait admirer les longs cheveux d'écume de cette femme, son ossature délicate, l'étoile rose sur son front.

Puis, par un matin d'été aussi scintillant qu'un diamant, Ankaret s'est réveillée dans le corps de la femme qu'elle adorait, sans se souvenir de rien. Elle était seule dans une grotte, effrayée, cherchant désespérément la lumière du soleil. Elle a marché, les jambes tremblantes, jusqu'à la cité de Fairhaven. Ceux qui vivaient là ont tout de suite su qui elle était, ce qu'elle était. Avant même qu'elle n'ouvre la bouche, ils se prosternaient à ses pieds, pleurant de reconnaissance et de louanges parce que les dieux étaient morts et qu'ils avaient peur.

Elle s'est agenouillée devant chacun d'entre eux, a levé gentiment chaque visage angoissé vers le ciel.

— Vous n'avez plus à avoir peur, leur a-t-elle dit d'une voix qui s'est répandue sur le pays comme la lumière de l'aube.

Ils l'ont alors appelée Haute Reine, et lorsqu'ils lui ont demandé son nom, elle le leur a donné, bien qu'elle n'eût aucun souvenir de qui l'avait appelée ainsi ni de la vie qui avait été la sienne avant de quitter la grotte au bord de la mer. Elle avait oublié le nom d'Ankaret, oublié qu'elle était tombée sous la forme d'une comète, vestige du Démantèlement des dieux. Elle ne se rappelait pas davantage l'autre comète – l'autre relique divine, sa moitié – qui mijotait dans la profondeur des ténèbres, de l'autre côté du monde.

— Je m'appelle Yvaine Ballantere, leur a-t-elle simplement déclaré, un nom qu'elle puisait dans son cœur naissant et dont elle était sûre. Et les dieux m'ont choisie pour vous protéger.

Je me serais effondrée, si Jaetris m'avait lâchée. Mais il me tenait, debout à mon côté, barbu et âgé, mais en pleine forme, les yeux étincelants.

— Nous n'avons plus beaucoup de temps, a-t-il dit.

La pression brûlante sur ma nuque et mon bras s'est accentuée.

Les images défilaient comme les illustrations d'un livre feuilleté beaucoup trop vite pour les perceptions humaines. Des ombres et des orages, des éclairs et du feu. Le Croissant des Orages à Vauzanne, le Bois des Nœuds d'Aidurra.

La Brume du Milieu, et les rues scintillantes de Mhorghast.

— Je crois que tu comprends à présent, a repris Jaetris d'une voix tendue.

Son expression pouvait être sereine, mais son regard était désespéré.

C'était impossible, mais je comprenais, en effet. Les informations accumulées dans mon esprit étaient une masse de couleurs et de sensations, mais quelque part dans cet amas brillait le joyau de la vérité.

— Cache-le, a lâché Jaetris dans un souffle teinté de compassion. Protège-le.

Son corps divin s'effaçait, vacillait comme une lueur tremblotante. Je l'ai attrapé par le bras.

— Attendez, s'il vous plaît ! Comment dois-je faire ?

Mais avant de pouvoir répondre, il a disparu, englouti par la noirceur de la malédiction de l'*ytheliad* qui le soumettait à la volonté de Kilraith. Qu'il ait été capable de combattre cette malédiction assez longtemps pour me transmettre sa connaissance… J'ai frissonné en imaginant ce que cela lui avait coûté. J'ai pris son visage dans mes mains, cherchant la moindre lueur divine, mais je ne voyais que des yeux ordinaires, vides et ne comprenant rien – le regard du malheureux humain atrocement malchanceux venu au monde avec un dieu en lui. À l'idée de ma mère à sa place – le pouvoir divin de Kerezen soumis à Kilraith et piégé dans le corps de l'innocente humaine Philippa Wren –, je me suis sentie étouffée de tristesse ; c'était si atrocement injuste. Comment s'appelait cet homme ? Quelle avait été sa vie avant que le dieu en lui ne s'éveille ?

Une immense force m'a repoussée du trône, et je suis retombée à plat sur le dos. J'ai hoqueté en voyant des étoiles, et Ryder est apparu. Son visage était blême, il saignait à l'épaule, mais son regard était clair et perçant.

— C'est vraiment toi ? ai-je demandé, la gorge nouée.

Je me suis aperçue que je pleurais. Ma tête me faisait si mal que j'avais l'impression qu'elle allait éclater. Une aura scintillante brouillait ma vision, couvrant tout d'un voile irréel et frémissant.

Ryder m'a aidée à me relever.

— Oui, mon amour, m'a-t-il répondu. C'est moi, et je te tiens.

Ses mains étaient tièdes, familières. Je m'y suis agrippée, pantelante, et me suis collée à la montagne de son torse.

— On doit tuer Jaetris, ai-je dit.

Il m'a regardée, les yeux écarquillés.

— Quoi ?

— Pas lui, seulement ce corps.

Avec son aide, j'ai titubé vers Gemma et Mara.

— L'œuf… Il a dit qu'on devait tuer le corps qui l'abrite pour l'obtenir. Il doit être détruit.

Je ne pouvais pas m'arrêter de pleurer, tout ce que j'avais vu me martelait le crâne avec des poings d'acier.

— Il a dit qu'il reviendrait, et je le crois.

Mes sœurs, le visage pâle et fermé, m'ont rejointe près du trône. Je percevais vaguement, comme de très loin, ce qui se passait autour de nous. L'illusion de Kilraith s'était effondrée, et tout Mhorghast quittait l'arène gigantesque au-dessus de nous. Père, libéré, se déplaçait à une vitesse époustouflante. Il combattait une bande de nymphes grises, au corps de rocaille, aux yeux blancs et aux poings de pierre. Nesset est passée devant lui en courant pour se jeter, avec un cri féroce, sur le dos d'un fae dont la peau verte scintillait comme de l'émeraude. Elle a arraché une longue épine rouge de la grappe de fleurs incrustées sur sa joue et l'a enfoncée dans la gorge du fae. Talan, toujours sous son apparence bestiale, s'attaquait à une chimère au dos hérissé de plaques osseuses. Il lui a lacéré la gueule de ses griffes noires et l'a envoyée valser.

— Gareth, ai-je croassé. Où est Gareth ?

— Il est inconscient mais vivant, m'a répondu Ryder. Je ne laisserai personne l'approcher.

Je n'avais aucune idée de la façon dont il comptait s'y prendre, mais j'ai décidé de le croire et me suis tournée vers mes sœurs, le cœur au bord des lèvres, les tempes martelées d'une douleur écrasante. Deux noms me traversaient l'esprit comme des oiseaux pris au piège. Ankaret, Yvaine. Ankaret, Yvaine.

Elles ne faisaient qu'une. Elles ne faisaient qu'une, et elle ne me l'avait pas dit. Pourquoi ne me l'avait-elle pas dit ?

— Doit-on le tuer d'une manière particulière ? demandait Mara.

Je ne pouvais que la regarder, tâchant désespérément de rassembler mes esprits, de repousser les larmes brûlantes qui me submergeaient. Je ne savais pas quoi lui répondre. Derrière nous, un cri qui m'a semblé être proféré par Père s'est élevé.

Soudain, Jaetris s'est redressé sur son trône, torse en avant, comme si quelqu'un l'avait harponné d'une flèche invisible et le tirait vers lui. Un hurlement de souffrance atroce a déchiré l'air, tandis qu'une force glaciale me poussait dans le dos pour m'emporter avec lui. Mara, les bras raides et luisants comme deux épées, s'est agrippée à lui. Pris entre sa force de Sentinelle et la voracité de la volonté furieuse de Kilraith, le trône s'est mis à osciller violemment sur place, ses pieds arrière creusant des trous dans le sol. Sur un ordre retentissant de Gemma, des racines noires incrustées d'argent ont alors surgi de terre, à l'endroit où les pieds du siège d'or s'enfonçaient. Un élan d'espoir m'a envahie. Elle avait trouvé, au milieu de ce chaos d'illusions, un germe, une once de nature. Mon cœur s'est embrasé d'un amour féroce et fier en songeant une fois de plus à la jeune Philippa Wren, venue au monde dotée d'une simple magie végétale, qu'elle transmettrait un jour à sa plus jeune fille, sans savoir que son corps abritait un dieu endormi.

Gemma a lancé les racines autour de Jaetris et de son trône, aidant Mara à les retenir, et de mon côté, j'ai entamé l'aria du dernier acte de mon opéra préféré, lors duquel l'héroïne, triomphante, accueille la lumière du soleil sur son visage pour la première fois après des années d'emprisonnement injuste. J'invoquais la force en regardant Jaetris, le trône, mes sœurs courageuses aux yeux flamboyants. La résistance.

J'ai attendu d'être sûre de mon chant pour jeter un regard par-dessus mon épaule. Kilraith fondait sur nous. Ses mains d'ombres, grandes ouvertes, étaient aussi gigantesques que des arbres. Sa gueule était béante. Il était l'orage et les éclairs, il était les ténèbres, il était un monstre. Un vestige des dieux – solitaire, vengeur, brûlant de haine. Ses ailes s'étendaient sur le monde, l'occultaient. À travers l'obscurité de son assaut, j'ai vu Ryder plonger sur le corps de Gareth, poussant des cris fervents à l'intention d'un nuage d'oiseaux tournoyant à côté de lui – des faucons, des sansonnets, des volatiles primordiaux aux yeux d'argent et au plumage lumineux. Ils devaient venir, répondant à sa magie animalière, des rues agitées de Mhorghast. Ils se sont rassemblés en une masse compacte et ont fondu – bravement, tous ensemble – sur Kilraith. Mais dès qu'ils ont atteint le magma crépitant de sa fureur, ils ont disparu, aussitôt réduits en cendres.

J'ai fermé les yeux, envahie d'une paix insensée et subite. Je ne savais pas ce qui était arrivé à Ankaret – à Yvaine –, mais j'étais sûre de mourir. Nous allions tous mourir.

Un rugissement de chaleur torride est alors tombé du ciel et, quand j'ai soulevé les paupières, les larmes ruisselant sur mon visage à cause de la force soudaine de l'embrasement, Ankaret se tenait devant nous – une puissante colonne de feu retenant, d'une aile tendue, les foudres déchaînées de Kilraith. Le soulagement de son apparition m'a donné de nouvelles forces, même si le désespoir de savoir ce qu'elle était réellement – qui elle était – m'écrasait. Son prénom s'est dessiné dans mon esprit. Je l'ai invoqué avec une ferveur que je n'avais pas éprouvée depuis des années. *Yvaine, Yvaine. Pourquoi ne m'as-tu rien dit ?*

— Gemma ! me suis-je exclamée en hâte, redoutant ce qui pouvait se produire si j'arrêtais de chanter trop longtemps. Comme la dernière fois, avec la couronne !

Elle avait les traits tirés, les yeux étincelants. Elle avait arraché la couronne du crâne de Talan ; elle pouvait arracher l'œuf de Jaetris. Je le croyais. Je devais le croire.

Elle a posé les mains à plat sur le torse de Jaetris, et quand ses doigts ont commencé à luire, elle a hoqueté, son expression concentrée brusquement horrifiée.

— Il est dans son cœur, s'est-elle écriée. Enfoui profondément sous une épaisse couche de sortilèges, mais je peux le voir. Je le sens !

— Sors-le, ai-je hurlé. Tout de suite, vite !

Elle a serré la mâchoire, pris le poignard caché dans sa botte et n'a hésité qu'un instant avant de trancher, d'un geste vif, la gorge de Jaetris. Il n'a pas tardé à mourir, et ma petite sœur, couverte de son sang doré, tremblait atrocement. Mais au moins Jaetris – et l'homme dans lequel il s'était incarné – ne souffrait plus.

— Tiens-le, Mara ! a crié Gemma en laissant tomber le couteau.

Mara a obéi. Son corps entier s'est mis à scintiller comme une rivière au soleil. Soudain, elle a détaché un de ses bras de Jaetris pour le lancer violemment en arrière en poussant un hurlement terrible ; elle a renversé, dans une explosion de magie, une nuée d'assaillants que, aveuglée par la panique, je n'avais pas vus venir.

Le cri de Gemma m'a ramenée vers elle. J'ai regardé, terrorisée, ses mains incandescentes plaquées sur la poitrine de Jaetris. La chair, les os s'ouvraient devant elles, se détachaient comme des pétales sanglants. Mais les sortilèges défensifs que Kilraith avait tissés dans le corps humain de Jaetris étaient plus robustes que ceux qui liaient Talan à sa couronne, et Gemma, les muscles bandés, était en nage. De nouvelles lianes, surgies de terre à sa demande, plongeaient dans la cavité béante du thorax de Jaetris pour l'aider. Sa magie crépitait furieusement, des éclairs aveuglants jaillissaient de ses doigts, trouant les ténèbres enragées de Kilraith. Ce spectacle effroyable m'a rappelé les deux comètes que j'avais vues à travers le regard de Jaetris. Toutes ces connaissances bouillonnaient en moi, et si j'y prêtais trop d'attention, j'allais perdre mon peu de sang-froid, mon chant, la raison.

Alors j'ai fermé les yeux et, concentrée sur ma voix, j'ai continué le même aria puissant. *Force. Résistance.* Mais j'étais habitée par tant de peurs, tant de sentiments, tant d'inquiétude pour ceux que j'aimais autour de moi, que je sentais mon chant s'effilocher dans toutes les directions. D'abord, cette sensation m'a étranglée. J'avais l'impression que mon pouvoir était en guerre contre lui-même, que chaque intention, chaque préoccupation se battait pour exiger mon attention. J'étais à bout de souffle, écrasée. Tout mon corps souffrait des efforts que je faisais pour maintenir ma voix et la stabilité de mon chant.

Puis, au milieu de ce chaos, un souvenir a émergé, comme une fleur cueillie sur une prairie colorée, un humble cadeau destiné à moi seule. C'était la voix de Philippa dans la cuisine paisible de Wardwell. *Vous êtes les filles de Kerezen et donc demi-déesses du corps et des sens. Combattre, créer des sorts, faire de la musique, tout cela vous le savez déjà. Mais vos pouvoirs vont bien au-delà, vous êtes capables de plus, et je peux vous aider à le découvrir.*

C'était comme recevoir une permission dont j'ignorais avoir besoin. Mes yeux se sont ouverts, un calme étrange m'a envahie. La dernière fois que nous étions à Mhorghast, c'était précisément ce que j'avais tenté : concilier plusieurs chants dans mon cœur, mon esprit, ma voix. Ça n'avait pas marché. J'avais été débordée, mon corps incapable de supporter la confusion d'une magie désordonnée. Mais à présent, une certitude se levait comme l'aube en moi. Ce que j'avais tenté était possible. C'était une nécessité. C'était peut-être le désespoir qui me poussait à y croire, ou simplement la présence de mes sœurs, Gemma et Mara, qui se battaient si vaillamment tout près de moi. Mes précieuses, mes courageuses sœurs. C'est en les regardant que j'ai repris mon souffle, sans craindre de courir ce risque, de tenter cette folie. J'avais besoin de cinq chants à la fois. J'en étais capable. Je pouvais les chanter tous les cinq et tenir bon. Je pouvais faire confiance à mon pouvoir. Je pouvais me faire confiance.

Force et résistance, pour soutenir Gemma et Mara. Protection, pour garder les autres en sécurité, Ryder, Gareth, Père, Talan, Nesset, tous combattant courageusement, au milieu des ombres et des flammes. Libération, pour pousser le corps meurtri de Jaetris à relâcher le trésor qu'il contenait. Confusion, pour troubler et détourner les flots d'assaillants primordiaux. Amour, pour Ankaret, pour Yvaine.

Ma voix s'est divisée en cinq, comme si mon chant était celui d'un chœur. Et chacune de ces cinq branches éclatantes me reliait à mon but, aux êtres que j'aimais le plus au monde. Gemma et Mara – force et résistance. Ryder, Gareth, Père, Talan, Nesset – protection.

Les larmes ruisselaient sur mes joues. Je me suis redressée pour offrir le maximum d'amplitude à ma colonne d'air. J'ai vu le corps ouvert de Jaetris. *Libération*, ai-je chanté pour lui en mémoire de l'homme qu'il avait été. *Repose en paix. Donne-nous accès à l'œuf, et tes souffrances n'auront pas été vaines.*

Derrière sa dépouille, une mer d'ennemis s'agitait. Les habitants de Mhorghast – certains primordiaux, certains humains – se battant pour Kilraith, se battant entre eux. *Confusion.* Je les regardais sans m'arrêter sur aucun d'eux, poussant mon chant comme un raz de marée. Brutal, implacable, précis, insensible. Le bras de la nature les balayant froidement, ne laissant que ruine sur son passage.

Je n'osais pas me tourner pour voir Ankaret, mais je sentais sa chaleur – un brasier qui aurait dû me brûler, m'anéantir, mais qui ne le faisait pas. J'entendais les rugissements lointains de Kilraith et imaginais à quoi elle ressemblait derrière moi. Une créature impossible, toute de feu, de plumes et de lumière, retenant pour nous la marée de la mort, une digue pour nous protéger.

Amour. Cette branche de mon chant allait vers elle – pleine de tendresse et de sollicitude. J'ai senti l'instant où mes notes l'ont atteinte, je l'ai sentie les accueillir et les recevoir avec émerveillement, avec joie.

Un horrible craquement s'est fait entendre. Le corps de Jaetris n'était plus qu'un amas d'os brisés, de chair mutilée. Les lianes qui le retenaient sur le trône ruisselaient de l'or de son sang. Mara l'a lâché et s'est élancée dans l'obscurité en poussant un formidable cri de guerre. Elle pouvait vraiment se battre à présent, et elle en avait certainement hâte.

Gemma, tremblante, s'est tournée vers moi. Elle tenait, entre ses mains sanglantes, un gros œuf brillant – cousin de la Couronne aux Trois Yeux, du même métal, couvert des mêmes gravures complexes, entouré d'un cercle de topazes rondes.

— Farrin ?

Sa voix était brisée, son visage gris.

— Tu peux ?

J'ai arrêté mon chant destiné à Jaetris pour le remplacer par un autre : destruction. Il me semblait tenir mentalement un joyau à cinq faces, en restant constamment consciente de chacun de ses angles, de chacune de ses surfaces lisses et brillantes, de son poids, de sa taille, de la façon de l'orienter pour diriger son éclat, tout en étant moi-même perchée sur une pierre au milieu d'un torrent, luttant pour garder l'équilibre.

L'œuf s'est mis à luire entre les mains de Gemma. Elle a poussé un cri de douleur et l'a rapidement posé à ses pieds pour serrer ses mains sur son ventre. J'ai perdu l'équilibre sur la pierre glissante dans mon esprit. Le joyau m'a échappé, il est tombé dans l'eau tourbillonnante.

Je me suis accroupie devant l'œuf, les bras désespérément tendus, toussant sur les lambeaux du chant que j'avais perdu. Ma gorge était à vif, mes poumons me brûlaient. Je l'ai attrapé, serré contre moi, et je me suis recroquevillée dessus.

Puis, tout à coup, j'ai entendu le claquement d'un feu rugissant, senti une nouvelle bouffée de chaleur torride et vu une unique flamme apparaître. Ma vue était brouillée. D'abord, ce n'était qu'une colonne de feu d'un blanc incandescent quittant l'immense brasier d'Ankaret. Puis elle est venue devant moi, et je l'ai vue distinctement : Yvaine, ses cheveux de feu et de plumes étincelants, ses yeux comme deux étoiles, l'une d'or, l'autre violette. Elle s'est agenouillée devant moi.

— Je sais comment le détruire, m'a-t-elle dit.

Elle a tendu une petite main blanche couverte d'un millier d'éclats scintillants. Des plumes blanches et or couvraient son bras fin.

Sa voix, en dépit de son apparence phénoménale, de l'aberration spectaculaire de tout ce qui se déroulait, était si familière, tellement la sienne, que je me suis mise à pleurer.

— Yvaine, j'ai vu… Jaetris m'a montré…

J'ai dû me taire, vaincue par le martèlement de souffrance qui me broyait le cerveau. Je ne savais toujours pas comment expliquer ce que j'avais vu – la comète plongeant dans les eaux noires de l'océan, l'autre sur Gallinor, devenant une femme. Une reine.

Une lumière vive et changeante parcourait le visage d'Yvaine. Des larmes de diamant sont apparues au bord de ses cils.

— Je sais, a-t-elle dit doucement.

Elle a posé la main sur ma gorge, et la douleur s'est effacée.

— Je suis désolée de ne pas t'en avoir parlé. Je suis restée longtemps dans l'ignorance moi-même. Je me suis éveillée lentement, vois-tu. Ankaret – mon véritable cœur – s'est réveillée lentement. Je n'ai compris qui j'étais et ce qui se passait qu'après l'attaque de Kilraith sur Fairhaven. Je suis tellement désolée.

Elle a posé la main sur ma joue et s'est approchée pour m'embrasser sur le front. Elle m'a serrée contre elle un instant, les yeux fermés, puis elle a dit :

— Il faut se dépêcher. Puis-je l'avoir, Farrin ?

Elle a poussé un soupir tremblant.

— Je ne vais pas pouvoir le retenir très longtemps. Je sais comment le détruire. Je te le promets.

J'ai secoué la tête, en larmes, consciente qu'une chose terrible était sur le point d'advenir.

— Non. De grâce !

Je lui ai tout de même tendu l'œuf, horrifiée par la sensation rugueuse de ses aspérités dans ma paume. Il était lourd, visqueux du sang de Jaetris. Yvaine l'a pris, et il s'est immédiatement embrasé dans ses mains, une lumière aveuglante qui m'a obligée à lever le bras instinctivement pour me protéger les yeux. Lorsque je l'ai écarté, Yvaine avait disparu pour rejoindre le gigantesque brasier d'Ankaret.

Derrière ce bouclier de feu, Kilraith fulminait de rage. Sa fureur était comme l'écroulement d'une gigantesque montagne.

— Ankaret, regarde-moi ! hurlait-il. Tu ne comprends pas ? Je sais que tu comprends ! C'est ce qu'ils méritent ! Ne fais pas ça ! Regarde-moi !

Parmi toutes les scènes dont Jaetris m'avait fait don – qui retraçaient l'histoire entière d'un univers entier –, une en particulier, au milieu de millions d'autres, a scintillé. J'ai retenu mon souffle et laissé ce souvenir se déployer dans ma mémoire. Deux entités – confuses et chaotiques, aussi brillantes que des comètes, créées par des dieux irresponsables dans un instant d'ultime négligence au moment de leur agonie – étaient tombées sur terre dès leur naissance dans des cieux ravagés. Durant quelques flamboyantes secondes, dans leur chute, elles s'étaient connues et aimées aussi passionnément que n'importe qui. Puis elles s'étaient écrasées au sol – le sol inerte d'un monde humain primitif –, et elles avaient été séparées.

J'ai été amoureuse, une fois, m'avait dit Yvaine dans la Maison Verte, le regard triste et lointain. *Il y a très longtemps, me semble-t-il, des années et des années avant qu'aucun de vous ne soit né.*

Je ne pouvais pas le croire. Je ne voulais pas y croire. Kilraith et Ankaret. Kilraith et *Yvaine*. Je n'arrivais pourtant pas à me défaire de cette vérité ; elle était trop flagrante, trop écrasante, et elle s'accrochait à moi comme une ronce dont je ne me libérerais jamais.

Les rugissements furieux de Kilraith m'ont ramenée aux vagues de flammes et de ténèbres qui s'affrontaient au-dessus de moi. Malgré tous ses coups de tonnerre, le feu d'Ankaret, inébranlable, ne faiblissait pas. La minuscule forme blanche au cœur de ce brasier ardent – la silhouette qui présentait le visage chéri d'Yvaine, le visage de mon incroyable amie – s'est tournée une fois vers moi ; je tremblais, misérable par terre, écrasée de stupeur et de frayeur. Quelque part dans cette lumière aveuglante, j'ai cru voir son sourire.

— Retrouve-moi, m'a-t-elle dit avec douceur.

Le monde s'écroulait autour de nous, et ses mots étaient pourtant aussi clairs que la pluie.

Puis elle s'est détournée et fondue entièrement dans les flammes d'Ankaret. Le souffle de son feu s'est abattu sur Kilraith. La lumière et les ténèbres sont entrées en collision, dans une explosion assourdissante, et, d'un seul coup, Ankaret a disparu. Sa lumière flamboyante a rétréci, absorbée par une simple et unique silhouette chatoyante : Yvaine, seule et sans protection, privée de son bouclier de feu. Elle était sereine, vêtue d'un manteau de plumes blanches et or, l'œuf scintillant comme une étoile entre ses mains. Kilraith, qui plongeait déjà sur elle, soulevant une aile immense et noire, s'attendait à frapper Ankaret, un oiseau de feu aussi redoutable que sa propre forme orageuse, et il n'a pas été en mesure de s'arrêter à temps ; il était trop gigantesque, trop rapide. J'ai entendu son cri de détresse juste avant qu'il ne s'écrase sur elle, mais il était trop tard. Yvaine n'était plus que cendres, et l'œuf disparu avec elle. Un nuage de flocons blancs comme la neige a flotté dans l'air, puis plus rien.

Kilraith est tombé sur terre dans l'effondrement de ses puissantes ténèbres. Lorsqu'elles se sont dissipées, sa forme humaine est apparue, révélant un grand et bel homme agenouillé, aussi pâle qu'Yvaine l'avait été, des lambeaux d'ombre se détachant de lui. Il tenait une poignée de cendres entre les mains et hurlait son chagrin. On aurait dit le rugissement d'un ouragan dévastateur.

Je l'ai regardé, incrédule, puis, à travers mes larmes, j'ai entonné un faible chant d'espoir. *Es-tu là ?* Mais rien ne m'a répondu. Les notes volaient faiblement sur les ruines couvertes de cendres et s'éteignaient rapidement. J'ai persisté, persisté, remarquant à peine les mouvements autour de moi. Je comprenais vaguement que Mhorghast était en train de s'écrouler sur elle-même. Des chemins de lune, erratiques et éphémères, s'éparpillaient dans toutes les directions. La cité rétrécissait, s'effondrait sous le chagrin de son créateur, et les décombres n'allaient pas tarder à m'engloutir.

J'ai fermé les yeux, trop épuisée pour faire un geste, le cœur trop déchiré pour fuir. *Qu'elles m'emportent*, pensais-je. *Que je meure comme elle est morte.*

Mais Ryder n'a pas laissé la mort me prendre. Il a surgi et m'a soulevée, tous les autres derrière lui – Gemma et Talan, Mara et Nesset, Père portant Gareth sur l'épaule. Ryder m'a prise entre ses bras, a crié quelque chose aux autres, mais j'étais trop meurtrie pour comprendre. J'ai posé le front contre son torse et repris mon chant dans les plis de son manteau. *Es-tu là ?* C'était une imploration désespérée. *Yvaine, es-tu là ?*

Aucune réponse ne m'est parvenue. Je savais que je n'en aurais pas. Derrière mes paupières closes brillait un clair de lune fracturé. Je me suis accrochée à Ryder et l'ai laissé me ramener chez moi.

Chapitre 30

Quelque part sur le chemin de lune qui nous ramenait à Ivyhill, j'ai cédé à la souffrance qui martelait mes tempes depuis que Jaetris m'avait implanté ses visions, et j'ai sombré dans l'inconscience. Lorsque je me suis réveillée, j'étais dans mon lit, dans ma chambre, le corps endolori, Osmund roulé en boule à côté de moi.

La perte d'Yvaine m'est aussitôt revenue à l'esprit, une douleur atroce m'étranglait. Je ne pouvais pas déglutir ; j'avais la gorge à vif, même respirer était un supplice. Subitement, je n'ai plus supporté les couvertures entassées sur moi. J'ai essayé de m'asseoir pour m'en débarrasser. Mon geste a dérangé Osmund, qui a sauté d'un bond sur le tapis avec un miaulement contrarié. Ce bruit, curieusement, m'a arraché un sanglot étouffé.

Tout cela a fait sortir Ryder de la salle de bains. Il s'essuyait le visage avec une serviette, qu'il a lâchée lorsqu'il m'a vue. Il s'est arrêté au pied du lit, puis il a voulu en faire le tour, la main tendue, avant de s'arrêter et de reprendre sa place. Il avait l'air grave, les yeux doux. Des blessures récentes striaient ses joues, son cou et ses bras, mais elles étaient en bonne voie de guérison. Une goutte d'eau était accrochée à sa barbe, au coin de sa lèvre.

— On t'a veillée à tour de rôle, a-t-il enfin lâché de sa voix bourrue. Tu as repris et perdu connaissance pendant trois jours. Mme Moreen ne savait pas quoi faire.

Il s'est éclairci la gorge et a posé prudemment les mains sur le rebord du lit. Il m'a regardée un moment avant de baisser les yeux sur ses doigts.

— Dois-je aller chercher une de tes sœurs ? m'a-t-il demandé doucement. Veux-tu que je m'en aille ?

Sa voix était douce. Il était incroyablement touchant, debout au pied de mon lit, grand, musclé, silencieux et immobile, comme s'il était entré dans un temple pour prier, et sur les traits de son visage, je voyais le jeune garçon qu'il avait un jour été, le garçon qui avait bravé les flammes pour moi. Le garçon qui m'avait sauvée. Je me suis alors mise à pleurer, vraiment pleurer, écrasée par tout ce qui venait de se dérouler.

J'ai tendu les bras vers lui.

— Ne t'en va pas, ai-je murmuré. S'il te plaît, Ryder, viens près de moi.

Il a aussitôt grimpé sur le lit pour m'envelopper dans ses bras, dans les couvertures et le cocon de son amour féroce. J'ai caressé son visage, sa barbe, et pleuré contre son torse. Il m'a serrée tendrement, ses mains étaient tièdes dans mon dos.

— Farrin, mon amour, a-t-il dit d'une voix rauque, je suis désolé.

J'ai pensé un instant reprendre mon chant. Je le sentais monter en moi, plein d'espoir obstiné : *Es-tu là ?* Mais si je le faisais, pour n'entendre en retour que cet atroce silence, le monde privé de la présence d'Yvaine, je n'y survivrais pas.

Alors je me suis accrochée à Ryder et j'ai pleuré jusqu'à sécher toutes les larmes de mon corps. Mon épuisement était écrasant, mon mal de tête constant. Ryder traçait des cercles lents entre mes omoplates. Le rythme de cette caresse m'a aidée à trouver le sommeil.

❋

Deux jours plus tard, je m'asseyais sur un canapé du petit salon, en tâchant de rassembler mon courage.

La présence de Ryder à côté de moi était un réconfort, comme savoir que tous ceux qui étaient dans la pièce m'aimaient : Gemma et Mara, Père, Talan. J'essayais de ne pas penser à Gareth, mutique et alité à l'étage. Il buvait et mangeait docilement, mais n'avait pas prononcé un mot depuis notre retour de Mhorghast, ni même proféré des propos furieux et inintelligibles à l'instar d'Alastrina. Il restait complètement muré, silencieux, le regard vitreux et lointain. La première fois qu'il m'avait vue, son visage avait frémi de soulagement mais il n'avait pas pour autant ouvert la bouche. Il restait au lit, dans une chambre d'invité, à dormir ou regarder le plafond.

C'était de l'avoir vu dans cet état, plus que tout le reste, qui m'avait poussée à quitter l'étage. J'étais descendue flageolante au bras de Ryder, la tête toujours transpercée de douleurs fulgurantes, mais je n'avais pas renoncé, et Gemma m'avait tendrement, obstinément, fait manger mon petit déjeuner, comme si elle nourrissait un chaton au biberon – alors qu'elle-même, après l'assaut de magie qu'elle avait subi à Mhorghast, tenait à peine debout sans l'aide de Talan. À présent, le ventre plein et la gorge nouée, j'allais leur raconter tout ce que j'avais vu.

— C'est difficile à comprendre, ai-je commencé. Jaetris ne m'a rien expliqué. J'ai dû interpréter moi-même et je pense ne pas me tromper, mais il faudra étudier tout ça. Gareth…

J'ai dégluti.

— Gareth, lorsqu'il sera rétabli, nous sera d'une aide précieuse.

Ils sont restés silencieux, attendant patiemment que je trouve mes mots. J'ai baissé les yeux sur le tapis et contemplé ses motifs. Ils représentaient des branches de lierre, bien sûr, un entrelacs subtil de lianes verdoyantes parsemées de petites fleurs blanches qui reflétait l'œuvre de ma mère au plafond. Cette réflexion m'a inspiré un pincement de nostalgie, que j'ai furieusement repoussé. Elle ne me manquait pas, je ne voulais pas la voir et je n'avais aucun besoin d'une quelconque attention maternelle. Elle n'avait pas été là pour voir ce que j'avais vu, voir Yvaine mourir sous ses yeux. Elle ne méritait pas ma compagnie ;

elle s'en était passée pendant des années et sa divinité ne changeait rien.

Pour la chasser de mes pensées, je me suis mise à parler.

— Le jour du Démantèlement, ai-je dit, lorsque les dieux ont fusionné pour créer Edyn et qu'ils sont morts, deux morceaux de leurs magies réunies ont jailli du cataclysme dans deux directions opposées. Chacun d'eux contenait des restes des dieux, des vestiges de leurs cinq pouvoirs. Une de ces entités s'est écrasée dans la mer au sud d'Aidurra et s'est perdue dans ses profondeurs pendant…

J'ai secoué la tête.

— Je ne sais pas combien de temps elle est restée là. Mais cette entité est devenue Kilraith. L'autre…

Je me suis tue, luttant pour garder ma contenance. Ryder a posé la main sur le coussin à côté de moi, la paume vers le haut ; je l'ai prise et serrée jusqu'à ce que mon souffle s'apaise.

— L'autre est tombée dans la Baie des Dieux et est devenue Ankaret, que nous connaissons sous le nom qu'elle a pris avec sa forme humaine, Yvaine Ballantere. Ce qu'elle était réellement et d'où elle venait, elle l'ignorait. Elle savait seulement qu'elle voulait protéger Edyn – je ne sais pas pourquoi, peut-être un instinct persistant des dieux –, et a donc supposé que les dieux l'avaient choisie pour cette mission. Lorsqu'elle est arrivée à Fairhaven, les gens ont vu son pouvoir et l'ont crue. Des légendes se sont répandues à son sujet. Elle est devenue la Haute Reine d'Edyn.

J'ai pris une inspiration tremblante.

— Elle n'a compris que très récemment ce qu'elle était réellement. C'est la raison de son comportement étrange, je crois. Ses pertes de mémoire, sa santé déclinante. Cela a pu débuter quand Philippa a commencé à prendre conscience d'elle-même, elle aussi, ou quand Kilraith a trouvé Jaetris et l'a enchaîné. Je ne peux en être certaine. Mais je crois qu'elle a découvert qu'elle était Ankaret par hasard, et que le pouvoir qui la ramenait à cette forme – sa véritable forme initiale – était hors de son contrôle. Jusqu'à…

Je me suis tue pour déglutir péniblement.

— Jusqu'à ce que je l'appelle à moi. Jusqu'à Mhorghast.

— Peut-être, a suggéré Talan pensivement, qu'elle a perçu instinctivement le danger croissant que représentait Kilraith et que cet instinct l'a poussée à prendre la forme de la créature la mieux à même de nous protéger.

J'ai opiné, soulagée d'entendre une autre voix que la mienne.

— C'est ce que j'ai pensé. Et…

Je me suis tue et j'ai fermé les yeux, revenant sur les images que j'avais vues à travers Jaetris. J'avais passé les derniers jours à les trier, à essayer de les organiser d'une manière cohérente, mais elles commençaient déjà à s'effacer. *Une mesure de protection*, me disais-je. *Jaetris ne voulait pas que j'abrite un tel savoir éternellement. Je ne suis qu'une demi-déesse, après tout, et Jaetris lui-même est tombé aux mains de Kilraith.*

— Kilraith veut tous les détruire, ai-je murmuré. Tous les dieux. Il a trouvé le moyen de les ranimer – je ne sais pas comment – et à présent, il veut les tuer réellement, terminer ce qu'ils n'ont pas été capables de faire eux-mêmes le jour du Démantèlement. Il les hait de l'avoir créé, pour les années de souffrances qu'il a subies seul, enfoui sous l'océan. Il maudit leurs existences conflictuelles en lui. Au contraire d'Yvaine, il n'a jamais su apprivoiser ce magma de puissance. Peut-être abrite-t-il davantage de leurs plus noirs instincts, à moins que ses souffrances ne l'aient corrompu. De toute façon, et quelle qu'en soit la raison, il n'est que fureur, vengeance et haine. Il veut détruire toutes les frontières entre Edyn et l'Ancien Pays – la Brume du Milieu, le Bois des Nœuds, le Croissant des Tempêtes. Ce n'est pas la santé déclinante d'Yvaine qui affaiblissait la Brume ; c'était lui, depuis le début, bien que je ne sache pas, pas davantage que Jaetris, de quelle manière il s'y est pris. Ce que je sais en revanche, c'est que Kilraith considère la séparation entre humains et primordiaux comme un asservissement. Une contrainte injuste subie par l'Ancien Pays au seul profit des humains qu'il juge inférieurs et indignes de l'affection des dieux. Il croit que nous sommes la cause de toutes ses souffrances. Et une fois qu'Edyn sera détruit…

J'ai ouvert les yeux. Les larmes roulaient silencieusement sur mes joues.

— Je crois qu'il se détruira lui-même. Sa vie n'a été qu'un long supplice, dominée par l'incessant combat des trop nombreux pouvoirs piégés en lui. Il tient les dieux pour coupables de l'aberration qu'il est. À ses yeux, ils sont irresponsables, négligents, cruels. Il n'aime qu'une seule chose : son égal et son contraire.

Cette fois, lorsque j'ai voulu la nommer, je n'ai pas pu.

Mara, adossée au mur, s'en est chargée pour moi.

— Il aimait Yvaine. Ankaret.

— Il l'aime, l'ai-je corrigée en levant un regard féroce. Je ne crois pas qu'elle soit morte, en tout cas pas vraiment. Nous ne sommes peut-être pas capables de percevoir son existence, mais elle n'est pas complètement morte, elle n'est pas anéantie.

Je me suis mordu la lèvre en m'apercevant que je devais sembler pathétique.

— « Retrouve-moi. » C'est ce qu'elle m'a dit juste avant de disparaître. « Retrouve-moi. » Jaetris m'a assuré qu'il reviendrait dans un autre corps. Je le crois. Pourquoi Yvaine aurait-elle prononcé ces mots, si elle n'était pas sûre de revenir, elle aussi ?

C'était ce que je me répétais depuis que j'avais repris connaissance : elle n'était pas réellement partie ; sa disparition relevait d'une intention divine, beaucoup plus vaste, dont les ressorts, pour l'instant, nous échappaient.

Talan s'est penché sur ses coudes pour contempler ses mains. Gemma et Mara évitaient de croiser mon regard. Seul Père, le front plissé, semblait disposé à croire que je n'étais pas seulement folle de chagrin, désespérée au point de m'accrocher au moindre espoir, fût-il délirant.

— J'imagine que c'est possible, a-t-il dit. Tant de choses sont arrivées dernièrement que j'aurais jugées impensables il n'y a pas si longtemps. Le retour de ta mère, devenue une déesse. Vous trois des…

Il ne pouvait pas se résoudre à dire le mot. Il a lâché un rire incrédule et s'est frotté la joue. Il semblait vieux et fatigué, mais plus semblable à lui-même qu'il ne l'était depuis des années. En me souvenant de la flèche de Kilraith pointée sur lui à Mhorghast, en me rappelant à quel point j'avais été proche de le perdre – de les perdre tous –, j'étais à peine capable de le regarder.

— Mère, a lâché Gemma d'un ton dégoûté qui m'a surpris. J'étais sûre, jusqu'au dernier moment, qu'elle allait venir nous aider, que nous ne resterions pas seules dans ce combat.

Elle a secoué la tête et tourné un regard implorant vers Mara puis moi.

— Vous croyez qu'elle prend vraiment la bonne décision, qu'il est plus sage de rester cachée à Wardwell ? Ou qu'elle est seulement…

— Lâche ? a terminé Mara.

Son expression était indéchiffrable. Je ne voyais que sa fatigue et la gêne désolante avec laquelle elle se tenait, au milieu du luxe confortable d'Ivyhill, dans son accoutrement de Rose dépourvu d'artifice. Comme elle était courageuse. Comme nous l'étions toutes.

— Peu importe qu'elle soit lâche ou pas, ai-je affirmé en m'étonnant moi-même.

Car je n'étais pas seulement convaincue et sincère, j'étais capable d'assumer ce constat cruel et de le formuler à voix haute sans être affectée ni perdre mes moyens.

— On deviendrait folles à essayer de savoir ce qu'elle a dans la tête. Ce qui compte, c'est qu'on ne peut pas compter sur elle pour nous aider de manière certaine. Elle viendra quand elle le décidera, j'imagine.

J'ai frissonné, légèrement étourdie de surprise et de soulagement par le détachement dont je faisais preuve.

— Nous sommes seules et nous ne pouvons compter que sur nous-mêmes, et c'est d'ailleurs ce qu'on fait depuis longtemps. Rien n'a changé. Lui en vouloir ne serait qu'une perte de temps et d'énergie.

Un silence figé est tombé sur la pièce. J'avais l'impression de m'être libérée d'un poids énorme. Philippa avait brisé mon cœur d'enfant, mais je venais de l'évoquer avec une lucidité tranquille. Je ne savais pas qu'en penser, ni démêler mes motivations – et je n'osais certainement pas regarder mon père pour savoir ce qu'il pensait de mon petit discours. Mais j'ai légèrement poussé mon pied contre celui de Ryder, et quand j'ai senti sa pression en retour, j'ai compris que je m'étais trompée au moins sur une chose.

Je n'étais pas seule. Je ne l'étais plus.

Gemma a repris la parole d'un ton vif et léger, comme si elle pouvait, de sa seule volonté, alléger l'atmosphère.

— Bien, j'imagine donc que ce qu'il nous reste à faire, avec ou sans l'aide de Mère, c'est trouver et détruire les autres ancres de l'*ytheliad*, grâce auxquelles Kilraith peut probablement se déplacer facilement entre les royaumes et rallier des partisans.

— Nous devons aussi trouver les autres dieux avant lui, a ajouté Ryder sombrement. Ou le détruire avant qu'il ne le fasse.

— Toute la question est de savoir comment détruire une créature pareille, a avancé Mara. Une entité créée par les dieux et contenant assez de chacun de leurs pouvoirs pour être capable de les contrôler ?

Elle a croisé les bras, l'air sinistre.

— Soit il est réellement aussi puissant lui-même, soit il se sert de quelque chose qui l'est. Un outil. Une arme. Il peut s'agir des ancres de l'*ytheliad*, mais qui nous dit qu'il ne s'agit pas d'autre chose ?

Le silence est retombé, peut-être le plus écrasant de tous. Nous n'avions, à toutes ces questions, pas le début d'une réponse.

Nous avons lancé des idées tout l'après-midi, jusqu'au moment où Ryder m'a pris ma tasse des mains en me disant gentiment que j'étais en train de m'endormir. Gemma avait demandé aux cuisines de préparer le repas, mais j'étais trop abattue pour dîner et trop épuisée pour rester éveillée. Je me suis approchée de Ryder.

— Tu m'accompagnes ? ai-je murmuré en levant sur lui un regard brouillé de larmes.

Il me semblait passer mon temps à pleurer, mais si je devais le faire maintenant, je préférais être avec lui et lui seul.

— Bien sûr, a-t-il répondu en déposant un baiser sur mes cheveux.

Il m'a aidée à me lever. Nous traversions lentement l'entrée lorsque Gilroy s'est arrêté devant nous, l'air grave et le teint blême, la voix réduite à un murmure. Toute la maison était silencieuse, en dépit du nombre de gens qu'elle contenait ; nous accueillions désormais des dizaines d'habitants des villes voisines, et d'autres arrivaient chaque jour. La nouvelle du décès de la reine s'était répandue. L'atmosphère était lourde de peur et de chagrin, et toutes les pièces d'Ivyhill pleines de lits. Je me sentais coupable de laisser le soin de tous ces gens au personnel, mais je ne me pensais pas assez forte pour supporter leur douleur en plus de la mienne. Pour l'instant.

— Pardonnez-moi, madame, a dit Gilroy, mais un messager est arrivé du palais avec cette lettre pour vous. Elle semble venir de Lord Thirsk.

Ah, Thirsk. Je m'étais demandé à quel moment j'entendrais parler de lui. J'ai remercié Gilroy et pris la lettre pour ne l'ouvrir, les doigts tremblants, qu'au moment où Ryder et moi sommes arrivés dans l'intimité de mes appartements.

Je l'ai lue, puis j'ai levé les yeux sur Ryder qui attendait, tendu au milieu de la pièce. Son front plissé jurait de façon comique avec le ronronnement d'Osmund, niché béatement dans ses bras.

— Alors ? m'a-t-il demandé.

— Il semble, ai-je répondu, que la reine m'ait nommée dans ses dernières volontés.

❂

Au coucher du soleil, le lendemain, j'étais à la fenêtre du salon de la Maison Verte, les yeux posés sur la capitale. Elle semblait, d'ici, presque sereine : une mer paisible de lueurs vacillantes, des toits illuminés d'orange et rouge, rose, violet et or. Les couleurs d'Ankaret. Les couleurs d'Yvaine.

Mais j'en revenais, et j'avais vu l'état dans lequel se trouvaient ceux qui peuplaient ces rues scintillantes. Ils étaient terrifiés. Leur reine était morte. Il existait quelque part dans le monde quelque chose d'assez puissant pour tuer la reine choisie par les dieux pour les protéger. Quelques-uns des prisonniers retenus à Mhorghast avaient réapparu – je ne savais pas comment, peut-être dans un ultime effort de Jaetris avant sa mort –, mais beaucoup restaient introuvables, et je redoutais qu'ils ne reviennent jamais. Le peuple d'Edyn saurait bien assez vite le reste – que les dieux ressuscitaient, qu'ils étaient menacés, que la chose qui les visait essayait aussi de briser leurs dernières protections contre l'Ancien Pays. La Brume du Milieu, le Croissant des Tempêtes et le Bois des Nœuds étaient tous en danger. Maintenant que j'avais informé le Conclave royal, ses membres allaient informer le Sénat, et la vérité éclaterait partout. Les armées allaient s'entraîner et se disperser, et le Sénat allait publier l'ordre de mobilisation pour envoyer une flopée de nouvelles recrues à l'Ordre de la Rose.

Notre monde allait combattre le propre fils enragé des dieux – *Notre demi-frère, en somme*, avait observé Gemma avec un humour acerbe.

Pourtant, en regardant le coucher du soleil étendre paresseusement ses couleurs splendides sur les tours de la cité, les parcs et les eaux paisibles de la baie au-delà, je ne pensais qu'à une seule chose : le simple fait que mon amie me manquait. Yvaine me manquait.

— Farrin ?

Ryder descendait l'escalier, la voix rauque de sommeil. Il n'avait pas été autorisé à m'accompagner pour assister à la lecture du testament de la reine. J'avais eu l'intention de lui en faire le récit complet, mais cette perspective, subitement, me semblait insurmontable.

Alors j'ai été brève.

— Elle me donne toutes ses possessions. Tout, Ryder. La Citadelle, les archives royales. Tout, pour en disposer comme je le souhaite.

Son front s'est plissé devant cette annonce stupéfiante, et il a lâché un grognement contrarié.

— Ça me semble un fardeau énorme pour tes épaules.

Un sourire m'est venu aux lèvres.

— Me traiterais-tu de faible, Ryder Bask ? l'ai-je taquiné. Si c'est le cas, ne dit-on pas que les aptitudes d'un élève – ou les inaptitudes en l'occurrence – sont le résultat des compétences du professeur ?

Il est venu me prendre les mains, et son visage s'est adouci en un sourire dont je commençais à me rendre compte qu'il ne l'offrait à personne d'autre que moi.

— Ma courageuse Farrin. Le fait est que tu es la personne la plus forte que je connaisse. Mais, mon amour, la responsabilité…

— … est une chose dont je ne veux pas discuter pour le moment, l'ai-je coupé, mais j'ai quelques idées en tête.

Je lui ai caressé les doigts.

— J'aimerais consacrer une partie du palais à de nouveaux hôpitaux, des logements et des écoles temporaires, pour aider la population dans les prochains mois.

— Une excellente idée. On va en avoir besoin.

— Et j'aimerais évacuer autant d'habitants du Nord que possible.

Cette perspective l'a surpris et touché. Il m'a embrassé les mains, les yeux brillants.

— La Gardienne ne va pas apprécier.

— Non, en effet, ai-je répliqué d'un ton sec.

Nous sommes restés dans un silence agréable quelques instants, puis j'ai pris une inspiration et soupiré lentement.

— As-tu peur ? De ce qui se prépare, je veux dire.

— Bien sûr, a-t-il aussitôt admis. Seul un imbécile n'aurait pas peur. Et les imbéciles ne m'intéressent pas.

Il m'a soulevé le menton pour croiser mon regard.

— Mais j'ai de l'espoir également. Et je crois que toi aussi. Je vois que tu essaies de le cacher, mais je connais ton visage. Je te connais.

Il m'a caressé la joue.

— Farrin lumière du soleil. Étoile de ma vie.

— Dis-moi ce que ça veut dire, ai-je demandé doucement. Je n'ai jamais entendu ces mots, sauf dans ta bouche.

— C'est une expression affectueuse du Nord. Étoile de ma vie : une lumière stable, un guide. Précieux, chéri, présent jour et nuit, mais plus lumineux encore quand tout est plongé dans les ténèbres.

Il a haussé les épaules, légèrement mal à l'aise.

— Fleur bleue, je sais. Mais j'ai toujours aimé sa sonorité. J'ai toujours espéré…

Sa bouche s'est tordue. Il semblait tout à fait gêné, maintenant.

— J'ai toujours pensé que ce serait bien d'avoir quelqu'un que j'aime assez pour le lui dire.

Je recommençais à pleurer. J'ai levé les yeux au ciel avec un sourire désolé.

— Et voilà. Je venais juste de réussir à m'arrêter.

Il a pris mon visage dans ses mains, du geste le plus doux qui soit.

— Ai-je tort, a-t-il demandé tout bas, de me sentir honoré par ces larmes ? Que tu me les montres ? De croire que tu m'aimes à ce point ?

— T'aimer ? Oh, tu crois donc… tu…

J'ai posé les mains à plat sur son torse et secoué la tête.

— Ryder, j'allais trouver une repartie habile, mais j'ai perdu toute capacité de réflexion. S'il te plaît, ai-je enchaîné en le regardant dans les yeux. Emmène-moi au lit. Je veux te voir, être avec toi, maintenant, tout de suite, à la veille de la guerre. Je ne veux penser à rien d'autre. Est-ce égoïste ?

— Oui, a-t-il dit, et magnifique aussi.

Il m'a soulevée entre ses bras, et je me suis demandé si je me lasserais jamais de la facilité avec laquelle il me portait. J'ai ri à travers mes larmes et passé les bras autour de son cou. M'autoriser ce bonheur était pour moi révolutionnaire. La guerre viendrait, mais ce soir, dans cette maison qui avait vu tant de tristesse, il n'y aurait que nous, ensemble dans la soie de mon lit. Nos mains se sont unies, et j'ai noué les jambes autour de ses hanches tandis qu'il bougeait en moi, sa voix rauque et tendre récitant mon prénom. L'or violet du soleil couchant rendait un hommage silencieux à Yvaine en caressant nos corps dénudés. Nous étions vivants et nous étions ensemble. J'ai niché la tête contre son cou et, agrippée à lui, je me suis portée tout entière à sa rencontre – de tout mon être, de tout mon cœur, de tous les chants que mon pouvoir abritait. Nous étions vivants, et j'allais chérir chacune des secondes qui nous étaient accordées.

La guerre viendrait, mais pas ce soir.

REMERCIEMENTS

J'aime chacune des sœurs Ashbourne pour des raisons différentes. Gemma pour la sincérité, l'intensité et la spontanéité de sa passion. Mara pour sa résilience, sa force et son courage. Quant au personnage de Farrin, je suis tombée amoureuse de son dévouement à l'égard de ceux qu'elle aime, même lorsqu'ils l'horripilent, l'attristent, ou la blessent. Écrire ses liens avec Ryder – l'histoire de deux âmes ombrageuses et meurtries trouvant enfin l'apaisement l'une auprès de l'autre – était très particulier pour moi, et je n'y serais pas parvenue sans l'aide de nombreuses, nombreuses personnes.

Je tiens d'abord, comme toujours, à remercier mon agente, Victoria Marini, et mon éditrice, Annie Berger, les deux femmes les plus brillantes, les plus encourageantes que je connaisse. Je ne pourrais pas faire ce que je fais sans leurs conseils et leur confiance en moi.

Je veux aussi remercier l'équipe formidable de Sourcebook, qui continue de m'accueillir, moi et mon travail, avec enthousiasme et gentillesse. Je remercie tout particulièrement Pamela Jaffee, Alyssa Garcia, Jocelyn Travis, Katie Stutz, Madison Nankervis, Siena Koncsol, Ashlyn Keil, Gabbi Calabrese, Emily Luedloff, Stephanie Beard, Ellie Tiemens, Sophie Kossakowski, Mattea Barnes, Megan Donnelly, Rachel Gilmer, Susie Benton, Todd Stocke, et Dominique Raccah.

Je dois aussi remercier l'exceptionnelle Stephanie Gafron,

directrice artistique adjointe géniale, et l'artiste Nekro pour la création, vraiment spectaculaire, de la couverture. Et remercier aussi, bien sûr, mon audacieuse relectrice, Alison Cherry, dont le travail rigoureux et précis rehausse le mien.

Rencontrer d'autres écrivains et se lier d'amitié avec eux est l'une des plus belles choses dans la vie d'un auteur, et j'aimerais en remercier quelques-unes en particulier qui m'ont accueillie dans cet univers : Piper J. Drake, Maxym Martineau, Jeneane O'Riley, Laura Thalassa, Leia Stone, Scarlett St. Clair, B. Celeste et Danielle Jensen. J'aimerais aussi remercier l'une de mes plus récentes et plus chères amies autrices, Kate Dramis, qui m'a aidée à traverser beaucoup de crises d'angoisse, et qui, il faut bien le dire, est 100 % Pure Meuf.

À mes amis et ma famille – trop nombreux pour les citer –, merci d'être là, de m'encourager sans faillir et d'être mes plus grands fans. Enfin, mon dernier remerciement, mais pas le moindre, à mon partenaire, Ken. Je t'aime de tout mon cœur.

CHEZ LE MÊME ÉDITEUR

CLAIRE LEGRAND, *Une couronne de lierre et de verre - Middlemist*, I

ADA VIVALDA, *Porcelaine sous les ruines*

STACEY MCEWAN, *Glace – La trilogie des glaces*, I
Gouffre – La trilogie des glaces, II

J. ELLE, *House of Marionne*

KATE GOLDEN, *A Dawn of Onyx – Les pierres sacrées*, I

SARAH A. PARKER, *Un pétale de cristal et de sang – Crystal Bloom*, I
Un rameau d'épines et d'argent – Crystal Bloom, II

LAUREN ROBERTS, *Powerless*
Powerful

MAI CORLAND, *Five Broken Blades*

MOLLY X. CHANG, *Défier les Dieux cruels*

Composition : Soft Office
Achevé d'imprimer par Rotolito
en mai 2025.
Dépôt légal : mai 2025.

ISBN 978-2-07-304119-7/Imprimé en Italie.

616342